À L'ESCARPIN

JEAN-CHRISTOPHE
PORTES

Édition revue et corrigée
par l'auteur

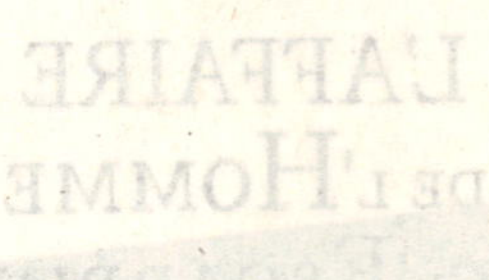

ISBN : 978-2-8246-1228-7
Code Hachette : 27 8848 8

Collection dirigée par Christian English & Frédéric Thibaud.
Catalogue et manuscrits : city-editions.com

Dépôt légal : Mai 2017

Achevé d'imprimer en septembre 2021
sur les presses de la Nouvelle Imprimerie Laballery
58500 Clamecy
Numéro d'impression : 108518

Imprimé en France

La Nouvelle Imprimerie Laballery est titulaire de la marque Imprim'Vert®

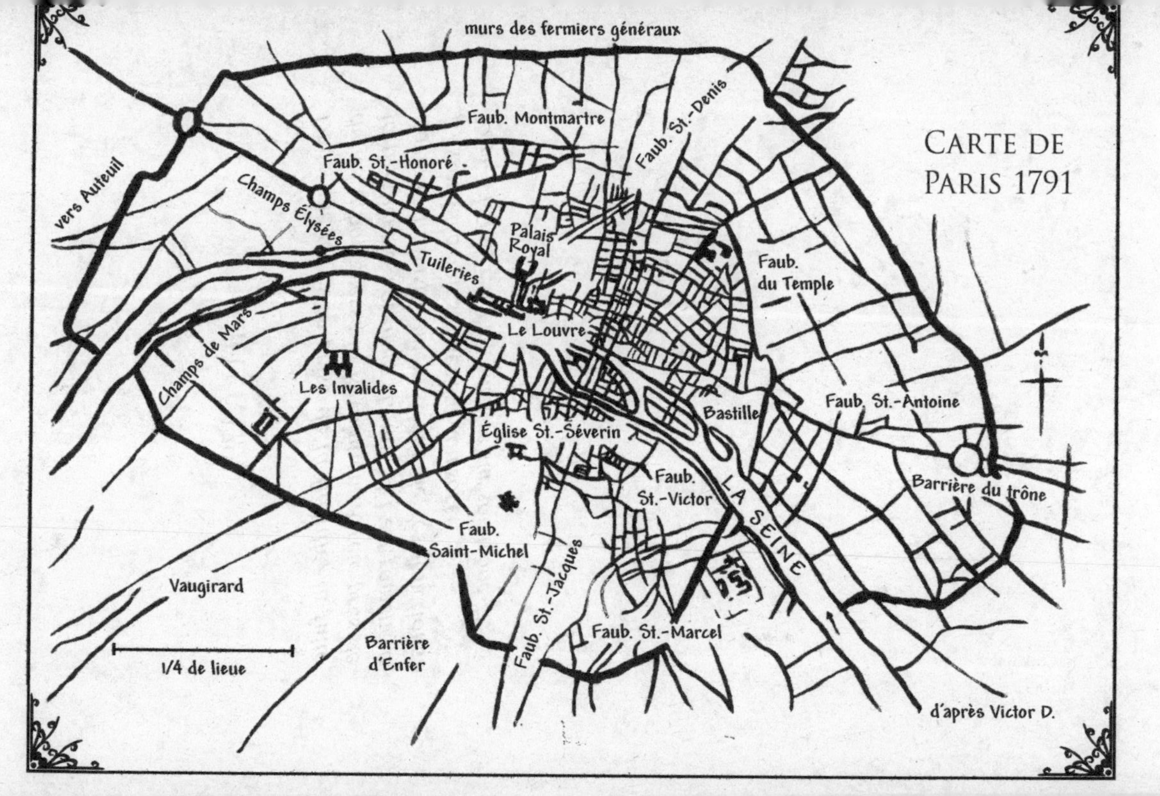
CARTE DE
PARIS 1791
murs des fermiers généraux
vers Auteuil
Faub. Montmartre
Faub. St.-Denis
Faub. St.-Honoré
Champs Élysées
Palais Royal
Tuileries
Faub. du Temple
Le Louvre
Champs de Mars
Les Invalides
Faub. St.-Antoine
Bastille
Église St.-Séverin
Faub. St.-Victor
Barrière du trône
LA SEINE
Faub. Saint-Michel
Vaugirard
Faub. St.-Jacques
Faub. St.-Marcel
Barrière d'Enfer
1/4 de lieue
d'après Victor D.

Juillet 1791

Deux ans après la prise de la Bastille, la fuite du roi a bouleversé la Révolution. Arrêté près de la frontière à Varennes, Louis XVI est ramené à Paris et provisoirement démis de ses fonctions. L'Assemblée doit statuer sur son sort.
Faut-il le juger, ou le remettre sur son trône ?

Allons-nous terminer la Révolution,
allons-nous la recommencer ?

Antoine Barnave à l'Assemblée nationale, le 15 juillet 1791

Tout nous a fait la loi de vous demander, au nom de la France entière, (…) de prendre en considération que le délit de Louis XVI est prouvé, que ce roi a abdiqué ; de recevoir son abdication, et de convoquer un nouveau corps constituant pour procéder d'une manière vraiment nationale au jugement du coupable et surtout au remplacement et à l'organisation d'un nouveau pouvoir exécutif.

Pétition des sociétés fraternelles demandant le jugement de Louis XVI après son arrestation à Varennes, et son retour à Paris, le 17 juillet 1791.

LA LOI ET LE ROI
LOI

RELATIVE à l'Organisation de la Gendarmerie nationale.

Donnée à Paris, le 16 février 1791.

LOUIS, par la grâce de Dieu, & par la Loi constitutionnelle de l'État, roi des FRANÇOIS : À tous, présents & à venir ; SALUT. L'ASSEMBLÉE NATIONALE décrète ce qui suit.

ARTICLE PREMIER.

La maréchaussée portera désormais le nom de *Gendarmerie nationale.*

II

Elle fera son service, partie à pied, partie à cheval, selon les localités, & comme il sera réglé par les Administrations & Directoires des Départements, après avoir pris l'avis des colonels qui seront établis ; & néanmoins les gendarmes nationaux à cheval feront le service à pied quand il leur sera ordonné.

Quelques personnages

Victor Brunel de Saulon, chevalier d'Hauteville, dit Dauterive : sous-lieutenant de la Gendarmerie nationale.

Pierre-Joseph Piedebœuf : commissaire de police élu de la section du Louvre.

Olympe de Gouges, écrivaine, amie de Victor.

Victor-Joseph Turpin, dit Joseph : jeune mendiant devenu domestique de Victor.

*

Jean-Sylvain Bailly : astronome, mathématicien et écrivain, le premier maire de Paris.

Augustin Bouvard : journaliste occasionnel au *Mercure national*.

Claude-Rémy Buirette de Verrières : avocat bossu et journaliste à *L'Ami du peuple*. Membre des Cordeliers et proche du parti d'Orléans.

Duperrier : ancien greffier du Châtelet nommé archiviste au moment de sa fermeture.

Claude Garat l'Héritier dit Garat l'Américain : ancien planteur de Saint-Domingue, principal homme de main de Choderlos de Laclos.

Godard : adjoint du commissaire Piedebœuf.

Hyacinthe : ancien esclave affranchi.

Jourdain : policier auprès du premier tribunal criminel d'arrondissement de Paris.

Jean-François : mulâtre affranchi, au service de la famille Petit du Vaudreuil.

Louise de Kéralio : journaliste et écrivaine, rédactrice en chef du *Mercure national*, mariée à Pierre-François Robert.

Victor-Amédée de Saint-Huruge : ancien militaire, membre des Cordeliers et du parti d'Orléans.

Lalanne : perruquier incarcéré pour *crime de sodomie*, indicateur de police.

Pierre-Joseph Lebel : ancien chasseur d'esclaves de Saint-Domingue au service de la famille Petit du Vaudreuil.

Louis-Philippe, duc Orléans, premier prince de sang, cousin de Louis XVI.

Louis-Philippe, duc de Chartres : fils aîné du duc d'Orléans.

Pierre-François Robert : mari de Louise de Kéralio, secrétaire de Danton et membre des Cordeliers.

Jean-Baptiste Rotondo : dit *le Professore*, professeur d'italien, petit escroc, membre des Cordeliers et du parti d'Orléans.

lafleur : sous-officier de gendarmerie au service de La Fayette.

Henri François de Paule Lefèvre, marquis d'Ormesson : juge au premier tribunal criminel d'arrondissement de Paris.

Irène Petit du Vaudreuil : riche propriétaire à Petite-Rivière sur l'île de Saint-Domingue.

1

Premier jour
Dimanche 10 juillet 1791
Une heure du matin

Pendant quelques instants, le jeune homme crut qu'il était sorti d'affaire. Il fuyait sans s'arrêter, la gorge en feu, le visage et le dos trempés de sueur. Jamais il n'aurait pensé pouvoir courir si longtemps. Son cœur tambourinait violemment, comme à l'étroit dans sa poitrine. À chaque nouveau pas ses jambes lui paraissaient plus lourdes, douloureuses, presque paralysées. Son élégante cravate en soie blanche était dénouée, ses bas et son joli frac de nankin[1] mouchetés de crotte, de ce dépôt d'immondices qui tapissait les rues de Paris été comme hiver. En temps ordinaire il en aurait été horrifié, mais il ne se souciait plus de son apparence.

Il s'arrêta à l'extrême limite de ses forces, alors que l'air lui manquait et cracha à plusieurs reprises, de la salive mêlée de bile. Dans sa course folle, il avait manqué de vomir. Il s'essuya du revers de la manche. La transpiration lui piquait les yeux. Il était arrivé dans une petite place silencieuse cernée d'immeubles. Où pouvait-il être ? Quelques étoiles scintillaient dans le ciel au-dessus des toits, des mendiants dormaient au sol près d'une fontaine. Ils ressemblaient à des morts, et le fugitif frissonna malgré

---

1 Sorte de tissu de coton jaune à motifs colorés, assez luxueux.

la chaleur. Il pensait à son propre sort. Puis il se remit à marcher en grimaçant. Son souffle éreinté s'entendait à cinquante pas à la ronde.

Ces hommes étaient dangereux, il le savait depuis le début. Il le savait plus encore depuis qu'il leur avait dérobé ces papiers, et qu'il les avait lus. Ils n'avaient peur de rien, surtout pas de faire couler le sang du peuple. Qu'il coule, par ruisseaux, par fleuves, tout leur était indifférent du moment qu'ils obtenaient ce qu'ils voulaient ! Mais il n'avait pas eu le temps de partager sa découverte. Lorsqu'ils l'avaient encerclé dans un recoin, une demi-heure plus tôt, ils n'avaient pas eu besoin de sortir d'armes, leurs regards parlaient pour eux. Le jeune homme avait bousculé le plus proche avec une force et une audace qui les avaient tous surpris, lui le premier, et il s'était enfui.

Il se remit à trottiner en boitillant. Ses escarpins neufs le blessaient jusqu'au sang, mais il était trop paniqué pour songer à les enlever.

Dans son esprit tout se bousculait sans logique, l'odeur trouble de ses premières amours au séminaire, le visage de sa mère, ses gestes tendres quand elle chantait des comptines. Il croyait presque entendre sa voix planer au-dessus de la ville comme un chant de sirène. Elle était morte alors qu'il n'avait que trois ans. Sans s'en rendre compte il pleurait de rage et d'attendrissement, et ses larmes se mêlaient à la sueur au coin des lèvres.

Deux cents toises plus loin, il découvrit brusquement devant lui l'étendue de la Seine. Il s'arrêta de nouveau pour reprendre sa respiration. Il n'y avait aucun bruit, hormis la paisible rumeur du fleuve. Quelques barques se balançaient mollement dans des reflets argentés. Sur la gauche s'allongeait la silhouette caractéristique du Pont-Neuf ; en face, c'était le collège des Quatre-Nations. Le jeune homme venait souvent là en été. Assis sur le bord, l'air indifférent, il regardait les jeunes gens se baigner. Ils s'éclaboussaient en riant, et l'eau coulait sur leurs peaux, faisant briller leurs muscles. Ces images vivaces lui firent reprendre espoir. Le palais des Tuileries n'était pas loin. S'il y parvenait, il trouverait la Garde nationale, qui veillait sur Louis XVI, et il serait sauvé.

Et il révélerait peut-être son secret au roi lui-même, qui lui donnerait belle récompense… Le jeune homme souriait encore lorsqu'un premier coup de gourdin le cueillit en pleine mâchoire, avec un craquement profond. Le sang et ses dents avaient jailli sous le choc. Il poussa un gémissement et se laissa tomber sur place. Le lourd bâton s'abattit une seconde fois, sur la nuque. Cette fois, il s'effondra sans un mot.

*

Elle revivait toujours la même scène. Pendant longtemps, il n'y avait que le bruit du vent, la chaleur humide et les cris des singes et des oiseaux. Et puis venait ce murmure étrange, ce ronflement rythmé de craquements profonds. Elle avait mis longtemps à s'éveiller, parce qu'ils avaient reçu des visiteurs la veille et qu'ils s'étaient couchés tard, mais aussi parce que les nuits à Saint-Domingue étaient bruyantes. Il y planait en permanence une menace, la crainte d'un ouragan ou d'une révolte.

Lorsqu'elle se levait enfin, il était déjà trop tard. Une partie de la galerie et des chambres, sur le côté droit de la maison, était en flammes. Des panaches de fumée noire envahissaient déjà le salon aux meubles d'acajou. L'incendie ne pouvait pas venir de la cuisine, qui était construite à l'écart tout comme les bâtiments de la sucrerie. Quelqu'un avait donc mis le feu. Mais qui ?

Elle avait hésité, quelques secondes à peine, puis le brasier l'avait empêchée de revenir vers sa chambre. La sueur commençait à ruisseler sur toutes les parties de son corps. Elle ne ressentait plus rien, ni la peur, ni les brûlures sur ses mains, car elle avait plusieurs fois tenté d'arracher les panneaux de bois enflammés. Elle ne songeait pas à crier, seulement à sauver ses enfants.

Dehors, elle entendait claquer le fouet. Les *commandeurs*[1] hurlaient. Ils avaient dû sortir les nègres de leurs cases, et même du dispensaire où ils étaient enchaînés, mais ça ne changerait plus rien maintenant.

Elle ne se souvenait pas de la façon dont tout cela s'était fini. Des larmes d'horreur baignaient son visage, à la peau et aux cheveux brûlés. Quelqu'un était entré, un gaillard de cinq pieds neuf pouces. Deux ou trois nègres l'accompagnaient, à demi nus, couverts de brûlures, comme elle. Ils l'avaient emportée et déposée dehors, au milieu de la foule des esclaves. Au loin, une cloche résonnait sans fin. Des lueurs fauves ensanglantaient les bougainvillées.

Elle ne sentait plus rien.

La douleur n'était venue qu'après, et une inextinguible soif de vengeance lorsqu'elle avait su qui avait provoqué l'incendie.

*

Bien que plutôt frêle d'apparence et ne dépassant pas les cinq pieds, l'homme qui venait d'entrer dans la pièce inspirait d'emblée le respect, et même la peur. Certes, cela ne tenait pas à sa mise, une simple redingote assortie de bas sombres, de gros souliers et d'un chapeau rond à boucle d'argent, mais plutôt à sa figure.

D'âge mûr, pâle et les joues creuses, il avait les yeux durs d'un homme que la vie n'a pas ménagé et que plus rien ne surprend, un regard sombre et fixe. Il s'empara de l'arme qu'on lui tendait, une pique d'un peu plus d'une toise de longueur[2], dont il passa la pointe devant une chandelle. L'acier fraîchement forgé jetait des éclats froids.

1 Les contremaîtres d'esclaves.

2 Environ deux mètres.

– Bien maniée, cela vous embroche un homme comme un poulet, commenta son hôte, un artisan, le visage dissimulé par l'ombre de l'atelier.

L'homme au chapeau rond tendit l'arme à son voisin, qui la soupesa longuement. Ce dernier était un personnage de haute taille, fort bien vêtu, qui ressemblait assez au roi lui-même avec son nez imposant et ses yeux bleus à fleur de tête. Dans ses gigantesques mains, la lance paraissait un jouet d'enfant.

– Combien en demandez-vous ? demanda-t-il finalement.

– Deux livres la pièce entière, hampe et fer assemblés, répondit l'artisan après une hésitation.

Ses deux interlocuteurs se concertèrent d'un regard.

– Il nous en faut sept mille. Quand pourriez-vous les livrer ?

– Sept mille ? répéta son interlocuteur d'un air estomaqué.

– Il me semble que c'est ce que je viens de dire, répondit le plus petit des deux hommes.

Il laissait traîner sa voix grave, un peu rauque, vaguement menaçante. L'artisan s'efforçait de refaire ses calculs. Quatorze mille livres ! Avec une telle fortune, il aurait de quoi vivre tranquille jusqu'à la fin de ses jours. C'était un homme gras, borgne, la face luisante, les dents mal plantées, un œil occulté par un bandeau crasseux.

– Pour la quantité que vous me dites, il me faut au moins onze jours. Sans compter le transport final.

Le petit homme le scrutait avec attention. Lui aussi devait faire ses comptes.

– Trop long. Il nous les faut samedi prochain.

– Dans une semaine ? Dans ce cas je vais devoir embaucher des ouvriers. Et il me faut 20 000 livres.

Il tremblait du menton, étonné par sa propre audace. Il n'avait pas l'habitude de ce genre de commande. Tout ça n'était sûrement pas très légal, mais tant pis. Après tout, il n'avait pas besoin de savoir à qui étaient destinées toutes ces armes. Une telle occasion de s'enrichir ne se reproduirait pas.

– Nous vous offrons quinze mille livres, proposa le petit homme. C'est à prendre ou à laisser.

Le Borgne hocha la tête en avalant sa salive.

– Marché conclu : je veux sept mille piques samedi avant midi. Avant midi, vous entendez. Et ne vous avisez pas de nous faire défaut. Vous pourriez être le premier à être embroché, comme vous le dites si bien.

L'artisan jura sur tous les saints qu'il n'y aurait pas le moindre retard. Mais il commençait presque à regretter ce rendez-vous. Cette affaire n'était-elle pas trop grosse pour lui ? Du coin de l'œil, il observait le colosse face à lui. Ce dernier passait l'index au bout de la pointe. Il la leva à la lumière, comme un trophée, et la planta brusquement dans un poteau de bois, à côté de lui.

Le fer s'enfonça sans effort, dans une vibration dure.

2

Onze heures du matin

Rarement les Parisiens avaient connu un été plus chaud que lors de ce mois de juillet 1791. Depuis deux semaines, la capitale suffoquait de chaleur. Les riches s'étaient réfugiés dans leurs maisons d'été, à Chaillot ou Passy, ou dans leurs châteaux en province. Les autres – la majorité – devaient supporter le manque d'eau, la promiscuité et la puanteur de la capitale.

La fournaise était à son comble, à la mesure de l'agitation parisienne, et ce n'était pas sans raison : le mardi 21 juin 1791 à onze heures de la nuit, le roi, déguisé en domestique, avait fui Paris avec sa famille. Rattrapé d'extrême justesse alors qu'il touchait à la frontière autrichienne, il avait été ramené de force dans son palais des Tuileries. Le *meilleur des rois*, le monarque qui avait approuvé la fin des privilèges, l'homme qui avait porté la cocarde tricolore, avait tout remis en cause en quelques heures. Avait-il voulu simplement s'exiler, ou prendre la tête d'une armée d'aristocrates, contre les patriotes ? Voulait-il se protéger, lui et sa famille, ou commencer une guerre civile ? Nul ne le savait : il ne s'était pas expliqué. Depuis son retour, il était quasi déchu.

Sanglé dans son uniforme en drap fin, le sous-lieutenant Victor Dauterive essuya une goutte de sueur qui perlait à sa tempe. C'était un tout jeune homme d'à peine vingt ans, les traits élégants et la bouche sensuelle, le regard bleu azur un peu rêveur. Mince, les épaules carrées et les mains nerveuses, il faisait cinq pieds six pouces[1], la taille minimum pour intégrer cette *Gendarmerie nationale*, qui depuis quelques mois remplaçait l'ancienne maréchaussée. Il se dégageait de lui un mélange étonnant fait de naïveté, de mélancolie et de violence contenue.

Le jeune homme commandait un piquet de garde d'une dizaine de gendarmes, à l'entrée principale de l'hôtel de ville de Paris. Il fit quelques pas en bâillant. Au loin, des portefaix aux pieds nus achevaient de décharger un bateau, sur le port au blé. Un groupe de visiteurs passait le porche de l'Hôtel de Ville. Alors qu'il détaillait une grande rousse à robe tricolore, il vit arriver droit sur lui l'un des gendarmes de garde, la mine déconfite.

Il poussa un soupir.

– Quoi encore ? Cette foutue affiche ?

Le militaire approuva d'un hochement de tête, penaud. Ils avaient bien essayé de l'enlever, mais il y avait une bonne dizaine de personnes autour, avec un homme qui la leur lisait à voix haute. Ils avaient eu peur du désordre... Après une courte réflexion, le sous-lieutenant fit signe au gendarme de le suivre. Dix chalands, ce n'était rien. Ils les disperseraient bien vite, même à deux.

Ils quittèrent l'entrée principale, Victor ouvrant la marche. Le gendarme observait son chef avec un certain respect mêlé de crainte. Comme tous les hommes de la petite garnison, il avait appris à apprécier ce garçon peu bavard mais sérieux, parfois sec et qui savait se faire obéir. Il n'aurait pas été surpris d'apprendre qu'il n'était pas roturier, et que son véritable patronyme était *Victor Brunel de Saulon, chevalier d'Hautevillle*. Comme de nombreux aristocrates, le sous-lieutenant avait renoncé à la particule quelques mois plus tôt, par amour de l'égalité.

---

1 1,72 mètre.

Ce qui ne lui enlevait pas une certaine assurance, teintée parfois d'arrogance. Mais le gendarme aurait été encore plus étonné en apprenant la véritable nature de ses liens avec le marquis de La Fayette, le commandant-général de la Garde nationale. Victor avait connu le *héros des Deux-Mondes* deux ans plus tôt, lors d'une affaire délicate et, depuis, était devenu l'un de ses intimes, presque son fils adoptif. Il lui vouait une admiration sans bornes, et se rendait chez lui chaque dimanche ou presque, à l'hôtel de Noailles. En riant, le général l'avait un jour appelé *Kayewla* ; *cavalier intrépide* dans le langage des Indiens d'Amérique. Connaissant ses talents d'enquêteur, son opiniâtreté et son art de la dissimulation, il lui confiait régulièrement certaines missions secrètes, beaucoup plus dangereuses que ces interminables factions devant la municipalité parisienne.

Sortant de la place de Grève, les deux militaires découvrirent une trentaine de badauds qui écoutaient avec attention une espèce de bohémien vêtu d'habits reprisés de toutes parts. Juché sur une planchette, il leur lisait une affiche collée de travers sur un mur, entre deux échoppes.

– *L'absence d'un roi nous vaut mieux que sa présence*, clamait-il d'une voix puissante, surprenante chez un aussi petit gabarit. *Il n'est pas seulement un homme inutile, mais un fardeau très lourd qui pèse sur toute la Nation...*

Les deux gendarmes échangèrent un coup d'œil surpris, un peu peinés, tandis qu'une rumeur d'approbation parcourait l'assistance. Jamais les libelles contre le roi n'avaient été si violents depuis sa tentative de fuite et son retour à Paris.

– *La fuite du roi est-elle de son fait ou celui de ceux qui sont partis avec lui...* reprit l'orateur, modulant sa voix avec un art consommé. *Que nous importe ? Qu'il soit imbécile ou hypocrite, idiot ou fourbe, il est également indigne des fonctions de la royauté !*

L'assistance applaudit bruyamment et il fallut une bonne minute avant que le silence ne revienne. À présent tout le carrefour était occupé. L'orateur improvisé leva la main d'un geste théâtral.

– *Louis le Seizième est par conséquent libre de nous, comme nous sommes libres de lui. Il n'a plus d'autorité. Nous ne lui devons plus obéissance !*

De larges acclamations ponctuèrent ces mots. Alors qu'il reprenait sa lecture, le lecteur fronça brusquement les sourcils. Quelque part dans l'attroupement, on entendait un homme protester. Haussant le col, Dauterive vit l'un des spectateurs se frayer un chemin vers l'orateur à grands coups de canne, un vieillard d'au moins quatre-vingts ans, le nez en bec d'aigle et le visage fardé à la céruse à l'ancienne mode. Il portait une perruque courte à marteaux, comme sous Louis XV, et un habit à la française un peu râpé sur lequel était épinglée la croix de l'ordre de Saint-Louis[1].

– De quel droit lisez-vous ceci ? s'écria-t-il en pointant un doigt sur l'affiche. Je vous interdis d'insulter notre bon roi !

Le lecteur avait pâli, impressionné. Le vieux le dépassait d'une bonne tête.

– Sachez, monsieur le *citoyen* (il prononça le mot comme s'il s'était agi de la pire des grossièretés) que j'ai servi Sa Majesté à la bataille de Fontenoy. De mon temps l'on vous aurait pendu, pour vous apprendre à le traiter d'imbécile et de fourbe.

– Si cela ne vous plaît pas, vous n'avez qu'à passer votre chemin… déclara l'orateur d'une voix éraillée.

– Retourne donc à ton Fontenoy ! lança un jeune apprenti perché au loin sur un tonneau, ce qui déclencha quelques rires.

---

1 Décoration militaire équivalant dans l'Ancien Régime à la légion d'honneur.

Dauterive jugea qu'il était temps d'intervenir. Le vieillard n'avait apparemment pas la moindre conscience du danger qu'il courait.

– Ces citoyens ne font rien d'illégal, lui dit-il en le prenant par le bras. Venez avec moi et tout ira bien.

L'homme se dégagea d'un geste brusque.

– Qui êtes-vous, soldat ! Approuvez-vous donc ce qui est dit ?

Il le dévisageait avec raideur, le regard fixe, un peu exorbité. On aurait dit l'œil d'un oiseau. Des insultes commençaient à fuser. Un trognon de chou rebondit contre le mur, tout près de l'officier.

– Je n'ai pas à approuver ou pas. Je suis ici pour appliquer la loi. Laissez-moi vous accompagner.

Un silence hostile suivit et finalement le vieil aristocrate opina du menton.

– Fort bien, soldat, je me rends, dit-il sèchement. Mais vous me retirerez cette affiche, c'est un sacrilège !

– Nous le ferons, assura Dauterive.

Mais ils n'avaient pas fait deux pas que le vieillard se ruait vers l'affiche, les doigts crochés, et en arrachait un grand morceau. La situation bascula en une fraction de seconde. Il y eut un grondement dans la foule et les coups se mirent à pleuvoir. Un apprenti boucher jaillit et repoussa le gendarme pour agripper le grand-père par le col.

– À la lanterne ! hurlaient des femmes.

Le sous-lieutenant arrivait à peine à rester près de son protégé. Des passants brandissaient des marteaux, des hachoirs, les cris redoublaient. Le vieux se débattait comme il pouvait, le blanc de céruse coulant sur ses joues. Finalement, Victor arma son pistolet et le pointa sur le plus proche de ses agresseurs. Il ruisselait sous son bicorne, le visage en feu et le cœur battant à tout rompre.

– Lâche cet homme ou je te brûle la cervelle.

Son adversaire, un colosse près de deux cents livres, le torse nu sous son tablier plein de sang, préféra relâcher son prisonnier. Dauterive reprit lentement le chemin de la place de Grève en compagnie du vieil aristocrate, son arme braquée vers la multitude. Cinquante pas plus loin les gendarmes les attendaient, immobiles, baïonnettes croisées. Il respira profondément, avec l'impression très nette de revenir à la vie.

À l'Hôtel de Ville, l'homme déclara s'appeler François-Ferdinand de Chergé, écuyer, seigneur de Blanzais et de Villognon, ci-devant colonel de cavalerie et chevalier de l'ordre de Saint-Louis. Le débit rapide, parfois incompréhensible, il évoqua longuement ses campagnes militaires mais se révéla incapable de dire où il logeait, ni même s'il avait ou non de la famille à Paris. Dauterive jugea qu'il s'était sans doute échappé de l'asile.

Il ordonna aux gendarmes de le garder dans un cabinet vide du premier étage de l'Hôtel de Ville, et de ne le relâcher sous aucun prétexte. Un homme comme lui ne pouvait aller seul en ville sans courir les plus grands risques.

*

– À quelle heure l'a-t-on retrouvé ? demanda le commissaire d'un ton bourru.

Sauf en de rares exceptions, Pierre-Joseph Piedebœuf s'exprimait toujours ainsi. C'était un homme massif d'une cinquantaine d'années, le menton et le nez forts mais les traits réguliers, dont le visage n'était pas sans rappeler celui de certains empereurs romains. Économe de parole, il l'était également dans ses expressions. Le plus souvent, la position de ses deux sourcils arqués, tour à tour interrogateurs, sceptiques, ou menaçants, indiquait clairement le fond de sa pensée. Sa taille avantageuse et sa non moins avantageuse corpulence faisaient le reste.

– Vers dix heures, auprès d'un bateau, répondit l'homme qui marchait à ses côtés, un employé aux écritures de la municipalité. Pour moi, on lui a tout volé sur le quai, avant de le jeter à l'eau. Il est presque nu.

Il était bientôt dix heures du matin, un soleil resplendissant inondait la ville. Les deux hommes marchaient lentement dans la foule rue de la Monnaie, en direction de la Seine.

Ils débouchèrent en vue du Pont-Neuf sans échanger plus. Pendant des années le citoyen Piedebœuf avait été inspecteur de police, du temps du grand Châtelet et de la lieutenance de police[1]. Il connaissait chaque recoin de ce quartier populeux, chaque immeuble, chaque marchand de vin, chaque échoppe et presque chaque visage. Il n'était pas un endroit dans cette partie de la ville auquel il n'associait un souvenir, douloureux ou cocasse ; ici une querelle entre voisins ; là, l'arrestation d'un petit voleur ; ailleurs la découverte d'un cadavre, dont l'enquête n'avait jamais rien donné. La Seine elle-même, qui longeait le quartier, offrait un lot de drames presque quotidiens, entre les chutes depuis le quai ou les noyades.

Plus encore que d'ordinaire, car on était dimanche, une multitude de chalands s'écoulait au coude à coude entre les échoppes, devant la façade du Vieux Louvre. Certains d'entre eux reconnaissaient l'ancien inspecteur et le saluaient avec respect, mais ce dernier répondait à peine. Exerçant quotidiennement au contact de la populace, il se gardait d'être trop familier : ce qu'il aurait perdu en autorité n'aurait pas été compensé par plus d'affection. La justice, pensait-il, devait être sévère et brutale, Révolution ou pas.

Une nuée de curieux occupait le débarcadère, port Saint-Nicolas. Le policier écarta les premières rangées sans ménagement. Deux hommes en uniforme de la Garde

1 L'équivalent de l'ancienne préfecture de police de Paris jusqu'à la Révolution, étroitement contrôlée par le roi.

nationale l'attendaient au bas de la rampe, à côté d'un cadavre dont les pieds trempaient dans le flot. Cette milice bourgeoise née au lendemain de la prise de la Bastille tenait désormais lieu de police. Pour y servir, il fallait être citoyen *actif*, c'est-à-dire payer plus de trois jours d'impôts, et ne pas être domestique. Avec le temps, beaucoup cependant fuyaient le service, trop dangereux et mal payé et se faisaient remplacer au lieu d'accomplir eux-mêmes leur devoir.

Piedebœuf jeta un coup d'œil au corps, couché sur le dos dans la position d'un gisant. Une flaque d'eau ruisselait dessous lui.

– Qui l'a sorti de l'eau ? s'enquit-il d'un ton brusque, le sourcil suspicieux.

Le plus grand des deux miliciens, tout pâle, désigna une longue embarcation à fond plat couverte d'un toit en bois, dont le pont était divisé en compartiments.

– Le corps était coincé sous le bateau des bains chauds. C'est une fille de ménage qui l'a vu. Elle a demandé à des ouvriers du port de l'aider. Ce sont eux qui ont prévenu la patrouille. Désirez-vous les entendre ?

Le commissaire approuva d'un mouvement de menton. Les ouvriers en question qui se tenaient un peu plus loin, pas très fiers, ne lui apprirent rien. Il leur ordonna malgré tout de patienter à l'écart, que l'on puisse noter leurs noms et dépositions, puis il s'intéressa au décor tout en s'épongeant le front et les tempes avec un grand mouchoir. Il suffoquait dans son habit en tissu de laine noire, avec la perruque grise et la cravate. D'un côté, c'était le Vieux Louvre. De l'autre le quai, d'où partaient et arrivaient les diligences d'eau, vers Le Havre. Le commissaire songea qu'il faudrait demander au bureau général, rue des Orties, si quelque voyageur avait disparu. Sur le port, des portefaix déchargeaient d'énormes balles de coton. Un commis faisait ses comptes, ses papiers posés sur une table de fortune. Plus loin des cochers menaient leurs bêtes au fleuve, croisant en chemin l'incessant ballet des porteurs d'eau.

Le policier poussa un soupir avant de se résoudre à examiner le cadavre. Ce n'était pas le premier qu'il voyait, loin de là, mais quelque chose le rebutait, sans qu'il sache exactement quoi, une sorte de dégoût qu'il ne ressentait que rarement, comme s'il n'était pas ici à sa place. N'aurait-il pas dû se retirer et vivre de ses rentes comme tant d'autres l'avaient fait, lorsqu'on avait fermé le Châtelet ? Par orgueil, par esprit de revanche, il avait voulu se faire élire commissaire. Mais en avait-il encore l'énergie ? N'était-il pas trop vieux maintenant ?

Il essuya la transpiration qui ruisselait dans ses sourcils. Ça devait venir de là, cette chaleur insupportable, ces odeurs, la vase de la Seine, et ces gens qui le regardaient faire, bêtement immobiles, comme s'ils étaient au théâtre.

La victime pouvait avoir vingt ou vingt-cinq ans. Son visage était régulier, ses yeux grands et bleus assez écartés, avec les cils longs et quelque chose d'aimable, de presque féminin. Le menton, volontaire, était mal rasé, les cheveux sombres frisés avec élégance. Il avait dû être joli garçon, mais ce n'était plus le cas, et cela ne venait pas du séjour dans l'eau, fort court *a priori*. Un coup très violent avait en effet enfoncé la mâchoire inférieure. La bouche et le menton étaient maculés de sang noirci. Le policier écarta les lèvres avec le pouce. Toutes les dents ou presque avaient sauté, leurs fragments encombraient la cavité buccale.

Piedebœuf retourna la dépouille avec effort. Il aurait volontiers retiré son habit, mais avec tous ces gens qui l'observaient, c'était hors de question. Il aurait pensé déchoir. Son malaise ne passait toujours pas. Il se sentait presque des envies de vomir. Peut-être n'avait-il pas assez mangé ce matin, ou pas assez bu ?

La nuque portait la trace d'un autre coup. Pas plus que celui à la face, cet impact ne donnait une idée de l'arme utilisée. Une masse aurait certainement fait des dégâts plus francs.

Le jeune homme semblait de condition aisée, assez soigné de sa personne, mains et ongles propres. Il ne portait ni veste ni habit, mais une chemise assez neuve et une culotte en nankin vert. Ses bas en soie blancs étaient maculés de boue, déchirés aux tendons d'Achille à vif. Ses chaussures l'avaient blessé pendant la course. On avait dû lui les voler, une fois mort, ou alors il s'en était débarrassé pour mieux courir. Il était tombé violemment sur le genou droit.

Le commissaire fouilla la culotte et la chemise, sans succès. L'homme ne portait aucun bijou, et pas plus d'alliance. Pas de cicatrice ou de signe particulier. Rien ne permettait de l'identifier. Piedebœuf se releva d'un mouvement brusque qui lui fit naître des étoiles dans les yeux. Il fit passer ce brusque vertige en se frottant longuement les yeux. Ses mains étaient trempées, les veines gonflées comme s'il sortait d'un bain de vapeur.

– Alors, mon cher… la chaleur ne vous convient pas ?

Le policier reconnut avec soulagement la voix moqueuse du citoyen Valentin, qui exerçait l'état de médecin depuis presque aussi longtemps que lui dans le quartier.

Il lui sourit avec effort en s'essuyant le front, bien inutilement.

– J'irai mieux après dîner, grommela-t-il.

L'homme de l'art s'approcha du cadavre sans plus s'occuper de lui.

– Je vous prie de m'excuser, j'avais mes petits malades aux *Enfants bleus*[1].

C'était un petit homme aussi leste que large, la figure

1 Hospice d'enfants abandonnés rue Saint-Denis, où l'uniforme était de couleur bleue.

rouge à cause de la chaleur. Il posa son tricorne à même le pavé pour passer les mains sur le menton, puis sur les joues du mort. Il avait l'air de tâter une marchandise.

– Eh bien ? Le connaissez-vous ? Serait-ce une de vos *pratiques* ?

Le médecin avait poussé la tête du jeune homme sur le côté, pour observer sa nuque.

Piedebœuf lui répondit d'un haussement de sourcil. L'un des grenadiers de Garde s'approchait d'eux en brandissant un objet noir avec dégoût, comme il aurait fait d'un étron. Le commissaire le prit sans un mot. C'était un escarpin d'homme en cuir verni assez fin, presque neuf et la semelle à peine usée, de fort belle facture lui sembla-t-il.

– Où était-il ?

– Dans la rivière, au même endroit qu'on a trouvé le corps.

La bordure de la chaussure, à l'arrière, portait des traces de sang. Le policier s'accroupit en silence près du cadavre et lui enfila l'escarpin. Il lui allait parfaitement.

*

Piedebœuf vida deux verres de vin de Suresnes coup sur coup, qui le revigorèrent un peu, puis il commanda du potage et des pieds de cochon farcis. Cédant à l'insistance du docteur Valentin, inquiet, ils s'étaient installés dans un petit cabaret face au Vieux Louvre, entre deux échoppes de fripiers. Mais contrairement à son habitude, le commissaire ne termina pas son assiette. Il avait ôté son habit et s'épongeait le front et la nuque, le regard vide. Il sentait l'humidité dans son dos, sa chemise collée aux omoplates.

Valentin dut s'y prendre à deux reprises avant que son ami ne revienne à la conversation.

– La nuque brisée... répéta Piedebœuf. Donc il n'est pas mort noyé.

– Vous avez assez vu de noyés pour ne pas en douter.

Je dirais même que ce jeune homme avait sans doute perdu la vie avant de toucher le sol.

Il observait son interlocuteur, un peu alarmé, à deux doigts de lui recommander d'aller prendre un peu de repos. Mais il s'en abstint. Piedebœuf n'était pas réputé pour ses manières affables.

– Un ou plusieurs brigands s'en prennent à lui, sans doute pour le voler, dit ce dernier à voix haute. Il tente de s'échapper, d'où les bas crottés et les blessures à ses talons. Ses escarpins sont neufs et le blessent. Il est rattrapé ; il est tué, dépouillé, et on le jette à la rivière.

– À ceci près qu'ils auraient très bien pu le dépouiller sans l'estourbir, déclara le médecin avant de vider son verre.

Leur écot payé, les deux hommes se séparèrent. Piedebœuf retrouva la chaleur de la rue sans plaisir quoique ce repas l'ait quelque peu remis, et regagna la ci-devant église de Saint-Germain l'Auxerrois, désormais transformée en *maison commune*. Depuis deux ans, l'ancienne municipalité de Paris n'existait plus, ni la lieutenance de police. Désormais, inspecteurs et commissaires n'achetaient plus leur charge ; ils n'étaient plus regroupés dans un bel hôtel de police, aux ordres du lieutenant du roi, mais dispersés dans la ville. Surtout, ils devaient être *élus*. Grâce aux suffrages, Pierre-Joseph Piedebœuf avait enfin accédé au poste de commissaire de police, à la section du Louvre, dont le territoire longeait le fleuve entre le grand Châtelet et le Vieux Louvre.

Personne plus que lui n'avait désiré ces changements, autant ragé contre l'injustice, les prébendes, la corruption de l'ancien système. Grand lecteur des encyclopédistes, admirateur de Beaumarchais, l'ancien inspecteur avait d'abord applaudi la fin des privilèges, avant de tempérer son enthousiasme. Les changements lui paraissaient trop radicaux. Après la fuite du roi, sa circonspection s'était transformée en inquiétude. Comment les choses pourraient-elles s'arranger avec de tels événements ? Et surtout, que deviendraient alors ses rentes ?

L'administration nouvelle logeait dans le déambulatoire de Saint-Germain l'Auxerrois dans un désordre continuel, très représentatif de l'agitation des temps. Piedebœuf, qui avait hérité de la ci-devant sacristie, était certainement le mieux loti. Franchissant une porte en chêne finement sculpté, il retrouva le commissaire de police adjoint, un élu comme lui, qui parut très soulagé de le voir apparaître. Du menton, il lui désigna une dizaine de particuliers assis devant les hauts placards qui contenaient autrefois les objets du culte.

– Les comparants de la matinée, fit-il avec une mimique gênée. On dirait qu'ils sont plus nombreux le dimanche qu'en semaine. Je peux faire entrer la première ? C'est une dame.

– Pas maintenant, répliqua le commissaire sans un regard pour la file d'attente.

Il sortit l'escarpin de sa poche.

Plus pour s'éclaircir les idées que pour bénéficier de ses lumières, il expliqua à son adjoint le peu qu'il savait. Il revoyait encore le visage de la victime. C'était un joli garçon, les cheveux coupés court à la Titus. Toute réflexion faite, ne s'agissait-il pas d'une histoire de mœurs ?

Le commissaire-adjoint chaussa des petites lunettes à monture d'acier pour examiner la chaussure. Il scrutait la finition du travail, retrouvant ses gestes d'artisan. En dehors de ses fonctions de police, il exerçait l'état de peintre sur porcelaine.

– Elle est presque neuve, dit-il, mais je ne vois aucune marque de poinçon… On dirait un escarpin de bal. Je connais un excellent maître cordonnier rue Saint-Honoré, en face de l'hôtel de Noailles. Il s'appelle Epstein, il travaille pour Beaulard et Rose Bertin, les marchands de modes. Ce serait bien le diable s'il n'était pas capable de nous dire où ceci a été fait. Voulez-vous que j'y aille ?

Le commissaire réfléchit un court instant. Le temps d'auditionner la douzaine de citoyens qui l'attendaient à côté, il en aurait pour une bonne partie de l'après-midi. Et cela ne lui rapporterait rien : depuis la grande réforme de la police, tous les actes de procédure étaient désormais gratuits. Il confia donc les auditions à son estimable adjoint et se retrouva bientôt devant Saint-Germain l'Auxerrois à cligner des yeux sous le soleil. Au fond de ses basques, il sentait ballotter l'escarpin du jeune homme.

*

Après avoir enfermé le vieil aristocrate dans un cabinet vide au premier étage de l'Hôtel de Ville sous bonne garde, Dauterive s'en était allé dîner, content de lui-même. Tout se terminait bien.

Comme d'ordinaire, il se contenta d'une tranche de pain et d'une soupe épaisse arrosée de vin frais dans une pauvre taverne de la rue de l'Épine où il avait ses habitudes. Le patron, très affairé et le front perpétuellement luisant de sueur, le servait avec une chaleur bourrue, sans qu'ils échangent le moindre mot. Dauterive trouvait cela fort bien.

Avec ses deux mille livres de traitement annuel – plus qu'il ne fallait à une famille aisée pour vivre – le jeune aristocrate aurait pourtant pu aspirer à des repas fins et à une existence confortable. Il aurait même pu prendre un valet à son service. Mais s'y refusait absolument et se contentait d'une vie simple, de son bel uniforme et de ses bottes en cuir souple, tenue qu'il avait d'ailleurs entièrement dû refaire, suite à sa dernière aventure.

À dix-neuf ans, il gardait une grande part de sa timidité native, masquée derrière une froideur apparente et la sobriété de ses mœurs. Peu disert, méfiant, il préférait toujours observer les autres, délayant le moment de les aborder. Ce caractère un peu sauvage se modifiait toutefois peu à peu depuis qu'il vivait à Paris, comme s'il se polissait au contact de la grande ville. Les rencontres, l'amitié que lui portait La Fayette, et certains succès qu'il avait remportés n'étaient pas étrangers à cette lente éclosion.

Vers deux heures de l'après-midi, le jeune homme regagna le corps de garde, dans une maison que la municipalité louait rue de la Mortellerie, face au fleuve. Rien de notable ne s'était produit durant son absence. Finalement, l'intervention de ce vieux maniaque avait été une distraction dans le long ennui de ses vingt-quatre heures de service. Dauterive décida qu'on pourrait peut-être le relâcher, à condition toutefois de savoir où ce vieux fou pouvait loger.

Il regagna le premier étage de l'Hôtel de Ville, dans le pavillon côté Saint-Esprit, où il avait consigné le vieil homme sous la garde de deux hommes. Arrivé à quelques pas de l'ancien cabinet, Dauterive s'arrêta net, interloqué : le couloir était désert. Il poussa la porte. La pièce était vide. La fenêtre était close et rien n'avait bougé, hormis l'unique siège, renversé sur le parquet. Il regarda autour de lui, troublé. Il repensait aux prunelles fixes du vieil homme, ses gestes brusques et imprévisibles. C'était un ancien militaire, il ne semblait pas manquer de force. Avait-il menacé les hommes de garde ? Les avait-il surpris ? Il pensa avec un frisson d'effroi que nul n'avait songé à le fouiller. Et s'il était armé ? Il se rassura à demi en constatant que le parquet ne présentait aucune trace de lutte, et pas de sang.

Les quelques employés aux écritures, dans le bureau le plus proche, n'avaient rien remarqué d'inhabituel. Ils dévisageaient Dauterive, la plume levée. Le jeune homme haussa une épaule et ressortit d'un pas vif.

Dehors, le soleil l'éblouit. La foule continuait à passer, écrasée de chaleur. Une haute silhouette noire allait et venait sur la grève, devant une gabare, mais ce n'était pas celle du vieillard. Dauterive courut jusqu'au corps de garde où quelques gendarmes jouaient aux dés, vestes déboutonnées. Ils se raidirent, comme les commis à l'Hôtel de Ville.

– Le vieux fou de ce matin… Il a disparu.

Les militaires échangèrent un regard embarrassé avant que l'un d'eux ne prenne la parole. Le colonel Hay, expliqua-t-il, avait donné l'ordre de le relâcher, puisqu'il ne risquait plus rien dehors. Ce dernier était un brave officier au visage rond et aux manières affables, qui commandait depuis des temps immémoriaux la garde de l'Hôtel de Ville. Ses hommes, autrefois *arbalétriers*, *archers*, *arquebusiers* et *fusiliers* du guet de Paris, avaient tous été versés dans la Gendarmerie.

Dehors, une brume légère flottait sur la Seine, déformant l'alignement des maisons sur le quai opposé. Il se retourna en entendant son nom. Un sous-officier arrivait droit sur lui en courant, la main sur le bicorne, le visage cramoisi. Au même instant, Dauterive distingua des cris, une sorte de hululement collectif, cent voix qui se mêlaient dans une même clameur.

– Le vieux… le vieux…

Le gendarme ne parvenait pas à reprendre son souffle. La panique se lisant dans ses yeux. Au bout de la place, les vociférations redoublaient. Cela venait de la rue de la Tisseranderie.

Victor Dauterive rassembla une trentaine de militaires et traversa rapidement la place, presque aussi encombrée que les jours d'exécution publique. En courant, ils entendaient les clameurs au loin. Elles retombaient parfois, puis remontaient jusqu'à se transformer en une sorte de mugissement ; on percevait des encouragements, et même des rires. Bientôt il fut impossible aux gendarmes d'avancer. La rue du Mouton et celle de la Tisseranderie étaient noires de monde.

Les hommes serraient les rangs, tout pâles. Ils se souvenaient du sort du maire précédent, de Flesselles, et de quelques autres dont le gouverneur de la Bastille, qui avaient fini lanternés et égorgés sous leurs yeux, à l'été 89. Aucune force au monde n'aurait alors contraint la foule. S'ils avaient esquissé le moindre geste, ils n'auraient fait que partager le sort des victimes.

Dauterive échangea un regard avec un vieux sous-officier aux moustaches grisonnantes. Il y lut un mélange d'impuissance et de fatalisme. Le vieux fou – personne ne doutait qu'il s'agisse de lui – était donc retourné vers l'affiche. Victor serra les mâchoires. Pour quelle raison le colonel l'avait-il fait relâcher ? Personne ne lui avait donc expliqué l'affaire du matin ? Il envoya un premier messager à la maison commune et un autre à l'état-major de la Garde nationale tout proche. Puis ils attendirent, glacés. Les cris avaient changé de nature, cette fois il s'agissait de rage et de meurtre.

Victor avait fait croiser la baïonnette. Les gendarmes faisaient face à la multitude qui leur hurlait des menaces. Des mouvements la parcouraient, des vagues incontrôlées qui venaient s'échouer devant leurs fusils baissés. Des cris s'élevèrent. Ils aperçurent la figure blême du vieux fou au-dessus d'un océan de têtes. Il paraissait un pantin, les vêtements déchirés, les lèvres et paupières gonflées, sanguinolentes. Puis il disparut dans une huée de joie, comme avalé par le peuple.

3

Midi

Gilbert du Motier, marquis de La Fayette, observait la cour pavée de son hôtel de Noailles depuis une des hautes fenêtres de son cabinet.

Le pays était au bord de la guerre civile. Certes, Louis XVI avait réintégré les Tuileries depuis son retour de Varennes, mais l'Assemblée l'avait privé de tous ses pouvoirs. Dans une semaine, les parlementaires allaient devoir voter. S'ils déclaraient le monarque *inviolable*, il n'y aurait pas de procès et Louis remonterait sur son trône. Le terrain était déjà préparé auprès des députés grâce à la fable de *l'enlèvement*, inventée le jour même de la fuite par La Fayette et le président de l'Assemblée. Mais les patriotes le prenaient très mal. Le roi ne pouvait pas avoir quitté Paris contre son propre gré. Ils hurlaient à la trahison et ils n'avaient pas tort, La Fayette ne le savait que trop bien.

Mais pouvait-on se permettre de juger le roi ? Par qui le remplacerait-on s'il était déchu ? Par un *conseil exécutif*, un régent ? Un procès public donnerait des ailes aux agitateurs parisiens, à la populace et à ces anarchistes dont certains parlaient de République. Il remettrait tout en cause, y compris la Constitution que les députés étaient sur le point d'achever. Il régnait chez ces derniers une sourde angoisse, bien éloignée de la ferveur des débuts.

Un domestique annonça l'arrivée d'un invité. Le marquis le fit monter tout en se rajustant face à un miroir.

C'était un grand et beau personnage de cinq pieds six ou sept pouces, toujours soucieux de son apparence, l'air d'un homme qui a connu tôt le succès et à qui rien ne résiste. Comme d'ordinaire, il portait l'uniforme de la Garde nationale couleur bleu de Prusse à retroussis écarlates et épaulettes dorées. La médaille des Vainqueurs de la Bastille brillait à son plastron dont les boutons s'ornaient de la devise de la Garde : *La Nation, la Loi et le Roi.*

Un grand personnage aux traits rudes apparut, vêtu de noir. Antoine Barnave, député du Dauphiné, dirigeait la faction modérée de l'hémicycle après avoir longtemps soutenu des opinions plus avancées. La fuite du roi avait singulièrement refroidi ses ardeurs réformatrices.

Les deux hommes se saluèrent avec froideur.

– Merci d'être venu, déclara La Fayette avec un sourire qui sentait l'homme de cour.

Le député du Dauphiné s'inclina.

– Il faut oublier les anciennes querelles. Je suppose que vous vouliez me parler du rapport des comités ?

La Fayette hocha le menton.

Six comités de l'Assemblée nationale travaillaient depuis le 25 juin sur un rapport qui devait résumer l'affaire de la fuite. L'orientation de ce rapport aurait une influence décisive sur le vote de députés.

– Nous ne devrions pas avoir de mauvaise surprise. J'ai longuement parlé à Muguet du Nanthou, le rapporteur ; c'est un homme raisonnable. Les comités devraient proposer un vote d'inviolabilité. Il est souhaitable qu'aussitôt le rapport présenté, les débats soient les plus courts possibles. S'ils s'éternisent, je ne répondrai plus de l'ordre à Paris.

– Je demanderai à mes amis de faire au plus vite. Cependant nous ne pourrons pas empêcher Robespierre et ses amis de monter à la tribune.

Sa voix, forte et puissante, ne lui permettait guère de chuchoter. On l'appelait *le tigre*, et la violence de ses tirades était redoutée.

– Robespierre ne représente rien, répondit La Fayette, un rien méprisant… Il est seul.

– Ne le sous-estimez pas. Il a du soutien dans Paris. Danton et les Cordeliers se démènent, ils demandent le jugement du roi et sa déchéance. Brissot en appelle à la République, et d'autres insensés aussi…

– Des insensés, non. Ce sont des marionnettes aux mains de la faction du duc d'Orléans. Ils prétendent vouloir la République ou Dieu sait quoi, mais ils ne rêvent que d'une chose : la régence pour Orléans. Son cousin est affaibli, l'occasion est trop belle.

Barnave regarda le général, les traits tendus.

– Sans doute… Mais que voulez-vous y faire ?

– Vous avez de nombreux amis à l'Assemblée. Préparez-les, dites-leur de voter le rapport au plus vite, dès qu'il sera présenté. C'est notre seul espoir de conserver la stabilité de la nation.

– Je ferai tout ce qui est en mon pouvoir, promit Barnave. Nous avons manqué de clairvoyance en affaiblissant trop le roi.

– Il est trop tard pour le regretter. De mon côté j'empêcherai la faction d'Orléans d'agir.

– Comment ? Ils sont riches et puissants ; ils tiennent une partie de la presse et l'opinion. Ils sont capables de tout.

– Occupez-vous du vote. Moi je m'occupe d'Orléans.

– En si peu de temps, je ne vois pas ce qu'on peut faire…

Barnave n'avait pu retenir une moue de doute.

– Moi si.

Sans doute son interlocuteur attendait-il une explication, mais le général n'ajouta rien. Son plan était déjà arrêté. Tout serait mis en place avant ce soir, quoi qu'il lui en coûte. Il salua son visiteur et demanda qu'on selle son cheval.

*

Piedebœuf trouva sans difficultés l'enseigne du cordonnier Epstein, une grande botte rouge en bois peint qui se balançait dans la rue Saint-Honoré, presque en face de l'entrée d'un bel hôtel particulier. Derrière la vitre il distinguait une grande pièce parquetée aux étagères couvertes de centaines de souliers de toutes sortes, mais la boutique était fermée. Il frappa pourtant à la vitrine, tant et si bien qu'une femme aussi haute que large apparut, indignée, la face rougie, le mouchoir de cou et les cheveux défaits. Un petit personnage avançait derrière elle, vêtu d'un habit à la française couleur prune, de bas chinés et d'une perruque à gros rouleaux.

Epstein, le maître cordonnier, avait le visage inquiet d'une fouine, ou plutôt d'un gros rat. Il s'excusa d'avoir tardé à ouvrir, parce qu'il dressait l'inventaire avec son commis principal. D'un doigt peu respectueux, il désignait la dame.

Le policier, qui songeait que ces deux-là avaient une façon bien particulière de *dresser les inventaires,* leur montra l'escarpin. Après un rapide examen, Epstein lui rendit avec dédain. Il était de trop médiocre qualité pour avoir été fabriqué chez lui.

Piedebœuf fit rouler un sourcil en manière de doute. Dieu sait pour quelle raison, il s'était persuadé qu'il s'agissait d'un modèle assez rare, à l'image de ce qui pouvait se faire ici. La femme confirma l'information. Certes, le cuir était de qualité correcte, et les coutures solides, mais la façon n'avait rien d'original. N'importe quel cordonnier un peu habile était capable de faire cela.

Le commissaire sentait une mauvaise sueur lui inonder la tête et le dos. Il s'appuya un instant sur le comptoir en chêne, les yeux clos, avant de s'essuyer le visage. L'employée le regardait, étonnée, tandis qu'Epstein ne manifestait pas la moindre sollicitude.

– Ce n'est rien… la chaleur… bougonna le commissaire avant de retrouver la rue.

Il se remit en avalant deux verres d'eau-de-vie chez un limonadier puis se rendit à la morgue, au Châtelet, où l'on exposait les défunts dont la police ignorait l'identité. Mais personne n'était venu reconnaître le cadavre. D'ici un jour ou deux, avec la chaleur, il faudrait bien l'enterrer, et l'on ne pourrait plus rien attendre de ce côté-là. Il s'approcha du jeune homme à l'escarpin, dans le silence du sous-sol. Il n'était mort que de la nuit passée, mais ses traits avaient déjà changé, à la fois creusés et alourdis, le teint déjà verdâtre, les yeux opaques. Piedebœuf échafaudait sa théorie : le jeune homme avait séduit une jeune fille. La famille s'était vengée en le faisant bâtonner, mais l'affaire avait mal tourné. Ensuite, les criminels avaient dépouillé le corps pour faire croire à une attaque de voleurs.

Mais tout cela n'était qu'un songe. Pour avancer, il n'y avait que cet escarpin, avec bien peu de moyens pour en retrouver le fabricant.

Lorsque le commissaire regagna Saint-Germain l'Auxerrois vers le milieu de l'après-midi, une mauvaise surprise l'attendait dans l'ancienne sacristie qui lui servait de cabinet. Une dizaine de personnes, des pauvres gens, pleuraient ou hurlaient. Une ménagère en robe de tiretaine rouge, le fichu et le bonnet défaits, les cheveux dénoués, se débattait entre deux hommes, le visage baigné de larmes. Il finit par comprendre qu'une fillette venait d'être renversée au croisement de la rue des Poulies et de la rue du Petit-Bourbon. Le fiacre avait pris la fuite.

Le commissaire élu n'eut d'autre choix que de suivre tous ces gens. La femme en robe rouge était la tante de la victime. Tout était de sa faute. Gabrielle, sa nièce, lui avait brusquement échappé, elle n'avait rien pu faire. Avec ces rues étroites, fréquentées de tant de piétons, les accidents de voitures étaient fréquents, et ça ne datait pas d'hier.

La foule l'attendait devant l'étroite échoppe d'un tailleur, rue des Poulies. Le policier entra, le cœur battant. Il aurait pu toucher les deux murs en étendant les bras. Dans l'ombre, il aperçut sur un établi le corps d'un enfant de six ou sept ans, une fillette aux cheveux clairs, les traits fins comme ceux d'une statue. Son visage était d'une pâleur effrayante, le regard déjà voilé.

Lorsque Piedebœuf ressortit, l'enfant vivait toujours mais son souffle s'éteignait peu à peu. Quant au fiacre, personne n'avait noté son numéro et les témoignages variaient[1]. Certains avaient cru le voir tiré par deux chevaux noirs ; pour d'autres ceux-ci étaient marron. Le cocher arborait tantôt une redingote sombre, tantôt un manteau gris, alors qu'il aurait dû porter la tenue réglementaire, une houppelande ou un habit bleu (mais c'était connu, ces gens-là n'en faisaient qu'à leur tête). Seul un détail les avait tous frappés : l'homme arborait une toque de fourrure, ce qui était étonnant avec cette chaleur.

*

Avec une partie de son état-major, La Fayette remontait la rue Saint-Honoré, en en occupant presque toute la largeur. On s'écartait sur sa route, c'était tout de même le *Héros de Deux-Mondes*, le commandant-général de la Garde nationale à Paris. Certes, depuis la malheureuse affaire de Varennes son prestige avait singulièrement diminué. Autrefois seuls quelques enragés, des illuminés comme Marat, ou journalistes à la solde du parti aristocrate, se risquaient à le critiquer. Maintenant beaucoup de patriotes se méfiaient de lui. Le roi n'avait-il pas fui alors

---

1 Les quelque deux mille fiacres de la ville étaient tous numérotés.

qu'il prétendait assurer sa garde aux Tuileries ? Et n'avait-il pas affirmé, avec un incroyable aplomb, que le roi *avait été enlevé* ?

Les brillants cavaliers gagnèrent les quais, remontant jusqu'à l'Hôtel de Ville. Tout le désordre du matin s'était dissipé, on avait nettoyé le sol place de Grève mais un aide de camp expliquait au général tout ce qui s'était produit. Villognon, le vieillard, avait été traîné jusqu'à la lanterne, puis pendu. Une fois mort, on avait décroché son corps au milieu des rires, et un garçon boucher lui avait coupé le col. La tête, un temps promenée sur la place, avait disparu. La police recherchait l'équarrisseur, un certain Texier qui travaillait près de la Grande-Boucherie. À ce récit le général pinçait les lèvres. Non qu'il soit vraiment dégoûté – il avait déjà affronté de telles horreurs – mais surtout cela ressemblait fort aux désordres de l'été 89. Sa détermination à réprimer l'agitation parisienne s'en trouva renforcée. Déboulant dans le cabinet du colonel Hay, il lui ordonna une grande revue et la centaine de gendarmes de l'Hôtel de Ville, Dauterive y compris, se rassemblèrent dans la cour intérieure du bâtiment en échangeant des regards inquiets. Jamais La Fayette ne venait ici inspecter les troupes.

Après avoir parcouru le premier rang presque au pas de course, le général s'arrêta au milieu de la cour.

– Ce matin, dit-il d'une voix forte, un malheureux vieillard de soixante-dix-sept ans a été assassiné sous vos yeux. Cet homme était un brave militaire, chevalier de Saint-Louis, un ancien mestre de camp de Sa Majesté. Il a été tué parce qu'il avait protesté de l'affichage d'un libelle.

Les hommes étaient figés. Le marquis laissa planer un court silence, se déplaçant jusqu'au rang de Dauterive.

– J'ai demandé à monsieur le colonel Hay qui était de garde ce matin. C'était vous, monsieur.

Son regard clair fouillait celui du sous-lieutenant, qui s'empourpra. Pourquoi s'en prendre à lui ? Il n'était pas le plus gradé, il avait alerté ses supérieurs, qui n'avaient pas pris la moindre décision ! Son cœur se mit à battre à tout rompre.

– Vous, monsieur, reprit le général d'une voix plus forte, les joues rougies. Vous avez négligé d'enlever une affiche séditieuse placardée sous les murs mêmes de l'Hôtel de Ville. Vous avez laissé un homme se faire pendre et égorger sans agir. Vous, qui vous prétendez officier !

Victor se mit à trembler de tous ses membres. Au côté du marquis, le colonel Hay gardait les traits fermés. Hay, qui avait fait relâcher le vieillard sans s'assurer de sa sécurité !

Il ouvrit la bouche.

– Non, monsieur, vous n'aurez pas l'impudence de me répondre, s'écria le général d'une voix aiguë. Vous ne ferez pas porter aux autres le poids de vos fautes !

Dauterive contractait les mâchoires, le regard noir. Brusquement, il s'écarta du rang, le sabre levé. Deux hommes se jetèrent sur lui. Il repoussa le premier d'un violent coup de garde, mais d'autres venus en renfort le maîtrisèrent. Tous les gendarmes, et même quelques employés de la municipalité, observaient la scène, figés. La Fayette dévisageait le sous-lieutenant, le visage perlé de sueur, les yeux brillants. Il se détourna.

– Que l'on conduise cet homme hors de ce lieu. Il ne mérite pas sa place ici…

On emporta le sous-lieutenant dans un silence de plomb. Son sabre gisait toujours au sol, sans que personne ne songe à le ramasser. La Fayette reprit la parole, la voix rauque.

– La Révolution est en danger ! s'écria-t-il après une hésitation. Jamais la défiance n'a été si forte envers ma personne et envers vous, gendarmes. Le sous-lieutenant Dauterive a failli à sa mission, et à son honneur. Il sera dégradé et chassé de votre corps. Que ceci vous serve de leçon, à tous !

4

Huit heures du soir

Un homme en bourgeois attendait depuis un moment devant l'Hôtel de Ville, debout à côté d'un fiacre. Les gendarmes de garde lui avaient demandé de se garer ailleurs, mais il les avait éconduits. Alors que huit heures sonnaient aux clochers alentour, il se redressa et ouvrit une portière. Dauterive apparaissait, encadré par deux solides gendarmes.

Reconnaissant celui qui l'attendait, il fit un bond de côté. Ses gardiens, surpris, avaient failli lâcher prise. Ils lui reprirent les bras. Le jeune homme se débarrassa du plus gros d'un coup de tête, écarta l'autre de la botte et fit quelques pas vers la place de Grève. Sans l'homme du fiacre, il aurait certainement filé. Ce dernier se jeta sur lui et ils roulèrent au sol tandis que les gendarmes venaient à la rescousse. Ils ne furent pas trop de trois pour soulever le jeune homme et le jeter à l'intérieur de la voiture, jurant comme des charretiers et rendant coup pour coup sous le regard médusé des passants. Dans l'aventure, un militaire avait perdu son bicorne et l'autre son sabre. L'homme en bourgeois avait reçu un méchant coup au nez et plaquait un mouchoir ensanglanté sur visage.

Quelques instants plus tard, la berline aux vitres occultées quittait la place de Grève, le sous-lieutenant à son bord.

Pendant un long moment, Dauterive se sentit dans un état second, à la fois hors de lui et accablé, en tout cas incapable de prononcer un mot. Sur la banquette face à lui, ses deux gardiens avaient dû recevoir des consignes strictes car ils ne le quittaient pas du regard. En quoi ils faisaient bien, car le jeune homme se sentait capable de tout pour retrouver la liberté. Car la suite, il la devinait : l'homme en bourgeois, le nez dans son mouchoir rougi, était le majordome de La Fayette, il l'avait croisé des dizaines de fois. Le marquis s'apprêtait donc à le rendre à sa famille, puisqu'il était loin d'avoir les vingt-cinq ans de sa majorité. Il hésitait à forcer à la portière et à se jeter dehors, mais où irait-il ? Il songeait à Fragonard, ce vieux peintre de cour aujourd'hui tombé dans l'oubli, rencontré un jour par hasard. Séduit par ses talents de dessinateur, il avait voulu le recommander auprès de l'un de ses anciens élèves, Jacques-Louis David, qui dirigeait un atelier. Mais de quoi vivrait-il alors ? Jamais son père, dont il avait fui la tyrannie grâce à La Fayette, ne lui enverrait aucun subside.

Après avoir traversé une longue étendue de champs gagnés par l'obscurité, le fiacre s'engagea dans une allée et se rangea devant la façade blanchâtre d'une maison. Autour, on devinait le frémissement d'un bois ; il faisait encore très chaud. Le majordome pria Dauterive d'entrer dans un vestibule assez sombre qui sentait le renfermé. Arrivés dans une pièce vide, il lui donna l'ordre de s'asseoir. Les deux cerbères se plantèrent de part et d'autre de la porte, à portée de bras.

Au bout d'une longue attente, on entendit une cavalcade isolée puis un homme surgit sans un mot, une moitié du visage rougie par la flamme d'un chandelier. La Fayette, en habit de bourgeois. En le revoyant, la colère du sous-lieutenant resurgit, intacte. Il se leva mais aussitôt ses deux gardiens lui empoignèrent fermement les bras.

– Traître, haletait Dauterive. Dites à vos laquais de me lâcher et battez-vous.

La Fayette poussa un soupir.

– Ne faites pas l'enfant. Je ne me battrai pas avec vous, Victor.

– Que voulez-vous ? Me livrer à mon père ?

Le commandant-général sursauta presque.

– Il n'en est pas question ! Jamais cela n'arrivera (mais par la suite, il devait souvent revenir là-dessus).

– Alors relâchez-moi. Je ne veux plus vous voir de ma vie.

D'un signe, le marquis ordonna aux deux geôliers de le libérer. Comme ils hésitaient, il insista, agacé, et leur ordonna de partir. Il restait à l'entrée de la pièce, dans une demi-pénombre, mais ce n'était pas par méfiance. Aussitôt Victor tenta de quitter la pièce, mais il lui barra la route.

– Je ne vous écouterai pas. Vous êtes un traître.

– Vous m'écouterez.

Il lui prit doucement le bras, les yeux fixés dans les siens, et le jeune homme songea en un éclair à tout ce qui s'était passé depuis leur première rencontre, deux ans plus tôt. Il s'appelait encore Brunel, chevalier d'Hauteville, un attachement quasi filial était aussitôt né. La Fayette, qui avait su son histoire, l'avait arraché à un père tyrannique et lui avait offert un grade d'officier dans la Gendarmerie. Il lui avait donné la liberté et l'espoir. Il en avait fait un homme.

– Vous m'écouterez, Victor, parce que j'ai besoin de vous. Je vous ai fait confiance dès le premier instant. Et vous aussi m'avez fait confiance, parce qu'entre nous il n'est pas de trahison possible. N'est-ce pas ?

Il lui paraissait plus fatigué que d'ordinaire, des poches sous les yeux et surtout sans son aimable insouciance habituelle.

– Je ne comprends pas. Pourquoi toute cette histoire ?

– Vous ne serez pas dégradé, vous resterez gendarme et officier. Et surtout nous continuerons à nous voir, comme avant. Mais il le fallait. Vous savez où nous en sommes, n'est-ce pas ?

Victor inclina la tête, sans trop savoir à quoi le général faisait référence.

– Il est question de juger le roi, voilà où nous en sommes. Quant à moi, je suis environné d'ennemis, et je tiens tout à bout de bras. Vous n'ignorez pas que bientôt le rapport des comités va être rendu à l'Assemblée. On va voter sur la culpabilité du roi, vous le savez… (ce n'était pas une question, déjà il reprenait le fil de sa pensée). Ce rapport sera favorable à l'inviolabilité du roi. Cela ne fait aucun doute. Tout comme le vote des députés ne fait aucun doute. Sans le roi l'empire serait livré à l'anarchie. Mais entre la publication du rapport et le vote, une semaine au moins va s'écouler, à cause des débats. Et les députés du côté gauche ne se laisseront pas faire. M'entendez-vous bien ?

– C'est parfaitement clair.

– Pendant une semaine, le trône sera donc dans un péril immense. Je voulais dès ce matin vous confier une mission. Et cette horrible histoire, ce malheureux vieillard, m'a donné une idée…

– Je ne comprends rien. De quelle idée parlez-vous, quelle mission ?

– Je veux que vous vous insinuiez dans le parti d'Orléans. Ne faites pas cette tête, je vais vous expliquer pourquoi. Depuis deux ans, vous savez que cette faction tente de chasser Louis XVI du trône et d'imposer à sa place, comme régent, Louis-Philippe d'Orléans, premier prince de sang[1] et cousin du roi. Par deux fois, ils ont manqué de réussir. Une fois le 14 juillet 1789, l'autre en octobre de cette même année, quand les poissardes ont envahi

1 Titre de la monarchie, attribué au prince de sang qui venait après les fils et petits-fils de France dans le rang de succession.

Versailles. Grâce à mon sang-froid, fit le général en se redressant, le pire a été évité. Mais l'occasion se présente à nouveau, et elle est plus favorable que jamais. Ces fripons vont tenter le coup de force, tout l'indique. Ils ont une semaine. Ensuite, une fois le vote de l'Assemblée obtenu, et Sa Majesté remontée sur le trône, ils ne pourront plus rien. Orléans et ses hommes veulent le pouvoir. Comment vont-ils le prendre, où et quels moyens ? C'est ce que j'ignore, et c'est ce que je vous demande de m'apprendre, une fois que vous serez dans leurs rangs.

Pendant quelques instants, le silence s'installa. Jamais le marquis n'avait confié à son protégé une mission d'une telle importance, et comportant de tels risques. La faction d'Orléans était la plus puissante, la mieux organisée et la plus riche du moment. Il comprenait mieux d'un coup ce qui s'était produit dans la cour de l'Hôtel de Ville. Le parti d'Orléans haïssait La Fayette. En le chassant publiquement, le général avait voulu lui offrir un passeport, et une protection. S'ils cherchaient à en savoir plus sur lui, ils ne douteraient pas de sa motivation.

– C'est égal, grommela Victor sans grande conviction, vous auriez pu me prévenir.

– Nous parlons ici du sort du royaume, mon ami. Oubliez cela. Et ne doutez pas que vous serez récompensé…

Le jeune homme haussa une épaule. Les grades, les récompenses, l'argent, tout cela ne comptait pour rien à ses yeux.

– Que dois-je faire ?

– Tout indique qu'Orléans et ses hommes préparent un nouveau 14 juillet. L'homme qui dirige la machination est le secrétaire particulier du duc, Choderlos de Laclos, un ancien officier d'artillerie qui se pique d'être écrivain. Il a la main sur le club des Jacobins, dont il s'est fait élire le secrétaire. Ce qui lui donne des relais chez les députés pour mieux asseoir sa manœuvre. Il vous sera difficile de l'approcher, c'est un homme très sollicité et il pourrait se méfier. Le plus simple serait de vous lier avec un certain Garat l'Américain, un brigand de la pire espèce qui dirige ses hommes de main. C'est un homme dangereux, mais il cherche des mercenaires en ce moment, je le sais de source sûre. La plupart sont recrutés au club des Cordeliers, n'importe qui peut y avoir accès. Vos qualités lui conviendront, je n'en doute pas, si vous dissimulez vos pensées, et vous savez le faire. Voyez-le, séduisez-le et soyez son ami. Attachez-vous à ses pas, devancez ses désirs et tenez-moi informé de tout ce que ces hommes font, que je puisse contrecarrer leurs plans. Soyez prudent et agissez vite. Dans moins d'une semaine tout sera terminé.

Dauterive ne répondit pas. D'ici une semaine il aurait fini sa mission, certes.

Ou bien il serait mort.

5

Deuxième jour
Lundi 11 juillet 1791
Neuf heures du matin

Le sous-lieutenant avançait sans plaisir dans la fournaise de la capitale. Il avait troqué son habit d'uniforme contre une redingote beige assortie d'une culotte claire, de bottes à revers et d'un chapeau rond à larges bords. Sous un soleil écrasant, il gagna la Seine et posa pied à terre au Châtelet. Avisant un enfant qui traînait là, il lui confia la garde de son cheval pour quelques sols. Il pouvait avoir un peu plus de dix ans, les pieds nus, la chemise et culotte déchirées, le nez retroussé et les yeux azur d'un faux naïf comme lui. Il proposa de mener sa bête jusqu'au port au blé pour l'abreuver, mais Dauterive refusa.

Autrefois forteresse royale et siège de la justice parisienne, le Châtelet était désormais presque à l'abandon et n'abritait plus que la morgue et quelques prisonniers. Hormis les geôliers ne travaillait plus ici qu'un seul homme, le vieux Duperrier. Ci-devant greffier au Châtelet pendant près de cinquante ans, ce dernier avait été chargé d'archiver l'énorme masse de documents que contenait le sinistre bâtiment. Le gendarme avait fait sa connaissance quelques mois plus tôt, et les deux hommes s'aimaient beaucoup malgré leurs différences. Autant Victor soutenait les idées nouvelles, autant Duperrier, célibataire et confit de dévotion, tenait de *l'Ancien Régime*.

Il trouva le vieillard au fond d'un long couloir, dans une pièce vide.

– Quelle hâte ! s'exclama Duperrier tandis qu'ils s'embrassaient avec chaleur. Vous avez de la chance que j'ai eu votre mot hier soir. Je devais aller au théâtre mais j'y ai renoncé, il faisait bien trop chaud. Savez-vous bien que je travaille pour vous depuis l'aube, mon jeune ami ? Je suis épuisé.

Il trotta jusqu'à un vaste fauteuil où il se laissa choir avec un soupir d'aise. Le siège, sans doute autrefois réservé à un magistrat, était bizarrement dressé au milieu de la pièce, donnant à son occupant l'allure d'un roi de théâtre.

Le vieil homme leva les yeux au plafond en croisant les mains.

– Quel siècle affreux, mon pauvre Victor... Personne ne respecte rien, même plus Louis XVI, le meilleur des rois. Comment est-il possible qu'on l'ait déposé de ses pouvoirs ?

– C'est provisoire, fit le jeune homme en calant ses fesses contre la cheminée, faute d'avoir trouvé de quoi s'asseoir. Pour le moment l'Assemblée délibère sur son sort.

– L'Assemblée, l'Assemblée... Mais de quel droit ? Vous en parlez comme s'il s'agissait du Saint-Siège ! Depuis quand des avocats disposent-ils donc de la personne du roi ? N'y a-t-il pas là quelque chose d'inouï !

Dauterive inspira largement. Une température glaciale régnait à l'intérieur des vieux murs, et la sueur refroidissant dans son dos le faisait presque frissonner.

– Celui que vous appelez *le meilleur des rois* a tenté de gagner l'étranger, répondit-il, plus sèchement qu'il ne l'aurait voulu.

– Il a été mal conseillé par un entourage perfide. Ne m'échauffez pas les sangs, jeune homme. À moins que vous ne vouliez vous passer de mes services.

L'arrivée d'un geôlier muni d'une bouteille fraîche interrompit heureusement l'échange. Duperrier avait décrété, non sans raison, qu'ils seraient plus à l'aise ici pour causer, à l'abri de la chaleur et des oreilles indiscrètes.

– Alors, qu'avez-vous appris ? sourit le gendarme après qu'ils eurent trinqué.

– Pourquoi vous intéressez-vous à la faction d'Orléans ? Est-ce une manie chez vous que de vous attaquer à d'aussi fortes parties ?

Victor haussa une épaule tandis que l'ancien greffier l'observait en silence, par-dessous ses imposants sourcils.

– Vous avez raison, ceci ne me regarde point, reprit-il avec un fin sourire. Au sujet du duc d'Orléans, je serai bref puisque vous lisez les journaux. De caractère, vous avez entendu parler de lui – il retroussa la lèvre supérieure avec dégoût. Jamais prince de sang ne fut aussi vil, aussi méprisable et dépravé. Savez-vous ce qu'on dit de lui ? *Poltron sur mer, escroc sur terre, prince nulle part, polisson partout.* La reine surtout le déteste. Elle raconte partout qu'il a pris des cours de prestidigitation pour mieux tricher au jeu. Jamais il n'a cessé de comploter contre Leurs Majestés, surtout depuis que dans sa grande sagesse, Louis XVI lui avait refusé la charge de grand amiral, il y a une dizaine d'années. Il s'est entiché de toutes les horreurs qui nous valent le désastre actuel, depuis l'hypnotisme jusqu'à ces absurdes singeries philosophiques ou franc-maçonnes – à ces mots, Victor dut faire un effort pour ne pas l'interrompre. Vous n'ignorez pas, enchaîna le vieil homme, qu'on le soupçonne d'avoir payé des libellistes qui traînent Sa Majesté dans la boue, depuis cette affreuse affaire du collier[1]. De toutes les catastrophes qui ont suivi depuis, il n'en est aucune à laquelle il ne soit pas plus ou moins soupçonné d'être mêlé.

– À raison me semble-t-il…

– Certainement, même si la preuve n'en fut jamais portée. Le 14 juillet, l'émeute est partie depuis son Palais-Royal, le temple de la dépravation, et le meneur principal en était ce misérable Camille Desmoulins, un homme notoirement payé par le duc. Les 5 et 6 octobre 1789, les poissardes ont voulu ramener le roi et la reine à Paris, et certains auraient même vu le duc lui-même parmi la foule, avec ses sicaires. On a dit que le but de cette journée était en réalité de s'emparer du trône. Mais le procès de ces atrocités, qui a eu lieu ici même au Châtelet, n'a rien établi. Le duc et Choderlos n'ont été condamnés qu'à un bref exil à Londres, et encore, ce n'était pas une décision de justice.

– Et depuis Varennes ?

Duperrier claqua de la langue après avoir vidé son verre.

– Silence absolu. Les agents d'Orléans s'agitent et réclament une régence, mais lui jure ne rien vouloir. C'est à peine si on le voit. Il a toujours été ainsi, au centre de tout, mais invisible et ne se mêlant de rien. En vérité, c'est un indolent et un inconstant. Le vrai maître de son action est son secrétaire, Choderlos de Laclos.

Le sous-lieutenant se caressait l'arête du nez, concentré.

– Que savez-vous de lui ?

– Peu de chose. Je suppose que vous avez entendu parler de ses exploits littéraires. Moi, je ne lis pas cela. C'est un ancien capitaine d'artillerie, sans grands talents. Le roi lui avait refusé l'autorisation de partir faire la guerre en

1 En 1784-1785, cette énorme escroquerie au diamant éclabousse une Marie-Antoinette pourtant totalement innocente.

Amérique et l'on dit qu'il en a conçu une rancœur inguérissable.

– Au point de vouloir renverser le roi.

– Comment ne pas le penser…

– Avez-vous trouvé quelque chose contre lui ? Une affaire à laquelle il aurait été mêlé ?

L'ancien greffier crispa la bouche d'un air découragé.

– Rien. Absolument rien. Cet homme est lisse comme la surface d'un lac. Eût-il les eaux méphitiques. Choderlos est un artilleur, donc ingénieur, et par conséquent maître tacticien. Il s'est emparé de l'âme du duc comme on s'empare d'une forteresse. Il en a fait sa marionnette.

Dauterive digéra ses informations quelques instants.

– Que savez-vous de Garat l'Américain ?

– Oh oh, celui-là… Le pire des brigands. Il s'appelle Claude Garat, on l'appelle ainsi parce qu'il a longtemps séjourné à Saint-Domingue[1]. On dit qu'il a été garde-chiourme d'esclaves dans cette île. C'est un homme brutal et sans scrupule, habile à torturer. Il vivait à Paris depuis trois ou quatre ans sans que l'on sache de quoi, et il est brusquement surgi du néant, le 14 juillet. C'est lui qui a mené l'assaut de la Bastille en s'emparant des canons des Gardes-Françaises. Il est constant qu'il sert aveuglément Choderlos et par conséquent Orléans. Ce serait une belle chose si vous faisiez pendre ce fripon !

– Sans doute, sourit Victor. Mais à moi seul et sans jugement, j'aurais du mal. Et d'ailleurs, qui vous dit que je veuille le faire arrêter…

– Ne faites pas votre naïf, Victor, je sais bien qui vous êtes. Sachez que vous vous attaquez là à la pire bande de gredins que cette ville ait jamais accueillis. Car ce Garat n'est pas seul, il a toute une bande avec lui, je vous en parlerai à l'instant. Tous ces gens-là sont membres du club

1 Aujourd'hui une partie de l'île d'Hispaniola, divisée en République dominicaine d'une part et Haïti de l'autre.

des Cordeliers, vous les trouverez aussi au café Procope tout proche, ou encore au Palais-Royal. Mais encore une fois, ce sont des brigands. Je vous supplie d'être prudent, mon jeune ami.

Le sous-lieutenant prit une inspiration. Avec le courant d'air permanent, il avait maintenant presque froid.

*

Piedebœuf n'avait pas dormi de la nuit. La soirée n'avait apporté aucune fraîcheur, et pour couronner le tout une bagarre avait éclaté entre ivrognes, vers deux heures de la nuit. Et puis, il y avait toujours cette espèce de gêne, ce vertige qui ne voulait pas partir. Levé à la pointe du jour, il se rendit à l'église Saint-Merri où se trouvait l'administration municipale de la section Beaubourg. Il y interrogea le commissaire et se rendit, plein d'espoir, dans la rue des Cinq-Diamants toute proche, une voie étroite et tortueuse comme souvent dans cette partie de la ville. Un groupe d'enfants crasseux se chamaillait près de la petite église Saint-Josse, qu'on lui avait donnée pour repère. L'immeuble qu'il cherchait se trouvait exactement en face, à l'angle de la rue. La façade sale et d'apparence médiocre faisait quatre étages de haut sur moins de douze pieds de large. Le commissaire passa dans la petite cour intérieure, de fort belle humeur. Se sentant observé, il leva le nez et découvrit la concierge, perchée à la coursive du premier étage. C'était une bonne femme aux joues creuses et au menton agressif, les cheveux blonds mal rangés sous un bonnet de piqué. Il lui ordonna de descendre sur-le-champ.

La quarantaine fatiguée, la robe aussi grise que les murs, elle s'approcha d'un pas traînant, le regard plein de rancœur.

– Vous êtes la femme Guichard ?

Elle approuva d'un hochement de menton, l'air guère plus aimable.

– Le commissaire de Saint-Merri me dit que vous avez signalé hier la disparition d'un locataire…

Nouveau mouvement de menton.

– C'est un sieur Augustin Bouvard. Entre vingt et vingt-cinq ans, les yeux bleus écartés, la figure agréable, les cheveux noirs coupés à la Titus, cinq pieds un pouce ou deux… C'est bien ça ?

Les cheveux coupés court à la romaine – à la Titus – faisaient fureur depuis que le grand acteur Talma en avait lancé la mode. La dame Guichard approuva d'un grognement, précisant que le disparu portait souvent un frac et une culotte de couleur verte, ainsi que des petites chaussures, mais sans boucles. Le cœur de Piedebœuf avait fait un bond. Il ne regrettait pas d'avoir passé une partie de sa soirée, la veille, à envoyer le signalement du jeune homme à l'escarpin à tous les commissaires de la ville. Le billet de réponse du commissaire de Saint-Merri lui était parvenu le matin même à la première heure.

– Quand l'avez-vous vu pour la dernière fois ?

– Hier vers midi, à l'heure du dîner.

Piedebœuf remua les sourcils avec insolence.

– Et vous prévenez la police dès le lendemain matin. Ce jeune homme vous manque à ce point ?

La bonne femme se redressa, rouge de colère.

– J'y ai prévenu la police parce que son appartement a été dévalisé. C'est pour ça que j'y ai parlé à la police. Je vais pas laisser le logement dans cet état. C'est une maison bien, ici ! Soit il rentre, ce bougre-là, soit il revient pas et je revends tout moi-même.

Le commissaire n'ignorait rien de ce vol, bien entendu, ce n'était qu'une façon de prêcher le faux pour savoir le vrai.

– À quelle heure avez-vous constaté ce vol ?

– Ce matin vers cinq heures. C'est le doreur du troisième étage qu'a vu la porte ouverte et il est venu me le dire.

– Personne n'a rien entendu ?

Elle lui rendit un regard mauvais.

– Rien. J'ai bon sommeil, j'ai rien à me reprocher moi. J'ai fait placer un cadenas pour pas qu'on vole d'autres choses.

– On lui a volé quelque chose alors…

– J'ai pas dit ça. Je suis pas rentrée.

– Nous verrons cela. Cet homme vivait-il seul ?

Elle hocha la tête avec une espèce de colère.

– Dans ce cas vous passerez séance tenante à la morgue du Châtelet.

La dame Guichard papillota des yeux.

– Maintenant ? Moi ? Pourquoi z'y faire ?

– Vous m'avez dit que Bouvard vivait seul, non ? Lui connaissez-vous de la famille ? Une fiancée ou une bonne amie ?

Elle esquissa une grimace dégoûtée.

– Lui, une amie ? Ça m'étonnerait bien !

– Alors vous êtes la seule à pouvoir reconnaître le corps, dit Piedebœuf sans relever l'étrangeté de sa réponse. Vous viendrez avec moi tout à l'heure. En attendant seriez-vous assez aimable pour me mener à son appartement ?

Il s'amusait intérieurement de sa figure, toujours plus grise et renfrognée. Elle l'entraîna vers les escaliers, grommelant qu'il en serait fait selon son bon plaisir, puisque la police avait semble-t-il tous les droits et que la Révolution n'avait rien changé à tout ça.

Bien que correctement tenu, l'immeuble hésitait entre aisance et pauvreté avec ce mélange bien parisien, les locataires les mieux lotis repoussant les autres vers les étages plus élevés. Avec l'été les odeurs se mêlaient elles aussi, et cela n'avait rien de plaisant. Sur la coursive, Piedebœuf et la concierge enjambèrent une marchande d'herbes qui liait du céleri-branche en bottes sur un drap. L'appartement du jeune homme se trouvait un peu plus loin, au premier étage. Sitôt le cadenas défait, Piedebœuf ne put retenir un mouvement de surprise : rarement il avait vu un tel désordre lors d'un cambriolage. Dès la porte d'entrée, le sol était couvert d'objets et de débris. Vaisselle, papiers, morceaux de sucre ou de café, lingerie, bas, chaussures ou nécessaire de toilette, tout le contenu de l'appartement avait été jeté au sol, étalé et piétiné. Aucun meuble n'avait été épargné, jusqu'au matelas, éventré. Impressionné, l'ancien inspecteur visita la chambre principale à laquelle on accédait par une galerie. Chaque pas soulevait un nuage de duvet, de fins éclats de porcelaine crissant sous ses gros souliers.

Il échangea un regard perplexe avec la dame Guichard qui se tenait en retrait, appuyée à la porte d'entrée. Cela ressemblait à un champ de bataille. Il ramassa une gravure sur le parquet. On y voyait une scène de la guerre de Trente Ans, un arbre immense où étaient pendues des grappes humaines. Un prêtre grimpé sur une échelle donnait l'absolution à l'un des condamnés[1]. Le dessin était flétri, arraché d'un cadre dont les montants avaient été brisés et le support cartonné lacéré à coups de couteau.

Les visiteurs n'étaient pas venus pour voler. Ils cherchaient quelque chose.

– Êtes-vous assurée que personne n'ait rien entendu ?

La concierge secoua le menton. Elle évitait toujours de rentrer dans l'appartement, comme s'il y avait un risque de contagion.

Il revint dans la petite garde-robe, près de l'entrée. Quantité de vêtements se trouvaient au sol, signes supplémentaires d'un train de vie plutôt confortable. La plupart des manches étaient retournées ou déchirées.

– De quoi vivait-il ?

La citoyenne Guichard tordit le menton avec dégoût.

---

1 Il s'agit d'une célèbre estampe tirée de la série Les Grandes Misères de la guerre, dessinée en 1633 par le graveur lorrain Jacques Callot.

– J'en sais rien. Ce que je sais, c'est qu'y faisait *bombance*. Y devait bricoler je ne sais où, cette espèce de gueux-là.

Il haussa un sourcil, sans bien comprendre. Bouvard, expliqua-t-elle, payait vingt-sept livres de loyer par mois, et toujours à terme. Il logeait là depuis un mois à peine.

– Mais je savais pas… fit-elle avec aigreur. Ça non je savais pas, sinon jamais j'aurais voulu de lui ici !

– Qu'est-ce que vous ne saviez pas ?

D'un doigt écœuré, elle lui montra un morceau de satin vert à demi dissimulé sous d'autres habits. Il le ramassa. C'était une robe d'assez grande dimension, bien taillée.

– Eh bien quoi ?

La dame Guichard secoua la tête, le menton plus tordu que jamais. Piedebœuf la dévisageait en arquant les sourcils, les épaules en avant.

– C'est un homme qui aime à être une femme, voilà, dit-elle dans un souffle.

Le commissaire se retint de hausser les épaules. Des *chevaliers de la manchette*, il en avait surpris et arrêté des centaines lorsqu'il était inspecteur. On en trouvait dans tous les milieux, et régulièrement des hommes mariés. Depuis quelques années, le *vice aristocratique* semblait s'être répandu dans toutes les couches de la société.

– Vous en êtes sûre ?

– Je l'ai vu passer un soir avec sa robe et sa perruque rousse. C'est dégoûtant ! Si j'avais su, je lui aurais refusé la location. C'est une maison bien ici.

Le commissaire s'était emparé d'une chevelure postiche coincée sous une gravure déchirée. D'un roux agressif, presque rouge, elle était à la dernière mode avec une masse de gros rouleaux réunis sur le dessus. Il avait une envie bizarre de la renifler.

– Recevait-il des amis de son genre ?

– Certainement pas ! Je lui avais dit que si je le revoyais dans cette tenue, je le dénonçais à la police.

– Ça n'est pas interdit par la loi.

– Ça l'est par la nature !

Elle dévisageait son visiteur, déçue qu'il ne se scandalise pas plus. Mais que ce dernier n'était pas si surpris. Il y avait dans le visage de ce Bouvard quelque chose de féminin, avec ses grands yeux doux, un peu écartés. Il le voyait très bien portant cette robe verte et cette perruque fauve, même si l'image lui semblait répugnante. En tout cas son intuition se révélait exacte : il s'agissait peut-être bien d'une affaire de mœurs… mais entre hommes.

Une table trônait dans la plus petite des deux chambres, le plateau taché de cire et d'encre. Piedebœuf y découvrit quelques exemplaires du *Mercure national*, de *L'Ami du peuple*, et des *Révolutions de France et de Brabant*. Le *Ganymède*[1] était donc un patriote. Sous ce journal, le policier trouva un petit livre en cuir rouge relativement neuf, au titre évocateur : *Les heures de Paphos, contes moraux par un sacrificateur de Vénus*. Il y découvrit une gravure sans équivoque. Enfermés dans une pièce, deux moines se regardaient avec lubricité, leurs robes de bure relevées.

Deux cordeliers du grand couvent
Pour égayer leur solitude
Avaient contracté l'habitude
De vivre conjugalement.
On sent bien que le mariage
Ne se consommait pas par-devant…

Le commissaire referma l'ouvrage, énervé. Il repensait à ces hommes dépravés qu'il avait parfois conduits au Châtelet. Un soir, il avait exigé de l'un d'eux quelques

---

1 Dans la mythologie grecque, ce jeune homme à la beauté prodigieuse est l'amant de Zeus et l'échanson des dieux.

faveurs contre nature. Il avait eu honte de son plaisir mais il avait recommencé à plusieurs reprises, sans pouvoir s'en empêcher. Il s'efforça de chasser ces pensées, d'autant plus déplaisantes qu'elles s'accompagnaient toujours du même trouble. Quelque chose cependant l'étonnait, sans qu'il puisse déterminer quoi. Et puis il comprit. Ce jeune homme était un intellectuel. Il achetait des livres et des journaux, et Piedebœuf d'ailleurs se souvenait parfaitement de ses mains, des mains fines et blanches d'homme de cabinet. Il possédait un nécessaire à écriture, et sa table de travail était constellée de taches d'encre.

Et pourtant dans tout l'appartement il n'y avait pas une lettre, et pas un seul manuscrit…

6

Midi

« Homme, es-tu capable d'être juste ? C'est une femme qui t'en fait la question ; tu ne lui ôteras pas ce droit. Dis-moi qui t'a donné le droit d'opprimer mon sexe. Est-ce ta force ? Ou bien sont-ce tes talents ? Regarde le créateur dans sa sagesse, et donne-moi l'exemple d'une aussi grande tyrannie… Non. Donne-moi si tu l'oses… l'exemple de cet empire tyrannique…

Olympe de Gouges, irritée, s'était penchée par-dessus l'épaule de son secrétaire, un jeune homme d'apparence très anodine. Elle relut sa phrase en marmottant, puis barra d'un trait de plume ce qu'il venait d'écrire.

Elle fit quelques pas autour de la table, tête penchée, contrariée de ne pas trouver ses mots. C'était une belle femme d'une quarantaine d'années, fraîche encore, grande, le visage avenant et les yeux charmeurs, avec un mélange d'amertume et d'orgueil, une volonté farouche à peine dissimulée sous la douceur de son apparence. Elle portait ce jour-là une chemise à la Marie-Antoinette en mousseline blanche et corail, les bras et la gorge à demi dénudés. Ses grands cheveux noirs, une espèce de crinière éternellement désordonnée, étaient ramenés sous un grand chapeau de paille.

Dès que le temps l'autorisait, l'écrivaine travaillait dans son jardin, à l'ombre d'un grand chêne. Jamais elle n'avait regretté d'être venue s'installer dans cette maison bourgeoise, à Auteuil. Elle y goûtait le calme et la pureté du bois tout proche, sans être trop éloignée de Paris, qui ne se trouvait qu'à une lieue et demie. Ses amis – Condorcet, Mercier, Talleyrand ou Gouverneur Morris[1] – profitaient régulièrement de son accueil. Et s'ils ne venaient pas jusqu'à elle, la jeune femme les retrouvait chaque mardi soir dans le salon littéraire de sa voisine, la délicieuse Anne-Catherine Helvétius.

Mais la plus grande partie de son temps elle le passait à dicter ses pièces ou cent libelles politiques que lui inspirait un esprit libre et généreux.

Olympe allait se remettre à dicter, quand un cavalier passa les deux piliers moussus du portail. Elle se leva d'un bond sans plus s'occuper de sa *Déclaration des droits de la Femme et de la citoyenne*, et rejoignit Victor Dauterive au moment où celui-ci mettait le pied à terre.

Elle s'en voulut d'avoir marché si vite, au point qu'elle en était presque essoufflée, le rose aux joues et le chapeau un peu défait. Lui aussi se sentit un peu surpris, une espèce de gêne et de timidité qui le prenait souvent avec les femmes, et plus encore avec Olympe. Finalement, il la salua avec raideur tout en attachant la longe de son cheval à un anneau de la façade.

– Tiens donc, Victor… Vous êtes donc de repos. C'est bien aimable à vous de passer voir votre vieille amie.

Elle souriait avec grâce. Ils s'étaient rencontrés quelques semaines plus tôt dans des circonstances aventureuses. Olympe n'avait pas été longue à comprendre le genre de missions dont le jeune officier était parfois chargé, même s'il n'avait jamais consenti à tout lui dévoiler. Était-ce entre eux de l'amitié, de la tendresse ou plus, ils n'auraient su le dire. Vingt ans les séparaient, mais ils brûlaient de ce même désir de liberté, de cette révolte qui les avait chacun

1 Homme politique américain, ambassadeur des États-Unis en France de 1792 à 1794.

arrachés à un destin tout tracé. Et quand leurs regards se croisaient, qu'il respirait son parfum ou qu'elle lui touchait sa main, ils devinaient qu'entre eux rien n'était impossible.

Une fois installés dans le jardin avec des rafraîchissements, il lui exposa sans détour la raison de sa visite. Un silence étonné suivit. Le soleil, brutal, jouait en grandes taches éblouissantes dans un buisson derrière elle.

– Rencontrer Choderlos de Laclos ? Allons bon… Vous vous piquez de littérature, maintenant ?

Le jeune homme eut une moue de contrariété.

– Je dois le rencontrer, c'est tout.

– Bien, bien. Et pourquoi pensez-vous que je puisse vous y aider ?

– Vous connaissez tous les gens de lettres à Paris. J'ai pensé que vous pourriez me présenter à lui.

Elle se leva soudain en lui demandant de ne pas bouger. Quelques instants plus tard elle revint en lui tendant deux volumes reliés en maroquin brun, une édition de 1782 des *Liaisons dangereuses, ou Lettres recueillies dans une société & publiées pour l'instruction de quelques autres, par M. C. de L.*

– C'est instructif, vous verrez. Je vous les laisse mais ne les perdez pas, j'y tiens beaucoup.

Victor la remercia d'un hochement de tête, déjà plongé dans les premières pages. « *Jurez-moi,* écrivait la marquise de Merteuil au vicomte de Valmont, *qu'en fidèle chevalier, vous ne courrez aucune aventure que vous n'ayez mis fin à celle-ci. Elle est digne d'un héros : vous servirez l'amour & la vengeance ; ce sera enfin une rouerie de plus à mettre dans vos mémoires...* ».

Il n'avait pas lu les *Liaisons dangereuses* mais il en avait entendu parler, bien sûr. L'ouvrage, qui décrivait la corruption et le cynisme des aristocrates, avait été un énorme succès de librairie dix ans plus tôt.

– J'ai croisé Laclos deux ou trois fois, c'est un fait. Sous quel motif voudriez-vous que je vous présente ?

Victor fit un geste vague.

– C'est important ?

– Je crois que oui. Vous me décevez, mon cher, ou alors vous me vexez. Feriez-vous partie de ces hommes qui croient les femmes incapables de toute pensée *politique*, si ce n'est de toute pensée, tout court ?

– Pourquoi dites-vous cela ? Ça n'a rien à voir avec la politique, je veux simplement le rencontrer.

Elle le dévisagea avec un demi-sourire.

– Je vous croyais plus habile à mentir.

Il inspira profondément pour se donner du temps, sans trouver à répondre. Il ne pouvait s'empêcher d'aimer la profondeur de son regard avec ses teintes mordorées, un peu vertes, son sourire tendre.

– Vous n'êtes pas sans savoir que cet homme est le secrétaire particulier du duc d'Orléans, n'est-ce pas ?

Elle souriait toujours, gentiment.

– Je sais.

– Et ?

– Et que voulez-vous que je vous dise. Je veux le rencontrer, c'est tout. Ne peut-on pas le lui dire tout simplement ?

Olympe lâcha un petit rire.

– Soit vous êtes naïf, soit vous faites le naïf. Cet homme doit étouffer sous les sollicitations. Ils sont nombreux à vouloir s'attirer les bonnes grâces du parti d'Orléans, et particulièrement en ce moment où notre malheureux roi est en si grande faiblesse. Je crains que votre *désir de le rencontrer* ne suffise guère à le convaincre, mais ma fois je lui écrirai et nous verrons bien s'il répondra.

Elle le regardait, l'œil soudain plus triste. Dauterive se sentait percé à jour, évidemment, mais il hésitait à lui dévoiler ses secrets. Certes elle avait montré par le passé qu'elle savait garder sa langue et qu'elle pouvait être une alliée très utile. Mais avait-il le droit de la mettre en danger ?

Il se caressa l'arête du nez pendant un petit moment. Il détestait l'idée de lui mentir.

– Très bien dit-il avec un petit soupir. Je dois approcher un certain Garat l'Américain. C'est le principal des hommes de main du duc d'Orléans, il travaille directement aux ordres de Choderlos. Je pensais… Enfin c'est peut-être le moyen le plus rapide d'aborder Garat.

– Je ne suis pas assez savante pour en juger. Je suppose que vous n'agissez pas de votre propre chef.

– Vous supposez bien.

Comme pour se libérer d'un poids, le jeune homme lui conta l'affaire du malheureux vieillard lanterné par la foule, l'intervention publique de La Fayette, puis son renvoi fictif et enfin la mission que ce dernier lui avait confiée. Olympe l'écoutait les yeux grands ouverts, mais son étonnement se teintait peu à peu d'inquiétude.

– Fort bien jeune homme. Je resterai muette comme une tombe, vous pouvez me croire. Je vais écrire à Choderlos car je pense pouvoir dire qu'il ne me mésestime pas. Je défendrai votre cause autant que je le pourrai. Je suppose que vous êtes pressé ?

– Le plus tôt sera le mieux. Je dois être dans la place mardi ou mercredi. Après ce ne serait plus utile.

Ils se turent tous les deux un moment. Pensive, elle caressait du bout des doigts les feuilles d'un aubépinier.

Le jeune homme lui sourit. Il crut la voir rosir.

*

Piedebœuf n'avait pas eu envie de rentrer chez lui. Il gagna son cabinet à Saint-Germain l'Auxerrois, où l'attendaient de nombreux rapports. Puis on l'appela quai de la Ferraille, où les boutiquiers se plaignaient depuis plusieurs jours de la présence de tire-laines. La Révolution n'avait rien changé à cette cohue à ciel ouvert où s'échangeaient toutes sortes de marchandises, souvent volées. Il ne remarqua pas de malfaiteur et se contenta de chasser deux ou trois marchands ambulants qui n'avaient rien à faire là.

Vers trois heures de l'après-midi, il prit un fiacre et sortit de Paris par la barrière de la Glacière. Au-delà du mur des Fermiers généraux s'étendait un entrelacs de constructions et de champs maraîchers, un trajet qu'il avait fait des dizaines de fois. Une lieue plus loin, il aperçut un majestueux alignement de bâtiments au sommet d'une colline, deux pavillons prolongés par des ailes dont la largeur totale dépassait les quatre cents pas.

Il abandonna sa voiture à l'entrée, découvrant derrière le porche un ensemble d'une vingtaine d'édifices séparés par d'élégants jardins à la française. Malgré son air imposant, Bicêtre était l'un de ces lieux sinistres qui depuis Louis XIV recueillaient tout ce que la capitale comptait d'indigents, de fous, d'estropiés, de vénériens et de paralytiques, mais aussi les repris de justice, en somme le rebut de l'humanité.

Sous le soleil, tout lui parut calme et presque riant. Il ne croisa qu'un vieillard au regard trouble escorté par deux infirmiers, vêtu d'une espèce de camisole pourvue de manches longues nouées dans le dos[1]. L'homme que cherchait le commissaire se trouvait dans la partie de Bicêtre réservée aux prisonniers, sans doute la plus impressionnante de l'hôpital. Violeurs, vagabonds, condamnés à mort et futurs bagnards s'entassaient dans quatre gros immeubles de six étages en compagnie d'un certain nombre d'homosexuels, ceux du moins qu'on jugeait *incurables*, et qui restaient sans jugement, le temps qu'ils *guérissent*.

1 La camisole de force aurait été inventée à Bicêtre en 1770.

Piedebœuf savait très bien comment *s'arranger*. Pour quatorze écus d'argent – somme rondelette – il obtint les autorisations nécessaires. La Révolution n'avait décidément rien changé aux vieilles pratiques des gardes-chiourmes.

Le papier d'élargissement signé dans la poche, le commissaire se fit escorter par un argousin jusqu'à la grille qui fermait la cour principale de la prison. Il retrouvait cette odeur indéfinissable d'hommes enfermés, de crasse et de pisse, de mauvaise nourriture et de paille rance. Au-delà des barreaux on voyait les hauts bâtiments avec aux fenêtres les faces pâles des détenus. Dans la cour, des prisonniers se protégeaient du soleil sur de longs bancs de pierre. Il en avait fait enfermer, du monde ici ! Certains étaient partis à Brest ou Toulon[1], d'autres avaient été pendus ou roués vifs. Il recula de quelques pas à l'ombre du porche. Le mal de la veille revenait. Quelque chose le trahissait, à l'intérieur, l'empêchait de respirer. Des vagues de douleur montaient du bas du dos. Avant d'arriver, il avait demandé au cocher de s'arrêter quelques instants au bord de la route, le temps ça passe. Mais ça ne passait pas.

Le gardien revint en compagnie d'un jeune homme sale et barbu d'environ vingt-cinq ans, solide mais le regard doux. Sa chemise et sa veste avaient dû avoir quelque allure, mais ce n'était plus le cas depuis longtemps. En voyant le policier il s'arrêta net, mais son gardien le poussa en avant. Il se laissa mener sans mot dire jusqu'à une petite pièce près du corps de garde, la mine assombrie.

Piedebœuf ordonna qu'on les laisse seuls.

– Ce bon inspecteur… Quel honneur. Vous venez me rendre visite dans ma maison de villégiature ? Savez-

---

1 Les principaux bagnes en France.

vous que je moisis ici depuis bientôt six mois par vos bons soins.

– Je suis commissaire maintenant, répondit son interlocuteur sans se fâcher tout à fait. Et ne sois pas injuste. Ce n'est pas moi qui t'ai placé ici.

– Saprelotte non ! Mais sans vous, je n'aurais jamais travaillé comme *mouche*[1] pour la lieutenance de police, et je serais toujours un garçon perruquier comme les autres.

Piedebœuf ricana.

– Vous pouvez rire. Je vous ai bien servi. Et puis vous n'avez pas toujours été dégoûté par mes manières.

Le policier examina le décor un instant. Trois ou quatre ans plus tôt, il avait arrêté le jeune homme pour pédérastie[2]. Après lui avoir arraché quelques caresses, il avait décidé de le garder au service de la police, le menaçant d'un internement s'il refusait. Il faisait alors partie de la trentaine de fonctionnaires chargés de traquer les sodomites de la capitale. Lalanne avait accepté ; sa mission consistait à séduire les adeptes du *vice honteux* et à les jeter dans les griffes de la police. Officiellement, tout cela n'existait plus aujourd'hui mais la nouvelle police municipale faisait exactement la même chose, au nom du respect des bonnes mœurs.

– Si tu t'étais amendé tu ne serais pas là, dit le commissaire avec un geste de dépit.

– S'amender, vous en avez de belles… J'ai refusé d'obéir et voilà comme on m'a remercié : je suis enfermé ici, sans la moindre condamnation. Nous parlons pour rien… Que vouliez-vous me dire ?

Le commissaire lui raconta l'affaire de l'homme à l'escarpin en quelques mots.

---

1 Mouchard, indicateur.

2 Nom donné à l'homosexualité masculine, sans référence particulière à l'âge des partenaires.

– Augustin Bouvard, dites-vous… Non, je ne connais pas.

– Il se grimait avec une grande robe de satin vert et une perruque rousse. Ça ne te dit rien ?

Le jeune homme barbu réfléchit longuement avant de faire un nouveau signe négatif.

– Je ne puis vous aider, mon cher.

– Tu le pourrais. Tu connais tous les lieux ou les coquins de ton espèce se réunissent.

– Ils ne sont pas durs à trouver. Pourquoi ne pas chercher vous-même ? fit le jeune homme avec un sourire bref.

Mais il n'avait pu retenir un accent de colère. Ses dents étaient étonnamment blanches, parfaitement régulières.

– Tu sais comment on travaille. Avec toi j'irai plus vite.

Son interlocuteur l'observait, la tête penchée de côté.

– Et une fois le travail fait, que se passe-t-il ? Je reviens ici ?

– Si tu trouves les assassins, je te fais élargir définitivement. Tu pourras reprendre ton état.

– Trop aimable, sourit Lalanne avec cette fois plus de franchise. Mais je me suis laissé dire qu'il n'y avait plus autant besoin de perruquiers qu'autrefois, surtout depuis l'affaire de Varennes. Il paraît que tous les aristocrates sont partis en émigration.

Il avait un ton bon enfant, très parisien, et Piedebœuf ne put s'empêcher de le trouver sympathique.

7

Huit heures du soir

Le jour tombait, couleur d'encre. Perdu dans ses pensées, Dauterive passa la Seine par le Pont-Neuf, puis tourna dans la rue Saint-Honoré. Tout Paris semblait s'être donné rendez-vous dans la rue. On causait politique d'un immeuble à l'autre, toujours du même sujet. Pourquoi les débats s'éternisaient à l'Assemblée, qu'attendait-on pour juger le *gros Louis* ? N'avait-il pas fui à la frontière pour faire la guerre aux patriotes ?

Quelques instants plus tard, le jeune homme atteignait le Palais-Royal dont les fenêtres brillaient de mille feux. Derrière le porche d'entrée, on devinait la Cour d'honneur, des laquais brandissant des torches, des voitures et des chevaux, tout le luxe insolent d'une maison puissante.

En 1781, Philippe d'Orléans, le maître du domaine, avait réalisé ici une fabuleuse opération immobilière, construisant un nouvel Opéra et refaisant les jardins à neuf. Garni de galeries en bois et d'appartements, l'ensemble était devenu la nouvelle attraction de la capitale. L'Europe entière venait se divertir ici, entre restaurants, théâtres de marionnettes, ou boutiques de curiosités. Cerné de grilles, ce temple du vice, du jeu et de la prostitution était interdit à la police. Était-ce pour cette raison que l'agitation politique y était si forte ? C'était là qu'était née, le 12 juillet 1789, l'émeute qui avait emporté la Bastille, et déclenché la Révolution. Il se disait que le propriétaire des lieux, jaloux du roi son cousin, n'y était pas totalement étranger.

Victor n'avait jamais vraiment aimé cet endroit, qui sentait trop la canaille et le vice. Ces plaisirs artificiels, ce faste, ces nourritures et ces chairs étalées, tout ce vertige le dégoûtait – peut-être parce qu'il craignait de s'y perdre. Et puis de mauvais souvenirs lui revenaient. Lors de sa précédente enquête, quelques mois plus tôt, il avait manqué d'être lanterné par la foule et ne s'en était tiré que par miracle. Et si cela recommençait ? Que ferait-il, seul, sans la police et sans aucun allié dans la place ? Avec la faction d'Orléans il s'attaquait à forte partie. Trop forte peut-être.

L'appréhension le gagnait. Il dut s'arrêter pour reprendre son calme. Une petite prostituée au regard cerné de khôl, à demi nue sous sa robe de gaze, lui proposait ses services. Il ferma les yeux et reprit son chemin. Les hommes qu'il cherchait, apprit-il finalement, se trouvaient au café du Caveau, l'un des nombreux établissements situés dans le sous-sol des promenoirs où des badauds dégustaient des sorbets, assis à de petites tables. Il descendit par un escalier à vis à demi plongé dans le noir. Une odeur puissante remontait, de tabac, de cuisine froide et de sueur. Il eut l'impression de franchir le Styx[1].

– Louis XVI lui-même a brisé sa couronne en fuyant, criait un orateur. Comment pourrions-nous supporter que ce parjure remonte un jour sur le trône ? Et pourtant c'est ce que propose l'Assemblée ! Ils veulent faire voter *l'inviolabilité*. Allons-nous accepter, mes frères ? Un traître est-il *inviolable* ? Doit-il être épargné par le peuple ?

Cent hommes entassés dans l'obscurité d'une salle de dix toises carrées répondirent d'un rugissement. Leurs visages apparaissaient à peine dans une épaisse tabagie

1 Dans la mythologie, le fleuve qui marque l'entrée aux enfers.

percée de rares chandelles. Des chapeaux et des sabres pendaient aux parois lambrissées de chêne.

– Ce n'est pas à un tribunal à juger le roi, c'est au peuple ! reprit l'orateur, l'index levé au milieu des applaudissements. Exigeons que les départements votent, et pas seulement l'Assemblée ! Ce sont des traîtres à la solde de La Fayette et du roi ! Refusons le rapport des prétendus comités. Louis XVI a manqué à son devoir de premier fonctionnaire public. Écartons-le pour toujours du trône ! Demain, aux Cordeliers, je demanderai une pétition. Que l'affaire Capet soit portée devant tous les départements, et non pas devant l'Assemblée seule !

Petit, d'âge mûr, l'homme qui parlait ressemblait plus à un ouvrier qualifié qu'à un bourgeois. Victor avait immédiatement reconnu Garat l'Américain. Avec son regard glacial et pénétrant, son buste large et ses mains épaisses, l'ancien planteur de Saint-Domingue dégageait une impression de violence brute qui saisissait d'emblée.

– Portons la pétition ! cria un homme en frac élimé, les longs cheveux graisseux. Demandons la République !

– Bien dit ! La République et point de roi ! reprit un autre.

Un peu plus loin, le sous-lieutenant aperçut l'un des hommes de main d'Orléans dont Duperrier lui avait parlé, une pipe à long tuyau serrée entre les dents, les yeux mi-clos. C'était un Italien nommé Rotondo, grand, l'allure souple, le nez fort, une espèce de charme curieux dans les traits. Il semblait porter un masque de comédie, prêt à la grimace comme au sourire. Ses vêtements de bonne facture mais tapageurs s'accordaient assez mal. Il se prétendait professeur mais on ne lui connaissait pas de pratiques. Cela suffisait pourtant à lui attribuer le surnom de *Professore*. De nombreuses jeunes femmes avaient porté plainte contre lui, toujours pour les mêmes faits : après leur avoir conté fleurette, il leur faisait acheter des bijoux en prévision d'un prétendu mariage, bijoux qu'il plaçait ensuite au Mont-de-Piété en prétextant des dettes. Entre 1780 et 1784, il avait été arrêté à quatre reprises mais n'avait pas été jugé, faute de preuves.

Deux hommes l'accompagnaient souvent : Buirette de Verrières, un avocat bossu au visage fin comme une lame qui travaillait pour *L'Ami du peuple*, le quotidien du fameux Marat, et Saint-Huruge, un marquis dévoyé, ancien militaire, la figure rouge et une carrure de portefaix, qui ne se séparait jamais d'une grosse canne torsadée.

Derrière Garat, ces trois hommes étaient de tous les coups de la faction d'Orléans. Ils n'avaient peur de rien et surtout pas de faire couler le sang. Des fleuves de sang pourquoi pas, avait assuré Duperrier, le vieil archiviste. Victor les dévisageait de loin, les yeux plissés. Une transpiration glacée le prenait tout le long de son dos.

*

D'un coup de menton, le violoniste fit signe à ses deux partenaires et le trio se lança dans une joyeuse contredanse, sur l'air du *Carillon national* qui avait inspiré le fameux *Ça ira*. En un an, la mélodie avait évincé tous les autres airs populaires, aussi bien dans la rue que dans les bals ou les cabarets qui s'étaient ouverts par centaines à Paris depuis la Révolution.

Le commissaire Piedebœuf se tenait dans un coin de la salle, raide comme la justice, l'expression remplie de désapprobation. Car les danseurs qui venaient de s'élancer sur la piste, avec des cris de plaisir, étaient tous des hommes. Il avait plusieurs fois assisté à ce genre de spectacle, mais ce soir cela ne passait pas. Il avait l'impression de perdre sa dignité, et même son honneur.

Le masque figé, il regardait les danseurs échanger des saluts galants, tout sourires. Les couples se croisaient selon des figures convenues, se frôlant les mains et les hanches au passage. Tous les âges se mélangeaient, et tous les milieux. Le policier balançait entre l'écœurement et la colère.

– Alors c'est entendu, vous me laissez mener la manœuvre…

Le vieux policier lança un regard excédé à Lalanne, qui dégustait une chope de bière à ses côtés, l'air de trouver toutes ces choses très naturelles.

– Ne faites pas cette tête, on dirait que vous avez avalé un bœuf. Je connais ces gens-là mieux que vous, nous ne gagnerions rien à les menacer. À moins que vous ne comptiez maltraiter à vous seul les dix mille sodomites que compte cette ville ?

Piedebœuf se massa les yeux entre les doigts. Il avait envie de frapper son équipier, mais se contenta d'approuver d'un haussement de sourcil. Lalanne sourit largement avant de vider sa chopine. Depuis sa sortie de prison, il s'était changé, passant un frac gris et une culotte claire assortie de bas et bons souliers achetés chez un fripier du Vieux Louvre.

Sans attendre la fin de la contredanse, les deux hommes traversèrent le parquet. On ne distinguait pas grand-chose dans ce bouge où ils avaient commencé leurs recherches. Un lustre de bois supportait trois chandelles au-dessus d'un océan de fumée. Ils virent deux hommes qui se tenaient les mains, se dévorant du regard. Plus loin, un couple s'embrassait avec passion. Certains allaient plus loin encore, les joues rouges, les mains dissimulées sous la table. Piedebœuf était fasciné. En même temps, il avait envie de se jeter sur eux, de les séparer à coups de pied ou de poing.

Ils s'approchèrent du patron du Soleil d'Or, un grand personnage aux manches retroussées, le regard charbonneux et les sourcils arqués dans une expression de doute.

– Ce bon Lalanne… fit-il à l'attention du mouchard, tout en détaillant son voisin des pieds à la tête. Tu nous as manqué, mon mignon. Où étais-tu donc ces derniers temps ?

Le ton, lourd de sous-entendu, et le coup d'œil méfiant qu'il jeta au commissaire, laissaient assez peu de doute sur ce qu'il pensait du rôle endossé par Lalanne.

– J'ai eu à faire, prétendit ce dernier en se dandinant d'un pied sur l'autre.

– Ah vraiment… Et que nous vaut l'honneur de ton retour ? Tu ne m'as pas présenté ce beau citoyen…

L'ancien perruquier n'osait plus lever le regard.

– C'est un ami…

– Tu as des amis dans la police ? répliqua le patron d'un ton acide. Dans le noir, ses dents dévoilaient un sourire carnassier.

Piedebœuf bouillait intérieurement mais il s'efforça au calme, montrant les dents à son tour, tandis que Lalanne reprenait la parole avec un sourire contraint.

– Nous cherchons des informations au sujet d'un particulier qui est… qui était peut-être l'une de vos pratiques. Il s'appelait Augustin Bouvard, cinq pieds un ou deux pouces, âgé de vingt à vingt-cinq ans, les yeux bleus assez grands, bien écartés, le menton bien dessiné. Il se déguisait parfois avec une robe verte en satin, et une perruque rousse.

L'homme aux sourcils arqués avait écouté avec une attention distante. À la fin, il désigna la salle du regard. Une nouvelle danse se terminait dans une salve d'applaudissements.

– Tu en vois beaucoup, ici, des hommes en robe ?

– Il y en a peut-être parfois.

– Foutre non, mon chéri. Demande toi-même si tu ne me crois pas…

Il lui montrait les danseurs d'un geste vague, un peu

insolent. Puis il fit mine de s'éloigner. Brusquement, Piedebœuf passa la main par-dessus le comptoir et lui attrapa le poignet. Pendant la lutte, deux verres étaient tombés. Le patron grimaçait de douleur, le front baigné de sueur, la rage au fond des yeux.

– Vous allez me casser le bras…

– C'est possible. Sauf s'il te prend la fantaisie de répondre à mes questions.

Effrayé, Lalanne regardait tour à tour le commissaire et la salle, où la musique s'était arrêtée. Les clients observaient la scène dans un silence tendu, et aussi les violonistes, pâles, l'archet levé.

– J'attends, fit Piedebœuf sans se troubler le moins du monde. Connais-tu Bouvard ?

– Non… Non, je vous le jure. Vous me faites mal…

– Fais appel à tes souvenirs. On sait tout dans ton monde, pas vrai ?

– Je vous dis qu…

Le cabaretier poussa un hurlement de douleur.

*

Dehors, c'était la nuit noire. Ils se trouvaient rue de Lappe, dans le faubourg Saint-Antoine, à deux pas de la Bastille désormais entièrement démantelée.

– Je vous avais dit de me laisser faire ! s'exclama Lalanne. Ne me croyez-vous pas capable de poser des questions ?

– Admettez que ma méthode n'est pas si mauvaise… répliqua le commissaire en s'arrêtant devant une palissade.

La douleur dans le buste ne le quittait pas. Il se sentait épuisé, il ne rêvait que de son lit.

– Ça ne va pas ? dit le mouchard en s'approchant de lui. Je puis continuer seul, vous savez. Vous pouvez me faire confiance, je suis bon garçon.

– Tais-toi, imbécile. Trouve plutôt un fiacre, nous avons encore à faire.

*

La fraîcheur était enfin tombée, avec ses mille bruits. Olympe croyait revivre les nuits de son enfance, quand elle marchait le long du Tescou. Elle se souvenait de la lune à travers les arbres, des cigales et des oiseaux de nuit. Elle n'avait pas dix ans, elle était seule mais n'avait pas peur. Avait-elle jamais eu peur ? Plus d'un quart de siècle avait passé depuis. Mariée à dix-sept ans à un homme de trente ans son aîné, veuve quelques mois plus tard, elle avait rompu ces chaînes pour toujours. Le mariage, disait-elle, était le *tombeau de la confiance et de l'amour*.

Toujours, elle s'était sentie appelée à une haute destinée, peut-être parce qu'elle était née bâtarde d'une des plus grandes familles de Montauban. Elle se voyait écrivaine, philosophe, une grande femme que l'on aurait écoutée et lue, comme on le faisait si naturellement pour Racine, Voltaire et tant d'autres. Elle était montée à Paris, s'y était fait un nom d'auteur de théâtre malgré l'opposition sournoise des comédiens officiels et malgré le mépris de ses pairs, comme ce traître de Beaumarchais, qui l'avait toujours attaquée.

La liberté n'était jamais acquise !

Elle bâilla et s'étira, songeant soudain qu'elle devrait se remettre dès le lendemain à l'écriture de sa *Déclaration des droits de la femme*. Il lui avait fallu une partie de la nuit pour en rédiger un article. Elle s'empara du brouillon qui traînait sur la table.

« Ainsi donc, relut-elle, *les patriotes sont partout poursuivis avec un acharnement incroyable. En voici un triste exemple : hier, un brave officier de la Gendarmerie qui venait de risquer sa vie pour faire*

son devoir, s'est retrouvé brusquement accablé par Lafayette. Devant les troupes rassemblées à l'Hôtel de Ville, il a été traité avec horreur, ses actions dénaturées, présentées sous un jour criminel ; d'un vrai patriote, d'un véritable ami de la liberté, on fait un scélérat qu'on voue à l'exécration. Et quel était son crime, en vérité ? Avoir osé dire qu'au milieu de ces tourments une régence du duc d'Orléans ne serait pas mal venue. L'ayant appris de la bouche de ses espions, Lafayette ne l'a pas supporté. Quoi, on voudrait l'empêcher de machiner avec l'Assemblée ? De manœuvrer pour replacer le roi sur son trône ?! On voudrait célébrer Son Altesse Philippe d'Orléans pour son amour de la liberté ? Le gendarme devait payer pour son audace : il a été dégradé et renvoyé de son poste, comme le dernier des brigands. Mais que crois-tu, monstre de Lafayette ? Qu'en persécutant les bons patriotes sous le voile de l'amour de l'ordre et du bien public, tu étoufferas le cri de la vérité et de la liberté ? Non... Ton triomphe passera aussi rapidement que l'éclair ! »

L'article, qu'Olympe n'avait pas signé, était un tissu de mensonges mais il ne dénoterait pas dans le torrent d'infamies que colportait la presse, depuis qu'elle était libre. En fin d'après-midi, elle l'avait envoyé à son imprimeur, avec pour consigne de le distribuer aux journalistes les plus patriotes, Hébert, Brissot, Marat ou Desmoulins. Les *sociétés fraternelles* ne seraient pas oubliées, dont bien entendu le club des Cordeliers, ou celui des Minimes. Autant d'organes exagérés, peuplés de ces fous qui voulaient toujours plus de Révolution. La fable se répandrait dans Paris aussi vite qu'une traînée de poudre. Alors Olympe pourrait mettre à exécution la seconde partie de son plan.

Elle se mit à sourire, malgré la fatigue. Finalement, elle ne détestait pas ce nouveau rôle.

*

Piedebœuf fatiguait. Son masque d'empereur romain avait fait place à celui de la douleur. Il grimaçait, le visage luisant de transpiration, la chemise détrempée, et il était tenté de s'asseoir au bord de la chaussée pour y attendre la fin de la nuit. Les indications fournies par le patron du Soleil d'Or n'avaient rien donné : aucun homme dénommé Bouvard n'avait été vu au Jardin des cœurs, rue Popincourt, exclusivement réservé aux *chevaliers de la manchette*[1] pas plus qu'au pied des décombres de la Bastille où rôdait une faune de bougres.

Lalanne, qui ne se débrouillait pas si mal, apprit qu'une fête entre pédérastes avait lieu au Grand Salon, dans le quartier des Porcherons[2] vers le nord de la ville. En quelques années, cette demi-campagne, succession de maraîchers et de terrains vagues, avait été envahie par les cabarets parce que le vin y échappait aux taxes ordinaires de la ville de Paris, et qu'il coûtait par conséquent trois sols et demi la pinte, au lieu de cinq[3].

Le fiacre se gara donc rue Notre-Dame-de-Lorette où se dressait le Grand Salon dans un bâtiment récent de deux niveaux. On entendait les cris et la musique à cinq cents pas à la ronde. Y pénétrant dans les pas de son nouvel auxiliaire, Piedebœuf crut se retrouver au temps du carnaval. Deux ou trois cents convives rassemblés dans une grande salle se livraient à une espèce d'orgie, riant, criant, buvant ou dansant. Le vacarme des conversations et de la musique n'empêchaient pas les poivrots de cuver

1 Homosexuels. Allusion au chevalier de la Manche, autrement dit Don Quichotte.

2 Aujourd'hui le IXe arrondissement de Paris.

3 Environ un litre.

leur vin, le nez dans leur assiette. Des couples s'embrassaient comme s'ils étaient seuls au monde. Une cheminée monumentale jetait des lueurs brutales sur cette vision de fin du monde aux odeurs lourdes.

L'ancien inspecteur avait trop longtemps fréquenté les bas-fonds parisiens pour s'étonner de ce qu'il voyait, pourtant il éprouva un sentiment d'horreur. Loin d'avoir purifié les mœurs, la Révolution semblait au contraire les avoir libérées. Ce torrent de boue, qu'aucune barrière ne contenait plus, allait bientôt corrompre la société tout entière.

Nulle part on ne voyait d'hommes entre eux mais un serveur expliqua à Piedebœuf qu'il s'en trouvait quelques-uns en ce moment dans un des cabinets privés. Aussitôt Lalanne entraîna le commissaire dans un couloir obscur, sur lequel s'ouvraient plusieurs petites pièces. Dans l'une d'entre elles, un rideau mal tiré laissait entrevoir une table ovale autour de laquelle s'amusait une dizaine de convives masculins, la moitié travestis. Le commissaire s'immobilisa dans l'ombre, tout pâle. C'était la première fois qu'il en voyait autant. Les invités parlaient fort, affectant des manières de femmes, les yeux brillants. Un petit gros en chemise murmurait à l'oreille de son voisin, porteur d'une lourde perruque et d'une robe blanche. Brusquement, il l'attrapa par le bras et tenta de lui voler un baiser. Les autres riaient, faussement offusqués. L'homme en robe blanche, cependant, ne s'avouait pas vaincu. Après une rapide passe d'armes, il repoussa son assaillant, qui sortit du cabinet en traitant l'autre de catin.

Lalanne le rejoignit alors qu'il s'apprêtait à quitter la grande salle. C'était un petit personnage d'à peine cinq pieds, la face et le ventre ronds, vêtu d'un frac rouge assez propre, la perruque graisseuse. La lumière, si faible soit-elle, révélait un teint rosé, de grosses lèvres vermeilles et un regard inquiet.

– Un homme en robe verte et perruque rousse, répéta-t-il en louchant vers Piedebœuf, qui attendait un pas derrière, les traits durs. Qui vous êtes ? Pourquoi vous le cherchez ?

Lalanne répéta l'histoire qu'il avait inventée : son ami, ici présent, était marié. Il vivait en province mais avait un amant à Paris, lequel avait disparu sans donner de nouvelles.

Le petit homme mordillait ses grosses lèvres d'un air boudeur.

– Je n'aime pas les barbus, déclara-t-il finalement en envisageant Lalanne. Tu devrais faire raser cela, mon ami. Tu te ferais moins remarquer parmi nous…

Piedebœuf fit un pas en avant.

– Mon ami s'appelait Bouvard. Augustin Bouvard. Ça ne vous dit rien ?

– Je ne m'occupe pas des affaires des autres.

Il se raidissait, nerveux, tandis qu'une farandole arrivait droit sur eux. Avant que Piedebœuf esquisse un geste, il bondit de l'autre côté de la chaîne humaine et gagna la sortie. L'ancien inspecteur et Lalanne mirent une bonne minute avant de retrouver la rue. Piedebœuf ne ressentait plus la fatigue, ni la douleur, mais uniquement la colère, une énorme frustration qui montait en lui depuis le début de leur équipée.

Dehors, la rue était presque déserte. Seuls deux ivrognes se querellaient au pied d'un mur, la voix pâteuse. Soudain Piedebœuf et son mouchard se mirent à courir.

*

L'homme au frac rouge était en train de disparaître vers la rue de la Voirie. Sans doute voulait-il se perdre dans le faubourg Montmartre, un dédale de chantiers et de cabanes d'ouvriers. Avec son avance, il avait de bonnes chances d'y parvenir. Bientôt le commissaire renonça à courir, le pas lourd, le souffle court et la gorge en feu. De dépit, il arracha sa perruque et la jeta au sol. Il était inondé de sueur jusqu'à la racine des cheveux, pétri d'épuisement. Il frissonna. Autour de lui le silence était absolu, les habitations plus rares, entrecoupées de terrains vagues où couraient des armées de rats. Toute cette peine pour rien !

Soudain, un bruit de pas attira son attention. Quelqu'un revenait vers lui. Le policier se coula à l'ombre d'un arbre. Quelques secondes plus tard surgissait de la nuit une courte silhouette. L'homme en frac. Il avait réussi à égarer Lalanne et revenait vers la ville. Piedebœuf se rua sur lui et l'envoya rouler au sol d'une énorme bourrade.

Il papillotait des yeux, muet de terreur, tandis que le policier le relevait d'un coup et le plaquait au mur dans un nuage de vieux plâtre.

– Connaissais-tu Bouvard ?

Le visage du petit gros se referma. Piedebœuf leva l'une de ses énormes mains.

– Réponds à ma question. Connaissais-tu Bouvard ?

– Il se faisait appeler la Belle Parfumeuse !

De stupeur, Piedebœuf le relâcha.

– La Belle Parfumeuse ? Qu'est-ce que tu me chantes là ?

– On se donne des noms entre nous. Lui c'était la Belle Parfumeuse, j'ignore pourquoi.

– Il faut croire qu'il se parfumait, rétorqua Piedebœuf dont le visage restait de marbre. Tu le connaissais bien ?

– Je le connaissais de vue, c'est tout. Je l'ai plusieurs fois croisé ici – il désignait, dans le vague, la direction du Grand Salon. Je l'ai vu aussi au café Devertu quai de la Mégisserie. Et aussi au café Yon, boulevard du Temple.

– Que savais-tu de lui ?

– Pas grand-chose. Vous êtes de la police, n'est-ce pas ?

Piedebœuf sourit sans chaleur.

– On ne peut rien te cacher.

– Pourquoi le cherchez-vous ?

– Je ne le cherche pas. Quand l'as-tu vu la dernière fois ?

– Il y a quatre ou cinq jours. Au café Devertu, quai de la Mégisserie.

– Quel jour exactement. Réfléchis bien.

Le petit homme précisa que la rencontre avait eu lieu dans la nuit du samedi 2 au dimanche 3 juillet, soit huit jours plus tôt.

– Était-il seul ?

– Non. Il était avec son militaire.

– Quel militaire. Est-ce là une expression.

– Non point. C'était son ami. Enfin son amant s'il faut être plus clair. Il s'appelle Bally, mais je ne suis pas tout à fait sûr. Peut-être Sally mais c'est moins sûr. En tout cas n'est pas son vrai nom. Pourquoi voulez-vous savoir tout cela ? Je croyais que la sodomie n'était plus un crime depuis la Révolution…

– Pourquoi dis-tu que ce n'est pas son nom ? reprit Piedebœuf.

– Parce qu'il a l'accent suisse. Suisse, ou alors allemand. Et Bally n'est pas un nom suisse à ce que je sache.

– Dans quel régiment sert-il ?

– Je ne sais pas. Je sais qu'il est officier, je l'ai entendu dire plusieurs fois, mais il est toujours habillé en bourgeois. Sûrement dans un régiment étranger. La *Parfumeuse* a toujours eu un faible pour les traîneurs de sabres… C'est lui que vous cherchez ?

– Peut-être, répondit le commissaire. S'entendaient-ils bien tous les deux, quand tu les as vus ?

Le petit homme ne répondit pas tout de suite. Sa lèvre inférieure se mit à trembler, et sans la légère couche de fard, Piedebœuf aurait juré qu'il avait pâli.

– Est-il arrivé malheur ?

– Ta *Belle Parfumeuse* a été assassinée, répliqua le commissaire d'un ton sec, sans quitter son prisonnier du regard. Mais ce dernier parvint à retenir ses larmes.

– C'est Bally qui l'a tué ?

– Qu'en penses-tu, toi ? Il aurait pu ? Comment s'entendaient-ils, tous les deux ?

– Comme des amants. Ils se disputaient souvent. Bally lui reprochait d'être frivole, d'aller voir ailleurs. Mais je ne crois pas… Enfin c'est un traîneur de sabre, après tout… Et vous, que pensez-vous ?

Le commissaire haussa le sourcil.

– Bouvard avait-il des ennemis ? Des querelles, des dettes ? Des particuliers qui l'auraient menacé ?

Le sodomite secoua le menton. Il ne savait rien de tout cela ; ils n'occupaient pas leurs soirées à évoquer ces sujets-là. Il avait surmonté son chagrin et enchaînait maintenant les bâillements. Piedebœuf aussi se sentait épuisé, vaguement déçu. Comment avait-il la moindre chance de retrouver l'ami de cœur de la Belle Parfumeuse, avec aussi peu d'informations ? L'armée comptait une bonne cinquantaine de régiments étrangers, suisses ou allemands, c'est-à-dire au moins dix fois plus d'officiers dans tout le royaume.

– Fort bien, conclut-il dans un souffle. Tu vas me suivre maintenant.

Il relâcha son captif comme s'il craignait brusquement quelque contagion. Du coin de l'œil, il détaillait sa couche de fard à demi fondue, cette bouche gourmande qui embrassait la bouche d'autres hommes.

Le pédéraste lui renvoya un regard presque méprisant.

– Où va-t-on ?

– À Saint-Germain l'Auxerrois. Tu dormiras au cachot là-bas, je prendrai ta déposition demain.

Le commissaire songea qu'il leur faudrait marcher jusqu'aux Grands Boulevards[1] s'ils voulaient trouver une voiture. La voix de son prisonnier le tira de ses réflexions.

– Avez-vous été voir au journal ?

Piedebœuf fit bouger un sourcil.

– Qu'est-ce que tu me chantes ? Quel journal ?

Le petit gros semblait plus étonné encore que le commissaire.

– Bouvard était journaliste. Il travaillait au *Mercure national,* un journal patriotique. Vous ne le saviez pas ?

1 Ces grandes artères bordées d'arbres ont été construites par Louis XIV à l'emplacement des anciennes fortifications du Moyen Âge : boulevard Poissonnière, Montmartre, des Italiens, des Capucines, etc.

8

Troisième jour
Mardi 12 juillet 1791
Huit heures du matin

Dauterive avait dormi fenêtre ouverte sans que cela lui apporte le moindre souffle d'air. Depuis l'aube la chaleur ne faisait que s'épaissir. Rapidement levé, il regarda la rue trois étages plus bas, grouillante de monde. Des passants s'interpellaient ; des enfants jouaient, et leurs rires montaient dans une odeur pestilentielle d'immondices recuites.

L'une des choses qui l'avaient le plus surpris, lorsqu'il était arrivé à Paris, était l'absence presque absolue d'intimité. Son immeuble n'était qu'un assemblage de cloisons minces, de logements surpeuplés dont les habitants partageaient tout, odeurs, joies, secrets et peines. De l'aube jusqu'à tard le soir, on les entendait parler, manger, se disputer ou s'aimer. L'escalier gémissait sous leur passage. Ils travaillaient sur les paliers, pissaient, chiaient dans les cours et se hélaient d'un étage à l'autre, comme si la somme de leurs existences ne faisait qu'une.

Hormis un commis aux écritures de l'octroi, une arrangeuse de mariage et le couple de boulangers du rez-de-chaussée, Victor était à peu près la seule personne de condition du bâtiment. Les autres étaient de ces Parisiens industrieux, certains logeant au hasard de leurs emplois, déménageant parfois clandestinement quand ils manquaient d'argent. Son appartement n'était pas bien grand : une chambre presque entièrement occupée par un lit de coin, une salle à manger où il ne recevait jamais, un chevalet, et sur un meuble les précieux livres de ses maîtres : Plutarque, Voltaire, mais surtout Mably et le grand Jean-Jacques. Une esquisse de la Seine traînait sous son nécessaire à dessin. Pour rien au monde il n'aurait habité ailleurs. Il se sentait à sa place parmi les plus modestes. Trop longtemps son père l'avait persuadé qu'il ne valait rien. Même aujourd'hui, libre et maître de son destin, il en gardait quelque chose.

Passant sa chemise, il songeait à son enfance insouciante, en Bourgogne. Rusé, bagarreur, il passait plus de temps avec les petits paysans qu'avec son précepteur, mais on lui pardonnait tout. N'était-il pas le fils préféré du marquis de Saulon, ce tyran qui faisait trembler la région ? Mais un jour, sans raison apparente, ce dernier l'avait pris en grippe. Son père, autrefois son idole, le battait froid. Ce n'étaient que brimades et injustices. Victor, qu'il emmenait autrefois à la chasse à ses côtés, n'était plus qu'un sot, un insolent qui ne méritait plus rien. À l'âge de douze ans, il avait osé dire qu'il voulait être militaire, comme son père, et ce dernier avait ricané. Certes non. Il serait religieux, il n'y aurait point de discussion. En quelques semaines, le garçon s'était retrouvé enfermé dans un collège des Oratoriens, à Dijon.

Renfermé en lui-même, il avait appris à aimer l'étude, le dessin, les grandes figures de la Rome antique et surtout les philosophes. Sa vie s'en était trouvée transformée mais Dieu sait comment, son père l'avait appris. Un matin de mars 1788, il l'avait arraché à ses études et placé auprès d'un de ses amis, procureur de la maréchaussée du bailliage seigneurial de Sens. *Monsieur le philosophe*, comme il se moquait alors, serait son secrétaire et y apprendrait le droit.

L'été suivant, la Révolution avait fait voler en éclats ce détestable projet. Le jeune homme, qui avait révélé ses talents d'enquêteur, avait fui à Paris où la protection du tout-puissant La Fayette lui avait permis d'échapper aux recherches que n'avait pas manqué de lancer le marquis de Saulon.

Il avait alors dix-sept ans, mais il lui semblait que des siècles s'étaient écoulés depuis. Revenant à la réalité, il poussa un soupir et souleva le couvercle en acier de sa montre-gousset. Il était dans les temps. Il enfila sa redingote d'été puis décida se sortir sans perruque, pas simplement à cause de la chaleur, mais parce que l'usage commençait à décliner et que l'idée lui trottait dans la tête depuis quelque temps déjà.

Dehors, le ciel était d'un blanc aveuglant. La température n'avait pas diminué, bien au contraire l'orage semblait imminent. Le gendarme partit d'un bon pas en direction de la rue de la Harpe, qu'il remonta jusqu'à la rue des Cordeliers.

À neuf heures pile, il s'engagea dans rue de l'Ancienne-Comédie et se dirigea droit vers le Procope, l'un des cafés les plus connus de Paris, au moment précis où trois hommes en sortaient. Victor vint heurter volontairement l'épaule du premier, un grand moustachu en habit vert et bottes de cavalier, une boucle d'argent à l'oreille. Ce dernier le dévisagea et s'exclama alors à voix haute qu'il était bien fâché de croiser *l'un de ces gueux qui espionnaient la Gendarmerie pour le compte d'Orléans*. Il avait laissé la porte ouverte, comme s'il voulait que tous les clients l'entendent.

Dauterive s'arrêta net.

– Que dites-vous ?

– J'ai dit ce que j'ai dit, répliqua le moustachu d'un ton plus fort, haussant le menton. Je suis gendarme et je n'aime pas les gueux qui travaillent pour Orléans.

C'était une invitation sans équivoque au duel. Quelques marcheurs s'étaient arrêtés, mais aussi le conducteur d'une charrette chargée d'un gros tonneau.

– Je vous ferai rendre raison, déclara Dauterive tout pâle, avant de repousser brusquement le grand gendarme.

Il y eut quelques exclamations d'étonnement et de plaisir : il allait y avoir du spectacle. Le grand gendarme avait reculé de deux pas, l'œil flamboyant. Il tenta de souffleter le jeune homme, qui esquiva souplement. Une dizaine de chalands s'était arrêtés pour profiter de la bagarre, ce sel du quotidien. L'habileté du jeune homme arracha au public des encouragements. Seul contre trois, il ne manquait pas d'audace.

Le grand moustachu repartit à la charge avec ses compères. L'officier prit le premier d'entre eux deux par les épaules, bien de face, et lui porta son attaque favorite, bien que très peu académique : un magistral coup de genou dans les parties. L'homme, un solide gaillard, s'écroula au sol en gémissant, les deux mains entre ses cuisses. La foule applaudit bruyamment.

Décontenancé, le moustachu dégaina un court sabre d'infanterie et se mit à découper l'air devant le visage du jeune homme. Bientôt Victor se trouva acculé à la charrette. Il sortit le pistolet de maréchaussée qu'il portait toujours dans ses chausses, mais n'eut pas le temps de l'armer. L'un de ses adversaires se jeta sur lui et ils roulèrent au sol devant les spectateurs toujours plus nombreux, qui se gardaient bien d'intervenir.

Puis le complice du moustachu poussa un hurlement en se tordant sur la chaussée, la main ensanglantée.

Des trois agresseurs ne restait plus maintenant que le moustachu, mais quelque chose dans son attitude avait changé. Sans attendre que Victor se relève, il lui lança une attaque de la pointe, effleurant son visage. Deux autres fois, le jeune homme évita de justesse la lame. Il reculait pas à pas, cherchant du regard de quoi parer les coups, un bâton, un outil ou une planche. Mais l'autre ne lui en laissait pas le temps.

Alors qu'il commençait à sérieusement regretter sa petite mise en scène, un flottement se produisit dans la foule. Les curieux laissèrent passer trois hommes de la Garde nationale, qui portaient tous à leur plastron la médaille des *Vainqueurs de la Bastille*, suivis d'un individu de petite taille, le regard bleu glacial, les joues mal rasées et les cheveux sombres un peu crépus, réunis en une courte-queue. Il n'était pas armé mais semblait les commander. Même le grand moustachu, qui s'apprêtait à sabrer de nouveau Victor, avait suspendu son geste.

– Je suis Garat l'Américain, capitaine aux *Vainqueurs de la Bastille* et membre des Cordeliers, déclara le nouveau venu. Qui êtes-vous ?

– Cette affaire ne vous regarde pas, répondit le moustachu. Il parlait d'un ton sec, mais semblait tout de même assez décontenancé.

– Que si. Vous m'avez dérangé et je n'aime pas cela. Dans ce quartier, on n'aime pas les amis de La Fayette. Vous feriez mieux de partir.

Il parlait assez doucement d'une voix grave, un peu rauque.

Dans la rue, le silence était brusquement retombé. Les deux acolytes du grand moustachu s'étaient remis sur pied. L'un d'eux s'éloignait déjà en claudiquant. La foule avait changé d'attitude. Le moustachu haussa les épaules avant de partir à son tour, le pas raide, ignorant les quolibets.

Un artisan plâtrier rendit à Victor son chapeau. Une mégère l'époussetait, maternelle.

– Les brutes, comme ils vous ont mis !

L'homme au regard bleu s'approcha à son tour, lui tendant son pistolet avec un sourire froid.

– C'est à vous, je crois. Qui étaient ces gens ?

– Des gendarmes de l'Hôtel de Ville.

Victor tremblait encore. Il sortit son mouchoir pour s'essuyer le front.

– Ma foi, je vous fais mon compliment. Vous vous êtes très bien débrouillé. J'étais aux premières loges.

Il montrait du doigt le Procope derrière eux. Le jeune homme hocha la tête. Pendant quelques instants, il avait cru que Garat n'interviendrait pas. Pourtant l'Américain y prenait son café chaque jour à cette heure.

Il lui répondit qu'il n'avait fait que se défendre, ce qui était à sa portée puisqu'il avait été officier. Son regard s'était fermé et il semblait brûler du désir de quitter les lieux. La circulation reprenait et il ne restait plus qu'un cercle de curieux, qui commentaient l'événement avec passion.

– Êtes-vous de passage à Paris ?

Dauterive s'inclina légèrement.

– Oui. Et je vous remercie de votre aide. Au diable La Fayette et ses espions !

Garat approuva d'un hochement du menton.

– Ils sont encore trop nombreux, c'est vrai. Nous aurions besoin de gens comme vous pour nous en débarrasser.

Dauterive lui tendit la main et ils se saluèrent.

– Je suis désolé mais je dois vous laisser, des affaires m'attendent.

– Nous nous reverrons, j'espère. J'ai peut-être de l'ouvrage pour vous.

– Quel genre d'ouvrage ?

– Passez me voir au Procope quand vous en aurez fini avec vos affaires, j'y suis tous les matins.

*

Victor quittait à peine la rue de Condé que le commissaire Piedebœuf y arrivait à son tour, sans soupçonner un instant ce qui s'y était produit. Il marchait d'un pas lent, avec les traits tirés d'un homme qui n'a pas dormi son content. Au moins, songeait-il en croisant Dauterive sans le remarquer, les choses avançaient. Il ne doutait pas faire d'autres progrès ce matin.

Il demanda où habitait madame de Kéralio et arriva bientôt devant un bel immeuble en pierre, face à l'ancien hôtel de Condé. De gigantesques opérations immobilières avaient eu lieu ici dix ans plus tôt. Le vaste parc et ses bâtiments avaient laissé place à des constructions neuves. Une rue de l'Odéon – la première de la ville à être pourvue de trottoirs – avait coupé la propriété en deux. On avait bâti à la place des jardins un théâtre de style grec, qui hébergeait les sociétaires de la Comédie-Française[1]. Quelques mois plus tôt, une partie de leur troupe menée par le grand Talma avait fait sécession pour s'installer salle Richelieu au Palais-Royal, par amour des idées nouvelles, avait proclamé le célèbre comédien.

Évidemment l'ancien inspecteur n'avait que faire de ces chamailleries d'artistes.

Il montra patte blanche à la concierge et monta au premier étage. À mesure qu'il gravissait les degrés du somptueux escalier, sa surprise augmentait. S'était-il trompé d'adresse ? Rien ne ressemblait ici à une imprimerie. Une jeune domestique aussi bien habillée qu'une bourgeoise lui ouvrit l'unique appartement sur le palier.

– La police ?

– C'est bien ici qu'habite madame Louise de Kéralio ?

– Oui, pourquoi ?

– Madame Louise de Kéralio, qui s'occupe du journal le *Mercure national* ?

1 Aujourd'hui le théâtre de l'Odéon.

– C'est bien ça. C'est même la directrice, précisa la jeune fille en se redressant.

– Alors allez la chercher.

Tandis qu'elle disparaissait au fond du vestibule d'un air vexé, le commissaire examina les lieux. L'appartement était d'un luxe hors de portée pour lui. Il n'oubliait jamais qu'il était né d'une famille de paysans pauvres, dans la Poitou – sa mère était morte de faim en 1750. De grands tableaux ornaient les murs couverts de papier peint neuf. Il y avait une desserte en bois d'acajou, des vases en porcelaine de Sèvres. Tout était calme, il flottait dans l'air une douce odeur de soupe. Il se sentait mal à l'aise, presque en colère. Ces gens étaient des imposteurs. De quel droit défendaient-ils les plus pauvres dans leurs feuilles de chou, eux qui possédaient tout ? Ce n'étaient que des Tartufe.

L'arrivée d'une femme interrompit ses réflexions.

– Je suis la citoyenne Louise de Kéralio, déclara cette dernière d'un ton hardi. Vous avez demandé à me voir ?

Elle le fixait droit dans les yeux, avec une immodestie qui convenait mal à son sexe. Piedebœuf s'inclina tout en la détaillant. Âgée d'une trentaine d'années, elle était assez petite mais bien proportionnée, le visage parfaitement dessiné quoiqu'un peu sévère. Ses cheveux blonds étaient rangés en chignon mais elle ne portait pas de bonnet. Lui souriant avec sécheresse, elle l'invita à le suivre. De dos, son pas était souple et vif comme celui d'une jeune paysanne, sa robe en indienne soulignant la perfection de ses formes bien qu'elle lui parût un peu maigre.

– Je vous avertis, citoyen Piedebœuf, que je n'ai guère de temps.

Arrivés dans un salon étriqué au luxe discret, elle s'assit en lui indiquant une chaise à médaillon canné.

– Cela dépendra de vous, répondit le policier d'un ton guère plus aimable.

Il détestait l'usage répété qu'elle faisait de ce mot de citoyen, sans pour autant s'en étonner. En se renseignant, il avait appris que cette Kéralio était une révolutionnaire acharnée, une enragée de l'égalité entre hommes et femmes. Elle était membre d'une *Société fraternelle des deux sexes* qui siégeait dans la bibliothèque du couvent des Jacobins, où tout le monde s'appelait *frère* et *sœur*.

– Est-il exact que vous êtes la rédactrice du *Mercure national* ?

Kéralio haussa un sourcil, à la façon de son interlocuteur. Les siens étaient épilés, un peu trop sans doute, ils se réduisaient à deux traits fins et mobiles.

– J'en suis la directrice. Cela vous semble-t-il extravagant ?

Sa voix était nette, précise, hardie.

– Répondez simplement à mes questions. Où sont vos locaux ?

– Nous n'avons pas de locaux. Je rédige moi-même la plupart des articles, et quelques personnes m'apportent leurs contributions par ailleurs. Peut-on savoir ce que vous voulez ?

– J'y viens. Connaissez-vous un particulier dénommé Augustin Bouvard ?

La jeune femme hocha lentement du menton. Elle avait pâli, mais peut-être s'agissait-il moins d'inquiétude que de contrariété : elle n'avait certainement pas l'habitude qu'on lui parle ainsi.

– Je le connais, soupira-t-elle avec impatience. Pourquoi ?

– Quand l'avez-vous vu pour la dernière fois ?

– Mercredi dernier. Puis-je savoir ce que vous voulez ?

– Où ?

Elle poussa un nouveau soupir.

– Ici. Figurez-vous que je n'allais pas chez lui. Il m'a

amené un certain travail qu'il devait faire sur la politique. Vous intéressez-vous à la politique, citoyen ?

Le policier remua le sourcil droit, à la fois agacé et surpris. Son interlocutrice pâlissait toujours plus à mesure qu'avançait leur échange. Il y avait quelque chose de dur en elle, de presque brutal. Puis il haussa l'épaule.

– Je ne suis pas venu ici pour parler politique. Bouvard est donc venu mercredi. Quand devait-il repasser ?

– Jeudi ou vendredi. Comme il ne venait pas, je lui ai envoyé un billet mais il n'a pas donné suite.

– Vous êtes-vous rendue chez lui ?

Au ton de la question, la directrice avait presque sursauté.

– Qu'y aurais-je fait ? Ce n'était qu'un collaborateur.

– On m'a dit qu'il était journaliste.

– Il ne l'était point. Il me ramenait quelques documentations, des informations sans grande valeur d'ailleurs.

– Votre mari se trouve-t-il ici ?

– S'il était ici, il n'aurait rien à vous dire. Il n'a rien à voir avec le *Mercure*. Il est le secrétaire de Georges Danton. Vous connaissez Danton je suppose, même si vous ne vous intéressez pas à la politique.

Son ton était devenu soudain plus sec, presque un peu menaçant. L'ancien inspecteur se contenta de lever à nouveau l'une de ses grosses épaules.

– Augustin Bouvard a été assassiné dans la nuit de dimanche à lundi.

Sous son regard, la jeune femme ne cilla pas, mais il la vit avaler sa salive.

– Assassiné ? Je l'ignorais… C'est regrettable…

Le ton de sa voix, presque inaudible, était cependant assez neutre. Elle se tut brusquement, le regard au sol, et l'on entendit remonter le bruit de la rue. Piedebœuf crut qu'elle voulait ajouter quelque chose, mais elle se tut.

– Vous ne savez pas qui pourrait l'avoir tué ?

– Comment le saurais-je ? Je le connaissais à peine.

Elle demeurait impassible, avec son visage trop lisse aux lèvres serrées. Ce qu'il lui révéla des mœurs de Bouvard ne la dérida pas. C'est à peine s'il décelait une légère trace de dégoût.

– Depuis quand le connaissez-vous ?

Une ombre de contrariété passa sur sa belle figure, avant qu'elle n'explique que son mari avait été abordé aux Cordeliers par le jeune homme deux semaines plus tôt. Il rêvait d'écrire pour un journal, n'importe lequel pourvu qu'il prône des idées avancées. Elle l'avait alors engagé. Il faisait certaines recherches ou de menus reportages, pour trente livres par mois. C'était deux fois ce que gagnait par exemple un instituteur.

– Je suis presque seule pour tout écrire, dit la jeune femme d'une voix lasse. Il me faut bien de l'aide. Il connaissait bien le théâtre, il allait voir les pièces que je n'avais pas le temps de voir. Nous en faisions la critique parfois. Et puis il me tenait informée des événements des Pays-Bas autrichiens[1].

– Des Pays-Bas ? Pourquoi des Pays-Bas ?

La jeune femme parut un instant embarrassée, comme si elle en avait trop dit. Elle laissa errer son regard vers une porte au fond du salon, l'air d'y chercher son inspiration.

– Mon mari est originaire de Liège, il a fui la tyrannie autrichienne. Nous nous intéressons beaucoup à ce qui concerne ces régions, et Bouvard nous avait dit que certaines de ses relations lui permettraient d'avoir des informations.

Piedebœuf fit bouger ses deux sourcils alternativement. L'an passé, une révolution avait échoué dans les

1 L'actuelle Belgique, alors sous domination autrichienne.

Pays-Bas autrichiens, et notamment dans la principauté de Liège. Quelques révoltés s'étaient alors réfugiés à Paris.

– Quel genre de renseignements Bouvard vous donnait-il ?

– Pourquoi voulez-vous savoir cela ?

– Répondez à mes questions je vous prie.

– Comme vous voudrez. Je pense – et mon mari aussi – que les rois et l'empereur projettent d'établir une ligue pour rétablir l'ancien ordre en France. Cette ligue devrait réunir l'Autriche, la Prusse et l'Angleterre, ainsi que la plupart des royaumes et des principautés d'Allemagne. Son but est de rétablir le tyran de Versailles dans ce que ces monstres couronnés appellent ses droits. Bouvard nous a affirmé qu'il était en lien avec un Français qui vit à Bruxelles, et qui est au cœur de cette conspiration. Il disait qu'il pouvait peut-être nous en fournir des détails.

– L'a-t-il fait ?

– Non. Mais il avait promis de le faire.

– Vous avait-il donné le nom de cet ami ?

– Non plus, il s'en est bien gardé. Je comprends mieux le genre d'ami dont il peut s'agir.

– Le nom de Bally ou Sally ne vous dit rien ? Il aurait un accent allemand, ou autrichien.

Louise de Kéralio secoua la tête.

– Vous en savez plus que moi…

Piedebœuf réfléchit un moment, préoccupé. Si cette histoire était vraie, le meurtre de Bouvard était peut-être bien plus qu'une affaire de mœurs. Le jeune sodomite aurait appris une information confidentielle au sujet de cette ligue, ce qui expliquait sa fin tragique et la fouille minutieuse de son appartement.

– Avez-vous d'autres questions ? demanda la jeune femme, soudain plus timide. J'ai beaucoup à faire.

Il secoua la tête et prit bientôt congé. À peine eut-il quitté la pièce que Louise de Kéralio courut vers une porte qui donnait dans le petit salon. Un homme en sortit, un peu plus jeune qu'elle, les cheveux noirs en bataille et le ventre avantageux sous sa chemise chiffonnée.

– Tu as entendu ? Que s'est-il passé avec ce Bouvard ?

– Je ne sais pas, murmura l'homme. Je ne sais pas…

Il était blafard et sa lèvre tremblait.

– Reprends-toi donc, mon ami, ce n'est pas le moment de faiblir. Cours avertir Choderlos. Et sois attentif. Ce policier serait capable de te suivre, ou un mouchard. Il m'a l'air aussi franc qu'un serpent et je ne sais pas qui il sert.

*

Après avoir dépassé le palais Bourbon et l'hôtel de Lassay[1], Victor piqua gentiment des éperons pour lancer sa monture au trot. Après le village de Gros-Caillou, il longea la grande esplanade du Champ-de-Mars, au centre de laquelle trônait encore l'imposant autel de la patrie, érigé à l'occasion de la fête de la Fédération. Le jeune homme frissonna d'émotion. Un an plus tôt, le 14 juillet 1790, le peuple de Paris avait remué des tonnes de terre, dressé des gradins et un arc de triomphe ; les femmes du monde côtoyaient les poissardes, il n'était question que de concorde et de fraternité. Cent mille gardes nationaux venus de tout le royaume avaient pleuré d'émotion lorsque le roi avait juré de *maintenir la Constitution*.

Aujourd'hui tout cela semblait irréel. Les tribunes étaient sales et désolées, comme l'amphithéâtre d'un culte abandonné. Quant au roi, plus personne ne songeait à l'acclamer.

Le jeune homme arrivait aux extrémités de la ville. Une poussière légère fusait sous les sabots de son cheval. À main droite, le fleuve scintillait de mille feux. Il s'engagea dans la plaine de Grenelle, une succession de champs

1 Aujourd'hui siège de l'Assemblée nationale et résidence de son président.

et de fabriques. Parfois, il s'arrêtait ou changeait d'allure, mais personne ne le suivait. Il était presque seul à voyager à cette heure, sous le zénith.

Approchant de maisons alignées le long d'une rue, il supposa qu'il était arrivé à Vaugirard, l'un de ces hameaux cossus où quelques riches Parisiens appréciaient la tranquillité de la campagne. Dans une rue adjacente se dressait la haute maison de campagne à quatre niveaux qu'il cherchait. Après s'être à nouveau assuré qu'il était seul, Victor passa le vieux portail en fer forgé et s'engagea dans une allée arborée. Un coupé[1] était garé au bout, devant une maison à la façade décrépite. Deux hommes montaient la garde, dont le grand moustachu du matin. Son compagnon se tenait à côté, l'œil marqué d'un coup encore frais. Victor ne se souvenait pas l'avoir frappé au visage mais à la façon dont le bonhomme le regardait, il ne pouvait en douter. Les trois hommes s'envisagèrent comme s'ils allaient s'étriper sur-le-champ.

– C'est bon, laissez votre cheval, déclara finalement le moustachu. On lui donnera à boire.

Le sous-lieutenant entra dans la maison silencieuse. La relative fraîcheur lui fit du bien, il sentit la sueur envahir brusquement son torse et son visage. L'air empestait le moisi et l'urine animale. La Fayette l'attendait au bout du couloir, habillé en bourgeois, campé devant une fenêtre ouverte sur un jardin écrasé de lumière. Il se retourna, tout sourire, étreignit Victor puis le relâcha pour mieux le contempler. Ils retrouvaient leurs gestes d'antan.

– Ce bon Lafleur vous a donc laissé rentrer ? fit-il du ton léger qu'il prenait souvent en privé. Je ne sais ce que vous lui avez fait ce matin, mais il était enragé.

---

1 Voiture fermée à quatre roues attelée d'un ou deux chevaux, créée en Angleterre.

– Je n'ai fait que riposter, répondit Victor non sans forfanterie. Il avait ôté son chapeau et sa veste pour mieux s'éponger la nuque. Cet imbécile a manqué de m'égorger.

Le général fit un geste d'insouciance.

– C'est un soldat de métier, pas un comédien. Avez-vous pas obtenu ce que vous vouliez ?

Le gendarme acquiesça d'un sourire.

– Vous aviez raison. Garat cherche à recruter du monde. Le poisson est bien ferré et je vais aller ce tantôt au Palais-Royal.

À cet instant, le jeune homme pensa qu'il n'avait pas été invité chez lui le marquis depuis un moment. Avant l'été, il se rendait pourtant presque chaque dimanche à l'hôtel de Noailles pour y rencontrer la belle Adrienne, son épouse très aimée, ou ses quatre enfants dont son fils adoptif, l'Indien Kalenhala, mais aussi ses amis Américains, Gouverneur Morris ou Thomas Paine. Mais il est vrai que ses récentes aventures ne lui en avaient guère laissé le loisir.

– Ne perdez pas trop de temps, Victor, nous sommes déjà mardi. Qu'avez-vous fait hier ?

D'un coup, le ton de sa voix était plus sec, presque méfiant.

– Je me suis renseigné le matin, au Châtelet. Puis je me suis rendu au Palais-Royal pour en savoir plus au sujet des habitudes de Garat. Tout ceci était écrit dans mon billet.

Il se tut, soudain mal à l'aise. La Fayette restait silencieux, toujours devant sa fenêtre. Victor voyait son visage par l'arrière, sa joue irisée de soleil, ses longs cils roux qui battaient nerveusement. Il se tourna soudain vers lui.

– Avez-vous parlé de votre mission à quelqu'un ?

Le sous-lieutenant hésita, la gorge serrée.

– Non.

– Ne mentez pas !

D'un geste nerveux, La Fayette fouilla la poche intérieure de son habit pour en sortir un imprimé.

– Alors dites-moi d'où vient ceci.

Victor lut lentement. *Un brave officier de la Gendarmerie, qui venait de risquer sa vie pour faire son devoir, s'est retrouvé brusquement accablé par Lafayette* – les mots dansaient sous ses yeux. *Devant les troupes rassemblées à l'Hôtel de Ville, il a été traité avec horreur, ses actions dénaturées, présentées sous un jour criminel...*

Il relâcha le papier, le ventre et l'esprit vides. Olympe, évidemment. Il eut l'impression terrible que le marquis se défiait de lui. Il retrouvait l'amertume de sa jeunesse, cette crainte trop souvent éprouvée sous la tyrannie de son père.

– J'attends une explication, fit le général avec impatience. Qui a écrit cela ? Qui l'a fait imprimer et diffuser dans tout Paris ? Pas vous, n'est-ce pas ?

D'un souffle, Victor lâcha le nom de son amie.

– Madame de Gouges, vraiment... fit le marquis d'un air contrarié que le gendarme ne lui avait jamais connu. Lui avez-vous parlé de votre mission ?

De nouveau, Dauterive serra les dents. L'échange prenait une tournure détestable.

– Eh bien ? J'attends !

– Je lui ai simplement dit que je voulais rencontrer Choderlos. C'est un très bon moyen d'approcher Garat.

La Fayette, qui arpentait la pièce à grandes enjambées, s'interrompit net.

– Je vous demande si vous lui avez parlé de moi ou de votre mission !

– Non !

Leurs regards se croisèrent, et le jeune homme sentit une vague de chaleur l'envahir, presque un vertige. Jusqu'alors, il n'avait jamais menti au général. Il y avait mis toute sa conviction et ce dernier parut se radoucir. Il marcha encore un moment mais ses traits s'étaient détendus.

– C'est bien, alors, je vous crois. Cette femme est une tête folle, une extravagante qui croit devoir se mêler de politique. Les femmes ne sont pas faites pour cela, Victor, et celle-ci encore moins que les autres. Nous sommes ici dans les manœuvres politiques, pas au théâtre. Quant à Choderlos, oubliez-le. Je vous l'ai dit, Victor, vous n'êtes pas de taille pour duper cet homme. Voyez Garat l'Américain, comme je vous l'ai dit, et présentez-lui vos services. Êtes-vous bien assuré de le voir ?

Victor hocha la tête.

– Alors ne perdez plus de temps. Après tout, cette fable répandue dans Paris vous servira peut-être…

Pour toute réponse, le jeune homme continuait d'approuver du menton. Son cœur tambourinait sourdement.

9

Une heure de l'après-midi

En regardant les fines bulles du champagne remonter par torsades du fond du verre, il se disait que son existence leur ressemblait, vaine et sans objet, tourbillonnant dans l'or pour éclater à l'air. Son regard était clair, un peu las. Il but une gorgée et reposa la coupe. Le vin n'était pas tout à fait frais, il en fut contrarié.

À quarante-quatre ans, Louis-Philippe d'Orléans, premier prince de sang, avait le teint rosé et les traits las d'un viveur. Assez grand et délié malgré un début d'embonpoint, il était parfaitement rasé et portait des boucles d'oreilles en or. Nonchalamment enfoncé dans un fauteuil à tapisserie de soie, il se livrait aux mains d'un coiffeur sans lui porter plus d'attention qu'à un panier de cerises.

– Choderlos... soupira-t-il en fermant les yeux. Vous dites toujours les mêmes choses. Il y a deux semaines, vous m'avez demandé de me faire admettre aux Jacobins. Je m'y suis fait admettre. Vous m'avez ensuite demandé d'assister aux... mais cet imbécile m'arrache les cheveux !

D'un geste vif, il repoussa le coiffeur qui se confondit en courbettes.

– Prends donc un peu garde, faquin ! Que disions-nous...

– Aux Jacobins...

– Aux Jacobins vous m'avez demandé d'assister aux débats et j'ai assisté aux débats. Que vous faut-il de plus ?

L'homme à qui s'adressait le duc se tenait devant l'une des hautes fenêtres du salon, d'où il observait la foule déjà dense dans les jardins du Palais-Royal. Il était difficile d'imaginer personnages plus dissemblables que ces deux-là. Autant le duc semblait sûr de lui, le geste rond, autant Pierre Choderlos de Laclos était maigre et effacé, le teint pâle. Mais son regard perçant démentait cette apparente modestie. Et son front haut était celui d'un penseur, creusé de rides d'amertume.

– Je vous avais préparé un discours pour les Jacobins, dit-il avec raideur. Il faut qu'on vous y entende ! Comment voulez-vous être suivi si vous-même ne soutenez pas votre propre cause ?

Le duc haussa une épaule, indolent.

– Foutez-moi la paix, avec votre discours. J'ai assuré publiquement mon cousin que je ne ferai rien qui puisse affaiblir sa position…

Choderlos soupira profondément. Dans ces moments, il était inutile d'insister : le duc ne se fâcherait pas – il était trop faible de caractère pour cela – mais il ne l'écouterait pas non plus. Il devait penser à la putain qui le divertirait cet après-midi. Son plaisir était toujours passé avant tout le reste.

*

Victor dîna d'une bonne soupe et de pain, pressé de ramener Gris-poil, son cheval, à l'écurie. Pour douze livres le mois, il louait une place dans une auberge de la place Maubert. Sans bien savoir pourquoi, il aimait cette cour à demi défoncée, jonchée de fumier et perpétuellement encombrée de voyageurs. Il ne s'y attarda pas et sortit, se coiffant de son chapeau à larges bords. Un enfant l'attendait quelques pas plus loin, dans le renfoncement d'une porte cochère, rue Gallande. Il reconnut le petit drôle qui lui avait gardé son cheval la veille, près du grand Châtelet et se dirigea vers lui.

– Que veux-tu ? Tu as un billet pour moi ?

Le garçon secoua le menton.

– Non, mais moi je *voulans* prendre soin de votre cheval. Je *savans* aussi comment nettoyer les bottes, on m'a enseigné.

Dauterive l'examina plus attentivement, déconcerté. C'était un bonhomme de dix ou douze ans, en chemise rayée bleue, la culotte déchirée aux genoux et les pieds nus. Il était noir de crasse, les cheveux hirsutes mais ce qui frappait d'abord était son regard, à la fois espiègle et naïf, semblant douter de tout.

– Et qui t'a appris comment nettoyer des bottes ?

– Un *décrotteur*[1], sur le pont. Je veux juste un peu de pain pour garder le cheval. J'*avans* point froid, je *pouvans* dormir dehors.

– Avec cette chaleur, ce n'est pas bien difficile, dit le gendarme en reprenant sa marche.

Cependant le petit homme trottait à ses côtés, s'amusant parfois à sauter par-dessus les ordures sans jamais le perdre de vue.

Dauterive remarqua soudain que l'un de ses pieds était plus petit que l'autre, comme atrophié. Une cicatrice violette courait autour de la cheville jusqu'au genou. Et cette ancienne blessure le faisait claudiquer fortement. Cette vision lui porta au cœur. Avec de tels stigmates, le petit boiteux était marqué comme au fer rouge, condamné à ne jamais trouver d'employeur. Son infortune était un signe du ciel, elle portait malheur et il devrait en payer le prix toute sa vie.

– Alors ? Vous êtes d'accord ? fit l'enfant en revenant à sa hauteur.

– D'accord pour quoi ?

---

1 Les décrotteurs ont pour métier de nettoyer les habits des marcheurs maculés par la boue de la ville, afin qu'ils soient présentables pour le dîner, le spectacle, etc. Beaucoup sont sur le Pont-Neuf.

– Pour que je *gardans* vot' cheval.

– Je ne veux pas de laquais.

– Mais les gens com' y faut ont des laquais, non ?

– Eh bien je ne dois pas être com' y faut. Où sont tes parents ?

Ils arrivaient sur la place Saint-Michel, encombrée comme toujours de marchands ambulants. C'était là que Victor achetait généralement son savon.

– Ma mère est morte. Mon père je *savans* point.

L'enfant racontait ça avec distance, comme il aurait parlé de quelqu'un d'autre. Il venait de Laval, vers la Bretagne, sa mère travaillait dans les fermes mais elle s'était noyée un jour. Son père, il ne l'avait jamais vu. Il avait voulu rejoindre une tante qui était domestique à Paris, mais ne l'avait point trouvée. Il vivait donc à la rue, quémandant ou dérobant de quoi ne pas mourir de faim. Ils s'arrêtèrent à l'entrée du Pont-Neuf. Le soleil se cachait derrière un ciel étouffant, gonflé d'orage. Des passants s'agglutinaient autour d'un spectacle d'acrobates. Victor hésitait. Cet enfant lui faisait pitié, mais ils étaient si nombreux comme lui.

Certains trouvaient refuge dans des institutions, chez des religieux. D'autres se prostituaient ou volaient. Beaucoup finissaient par se perdre tout à fait et l'on retrouvait leurs cadavres en hiver, couverts de gale et raides de froid.

Parce qu'il ne voulait pas s'attacher, Victor ne lui demanda pas son nom mais lui tendit un sou. S'il ne se la faisait pas arracher, il pourrait calmer un peu sa faim.

– Et ne t'avise pas d'approcher mon cheval si tu ne veux pas que je te frotte les oreilles, ajouta-t-il sans conviction, plantant là le petit boiteux.

De loin, ce dernier le saluait de la main, tenant la pièce en l'air comme un trophée. Puis il disparut d'une pirouette au milieu des saltimbanques.

Tout en longeant le Vieux-Louvre, sur l'autre rive, le sous-lieutenant revint à des pensées plus sombres. La réaction de La Fayette l'avait surpris. Pourquoi se défiait-il à ce point d'Olympe ? Avait-il des raisons cachées ? Et ne lui faisait-il donc plus confiance, pour lui demander ainsi des comptes ? Il songeait avec dépit qu'il lui faudrait demander à son amie de renoncer à l'aider. Elle se fâcherait peut-être mais il n'avait pas le choix.

Déjà il franchissait les grilles du Palais-Royal, le cœur battant sourdement. C'était l'heure du dîner, les restaurants étaient bondés. Il se rendit d'abord au café du Caveau où il avait vu Garat l'Américain la veille, mais ce dernier n'y était pas. Personne ne put lui dire où il se trouvait. Dans les jardins, les prostituées étaient déjà nombreuses en chasse, le regard masqué derrière leurs éventails. Il faisait une chaleur de plomb. Le jeune homme visita plusieurs cafés, sans succès, puis s'installa à une terrasse pour commander une limonade.

Les heures passaient. Peut-être était-il trop tôt pour les réunions politiques, ou alors elles se tenaient ailleurs. Vers trois heures, Dauterive reprit sa marche sans réussir à fixer son attention. Ses pas le menèrent devant une échoppe de gravures. Des dizaines d'épreuves pendaient au plafond, avec pour seul thème ou presque la fuite du roi. Une caricature s'intitulait *La famille de cochons ramenée dans l'étable*, une autre *Louis le faux*. À l'intérieur de la boutique, *l'Égout royal* montrait le souverain et sa famille en train de fuir en rampant dans un souterrain, les femmes indécentes, fesses et tétons à l'air. Le maire de Paris se soulageait sur eux. *Ils vont faire la guerre civile quand nous serons partis*, disait la reine. *J'entends déjà ronfler le canon*, répondait le roi.

Le jeune homme ressortit, amer. Il pensait à nouveau à la fête de la Fédération, un an plus tôt. Le roi avait été acclamé comme jamais sans doute au cours de son règne. Et voilà où les choses en étaient. Plus tard, il entendit que

Danton arrivait tout droit des Cordeliers, et qu'il allait parler, mais il ne put vérifier si l'information était vraie.

À force d'errer dans les jardins du Palais-Royal, le jeune homme ne prenait plus garde à ce qui l'entourait. Depuis un bon moment un homme le suivait, dissimulé dans la foule. La cinquantaine, tout de noir vêtu, il portait une perruque à l'ancienne façon. Son visage pâle et mince, sévère, était marqué de deux longs plis aux joues.

Au fond de son regard brillait une lueur haineuse.

*

Le visage fermé, Garat l'Américain monta souplement l'escalier d'honneur du Palais-Royal, arrivant sans encombre jusqu'à l'antichambre de Choderlos, toujours aussi surpris d'y trouver autant de quémandeurs. Il en venait chaque jour davantage. L'ancien planteur de Saint-Domingue n'éprouvait pour ces gens-là que mépris. Il leur trouvait des têtes de rats, de charognards inquiets à l'idée de se faire voler leur proie.

Les laquais aux visages fatigués qui tentaient de donner un semblant d'ordre au flot de visiteurs le laissèrent entrer dans le cabinet de Choderlos. Ce dernier trônait derrière un large secrétaire en acajou. Il le salua de la tête, faisant signe à ses deux interlocuteurs de continuer.

L'ancien planteur se glissa dans un coin du salon, immobile. L'un des solliciteurs implorait Choderlos de trouver un poste pour son fils, n'importe lequel eu égard aux services que leur famille avait rendus à son *Altesse Sérénissime*. Ils puaient la servilité, mais Garat ne les en blâmait pas. Qu'y pouvaient-ils, s'ils n'avaient rien et que d'autres possédaient tout ? Pour exister, il fallait courber la nuque et s'avilir, chacun le faisait à sa façon. L'ancien colon songea qu'un jour on brûlerait ce monde.

L'entretien terminé, Choderlos fit sortir ses visiteurs et ordonna aux laquais qu'on ne le dérange pas.

– J'ai eu votre billet, déclara-t-il à son visiteur en retournant s'asseoir à son bureau. Que se passe-t-il ?

– C'est à propos de Bouvard, répondit Garat d'un ton neutre. La police enquête sur sa mort.

Le secrétaire du duc d'Orléans parcourait du regard une épaisse liasse de courrier, la triant au fur et à mesure.

– C'est un certain commissaire Piedebœuf, de la section du Louvre, qui dirige l'enquête. Il a été fouiner du côté du *Mercure national*.

– Et ?

– Et vous connaissez la Kéralio. Elle ne s'est pas laissée impressionner.

Choderlos reposa la lettre qu'il commençait à annoter. Son interlocuteur le fixait de son regard froid, avec sa voix rauque, son buste large et cette posture toujours un peu raide, menaçante. Il ne se sentait jamais très à l'aise avec lui.

– Il paraît que Bouvard était un *chevalier de la manchette*. Vous le saviez ?

– Et alors, répondit l'ancien capitaine d'artillerie en haussant une épaule.

– C'était un foutu bougre. Il s'habillait en fille et il se faisait appeler la *Belle Parfumeuse*. Et surtout il avait un ami.

– Continuez…

– Vous voyez quel genre d'ami, je suppose. Un certain Bally ou Sally. Il serait allemand ou autrichien.

– Est-ce tout ce que l'on sait ?

Garat approuva. Il n'avait toujours pas bougé de son poste, devant son pan de mur.

Le secrétaire du duc se leva, préoccupé.

– Retrouvez cet homme. Il a peut-être… ce que vous savez. Et suivez le commissaire. Je veux savoir les moindres de ses faits et gestes.

*

Piedebœuf, qui n'avait jamais mis les pieds à l'hôtel de Brienne, siège du secrétariat à la guerre rue Saint-Dominique, découvrit une belle demeure à fronton classique entourée d'un parterre à la française devant lequel deux grenadiers montaient la garde. À l'intérieur, le vieux policier trouva les mêmes commis, les mêmes figures effacées que dans n'importe quelle autre administration, ce qui lui fit songer que décidément, la Révolution n'avait pas changé grand-chose à l'appareil d'État.

Une intense activité régnait à l'intérieur du bâtiment. Des militaires portaient des plis en courant, d'autres étaient chargés de grandes cartes enroulées. Dans un salon, Piedebœuf aperçut tout un état-major en conférence. Il mit un certain temps à trouver l'homme qu'il était venu voir, un employé en habit noir à la française, l'air important, le ventre rebondi et le teint rose. Il ne tenait en place et grimaçait bizarrement à la fin de chacune de ses phrases. À peine se furent-ils salués qu'il se leva.

– Sommes-nous en guerre ? demanda Piedebœuf en le suivant dans un cabinet où s'affairaient trois commis.

– C'est tout comme, cher monsieur. L'Assemblée vient de décréter la mise en activité de la Garde nationale et la levée de volontaires nationaux. Je dois organiser un camp plaine de Grenelle. Asseyez-vous je vous prie.

Le policier en fut quitte pour ravaler son ironie. Il frissonnait d'inquiétude. Était-ce cela qu'on avait voulu en renversant l'Ancien Régime ? Cependant, l'employé avait extrait une feuille manuscrite de l'impressionnante pile sur son bureau.

– Vous m'aviez dit que votre homme vivait peut-être à Paris ou dans la région et j'ai donc cherché parmi les Gardes-Suisses[1], mais vous serez certainement déçu.

---

1 Cette unité d'environ deux mille Suisses partageait la garde du roi avec celle des Gardes françaises. Ils étaient stationnés dans trois casernes à Ruel (Rueil-Malmaison), Courbevoie et Saint-Denis.

Sur le papier, le policier découvrit cinq noms : BADER, sous-aide-major, SÄSSELY, premier lieutenant, BERTSCHY, CHOISY ou SPÜTY, hommes de troupe… aucun ne ressemblait vraiment à Bally ou Sally. Il fit rouler ses sourcils d'un air sceptique.

Déjà, son hôte s'était levé pour ranger des documents dans un grand portefeuille en maroquin vert.

– D'après ce qu'on m'a dit, l'homme que je cherche fait cinq pieds cinq pouces environ, les yeux bleu clair, une moustache abondante, le torse assez fort. L'un de ces militaires ressemble-t-il à cela ?

– Vous me l'avez déjà dit, et je vous ai déjà répondu que nous n'avons pas toujours des descriptions aussi précises, rétorqua le fonctionnaire en contournant son bureau – au passage il tendit à Piedebœuf un billet chiffonné. J'allais oublier : mon commis m'a donné cela pour vous…

Le commissaire découvrit un nom griffonné à la hâte : VIVIEN DU BALY. Son interlocuteur avait presque déjà quitté la pièce. Il se leva en toute hâte et dut forcer l'allure pour le rattraper dans le couloir.

– Ce Vivien-là n'est ni suisse, ni allemand, mais autrichien, dit le fonctionnaire en tordant le nez. Il servait comme premier lieutenant au quinzième régiment de cavalerie, ci-devant Royal-Allemand cavalerie. Mon commis a pensé que ça vous intéresserait.

Il trottait d'un pas si vif que Piedebœuf manqua de tomber lorsqu'ils abordèrent le grand escalier d'honneur, qu'ils se mirent à dévaler.

– Où peut-on trouver cet homme-là ?

– Aucune idée, mon cher. Il n'a pas reparu au service depuis un bon mois.

– Il a déserté ?

L'homme laissa échapper un rire un peu convenu, qui lui fit à nouveau plisser le nez. Il s'était arrêté devant une porte où l'attendaient deux officiers, têtes nues et sans armes.

– Dans certains régiments, la totalité des officiers a rejoint l'émigration. Il nous manque cinquante mille hommes à l'effectif. Voilà à quoi ressemble l'armée aujourd'hui, alors que nous prétendons faire la guerre au reste de l'Europe. Adieu.

Après une ultime grimace, il referma la porte sur lui.

Piedebœuf sortit un peu ébranlé, et regagna la Seine par la rue de Bourgogne en reprenant son souffle. Ce Vivien du Baly était peut-être l'homme qu'il cherchait, mais rien n'était moins sûr. Et dans un tel désordre, il ne serait pas facile à retrouver.

Trente pas derrière le policier avançait un homme assez grand, le nez fort et l'élégance peu discrète. Rotondo, l'un des hommes de main de Garat l'Américain.

*

Il y eut un mouvement de foule dans les jardins du Palais-Royal. Les terrasses, les cafés, et même le péristyle, tout se vidait. Dauterive apprit que la foule allait à l'Assemblée nationale mais il ne réussit pas à savoir pourquoi. Il suivit le mouvement jusqu'à la rue Saint-Honoré. Jamais il n'y avait vu autant de monde. Des hommes, des femmes et des enfants de tous âges avançaient en flot continu vers les Tuileries, silencieux mais déterminés.

Victor connaissait bien cette rue où se dressait l'hôtel de Noailles, résidence du marquis de La Fayette. Deux ou trois cents personnes se trouvaient déjà place Vendôme, criant le poing levé *Foutre du roi !* ou *Vive les bons députés !*

Il arrivait toujours plus de monde, beaucoup d'artisans des faubourgs, avec parmi eux nombre de miséreux qui entendaient sans doute profiter du désordre. Le gendarme compta quantité d'hommes armés de piques – sans doute des citoyens *passifs*, par conséquent exclus de la Garde nationale[1]. Il faisait une chaleur de fournaise, de grosses gouttes s'écrasaient parfois sur les têtes, mais la pluie ne se décidait pas à venir. Le jeune homme s'approcha difficilement de la statue de Louis le Grand dans une presse immense.

Une voix rauque qu'il reconnut aussitôt s'élevait depuis le centre de la place, frappant en écho les façades. *Le roi a fui, il a fui en ennemi. Il sera jugé ! S'il eut franchi les frontières, s'il s'unissait à tous les traîtres, le sang coulait !* La foule mugit avec fureur, aux pieds de Garat juché sur le piédestal de la statue équestre. Avec sa petite taille, seuls les spectateurs des premiers rangs le voyaient mais sa voix portait loin, enflée par une colère pure qui faisait frissonner. Cet homme ne simulait pas ; il était l'incarnation du peuple indigné.

– *Législateurs, braves députés, nous vous demandons de surseoir au jugement du roi. Nous demandons d'attendre que les quatre-vingt-trois départements aient été consultés avant de prendre votre décision...* Mes amis, mes frères, s'écria Garat l'Américain en brandissant un papier. Nous sommes trente mille à porter la pétition que je viens de vous lire ! L'Assemblée sera forcée de nous écouter !

Une acclamation monta jusqu'au ciel, puis la foule se mit à chanter le *Ça ira*. À une haute fenêtre, Dauterive vit un visage disparaître, comme chassé par la peur. En redescendant de sa tribune improvisée, l'orateur reconnut Victor et le salua d'un mouvement de tête.

– Tiens, vous êtes là... C'est bien d'être venu. Nous

---

1 Seuls les citoyens actifs, payant un impôt équivalant à au moins trois jours de travail peuvent en principe faire partie de la Garde nationale.

allons porter la pétition des Cordeliers à l'Assemblée. Ensuite nous la placarderons partout dans Paris. Vous marchez avec nous ?

Il paraissait bizarrement détaché, presque absent de ses propres actions. Dauterive accepta d'un simple mouvement de menton.

– Parfait. Les gardes nationaux et les gendarmes qui protègent l'Assemblée nationale sont des brigands à la solde de La Fayette. Ils vont sûrement essayer de nous empêcher de passer. Vous ne serez pas de trop.

Ils arrivaient auprès d'une dizaine de délégués qui discutaient avec animation, entourés d'hommes en armes.

– Attendez ici avec les autres. Dès que Danton est là, nous marchons, dit Garat avant de repartir dans la foule.

Victor poussa un soupir. L'affaire s'engageait de manière certes inattendue, mais parfaitement. Parmi les hommes de main il reconnaissait le bras droit de l'Américain, Rotondo le *Professore*, avec ses vêtements tapageurs et son charme sournois. Il ne chercha pas à l'approcher.

Soudain, il sentit une présence derrière lui. D'un geste vif, il s'empara de la main d'un enfant qui le tirait par ses basques. Il reconnut le petit boiteux du matin.

– Vous me faites mal !

– Voleur ! Je t'avais dit de ne plus me suivre.

– Lâchez-moi ! Je *volans* pas !

L'enfant était au bord des larmes. Victor se rendit compte qu'il était sur le point de lui briser le poignet et le relâcha.

– Vous êtes méchant ! Je *doivais* vous donner ça. La dame vous attend sur la place là-bas. Elle est en carrosse bleu.

Il lui tendit un billet plié en quatre et disparut en claudiquant avant que Victor ait le temps d'ouvrir la bouche. Il aurait presque voulu s'excuser de s'être montré si brutal. À la lecture du mot, il étouffa un juron. Rien ne pouvait tomber plus mal, mais il devait régler le problème sur-le-champ. Un quart d'heure plus tard, il arrivait devant une voiture en haut de la rue Saint-Thomas du Louvre. Le vent s'était levé, charriant de gouttes chaudes sans donner de pluie.

Olympe avait baissé la vitre de son fiacre. Elle sourit de toutes ses dents en voyant s'approcher Victor.

– J'ai cru que vous ne viendriez pas. Vous n'êtes pas si mal habillé, ça ira. Grimpez, nous allons être en retard.

– Il n'en est pas question. Et d'ailleurs comment m'avez-vous trouvé ?

Elle lui rendit un regard assombri. Malgré la moiteur, elle dégageait toujours le même parfum fleuri et le même charme, avec sa robe à l'anglaise en soie grise assortie d'un fichu clair.

– C'est ainsi que vous m'accueillez ? Dois-je vous dire que je travaille pour vous depuis hier, et que je viens de passer toute l'après-midi à vous courir après ? Puisque vous tenez tant à le savoir, c'est votre petit valet qui m'a dit que je pouvais vous trouver ici.

– Ce n'est pas mon valet.

– Ne jouez pas donc sur les mots, mon cher. Je parle de votre vas-y-dire[1] ou de votre commis, je ne sais. Il était devant chez vous et c'est lui qui m'a conseillé de vous chercher ici.

L'officier en resta stupide d'étonnement. Ce petit bonhomme commençait à l'agacer singulièrement.

– Mais l'essentiel est que je vous trouve, n'est-ce pas ?

– Que vouliez-vous me dire ?

– Montez donc, je vous dirai en chemin.

– Je vous ai dit qu'il n'en était pas question.

– Et moi je vous *ordonne* de monter, monsieur ! Depuis quand refuse-t-on d'obéir aux ordres du beau sexe, quand on vous apporte sur un plateau ce que vous vouliez ?

1 Commissionnaire.

– De quoi parlez-vous ?

– Montez donc, et je vous le dirai. Vous me remercierez plus tard, puisqu'il semble que vous ne soyez pas dans cette disposition. Et dépêchez-vous, je n'aime pas être en retard !

Victor ne se sentit pas le courage de résister. Il grimpa dans la voiture en pestant intérieurement, bien décidé à en descendre à la première occasion.

*

Garat se pinçait les lèvres, blanc de colère. Ce bougre de Danton les avait abandonnés, comme toujours lorsque la danse commençait. Malgré son apparence d'Hercule, malgré ses discours enflammés, il n'était qu'un pantin, un opportuniste qui ne prenait jamais le moindre risque. Ce n'était pas avec des gens comme lui qu'on prendrait d'autres Bastille.

Il pleuvait enfin, une averse fine, presque bienfaisante et d'ailleurs la foule ne se dispersait pas. En comparaison avec les averses de Saint-Domingue, ce n'était rien. L'ancien planteur arriva détrempé auprès des délégués et leur annonça la nouvelle : ils iraient seuls à l'Assemblée nationale, lui à leur tête. Alors qu'il commençait à donner ses dispositions, un homme l'aborda. Âgé d'une cinquantaine d'années, il était entièrement vêtu de noir, les habits de bonne coupe, le visage sévère marqué de deux longs plis aux joues.

– Je suis Pierre-Antoine Charpier, secrétaire particulier du duc de Chartres[1] et commissaire de police élu de la section du Théâtre-Français. Vous me remettez ?

L'ancien planteur hocha la tête. Il avait souvent vu Charpier aux Cordeliers. C'était un membre discret

1 Le fils aîné du duc d'Orléans (futur Louis-Philippe).

mais éminent du parti d'Orléans, proche entre autres de Santerre ou Danton.

– Si vous cherchez votre nouvelle recrue, vous ne la trouverez pas, ajouta-t-il.

L'Américain ne répondit rien, décontenancé. En effet, il n'apercevait pas Dauterive parmi ses hommes de main. Son interlocuteur au visage sévère lui tendit alors l'un des imprimés dont Olympe avait inondé la ville.

– J'ai jugé utile de vous alerter à son sujet, dit-il (il s'exprimait d'un ton étonnement urbain). Il s'appelle Dauterive. C'est un sous-lieutenant de gendarmerie. Voici la fable qu'il a inventée pour vous berner. Tous les journaux l'ont reçue, et peut-être vous aussi, aux Cordeliers.

Garat parcourut rapidement le papier avant de le passer à Rotondo qui s'était approché, le regard mauvais.

– Il travaille pour La Fayette, je le sais de source sûre. Je l'ai reconnu cet après-midi dans les jardins du Palais-Royal, à fourrer son nez partout. Cette affaire est une comédie qu'il vous fait. Je suis sûr que tout est entièrement monté.

– Comment le savez-vous ?

– Je suis commissaire de police, mon métier est d'être renseigné. Et j'ai croisé ce traître par le passé. Si nous en avions le loisir, je vous exposerais très volontiers son caractère et vous seriez convaincu sans doute. Croyez-moi, il a bonne mine mais c'est un serpent, il ment comme il respire. Il est bien plus dangereux qu'il ne paraît.

L'Américain regardait froidement Charpier. Il le connaissait suffisamment pour n'avoir aucune raison de douter de lui.

10

Huit heures du soir

– Et qu'avez-vous raconté à mon propos ? grogna Dauterive.

L'épaule appuyée à la portière du fiacre, il regardait la pluie rouler sur le carreau, en ruisseaux fantasques. Dehors, il ne faisait pas encore nuit mais c'était tout comme, tant Paris s'était obscurci d'un coup.

– Je vous l'ai dit, mon cher, dit Olympe avec un grand sourire. Vous êtes gendarme et vous avez été victime d'une affreuse injustice commise par ce monstre de La Fayette. Depuis ce moment vous vous passionnez pour la politique et vous aimeriez entrer au service du duc d'Orléans. N'était-ce pas ce qu'il fallait dire ?

– Si, si… Mais ce papier…

Rien ne paraissait devoir entamer l'optimisme de l'écrivaine. Elle le fit taire d'un geste, le regard perdu vers la Seine à leur droite, alors que la voiture traversait le Pont-Neuf.

– Qu'y a-t-il, avec ce papier ? C'était un très bon moyen de faire connaître votre situation et de faire avancer notre affaire. Qu'est-ce qui ne vous plaît pas au juste, que l'idée vienne de moi ?

– Bien sûr que non…

– Alors quoi ? Je vous trouve bien ingrat, mon cher. Cela ne vous a rien coûté ! J'ai composé moi-même cet article, je l'ai fait imprimer à mes dépens, envoyé à tous les journaux et aux clubs les plus courus. Grâce à mon initiative, tout Paris ne parle que de vous, chacun s'étonne de votre histoire et veut vous rencontrer. Et voilà comme vous me remerciez, avec vos airs de pisse-froid, et vos *il n'en est point question* !

En finissant sa phrase, elle pinçait les lèvres avec un dédain forcé. Son imitation comique arracha un sourire au jeune homme, même s'il se sentait un peu vexé.

– Je vous ai déjà remerciée, murmura-t-il avec la plus parfaite mauvaise foi. Je dis simplement que votre article était peut-être de trop.

En vérité, il n'avait pas la moindre envie de se passer des services d'Olympe comme le lui avait demandé La Fayette. En un jour seulement, elle lui permettait d'approcher Choderlos, c'est-à-dire le parti d'Orléans. Qu'y avait-il à redire ?

Le fiacre remontait la rue Dauphine à présent, dans le grincement des ressorts et le claquement de fers des chevaux.

Dauterive se tourna vers sa voisine, l'air surpris.

– Où va-t-on ? Je croyais que Choderlos logeait au Palais-Royal.

– Nous allons au salon de Louise de Kéralio. Il y sera, soyez sans crainte.

Comme Victor la regardait sans comprendre, elle lui raconta qu'en véritable moine, le secrétaire du duc ne recevait jamais personne. Mais il se rendait chaque samedi soir à l'assemblée de madame de Kéralio, une aristocrate férue de littérature qui dirigeait un journal, lequel n'aurait sans doute jamais vu le jour sans l'argent de son mari, précisa-t-elle non sans perfidie. Outre ces qualités, Kéralio défendait comme elle la grande cause des femmes, notamment devant la Société fraternelle des deux sexes, dont elle était l'un des membres les plus en vue.

– Je la connaissais d'avant la Révolution, précisa Olympe, lorsque la Comédie-Française refusait systématiquement mes pièces, et que je les envoyais aux sociétés littéraires de province. Elle vivait alors à Arras et m'avait priée de venir la voir. J'y ai même rencontré Robespierre, qui était avocat dans là-bas. Certes, nous étions tous bien loin de nous douter du destin qui nous attendait ! À peine lui ai-je écrit hier qu'elle me priait de vous faire venir. Elle était curieuse d'entendre votre histoire et je suis certaine que Choderlos l'entendra lui aussi avec intérêt. Eh bien… N'ai-je pas bien œuvré pour vous ?

Elle s'était tournée vers lui, les yeux brillants. Gêné, Victor répondit d'un demi-sourire. Le fiacre s'arrêta rue de Condé. Ils firent quelques pas en évitant les flaques d'eau. La pluie avait amené une fraîcheur relative. Au soir tombé, les Parisiens sortaient nombreux pour prendre l'air. Certains parlaient de la *pétition des trente mille*, partie des Cordeliers tout proches. Il y avait eu des échauffourées à l'Assemblée, des gardes nationaux avaient tenté d'arrêter Garat et les autres délégués qui l'accompagnaient.

Olympe reprit la parole alors qu'ils arrivaient au pied d'un bel immeuble.

– Mon cher Victor, vous aurez ce soir la fine fleur du parti d'Orléans. Il y aura peut-être même cet animal de Robespierre. On vous posera peut-être des questions, parfois très sottes. Ne faites pas votre ours et répondez. Et si vous ne savez pas quoi répondre, souriez et laissez-moi faire.

Elle lui serra soudain le bras. Il sentait sa chaleur, son parfum fleuri et un vertige le prit.

– Une dernière chose. Vous allez entendre pis que pendre de votre ami La Fayette. Approuvez si vous pouvez, sinon taisez-vous. Et pour l'amour de Dieu ne faites pas de scandale et ne portez pas la main au sabre.

– Bah… Je n'ai que mon pistolet…

– Je ne plaisante pas. Je n'aime guère ces gens, ce sont des intrigants, des têtes folles. Vous ne les aimerez pas non plus.

Victor hocha docilement la tête. Déjà le concierge venait à leur rencontre.

– J'espère, fit la jeune femme en s'arrêtant de nouveau, qu'après tous mes efforts vous n'oublierez pas ma récompense.

– Ah ? Moi qui vous croyais parfaitement désintéressée…

– Vous ne trouverez personne au monde qui le soit plus que moi !

– Alors pourquoi une récompense ? Et quelle récompense d'ailleurs ?

– Ne craignez rien, je vous le dirai mon cher, sourit Olympe en gravissant les marches d'un bel escalier en pierre taillée.

*

Une fois n'était pas coutume, l'adjoint du commissaire Piedebœuf avait fait preuve de diligence. Se rendant successivement à Ruel[1], puis à Courbevoie, il y avait appris que les dénommés Bader, Sässely, Bertschy, Choisy ou Spüty, militaires aux Gardes-Suisses, ne ressemblaient absolument pas à l'amant de Bouvard. Restait ce Vivien du Baly, ci-devant premier lieutenant au Royal-Allemand cavalerie.

Cette unité, apprirent les policiers, était réputée pour son hostilité aux idées nouvelles. Appelée à Paris à l'été 89 avec d'autres troupes, elle avait bivouaqué au bois de Boulogne à une lieue du centre de la capitale, suscitant l'effroi des patriotes. Le roi, affirmaient ces derniers, voulait une *Saint-Barthélemy des patriotes*. Des affrontements s'étaient produits : le 12 juillet, les cavaliers avaient chargé la foule pour la disperser. Place Louis-XV, ils avaient piétiné un vieillard sous leurs sabots. Pour se défendre, les insurgés avaient alors cherché des armes

1 Aujourd'hui Rueil-Malmaison.

et de la poudre et deux jours plus tard ils emportaient la Bastille. Aujourd'hui, la plupart des officiers de ce régiment avaient émigré. Quant au colonel, il avait été arrêté après l'affaire de Varennes, à laquelle le ci-devant Royal-Allemand avait pris part.

Mais tout cela ne faisait pas de Vivien du Baly un assassin. Avant toute chose, Piedebœuf devait savoir si cet homme était ou non l'amant du jeune homme à l'escarpin. Le plus simple aurait sans doute été de se rendre dans son unité pour interroger ses anciens camarades, mais celle-ci cantonnait actuellement à Hesdin, près de la frontière au nord. Heureusement, le commissaire disposait d'une information intéressante : lors de son séjour au bois de Boulogne, en juillet 1789, Vivien du Baly avait logé à l'auberge du Lyon d'Or, à l'angle de la rue Saint-Roch, près des Tuileries (car il n'était pas question que les officiers vécussent sous la tente, comme des enfants de troupe).

Passé le porche, le commissaire découvrit une cour assez vaste où l'on dételait les huit chevaux fumants d'une de ces grandes diligences créées dix ans plus tôt par ministre Turgot. Malgré la nuit tombée, il faisait une chaleur étouffante, et les bêtes étaient blanches d'écume. Le policier eut pitié d'elles mais ne s'attarda pas. La grand-salle était noire de monde, assez mal éclairée, un antre aux odeurs fortes qui le mit instantanément mal à l'aise. Sa chemise s'imbiba de transpiration en un clin d'œil. Son embarras des derniers jours revenait. Il appela le patron d'un ton rude.

– Vivien du Baly… grommela ce dernier en consultant son registre. Voilà… Arrivée le 10 juillet 1789, départ le 16 juillet, avec son régiment j'imagine… Oh mais je vois très bien, ma foi !

L'aubergiste, un grand et gros personnage à lunettes, la chemise constellée de taches de graisse, hochait la tête en serrant des mâchoires.

– Ce bougre-là a failli flanquer le feu à la salle, lui et ses amis.

– Un bougre ? Pourquoi dites-vous cela ?

– Façon de parler… Il avait invité ses amis à souper, le 13 juillet. Ils étaient une quinzaine, la moitié des militaires de son espèce, des Allemands ou je ne sais quels étrangers. Ça parlait et ça hurlait, ils ont bu je ne sais combien de bouteilles. Ils s'en sont pris à deux pauvres voyageurs, des Bretons si je me souviens. Il a fallu appeler le guet et j'ai cru qu'ils allaient tous tirer leurs sabres… Quelle plaie que ces gens-là !

À chaque instant, lui et Piedebœuf étaient dérangés par des filles de salle. Là où ils se trouvaient, tout près de cuisines, le vacarme et l'odeur étaient presque insupportables. Le policier avait envie de rendre.

– Vous dites *bougre*, insista-t-il. Vous entendez qu'il préférait les hommes aux femmes ?

L'aubergiste s'essuya le front du revers du poignet tout en jetant des regards gênés autour de lui. Il n'avait pas voulu dire cela, c'était simplement façon de parler, répéta-t-il. Il décrivit un particulier porteur d'une assez belle moustache qui remontait sur les joues, le buste fort, les yeux très bleus globuleux, et mesurant cinq pieds cinq pouces. Presque exactement la description de l'amant de Bouvard. Piedebœuf essuya sa nuque trempée de sueur mais il n'apprit rien d'autre. Son hôte ne se souvenait pas des amis de Bally, qu'il n'avait d'ailleurs pas revu. Et il en était fort aise.

*

Une domestique fort bien mise, l'air mutin, conduisit Olympe et Dauterive jusqu'à un salon élégamment meublé, dont les trois fenêtres donnaient sur la rue. Une quinzaine de personnes se trouvait déjà là, devisant aimablement et d'instinct le jeune homme se sentit mal à l'aise.

Sans doute aurait-il tourné les talons s'il n'avait senti, dans son dos, la main ferme d'Olympe. Elle le poussa jusqu'à une personne d'une trentaine d'années, aux traits merveilleusement agréables quoiqu'un peu durs avec ses sourcils trop fins. Sa robe à l'anglaise en soie bleue mettait en valeur une silhouette fine. À la taille, une ceinture d'un bleu plus intense s'ornait d'un grand médaillon. Un diamant bleu scintillait sur l'ivoire de sa gorge menue, au rythme de sa respiration.

– Mon cher, je vous présente madame de Kéralio la maîtresse de maison... Ma chère Louise, voici Victor Dauterive, le jeune homme dont je vous avais parlé. Ne faites pas attention à son air de butor, c'est un militaire. Il est lui arrive d'être plus délicat qu'il n'y paraît.

Les deux femmes éclatèrent de rire. Bouillonnant de colère, le sous-lieutenant salua sèchement l'hôtesse tout en examinant le décor, comme explorateur face à une terre inconnue. Haute de plafond, la pièce était presque aussi vaste qu'une église. De lourds rideaux de taffetas rouge tranchaient sur la clarté des murs. Dans un coin, des valets servaient des boissons, à la lumière des chandeliers. Dauterive se fit remplir un verre à la première bouteille qu'il vit sur la table.

Il n'en fréquentait aucun mais il connaissait fort bien ces *salons* ou *sociétés*, très à la mode depuis Louis XV. Tous étaient présidés par des femmes, mais seuls les hommes y participaient. Pour quiconque rêvait d'une carrière d'artiste ou d'écrivain, c'était l'un des plus sûrs moyens d'exister aux yeux du monde. Ne pas y paraître, c'était ne pas exister ; même Rousseau, ennemi déclaré des mondanités, y avait sacrifié en son temps. À Paris, la concurrence était acharnée, chaque salon professant ses propres idées. Mesdames Necker et de Staël, sa fille, préféraient les visiteurs royalistes. Madame Helvétius, grande amie d'Olympe qui tenait salon chaque mardi, défendait des idées plus avancées, tout comme Adélaïde de Flahaut, maîtresse de Talleyrand. Quant aux patriotes, ils se réunissaient chez Manon Roland ou la belge Théroigne de Méricourt.

Chaperonné par Louise de Kéralio, Victor découvrit les invités ; Choderlos de Laclos d'abord, un grand personnage au teint maladif et au regard sévère, muet comme une tombe. Les deux hommes se saluèrent dans un silence polaire, l'écrivain scrutant Victor comme pour mettre son âme à nu ; plus loin se tenait Pierre-François Robert, l'époux empâté de l'hôtesse ; il y avait aussi Brissot, personnage à la figure allongée, la parole facile et nerveuse, l'un des fondateurs de la Société des amis des Noirs ; Jean-Marie Roland, vicomte de la Platière, un homme austère à la soixantaine sèche ; sa femme Manon, de vingt ans sa cadette, la peau colorée comme celle d'une paysanne. Puis d'autres encore dont le sous-lieutenant oubliait les noms au fur et à mesure.

Contrairement à ces habitués, il ne maîtrisait absolument pas l'art *si français* de la conversation. Heureusement, Olympe le suivait pas à pas, prompte à soutenir d'un mot ou d'une question ses brusques silences. Lui se sentait à demi stupide, incapable en tout cas d'aborder Choderlos pour converser avec lui.

Ayant entendu deux convives évoquer la pétition des trente mille, Olympe s'invita dans la conversation avec un grand sourire, tout en tirant Victor par la manche.

– Est-ce que vous n'étiez-vous pas dans la foule place de Vendôme, mon cher ? lui lança-t-elle à voix haute. Dites-nous un peu ce que vous avez vu !

Embarrassé par les regards, le jeune homme raconta en quelques phrases sèches la place noire de monde, le peuple des faubourgs, les menaces de la Garde nationale et l'attente de Danton. La plupart des invités l'écoutaient avec un étonnement mêlé de frayeur. Même Choderlos prêtait une oreille attentive, les yeux plissés et la tête penchée.

Le jeune homme en vint au moment où il avait dû abandonner Garat. Les questions fusèrent aussitôt. Comment l'affaire s'était-elle terminée ? Qu'avaient dit les députés ? Les membres de la délégation avaient-ils été arrêtés ?

– Je n'ai pas pu escorter le citoyen Garat, murmura Victor d'un air contraint.

D'autres que lui, songeait-il, n'auraient pas hésité à embellir leur rôle, et même à décrire ce qu'ils n'avaient pas vécu. Mais il ne s'en sentait pas capable.

– Et peut-on savoir pourquoi ne l'avez-vous pas escorté ? demanda Choderlos.

– Parce que la citoyenne de Gouges m'attendait, et que je n'ai pas pour habitude de refuser les ordres du beau sexe, répliqua-t-il en se souvenant de la phrase d'Olympe.

Les convives s'esclaffèrent. Ce jeune homme était décidément aussi téméraire que galant !

– Ma chère Olympe, vous avez là un véritable Cupidon ! s'exclama Louise de Kéralio.

– Hélas, je ne suis pas une Psyché ! répondit l'écrivaine avec une révérence.

Choderlos n'insista pas mais Victor le vit se détourner avec un air méprisant. À chaque fois qu'il s'approchait de lui, l'autre s'éloignait. Dépité, le jeune homme reprit plusieurs fois du champagne tout en écoutant parler les autres, ne faisant que d'infimes remarques. La chaleur lui montait à la tête, il s'enhardissait et lançait toujours plus de regards en direction de sa belle hôtesse, qui de son côté l'ignorait superbement.

C'est à peine s'il remarqua l'arrivée d'un nouveau convive d'une trentaine d'années à la mise parfaite, les traits harmonieux, la perruque poudrée : Robespierre. Les conversations s'interrompirent. Lui avançait lentement au bras de Louise de Kéralio, saluant d'un mot ceux qu'il reconnaissait. Il s'excusa de son retard : la pétition portée par les Cordeliers avait ralenti les travaux de l'Assemblée. Comme on le pressait de questions, il expliqua qu'une délégation d'une douzaine d'hommes menée par Garat l'Américain, le célèbre membre des Vainqueurs de la Bastille, avait porté le texte. Plus tard, il y avait eu des heurts au Palais-Royal, et la Garde nationale avait arrêté l'un des pétitionnaires.

– Garat lui-même ? demanda Choderlos.

– Non pas. Un Italien, il me semble.

– Il doit s'agir de Rotondo…

L'écrivain avait lâché le nom comme s'il parlait d'un homme mort. Olympe en profita pour attraper Victor par le bras et le pousser devant elle avec un sourire étincelant.

– Nous avions appris le début de cette affaire grâce au citoyen Dauterive. Désormais nous en avons l'épilogue. Décidément, La Fayette prend bien ses aises avec nos libertés ! N'est-ce pas là le comportement d'un tyran ?

– Vous n'avez pas toujours dit ça, ma chère Olympe ! s'exclama Keralio tandis que Robespierre la saluait.

– Un tyran, peut-être pas, chère madame de Gouges… Mais vous avez raison, il n'en fait qu'à sa tête. Il remplit Paris de mouchards et d'espions à sa solde, et la Garde nationale est devenue son instrument.

– Comment ne pas croire qu'il a lui-même organisé la fuite du roi ! s'exclama Brissot, dont la drôle de figure s'animait avec flamme. N'était-il pas le maître de la surveillance aux Tuileries ? N'avait-il pas par là toute facilité pour la désorganiser ? Et d'ailleurs, messieurs, comment Louis et sa famille se seraient-ils enfuis sans aucune complicité ?

La fable de l'enlèvement était toute prête, dit un autre tandis que le vieux Roland déclarait d'un air lugubre que le général était un nouveau Cromwell[1]. Le sous-lieutenant,

---

1 Lors de la révolution anglaise de 1641-1649, le général Cromwell prend le pouvoir et instaure une République. Ce sera un échec. Malgré la décapitation de Jacques Ier, une monarchie constitutionnelle revient au pouvoir.

qui en savait sur bien plus long sur l'affaire de Varennes que tous les autres, se garda bien d'intervenir.

Olympe reprit vivement la parole. Ces messieurs connaissaient-ils le dernier exploit du *grand général* ? On fut bien obligé de lui demander de quoi il retournait et Dauterive n'eut d'autre choix que de raconter, le rouge aux joues, l'épisode de l'Hôtel de Ville.

Il expédia le récit en quelques phrases si décousues qu'à la fin seul Robespierre était resté (même Olympe avait fui, les joues rouges et le regard pétillant de colère).

– Ne vous ai-je pas vu aux Jacobins ? lui demanda-t-il.

– Plusieurs fois.

– C'est ce qu'il me semblait. Ainsi, vous êtes un partisan d'Orléans ?

– Sinon pour quelle raison La Fayette m'aurait-il chassé aussi brutalement ?

– Je ne sais. Cet homme est un César, un faux ami de la liberté qui nous trahira sans doute un jour. Mais ne vous aveuglez pas, jeune homme : Orléans ne vaut pas mieux selon moi. Nous l'avons vu paraître aux Jacobins quelques jours seulement après la fuite de son cousin le roi. Le trône est à prendre, vous le savez et tous les moyens sont bons pour cela.

Il parlait à voix haute, calmement. À quelques pas de là, Choderlos avait tout entendu. Son visage se ferma mais il ne répondit rien.

On passa à table dans une autre pièce, plus grande encore que le salon. Rarement Victor avait eu l'occasion de souper dans un tel luxe. Les couverts en faïence de Lyon assortis aux verres en cristal brillaient sous le feu de chandeliers en argent. Une demi-douzaine de laquais assuraient le service. On servit du potage, des huîtres en hachis, puis de la carpe en matelote ou de la poularde à la Béchamel pour ceux qui n'aimaient pas le poisson. Le jeune homme, qui avait été séparé d'Olympe, avait bien du mal à participer aux échanges, qui encore et toujours roulaient sur la même question : fallait-il ou non juger le roi ?

– Il le faudrait, mais cela n'arrivera pas, déclara un convive d'un ton amer. L'Assemblée va déclarer la personne du roi inviolable et il remontera sur son trône.

– Le vote n'a pas encore eu lieu, répondit Robespierre.

– Allons, ne vous faites pas plus naïf que vous êtes ! La majorité ne voudra ni déposer le roi, ni encore moins le juger. La Fayette veut sa Constitution, et il l'aura. Toutes les pétitions du monde n'y changeront rien.

– Faudrait-il donc se taire ? s'écria Louise de Kéralio, en bout de table. Le premier fonctionnaire public a trahi la Nation par sa fuite. Il doit être jugé !

– Jugé et déchu, ajouta Choderlos de Laclos.

Robespierre lui sourit après s'être tamponné la bouche.

– Dans ce cas, je suppose que le duc d'Orléans deviendrait régent de France, n'est-ce-pas ?

– Et pourquoi pas ? A-t-il jamais failli à son soutien à la cause patriote ?

– La Révolution n'a pas besoin de tels soutiens.

Le ton était glacial. Son contradicteur n'avait d'autre choix que de lui répondre.

– Moi je pense qu'il vaut mieux un soutien affirmé que vos hésitations. Vous balancez, mon cher Robespierre, vous êtes prudent et vous vous effrayez de tout. Eh bien moi je n'ai pas vos pudeurs. Le duc est un patriote. Il a toujours été du côté du tiers état. Louis XVI doit être déchu et son fils le remplacera sous le nom de Louis XVII. En attendant sa majorité, Philippe d'Orléans dirigera un conseil de régence et nous nous assurerons ainsi d'une juste Constitution. Qui pourrait contester cela ?

– Moi ! Et avec moi tous les Cordeliers ! s'exclama le mari de Louise de Kéralio. Les rois s'agitent à nos frontières, ils s'arment contre les patriotes. Ils veulent venir libérer Louis XVI. La patrie est en danger ! Nous ne voulons plus de roi. Nous voulons une République !

– Au moins pourrait-on enlever le Dauphin au despote des Tuileries, et le faire élever par la Nation, fit remarquer le voisin de Victor.

– Parfaitement ! reprit Robert. La République est le seul gouvernement où l'homme libre peut déployer sa force et ses talents. Point d'égalité dans la monarchie héréditaire, où des imbéciles peuvent nous gouverner comme si nous étions des enfants. Qu'en pensez-vous Robespierre ?

Le député d'Arras réfléchit un court instant.

– Je pense que ce ne sont là que des mots. J'aime mieux une Monarchie avec une assemblée représentative populaire, et des citoyens libres et respectés, qu'une République menée par un dictateur.

– C'est exactement ce que je prétends, reprit Choderlos. Mettons en place une régence, plaçons à sa tête un homme au-dessus des factions, et prenons le temps de réfléchir au régime qui conviendrait le mieux à notre pays.

Pendant un long moment, la conversation roula sur le même sujet. Même Olympe, si bavarde et téméraire, avait du mal à tenir son rang. Le sous-lieutenant se contentait de vider verre après verre. Deux ou trois fois, il surprit sur lui le regard de Louise de Kéralio. Le feu des chandelles caressait le galbe de son visage, ses lèvres vermeilles. Elle détournait aussitôt les yeux. Victor, les pupilles dans le vague, appelait le laquais pour remplir à nouveau son verre. Il se sentait découragé, flottant très loin ailleurs.

*

En d'autres temps, c'est-à-dire sous l'Ancien Régime, la société se serait sans doute réunie pour dépenser ses écus aux tables de jeu. Mais la maîtresse des lieux aspirait à des mœurs vertueuses, dignes de cette République qu'elle appelait de ses vœux. Aussi vers onze heures du soir chacun se dispersa. Robespierre était parti avant tout le monde, prétextant des discours à préparer pour les Jacobins. Choderlos l'avait suivi de peu, sans même que Dauterive ait l'occasion de lui parler.

Alors qu'il accompagnait Olympe vers le vestibule, le pas incertain, Louise de Kéralio les rejoignit vivement, la soie bleue de sa robe voletant à ses pas. Elle les arrêta d'un sourire éclatant.

– Ma chère, déclara-t-elle en dévisageant tour à tour l'écrivaine et son cavalier, je suis bien heureuse de vous avoir retrouvée. J'espère que l'occasion reviendra bientôt de nous voir ?

– Je l'espère tout autant, répondit Olympe avec une courte révérence.

– Il m'est venu une idée, tout à l'heure. J'aimerais assez faire un article dans mon journal sur ce qui s'est passé place de Vendôme. Seriez-vous d'accord pour venir m'en faire un récit ?

– Je peux faire mieux, lança Victor. Je vais l'écrire moi-même, cet article.

La jeune femme, surprise, inclina le visage d'un mouvement charmant.

– Je l'attends avec impatience, dans ce cas. Apportez-le moi au plus vite, dès demain. Ce genre d'affaire ne souffre pas de retard si nous voulons éveiller l'intérêt des lecteurs.

Ils quittèrent l'immeuble, sans qu'Olympe ne sorte de son silence. Elle demanda à Victor de lui trouver un fiacre et y monta sans un mot.

– Qu'avez-vous ? lui demanda le jeune homme alors qu'elle refermait la portière.

– Rien. Tout est parfait.

Elle tirait la porte mais il l'en empêcha, la main sur la poignée.

– Voulez-vous me laisser aller ? Je pense vous avoir suffisamment consacré de temps.

– Qu'y puis-je si Choderlos est froid comme un serpent, et s'il ne m'a pas laissé l'approcher ? C'était une bien mauvaise idée de venir là !

– Il est bien temps de vous en apercevoir ! Vous ne lui avez même pas adressé la parole ! Auriez-vous peur de lui ?

– Peur ? Je n'ai pas l'habitude de la société, vous m'avez laissé seul à souper. Comment aurai-je pu parler avec lui ?

– Fi donc ! Vous êtes… Vous n'êtes qu'un sot. J'ai travaillé pour vous, je vous offre ce que vous vouliez sur un plateau d'argent, et voilà comme vous me remerciez de mes efforts. Laissez-moi maintenant.

– Très bien ! fit-il en se retenant de claquer la portière. Mais sachez que dorénavant je me passerai de vos services. C'est d'ailleurs ce que veut monsieur de La Fayette. Je vois qu'il n'a pas tort. Faites-moi la grâce d'oublier ce que je vous ai dit. *Tout* ce que je vous ai dit !

Olympe se pencha vers lui, les joues écarlates.

– Je vous oublierai avec plaisir, monsieur, puisque telle est la volonté de votre maître. Et courez donc retrouver cette femme, si c'est là votre ambition, plaise à Dieu que vous vous fassiez une autre confidente. Vous n'êtes qu'un sot doublé d'un rustre, et vos instincts vous dictent un peu trop votre conduite. Sachez que j'ai toujours lutté pour ne pas être un instrument dans les vues des hommes. Ce n'est certainement pas avec vous que je commencerai. Soyez assuré que vous n'aurez plus à vous plaindre de mes services, monsieur le joli cœur !

D'un ton vif, elle ordonna au cocher de la conduire à Auteuil. Elle avait presque crié.

Victor resta un long moment seul sur la chaussée, furieux contre lui-même.

11

Quatrième jour
Mercredi 13 juillet 1791
Huit heures du matin

Le sous-lieutenant s'éveilla de méchante humeur. Trois étages plus bas, la rumeur de la rue lui semblait plus calme et plus joyeuse que d'ordinaire. Il faisait déjà horriblement chaud. Il se leva pour une toilette rapide, comme chaque matin, se rinçant le visage et les mains à l'eau avant de les frictionner à l'eau de Cologne (il aurait bien volontiers pris un bain mais il n'en avait pas le temps ; il se sentait sale et poisseux, incommodé par sa propre odeur). Après s'être curé les dents avec une plume taillée, il les frotta d'une éponge imbibée de la fameuse eau balsamique et spiritueuse du sieur Botot[1]. Puis il enfila une chemise propre, sa veste beige, et descendit dans la rue.

La Fayette avait eu raison à propos de Choderlos : ce dernier était retors, impossible à approcher directement. Inutile d'insister. Restait Garat. Certes, son espèce de désertion la veille au soir avait singulièrement compromis son approche. Mais il y avait peut-être moyen de rattraper l'affaire. En sortant de son immeuble, Victor retint un juron : le petit boiteux du Châtelet l'attendait, le cul posé sur une borne comme la veille. Il se dressa d'un bond.

---

1 Liquide dentifrice composé de badiane, girofle, cannelle, benjoin, essence de menthe et alcool à 80°.

– Si vous voulez vot' cheval, je *savans* où qu'il est, lui dit-il avec un franc sourire, comme sa présence était la chose la plus naturelle du monde.

Il portait la même culotte et la même chemise bleue rayée, plus crasse que jamais.

– Ça fait déjà deux fois que je le dis : je ne veux pas de laquais. Que veux-tu ? Tu as un billet pour moi ?

– Non. Je vous attendais.

Victor hocha la tête, sans parvenir à se fâcher tout-à-fait, regrettant même sa dureté de la veille. Et pourtant que pouvait-il faire d'autre ? Il n'avait aucune envie de prendre ce garçon à son service, et pas plus celle de lui donner l'obole. C'était l'encourager dans l'oisiveté. Il reviendrait chaque jour, peut-être même avec d'autres traîne-misère dans son genre. Pourtant il avait pitié de lui. Il lui donna deux sous en lui recommandant de ne pas en parler autour de lui. Et tandis que le petit estropié bondissait dans la rue avec un grand sourire, Victor se surprit à songer qu'il ne connaissait toujours pas son nom, et qu'il lui aurait bien demandé tout de même.

Un attroupement l'interrompit rue des Cordeliers, devant l'entrée de l'ancien couvent qui abritait le club politique. Les débats devaient être entièrement occupés par les événements de la veille, c'était une occasion à tenter. Le jeune homme se fraya un chemin à l'intérieur, guère rassuré.

Sa première visite, quelques mois plus tôt, lui avait en effet laissé un souvenir cuisant. Et son attitude de la veille ne plaidait guère en sa faveur. À l'intérieur, rien n'avait changé depuis l'hiver dernier : plusieurs centaines de femmes et d'hommes de toutes les conditions – la plupart citoyens passifs – s'entassaient dans l'ancien réfectoire, où l'on avait dressé des tribunes de bois. Le buste de Mirabeau derrière l'orateur, celui de Rousseau, et les chaînes arrachées à la Bastille étaient toujours en place. Depuis l'affaire de Varennes, ce club très populaire siégeait en permanence, on y voyait souvent Danton, Marat ou Desmoulins. Et l'on disait aussi que le parti d'Orléans y était très bien implanté.

Près de la tribune, le jeune homme aperçut Garat et ses compagnons habituels, mais préféra attendre pour les aborder. Perché au pupitre, un orateur décrivait l'affaire de la veille avec une outrance ridicule. La liberté, disait-il, avait été assassinée. Des *sicaires* à la solde de La Fayette avaient tenté *d'égorger les braves citoyens*. Le brave Rotondo, arrêté alors qu'il placardait des affiches, se trouvait retenu à Saint-Roch *sous la menace de leurs glaives*, dont il fallait le délivrer, au risque qu'en coulent *des fleuves de sang*.

Un homme proposa qu'on aille libérer ce malheureux patriote et la motion fut acceptée sous les acclamations. Quelques minutes plus tard, la foule descendait la rue Mazarine en direction de la Seine. Une nuée d'enfants les accompagnaient en riant. On entonna le *Ça ira*, puis la *chanson sur le ci-devant roi et l'exécrable Bouillé* qui était à la mode depuis Varennes.

Louis était notre ami
Nous le nommions notre père
Sans rien dire, il est parti
Hélas ! Qu'espérait-il donc faire ?

Les visages étaient graves. Ces femmes et ces hommes se sentaient trahis par le roi, humiliés, et ils avaient peur, dans un mélange effrayant de colère et d'insouciance. Le cortège traversa le fleuve par le Pont-Neuf, grossissant de pas en pas, et deux ou trois mille personnes se retrouvèrent sur le parvis de l'église Saint-Roch, qui depuis la Révolution abritait l'administration de la section.

Rotondo venait de passer la nuit là, dans une geôle du comité de police.

L'église était un édifice à la façade élégante, ornée de seize hautes colonnes et d'un fronton triangulaire. On y accédait par une volée de marches que défendaient une trentaine de gardes nationaux, baïonnette au canon, pâles, mais résolus.

L'Américain sortit du premier rang dans un silence tendu.

– Vous retenez ici un patriote contre toutes les lois humaines. Tout Paris le réclame. Faites-le sortir et tout ira bien. Toutes les sociétés fraternelles nous soutiennent, et les Jacobins aussi[1]. Et tout le peuple aussi, voyez !

D'un geste théâtral, il décrivit la multitude derrière lui. Face à lui, le sous-officier n'avait pas bronché, un grenadier d'âge mûr, la taille haute et le regard froid, sans doute un soldat de métier de cette Garde *soldée* qu'avait voulue La Fayette et qui composait la moitié des effectifs. Il ordonna à ses hommes de croiser la baïonnette, ces derniers obéirent dans un ensemble parfait, abaissant leurs canons vers la foule. Il avait pris ses précautions : au premier étage, sur le toit de l'église, une dizaine de soldats se tenaient prêts à tirer.

– Ne soyez pas présomptueux. Je m'appelle Garat l'Américain, j'étais aux premières loges quand nous avons pris la Bastille, et ils avaient des canons. Vous, vous n'en avez pas et regardez combien nous sommes ; libérez Rotondo.

– Tout nombreux que vous êtes, je ferai ouvrir le feu si vous bougez.

– Allez-vous tirer sur le peuple ? s'écria Garat d'une voix plus forte.

Le grenadier lui répondit sans émotion que Rotondo

1 En 1791, il existe une dizaine de sociétés fraternelles ou populaires à Paris, des centaines à travers toute la France.

appartenait à la justice, et non à des séditieux. Qu'il se retire, lui et les émeutiers.

Cependant, Victor était parti jeter un coup d'œil aux deux ruelles qui encadraient l'église. Celle de droite ne donnait pas accès au bâtiment, mais à gauche une porte latérale semblait mener à la cure. Estimant sans doute la voie inaccessible, les défenseurs n'y avaient pas placé de sentinelles.

Alors que le gendarme examinait les lieux, il vit arriver un gaillard un peu plus âgé que lui, le nez fort, les yeux vifs, une chevelure et les favoris épais qui lui faisaient le visage d'un lion. Il était en simple veste sans manches, sabre au poing.

– Aurions-nous eu la même idée ? lui lança-t-il avec un accent joyeux, un peu chantant. Cela ne vous semble pas un peu difficile à forcer ?

Il montrait la lourde porte en chêne, en effet presque impossible à enfoncer. D'un geste désinvolte, Dauterive lui désigna le toit de la cure, appuyé d'un côté au mur de l'église.

– Je pensais plutôt passer pas là… Êtes-vous avec moi ?

L'homme au visage de lion lui répondit d'un sourire et ils se firent aider par des manifestants pour grimper sur la toiture. D'un coup de coude, Victor brisa l'une des fenêtres qui donnait sur l'église, puis ils descendirent dans la nef. C'était un peu plus haut qu'il n'y paraissait, presque trois toises, mais en se suspendant depuis le bord avant de se laisser tomber, la chute n'était pas si rude.

Ils se relevèrent sans trop de mal. Personne ne s'était risqué à les suivre. Le bâtiment était parfaitement silencieux, c'est à peine si l'on entendait la foule dehors.

– Touchez-la, fit le compagnon de Victor en lui tendant la main. Je m'appelle Guillaume Brune, imprimeur et rédacteur du *Journal général de la Cour et de la Ville*. Je vous propose de sabrer ces gueux-là par-derrière…

– Nous ne sabrerons rien, répondit le jeune homme. Ils riposteraient et à deux nous n'irions pas loin.

L'homme au sabre hocha la tête, l'air dépité.

– Très bien, mais quelle est votre idée ?

– Les forcer à nous ouvrir la porte principale. Avec la surprise ils n'oseront pas résister.

– Pourquoi pas. Alors à Dieu vat ! sourit l'imprimeur, qui donnait l'air de s'amuser beaucoup.

Victor connaissait un peu Saint-Roch pour l'avoir déjà visitée. Progressant de pilier en pilier, les deux hommes parvinrent jusqu'à la partie de la nef où se trouvaient les comités administratifs de la section. Deux fonctionnaires, qui se cachaient au fond des bureaux, les laissèrent passer sans réagir. Les autres se querellaient avec des gardes nationaux dans le vestibule. Certains voulaient ouvrir, les autres s'y refusaient, terrorisés. Personne n'avait vu arriver les deux intrus, aussi leur surprise fut-elle absolue lorsqu'ils virent Victor surgir de nulle part et pointer un pistolet sur la tempe d'un des employés de la section.

– Nous allons ouvrir ces portes, camarades. Que personne ne bouge sans quoi je ferai feu.

Sa voix, très calme, avait claqué comme un coup de fouet. Blafards, ils laissèrent Brune tourner la grosse clé dans la serrure, puis ouvrir largement les deux vantaux. En un instant, les militaires du perron se trouvèrent contournés, dépassés, tandis que la multitude envahissait l'édifice.

Rotondo attendait, goguenard, dans le bureau du commissaire de police de la section. Lorsqu'il parut sur le perron, la foule l'accueillit par de longs cris de victoire.

*

Le commissaire Piedebœuf avait décidé de prendre une journée de repos. Pour son dîner, il picora le lapin en matelote que lui avait préparé sa femme. Leurs cinq enfants étaient là, il les écoutait babiller et se disputer avec un plaisir distant, masquant derrière son sourire la douleur dans le buste qui ne le quittait plus. Alors qu'il bataillait pour finir son assiette – son plat préféré pourtant – son domestique vint l'avertir que quelqu'un demandait à le voir. Godard l'attendait dans l'entrée, avec des mines importantes. Ce qu'il venait d'apprendre pouvait certainement l'intéresser.

Un peu surpris, Piedebœuf le pria de le suivre dans son petit cabinet, où il lui servit un verre de vin frais avant de se laisser lourdement tomber dans son fauteuil.

– J'ai fait ce que vous m'aviez dit, déclara son adjoint, l'air un peu déçu par sa froideur. J'ai retrouvé Vivien du Baly.

Le commissaire redressa vivement la tête.

– Où ? Où est-il ?

– C'est que… En fait je ne l'ai pas trouvé, lui. Mais j'ai trouvé un hôtel où il avait logé… (il tira un papier de sa manche) du 15 octobre au 20 novembre 1787, à l'auberge de l'Aigle d'Or, rue du Temple.

Quatre ans plus tôt ! Le commissaire fit rouler ses deux sourcils en signe de dépit. Cet homme aurait décidément mieux fait de continuer à peindre ses porcelaines plutôt que de se mêler d'affaires de police.

Godard avait rougi jusqu'aux oreilles.

– Je… je continue ?

Piedebœuf lui fit un signe fatigué. Il regardait par la fenêtre sans paraître écouter.

– L'aubergiste se souvenait bien de lui : cinq pieds deux ou trois pouces, les yeux ronds, une grosse moustache. C'est une personne déliée et vive, qui a un fort accent allemand.

– C'est ça, acquiesça Piedebœuf d'un ton presque indistinct.

– Il portait un uniforme bleu à brandebourgs blancs,

avec des retroussis rouges et un bonnet à poils. Je me suis renseigné, c'est bien l'habit du Royal-Allemand cavalerie. Et vous aviez raison, ce n'est pas un homme discret. D'après l'hôtelier c'était même une espèce de diable, toujours en train de boire ou de chercher querelle. Un soir, il a eu un duel au sabre en pleine auberge. Il a cassé plusieurs chaises et des quantités de vaisselle. Mais il paraît qu'il a tout remboursé.

– Eh bien ?

– J'en viens au plus intéressant. Suite à cette affaire, deux policiers sont venus à l'Aigle d'Or.

– Et ?

– Ils ne l'ont pas arrêté, ils l'ont simplement entendu et lui ont demandé de payer les dégâts. Ce qu'il a fait, donc…

– Donc…

– Donc, le lendemain de cette visite, Vivien du Baly a quitté les lieux après avoir payé ce qu'il devait. Mais quand les policiers sont revenus, c'était trop tard.

Cette fois, Piedebœuf parut vaguement intéressé.

– Pourquoi sont-ils revenus ?

Son interlocuteur se redressa d'un air fier.

– Ils ont fait mille questions à l'aubergiste. Ils lui ont demandé si ce Vivien avait rencontré des sujets autrichiens, ou des Pays-Bas autrichiens ; s'il voyait des étrangers, et des étrangers de quels pays. Je vous laisse juge de ce qu'il faut en penser.

– Que leur a répondu l'aubergiste ?

– Qu'il ne savait rien de tout cela.

– Se souvenait-il du nom de ces policiers ?

– Il ne les avait jamais vus. Il pense qu'il s'agissait d'agents du roi, et que Vivien du Baly serait un genre d'espion au service de l'Autriche. Cela n'y ressemble-t-il pas fort ?

Piedebœuf se garda de livrer ses conclusions et remercia son visiteur d'un ton radouci. Une fois seul, il bourra tranquillement sa pipe sans l'allumer, le nez au carreau. Les passants n'étaient guère nombreux. Quelques gagne-deniers bavardaient, assis à l'ombre d'un mur, la bouteille à la main, ce qui l'irrita beaucoup. On avait beau chasser ces gens, il revenaient toujours.

Il sursauta lorsque sa femme passa la tête à l'entrée du cabinet. Elle était courte, les joues pleines et roses encadrées d'un bonnet de toile, le regard triste.

– Je dois te laisser, lui dit-il, et elle ne réagit pas tant elle avait l'habitude de ses départs.

Il ne vivait pas vraiment au foyer, il était plutôt un visiteur, ou un hôte comme à l'auberge.

– Tu ne voulais pas te reposer ?

Il se leva et ouvrit machinalement la fenêtre. Il avait envie de crier aux ouvriers, en bas, de déguerpir.

– Je trouve que tu as l'air fatigué ces derniers temps. Tu dors mal, je le sais…

Elle lui souriait avec indulgence. Autrefois, c'était une jeune fille blonde et alerte, qui riait toujours. Puis les années s'étaient accumulées, les grossesses et les deuils. Il se dit qu'il ne l'avait pas entendue rire depuis longtemps. Le bleu de ses prunelles lui-même semblait passé, comme si elle devinait toute l'ordure qu'il avait vue dans son métier, toutes ces choses dont il ne parlait jamais et qui lui faisaient honte.

Il haussa lourdement une épaule.

– Ne dis pas de sottises. Et puis ça ne sera pas long, je serai là pour souper.

En enfilant son habit, il dut se retenir de gémir. Des douleurs fulgurantes lui traversaient l'épaule et tout le buste, comme des coups d'épée. Il se retrouva bientôt dehors, ébloui par un soleil incandescent. Seul un homme à Paris pouvait l'aider à retrouver ces deux policiers qui enquêtaient sur Vivien du Baly.

*

Ce fut un triomphe. Porté, soulevé, embrassé par une multitude en liesse, jamais Rotondo n'avait été à pareille fête. Dévoilant ses grandes dents jaunes dans un sourire hilare, il en profitait pour laisser traîner les mains autour de lui, caressant de ci de là les croupes et les gorges. Dans le tumulte, les cris d'indignation de ses victimes se remarquaient à peine, noyés dans l'enthousiasme général. Le petit escroc ressemblait à un dieu descendu de l'Olympe au milieu des mortels.

À son arrivée place du Palais-Royal, le cortège se dissipa lentement. Garat gagna les jardins, entouré de sa garde habituelle – une douzaine d'hommes dont l'imprimeur Guillaume Brune, l'homme à la figure de lion. Victor les suivait à distance. Passé ces grilles, c'était un autre monde, un paradis de plaisir et d'insouciance. L'air mêlait les parfums de prix et l'odeur de corps mal lavés, on entendait un orchestre dans le cirque, au centre du parc. De rares familles croisaient des élégantes ou des étrangers ; beaucoup discutaient ou jouaient, ou se pressaient autour des marchands de glace.

Voyant Garat et sa suite se diriger lentement vers le café de Chartres, l'un des établissements les plus réputés, le sous-lieutenant courut pour emprunter la galerie dans l'autre sens, de manière à y arriver en même temps qu'eux. Garat, surpris, marqua un temps d'arrêt, tout comme Rotondo. Seul Brune l'imprimeur parut heureux de cette rencontre. Il se précipita sur le jeune homme pour lui prendre l'épaule.

– Ah, mon maître stratège ! Je vous ai cherché partout ! Citoyens, s'exclama-t-il en tournant Victor comme un enfant, voici l'homme qui nous a sauvés ! Sans lui Rotondo serait encore aux mains de ces brigands.

Loin de produire l'effet escompté, cette annonce avait jeté un froid qui prit de court l'artisan.

– C'est un agent de La Fayette, murmura Rotondo, dont

le fort accent rendait parfois ses phrases presque inintelligibles.

Estomaqué, le jeune homme mit un bon moment à répondre. L'imprimeur regardait l'Italien puis Dauterive, incrédule.

– Un agent de La Fayette ? Qu'est-ce que tu nous chantes ?

– Qu'avez-vous à dire ? dit Garat en sondant le jeune homme du regard.

– Je n'ai rien à dire… Le marquis m'a chassé de la Gendarmerie…

– Le marquis, ricana le *Professore*. Le valet reconnaît son maître. Hier soir il avait promis de nous escorter à l'Assemblée. Il disparaît et voilà que je suis fait prisonnier, comme par hasard. Aujourd'hui, il me délivre on ne sait comment… Moi, je ne crois plus aux fables pour enfants !

Pendant un instant, personne ne dit rien. Un cercle de formait autour de leur groupe, dans la galerie.

– Mais enfin qu'est-ce que tu racontes ! s'écria Brune d'une voix retentissante. J'y étais moi, sur le toit, et ce n'est pas une fable ! Et je vous dis que cette affaire n'était pas arrangée ! Si cet homme est un espion, alors peut-être que j'en suis un, moi aussi !

Rotondo pâlit en jetant un regard furieux au colosse. Il désigna Dauterive d'une grimace.

– Un particulier bien informé nous a dit.

– Un particulier ? Quel particulier ?

– Une personne digne de foi, tu n'as pas besoin d'en savoir plus.

Le sous-lieutenant haussa une épaule.

– Je ne suis pas un espion, fit-il d'une voix calme, mais la gorge serrée. La Fayette m'a traité comme un misérable parce que je suis un patriote, voilà tout. Hier soir, je n'ai pas pu venir à l'Assemblée parce que j'ai été invité à souper avec les citoyens Choderlos et Robespierre, chez madame de Kéralio. Je ne pouvais pas refuser, vous pourrez leur demander. Est-ce que je n'ai pas délivré Rotondo au risque de ma vie ?

– Tu ne peux pas dire le contraire, Garat, renchérit l'un de ses hommes de main.

– J'aurais préféré rester prisonnier plutôt que d'être libéré par un mouchard !

– Tu vas trop loin, brigand, fit Dauterive, le regard noir.

Il s'avança d'un pas vers l'Italien mais ce dernier l'attendait. Il le cueillit d'un coup de poing en pleine poitrine. Le jeune homme s'effondra, des étoiles plein les yeux.

– Traître ! s'écria Brune en repoussant Rotondo. Tu es fou, à voir des espions partout.

– *Il y a* des espions partout ! Surtout ceux de La Fayette.

Tandis qu'on relevait Victor, Garat prit enfin la parole.

– Vous feriez mieux de partir, jeune homme. Mon ami Rotondo est rancunier. Il vous remerciera plus tard de l'avoir délivré…

Un demi-sourire se dessinait sur ses lèvres. Il parut vouloir ajouter quelque chose puis se ravisa et d'un signe, invita sa troupe à le suivre dans le café de Chartres. Victor courut jusqu'à Rotondo et l'attrapa par le col.

– Je t'attends à huit heures au bois de Boulogne. Je ferai rentrer ton sourire au fond de la gorge. Je ne travaille pas pour La Fayette. Pas plus que toi.

Le *Professore*, blafard, répondit qu'il l'y attendrait. Doucement, Guillaume Brune raccompagna le jeune homme jusqu'au milieu de la galerie, où l'attroupement commençait à se disperser.

Ce dernier fit quelques pas seul, le buste douloureux, ivre de rage. La peur le reprenait. Qui avait pu le dénoncer ?

*

On apporta un premier service composé de quatre potages, puis deux grandes entrées, dont un bœuf aux choux et une longe de veau à la broche, douze petites entrées, quatre plats de rôts, bécassines, faisans, soles ou gigot, douze petits entremets, autant de desserts, des fruits, des œufs à la neige ou des compotes de poires grillées. Une partie des chefs cordeliers, installés autour de Garat à l'une des grandes tables au rez-de-chaussée du café de Chartres, célébraient leur victoire dans un festin de roi. Étrange assemblée, qui tenait à la fois de la réunion de patriotes, et de celle de *roués*, ces débauchés de l'époque de la Régence.

Ils parlaient fort, mangeaient beaucoup et buvaient plus encore, enivrés par l'alcool et par le décor, l'un des plus beaux de Paris avec ses hauts plafonds dorés, ses panneaux de bois peint qui se reflétaient à l'infini dans les miroirs[1].

Le gros Danton menait la danse, vêtu ce jour-là d'une redingote en drap fin, dont il avait défait les boutons. Grand et fort, la voix puissante, l'esprit vif, raisonneur et populaire, il les fascinait tous avec son masque repoussant, aux lèvres gourmandes et au regard brûlant. Deux ans plus tôt, il n'était qu'un avocat sans cause, qui avait échoué à se faire élire aux États-Généraux, puis à la commune de Paris faute, affirmait-il, à l'opposition sournoise de La Fayette (ce qui était pure invention). Aujourd'hui l'un des administrateurs du département de Paris, il était un orateur éminent aux Cordeliers, où ses formules simples mais à l'emporte-pièce exaltaient les faubourgs.

À ses côtés, l'Américain semblait inconsistant, avec cette pâleur maladive qu'une ombre de barbe accentuait. Alors que les serveurs amenaient les mokas et les liqueurs, Rotondo s'approcha et lui demanda de le suivre dehors. La chaleur vive les enveloppa aussitôt. L'ancien planteur crut se retrouver à Saint-Domingue, quand

---

1 Aujourd'hui Le Grand Véfour.

certains jours le vent tombait, et qu'on attendait l'orage. Les robes, immenses, les chapeaux de paille, les plumes, les bruissements de pas et la poussière, tout se confondait dans un vertige bruyant. Au loin des violons résonnaient, vers le cirque.

L'Italien entraîna son chef derrière un orme, à bonne distance d'une terrasse où s'étaient attablés deux hommes. Les traits de Garat se figèrent.

– Tu connais ces particuliers ?

L'Américain ne répondit pas. L'ombre des feuilles formait de grandes marques sur son visage, masquant son extrême pâleur. Il luisait de transpiration.

Bien sûr qu'il les connaissait. Il lui fallut toute son énergie, toute sa force de caractère pour ne pas se trahir. Les deux hommes étaient tranquillement assis à une table, devant un flacon de vin blanc. Le premier avait une cinquantaine d'années, massif et sûr de lui. Il portait une veste en coton léger et faisait tourner entre ses gros doigts le rebord d'un chapeau tricorne. Avec son teint rougeaud, il ressemblait à un fermier ou à un contremaître. L'autre, bien sûr, c'était Jean-François, le mulâtre, avec sa face grise inexpressive, ses cheveux crépus noués en catogan.

Ils ne parlaient pas et vidaient leurs verres à petites gorgées, indifférents à la foule. L'ancien planteur sentait la haine remonter en lui, la rage et la peur, un ouragan de sentiments mêlés qui avait l'amère saveur du passé.

– Tu es sûr que tu ne les connais pas ? insista Rotondo en le scrutant.

– Non, fit Garat en serrant les mâchoires.

Pendant un moment les deux hommes se turent, puis Rotondo reprit la parole.

– Voilà pourtant trois jours qu'ils se promènent partout et posent des questions sur toi. Ils demandent où tu habites, ce que tu fais de tes journées, les endroits où tu passes… C'est des drôles de figures, non ?

– Je ne les ai jamais vus, murmura l'Américain qui ne parvenait pas à détacher son regard d'eux. Ce doivent être des espions de La Fayette.

– Blondinet[1] se doute que nous préparons quelque chose, il lance tous ses chiens à nos trousses, conclut Rotondo en grimaçant – on avait l'impression que ses lèvres allaient toucher son nez. Il faut s'en occuper. Comme on a fait avec le petit bougre…

Garat approuva d'un hochement de tête. Il s'aperçut qu'il avait enfoncé les ongles dans la paume de sa main, à en saigner.

*

Revenu au pied de son immeuble rue Saint-Séverin, le sous-lieutenant ne savait plus que penser. Il était presque sûr de ne pas avoir commis d'erreur. Choderlos s'était-il méfié de lui ? Avait-il été suivi ou trahi ? Mais alors, par qui ?

Passant devant l'échoppe du père François, il s'aperçut qu'il n'avait rien avalé depuis le matin. Il songeait aux délicieux pains à café[2] ou de fantaisie que fabriquait le boulanger, mais il était d'humeur trop inquiète pour avaler quoi que ce soit. Au moment d'entrer dans l'immeuble, il s'arrêta net, stupéfait. Le petit drôle l'attendait, toujours assis sur la même borne. Il s'était levé comme un ressort et venait à sa rencontre, tout souriant.

À la mine de Victor il pâlit brusquement, puis tenta de faire demi-tour, mais trop tard : le gendarme le prit par l'épaule et le gifla brutalement.

– Voilà pour toi, petit espion.

La colère montait en lui, et pas seulement contre le garçon. C'était une impression désespérante de ne pas être à la hauteur, de ne pas maîtriser les choses. Au fond

1 Synonyme (péjoratif) de La Fayette, dont les cheveux étaient blond-roux.

2 Pains au lait.

son père avait raison : il n'était qu'un *philosophe*, un bon à rien. Il avait voulu servir la Révolution mais il n'était qu'un mouchard, un apprenti menteur dont les ruses ne trompaient personne.

Il entraîna son captif vers la cour intérieure sans égard pour ses cris, achevant au passage de déchirer sa chemise. Depuis son échoppe, le père François lui avait jeté un regard surpris, mais d'un geste l'officier lui interdit de bouger. Puis il plaqua son prisonnier contre un mur.

– Parle maintenant… Qui te paye ?

– Personne !

Victor le prit à la gorge.

– Je t'ai dit que je ne voulais pas de laquais, et tu es sans arrêt dans mes pattes. Tu m'as suivi à Vaugirard ? Parle, je n'ai pas de temps à perdre !

Le regard bleu du vas-y-dire s'obscurcissait, mélange de terreur, de douleur et de haine.

– Je *savans* point ce que vous dites !

Le gendarme le lâcha pour lui administrer un autre soufflet, sans y parvenir tout à fait. La mère François, soudainement surgie, lui arracha des mains le garçon.

– Vous êtes fou ! C'est qu'un enfant ! Un estropié en plus !

La boulangère, une grosse blonde aux yeux doux, était hors d'elle, le front rouge et la bouche tordue. Victor leva les deux mains, puis les laissa retomber.

– Cette petite crapule m'espionne. Laissez-nous donc, la mère.

– Sûrement pas ! Je vous laisserai pas martyriser un pauvre enfant. Vous devriez avoir honte !

Le jeune homme sentit la gêne l'envahir. On entendait du monde aux étages, des curieux se penchaient depuis la coursive en chuchotant entre eux. C'était ainsi dans cette ville, rien ne se passait hors du regard des autres. Il fit quelques pas dans la cour, le temps de reprendre ses esprits, tandis que la mère François consolait l'enfant. De grosses larmes avaient tracé des sillons clairs sur ses joues. Il respirait fort, à gros hoquets.

D'un geste las, Victor fit signe à la boulangère de partir. Elle hésitait encore.

– Vous allez le laisser pour de bon ?

Il haussa une épaule avant de lever le regard vers le haut de l'immeuble, qui suffit à disperser les derniers spectateurs. Après avoir acheté quelques pains au père François, il entraîna le drôle au troisième étage. Il le poussa vers l'intérieur et lui donna l'ordre de s'asseoir. Posant les fesses contre le rebord de sa fenêtre, il le dévisagea un moment, toute colère envolée. Le petit mendiant tremblait doucement, les yeux grands ouverts.

– Tu es bien certain que tu ne m'espionnes pas ?

– Je jure que non !

– Menteur ! Tu me suis partout !

– Parce que vous avez l'air bon, et que *j'avans* faim.

Le gendarme se sentit stupide. Il était donc devenu aussi cruel et insensible que ces nantis qu'il n'aimait pas. Il lui semblait soudain découvrir le visage de l'enfant, ses ombres sous ses yeux, son teint blême et son regard brûlant. On pouvait tout feindre, les sentiments, l'intérêt, la colère, mais pas cela, la misère et la faim. Il sentait la crasse, l'ordure de la rue. Le jeune homme lui lança deux petits pains, attrapant pour lui-même dans son garde-manger un vieux morceau de pain et du sucre. Sans attention pour lui, l'enfant engloutit une première bouchée. Il respirait à peine. Victor lui tendit sa cruche. Le garçon la finit d'un coup, sans prendre garde à l'eau qui coulait des coins de ses lèvres, inondant sa chemise. Puis sans songer à s'essuyer, il dévora un autre pain.

– Comment t'appelles-tu ? lui demanda Victor une fois qu'il eut apaisé sa fringale.

– Victor, monsieur. Merci.

L'officier se raidit.

– Je ne peux pas t'appeler comme ça.

Son petit hôte ouvrit des yeux comme des soucoupes.

– Pourquoi ? C'est comme ça j'm'*appelans*...

Le sous-lieutenant ne répondit pas. En bas, dans la rue, un fiacre venait de se garer au pied de Saint-Séverin. Le cocher portait une grande redingote grise et une toque de fourrure, ce qui était surprenant par une telle chaleur. Victor fit quelques pas dans le salon, sans savoir que dire. Sur sa table traînait un lavis inachevé du château de la Tournelle, près du port au vin[1]. D'une plume alerte, il avait tracé au bistre[2] les contours moyenâgeux du bâtiment qui se reflétaient dans le fleuve. Aujourd'hui vidé de ses galériens qui croupissaient là avant le départ vers le bagne, le château était promis à la pioche des démolisseurs.

Le petit Victor suivait le grand d'un regard plein d'espoir. Mais l'officier ne se décidait pas. Pour se donner une contenance, il attrapa un linge et lui jeta.

– Essuie-toi donc la figure, on dirait un Savoyard.

L'enfant lui obéit. Il n'en avait pas l'habitude, car il ne fit qu'étaler la saleté, au point de ressembler véritablement à un petit ramoneur. Victor observait son pied blessé, tout distordu et plus petit que l'autre.

– Qu'est-ce qui t'es arrivé là ? demanda-t-il en pointant le doigt, mal à l'aise.

– C'est une pierre qui m'*avans* tombé dessus quand j'*étans* petit. J'ai eu de la chance, on m'a point coupé le pied. Je marche très bien vous savez !

Le lieutenant approuva gravement. Il remarquait aussi des marques rouges entre ses doigts et aux poignets, la gale sans doute ; son cou et ses cheveux étaient graisseux, il n'aurait pas été surpris d'y voir courir des poux. On

1 Aujourd'hui emplacement approximatif du grand restaurant, La Tour d'Argent.

2 Pigment issu de la suie, dont la teinte oscille entre brun et noir.

aurait dit un chat sauvage. Comment pourrait-il l'appeler. Petit-Victor ? C'était curieux, presque incongru. Non pas de l'appeler ainsi, mais d'engager quelqu'un à son service. Il n'avait pas gagné sa propre liberté pour acheter celle d'un enfant. Et pourtant, c'était bien ce qu'il était en train d'envisager. Le garçon pourrait garder son cheval, le bouchonner ou lui curer les fers, ou bien encore cirer ses bottes ou porter des billets. Qui ne le faisait pas, avec des revenus tels que les siens ? Pour le gîte et le couvert, il lui donnerait une paillasse et une part de ses repas. Une fois qu'il aurait fait un tour aux bains, bien sûr.

Soudain, le garçon lui tendit un billet qu'il tenait serré à la ceinture. Un valet était passé à son appartement vers dix heures ce matin. Ne le trouvant pas, il lui avait donné à son attention. C'était, dit-il, un gros domestique en perruque et en habit gris.

Le sous-lieutenant pensait trouver un mot d'Olympe mais il ne reconnut pas l'écriture, ni celle de son secrétaire.

Je vous attendais aujourd'hui, mais je ne vous vois pas venir. Auriez-vous oublié l'article promis ? J'aurais espéré plus d'attention de votre part mais je suppose que vous aurez eu mieux à faire.
Si vous lisez ces lignes aujourd'hui, sachez que je vous espère encore.
L de K

Louise de Kéralio.

Victor l'avait presque oubliée, bien sûr il n'avait pas rédigé l'article. La composition écrite n'avait jamais été son fort chez les Oratoriens. C'était pourtant peut-être le dernier moyen pour renouer un lien avec le parti d'Orléans. Il se perdait en conjectures quand deux coups résonnèrent à la porte.

Le jeune homme poussa le verrou. Sur le palier deux visiteurs attendaient, immobiles. Garat et Rotondo. Ce dernier portait le manteau ouvert, deux pistolets à la ceinture. Avant qu'il ait pu esquisser un geste l'Américain pointait une arme sur lui, tandis que son complice le délestait en un tournemain de son petit pistolet.

– Je vous aurais cru mieux logé, déclara l'ancien planteur en entrant dans le salon.

Il examinait le décor avec une attention distante. Après une rapide inspection de la chambre à coucher, il revint tranquillement vers Dauterive. Le petit mendiant avait dû s'éclipser en les entendant entrer.

– Voulez-vous toujours servir notre cause ? murmura Garat d'une voix presque inaudible.

– Je viens de le faire. Mais je n'ai guère été récompensé.

– Nous vous offrons de faire encore mieux. Quelque chose qui soit à la hauteur de vos talents et de votre audace.

– Que faut-il faire ? répondit le gendarme, maîtrisant difficilement le tremblement nerveux qui lui prenait la jambe.

– Je vous ai posé une question.

– Ai-je le choix ?

– Dans la vie, on a toujours le choix, répondit doucement l'ancien planteur.

Il souriait sans chaleur. *On a toujours le choix*. Et en effet, Victor pouvait décider de suivre ses visiteurs, ou au contraire s'y refuser. Mais quelle serait alors leur réaction ? Rien, dans leur attitude, ne le laissait présager. Dans son coin, Rotondo jouait avec le chien de son pistolet.

– Eh bien ? Votre réponse ? fit l'Américain sans impatience.

12

Cinq heures de l'après-midi

Duperrier fourra les doigts dans ses sourcils qu'il portait très épais, pour se les gratter longuement.

– J'ai pensé aux procès-verbaux et aux rapports du sieur Gandolphe. D'après ce que vous m'avez dit, ce Vivien du Baly aurait bien pu être un de ses clients.

Le commissaire Piedebœuf approuva d'un léger haussement du sourcil droit. Il était venu solliciter l'ancien greffier dans l'espèce de débarras qui lui servait de cabinet, au grand Châtelet. Ce sieur Gandolphe travaillait pour la ci-devant lieutenance de police. Chargé de la surveillance des étrangers, il passait l'essentiel de son temps à en dresser le portrait, quels que soient leur rang, leur fortune ou leur état. Le corps diplomatique était le premier visé. Avec ses hommes, Gandolphe en pénétrait les secrets, soudoyant les domestiques, les mouches et les putains. Nul n'échappait à son attention ; financiers, aristocrates, simples voyageurs ou artistes, chaque visiteur étranger était scrupuleusement espionné, ses défauts surpris, racontés, ses relations et ses occupations mises à nu, et classées dans un état par nationalité, Juifs y compris.

Chaque vendredi, cette masse d'informations, souvent intimes et indiscrètes, était portée au secrétaire d'État aux affaires étrangères, à Versailles.

Le vieux Duperrier abandonna le gratouillement de ses sourcils avec une grimace de dépit.

– Malheureusement, votre Vivien n'apparaît que dans un procès-verbal, pour une rixe aux Champs-Élysées. Il avait insulté un bourgeois et sa femme, je ne sais pour quelle raison. Il a rossé l'homme, traîné la femme par les cheveux, et ce sont les passants qui l'ont mené au poste de garde. L'affaire en est restée là, il s'est excusé et les Suisses l'ont relâché deux heures plus tard[1].

Piedebœuf se renfrogna. C'était plus que mince. Sans doute y avait-il plus de matière dans les archives des affaires étrangères, mais il savait par avance qu'on ne lui laisserait pas les consulter.

– Cependant, fit le vieil homme en se levant avec effort, vous ne vous êtes pas déplacé pour rien.

Assez grand mais fragile, il donnait l'impression que le moindre coup de vent pouvait le renverser. Il prit un manuscrit sur l'espèce de planche poussiéreuse qui lui servait de bureau et le tendit à Piedebœuf, les doigts tremblants.

– Voici un rapport que j'ai trouvé dans une liasse du sixième bureau, celui de la *sûreté et à la tranquillité publiques*. Il n'est point signé. Mais lisez, vous n'en serez pas mécontent.

À mesure qu'il lisait le rapport, le policier semblait de plus en plus surpris.

Paris, le 23 juin 1788

Il est constant que V de B... est un officier de cavalerie du régiment Royal-Allemand et se trouve à Paris ces jours-ci pour agrément. Il est natif de Liège, aux Pays-Bas autrichiens, où sa famille est fort bien connue. Il était auparavant capitaine des gardes du prince-évêque de cette principauté.

M'étant attaché à ses pas, j'ai trouvé V de B... hier matin devant l'Opéra de la porte Saint-Martin. Il

1 Les Champs-Élysées, domaine royal enclos de grilles, étaient gardés par une petite troupe de Gardes-Suisses.

était en bourgeois et se trouvait seul, l'air d'avoir de l'ennui et d'attendre quelqu'un. Vers neuf heures, un particulier d'environ quarante-cinq ans, en manteau vert et chapeau tricorne, est venu le rencontrer. Ils sont repartis ensemble dans un fiacre de louage, que je n'ai pas eu la possibilité de suivre, mais j'avais noté son numéro.

Interrogé le lendemain, le cocher du fiacre m'a indiqué qu'il avait effectivement mené ses deux clients à Conflans, à huit ou neuf lieues de Paris derrière la forêt de Saint-Germain. Il s'agit très certainement de la propriété de monsieur le comte de M-A... Une lingère de son domestique, que j'ai pris la liberté d'interroger moyennant deux livres m'a dit que V de B était en relation régulière avec monsieur le comte de M-A...

Piedebœuf reposa le papier, déçu et quelque peu déconcerté par ce charabia. Le vieil archiviste l'observait avec un grand sourire qui formait sur ses joues un océan de rides.

– Ne faites pas cette tête. Les initiales servent à rendre ce rapport aussi confidentiel que possible, et compréhensible des seuls initiés. Je pense que le M-A en question est le comte de Mercy-Argenteau, ancien ambassadeur d'Autriche en France[1]... Il possède un château au nord de Paris, à Conflans-Sainte-Honorine. C'est un proche de Sa Majesté la Reine, il avait organisé son mariage avec le Dauphin. Il a quitté la France depuis le mois de septembre 1790, mais on dit qu'il a toujours un pied aux Tuileries, et qu'il correspond avec la reine.

– On dit beaucoup de choses en somme... Et que concluez-vous de tout cela ?

---

1 Florimond-Claude, comte de Mercy-Argenteau, fut ambassadeur d'Autriche en France de 1766 à 1789.

– Que votre Vivien du Baly, s'il s'agit bien de ce V de B… – et cela m'en a tout l'air – est bel et bien un agent au service de l'Autriche…

Piedebœuf ne répondit pas, préoccupé. Tant que la France était en paix avec le Saint-Empire, cela ne portait pas à conséquence. Mais tout avait changé depuis la fuite du roi. C'était vers les territoires autrichiens que la famille royale avait tenté de fuir, trois semaines plus tôt. Et c'était bien de ce pays que venaient aujourd'hui ces rumeurs de guerre. Quel rôle jouait Vivien du Baly dans tout cela ? Bouvard, son jeune amant, avait-il surpris l'un de ses secrets ?

*

Le fiacre n'avait pas roulé longtemps. Après avoir franchi la Seine par le Petit-Pont, il avait traversé la Cité, puis gagné la rive droite par le Pont-Notre-Dame, dont les maisons avaient été détruites, et leurs habitants expulsés quelques années plus tôt. Victor s'aperçut qu'ils tournaient à main droite pour remonter le quai de la Ferraille. Ils s'y trouvèrent aussitôt ralentis par le chaos habituel des passants et des voitures. Moins d'un quart de lieue plus loin la voiture s'arrêta. Personne ne parlait. Assis face à lui, Rotondo fixait méchamment Dauterive, l'arme à la main, prêt à tirer. Comme à son habitude l'Italien s'était mis en frais et portait un frac rayé à vastes revers. De ridicules rubans à breloques grelottaient aux poches de son gilet. Dans n'importe quelle autre situation, Victor n'eut pas manqué de sourire mais il préférait regarder ailleurs, les mâchoires serrées, craignant que l'autre n'attende qu'un prétexte pour tirer.

Contre son épaule, il sentait celle, plus lourde, de Garat, qui s'appuyait sur lui sans se gêner à chaque mouvement de la voiture. Il paraissait rêver, indifférent à la situation. La voiture s'était garée carrefour des Trois-Marie, à l'entrée du Pont-Neuf. Le nez collé à la vitre, Victor voyait passer le monde au pied de l'imposant bâtiment de la pompe de la Samaritaine. À l'intérieur, une grosse machine prélevait l'eau de la Seine pour alimenter en eau le château des Tuileries. Ils étaient à deux pas de Saint-Germain l'Auxerrois.

– Alors ? Quel est le programme ? lança-t-il d'une voix éraillée.

Personne ne lui répondit. Dans le silence, Rotondo écarta l'un des deux pans de son frac et sortit de sa ceinture un autre pistolet. L'espace d'un instant, le sous-lieutenant sentit ses pensées se heurter. L'Italien ricana en montrant ses dents jaunes.

– Calmez-vous, je ne vais pas vous tuer, nous sommes bons amis maintenant. Je crois que vous savez vous servir de ceci, non ?

Il agitait son arme comme un jouet, un beau pistolet à la crosse couronnée de laiton. Victor hocha la tête, blême. La chaleur lui semblait brusquement insupportable. Il vit passer derrière la vitre un chasseur de rats, la perche garnie de bêtes mortes. À cet instant précis, il ne valait guère mieux qu'elles.

– Il y a là-dedans, reprit Rotondo en lui montrant l'église Saint-Germain l'Auxerrois de son arme, un homme qui nous incommode, nous et nos amis. Nous avons pensé que vous pourriez nous aider à nous débarrasser de lui. Êtes-vous toujours avec nous ?

Une ondée de sueur avait instantanément envahi Dauterive. Ses jambes lui semblaient en coton.

Rotondo le regardait fixement, une lueur malsaine au fond des prunelles.

– Qui est cet homme, murmura le jeune homme. Les mots passaient à peine sa gorge. Ses lèvres tremblaient.

– Peu importe, je vous le montrerai. Ce qui compte, c'est que vous rendiez service. C'est bien ce que vous vouliez, n'est-ce-pas ?

– Pourquoi ici, en plein jour ? Attendons la nuit au moins, que j'ai une chance de m'en tirer.

– Non. C'est maintenant qu'il faut agir. Maintenant et à *nos* conditions.

– Vous m'avez vu agir à Saint-Roch, vous pouvez me faire confiance. Laissez-moi faire les choses à ma façon.

– Nous n'avons pas le temps, déclara brusquement Garat. Rotondo va venir avec vous, il connaît l'endroit. Vous n'aurez qu'à appuyer sur la détente. C'est un jeu d'enfant.

*

Sitôt la porte ouverte sur les deux visiteurs, Petit-Victor avait perçu le danger. À onze ans, vivant seul et sans moyen de subsistance, il était aussi méfiant qu'une bête sauvage. Il s'était glissé en silence sous le lit et n'avait plus bougé d'un cil. En visitant la chambre, Garat n'avait rien vu. Collé sur le plancher, le souffle coupé, le garçon observait le bout de ses gros souliers à bouts ferrés, avec l'envie absurde de les toucher.

Après le départ du gendarme et de ses deux gardiens, il avait hésité. Il était seul. Rien ne lui aurait été plus facile que de fouiller l'appartement, d'y prendre ce qu'il y trouverait avant de disparaître. Mais il ne l'avait pas fait. Sans réfléchir, il avait enjambé le rebord de la fenêtre pour atteindre une autre ouverture, deux toises plus loin. De là, il avait regagné l'intérieur de l'immeuble, puis dévalé les trois étages juste à temps pour voir le fiacre s'éloigner. Il n'était pas difficile de le suivre : par cette chaleur terrible, le cocher portait une grande redingote grise et en plus une grosse toque de fourrure.

*

C'était, quai de la Ferraille, un éblouissement de lumière et de monde, un tableau vivant où tout se mélangeait, visages et odeurs, sous ce ciel immense et pur où passaient les mouettes. Les passants s'écartaient sur le chemin de Piedebœuf. On le reconnaissait : çà et là des marchands à la sauvette remballaient en toute hâte leurs pauvres marchandises – rubans, culottes trouées ou chapeaux enfoncés, cent fois portés – avant de disparaître dans la foule. Le jeu était ancien, presque un rituel entre le guet et les miséreux.

L'ancien inspecteur préférait regarder ailleurs. Il aurait été bien incapable de rattraper l'un de ces hommes, même le plus lent. Son épaule le lançait abominablement depuis qu'il avait quitté Duperrier. Peut-être devrait-il en parler au docteur Valentin, il saurait bien l'aider. Ça ne pouvait pas être grand-chose, certainement un coup de chaud attrapé sur le quai, l'autre jour. Des pointes de douleur irriguaient tout son côté gauche, et son dos aussi, au rythme de son sang. Il traversa le carrefour des Trois-Marie, le masque dur, sans un regard pour le décor et pour les quelques fiacres garés là. Il ne remarqua pas l'un des cochers en grande redingote et toque en fourrure.

En fait, songeait-il en avançant d'un pas lourd, rien n'indiquait que ce Vivien du Baly soit véritablement l'assassin du jeune homme de la Seine. Mais les éléments s'accumulaient, troublants. Le nom du suspect d'abord, très semblable à celui qu'avait donné le témoin ; sa description physique, également concordante ; son caractère querelleur ; le fait qu'il ne soit pas marié et ne fréquente apparemment que des hommes ; sa désertion toute récente, qui coïncidait à peu près avec l'époque du meurtre ; enfin ces informations qui donnaient à penser qu'il fût un agent autrichien. Ce qui lui donnait un sérieux mobile pour faire taire un homme qui en aurait trop appris sur lui. Encore fallait-il le trouver. L'ancien inspecteur se prenait à regretter la ci-devant lieutenance de police. Il avait détesté ce système, il en avait souhaité la fin plus que tout autre. Il en connaissait tous les travers, la vénalité des policiers et la corruption des juges, durs avec la canaille et serviles avec la cour. Mais au moins cela fonctionnait. Un homme seul tenait tout dans sa main et les services, hôtel de Gramont[1], tournaient rond. Aujourd'hui, tout cela était anéanti et si la police fonctionnait encore un peu, c'était grâce à des hommes tels que lui ou Duperrier, des hommes avertis, hommes d'Ancien Régime qui ne se mêlaient point de politique.

Il décida qu'il enverrait tout de même un billet à tous les commissaires de section de la ville. Ensuite il s'occuperait de Lalanne, dont il n'avait plus de nouvelles depuis lundi. Il fallait continuer à chercher l'amant de Bouvard dans les milieux pédérastes de la ville.

Sans s'arrêter à Saint-Germain l'Auxerrois, le vieux policier tourna plus loin à main droite, rue du Petit-Bourbon. Son arrivée devant l'échoppe d'un tailleur de la rue de Poulies ne passa pas inaperçue. Muni des renseignements obtenus auprès de passants, le commissaire poussa jusqu'à la rue Jean-Tison, une voie minuscule entre deux façades noirâtres qui semblaient vouloir se toucher tant elles étaient proches. Une dizaine de personnes le suivaient à distance en se poussant du coude, devinant ce qu'il y venait faire. Il grimpa les étages sans s'occuper d'eux. Les marches carrelées, les murs, les fenêtres occultées de papier, tout était sombre, luisant de graisse, empestant la soupe rance.

Son cœur battait, et ce n'était pas seulement sous l'effort. Au troisième étage il découvrit un réduit noyé d'une lumière crépusculaire. À peine y eut-il posé le pied qu'une bonne femme se jetait sur lui en lui baisant les mains et en l'accablant de grâces. Il l'écarta, les yeux remplis de larmes. Sur le lit, il reconnaissait les yeux pâles d'une fillette allongée.

---

1 L'hôtel de Gramont hébergeait le lieutenant général de police et ses services. La partie judiciaire de son activité s'exerce au Grand-Châtelet.

– C'est un miracle, nous avons prié la Sainte Vierge toute la nuit. Le docteur nous a dit que Gabrielle vivrait… Comment qu'on peut vous remercier ?

– Il n'a fait que son devoir, grommela Piedebœuf en s'approchant de l'enfant.

Après l'accident de fiacre, il avait demandé à Valentin de s'occuper de la petite blessée et le brave médecin avait immédiatement accepté, refusant tout paiement. La fillette avait été très choquée mais elle n'avait que deux côtes brisées. Valentin avait assuré qu'elle se rétablirait parfaitement, du moment qu'elle se repose et qu'elle mange. C'était un prodige, personne ne comprenait qu'elle ait survécu à la collision.

Le policier prit la main de l'enfant. Ses doigts lui parurent légers, fins comme des brindilles entre ses grosses mains, ces mains qui avaient frappé et fait le mal. Ils se regardaient sans un mot, et le policier ne put retenir d'autres larmes, il ne savait exactement pourquoi. Sa mère n'osait plus parler. La tante, en robe de tiretaine rouge, était accourue. Elle le noyait de remerciements. Il était trop bon, Dieu lui rendrait ses bontés au centuple ; elle avait mis un cierge à Saint-Germain l'Auxerrois et un autre à l'église Saint-Honoré ; et lui, avait-il attrapé le cocher ? Elle le cherchait partout, elle le trouverait et lui arracherait les yeux en personne ; ces gens-là étaient des bons à rien, des vide-bouteilles qui battaient les gens avec les fouets et qui faisaient peur même aux fripons de la police.

D'un sourire, Piedebœuf la rassura. Il ferait tout pour arrêter cet homme. Comme les deux femmes pressaient Gabrielle de lui faire la révérence, il leur interdit de la fatiguer et leur ordonna de tout faire pour la remettre sur pied. Elles en répondraient sur leurs propres têtes !

Dans la rue, il avait presque oublié son mal. Il regagna Saint-Germain l'Auxerrois en s'épongeant la nuque, sans remarquer sur le parvis un groupe de quatre particuliers. Au milieu d'eux se tenait un jeune homme assez pâle en veste beige, les trois autres le serrant d'assez près comme s'il était leur prisonnier.

*

Sitôt sorti du fiacre, Dauterive s'était trouvé encadré par deux gaillards qu'il n'avait jamais vus, et qui l'avaient forcé à marcher vers l'église. Impossible de reculer : Rotondo avait caché son arme sous une écharpe et lui enfonçait le canon dans les reins. Le jeune homme marchait le plus lentement possible, cherchant du regard une échappatoire, une diversion, mais rien ne se présentait. Ils arrivèrent au pied de Saint-Germain l'Auxerrois sans que les gardes nationaux leur jettent seulement un regard, et se postèrent un peu à l'écart, au bout du parvis. Jugeant sa figure trop connue, Garat était prudemment resté dans le fiacre, à cent pas de là.

Au bout d'une attente assez courte survint un personnage massif d'une cinquantaine d'années, cinq pieds huit pouces, le visage aux traits lourds d'un sénateur romain. Il marchait les épaules en avant, l'expression pincée, le teint livide et des cernes sous les yeux. Après un salut aux deux bourgeois de garde, il pénétra dans l'église.

– C'est lui, murmura le *Professore* en desserrant à peine les dents. Avancez.

Il le poussa à l'intérieur du bâtiment, laissant ses deux complices dehors, sans relâcher la pression de son arme. Lentement, ils traversèrent les bureaux administratifs de la section. Au loin, l'homme en noir s'engouffrait dans la sacristie. Pendant quelques secondes, Victor et son sinistre partenaire furent ralentis par des menuisiers qui empilaient des planches et des panneaux le long d'un mur. Puis ils reprirent leur marche, presque collés l'un à l'autre. Victor sentait son cœur s'accélérer. Le déambulatoire était presque vide. Un commis les croisa sans les remarquer. Arrivé devant une porte en chêne finement sculptée, Rotondo s'arrêta net, baissa son chapeau et remonta son col d'une main. Puis après avoir rapidement inspecté les alentours, il glissa un pistolet dans la poche du gendarme.

– Tu t'en serviras quand je te dirai. Et ne t'avise pas de me doubler, sinon c'est toi que je tue.

Dauterive sentait toujours dans le dos le canon de son gardien. Ce dernier semblait connaître les lieux. Ouvrant la porte en chêne, il marqua un temps d'arrêt : quatre personnes attendaient déjà dans l'ancienne sacristie, qui servait de salle d'attente. Agacé, il poussa le jeune homme à l'intérieur. À peine étaient-ils assis que la porte s'ouvrait de nouveau. Le gendarme ne put retenir un mouvement de surprise. C'était Petit-Victor. L'enfant se glissa en silence au fond de la salle, le regard baissé. Aux côtés du gendarme, le *Professore* n'avait rien remarqué. Il se mordillait les lèvres avec nervosité. Il sursauta. Piedebœuf venait d'ouvrir la porte de son cabinet. Presque aussitôt, un gros personnage en habit noir se jeta sur lui. Deux jours qu'il était obligé de venir, on l'avait volé et la police ne s'était pas déplacée !

Piedebœuf le considéra avec dédain.

– Vous êtes ?

– François-René Prieur, horloger au quai des Orfèvres.

Il se mit à raconter son affaire, une escroquerie fort embrouillée, qui le mettait en rage.

Le commissaire l'interrompit au bout de quelques phrases.

– Je ne suis pas votre homme. Le quai des Orfèvres dépend de la section Henri IV.[1]

Petit-Victor en avait profité pour se lever lui aussi. Il lança un regard en direction du sous-lieutenant, puis se

---

1 Une des deux subdivisions administratives de l'île de la Cité, la seconde était la section Notre-Dame.

mit brusquement à pousser des cris perçants en montrant Rotondo du doigt. Piedebœuf, ahuri, écarta l'horloger pour contempler la scène. L'enfant criait de plus belle. Une femme s'approcha de lui.

– Qu'est-ce que tu as ? Qu'est-ce tu veux ?

Elle tenta de lui prendre l'épaule, mais l'enfant se débattit en hurlant de plus belle, montrant toujours l'Italien du doigt. Les regards s'étaient tournés vers ce dernier. Il se leva, blême, laissant dans le mouvement glisser son écharpe au sol. Il tenait l'arme à bout de bras, surpris, incapable de prendre une décision. Puis il parut prendre conscience de ce qui l'entourait et se rua soudain hors de la sacristie. Personne, même le commissaire, n'avait eu le temps d'esquisser le moindre geste. Victor avait le champ libre. Il s'approcha de Piedebœuf et enfonça le canon de son arme dans la joue.

– Tu es un homme mort, lui lança-t-il froidement. Avance.

Le policier se trouva incapable de réagir, comme dans le pire des cauchemars. Son cœur le lançait douloureusement. Il se laissa pousser vers l'intérieur de son cabinet et le jeune homme referma la porte derrière eux.

À ce moment, Rotondo atteignait la sortie de l'église sans encombre, le cœur au bord des lèvres. Les deux hommes supposés couvrir ses arrières avaient disparu du parvis. Il poussa un profond soupir et s'éloigna vers le quai du pas le plus normal possible.

C'est alors que retentit le coup de feu. Sur la place, tout le monde s'était arrêté. On entendait hurler dans l'église. Le *Professore* en crut à peine ses oreilles. Le commissaire Piedebœuf venait d'être assassiné !

13

Cinquième jour
Jeudi 14 juillet 1791
Neuf heures du matin

Antoine-Joseph Santerre rajusta son habit d'uniforme en examinant la troupe. Ceux qui avaient fréquenté la cour ou croisé le roi s'étonnaient toujours de sa ressemblance avec le monarque. Certes, il n'était pas aussi grand que lui, mais il en avait les mêmes traits, à la fois débonnaires et solides, les mêmes yeux clairs et les mêmes joues pleines.

Les ressemblances s'arrêtaient là. Autant le roi était secret de nature, rempli d'hésitations, autant Santerre était habile et vif, aimant rire, causer fort et agir vite. À bientôt quarante ans, c'était un homme fait, heureux en affaires. Depuis qu'il avait dirigé l'assaut contre la Bastille, deux ans plus tôt, il était devenu l'un des patriotes les plus en vue du faubourg. Comme beaucoup, il pensait que la Révolution n'en était qu'à ses débuts, et qu'il faudrait un jour porter le fer sur les aristocrates. Ce monde ancien devait disparaître pour faire place à un nouveau, un monde régénéré… où lui-même se hisserait au premier plan.

Au commandement, les hommes présentèrent les armes dans un ensemble approximatif. Le brasseur, qui se piquait d'art militaire, dirigeait le bataillon des Enfants-Trouvés, l'un des soixante de la capitale. En principe, seuls les propriétaires pouvaient intégrer la Garde nationale, mais il avait enfreint la loi en incorporant une compagnie de citoyens *passifs* – les domestiques et ceux qui ne payaient pas l'impôt. Trop pauvres pour s'acheter un uniforme, un bonnet de laine leur tenait souvent lieu de chapeau militaire, et une pique d'armement, l'administration leur refusant le fusil de munition réservé aux véritables gardes nationaux.

Santerre salua le drapeau et se fit détailler par le lieutenant de service les ordres du jour. Puis la troupe se dispersa après un roulement de tambour. Lui-même regagna la rue Saint-Antoine, préoccupé. Sa brasserie se trouvait à cent pas, un ensemble imposant où travaillaient vingt-deux ouvriers. Deux énormes cheminées répandaient sur le quartier l'effluve amère du houblon. Grâce aux connaissances en chimie acquises pendant ses études, et grâce à son audace (il était l'un des premiers à utiliser le charbon de terre, le *coke* créé par les Anglais) l'entrepreneur produisait l'une de meilleures bières de la capitale.

Santerre entra dans le bâtiment principal sans s'arrêter au vaste bureau où deux employés remplissaient les livres de comptes. Garat l'Américain, qui l'attendait dans son cabinet de travail, referma la porte derrière eux.

Les deux hommes s'étaient connus le jour de la prise la Bastille. Instinctivement, Santerre s'était méfié de l'ancien planteur, qu'il trouvait un peu trop rapide à la violence, puis il avait appris à le connaître. C'était un homme sensible aux injustices, un entrepreneur qui connaissait la vie et qui avait travaillé ; autre chose que ces hommes comme Rotondo, des opportunistes sortis de la fange à la sincérité douteuse.

– Vous en faites une figure, fit Garat avec un sourire froid.

Le brasseur haussa une épaule en déposant son chapeau à grand plumet en équilibre sur une pile de livres de comptes.

– On ne sera pas prêts. À quoi bon vouloir recruter autant de monde si nous ne pouvons pas les armer ?

– Pourquoi s'inquiéter maintenant ?

– Je viens de vous le dire, parce que nous ne serons pas prêts.

Garat réfléchit un temps avant de répondre.

– Si le Borgne nous livre à temps, nous serons prêts.

– Je ne lui fais aucun crédit. Il ment comme il respire.

– Bien sûr qu'il ment (l'Américain avait toujours la même expression, ce sourire mécanique que les yeux n'accompagnaient pas). Mais nous n'avons pas le choix. Pour ce genre de marché, nous n'aurons pas accès aux manufactures royales.

– Et comme de juste, nous n'avons aucune nouvelle.

– Nous en aurons ce tantôt. Je vais passer le voir.

Santerre n'en parut pas plus rassuré.

– Il y a deux ans c'était autre chose. Nous avions le régiment des Gardes-Françaises avec nous, ils avaient amené leurs canons. L'Histoire ne se répétera pas. La Fayette dispose de plus de 10 000 hommes. Ils n'hésiteront pas à nous tirer dessus, je vous en réponds.

– Vous avez peur ?

Santerre haussa une épaule avec un rire forcé.

– En tout cas il y a une bonne nouvelle, reprit l'Américain après une pause.

– Laquelle ?

– Piedebœuf, le commissaire.

– On m'a dit ça, fit Santerre, dont les traits s'éclaircirent.

Il ôta son baudrier et le fourreau de son sabre, qu'il posa contre un meuble.

– Il paraît que l'affaire a beaucoup ému notre ami La Fayette et qu'il s'est déplacé en personne à Saint-Germain l'Auxerrois.

Garat lâcha un rire sec.

– Il est furieux ! Le petit gendarme a bien réussi son

coup, il n'y a aucun témoin. La Fayette peut bien remuer tous ses agents à Paris, il en sera pour ses frais. Le garçon a dû fuir quelque part en province. Dommage finalement. On nous avait dit que c'était un espion de La Fayette mais il apparaît que non. C'est des hommes comme lui qu'il me faut.

Le brasseur sourit en déboutonnant le plastron de son habit d'uniforme. Il soupira d'aise en écartant les bras, puis ouvrit grand la fenêtre.

– Bah ! Avec un peu de chance, il réapparaîtra avant dimanche…

Les deux hommes se séparèrent. Le brasseur avait ses comptes à faire. Quant à l'ancien colon, il devait voir le Borgne. Jamais la situation n'avait été plus favorable. Il n'était pas question de tout rater pour une sotte question matérielle.

*

Un soleil déjà mordant baignait le faubourg Saint-Antoine. Au loin, des paysans travaillaient, l'air presque immobiles dans les champs. La lumière rappelait à Garat celle des Antilles, moins crue sans doute. Il se souvenait des petits matins, très tôt, lorsque le paysage tout entier se révélait dans une pureté presque parfaite. Chaque détail apparaissait alors nettement, comme sous le pinceau d'un peintre. L'ancien planteur se revoyait sur sa mule, sur le chemin vers Petite-Rivière, il y avait bien longtemps. Il croyait survoler un océan de cannes à sucre, où résonnaient les cris d'oiseaux étranges et le claquement des machettes.

La faim lui tiraillait l'estomac. Il s'arrêta dans l'un des nombreux estaminets de la rue Saint-Antoine, où il commanda un solide plat de pieds de mouton. Il se sentait bien parmi ce peuple d'artisans et d'ouvriers. Des femmes passaient pour faire leurs provisions, quelques enfants jouaient, des paysans revenaient de la ville, leurs voitures déchargées. Son repas avalé, Garat s'essuya la bouche du revers de la main et reprit son chemin. L'atelier du Borgne se trouvait rive droite, derrière le marché aux chevaux, faubourg Saint-Victor. C'était presque à une lieue, il calcula qu'il lui faudrait une bonne heure pour s'y rendre.

Sa bonne humeur l'avait vite abandonné. Quelque chose l'irritait et ce n'était pas seulement sa conversation avec Santerre. En se retournant brusquement, il avait cru surprendre un mouvement, loin derrière lui, une silhouette qui s'immobilisait brusquement puis se cachait. Aux abords de la Bastille, dont la démolition n'était toujours pas achevée, il marqua un nouveau temps d'arrêt pour observer les ouvriers du chantier. Puis il reprit sa marche, peu rassuré. Arrivé devant l'hôtel de Mayenne, il obliqua vers la Seine. Un coche d'eau venait d'accoster port Saint-Paul, débarquant son flot de voyageurs. Ces derniers gagnaient la rive par une simple planche, c'était toujours un miracle qu'aucun d'eux ne tombe à l'eau. Plus loin, des portefaix déchargeaient un gros bateau de marchandises. Profitant de la cohue, Garat courut se réfugier sous le porche d'une des maisons du quai. Puis il glissa la main dans ses basques, au contact de son petit pistolet.

Moins d'une minute plus tard, deux hommes débouchaient de la rue du Petit-Musc, l'allure prudente. Garat sursauta presque, l'expression tendue, presque douloureuse. C'étaient encore eux ; Lebel avec son teint d'ivrogne et ses habits de paysan ; et l'autre, Jean-François le mulâtre. Ils n'avaient pas changé, ils portaient toujours ce masque tranquille d'hommes violents, sûrs de leur force et de leur impunité. Et s'ils étaient là, c'est que leur maîtresse aussi était à Paris. Cette putain avait donc traversé les mers. Il pourrait se réfugier au fond des enfers qu'elle le suivrait toujours, avec ses deux chiens.

Un instant, l'ancien planteur imagina ameuter la foule, dénoncer ses deux poursuivants comme des espions du roi ou de La Fayette, des ennemis des patriotes. Ils seraient pris par la foule et déchirés comme ils le méritaient. Puis il se ravisa. C'était stupide. Il n'y avait là que des voyageurs venus de province et des gagne-deniers, ils n'étaient pas aux Cordeliers. Ce n'était pas le moment.

Les deux hommes hésitaient, un peu perdus. Lebel envoya le mulâtre vers le Pont-de-Grammont, en aval. Lui-même fouillait la foule du regard, sans grand succès. L'Américain l'observait à trente pas de lui, priant presque pour que ce brigand l'aperçoive et vienne à lui. Alors, pour sûr, il l'abattrait d'une balle en plein cœur, aussi vrai qu'il s'appelait Garat. Mais le rougeaud ne le vit pas. Finalement, le mulâtre revint et après s'être concertés, les deux hommes s'enfoncèrent dans la multitude en direction du quai Saint-Paul.

L'Américain ne reprit ses esprits qu'au bout d'un long moment. Il désarma son pistolet, trempé de sueur, presque épuisé, écœuré par cette histoire qui ne passait pas. Pourrait-il un jour se détacher du passé ?

Alors qu'il reprenait sa marche, il s'arrêta de nouveau, totalement stupéfait. Un homme arrivait droit vers lui sans le voir, une silhouette qui semblait émerger de ses souvenirs, elle aussi, un fantôme qui marchait vite, le regard braqué vers le quai où venaient de disparaître Lebel et Jean-François.

Il manqua de pousser un cri de surprise.

*

Hyacinthe avait de belles dents nacrées, les lèvres roses et le teint noir d'ébène, qui rappelait à Garat de très vieilles images. C'était un gaillard de presque six pieds, le front largement dégarni, et les cheveux crépus ramassés en une longue queue. Son visage ressemblait à celui de ces statues faites en Afrique, hermétique, les yeux mi-clos, un mélange de sagesse et de mystère.

La dernière fois que Garat avait vu le nègre, c'était dix ans plus tôt à Saint-Domingue. Il n'était alors qu'un esclave fraîchement affranchi, aux vêtements misérables, mais dont la force et l'intelligence dépassaient celle de tous ses congénères. Par la suite, ce dernier avait bâti une plantation de café qui avait formidablement prospéré, à tel point qu'il avait dû embaucher une douzaine d'esclaves. Maintenant c'était un autre homme, l'air respectable et plein d'assurance. Une haute cravate de soie blanche mettait en valeur l'uniformité de son teint. Il portait un bel habit en coton bleu et des bas de soie blanche. Lorsque l'Américain lui était tombé dessus, il avait volontiers admis qu'il était en train de suivre Lebel et Jean-François, mais qu'il venait de les perdre de vue, et il avait accepté de l'accompagner au cabaret.

– Alors répéta Garat… Tu joues les anges gardiens pour moi ?

– Certes non, répondit Hyacinthe. Une lueur brûlait au fond de ses prunelles, mais il n'ajouta rien.

– Depuis combien de temps es-tu en France ?

– Un mois. J'ai été envoyé par mes frères pour plaider notre cause. Je suis tombé sur ces deux-là, Lebel et l'autre. Savez-vous comment on les appelait à Petite-Rivière ?

Garat secoua la tête, le regard plus dur.

– Les *frères Lanmò*… Les frères *la mort*. À eux deux, ils ont plus de sang sur les mains que tous les bourreaux de cette ville.

Il se tut brusquement pour commander un autre pot. Sans échanger le moindre mot, ils remplirent leurs verres et les vidèrent aussitôt. Autour d'eux le cabaret s'était peu à peu rempli de marins et de portefaix, car il n'y avait plus de bateaux à arriver. Quelques voyageurs mangeaient à une table, attendant sans doute que l'on vienne les chercher.

– Plaider votre cause ? Que veux-tu dire ?

– Je parle de la cause des hommes nègres. L'Assemblée vient de voter le droit de vote aux affranchis de couleur, comme moi, mais les planteurs et leurs amis sont inquiets. Avez-vous entendu parler du club de Massiac ? On dit qu'ils sont très influents à l'Assemblée et qu'ils feront tout pour faire annuler la loi.

– Annuler une loi, tout de même pas, répondit sombrement son interlocuteur, qui n'ignorait rien de ce club.

Réunis dans un superbe hôtel particulier, ses affiliés défendaient âprement les énormes intérêts financiers des planteurs blancs de Saint-Domingue et des Petites-Antilles[1]. Le décret de l'Assemblée accordant le droit de vote aux enfants d'affranchis de couleur noire les avait exaspérés. C'était une monstruosité, un attentat à leur prospérité. Blancs et Noirs ne pouvaient être égaux ! Certains avaient menacé de livrer leurs îles aux Anglais ou aux Espagnols si le gouvernement persistait dans sa folie. Le club était riche et ne manquait pas d'appuis, comme Barnave ou les frères Lameth, ces *Janus* qui discouraient sur la liberté, tout en œuvrant en sous-main pour préserver l'esclavage.

– Le feu couve à Saint-Domingue, reprit Hyacinthe, aussi disert que son hôte pouvait l'être peu. Les *nèg' marrons* se préparent à la révolte[2]. Connaissez-vous Boukman ?

Garat secoua la tête.

– C'est un prêtre vaudou, un affranchi, ancien cocher comme moi. Il vit à Bois-Caïman près de Morne-Rouge. Il demande chaque soir à *papa Legba*[3] de lui ouvrir la porte

1 La Martinique et la Guadeloupe, possessions mineures en regard du poids économique de Saint-Domingue.

2 Les nègres marrons sont des esclaves en fuite, que les colons traquaient sur les îles.

3 Divinité vaudou qui garde la frontière entre le monde des humains et le monde surnaturel.

des deux mondes, pour que tous les esprits sortent et se déchaînent contre les Blancs.

– Je n'entends rien à ton baragouin, grinça Garat qui, nourri des lectures de Voltaire, détestait ce genre de superstitions. Mais si tu revois ton prêtre vaudou, dis-lui de se méfier. Il ne pourra pas grand-chose contre les fusils des chasseurs d'esclaves.

– Nous sommes 600 000 esclaves et affranchis noirs. Face à nous, les Blancs sont à peine 30 000. Qu'en dis-tu ?

– Te prends-tu pour Spartacus ? fit l'ancien planteur avec un rire sec. Alors souviens-toi comment il a fini : crucifié avec toutes ses troupes.

– Nous lèverons des légions d'esclaves. Nous serons les plus forts.

– Alors retourne là-bas et lève tes légions. La France n'a que faire de ces colonies, reprenez-les, elles sont à vous, répondit Garat qui, impressionné, avait à peine remarqué que l'affranchi le tutoyait lui aussi. Oublie le passé !

Il songeait toujours à Lebel, sa nuque épaisse, ses yeux transparents injectés d'alcool.

– L'homme ne peut pas vivre en oubliant son passé… Ne regardes-tu jamais vers le passé, toi ?

Garat tourna son pot entre les doigts.

– Tu es instruit. Tes frères te font confiance puisqu'ils t'ont envoyé ici. Tu sais parler. Ta place n'est pas ici, mais à Saint-Domingue. Retourne là-bas, ne t'occupe pas des morts. Oublie Lebel et Jean-François.

– Les morts *sont* avec nous. On y peut rien.

Il regardait l'Américain droit dans les yeux. Ce dernier y lut une colère si vaste et si terrible qu'il ne put retenir un frisson.

*

Il sortit mécontent du cabaret, le ventre et la tête lourds d'avoir trop bu. Parviendrait-il un jour à se débarrasser de toute cette ordure ?

Rive gauche, il se dirigea vers le faubourg Saint-Victor, l'un des plus misérables de la capitale, dont le haut lieu se trouvait être l'hôpital général de la Salpêtrière, certes de beaux bâtiments, mais surtout le cloaque dans lequel on enfermait la vieillesse, la maladie et la folie, toute la déchéance de la ville.

Le Borgne travaillait juste derrière le marché aux chevaux, au-delà du boulevard de l'Hôpital tout juste achevé. L'affluence était considérable. Des maquignons se répandaient dans les contre-allées, l'œil aux aguets, examinant les bêtes attachées aux poteaux. Les plus intéressantes feraient peut-être un galop d'essai une fois la foire commencée.

Garat trouva bientôt l'atelier du Borgne, rue du Gros-Caillou. Le mot était d'ailleurs exagéré, ce n'étaient que de vieux baraquements aux murs de planches noircies, les toits percés par endroits. La cabane qui tenait lieu d'habitation semblait vide, même si le papier huilé des fenêtres permettait mal d'en distinguer l'intérieur. Une poule s'enfuit en caquetant dans un nuage de poussière. Le patron était-il parti avec l'argent ? Avaient-ils été trahis ?

Il sortit lentement son pistolet. On entendait au loin la rumeur du marché, le piétinement étouffé des bêtes. Alors qu'il hésitait à pousser plus loin, il entendit soudain le bruit du marteau. Cela venait d'une grange, plus loin au bord d'un terrain vague. En poussant la porte, il découvrit sept ou huit ouvriers, la plupart torses nus, tellement affairés qu'aucun d'eux ne le remarqua. Les uns clouaient des fers au bout des piques, les autres déchargeaient une voiture à bras chargée à ras bord de manches. Garat ne se sentit guère rassuré : il ne voyait là, dressées contre une paroi, qu'une ou deux centaines de piques terminées.

Le Borgne, qui ajustait lui aussi les fers, s'aperçut de sa présence et courut vers lui, aussi débraillé et suant que ses employés, mais nettement plus gras.

– Vous m'avez fait peur. Qu'est-ce qui se passe ?

– Je viens voir si vous tenez vos promesses, répondit Garat.

– Bien sûr que je les tiens ! Nous serons prêts, soyez tranquille !

Il l'entraîna presque de force vers deux seaux remplis de fers de piques. Empilées la pointe vers le fond, on eût dit deux étranges bouquets dont émergeaient seulement les embouts ronds. Il hochait la tête avec enthousiasme.

– Regardez, si c'est pas solide ! Vous aurez vos trois mille pièces, je vous en donne ma parole d'honneur !

L'ancien planteur s'écarta de lui pour le dévisager, lèvres pincées.

– Que voulez-vous dire ?

– Rien… simplement que je vous livrerai trois mille piques. Pour le reste, je vous rembourserai, soyez sans crainte, je suis pas un voleur ! Plus, je pourrai pas.

Le Borgne regardait autour de lui, l'œil papillotant. Dans l'atelier, des ouvriers s'étaient arrêtés de travailler, l'outil levé.

– J'espère pour vous que vous vous moquez de moi. Vous nous avez promis sept mille piques.

– Eh ben c'est beaucoup trop !

– Il fallait réfléchir avant. Embauchez du monde.

– C'est pas une question de main-d'œuvre, mais de matériau. Comment voulez-vous que je trouve autant de bois et de fers en si peu de temps ? Je vous avais averti !

Il s'animait, se persuadant sans doute qu'à force de le répéter son boniment pouvait convaincre. Son visiteur observa tranquillement l'atelier, le chapeau rond enfoncé sur les yeux, comme un contremaître un peu sceptique. Puis il prit brusquement le Borgne par la nuque, lui plaqua la tête sur l'établi et il s'empara d'un lourd marteau. L'artisan tenta de se délivrer de son étreinte, sans succès. La main de Garat lui semblait un étau.

– Arrête de bouger, abruti, et écoute-moi bien. Écoutez-moi tous !

L'artisan tremblait de tout son corps. Dans le mouvement son bandeau avait glissé, dévoilant une horrible caverne brunâtre.

– Embauche tout le monde que tu voudras. Trouve les manches et les fers où tu veux, vole-les si tu ne peux faire autrement et livre-moi ce que tu as promis. Il te reste cet après-midi et toute la journée de demain. Je veux mes sept mille piques et pas une de moins. Tu m'as bien entendu ?

– Pour les gens je pourrai, haleta l'artisan. Pour les manches et les fers…

Le marteau s'abattit lourdement à quelques pouces de son unique œil, dans une volée de poussière. Le coup, violent, avait claqué jusque dans la rue. Plusieurs ouvriers avaient hurlé de terreur.

– Je reviens vous voir vendredi, mes amis, annonça Garat dans un silence épais en relâchant son prisonnier. Faites ce que vous avez à faire.

Le Borgne tenait à peine sur ses pieds, le visage et la nuque trempés de sueur. Il hocha la tête et Garat quitta les lieux, accompagné des courbettes des ouvriers. L'expédition l'avait un peu apaisé. Il décida de passer quelque temps dans un bordel qu'il connaissait, sur l'île de la Cité. Il y voyait une fille grasse, aux talents délicieux. Il s'y arrêterait jusqu'à en perdre le sens, jusqu'à ce que l'image de Lebel et de Jean-François s'estompe enfin.

14

Onze heures du matin

Victor laissait planer son regard sur les arbres du jardin. Depuis l'aube, un couple de mésanges voletait entre les branches, dans une danse sans fin. Parfois elles disparaissaient dans des éclats de lumière, avant de réapparaître soudain, infatigables. Le jeune homme s'étira. La chambre où il venait de passer la nuit était propre et austère : un papier peint vert uni aux murs, un lit étroit, une unique chaise cannée, pas de table. Il y flottait une odeur de renfermé.

La crainte, les doutes qu'il éprouvait la veille en arrivant ici s'étaient presque entièrement dissipés. Il subsistait un sentiment curieux, la stupeur d'être encore libre et en vie. Jamais lors de sa courte carrière il n'avait autant risqué son sort au hasard.

La maison s'éveillait lentement. Quelques éclats de voix montaient du rez-de-chaussée, les bruits d'une cuisine qui se met en route. Le gendarme n'entendait que deux voix de femmes. Il consulta une dernière fois sa montre-gousset avant de descendre. Il avait perdu son chapeau dans l'aventure. Quant à sa belle veste beige, il l'avait jugée trop visible et s'en était débarrassée en fuyant Paris.

Une odeur de café frais s'échappait de l'office. Il salua la cuisinière, une large personne en robe bleue qui fit mine de ne pas le reconnaître, comme si elle désapprouvait sa présence. Il n'insista pas et sortit.

Dehors, le jardin éclatait de lumière. C'était l'un de ces matins parfaits, quand le soleil dessine chaque élément du décor avec netteté, comme dans une gravure. Il ne faisait pas encore trop chaud. Au-delà du mur d'enceinte, les arbres ployaient doucement sous la brise. Il lui semblait être très loin de Paris, de sa puanteur et de ses pièges. Une femme était assise à sa table de travail, une liasse de papiers devant elle, une plume à la main, presque immobile. Il reconnut – avec un pincement au cœur – sa robe de mousseline blanche et corail, qui laissait ses bras et sa gorge en partie nus. Ses cheveux ramassés sur le crâne formaient comme une couronne à demi sauvage dont s'échappaient sur la nuque de longues mèches rebelles.

Olympe se tourna vers le jeune homme et lui sourit, radieuse. Elle lui parut cependant avoir les traits un peu tirés.

Ils se saluèrent avec retenue, puis elle lui servit un café, le geste sûr d'une femme habituée à se débrouiller seule.

– Vous avez l'air mieux ce matin.

Elle avait repoussé ses écritures pour y poser sa propre tasse.

– Vous aviez l'air épuisé. La nuit vous a-t-elle porté conseil ?

Il sourit.

– Je crois que oui. Mais je regrette quand même d'être venu vous embêter. Je n'ai pas été très aimable avec vous, avant-hier.

– Oublions cela. Mettons que vous aviez peut-être vos raisons, fit-elle en dessinant une arabesque en l'air (ses yeux avaient brillé de plaisir). Il ne faut rien regretter. N'oubliez pas que je me flatte d'être votre amie, et que vous pouvez me faire confiance, quoi que vous ayez fait et quoi qu'il vous arrive.

– Je ne l'oublie pas, murmura Dauterive, plus ému qu'il ne l'aurait voulu.

Elle l'examinait de ce même regard indulgent que la veille au soir, lorsqu'il était arrivé à l'improviste. Une chance, lui avait-elle dit, que le dîner en ville avec son vieil ami Louis-Sébastien Mercier, ait été reporté, sans quoi il trouvait porte close. Puis, comprenant à sa mine que les choses étaient graves, elle l'avait fait entrer sans poser de questions, même si elle en mourrait d'envie. Quant à lui, il ne se sentait pas le droit de la mêler à tout cela.

Après avoir fui Saint-Germain l'Auxerrois, presque par miracle, il n'avait pas voulu retourner chez lui, craignant d'y être attendu. La maison d'Olympe à Auteuil lui était apparue comme un refuge évident, d'autant que les deux heures de trajet lui laissaient tout le loisir de voir s'il était suivi ou non. Ce n'était pas le cas. Pendant tout ce temps, il n'avait pas réussi à démêler ses sentiments. Avait-il fait ce qu'on attendait de lui ? N'avait-il pas été trop loin ? Certes il s'était sorti du guêpier, mais pour combien de temps ?

Au cours de la soirée, il n'avait pas cherché à parler, pas plus qu'elle n'avait tenté de l'interroger. Ils s'étaient installés dans le salon, en bas, la fenêtre grande ouverte sur le noir du jardin. Les mots venaient facilement entre eux. Elle lui avait parlé de son enfance, à Montauban, de ses espoirs déçus, de l'amour qui n'était jamais ce qu'on croyait. Puis de son arrivée à Paris, de son immense désir de liberté qui épousait si bien l'époque. Les barrières, disait-elle, toutes les barrières seraient renversées. L'homme connaîtrait une nouvelle ère, un âge d'or. On briserait toutes les chaînes et les préjugés seraient anéantis. Elle était en train d'écrire une *Déclaration des droits de la Femme*, qui serait bientôt présentée à l'Assemblée nationale. Et tandis qu'elle lui en décrivait les principaux chapitres, qui se calquaient sur ceux de la *Déclaration de droits de l'Homme*, il se disait qu'il n'aurait pas détesté être son secrétaire. L'emploi n'était certes pas prestigieux, et sans doute bien mal payé, mais ne lui aurait-il pas convenu ?

Plus tard, l'écrivaine avait allumé un simple bougeoir ; son profil apparaissait à peine dans l'obscurité. Une chouette hululait dans le silence. Victor s'était senti rasséréné, mais quand il était monté dans la petite chambre verte il avait mis du temps à s'endormir, encore rétrospectivement effrayé par l'aventure qu'il venait de traverser.

Son café terminé, il se sentit nerveux, mais les idées plus claires. Il accepta de bonne grâce l'habit rayé de bleu que son amie lui tendit. Il appartenait à son fils, un peu serré aux épaules mais tout de même à sa taille.

Elle l'observait avec tendresse.

– Vous êtes mieux sans perruque, sourit-elle. Êtes-vous bien certain de n'avoir rien à me dire ?

– Vous avez fait ce qu'il fallait. Tout ira bien.

– Je vous le souhaite. Prenez garde à vous, Victor.

Le jeune homme sourit à son tour. Puis il lui prit la main pour l'embrasser légèrement. Elle lui sembla douce et nerveuse. Ses lèvres étaient restées un peu plus qu'il ne l'aurait fallu.

Il passa les piliers du portail et reprit à pied le chemin de Paris.

*

La chaleur était vite revenue.

L'habit sur l'épaule, le sous-lieutenant traversa Passy, puis Chaillot. Quelques paysans partaient pour les champs, mais la plupart de ceux qu'il croisait venaient fournir leurs riches clients, nombreux ici à la belle saison. Dans le lointain, au-delà des toits, il apercevait le dôme étincelant des Invalides devant la plaine de Grenelle. Passé les grilles à l'entrée des Champs-Élysées, les marcheurs se firent plus rares. Le soleil, filtré par les hautes frondaisons, jetait de grandes taches de lumière au sol des contre-allées. Au fond apparaissait la place Louis-XV dans un halo brillant.

À mesure qu'il avançait, Victor sentait ses doutes revenir. Et si les hommes d'Orléans se doutaient de quelque chose ?

Un spectacle surprenant l'attendait place Louis-XV : une trentaine de grenadiers de la Garde nationale postés devant le fossé des Tuileries interdisaient l'accès aux jardins. D'autres se tenaient derrière les murs, on devinait leurs hauts bonnets et l'acier vif des baïonnettes. Un canon avec ses servants défendait l'accès du pont tournant. L'apparence de tous ces hommes ne laissait pas de place au doute : c'étaient des gardes nationaux *soldés*, des soldats de métier.

Dauterive renonça à leur demander ce qu'ils faisaient là. Si quelque chose s'était produit durant la nuit, il le saurait bien assez tôt. Prenant le quai vers la droite, il n'y trouva rien d'anormal. C'était le même grouillement que d'ordinaire, ce lent écoulement de la foule et du fleuve sous les cris des mouettes. Au port Saint-Nicolas, Victor se retourna, surpris. Quelqu'un l'avait appelé. Comme un porteur d'eau fonçait droit sur lui, il s'écarta d'un bond et découvrit à quelques pas de lui une silhouette bien connue.

C'était un vieillard d'environ soixante-cinq ans, chétif, l'équilibre mal assuré malgré sa canne. Son habit et ses culottes, usés jusqu'à la trame, auraient à peine trouvé preneur chez un fripier – le tricorne et les souliers ne valaient pas mieux – mais le regard faisait oublier tout cela. Vif, ironique et pétillant de malice, c'était celui d'un homme fait, qui connaissait le monde, ses fastes et ses misères.

– Eh bien mon jeune ami, lança-t-il avec son accent chantant, la voix un peu chevrotante. Que devenez-vous donc ? Je ne vous vois guère ces derniers temps !

Dauterive sourit, sincèrement heureux. Il avait croisé Fragonard par hasard quelques semaines plus tôt, une curieuse pause hors du temps lors d'une enquête périlleuse. Mais il n'avait jamais tenu sa promesse de repasser le voir. Le peintre ne semblait pas lui en vouloir. Lui agrippant le bras d'autorité, il se mit à marcher lentement.

– J'arrivais justement à mon atelier.

De sa canne, il désignait le Louvre.

– M'accompagnez-vous ? Avez-vous songé à ce que je vous ai dit l'autre jour ?

– À quoi donc ?

– Allez, allez, vous savez très bien de quoi je vous parle. Ne vous avais-je point dit que je pourrais vous aider à intégrer l'atelier de mon ami David ? Eh bien, sachez que je lui ai parlé de vous...

Victor ne répondit rien, mal à l'aise. Il avait totalement oublié cette conversation, sans doute parce qu'il y voyait une chimère. Jacques-Louis David était sans conteste l'artiste le plus à la mode de l'époque. Étudier la peinture dans son atelier ? Et de quoi vivrait-il donc ?

– Enfin, reprit Fragonard qui l'entraînait à petits pas en direction du fleuve, je ne le vois guère, David. Il passe plus de temps à *politiquer* qu'à manier le pinceau. Et vous, mon jeune ami ? Êtes-vous un *politiqueur* ? Je ne vous sens pas très préoccupé par votre art.

L'œil malin, il observait l'officier chercher une réponse.

– Allez, je vous ennuie avec mes idées. Et puis je ne suis pas votre père, n'est-ce pas ?

Clopin-clopant, il avait entraîné Victor jusqu'à la rue du Petit-Bourbon, non loin de l'entrée du Louvre. Au prétexte d'une soif inopinée, il s'engouffra chez un rôtisseur dont l'enseigne représentait une oie. Il y régnait une odeur délicieuse et le peintre y avait ses habitudes, car tout en lui faisant de grandes démonstrations d'amitié, le patron lui commanda d'office un bon potage, une demi-poularde et un pichet de vin. Puis il ordonna à son commis d'aller chercher les beignets qu'il savait au bout de la rue. Victor, qui n'avait presque rien mangé depuis la veille au soir, ne se fit pas prier pour accompagner Fragonard à sa table.

– Alors, fit ce dernier tandis qu'une servante leur amenait déjà la soupe, êtes-vous sûr de bien aller ? Vous me semblez tracassé. Paris n'est pas une ville facile pour les âmes seules.

– Pourquoi vous inquiéter autant ? sourit Victor.

– Mais, parce que je vous aime bien. Qu'avez-vous ? Vous n'avez pas l'air tranquille.

– Je vais mieux qu'hier, lâcha le jeune homme, qui prit une inspiration avant de renoncer à parler.

Fragonard le sondait du regard tout en avalant sa soupe, comme il l'avait sans doute fait mille fois pour ceux dont il avait dressé le portrait.

– Êtes-vous heureux ? lui demanda-t-il brusquement mais avec bienveillance.

La question surprit Victor, qui ne sut que répondre. Voilà bien une chose dont il ne s'inquiétait jamais.

– Je vous importune avec mes questions, je le sais bien. Mais allez je vous le redis, c'est parce que je vous aime bien. Je ne sais presque rien de vous, sauf une chose : vous savez dessiner. Et vous avez du talent. Ne laissez pas le temps vous échapper. Ne laissez point de fausses idoles dévorer votre vie. Et avant que de vouloir changer le monde, essayez de vous réformer vous-même. *Connais-toi toi-même*, disaient Socrate et Aristote. Connaissez-vous vous-même. Soyez vous-même. Vous êtes fait pour le pinceau, pour cette rêverie profonde qui, grâce à l'art, devient une réalité palpable. Vous êtes né pour saisir la vie et la coucher sur la toile. Croyez-moi, jeune homme ! Laissez-moi vous emmener auprès de David !

– Pas en ce moment. Je suis occupé…

Fragonard laissa échapper un petit rire, où pointait la déception.

– À quoi donc êtes-vous occupé ? Qu'y a-t-il donc de plus important que d'accomplir ce pour quoi l'on est fait ?

Dauterive faisait tourner son vin au fond du gobelet. L'arrivée d'une poularde fumante aux cuisses dorées à point les interrompit.

– Voilà bien des questions, déclara-t-il.

– Je vous pose les questions que vous ne vous posez pas vous-même.

– Mettons que je verrai David. Mais il devra attendre quelques jours encore… si Dieu me prête vie…

Il souriait, avec un peu de distance, si bien que Fragonard ne put déterminer s'il s'agissait là d'une expression ou d'une crainte bien réelle.

*

Le repas achevé, Victor se sentait parfaitement heureux, délivré de toute question, le ventre plein et la tête échauffée par le vin. Il n'avait pas beaucoup à marcher avant de retrouver Saint-Séverin, ce qu'il fit sans presque rien voir autour de lui. Une chaleur brutale s'était emparée de Paris. La vie semblait ralentie, comme certains dimanches à l'heure du repas.

Depuis le Pont-au-Change, la Seine scintillait d'un éclat dur, qui s'estompait au loin dans la brume. Au sortir du Pont-Saint-Michel, le jeune homme revint à la réalité. Il ralentit le pas et se mit à observer autour de lui. Par chance, l'affluence lui offrait un abri parfait. Avisant une voiture chargée de tonneaux, il la suivit jusqu'à la rue de la Harpe. Puis il se coula rue des Prêtres, à l'angle d'une échoppe. De là, la vue était imprenable sur l'entrée de son immeuble. L'observation le rassura. La mère François causait avec une commère comme toujours ; deux gardes nationaux passaient lentement en bavardant et Victor en sourit, se demandant par quel miracle ces derniers auraient pu remarquer un voleur.

Évitant avec soin la boulangère – il lui aurait fallu échanger de longues politesses, et il n'en avait ni le temps ni l'envie – il grimpa jusqu'au troisième étage. Alors qu'il déverrouillait sa serrure, un bruit infime le fit se retourner, le pistolet sorti. Un homme vêtu en maçon, les bras et les pieds nus, arrivait des étages. Il sursauta en apercevant le gendarme, se figea, puis ôta son chapeau avant de passer son chemin.

Retrouver son appartement lui fit une étrange impression. Ses bottes résonnaient sur le parquet, il lui semblait redécouvrir les meubles et les odeurs, comme au retour d'un long voyage. Et c'était bien cela dont il s'agissait, il venait d'échapper à la mort. Cette pensée lui monta soudain à la gorge comme une nausée. Il ouvrit grand la fenêtre. Dans la rue, la mère François n'avait pas bougé. Un cavalier disparut lentement au coin de l'église.

S'apercevant qu'il tenait toujours son arme, le jeune homme la posa sur sa table, sur un lavis inachevé. Il ferma les yeux en respirant plus amplement. Garat et les hommes d'Orléans ne se doutaient donc de rien.

Il fit quelques ablutions. Le mieux aurait été de prendre un bain, mais il avait trop à faire pour y songer : il avait à peine une heure devant lui. Alors qu'il venait d'ôter sa veste, il se raidit violemment. Une silhouette venait d'apparaître dans l'encadrement de la porte, sans un bruit. Victor chercha son arme du regard. Elle était à plus de deux toises de lui, hors d'atteinte.

*

– C'est maintenant que tu réapparais, déclara Garat avec froideur.

Rotondo haussa une épaule, maussade. Il venait d'entrer au Procope, où son maître et acolyte avait ses habitudes. Comme toujours le *Professore* était curieusement vêtu, à mi-chemin entre élégance et ridicule. Des breloques pendouillaient à son gilet, il portait des bottes souples, un frac bleu à grands revers, un chapeau rond à grosse boucle, et dissimulait son regard derrière des lunettes à verres jaunes qui accentuaient le bizarre de son apparence. Après avoir inspecté les clients du café, l'Italien se laissa tomber sur une chaise avec un soupir.

Contrairement à son habitude il ne prononça pas un mot. Garat le scrutait durement.

– Alors. Tu ne me racontes pas ta nuit ?

Il arborait un sourire glacé. Depuis qu'il le connaissait, il ne s'était pas passé un matin sans que Rotondo ne se vante avec force détails de ses exploits amoureux de la veille. La veille au soir, le Professore avait disparu, il avait dû se terrer toute la nuit dans quelque bas-fond.

– Sois sans crainte, reprit l'Américain avec un masque impassible. Piedebœuf a quitté l'église sur une civière. Il n'est pas mort mais j'ai entendu un médecin dire qu'il ne s'en sortirait pas. Il nous fichera la paix maintenant. Quant à toi, tu ferais mieux de retirer tes lorgnettes. Personne ne te recherche.

L'Italien hocha la tête sans pour autant se dérider. Il montrait les dents dans une espèce de sourire grinçant.

– Et le petit freluquet ?

– Disparu… Je suppose qu'il se cache. En tout cas il a rempli sa mission au-delà de nos espérances.

Rotondo examina son interlocuteur avant de répondre, sans réussir à déterminer si ce dernier se moquait de lui ou pas.

– Ce n'était pas si difficile. Il n'avait qu'à tirer.

– Et il l'a fait, contrairement à toi.

– Ce n'était pas convenu que je tire, riposta l'Italien avec dépit.

Il eut envie de justifier sa fuite par les cris du gamin, mais il y renonça.

– Il n'était pas non plus convenu que tu t'enfuies. Et

ne me raconte pas d'histoires, j'ai mes informations. Je n'ai pas eu de mal d'ailleurs. Tout Paris ne parle que de cette affaire.

Les deux hommes se turent un instant, fâchés. Pour se donner une contenance, Rotondo sortit une pipe en porcelaine et entreprit de la bourrer.

– Que voulais-tu, mon cher ? fit-il en battant le briquet. Que je me fasse prendre ? C'est déjà bon que j'aie pu me sauver. Ce n'était pas si facile.

– Ça ne l'était pas plus pour lui.

Rotondo exhala longuement sa première bouffée de tabac, l'air peu convaincu.

– Non… Et je trouve d'ailleurs qu'il s'en sort bien facilement…

L'Américain décida d'abandonner la discussion, mais son regard était devenu glacial. La méfiance de l'aventurier italien commençait à lui chauffer les sangs. Il avait passé une fort mauvaise nuit, hanté par l'image de Lebel et Jean-François.

– Toi aussi tu t'en es sorti bien facilement, dit-il d'un ton acide. N'abuse pas de ma patience, Rotondo. Je sais très bien qui tu es et pourquoi tu as épousé notre cause.

Le *Professore* préféra ne rien répondre.

*

L'air bourru, il regardait sa femme s'affairer auprès de la malle. Cette histoire commençait à l'irriter au plus haut point, en même temps qu'elle l'inquiétait. Toute sa vie, il avait obéi à l'autorité, sans déplaisir. Rien de ce qu'il avait lu des philosophes ne l'avait jamais empêché de servir le pouvoir en place, avec d'autant plus de zèle qu'il y trouvait à la fois sa subsistance et ses plaisirs. Mais cette fois, les ordres lui déplaisaient au plus haut point. Dès son retour à l'appartement, il avait fait tirer les rideaux, et chassé les domestiques. La pénombre régnait sur le salon silencieux, il se tenait raide et sévère dans son fauteuil, comme la statue du Commandeur.

Sa femme s'arrêta, une pile de chemises à la main, lui lançant un regard résigné.

– Est-ce qu'on doit vraiment ?

Piedebœuf leva une grosse épaule. La Fayette, l'homme le plus puissant du royaume après le roi, s'était-il déplacé pour lui parler en personne. Il avait été très clair : Dauterive opérait sous ses ordres, il s'agissait d'une affaire d'État. Comment aurait-il pu lui désobéir ?

Elle le regardait d'un air de doute, et pendant un instant il crut qu'elle voulait prolonger l'échange. Mais elle se tut. Voilà bien longtemps qu'elle ne lui reprochait plus rien, qu'il conduisait seul leurs existences. À cet instant précis, il devinait exactement ce qu'elle aurait pu dire : il aurait dû s'arrêter, comme ses collègues, ils se seraient retirés quelque part et ils auraient vécu de leurs rentes, tranquillement. Au lieu de cela, il avait voulu sa revanche, appliquer ses grandes idées. Il avait péché par orgueil. Par bêtise peut-être, il s'en rendait bien compte à présent. Non, les hommes ne pouvaient pas être égaux, ils ne pouvaient pas être libres, sans l'autorité d'un chef. Aujourd'hui c'était l'anarchie, on ne respectait plus ni Dieu ni le roi. Le peuple de France n'était pas mûr pour cette Révolution.

– Nous quitterons Paris dans quelques jours, et nous rejoindrons les enfants, conclut Piedebœuf en se renfonçant dans son fauteuil. D'ici là, veille à ce que personne ne nous visite. Tout ira bien.

Lorsqu'elle eut quitté la pièce, il croisa les doigts des deux mains devant lui, lui qui ne priait jamais. À côté de lui, la fenêtre ouverte laissait monter la rumeur de la place. L'ombre envahissait presque tout son visage, un masque lourd et las dont émergeaient seulement la barre des sourcils et le nez.

*

En quelques bouchées, Petit-Victor avait terminé son premier pain de lait et s'attaquait au deuxième avec le même entrain. Le sous-lieutenant le regardait, songeur. Il s'en était fallu de peu pour qu'il lui saute dessus lorsqu'il était apparu dans l'encadrement de la porte. Il l'avait grondé, pas trop tout de même parce que l'enfant avait les traits tirés, et qu'il paraissait épuisé par sa nuit. Qu'il ne recommence jamais à le surprendre ainsi, il pouvait y avoir du danger ! Puis il l'avait envoyé chez le père François avec quelques sols, qu'il s'achète de quoi manger et un peu de bière aussi chez un limonadier.

Tandis que le petit boiteux engloutissait son deuxième pain, avec cet air sérieux de ceux pour qui le *manger* est chose sacrée, Victor se demandait comment les choses auraient tourné la veille, sans son intervention. Il frissonna, réalisant à quel point le piège était presque parfait.

– Quoi qu'il y a ? demanda l'enfant après avoir fait passer une énorme bouchée.

– Rien. Bois un peu, tu vas t'étouffer si tu continues comme ça.

Il venait de regarder sa montre-gousset. Il était grand temps de partir.

– *J'avans* cru qu'ils vous avaient tué, déclara l'enfant d'un ton détaché.

– Eh bien non, tu vois. Est-ce que j'ai l'air d'un fantôme ?

Le petit garçon ne parut pas comprendre, mais répondit d'un sourire. Deux petites fossettes se creusaient sur ses joues.

– Et toi alors, où t'es-tu caché cette nuit ?

– Je ne me suis point caché. J'ai dormi dans un endroit où que je dors toujours, près de la Seine…

Il avala une longue gorgée de bière à même le goulot avant d'étouffer un rot.

– Dans un endroit *où je dors*, ne put s'empêcher de corriger Dauterive. Alors tu t'appelles Victor ?

Le petit vagabond approuva d'un hochement du menton. Il s'était assis sur une chaise, le ventre en avant, l'air béat, déjà presque endormi.

– Victor comment ?

– Victor Turpin.

– D'accord… Et ta tante, tu ne sais vraiment pas où elle est ?

– Elle *étans* domestique, mais je ne *savans* pas où. C'est bien grand, Paris.

– Vrai. Elle s'appelle Turpin, elle aussi ?

Petit-Victor fit une mimique d'ignorance.

– On verra ça plus tard. As-tu un autre prénom ?

– Joseph.

– Très bien. Alors ce sera Joseph, déclara le gendarme en se levant. Parce que figure-toi que moi aussi je m'appelle Victor, et que je ne voudrais pas qu'on nous confonde tous les deux. Tu veilleras sur Gris-poil, mon cheval, il est à l'écurie à l'auberge place Maubert. Mais je soupçonne le maître aubergiste de ne pas bien utiliser mon argent. Nous irons tout à l'heure et je te montrerai. Tu iras là-bas chaque jour et tu répondras sur ta tête de l'entretien de Gris-poil. Tu m'as bien entendu ?

L'enfant – Joseph – le regardait d'un œil rond, un peu inquiet.

– Ne fais pas cette tête. Je voulais dire que tu en prendras grand soin. Tu t'occuperas aussi de mes bottes, puisqu'il paraît que tu as appris l'art du *décrottage*. Tu apprendras aussi celui du cirage. Tu iras chercher de quoi manger, et tu porteras mes billets quand je te le dirai. Tu ne devras parler à personne de ce que je te demande de faire, ni des personnes que je vois.

Il lui désigna un coin du salon, au pied du nécessaire à dessin.

– Je te trouverai une paillasse et tu dormiras ici. Et puis je te trouverai des habits et je te donnerai de quoi manger. Mais ne t'avise pas de me voler ou de mentir, sans quoi je te prends par la peau du cou et je te porte aux Enfants-Trouvés, as-tu compris ?

Joseph acquiesça du menton, les yeux brillants, si bien que le gendarme crut un instant qu'il allait se mettre à pleurer. Il avait parlé d'un trait, presque sans réfléchir, comme si tout cela s'était mis en place à son insu, comme si c'était un besoin et il en était heureux, presque soulagé. Il s'aperçut brusquement qu'il était presque toujours seul, qu'il ne recevait personne ici, qu'il n'y avait jamais tenu de conversation. Il n'y était que de passage, entre deux missions, il y *bivouaquait* plus qu'il y vivait.

Lorsque l'enfant eut fini de manger, ils partirent vers la place Maubert. Victor présenta son petit *page* à l'aubergiste – c'était dans son esprit une expression moqueuse, comme pour se justifier d'avoir fini par prendre un domestique à si bon prix. Ils sellèrent Gris-poil, une bête douce et véloce, qu'il ne brusquait jamais et appréciait chaque jour davantage. Une fois prêt à partir, il attrapa Joseph par l'épaule.

– Écoute-moi bien. J'ai à faire loin d'ici. Retourne à l'appartement mais ne t'y montre pas. Les personnes que tu as vues chez moi hier soir ne sont pas des amis. Surtout celui qui a le grand nez, il fait des grimaces avec la bouche. Hier, il portait un frac avec des rayures. Si tu le vois, surtout celui-là, file et attends-moi à l'auberge. Si d'autres personnes surveillent mon appartement, fais la même chose. Si tu ne remarques rien, attends-moi dehors, pas dans l'immeuble, sinon la concierge te chassera.

Le petit garçon répéta tout ce qu'il devait faire dans son jargon et Victor grimpa en selle, satisfait.

Se frayant un chemin jusqu'aux quais, vers l'école de médecine, il attendit le collège des Quatre-Nations pour piquer des deux, gentiment. Régulièrement, il se retournait pour s'assurer qu'il n'était pas suivi, puis il reprenait sa course, toujours plus rassuré.

Vaugirard dormait, écrasé sous la chaleur. Il ne croisa personne. Midi sonnait au clocher du village quand le sous-lieutenant passa le vieux portail en fer forgé, se croyant revenu deux jours plus tôt. Le même coupé était garé devant la vieille maison où les mêmes deux gendarmes aux visages rébarbatifs montaient la garde. Le plus gros avait l'œil marqué, il avait viré au jaune depuis lundi. Ils se toisèrent avec dédain.

À l'intérieur, La Fayette lui sourit largement. Il lui ouvrit les bras et les deux hommes s'étreignirent fortement.

– Bon sang, Victor, s'écria le marquis en le contemplant, des larmes au fond des yeux, dans quel guêpier vous êtes-vous encore fourré ?

S'il cachait la chaleur de ses sentiments, il ne dissimulait pas non plus une certaine irritation.

– Vous savez bien que je n'ai pas eu le choix, maugréa le sous-lieutenant qui repensait à ce qui s'était passé la veille avec un frisson de terreur.

Après avoir contraint le commissaire Piedebœuf à s'enfermer avec lui dans son cabinet, il lui avait raconté son histoire : il était au service de La Fayette pour une mission de la plus haute importance, et pour cette raison devait absolument faire croire qu'il l'avait assassiné. Le policier le regardait sans comprendre, l'air de vouloir se jeter sur lui. Des gardes tambourinaient à la porte mais Victor les avait fait taire d'un ton rude.

– Nous n'avons pas de temps. Je vais décharger mon arme en l'air. Appelez votre adjoint, faites-lui dire que vous êtes blessé, bouclez votre cabinet et faites venir monsieur de La Fayette, il vous confirmera tout ce que je dis. S'il refuse de venir, vous pourrez toujours me faire jeter en prison.

Sans attendre la réponse, il avait tiré dans le plafond et posé son arme sur le bureau. À la fois subjugué et furieux, Piedebœuf avait obéi aux consignes de cet étrange jeune homme qui semblait si sûr de lui. Une demi-heure plus tard, le commandant-général en personne accourait, ébahi, et confirmait que Dauterive était bien à son service.

Seul l'adjoint du commissaire et le docteur Valentin avaient été mis dans la confidence. On avait évacué Piedebœuf sur une civière avec les plus grandes précautions, comme on l'aurait fait d'un mourant. Godard avait proclamé aux quatre vents que personne n'avait vu l'assassin, et que ce dernier avait profité de la confusion pour s'échapper.

Un peu plus tard Victor, grimé en garde national, avait lui aussi quitté les lieux.

– Vous m'étonnerez toujours, reprit le commandant-général avec un sourire.

Il était difficile de savoir s'il s'agissait d'un reproche ou d'un compliment. Victor s'en agaça. Il ne semblait absolument pas réaliser à quel point il s'en était tiré par miracle.

– Votre manigance a admirablement fonctionné. Mes informateurs me disent que tout Paris se scandalise de ce qu'ils imaginent être un assassinat. J'ai fait courir le bruit que la police serait à votre recherche, mais c'est sans importance, personne ne sait à quoi vous ressemblez. Les gazettes vont reprendre l'histoire, c'est parfait. Vous allez pouvoir reparaître auprès de Garat et ses amis. Vous serez leur héros !

Le général, qui arpentait la pièce à grandes enjambées, s'arrêta de sourire, l'air brusquement embarrassé.

– Maintenant, je dois vous dire quelque chose d'important que je n'ai pas pu vous dire hier.

– Je suis tout ouïe.

– Ce jeune homme dont Piedebœuf nous a parlé, ce Bouvard… Il enquêtait sur son meurtre…

– Je sais, l'homme à l'escarpin… Eh bien quoi ?

– Il travaillait pour moi.

Dauterive ne parvint pas à masquer sa surprise, cependant que le général continuait à tourner en rond dans la pièce.

– Vous ne dites rien ?

– Que voulez-vous que je dise…

– Rien… rien… Je l'avais chargé de travailler pour le journal de cette tête folle de Kéralio. Je n'avais pas de nouvelles de lui, et ma foi je pensais qu'il m'avait trahi, ou qu'il s'était enfui. C'est seulement hier que j'ai appris son sort, de la bouche de Piedebœuf.

Victor n'arrivait pas à parler. Il se sentait affreusement mal, le cœur battant sourdement.

– Je suis heureux de l'apprendre… murmura-t-il enfin. Avait-il la même mission que moi ?

Les mots se bousculaient dans son esprit. Des reproches, des insultes peut-être même, mais rien ne venait. Comptait-il donc si peu pour le marquis ? Pour qui le prenait-il donc ? La Fayette hocha la tête, apparemment rassuré par la réaction du jeune homme.

– Oui. Kéralio et son mari sont des proches de Choderlos.

– Pourquoi ne m'avez-vous rien dit ?

– Au moment où je vous ai confié votre mission, je n'avais plus de nouvelles, je viens de vous le dire. Je…

Contrairement à son habitude, il ne trouva rien d'autre à dire. Victor laissait errer son regard dans le jardin, cruellement déçu. Son quasi-père adoptif ne lui faisait pas entièrement confiance. Il lui avait préféré d'autres agents et ne l'avait appelé qu'en ultime ressort, comme par défaut. Il le traitait comme son jouet, comme un domestique. Des larmes venaient, il se détourna à demi pour les essuyer.

– Soit, Bouvard travaillait pour vous. Vous auriez pu me le dire.

– Sans doute, admit La Fayette. Mais bon, cela ne change rien à votre mission. Retrouvez Garat et ses amis et ne les quittez plus.

– Ne dois-je pas diriger mes recherches vers ce Bouvard ? S'il a été assassiné, c'est peut-être qu'il avait découvert quelque chose d'important ?

– Certainement pas ! Cette histoire d'agent autrichien dont nous a parlé Piedebœuf est une chimère. Le parti d'Orléans n'a aucune raison de vouloir s'allier avec l'Autriche, croyez-moi Victor. Ce pauvre policier s'est fourvoyé.

– Et s'il ne s'était pas trompé ?

– Arrêtez avec cela ! Vous devez infiltrer le parti d'Orléans et vous rapprocher de Garat, rien d'autre. Le vote sur l'inviolabilité n'aura pas lieu avant la fin de la semaine. Le parti d'Orléans a encore plusieurs jours pour agir, vous devez surprendre leurs plans à tout prix. Ne perdez pas cela de vue.

– Je le ferai, s'inclina Victor. Nous verrons bien si je m'en sors cette fois.

– Pourquoi ne vous en sortiriez-vous pas ? s'étonna le marquis. Vous vous en êtes toujours sorti jusqu'à présent, n'est-ce pas ?

– Oui. Mais j'ai eu toute la nuit pour réfléchir. Je pense que Garat et Rotondo n'avaient pas l'intention de me laisser sortir vivant de Saint-Germain l'Auxerrois. Je suis presque sûr que Rotondo devait m'abattre sitôt Piedebœuf assassiné.

– Il se serait fait arrêter, voyons.

– Que risquait-il ? Il n'aurait eu aucune peine à expliquer son geste. Il lui suffisait de dire qu'il avait agi sous le coup de la colère, en bon patriote.

La Fayette l'écoutait en silence, un peu pâle.

– Mais les choses ont changé, n'est-ce pas ? Ils ne peuvent plus douter de votre loyauté maintenant.

– Je n'en suis pas si sûr. Je ne comprends toujours pas ce qui s'est passé. Je ne me suis pas trahi. Alors, qui leur a dit que je travaillais pour vous ?

– Qu'en sais-je ? Maintenant les choses ont changé, n'est-ce pas ?

– Je l'espère.

– Vous n'en avez pas l'air bien sûr.

– Comment le serais-je ? Paris est rempli de mouchards. Qui vous dit que Bouvard n'a pas été tué à la suite d'une dénonciation ?

La Fayette haussa le menton vers le plafond, incrédule.

– Vous êtes fou, Victor ! Personne ne sait cela.

– Allez le dire au jeune homme à l'escarpin.

– Ne voyez pas tout en noir, Victor. Ce pauvre garçon a dû commettre une erreur, il n'avait pas votre expérience. Quant à vous, soyez sans crainte, je vais songer à ce que je peux faire. En attendant, ne parlez de Bouvard à personne, surtout pas à Garat, cela ne ferait qu'aviver ses soupçons si jamais il en avait. Nous allons éviter de nous voir pendant quelque temps. Nous échangerons par billets. Vous, continuez à approcher ces hommes. Vous avez fait un pas immense, vous êtes au plus près des têtes de l'hydre. Il va falloir m'aider à les couper ! Rentrez dans cette machination et informez-moi de tout ce qui s'y passe. Le temps presse.

15

Trois heures de l'après-midi

Revenu de Vaugirard, Dauterive raccompagna Grispoil à l'auberge, le bouchonna lui-même et lui fit porter à boire. Avec la canicule, la pauvre bête était trempée d'écume jusqu'au ventre. Joseph ne se trouvait pas là, signe que rien d'anormal ne s'était produit durant son absence. Le petit boiteux l'attendait sagement assis sur sa borne habituelle, au pied de Saint-Séverin. Rassuré, Victor lui donna quelques consignes pour l'après-midi et repartit à pied.

Un quart d'heure plus tard il arrivait au club des Cordeliers, plus agité encore que la veille. Le public lui parut différent, avec plus d'ouvriers désoccupés, peut-être ceux des ateliers nationaux dont beaucoup venaient d'être licenciés. La chaleur dans l'ancienne bibliothèque du couvent était étouffante, et ce n'était pas seulement l'effet de la saison, mais plutôt celui de cette colère cent fois provoquée et amplifiée par les orateurs. Ces derniers se succédaient à la tribune pour communiquer les déclarations des autres sociétés politiques. Les gradins et le parterre étaient bondés à craquer. Il venait sans cesse du monde, dans une odeur âcre de transpiration et de crasse. Victor se croyait à Rome, un patricien perdu au milieu de la plèbe du forum. Dans le demi-jour, il vit Garat l'Américain sortir du parterre pour monter en chaire. D'une voix forte, il réclama la parole : il venait d'apprendre de source sûre qu'un particulier avait secrètement quitté le château des Tuileries, emportant avec lui une boîte en carton rouge, laquelle contenait des courriers à l'attention des émigrés de Coblence – il interrompit la vague de protestations d'un geste impérieux. Il avait tenté avec ses hommes d'intercepter ce particulier en se postant aux barrières de Paris, mais ce dernier leur avait échappé. Il avait un passeport signé par l'Assemblée !

Des exclamations éclatèrent, indignées, il les fit taire en étendant les bras.

– L'Assemblée nous trahit ! La Fayette aussi nous trahit ! Il échange des courriers avec les émigrés de Bruxelles, nous en avons la preuve maintenant. On y parle de versement de fortunes en lingots d'or. Des millions de livres venus d'Autriche qui serviront à égorger les patriotes !

Victor écoutait, le cœur serré, immobile au milieu de la foule qui trépignait. Tout cela n'avait aucun sens, c'était même grotesque mais personne ne semblait s'en apercevoir. Jusqu'où iraient ces hommes, quels mensonges n'hésiteraient-ils pas à proférer ?

Au moment même où il reconnaissait Rotondo sur les gradins, pas très loin de lui, quelqu'un le frappait sur l'épaule. Il se retourna, surpris. C'était Brune, l'imprimeur. Ce dernier se pencha à son oreille, tout sourires.

– Vous avez entendu ça ? La Fayette payé par les émigrés et par l'Autriche, ça expliquerait bien des choses, pas vrai ?

Il paraissait sincèrement révolté, mais aussi fort content de retrouver Dauterive, qui ne put s'empêcher de ressentir une certaine sympathie envers l'imprimeur. En même temps, il se demandait si travaillait vraiment, et à quel moment de la journée.

– Tout est possible dans ces temps incertains, répondit-il, sibyllin.

À la tribune, Garat parlait fort. Ses phrases claquaient

comme autant de coups de feu ponctuées d'acclamations nourries.

– Et votre affaire avec Rotondo alors ? Je suppose que vous l'avez attendu en vain au bois de Boulogne. Je devais l'accompagner mais il n'a pas paru. Foutre, ça ne m'étonne pas de lui !

Victor leva un sourcil étonné. Il avait presque oublié le défi lancé la veille au *Professore*.

– Je n'ai pas pu m'y rendre moi non plus…

– Je suis sûr que ce n'est pas pour les mêmes raisons, répondit son interlocuteur d'un air déçu. Dommage ! Cet escroc mérite une bonne leçon si vous voulez mon avis.

Le gendarme approuva d'un hochement de tête tandis qu'une ovation répondait au discours de Garat. Des femmes criaient vengeance, le poing tendu et Victor, fasciné par cette fureur collective, ne vit pas l'Américain descendre de l'estrade et se diriger droit vers lui.

Après l'avoir dévisagé un instant, il lui tendit la main.

– Vous voilà donc revenu, déclara-t-il le masque impénétrable.

On se pressait autour de lui, on le félicitait, sans oser l'effleurer.

– Ma foi bravo. Je ne pensais pas vous revoir en vie.

– Ce n'était pas mon heure, répliqua Dauterive.

L'ancien planteur répondit d'un sourire imperceptible, qui lui parut sincère. Des rides de sympathie se formaient au coin de ses yeux, contrastant avec l'expression brutale de son visage.

– Vous auriez pu nous en vouloir, reprit-il après l'avoir considéré un instant.

– J'aurais pu. Mais je vous comprends, Paris est rempli d'espions. J'aurais fait la même chose à votre place.

– Bien répondu. Dans ce cas vous êtes des nôtres. Nous avons besoin de gens comme vous. Il y a de grandes injustices à réparer, la Révolution n'est pas faite.

Victor hocha la tête et n'ajouta rien. Son cœur battait sourdement, à l'étouffer, mais il n'en laissait rien paraître. À ses côtés, Brune écoutait en souriant sans bien comprendre. Pendant quelques secondes, les trois hommes s'intéressèrent à l'orateur qui venait de grimper à la tribune, un certain Fréron qui appelait lui aussi à l'insurrection.

– Êtes-vous armé ? demanda Garat en se penchant à l'oreille du gendarme.

– J'ai gardé le pistolet que m'avait confié votre ami étranger.

– Il s'appelle Rotondo. Mais ça ne conviendra pas pour notre affaire. Trouvez-vous un sabre, vous aurez bientôt à vous en servir.

Il lui fit une tape sur le bras et s'éloigna aussi rapidement qu'il s'était approché. Malgré l'inquiétude suscitée par cette étrange consigne, Victor se sentit paradoxalement rassuré : Garat lui parlait désormais comme à n'importe lequel de ses hommes de main. Quelques instants plus tard, un citoyen venu de l'extérieur fendit la foule en poussant de hauts cris. C'était un homme d'assez petite taille, le nez pointu et le front haut.

Il réclama le silence à grands gestes.

– C'est Momoro, un imprimeur comme moi, confia Brune à Victor.

– Mes amis, mes frères ! hurla le dénommé Momoro dans un calme relatif, le visage défait. On m'annonce à l'instant que le projet des comités est sur le point d'être voté par l'Assemblée.

Sur le moment, seuls quelques-uns comprirent, réagissant par des cris de colère. Réalisant que la foule n'entendait pas grand-chose aux subtilités parlementaires, l'imprimeur se reprit aussitôt.

– L'Assemblée, mes amis, l'Assemblée s'apprête à voter *l'inviolabilité* du roi. – Il martela l'expression et cette fois, un long rugissement lui répondit –. Les traîtres de l'Assemblée vont rendre sa couronne à Capet, ci-devant roi de France. Allons-nous les laisser faire ?

La foule hurla longuement.

– Allons-nous laisser l'Assemblée nous trahir sans rien dire ? Allons-nous laisser nos représentants (il grimaçait de dégoût) nous trahir comme ça ?

– Non, mugissaient des hommes, le poing ou une arme levés, non ! Point de roi !

– Alors allons à l'Assemblée, jeta Momoro, le regard brûlant de colère. Exigeons de nos députés qu'ils ne décident pas sur l'évasion de Capet, sur la *trahison* de Capet, sans que nous, le peuple, ayons voté ! Et s'ils ne nous entendent point, défaisons l'Assemblée ! Défaisons ces traîtres et nommons d'autres députés à leur place ! Tous à l'Assemblée !

En un instant, un cortège se forma rue Mazarine sous un soleil brûlant, exactement comme la veille. Ils étaient deux ou trois cents, surtout des hommes, la plupart armés. Comme presque toujours, une nuée d'enfants et de traîne-misère les suivait, à la recherche de belles affaires, boutiques à piller, morts ou blessés à dépouiller, ou simplement pour se désennuyer. Traversant le Pont-Neuf sans rencontrer de gardes nationaux, ils chantaient le *Ça ira* ou d'autres chants vengeurs. Un petit tambour de la garde qui les avait rejoints se mit à frapper le pas cadencé. Sous la conduite de Garat, leur colonne dépassa l'église Saint-Roch en direction de l'Assemblée.

Arrivée devant l'ancien couvent des Feuillants, qui donnait accès à la salle du manège, la troupe marqua le pas. Une cinquantaine de gardes nationaux occupaient la rue de part et d'autre du porche d'entrée. Parmi eux se trouvaient quelques hommes en bourgeois vêtus de sombre, armés et porteurs de perruques.

Les émeutiers s'étaient arrêtés net, douchés. Un mot parcourait la foule. Les *noirs* étaient venus défendre l'Assemblée.

– Foutre, avez-vous vu ça ? gronda Brune qui ne quittait plus le sous-lieutenant. L'Assemblée s'est vendue à ces gueux d'aristocrates !

Les *noirs* étaient les députés les plus conservateurs qui siégeaient du côté droit de l'Assemblée. La plupart étaient d'anciens représentants de la noblesse aux États-Généraux. Victor se rendit brusquement compte qu'une époque se terminait sous ses yeux. Longtemps, il garderait en tête l'image de ces citoyens prêts à s'entre-tuer. La concorde de l'été 89, la fête de la Fédération, tout cela était bel et bien mort. Deux France émergeaient face à face, surgies de ce chaos qu'avait engendré la fuite de Louis, deux partis que rien ne pourrait réconcilier. Il faudrait que l'un triomphe et que l'autre disparaisse.

Le gendarme se sentait perdu, comme un voyageur entre deux rives.

Pendant un temps le silence se fit, haineux, puis des cris fusèrent, des insultes que reprenaient les femmes.

– Venez dans la rue, vous autres ! criaient-elles.

Ni les noirs ni les gardes ne répondaient, pâles. En vérité, personne n'osait faire le premier pas. Il était évident qu'au premier coup de feu, d'autres suivraient et que le sang coulerait. Quelques citoyens qui avaient tenté d'approcher le manège par la cour Saint-Vincent, un peu plus loin, revinrent bredouilles : là-bas aussi les accès étaient sévèrement gardés.

– Et pourquoi qu'on entrerait pas par le jardin des Tuileries ? proposa un artisan, un géant à la nuque rasée.

– J'y suis passé ce matin, répondit Dauterive. Il y avait deux canons de quatre[1] au pont tournant.

---

1 Le plus petit canon du système d'artillerie Gribeauval, dont les boulets pèsent quatre livres.

– Forçons l'entrée du couvent ! s'exclama une poissarde.

– Elle a raison ! Ils ne sont pas si nombreux et nous sommes plusieurs centaines, reprit Brune, l'œil étincelant. Il avait plus que jamais la figure d'un lion, les narines palpitantes et la crinière en bataille. Le sabre levé haut, il ne semblait ne rien craindre, ni les coups ni même la mort.

– Oublie cela, c'est encore trop tôt, répondit l'ancien planteur d'une voix sèche.

– Trop tôt ? Pourquoi trop tôt ? Tu attends du renfort ?

– Tais-toi donc. Je te dis que c'est trop tôt.

Alors qu'il allait s'adresser aux émeutiers, deux ou trois hommes surgis des rangs de la garde se jetèrent sur lui pour l'entraîner. Pour Dauterive, l'occasion était trop belle. Il tira le sabre du fourreau et se mit à distribuer de grands coups de plat de lame pour le défendre. Dans une mêlée confuse, il assomma presque l'un des hommes en noir, qui recula, titubant, le front rouge de sang. Un garçon perruquier arrivé en renfort agrippait un soldat à la gorge. Finalement, les noirs reculèrent vers le couvent sous une pluie d'insultes. Le tout n'avait pas duré une minute, mais tout le monde était hors d'haleine et en sueur. Garat avait perdu son chapeau dans l'échauffourée, il saignait de la lèvre, blême de fureur.

Brusquement, le ciel s'était assombri. Les premières gouttes claquèrent, des gouttes généreuses, impatientes, qui mouillaient la poussière dans une odeur délicieuse.

*

– La peste soit de ce nabot de Garat ! On est restés tout l'après-midi sous cette pluie de *merda*. Et tout ça pourquoi, hein ? *Vaffanculo, paese di merda !*[1]

Avec l'énervement, Rotondo laissait les mots et l'accent italiens envahir ses phrases, si bien qu'on ne le comprenait

---

1 Va te faire foutre, pays de merde !

presque plus. Il s'était débarrassé de son frac, mais son gilet, sa chemise et sa culotte étaient entièrement détrempés. La boue couvrait ses bottes souples et ses culottes jusqu'à mi-cuisses.

– J'aimerais bien que vous ne crottiez pas toute ma maison, répliqua froidement Louise de Kéralio. Vous n'avez pas fait cela en vain, il faut éprouver nos adversaires et voir ce qu'ils ont dans le ventre. Nous savons maintenant que les noirs ne sont pas prêts à se laisser faire.

Recevant le *Professore* et son mari, le ventripotent Robert, la jeune femme les avait aussitôt dirigés vers sa cuisine, où elle leur avait fait chauffer des grogs bien sucrés. Les deux hommes revenaient de la rue Saint-Honoré, en vérité une bien triste équipée. Après trois heures d'attente sous une averse éprouvante, rien ne s'était produit. La colonne des Cordeliers qui prétendait forcer les portes du manège avait dû piteusement tourner les talons.

Une jolie domestique apporta des serviettes pour Rotondo et Robert. D'un geste, sa maîtresse lui ordonna de ressortir, sans que l'Italien puisse s'empêcher de caresser sa croupe du regard.

– Les aristocrates tendent la main à Barnave et à ses amis, reprit Kéralio. Lesquels se rapprochent de La Fayette. Ils veulent s'assurer de l'appui de sa garde prétorienne. Bailly et la municipalité ne font pas autre chose et se sont portés clairement à leurs côtés. Les choses sont bien claires.

– Certainement, approuva son mari. Mais nous aurons les faubourgs et le peuple avec nous.

– Si le peuple vient, grogna le *Professore* en se frictionnant vigoureusement les cheveux. Ainsi dénoués, ils lui donnaient un visage décharné, une tête d'oiseau maigre plus déplaisante encore que d'habitude.

Il essaya d'avaler une gorgée de grog.

– Peste, pourquoi que c'est si chaud ? Je vous le dis : tout ça, on le savait. Nous avons été à l'Assemblée pour rien.

– Tu n'avais qu'à rester au Procope, si ça t'ennuyait tant.

– Pour qui me prends-tu ? Je suis venu. Toi aussi tu es venu. Madame n'est pas venue (il la salua avec un soupçon d'ironie) mais nous pardonnerons. Mais d'autres ne viennent jamais. Où ils sont, Danton, Santerre, Charpier ou Choderlos ? Jamais avec nous ! Ils ne sont pas là pour la pluie et pour les coups de sabre. Mais quand il y a aura des places à prendre, tu verras qu'ils ne seront pas les derniers.

– Chacun son rang et son rôle, mon cher Rotondo. Pourquoi toujours répéter les mêmes choses ?

– Parce que les choses ne changent pas. Garat aussi dit pareil.

Une grimace de colère lui déformait le visage, découvrant ses sales dents jaunes.

– Et ce *figlio di puttana*[1] de gendarme. Il était encore là et ce bougre de Garat ne comprend rien. Quand est-ce que vous m'écouterez, hein ? Quand il nous aura tiré une balle dans le dos ?

Louise de Kéralio et son mari échangèrent un regard las.

– Vous pouvez bien vous faire des mines, mais je vous dis moi que c'est un mouchard, et qu'il nous dit des contes.

– Je te rappelle que Piedebœuf, le policier, est à moitié mort. Ce n'est pas un conte il me semble.

– Tu as vu son cadavre, toi ?

– Fichtre non ! s'emporta Robert. Tu n'avais qu'à rester dans l'église, si tu voulais le voir. Tu aurais même pu t'offrir le plaisir de lui donner toi-même le coup de grâce.

Ne sachant que répondre, Rotondo éclata de rire. Lassé par cet échange et sans doute aussi par cette interminable après-midi sous la pluie, son interlocuteur quitta d'un coup l'office, emportant ses habits trempés sous le bras.

---

1 Ce fils de pute.

– Vous êtes fatigant mon cher, déclara Louise de Kéralio d'un ton distant, une fois qu'ils se trouvèrent seuls.

Rotondo ne put retenir un sourire vaniteux.

– Tu ne m'as pas toujours dit cela.

Elle ne répondit rien, mais ses traits avaient perdu toute grâce.

– Dauterive est un espion, c'est visible comme un nez au milieu de la figure. Pourquoi personne ne veut le voir ? Parce qu'il est aimable ? Tu le trouves aimable, c'est ça ? Il a dit l'autre jour que tu l'avais invité à ton salon.

– Ne me parle plus jamais ainsi. Jamais, entends-tu ? Tu ne m'es plus rien, j'attends un enfant. Et pas de toi.

L'Italien fit quelques pas dans la pièce, décontenancé. Pour se donner le temps de réfléchir, il but longuement son grog, dont la température lui convint cette fois.

– Dauterive est un traître, il est dangereux, Charpier nous l'a dit. Et ce n'est pas n'importe qui, c'est le secrétaire du duc de Chartres et il est commissaire de police. Aide-moi… aidez-moi à le piéger. C'est pour le bien de notre cause à tous. Ce n'est rien à faire. Croyez-moi, ma belle. Ce sera très simple à faire, je serais très fâché que vous ne vouliez pas m'aider.

Son ton était d'un coup devenu vaguement menaçant, si bien qu'elle lui fit signe de continuer. Cela ne prit qu'une petite minute à son ancien et éphémère amant, mais celle-ci lui sembla interminable. Lorsque Robert revint, vêtu de sec pour la soirée, il ne remarqua pas à quel point son épouse était pâle, à la fois de rage et de peur.

*

Lors de la formidable opération immobilière qui avait métamorphosé le Palais-Royal, dix ans plus tôt, le duc d'Orléans n'avait rien négligé pour attirer le public. Outre les innombrables commerces, restaurants et cafés, outre les cabinets de curiosités, les clubs scientifiques ou philosophiques, on y trouvait toutes sortes de divertissements, des salles de jeu aux spectacles d'ombres chinoises, sans oublier bien sûr les bordels avec leurs *scènes vivantes* pour les plus libertins.

Mais dans cette débauche de plaisirs, le lieu le plus étonnant était sans conteste le cirque. Aucun voyageur n'aurait raté la visite de cette surprenante construction de cinquante toises de long sur huit de large, en partie enterrée pour ne pas nuire à l'harmonie du jardin. De l'extérieur, cela ressemblait à un immense jardin d'hiver, une somptueuse serre en forme d'hippodrome. Soixante-douze colonnes encadraient de hautes fenêtres surmontées de feuillage, de fleurs et de jets d'eau. En accédant à l'arène, on découvrait que le toit était formé par une verrière aux dimensions inusitées.

Étrangement, la piste n'avait jamais accueilli de courses de chevaux dont son altesse le duc d'Orléans était un passionné, mais le plus souvent des banquets. Ce soir une soixantaine de convives – en majorité des hommes – se trouvaient réunis sous la verrière, à la lueur de torches. Trois grandes tablées avaient été dressées en forme de U, si bien que les invités pouvaient s'envisager et s'interpeller d'une place à l'autre. Des guirlandes de fleurs entrelacées de rubans tricolores couraient entre les chandeliers d'argent, sur des nappes blanches repassées. Danton, en habit bleu de roi, se tenait à la place d'honneur, avec autour de lui la fine fleur des Cordeliers, Santerre bien sûr, mais aussi Desmoulins et d'autres encore. Le Belge Robert était également présent avec sa belle épouse, Kéralio.

Un petit orchestre jouait sur une estrade au fond de la salle, non loin de Victor, qui se tenait à l'extrémité de la tablée, tout surpris d'avoir pu accompagner Garat et ses sicaires. Le jeune homme ne parlait guère, se contentant d'écouter Brune, qui lui racontait son enfance à Brive, sa jeunesse aventureuse à Paris, puis sa rencontre avec

Marat, son enthousiasme patriotique et la création de son journal, *Le Petit Gauthier*. Il semblait surtout porter un vif intérêt à la chose militaire, se réjouissant presque des rumeurs de guerre nées depuis la fuite de Louis.

Depuis l'épisode de l'après-midi rue Saint-Honoré, les deux hommes ne s'étaient pas quittés. Au moment de la dispersion, l'imprimeur avait beaucoup insisté pour que Victor soit invité au grand banquet des Cordeliers. Garat avait accepté d'un hochement du menton, avec au fond du regard quelque chose de presque *bienveillant*. Visiblement, ses derniers doutes venaient de s'envoler et il le considérait comme l'un des leurs. Ce qui n'était pas le cas de Rotondo, dont Victor sentait en permanence le regard posé sur lui.

Le jeune homme avait enfin pu prendre un bain dans un établissement près de la Seine, il s'était fait raser puis était passé chez lui pour changer de chemise et de linge de corps. Les cheveux et le visage frictionnés à l'eau de Cologne, les dents frottées, il avait retrouvé Brune vers les huit heures du soir dans les jardins du Palais-Royal. La pluie avait enfin cessé, on sentait une odeur tubéreuse monter du sol. Ils étaient descendus par une volée de marches dans l'enceinte du cirque, que le sous-lieutenant découvrit avec stupéfaction.

Une vingtaine de laquais amenèrent pour le premier service des poulardes en julienne aux oignons blancs, des pigeons aux écrevisses de Seine, puis des canetons, de la noix de veau, des poulets au beurre de Vanves et d'autres entrées. Dauterive n'était pas le dernier à s'empiffrer mais surtout il observait, dans le vacarme infernal dominé par la voix de Danton. Les déclarations tonitruantes du tribun, ses blagues grossières, ses éclats de rire, dominaient tout le reste comme tout ici tournait autour de lui. Lui semblait simplement jouir de l'instant sans se soucier de l'abîme au bord duquel se trouvait le pays.

On but à la liberté, à Danton, aux droits de l'homme.

Le gendarme, qui trinquait sans états d'âme, en profitait pour observer à la dérobée Louise de Kéralio. Il n'était pas le seul : la rédactrice du *Mercure national* attirait tous les regards dans sa robe-redingote tricolore, les cheveux ramenés sous une haute perruque blanche. Souriante et peu bavarde comme il seyait à une personne de sa condition, elle ne semblait aucunement remarquer la présence du jeune homme. Il en éprouva du dépit.

Au deuxième service, celui des plats de rôt, une douzaine de personnes arrivèrent, brillamment vêtues : le duc d'Orléans en personne, accompagné d'une suite et d'un jeune homme d'environ dix-neuf ans qui lui ressemblait trait pour trait. Leurs figures reflétaient pourtant deux caractères opposés. Autant le duc avait le teint rouge et le regard mélancolique, autant son fils respirait l'intelligence et l'ambition, la ruse aussi, mais avec quelque chose de léger dans son maintien. Malgré son jeune âge – celui exactement de Dauterive – il portait un uniforme vert à retroussis et parements roses de colonel de dragons.

Toute l'assistance s'était levée pour acclamer les deux princes, qui avançaient avec aisance suivis de leur cour, serraient ici ou là des mains, en hommes habitués aux hommages.

– Orléans et son fils aîné, Chartres[1], souffla Brune à l'oreille de son voisin en clignant de l'œil. Ils comptent sur les Cordeliers pour leur amener la régence. Mais c'est le peuple qui décide, pas eux.

Victor ne répondit rien. Alors que le groupe de visiteurs s'approchait de lui, il venait de sentir son cœur se décrocher. Il regarda autour lui, mortellement pâle. Mais il était trop tard pour fuir.

---

1 Le duc de Chartres.

– Alors quoi, tu as tes vapeurs ? plaisanta Brune en lui prenant le bras.

Derrière les deux princes avançait un homme que le gendarme ne connaissait que trop bien et qui lui aussi l'avait parfaitement reconnu.

Comment avait-il pu le négliger ? Comment avait-il pu oublier cet homme, dont il savait pourtant fort bien qu'il servait le parti d'Orléans, et plus précisément le duc de Chartres ? Quelques semaines plus tôt, il s'en était fait un ennemi mortel. Ils avaient manqué de s'entre-tuer, à plusieurs reprises. Finalement, Charpier et ses amis avaient été vaincus, d'extrême justesse, forcés de s'amender, et l'entreprise qu'ils défendaient anéantie. L'homme ne pouvait ignorer que Dauterive servait La Fayette, le contraire eût été d'un fou et il ne l'était pas.

C'était lui évidemment qui l'avait dénoncé à Garat et Rotondo. Lui sans doute aussi qui avait imaginé le traquenard de Saint-Germain l'Auxerrois, c'était bien un tour à sa façon.

Dans ses yeux, Victor ne lut rien qu'un immense mépris, mêlé de haine. Il comprit que sa mission allait s'arrêter là et qu'il serait bientôt chassé du Palais-Royal comme un gueux, s'il n'était pas assassiné sur place.

Le duc d'Orléans et sa suite étaient arrivés face au jeune homme. Il les salua sans les voir. Charpier avait toujours le même visage dur avec ses plis aux joues, son bel habit noir et sa cravate blanche, son allure de commis de ministère, de policier, ou de tueur à gages.

– Je suis bien aise de vous voir dans le même camp que moi, déclara-t-il d'un ton assez aimable en inclinant la tête.

Dans un brouillard, Victor s'entendit répondre qu'il était tout aussi honoré. Brune regardait les deux hommes, étonné.

– Vous vous connaissez ?

– J'ai ce plaisir, répliqua Charpier, avec ses manières onctueuses (Rotondo, intrigué, s'était approché à son tour). Nous nous sommes un peu fâchés il y a quelque temps mais tout est oublié. Nous sommes bons amis maintenant, n'est-ce pas ? Il lâcha un petit rire. Vous avez bien berné tous ces coquins, mon cher !

Il ne le quittait pas du regard. De quels *coquins* parlait-il ? Le sous-lieutenant observait le visage de l'ancien graveur, l'esprit embrumé. Les yeux de Charpier se bordaient de longs cils noirs, cela lui donnait une figure étrange, comme s'il s'était maquillé. D'un coup, il prit le jeune homme par les épaules pour l'embrasser avec chaleur. Il sentait la sueur et le tabac froid.

– Allez, je suis trop bavard, dit-il gaiement. Je vous laisse avec ce cher Brune, nous nous parlerons plus tard. Je suis bien aise. Bien aise… Et toi mon ami, ajouta-t-il en pointant du doigt le *Professore*, sache que ce jeune homme nous est *précieux*. Tu as bien tort de te méfier autant de lui !

Rotondo, estomaqué, ne trouva rien à répondre et le banquet reprit son cours, alors que le duc d'Orléans prenait place au centre, entre Danton et Santerre. Les convives portèrent un toast à sa santé. Le sous-lieutenant levait son verre mécaniquement, encore surpris par la réaction de Charpier. Était-ce une ruse pour mieux l'endormir ? Dans ce cas, il ne lui restait que quelques heures à vivre. Demain matin on trouverait son corps, quelque part dans Paris, comme celui du jeune homme à l'escarpin.

Son regard se portait sur Louise de Kéralio, qui conversait avec son voisin. Elle leva soudain le menton et lui lança un sourire étincelant, très bref, mais il rougit en détournant les yeux. L'oppression le gagnait. Il se sentait comme prisonnier d'un nid de serpents, un grouillement d'appétit et d'ambitions féroces dont il ne sortirait pas vivant. Choderlos se leva en brandissant son verre. Son apparente fragilité ne l'empêchait pas d'afficher une assurance inébranlable.

– Il y a deux ans jour pour jour nous prenions la Bastille, déclara-t-il d'une voix forte. L'année dernière, une concorde trompeuse nous unissait lors de la fête de la Fédération. Depuis les masques sont tombés. Demain, la Révolution entrera dans une nouvelle ère. Et cela dépend de vous, de vous tous mes amis. Il nous faut prendre une nouvelle Bastille. Buvons !

– À une nouvelle Bastille ! s'écrièrent les banqueteurs avant de vider leurs verres.

Victor les avait imités. Ainsi donc, tout se jouerait le lendemain, à l'anniversaire de la prise de la Bastille. Il fut pris de vertige. La Fayette devait être alerté coûte que coûte. Il se sentit soudain observé. Le regard azur de Louise de Kéralio venait de glisser à nouveau sur lui, alors qu'elle quittait la fête au bras de son mari. Il sentit une bouffée d'émotion sensuelle monter, mêlée d'angoisse.

*

Il faisait noir comme dans un four. Le jeune homme grimpa difficilement au premier étage du petit logis qu'il occupait, rue du Foin, à deux pas de la place Royale[1]. Il avait trop bu, bien trop mais cela lui était égal. Il se sentait heureux, vivant, libre, et tant pis s'il s'abîmait dans les fêtes, tant pis s'il s'avilissait jusqu'à l'écœurement. Depuis que Piedebœuf l'avait sorti de Bicêtre, rarement Lalanne ne s'était autant laissé aller. Il n'avait pas d'argent et pas vraiment envie de travailler. Pour subsister, il avait dû revendre son frac, il en avait tiré vingt-cinq sous. Avec ça, il n'irait pas bien loin mais tant pis. Il venait de passer une fort bonne soirée, assez loin dans un cabaret des Porcherons. Contre de menus services rendus à un joli garçon,

1 Rebaptisée quelques années plus tard place des Vosges.

il avait mangé et bu plus que de raison. Demain serait un autre jour.

Rarement il avait habité un immeuble aussi misérable. Tout était délabré, sans vitre aux fenêtres même aux étages du dessous. Le toit était fuyard. On devinait d'anciens colombages sous le plâtre crasseux de la façade bombée. La concierge, une grasse jeunette, mère de cinq ou six enfants, était trop occupée à les nourrir pour prendre le temps de laver la cour ou l'escalier. La nuit, les habitants, trop pauvres pour disposer de pots d'aisance, se soulageaient sur les paliers. Lalanne se fichait bien de tout cela. Dans un jour ou deux il aurait déménagé – à la cloche de bois.

Il poussa la porte du réduit qu'il occupait au premier étage et se dirigea droit vers la paillasse, du moins vers l'endroit où il pensait la trouver. Quelque chose avait touché son épaule, contrariant sa trajectoire. Il tituba et se remit d'aplomb, réalisant brusquement qu'un homme l'attendait dans le noir. Il n'eut pas le temps d'avoir peur. Une brûlure infernale lui déchira les reins, un coup de couteau. Son adversaire n'avait pas dit un mot. Le perruquier jura et recula de deux pas, sans comprendre. Il n'y avait rien à voler ici. L'homme le poursuivait. Il parvint à lui prendre le bras dans le noir et ils tombèrent.

Lalanne sentait la douleur irriguer tout son corps. Son sang coulait abondamment mais il se débattait encore, la main serrée sur la gorge de son assassin. Il réussit même à se débarrasser de lui, mais l'autre le frappa férocement au visage, avec la poignée de son arme. Puis il lui transperça une deuxième fois, en haut du ventre. Lalanne le repoussa. Il haletait, gémissait, gargouillait en même temps, à bout de souffle. Il enlaça son adversaire dans un ballet mortel, aveuglé de sueur, la bouche et la barbe remplies de sang.

*

Après avoir passé leur soirée au Palais-Royal, Lebel et Jean-François avaient remonté la rue du Faubourg-Montmartre, puis ils se perdirent. Tout se ressemblait trop dans cette grande ville.

Lebel marchait devant en pestant, la démarche hésitante. Le mulâtre le suivait deux toises en arrière. Il savait à quel point son compagnon pouvait être mauvais, surtout quand il était soûl.

– On aurait dû rentrer plus tôt, dit-il prudemment.

– Ta gueule le moricaud, répondit l'ancien commandeur avec une telle violence que son compagnon s'abstint de répliquer.

Ce dernier n'était pas tranquille. Non pas que la ville soit si dangereuse. Pour ça, ils étaient armés et ils savaient se défendre. Non, c'était plutôt à cause de cette soirée qui s'éternisait sans raison, et de Lebel qui buvait, qui cherchait la bagarre à tout propos alors que Madame leur avait recommandé la prudence. Ce n'était pas la première fois qu'ils se perdaient, mais ce soir le ciel était couvert, taché vers l'horizon de lueurs sales. Ils ne pourraient pas se guider aux étoiles, comme ils l'avaient fait plusieurs fois. Autour d'eux, c'étaient de pauvres baraques entrecoupées de terrains vagues et de jardins potagers. Tout était silencieux, on ne voyait même pas jusqu'au bout de la rue.

Jean-François passa la main à la ceinture pour toucher le manche de son coutelas. Son cœur battait fort, il l'entendait cogner à ses tempes. Ils avaient perçu les mêmes choses, des chuchotements, des bruits de pas. Lebel sortit son arme et s'immobilisa. Il avait beaucoup chassé de nègres marrons autrefois, et il avait aimé ça. Il jouissait de ces instants où il trouvait leurs campements, enfin leur espèce de huttes, à flanc de montagne. Quand ils le voyaient arriver, ils se mettaient à glapir, à fuir entre les arbres, les vieux, les femmes avec leurs marmots sous le bras. Il épaulait lentement puis il tirait.

Une fumée brusque jaillissait de leurs guenilles, avec des étoiles de sang.

Les deux comparses voulurent faire demi-tour, mais un homme les attendait au milieu de la chaussée.

Lebel ricana.

– Tiens donc… Voilà donc un petit monsieur qui veut mourir…, fit-il d'une voix mouillée.

Mais il dut s'y reprendre à deux fois avant d'armer son pistolet. Un goût de mort envahissait sa gorge. Derrière lui, Jean-François avait dégainé un long couteau. La lame était large, effilée, qui pouvait couper les mains d'un seul coup, comme une canne à sucre.

Face à eux, l'homme n'avait pas bougé d'un pouce.

– Écarte-toi ou je tire, grogna Lebel, planté sur ses deux jambes écartées. Il le visait sans trembler malgré tout l'alcool qu'il avait avalé. Allez, fous le camp !

Il ne voulait pas vraiment tirer, devinant que ses agresseurs étaient plusieurs et qu'un seul coup de feu ne suffirait pas. Au ton de sa voix cela s'entendait. C'était comme un aveu de faiblesse. Avant qu'il esquisse le moindre geste, l'homme face à lui fit un grand geste du bras. Il portait une machette. Un éclair blanc était passé, accompagné d'un bruit mat de viande coupée.

Lebel s'effondra, une moitié du visage instantanément couverte de sang. Jean-François recula d'un pas, cherchant une issue du regard, sans rien distinguer. Il vit Lebel à genoux. Il le vit prendre entre ses doigts le bloc glaireux qui pendait de son orbite, et tenter de l'y replacer. Il poussait des petit « Ho… ho… ho… » de douleur et de terreur, comme un tout petit enfant.

16

Sixième jour Vendredi
15 juillet 1791
Huit heures du matin

Quand on toquait à sa porte d'aussi bon matin, ce n'était jamais bon signe. La dernière fois, huit jours plus tôt, il avait dû lever le corps d'un charpentier noyé dans un égout, près des Champs-Élysées. Il faisait presque aussi chaud qu'aujourd'hui et l'expédition avait été très déplaisante, avec cette odeur infâme de corruption, ces chairs noircies et gonflées, déjà grouillantes de vers.

Henri François de Paule Lefèvre, marquis d'Ormesson, donna l'ordre à son domestique d'entrer sans se lever du secrétaire où il travaillait, en chemise et tête nue. Tout était grand chez cet homme, la taille, les mains, la générosité et le talent. Ce haut personnage était issu d'une longue lignée de magistrats, qui depuis trois siècles servaient l'État ou la justice. La quarantaine tout juste mais paraissant plus, le teint rouge, il était d'une affabilité extraordinaire, toujours souriant et attentif aux autres. Certains persifleurs y voyaient une forme d'hypocrisie mais ce n'était pas le cas : il était bienveillant par nature. La plupart ne s'y trompaient pas et le marquis était presque universellement apprécié, depuis les garçons d'écuries jusqu'aux courtisans les plus retors.

Voilà six mois, il avait été élu juge au premier tribunal criminel d'arrondissement sis au palais de justice à

Paris. Cette juridiction provisoire instruisait les affaires en cours au ci-devant Châtelet, en attendant que les nouveaux tribunaux soient instaurés.

Son valet de chambre lui annonça d'un air embarrassé qu'un policier lui rendait visite. Il devait se transporter au plus tôt sur les lieux d'un crime. Le domestique ajouta qu'il avait déjà réveillé le cocher.

– Vous avez fort bien fait, Bourguignon, approuva Lefèvre d'Ormesson en prenant la direction de sa garde-robe.

Après avoir passé un bel habit à la française en coton rayé, des bas de soie et des souliers, il se fit poudrer la perruque et descendit le grand escalier d'un pas rapide.

Un homme l'attendait dehors, le chapeau à la main, vêtu d'un frac élimé et de bottes sales, les traits tirés, l'air à la fois sournois et brutal, un inspecteur du bureau de police de la section des Champs-Élysées. Il voulut détailler les raisons de sa venue mais Lefèvre d'Ormesson l'interrompit.

– Vous m'expliquerez cela en route, fit-il avant de l'inviter dans sa voiture, au centre de la cour.

Quelques instants plus tard, ils quittaient l'hôtel particulier du juge, dans le Marais. Ils contournèrent le centre de la ville par les boulevards puis traversèrent la place Louis-XV.

La voiture s'engagea dans la grande allée des Champs-Élysées, déserte et inondée de soleil. Au rond-point, ils tournèrent en direction d'un bâtiment abandonné, le Colisée, que l'on appelait également *Vauxhall* à la manière anglaise. L'un des hauts lieux du divertissement parisien pendant des années, l'endroit était aujourd'hui à l'abandon, les façades noircies et ébréchées, mangées par le lierre. Deux gardes nationaux se tenaient devant l'ancien parvis aujourd'hui envahi d'herbes folles, blafards. Des traces de vomissure marquaient le plastron du plus jeune.

*

Victor sentit un rayon de soleil caresser le bas de ses jambes et ses pieds. Il devait donc être assez tôt car la lumière n'entrait jamais bien longtemps dans son troisième étage. D'un coup, une peur sauvage le fit se lever, prendre son pistolet sur la table de chevet et le pointer vers la porte.

Joseph s'arrêta net à l'entrée de la pièce, les yeux écarquillés.

– Bon Dieu…

Le gendarme ne s'habituait toujours pas à cette présence chez lui. Le visage et les mains moites, il reposa son arme. Le cœur battait fort, à lui serrer la gorge. Dehors, c'était une journée paisible. On entendait le pas des gens, les cris de marchands ambulants. À sa montre-gousset, il était huit heures et demie.

– *J'avons* pris des pains chez le boulanger, fit le petit boiteux en les présentant comme autant d'offrandes sacrées. Le boulanger *disans* que vous lui *doivez* trois sols.

– Tu lui descendras tout à l'heure, répondit Victor, la bouche pâteuse.

Il avait mis du temps à s'endormir, non pas qu'il ait trop mangé ou trop bu, mais par anxiété. Trop de questions restaient sans réponse. Pourquoi Charpier l'avait-il ménagé ? L'ayant appris à ses dépens, il ne pouvait ignorer que le gendarme était un fidèle de La Fayette. Il était bien trop retors pour croire à son brusque retournement au service d'Orléans. Que voulait-il ? Quel était son calcul ?

La fin du banquet s'était déroulée sans anicroche. Seul Rotondo le regardait encore avec rancœur, mais il n'osait plus l'approcher. Victor avait beaucoup causé avec Brune, qui lui racontait les pitoyables efforts de certains bourgeois de la Garde nationale pour échapper au service. Au cœur de la nuit, on s'était enfin dispersé et le jeune homme, qui pourtant s'attendait à tout moment à tomber dans une embuscade, était rentré chez lui sans encombre.

Mais il se sentait comme en sursis.

Il se leva pour faire ses ablutions. Il avait autorisé Joseph à croquer l'un des pains, et ce dernier ne se l'était pas fait répéter. Il mastiquait à grosses bouchées, les joues gonflées comme s'il craignait de se faire chasser à tout instant. Il n'avait toujours pas eu le temps de l'envoyer aux bains, qu'il se débarrasse de sa crasse et de sa gale.

– As-tu donné mon billet ? lui demanda-t-il en enfilant sa dernière chemise propre.

Le vas-y-dire hocha la tête avec assurance, les yeux malins.

– Hôtel de Noailles, rue Saint-Honoré. C'était facile à trouver.

– Lui as-tu remis en main propre ?

Il approuva en silence.

– Redis le mot de passe…

– *Cavalier intrépide…* Et quand il est venu je lui *avans* dit ce qu'il fallait dire : Kayewla…

Victor sourit.

Kayewla. C'était le surnom que le marquis de La Fayette lui avait donné un jour, reprenant celui que les Indiens lui avaient attribué autrefois, lors de son épopée américaine quand il avait l'âge de Dauterive.

– T'a-t-il donné une réponse ?

L'enfant secoua la tête. Il lui raconta que le commandant-général l'avait bien remercié – se gardant bien toutefois de poser la main sur lui – puis lui avait fait donner à manger à son office. Mais il avait refusé, pressé de repartir.

– Tu aurais aussi bien pu manger un peu. Et, personne ne t'a suivi ? As-tu bien pris garde ?

– Je l'aurais vu. Et puis je marche vite, même si *j'avans* le pied tordu.

Il rigolait, l'œil malin.

Le sous-lieutenant hocha la tête, songeur. Il regardait par la fenêtre en attendant de passer ses bottes.

À cette heure, La Fayette devait avoir pris ses dispositions, renforçant la garde partout où il le pouvait, et notamment autour de l'Assemblée nationale. Victor avait la journée pour savoir où et quand le parti d'Orléans lancerait son attaque.

*

Après une grande inspiration, Lefèvre d'Ormesson fit signe au policier d'avancer.

Ils franchirent la palissade défoncée qui entourait l'ancien Colisée, découvrant derrière un immense parvis entouré de colonnes en ruine. Ils avançaient en silence, attentifs à ne pas se prendre les pieds dans les ronces. Le policier semblait suivre un chemin bien précis. D'Ormesson fixait son dos un peu étroit dans son frac marron, en évitant de regarder ailleurs.

À voir le gigantisme des lieux, il n'était pas difficile d'imaginer les fêtes qui avaient eu lieu ici. Le magistrat croyait se souvenir que le comte de Provence, le frère du roi, y avait célébré son mariage. Le Colisée avait été prévu pour accueillir plus de 30 000 personnes ; on pouvait tirer des feux d'artifice, un bassin accueillait des joutes nautiques, comme au Colisée de Rome. Mais c'était étrange d'imaginer tout cela, ces robes de soie, ces chandelles par milliers et ces carrosses. Aujourd'hui, tout était envahi d'herbes folles, des insectes passaient en vrombissant dans une odeur fade de pourriture.

Les deux hommes entrèrent en silence dans le bâtiment principal, une salle aux allures de cathédrale. Une dizaine de colonnes mangées par le lierre entouraient une piste.

Les murs et la verrière à demi détruits laissaient deviner les arbres. On eût dit une esquisse abandonnée par un peintre, une jungle de cauchemar.

D'Ormesson s'avança d'un pas. Et se figea, horrifié. Deux hommes pendaient une demi-toise au-dessus du sol au bout de cordes, elles-mêmes arrimées aux colonnes à l'entrée de la piste de danse. Figés dans d'étranges positions, à l'horizontal, ils étaient quasi nus. Le sang avait largement coulé au sol, s'insinuant entre les dalles défoncées. Des nuées de mouches bleues tournaient dans l'air, aussi répugnantes que les cadavres eux-mêmes.

– C'est une bonne femme qui les a trouvés ce matin en ramassant du bois, dit le policier. Elle a prévenu les Suisses de garde.

Il regardait les corps avec détachement, comme s'il ne les voyait pas vraiment. D'Ormesson grimaçait, la lèvre supérieure retroussée, la face inondée de sueur. Le policier continuait à lui parler mais il n'entendait pas.

Les deux hommes avaient les poignets liés dans le dos mais contrairement à ce que le magistrat avait d'abord imaginé, ce n'était pas par là qu'ils avaient été suspendus. Il eut un haut-le-cœur en réalisant que des crocs de bouchers étaient plantés dans leur chair, et que c'est par ce moyen que les victimes avaient été hissées en l'air. Les deux malheureux pendaient comme des quartiers de viande, leurs peaux étirées aux points d'accroche. Le premier tournait le ventre vers le plafond ; le deuxième se trouvait sur le flanc.

Qui était capable de telles atrocités ?

– Détachez-les, murmura le magistrat.

Avec la chaleur, les cadavres commençaient à sentir. Ou alors c'était leurs déjections. Le sol était noirci sur deux ou trois toises carrées. L'un des deux morts avait des trous rougeâtres à la place des yeux. Il montrait les dents comme s'il défiait l'enfer. L'autre était un mulâtre, énucléé lui aussi, le torse lacéré d'une multitude de zébrures aussi profondes que de coups de hachoir.

Les gardes nationaux s'affairaient au ralenti, écœurés. Le dos des victimes n'était plus que sang, une bouillie noirâtre où s'affolaient les insectes, et où perçait par endroits le blanc des côtes.

– Qui a pu faire ça ? souffla le policier.

– Des monstres. Des monstres.

Ils se turent.

Et les oiseaux rassurés reprirent leurs chants, qui résonnaient étrangement sous l'ancienne verrière crevée.

*

Il n'y avait pas besoin d'un médecin pour déterminer les causes de la mort. Personne n'aurait pu survivre à tant de violence. Après un long silence, d'Ormesson et le policier échangèrent quelques mots. S'agissait-il d'un acte de dément, la folie d'un évadé de l'hôpital général ?

D'Ormesson doutait qu'un homme seul soit capable de telles horreurs. Comment aurait-il pu attacher ses deux victimes, les hisser à ces colonnes puis les torturer, sans aide extérieure ? À moins qu'il ne les ait assommés avant de les mener ici ? Instinctivement, il lui semblait que de telles cruautés ne pouvaient qu'être le fait d'un groupe de personnes, pris d'une sorte de démence collective.

Les deux dépouilles reposaient maintenant au sol, recouvertes de leurs vêtements. Par chance, elles ne seraient pas exposées à la morgue. Le policier avait retrouvé les noms des deux malheureux dans leurs habits, jetés un peu plus loin dans un bassin à l'abandon. Et ce n'était pas la seule information. Avec tout ça, l'enquête avancerait assez vite.

Une fois les corps emportés, d'Ormesson retrouva sans plaisir sa voiture. Il faisait beaucoup plus chaud, presque trop, les Champs-Élysées étaient toujours déserts. Jourdain, le policier, se taisait, rencogné à l'extrémité de la banquette.

– Avez-vous déjà vu cela ? lui demanda-t-il, un peu hésitant.

L'enquêteur avait le regard triste, un visage serré, un peu gris, les yeux rapprochés mais vifs. Un homme à la fois discret et malin, un vrai policier.

– Non. Et pourtant je suis inspecteur depuis vingt ans. Mais ça non, jamais. On dirait… des sortes de rites, non ?

– Des rites ? Comment cela ?

Jourdain haussa une épaule. Après la place Louis-XV, leur voiture s'engagea dans la rue Saint-Honoré. Il y avait quelque chose d'incongru à voir tous gens vivants, insouciants, ces femmes aux bras nus. Ils avaient l'impression de revenir d'un autre monde.

– Je ne sais pas, répondit-il. Comme des choses de sauvages, des cérémonies ou des tortures, je ne sais. Un médecin de la marine m'a raconté un jour que les Indiens découpaient leurs prisonniers vivants, et qu'ils leur mangeaient le cœur. Je ne sais pas si c'est vrai. Mais ça y ressemble, pas vrai ?

D'Ormesson ne sut que répondre. Après les Grands Boulevards, ils passèrent rue Saint-Lazare puis la voiture s'arrêta rue de la Chaussée-d'Antin au pied d'un bel immeuble. Impressionné par la prestance du magistrat, le portier fit entrer ses visiteurs dans une cour intérieure assez étroite, pavée de neuf, flanquée de deux hauts pavillons.

Le bruit de la rue parvenait à peine jusqu'à eux. Tout respirait le luxe et la tranquillité. Un majordome les conduisit au premier étage d'un des deux bâtiments, dans un boudoir aux murs tendus de soie jaune, qui sentait le propre.

Une minute plus tard, une silhouette féminine s'avança dans le couloir, se postant sans un mot dans l'encadrement de la porte. Les deux hommes s'inclinèrent, pris par un malaise instinctif.

Malgré la chaleur, elle portait une robe à panier en basin noir, aux manches longues. Ses mains étaient gantées. De son visage, ils ne virent d'abord rien hormis une haute perruque en rouleaux ornée d'une guirlande de roses. Puis elle passa dans la lumière. D'Ormesson se raidit, détournant instantanément le regard, tandis que Jourdain la fixait avec horreur.

Son visage n'était qu'une plaie, une plaie dont la peau aurait *fondu.* Le nez s'était réduit à la finesse du cartilage, les narines affreusement agrandies. Les oreilles paraissaient effacées, tout comme les lèvres qui laissaient paraître ses dents dans un sourire racorni. Partout la peau s'était réduite à l'état de parchemin, luisante, zébrée de cicatrices. Le regard à lui seul dépassait tout le reste en horreur, tant il contenait à la fois la violence et le regret de son humanité perdue, décourageant à l'avance toute compassion. Habituée sans doute à ce genre de réaction, la femme laissa passer un peu de temps avant de prendre la parole.

– Je suppose que vous êtes le juge, fit-elle sèchement à l'adresse de d'Ormesson, et ce dernier inclina la tête avec urbanité. Que me vaut l'honneur de cette visite ?

Le magistrat échangea un regard avec Jourdain, qui tendit à leur hôtesse un courrier froissé, taché de brun. Elle le parcourut rapidement avant de lui rendre.

– Est-ce pour me rendre ce courrier que vous vous transportez chez moi ?

– Je suppose que vous êtes madame Petit du Vaudreuil ? fit le magistrat avec toute l'amabilité dont il était capable.

– On ne peut rien vous cacher.

Le feu qui avait détruit son visage avait absolument épargné sa voix forte, autoritaire.

– Je suis Henri-François Lefèvre d'Ormesson, juge au

premier tribunal criminel d'arrondissement. Nous avons trouvé ce courrier dans les habits d'un dénommé Pierre-Joseph Lebel. Il indiquait votre nom et votre adresse à Paris, voilà la raison de notre présence. Connaissiez-vous ce Lebel ?

– Vous parlez de lui comme d'un mort.

– Certes. Il est mort, madame. On l'a assassiné.

Il s'était résolu à annoncer brutalement la nouvelle, un peu à contrecœur mais il en fut pour ses frais : son interlocutrice n'avait absolument pas réagi. Dans son masque de peau morte, seuls ses yeux brillaient.

– Qui l'a tué ?

– C'est ce que je cherche à savoir. Vous ne m'avez pas répondu. Connaissez-vous ce Lebel ?

– J'imagine, puisqu'il me cite dans cette lettre et qu'il connaît mon logis. C'était un domestique. Sans doute connaissez-vous Saint-Domingue ?

Elle s'était brusquement arrêtée, si bien que d'Ormesson se demanda un temps si cette horrible défiguration ne lui avait pas aussi ôté l'entendement.

– Je ne connais pas Saint-Domingue, non. Connaissez-vous un particulier qui accompagnerait Lebel ? Il s'agit d'un mulâtre de trente à trente-cinq ans, cinq pieds un ou deux pouces, assez mince, le crâne dégarni, les cheveux réunis en queue…

Il ne pouvait s'empêcher de regarder le nez de son interlocutrice, fasciné par ses narines trop grandes qui avaient l'air d'être rongées par la lèpre. Elle hocha la tête.

– Sans doute me parlez-vous là de Jean-François, mon valet de pied. A-t-il été tué lui aussi ?

D'Ormesson échangea un regard troublé avec Jourdain. Il avait du mal à se concentrer sur l'entretien, et l'indifférence de leur hôtesse ne lui apportait aucun secours. Cherchant ses mots, il expliqua sans entrer dans les détails que les sieurs Lebel et Jean-François avaient été trouvés morts dans un établissement de bal désaffecté, quelque part à Paris. Elle ne marquait toujours pas la plus petite émotion.

– Savez-vous, madame, qui pourrait en vouloir à ces hommes au point de les assassiner ?

Madame Petit du Vaudreuil hocha la tête lentement. Pour la première fois, elle semblait manifester un semblant d'intérêt. Un éclat de colère passa dans son regard.

17

Onze heures du matin

Victor trouva le club des Cordeliers étrangement calme. Devant des tribunes presque vides, un orateur lisait la déclaration d'une société de province. Le jeune homme s'enquit de la situation. Où étaient les autres ? Se passait-il quelque chose d'imprévu, à l'Assemblée ou autre part à Paris ?

Son interlocuteur, un compagnon menuisier de son âge mais joufflu comme un bébé, répondit avec dépit que jamais Paris n'avait été aussi tranquille. La ville s'était remplie de gardes nationaux, il y en avait partout, même sur les ponts. Fallait-il que ce foutu gueux de Blondinet ait peur du peuple !

Dauterive, qui n'était certes pas étranger à cette situation, s'en indigna tout en s'en félicitant *in petto*. Mais ces mesures prises par La Fayette ne pouvaient qu'être provisoires. Rien ne serait réglé pour le parti de l'ordre tant qu'on ne connaîtrait pas exactement les intentions des hommes d'Orléans.

Justement, Garat et ses hommes de mains apparaissaient peu à peu. Ils saluaient le gendarme sans manière, comme ils le faisaient entre eux-mêmes. Même Rotondo s'était fendu d'un sourire un peu renfrogné. Il portait toujours ses lunettes teintées, assorties ce matin-là d'un habit noir à la française fort bien coupé qui ne lui donnait pas l'air plus respectable pour autant.

L'Américain rassembla sa troupe, la remerciant d'avoir été ponctuelle. Ils devaient maintenant partir sans délai vers un certain endroit de la ville. La tâche devait rester absolument secrète.

Le sous-lieutenant sentit son cœur s'emballer. Était-ce le début de la grande affaire qu'ils attendaient tous, cette nouvelle Bastille à prendre ? Alors que les hommes quittaient l'ancien couvent sans broncher, il restait sur place, l'air hésitant.

– Quelque chose ne va pas ? demanda Garat en s'arrêtant à son niveau.

Il le scrutait froidement, le buste puissant, avec ce calme toujours un peu menaçant. Dauterive respira amplement, sentant le trouble le gagner.

– Ça va… J'ai dû un peu trop boire hier.

Il eut l'impression que ses paroles sonnaient faux mais Garat ne s'y arrêta pas.

– Ça passera. Il ne faut pas trop boire, cela altère le jugement, déclara-t-il en surprenant le regard du jeune homme sur sa main droite, enserrée dans un bandage blanc. Victor était presque certain de ne pas l'avoir vu la veille.

Dans la rue, ils étaient une bonne quinzaine, dont Guillaume Brune. Tout le monde se taisait à part Rotondo, qui élucubrait à n'en plus finir à propos du cul d'une marchande qui venait de passer. Trois fiacres les attendaient, il était trop tard pour reculer. Victor embarqua à son tour.

Le convoi traversa le fleuve par le Pont-Royal. Ils remontèrent par la grande allée des Champs-Élysées et tournèrent à main droite vers un quartier que le gendarme connaissait peu, assez semblable à celui de la Chaussée-d'Antin.

Ils ne roulaient pas vite à cause de l'encombrement. Un soleil de feu figeait le paysage et les passants. Une demi-heure après leur départ, les voitures les déposèrent à l'entrée d'un parc aux confins de la ville. Deux gardes armés de fusils leur ouvrirent les grilles sans un mot. Elles donnaient sur une cour pavée de neuf, qui laissait augurer une propriété d'un luxe inouï.

Victor avançait, aussi ébahi que les autres. Certes, la magnificence de Versailles l'avait frappé lorsqu'il l'avait visité, mais quoique moins vaste, ce décor l'impressionnait presque plus. On ne voyait qu'une partie des bâtiments, car ils ne comportaient pas d'étages et des bosquets les masquaient, cependant chaque détail apparent – colonne en marbre, intérieur de dorures et de soie – avait dû coûter une fortune. C'était le palais d'été d'un sultan, le rêve d'un Sardanapale[1].

– Où c'est qu'on est ? demanda l'un des hommes, un colosse de six pieds six pouces[2] à la face lisse.

– Tu n'as pas besoin de le savoir, rétorqua Garat d'un ton sec avant de rassembler le groupe devant une grotte artificielle entourée de statues de déesses grecques.

Il y avait ici, leur expliqua-t-il, un certain nombre d'accès à garder. Ils seraient répartis sur ces différents points afin d'empêcher toute personne étrangère de pénétrer dans le parc.

– Si c'est la Garde nationale qui arrive, expliqua l'Américain, retardez-la à tout prix. Nous sommes ici sur un domaine privé et vous en êtes les gardiens. Cela devrait vous suffire pour tout argument. Si les intrus persistent, tirez en l'air.

– Et s'ils avancent toujours ? demanda Brune.

– Excellente question. Faites en sorte qu'ils n'avancent plus. Vous avez la loi pour vous, mes amis. Je vous le redis : nul ne doit approcher des bâtiments que vous voyez derrière moi. Et cela vous concerne aussi. Ne quittez vos

---

1 Dernier grand souverain de l'Assyrie antique, il symbolise un homme puissant vivant dans le luxe et la débauche. Il est cité dans la Bible.

2 1,98 mètre.

postes sous aucun prétexte. Je vais donc vous placer et je viendrai vous relever quand tout sera terminé. C'est l'affaire de deux ou trois heures. D'ici là, je vous interdis de bouger. Me suis-je bien fait comprendre ?

Ils hochaient la tête, impressionnés. À la suite de l'ancien colon, ils gagnèrent une galerie à l'entrée de laquelle Garat laissa trois hommes en faction. Puis ils passèrent sous un extravagant portique chinois avant de traverser le bâtiment principal, dont les quatre ailes formaient une croix. Au loin Dauterive aperçut un jardin d'hiver empli d'arbres inconnus, le sol garni de sable fin et les parois de miroirs peints. Il n'y avait aucun domestique en vue. De l'autre côté du portique, ils contournèrent une volière haute de cinq à six toises remplie d'oiseaux exotiques avant de découvrir un parc si grand qu'on n'en distinguait pas les limites.

Garat, qui avait laissé Brune, Rotondo et deux autres près de la volière, guida Dauterive et les trois derniers vers un jardin à l'anglaise peuplé de rocailles et de statues. On entendait le murmure d'une cascade. C'était comme un décor de théâtre, où tout aurait été réel. Après un petit pont aux allures orientales, l'ancien planteur amena le groupe jusqu'au pied d'un promontoire couronné d'une fausse colonnade en ruine.

La vue en pente douce s'étendait sur toute la capitale. Victor connaissait suffisamment les environs pour reconnaître au loin le Mont-Valérien et à main gauche le village de Montmartre, sur sa colline. En se retournant vers la province, c'était la vallée de Montmorency, avec les moulins sur les crêtes.

– Comme vous voyez, commenta Garat d'un ton bref, vous avez la vue sur le nord du parc. Les abords sont défendus par un fossé, et au-delà, c'est le mur des Fermiers généraux. Surveillez tout ce qui arrive et restez à votre poste.

Une fois l'Américain parti, les quatre hommes se regardèrent, un peu ébahis de se retrouver dans un tel endroit. Ils échangèrent quelques mots, l'un d'eux bourra sa pipe puis ils se turent.

Après avoir jugé qu'il avait suffisamment attendu, Dauterive mit son plan à exécution.

– Où que tu vas ? s'étonna celui que l'Américain avait désigné comme leur chef, le plus grand d'entre eux.

– Je ne tiens plus depuis ce matin. Je reviens tout de suite.

Devant son air naïf, le géant n'insista pas.

– T'éloigne pas trop quand même, se contenta-t-il de grogner.

*

À l'entrée de la *Folie de Chartres*[1], le ballet des fiacres ne cessait pas. Les grilles s'ouvrirent une nouvelle fois pour laisser passer une voiture de louage, dont un bourgeois descendit, l'air un peu surpris et fit quelques pas en examinant les lieux, puis un laquais vint le chercher.

Depuis une fenêtre, Choderlos de Laclos, Santerre et Garat l'observaient.

– Gerdret… commenta l'Américain. Commandant du bataillon de l'Oratoire, ci-devant marchand de dentelles de la reine. Il déteste La Fayette. Je pense qu'il nous sera favorable.

– Ça ne veut pas dire qu'il nous suivra, objecta Choderlos. Les *noirs*[2] aussi haïssent La Fayette et jamais il ne seront avec nous.

Garat balaya l'argument d'un revers de la main.

– C'est un patriote. Il fréquente les Jacobins et il vient de publier des *réflexions sur la mendicité*. L'année dernière,

---

1 La folie est à l'origine une propriété constituée d'un pavillon et d'un parc, où le propriétaire organise des repas, des fêtes ou des orgies, autrement dit des folies. Puis l'expression désigne bientôt les premiers parcs d'attractions à la mode anglaise du Vauxhall (établissement de jeu et de plaisir établi autour d'un dancing).

2 Surnom des partisans les plus acharnés du roi.

il s'est fait connaître en dénonçant le projet de garde militaire du roi. Blondinet était fou de rage.

– Un patriote… Qu'en pensez-vous, Santerre ?

Dans la bouche de l'ancien capitaine d'artillerie, cela ne semblait pas un compliment.

– C'est un brave homme. Je le connais, et Danton aussi. Je suis certain qu'il nous suivra.

– Faut-il lui proposer de l'argent ?

– Mauvaise idée. Il est fier et il serait froissé.

– L'argent le rebuterait et d'ailleurs il n'en manque pas, confirma Garat. On m'a dit que c'était un amoureux de la chose militaire. Il tuerait père et mère pour être réélu à la tête de son bataillon. Je pense qu'il y a là quelque chose à tenter.

Choderlos sourit froidement.

– Nous lui proposerons un grade, ou un poste au ministère de la Guerre. On trouvera bien quelque chose pour cet imbécile.

Il se détacha de son poste d'observation et quitta la pièce pour aller au-devant de son visiteur, un large sourire aux lèvres.

*

Victor n'avait pas mis longtemps à retrouver son chemin vers la *folie*. Traversant ce décor de fantaisie, il ne pouvait s'empêcher de penser au hameau de la reine à Versailles, ce monde factice reconstitué à coups de millions d'écus d'or. Ces gens-là prétendaient aimer la nature, mais uniquement lorsqu'elle était artificielle. L'autre, la vraie, ils la laissaient aux rustres, à cette populace tout juste bonne aux travaux des champs et à leur charité.

Et les hommes de main des Cordeliers protégeaient ce lieu, eux qui clamaient leur amour du peuple. Tous n'étaient pas corrompus, comme Guillaume Brune et beaucoup d'autres. Ils étaient sincères, de francs patriotes, mais on se jouait d'eux. Qui aurait pu croire un instant que les intérêts de la multitude soient les mêmes que ceux du propriétaire de ces lieux ?

De loin, le gendarme aperçut la volière près de l'entrée principale, où Garat avait placé Rotondo, Brune, et deux hommes. De loin, il ne voyait que l'imprimeur. Il contourna l'obstacle. Progressant à la lisière du parc, il parvint au bord d'une pelouse au milieu de laquelle se dressait un manège surmonté d'une vaste ombrelle à la façon chinoise. Victor supposa qu'il s'agissait de ce fameux *jeu de bague* mis à la mode par la reine. Les joueurs s'installaient sur les figures sculptées, lesquelles tournaient autour du mât grâce à un mécanisme actionné par des laquais, dans le sous-sol. Avec leurs courtes lances, les cavaliers essayaient alors d'attraper des bagues suspendues au bord de l'ombrelle.

Quelques toises derrière s'ouvrait l'un des accès à la *folie*, par une façade de portes-fenêtres. Dauterive sortit son arme, avant de se raviser. Elle plaiderait plutôt en sa défaveur s'il était surpris.

Il traversa la pelouse en courant jusqu'aux baies vitrées. Aucune n'était close.

À l'intérieur, c'était un sol de marbre blanc et noir, les murs ornés de miroirs. Tout était silencieux.

*

Rotondo avait préféré enlever ses lunettes. Ayant abandonné Brune et ses deux autres compagnons, il progressait lentement dans le jardin anglais, l'arme à la main. En cas de mauvaise rencontre, il prétendrait avoir cru voir quelqu'un passer dans le parc. Ne devaient-ils pas être vigilants ?

Il distinguait au loin un plan d'eau surmonté d'une espèce de grand parapluie rouge. Il s'avança et reconnut un jeu de bague chinoise, ces manèges à la mode qu'on trouvait par exemple au jardin de Tivoli[1]. Lui-même s'y était diverti à de multiples reprises, non pas parce qu'il aimait cela, mais surtout parce que cela soulevait les jupes des femmes.

Où se trouvaient-ils donc ? Quel était l'heureux homme assez riche pour s'offrir de telles fantaisies ? Le *Professore* avait bien sa petite idée, mais comme tout le monde il se gardait d'en parler. Tout le monde se méfiait de tout le monde. Mais si ce qu'il pressentait était vrai, et s'ils emportaient la partie, alors il y aurait gras, l'or coulerait dans leurs mains. Rien ne leur serait refusé.

Le bâtiment principal se trouvait à quelques toises du manège, apparemment désert derrière sa grande façade vitrée. Après une hésitation, l'Italien se dirigea vers le parc, traversant un paysage de bosquets et de rocailles, puis un petit pont chinois. Une petite butte s'élevait plus loin, surmontée d'une colonnade à demi détruite. De là, comme il l'avait deviné, des guetteurs observaient l'ensemble du parc.

L'Italien grimaça de satisfaction : Dauterive n'était pas avec eux.

Il avança encore d'un pas mais fit craquer une brindille. Les trois sentinelles se retournèrent d'un coup, l'arme braquée sur lui. Il se statufia, les deux mains largement écartées.

– C'est moi. Rotondo…

– On le voit bien que c'est toi, fit le plus grand. Qu'est-ce que tu fiches ici ? Garat a dit que personne doit quitter son poste.

– C'est lui qui m'a demandé de vous inspecter. Vous êtes tous là ?

Ses interlocuteurs s'envisagèrent les uns les autres, surpris.

---

1 Un parc d'amusement et de plaisir situé dans l'actuel quartier Saint-Lazare.

– Il manque le petit jeune. La prochaine fois fais-toi reconnaître. Tu as eu de la chance qu'on tire pas.

– C'est depuis longtemps ?

– Depuis longtemps quoi ?

– Que le petit jeune homme est parti…

Ils se concertèrent à nouveau, l'air embarrassés.

– On n'a pas fait attention.

– Vous auriez dû. C'est un espion. Je suis sûr qu'il est parti vers la maison. S'il revient ici, arrêtez-le. Moi je vais là-bas.

À peine avait-il tourné les talons qu'il se heurtait presque à l'Américain, brusquement surgi derrière lui.

– Que fais-tu là ? lui demanda-t-il d'un ton polaire.

– J'ai vu que Dauterive quittait son poste. Je venais les prévenir.

– Quitter son poste ? Tu es sûr ? Où est-il ?

– Dans la maison, c'est certain. C'est un espion. Je t'avais prévenu !

L'ancien planteur réfléchit un instant, la tête penchée de côté. Presque immédiatement une voix s'éleva à quelques pas, moqueuse.

– Ne passez pas trop de temps à fouiller la maison, tout de même…

Ils se retournèrent tous dans un bel ensemble. Dauterive était tranquillement assis sur le rebord du péristyle, au sommet du promontoire.

– Si quelqu'un a quitté son poste, ce n'est pas moi, ajouta-t-il d'un ton neutre. C'est vrai, je me suis autorisé à chier quelque part dans un buisson mais j'ai préféré m'isoler. Veux-tu tâter ma merde pour vérifier, Rotondo ?

Garat ne put retenir un sourire, tandis que les autres éclataient de rire. L'Italien n'ajouta rien et rechaussa ses lunettes pour se donner une contenance.

18

Quatre heures de l'après-midi

« Alors, dis-moi un peu ce que tu as vu...

Juchés à vingt-cinq toises au-dessus des toits de Paris, Victor et Joseph contemplaient la ville, depuis la galerie qui reliait les deux tours de Notre-Dame.

– Il y *avans* plein de fiacres, répondit le vas-y-dire. Au moins dix en plus de ceux où que vous êtes arrivés.

Le gendarme hocha la tête.

Avant de quitter son logis au matin, il avait chargé le petit boiteux de le suivre discrètement, le plus longtemps possible. S'il le perdait de vue, et s'ils ne se retrouvaient pas à Notre-Dame, il devrait en avertir La Fayette. Joseph n'avait pas eu à le faire. Après avoir filé le convoi de fiacres, qui par chance avançait fort lentement, il avait pu se dissimuler dans un fossé face à l'entrée de la *folie*, où il avait surveillé les lieux jusqu'à ce que le sous-lieutenant et ses compagnons en sortent.

Il n'avait plus eu qu'à regagner l'île de la Cité.

Une gabarre passait lentement sur la Seine. Le regard de Victor se perdit vers l'horizon, un océan de toits sales sous la fumée de centaines de cheminées.

– Pour les fiacres, reprit-il, as-tu relevé les numéros ?

Son petit valet ouvrit de grands yeux.

– Des numéros ?

– Des chiffres. Chaque voiture de louage a un chiffre. Si tu te souviens de ces chiffres, on pourra retrouver les voitures, et donc les cochers. Ils nous diront peut-être qui ils ont amené à cette réunion, tu comprends ?

Joseph secoua la tête d'un air penaud.

– Je comprends. J'ai vu des chiffres sur les voitures, mais je *savans* point les lire.

Le gendarme se caressa l'arête du nez, pensif. Il sortit de sa poche un papier, y traça une suite de signes, puis le tendit à Joseph.

– Voici les dix chiffres qui existent. Il n'y en a aucun autre. Si on les écrit ensemble, ça donne des numéros. 50, 61, 200 et ainsi de suite. Tu me comprends ? Maintenant regarde bien et dis-moi si tu as vu un ou plusieurs de ces chiffres inscrits sur un fiacre. Et souviens-toi bien de leur ordre.

Sans hésiter, le garçon pointa son doigt sur le quatre, puis sur le un.

– Quatre, et un ? Ils étaient collés l'un à l'autre dans cet ordre-là ?

– Oui-da.

– C'est le nombre 41. En as-tu vu d'autres ?

– Je me souviens d'un deuxième.

Ils essayèrent plusieurs combinaisons, jusqu'à ce que le garçon donne un autre numéro, le 133.

– Rien d'autre ?

Joseph secoua la tête.

– As-tu vu quelqu'un sortir de ces voitures, que tu pourrais me décrire ?

– Vous quoi ?

– Me décrire. Me dire à quoi ressemble la personne que tu aurais vue. Sa taille, son âge, sa complexion.

Joseph secoua la tête, sans bien comprendre.

– *J'avans* vu personne, sauf les domestiques de la grille.

Le gendarme soupira. Puis il écrivit rapidement un billet qu'il tendit au garçon.

– Porte ceci à l'hôtel de Noailles. Ne le donne à personne d'autre qu'au marquis. Tu te souviens du mot de passe ?

– Kayewla !

– C'est bien. Ne dis ce mot à personne d'autre qu'à lui. Et quand tu auras fini va m'attendre à l'appartement. J'ai à faire, mais ce ne sera pas long.

Le petit garçon s'arracha du parapet et s'éloigna en claudiquant.

*

Un quart d'heure plus tard, après avoir avalé une chope de bière fraîche chez un cabaretier, Victor entrait rue de Condé. L'après-midi touchait à sa fin dans une chaleur vibrante. À cette heure la plupart des Parisiens avaient fini leur travail et beaucoup s'attardaient dans les cabarets ou les limonadiers. Le jeune homme se demanda s'il n'avait pas rêvé la veille, quand Choderlos avait porté son toast. N'avait-il pas dit que la Révolution *entrerait dans une nouvelle ère* ? Pourtant rien ne s'était passé de notable dans la journée, et ce soir les habitants de la capitale pensaient plus à fuir le soleil qu'à se lancer dans une insurrection.

Alors qu'avait voulu dire Choderlos ?

Le gendarme retrouva facilement l'immeuble où logeait Louise de Kéralio. La petite servante à l'air mutin lui ouvrit. Elle portait une robe de cotonnade de belle facture qui lui donnait presque l'air d'une maîtresse de maison, et ne se gênait pas pour détailler son visiteur, comme un homme l'aurait fait d'une femme. À la fois troublé et agacé, Victor s'efforçait de regarder ailleurs. Elle le fit entrer dans un petit boudoir et repartit après une dernière œillade.

Sa maîtresse la remplaça presque aussitôt. Elle portait une robe en coton blanc à la romaine, serrée à la taille par un cordon de soie. Ses bras étaient nus jusqu'au coude, tandis qu'un large décolleté dévoilait la naissance de sa gorge. À chaque pas le tissu épousait sans pudeur la forme de ses cuisses. Cependant le sourire, sec et factice, fit ressentir à l'officier toute la distance qui les séparait et son émoi se dissipa aussi vite qu'il était arrivé.

– Vous me battez donc froid ? lui demanda-t-elle en s'immobilisant à une toise. Avant-hier vous ne venez pas, alors que je vous attendais. Et vous recommencez aujourd'hui ? Savez-vous bien l'heure qu'il est ? Il est presque cinq heures et je vous attendais à deux. Est-ce ainsi que vous traitez les dames ?

Il s'inclina sans savoir que répondre, guère à son aise, peut-être à cause de ses vêtements sales. Il songea qu'il n'avait plus rien de propre chez lui. Kéralio portait un parfum violent, un peu amer, qui ne lui plut pas et cependant son excitation renaissait. D'un coup, il eut envie de s'approcher d'elle, de lui toucher les bras et les épaules. La veille au soir, lors du banquet, la journaliste lui avait fait passer un billet. Elle l'attendait le lendemain chez elle à deux heures de l'après-midi, pour *l'entretenir de sujets qui pourraient l'intéresser*, avait-elle écrit sans plus de précisions.

Elle laissa échapper un petit rire.

– Ne faites pas cette tête, mon cher, on dirait que vous allez m'étrangler ! Vous sentez-vous donc si mal chez moi ? Tenez, servez-nous donc de quoi nous rafraîchir. On dirait que vous avez marché dix lieues (elle n'était pas loin de la vérité).

D'un doigt souverain, elle lui indiqua une table basse garnie d'un flacon et de verres en cristal finement ouvragés d'argent. Tandis qu'il remplissait un verre d'une liqueur violacée, elle se laissa tomber dans une causeuse[1] en soie rayée. Le boudoir était d'un calme absolu, comme

1 Un grand fauteuil à deux places.

si tout l'appartement était vide. Derrière les rideaux à demi fermés, on entendait les conversations dans la rue.

– Connaissez-vous la *liqueur du Parfait-Amour* ? demanda la jeune femme en effleurant les doigts de Victor pour prendre son verre.

Il mit quelques secondes à comprendre qu'elle parlait du contenu de la bouteille et, troublé, en laissa s'échapper quelques gouttes. Il s'empara d'une serviette mais elle interrompit son geste, posant doucement ses doigts sur son poignet.

– Madeleine nettoiera cela. Il y a du cédrat[1] et du citron, de la violette, des clous de girofle, du sucre et de l'alcool. Goûtez, c'est un véritable délice. À moins que vous ne soyez pas curieux de nature, mais j'en doute…

L'imagination de Dauterive s'échauffait peu à peu. Elle le pria de s'asseoir à ses côtés sur la causeuse. Il lui obéit en silence. De plus près il s'enivrait presque de son odeur capiteuse, de sa chaleur. Une fringale le prit, dans la gorge, dans le ventre. Il n'avait pas oublié ses regards de la veille.

– Alors ? Vous aimez ?

Il comprit à grand-peine qu'elle parlait de la boisson, et approuva d'un hochement de tête. En fait, la liqueur lui paraissait trop amère et il se garda d'y tremper de nouveau les lèvres.

– Décidément non, vous n'êtes pas si curieux, reprit la journaliste d'un ton moqueur. Vous ne me demandez donc pas pourquoi je vous fais venir ?

– Je suppose que vous allez me le dire, réussit à souffler Victor.

– Sans doute, répondit-elle avec un sourire un peu contraint. Mais je pensais que vous comprendriez plus vite. Je m'en vais donc vous l'expliquer, puisqu'il faut tout vous dire. Êtes-vous donc si naïf que vous avez l'air ?

1 Un très gros fruit ressemblant au citron, issu de l'arbre du même nom.

Elle posa sa main douce sur la sienne puis, dans le mouvement, y déposa un baiser délicat. Victor frissonna jusqu'à la racine des cheveux. Sa douceur lui semblait presque infinie.

– Mon mari est un rustre, murmura-t-elle en se relevant. Il ne pense qu'à sa politique. Comprenez-vous ce que cela signifie pour moi ?

Dans un éclair de lucidité, il songea qu'elle s'intéressait elle aussi beaucoup aux affaires publiques, mais d'autres sensations le submergeaient peu à peu. Il voyait la peau fine de sa joue, de son cou, les veines délicates sur ses tempes. Elle se pencha à nouveau, lentement, et leurs lèvres s'unirent. Elle le dévisagea, souriante, presque fière. Puis comme il semblait hésiter encore, elle reprit sa bouche, cette fois plus hardiment, en sortant le bout de la langue.

La caresse, presque brutale, l'étonna ; la jeune femme s'appuyait sur lui, les mains sur ses épaules, et pourtant il ne sentait pas son désir, cela ressemblait plus à une attaque en règle, un plan qu'elle se contentait d'appliquer. Et ses yeux n'étaient pas clos pour savourer l'instant, mais plutôt pour s'en préserver. En une fraction de seconde, Victor sentit qu'il se détachait d'elle. Son parfum l'écœurait soudain, il n'aimait plus ses sourcils trop épilés, ni ses seins qu'il devinait chétifs, secs, comme toute sa personne au fond.

Il songeait, glacé, au destin de Bouvard, ce malheureux jeune homme à l'escarpin qui l'avait espionnée sur l'ordre de La Fayette, et qui avait fini assassiné. N'était-elle pas à l'origine de ce meurtre ? Il la repoussa doucement et se leva d'un coup, si brusquement qu'il en fit tomber un verre. La liqueur du Parfait-Amour avait débordé et se mit à couler sur le tapis, goutte à goutte. Pour le coup, pensa le gendarme, il y aurait vraiment du nettoyage.

– Je dois vous laisser, murmura-t-il.

Avant que Kéralio ait le temps de réagir, il tira le cordon de la sonnette, puis il ouvrit grand les deux rideaux et la croisée. La physionomie de son hôtesse avait changé du tout au tout. Ses yeux brûlaient de rage.

Lorsque la servante parut, sans trop se presser, elle marqua un temps d'étonnement. Victor lui demanda son chapeau, salua avec raideur et disparut. Peu après la porte du boudoir s'ouvrit, laissant passer Rotondo. La jeune femme s'était approchée de la fenêtre pour en tirer les rideaux. Ils échangèrent un long regard muet, où passaient de multiples sentiments qui allaient de l'exaspération à la haine, en passant par la peur.

19

Cinq heures de l'après-midi

À son arrivée à Paris, en 1785, Garat – on n'appelait pas encore l'Américain – était un homme ruiné. Il avait d'abord habité des meublés dans les faubourgs les plus misérables, et il avait connu la faim. Il avait dû voler pour se nourrir, il avait même songé à se faire domestique, comme lorsqu'il avait douze ans, en Auvergne. Finalement, il n'avait pas eu à le faire. Paris, l'une des plus grandes villes du monde, offrait suffisamment d'opportunités pour un homme tel que lui. En vingt ans d'aventures à Saint-Domingue, il avait trop vécu pour que rien puisse le rebuter.

Si ses embarras judiciaires ne s'étaient pas arrangés – il avait affaire à trop forte partie pour pouvoir espérer le contraire, ce qui lui faisait éprouver une violente colère – l'ancien planteur avait peu à peu retrouvé une certaine aisance, se faisant tour à tour cocher, gardien de propriété ou batelier. Vers le début de l'année 1787, il avait trouvé un appartement au quatrième étage d'un immeuble fatigué, rue des Fossés-Monsieur-le-Prince. Il ne s'y trouvait pas mal et n'en avait pas bougé depuis. Le concierge, un gros personnage d'une soixantaine d'années, lui vouait une véritable vénération depuis les événements du 14 juillet.

De retour de la *folie* de Chartres, l'Américain était passé chez lui en coup de vent pour se changer. Il contempla le décor, satisfait. Les entretiens s'étaient fort bien déroulés. Dimanche, la Révolution entrerait dans une nouvelle époque. Il quitterait ce pauvre logis et il s'élèverait dans le monde, une fois lavés dans le sang tous les affronts qu'on lui avait infligés. Et comme lui le peuple briserait ses fers, pour s'élever dans la *Véritable Égalité*.

Ici tout était sombre, noir et malodorant. En particulier les murs de la cage d'escalier, jamais lessivés, où s'accumulaient trois cents ans de saleté. Le seul avantage en été, c'est qu'il y faisait frais, sauf naturellement aux étages élevés, de véritables étuves.

Il passa une nouvelle chemise, se recoiffa en arrangeant le ruban de sa queue-de-cheval, puis ressortit. Rotondo l'attendait à six heures pour une affaire importante.

L'air de la rue lui sembla une fournaise. La vie paraissait ralentie dans un air empuanti. Aucun nuage dans le ciel d'un bleu dur. À peine Garat se fut-il coiffé de son chapeau rond qu'il vit un grand personnage arriver droit sur lui.

Il se raidit aussitôt. D'instinct il reconnaissait en lui ce mélange de richesse, d'autorité et d'aisance qui lui avait toujours manqué. L'homme lui amenait peut-être aussi certains tracas, même s'il n'en pressentait pas encore la nature. Arrivé à deux pas de lui, le géant s'inclina avec urbanité.

– Ai-je bien affaire à Claude Garat l'Héritier, dit Garat l'Américain ? s'enquit-il d'une voix presque timide.

– À qui ai-je l'honneur ? riposta Garat en détaillant l'étranger des pieds à la tête.

Ce dernier, grand, bien nourri et bien rasé, portait un riche habit à la française, des bas de soie et une perruque soigneusement poudrée sous un chapeau tricorne.

– Henri-François Lefèvre, pour vous servir, répondit-il en omettant volontairement de mentionner son titre de marquis d'Ormesson. C'était ici un quartier populaire et il préférait ne pas en rajouter là-dessus.

Il précisa néanmoins qu'il était juge au premier tribunal criminel d'arrondissement au palais de justice, ce qui fit pâlir son interlocuteur. Un autre personnage surgit à ses côtés tandis qu'il parlait, qui avait tout du policier, les yeux rapprochés, les habits ternes et l'air sournois. La main plongée dans une basque, il ne semblait qu'attendre l'ordre de frapper ou de tirer. Garat sentit une bouffée de rage l'envahir, avec la peur. Il regarda autour de lui. Chacun le connaissait ici, en en appelant au peuple il saurait échapper à ces scélérats.

– Que me voulez-vous ? Je suis un honnête citoyen et n'ai rien à dire aux juges.

– Êtes-vous Claude Garat, dit Garat l'Américain ? insista d'Ormesson sans impatience.

L'ancien planteur approuva d'un coup de menton.

– Que voulez-vous ?

– Je viens vous arrêter prisonnier, répondit poliment d'Ormesson.

Avant que Garat ait le temps d'esquisser un geste, il fit un signe et deux autres hommes s'approchèrent soudain pour le saisir par les bras. Ils étaient habillés en noir, des exempts à n'en pas douter, et qui n'en étaient pas à leur coup d'essai. Ils l'emportèrent comme un enfant dans un fiacre qui attendait plus loin.

*

Caché à l'angle de la rue Perrin-Gosselin, Victor avait observé pendant un bon long la place des Chevaliers-du-Guet. Même une proche connaissance aurait eu du mal à le reconnaître. Pour cinquante sols, il s'était procuré chez un fripier du Vieux-Louvre un vieux gilet croisé sans manches, porté à même la peau, des culottes et des sabots. Le tout empestait à dix pas, mais au moins il n'y avait pas de poux. Le visage dissimulé sous un antique chapeau de feutre à larges bords, il ressemblait à n'importe quel gagne-deniers à douze sols la journée. En tout cas il en avait l'odeur.

Son examen l'avait rassuré : il n'y avait là que des habitants du quartier, qui prenaient l'air en causant. Des enfants jouaient sur la place, se disputant des os de mouton sans doute trouvés à la Grande-Boucherie toute proche. Dans un cabaret des gens chantaient et s'interrompaient avec de gros rires. C'était déconcertant. Victor avait imaginé que la journée se finirait en émeute. Rien ne s'était passé et voilà qu'il se croyait presque sur la place d'un village quelque part en Bourgogne, un soir d'été.

Il se faufila dans un des immeubles de la place après avoir évité le concierge. Une petite femme blonde au regard fatigué lui ouvrit au deuxième étage, non sans qu'il ait longuement insisté, au point de croire un temps que l'appartement était vide. Cette dernière le détailla sans marquer de surprise, puis inspecta la cage d'escalier par-dessus son épaule.

– Vous êtes ?

– J'ai ceci pour le commissaire Piedebœuf, répondit le gendarme en lui tendant un petit billet. C'est une affaire très importante.

Son interlocutrice s'en empara d'un geste vif. Elle bloquait la porte du pied, une main – sans doute armée – cachée derrière son dos. À la bonne facture de sa robe, il supposa qu'elle était la femme du commissaire.

– Il n'est pas en état de lire, déclara-t-elle en refermant.

Pendant d'interminables secondes Victor hésita sur la conduite à tenir. Finalement il entendit un pas, et le battant s'entrouvrit de nouveau sur le regard bleu de la citoyenne Piedebœuf. Après une inspection minutieuse de la cage d'escalier, elle lui fit signe d'entrer.

À l'intérieur, tout était sombre et silencieux, l'air abandonné. Les volets étaient clos, les rideaux tirés sur une odeur de cuisine rancie. Le commissaire attendait le gendarme dans un petit cabinet qui donnait sur la place. Il sursauta presque à son apparence – à moins que ce ne fût en le sentant. Puis il lui désigna un fauteuil à demi crevé, se postant lui-même auprès de la croisée entrouverte. Un mince filet de lumière caressait le contour de son visage et son menton massif, pas rasé de trois jours. Il portait une simple chemise, des culottes sans bas et des chaussons d'intérieur. Son teint était livide et il semblait épuisé.

– Mon assassin me rend visite... railla-t-il d'un ton las. Je suis flatté. Auriez-vous subi quelque revers de fortune ? ajouta-t-il en désignant les nippes du jeune homme.

Cependant son ton demeurait plutôt cordial. Le jeune homme sourit sans répondre. Dans une pose apparemment familière, le commissaire surveillait la place depuis l'interstice entre les rideaux.

– J'ai préféré prendre mes précautions.

– Je m'en vais bientôt. Mes enfants sont déjà partis, ce n'était pas si simple. Nous les rejoindrons la semaine prochaine. Et rassurez-vous, j'ai renvoyé mes domestiques. Quant à vous, vous devriez éviter de venir ici. Orléans a des espions partout.

– Je devais vous parler, répondit Victor.

Le vieux policier attendit la suite sans même le regarder.

– Je voulais vous parler de ce jeune homme du port Saint-Nicolas.

– Mais encore ?

– Je dois vous dire une chose dont le général ne nous a pas parlé l'autre soir dans votre cabinet. Bouvard travaillait aussi pour lui.

Piedebœuf arqua les sourcils, intensément surpris. Il s'était écarté du rideau. La lumière rougeoyante de la fin du jour dessinait la forme de sa tête en contre-jour.

– Et vous me dites que ne le saviez pas…

– Je ne l'ai appris qu'hier.

– Voilà de bien étranges pratiques. Bouvard avait-il la même mission que vous ?

– À peu de chose près, oui, répondit sèchement Dauterive. Il devait approcher Louise de Kéralio et se faire embaucher par elle, sachant qu'elle et son mari sont des proches de Choderlos de Laclos, qui se rend souvent chez eux pour des réunions.

Le commissaire n'ajouta rien mais eut une expression de désapprobation. Victor, qui quelques mois plus tôt aurait sans doute tout fait pour justifier son mentor, gardait lui aussi le silence. Dans cette affaire, il n'était qu'un instrument, simple fantassin d'une guerre souterraine où les vies ne comptaient guère. Mais curieusement il se ne sentait pas plus affecté que cela. Sans doute devait-il en être ainsi quand on était mêlé à des affaires d'État.

– Et qu'en déduisez-vous ? reprit Piedebœuf d'un ton neutre.

– Qu'à moins d'un immense hasard, le meurtre de Bouvard est lié à sa mission. Il a dû découvrir quelque chose d'important. Quelque chose que vous auriez pu découvrir vous aussi, et qui a suffi pour qu'on me donne l'ordre de vous tuer.

– Je n'ai rien découvert à part cette affaire d'espion autrichien, ce Vivien du Baly. Mais votre maître nous a bien dit l'autre soir qu'il n'y croyait pas.

– Je pense qu'il se trompe, murmura Dauterive en se caressant l'arête du nez. Il y a forcément un lien entre sa mission d'espionnage et cet assassinat.

– Peut-être mon ami, mais que voulez-vous faire ?

– Aidez-moi à retrouver Vivien du Baly. Vous avez encore toutes vos mouchards, j'ai de quoi les payer. Et votre adjoint aussi peut m'aider.

– Mon adjoint ? Ce n'est qu'un peintre sur porcelaine qui se rêve en *Argus*[1].

Il s'empara d'une chaise et s'y laissa tomber.

– Je vous observe d'ailleurs que votre maître n'a pas nécessairement tort : cet histoire d'espion autrichien est ridicule. L'empereur d'Autriche n'a aucune raison de comploter avec le parti d'Orléans.

– Nous n'en savons rien. Dans notre époque tout est possible, répliqua Dauterive, dont l'enquête précédente avait ébranlé toutes les certitudes.

– Je vous trouve bien cynique, jeune homme.

– Vous savez très bien que non. De toutes façons La Fayette m'a demandé de continuer ma mission, et je vais le faire, mais à ma manière. Je veux savoir ce qu'avait trouvé Bouvard.

Piedebœuf ne trouva rien à répondre. Il se releva difficilement en prenant appui sur l'assise de son siège, et ouvrit son secrétaire pour en sortir un nécessaire à écriture.

– Je ne puis sortir sans risque, dit-il en trempant sa plume dans l'encre. Mais je vais donner des instructions pour qu'on vous aide à retrouver ce Vivien du Baly, ou les hommes qui travaillent pour lui. Mais prenez garde. Au premier faux pas, ces gens-là vous tueront.

Il termina sa lettre, la sabla et la tendit à Victor.

*

L'affaire avait été bien préparée, songeait Garat, tandis que le fiacre descendait lentement de la rue Dauphine vers l'île de la Cité. Secoué par les cahots, il observait le magistrat à la dérobée. Avec son chapeau tricorne posé sur les genoux, sa figure un peu rouge et ses grands yeux rêveurs, il avait plutôt l'air bienveillant. En comparaison, le policier dégoulinait de fausseté. Ce dernier ne le quittait pas du

---

1 Argus est un géant de la mythologie, doté de cent yeux et qui est donc le symbole d'un policier qui voit tout.

regard, d'une façon que l'ancien planteur ne connaissait que trop bien. Quelques années plus tôt, il avait aperçu des esclaves évadés dans les geôles du gouverneur, des hommes promis à la corde. Ils ressemblaient à des morts-vivants. Il eut brusquement l'impression de leur ressembler, et sentit un frisson le parcourir tout entier.

La voiture traversa le Pont-Neuf dans le fracas de ses roues cerclées de fer. Fallait-il voir dans son arrestation la main de La Fayette ? Il aurait eu vent du complot, sans doute par Dauterive, le petit gendarme. Ce qui donnait raison à ce bougre de Rotondo, hélas un peu tard. Mais cela pouvait être autre chose encore, quelque chose de bien plus grave… Il frissonna de nouveau. L'échafaud se dressait peut-être au bout du chemin.

Après avoir passé la place Dauphine, le fiacre s'arrêta quai de l'Horloge entre deux grosses tours, devant l'un des accès à la Conciergerie. Sans y être jamais entré, l'Américain connaissait suffisamment la ville pour savoir qu'il s'agissait d'une des plus anciennes prisons de Paris, même si elle ne servait plus guère ces derniers temps. Une dizaine d'années plus tôt, de gigantesques travaux avaient refait à neuf ce Palais de la Cité, ravagé par les incendies successifs. De vastes cours avaient remplacé les anciennes, dissymétriques, on avait érigé de grandes galeries, un gigantesque bâtiment à colonnades et une Cour d'honneur que défendait une monumentale grille en fer forgé. Les travaux avaient coûté si cher qu'il avait fallu lever un impôt spécial à Paris.

D'Ormesson menait Garat et son escorte d'un pas vif. Ils passèrent un guichet, puis une cour et quelques escaliers jusqu'à un bâtiment récent au pied de la Sainte-Chapelle, le siège du premier tribunal criminel d'arrondissement de Paris. Malgré ses élégantes améliorations, l'endroit parut à Garat comme une immense geôle, où régnait encore le spectre de l'ancienne justice royale.

Arrivé dans un cabinet, au deuxième étage, le captif reçut l'ordre de s'asseoir. Il apercevait par la fenêtre les hautes volées d'arcs-boutants de la Sainte-Chapelle. Deux employés causaient dans la cour. D'autres devaient discuter paisiblement comme ces deux-là, partout en ville, sans crainte du lendemain.

Le cabinet, assez clair et vaste, était parqueté de neuf, les murs tendus de papier peint. Le magistrat avait pris place derrière un large bureau en chêne. Son greffier en habit noir attendait déjà à son petit bureau. Le policier aux yeux rapprochés s'installa quelques pas en arrière, les fesses en appui contre le mur.

Interrogé, l'ancien planteur déclara s'appeler Claude Garat l'Héritier, dit Garat l'Américain, né à Auzon dans le département de Haute-Loire, âgé de quarante-six ans, être *homme d'affaires*, et demeurer à Paris rue des Fossés-Monsieur-le-Prince.

Il répondait doucement, la voix basse, presque rauque, prudent.

– Savez-vous pourquoi vous avez été conduit devant nous ? lui demanda son interlocuteur en le fouillant du regard.

Garat répondit qu'il l'ignorait. Le magistrat le dévisageait toujours, sans méchanceté, comme s'il attendait un bon geste de sa part, un aveu tout simple.

– Avez-vous jamais été repris de justice ?

– Non.

Il sentait son cœur battre sourdement, car c'était un demi-mensonge. À Saint-Domingue, il avait été incarcéré à la suite de l'incendie, mais très vite relâché. Son interlocuteur n'en parut pas troublé.

– Êtes-vous marié ?

Garat déclara qu'il l'avait été avec une femme Deseaux à Saint-Domingue, mais que la pauvre était morte de fièvre en 1781. Il ne s'était pas remarié.

– Êtes-vous bien assuré de ne pas savoir la raison pour laquelle vous êtes conduit devant nous ? insista le magistrat, l'air étonné.

– Je l'ignore.

– Pouvez-vous me dire où vous avez passé la nuit ?

Garat ne put s'empêcher d'accuser le coup. Il inspira largement en redressant son buste.

– Je n'ai pas passé la nuit chez moi, souffla-t-il d'un ton presque inaudible.

– Où avez-vous passé la nuit ?

– J'avais bu, j'ai dormi quelque part dans Paris, je ne sais où exactement. Et au matin je ne suis pas repassé chez moi, j'avais à faire ailleurs.

– Nous savons tout cela, répliqua le juge avec une espèce de sourire gêné. Mais moi, je vous demande où vous avez passé la nuit… Pouvez-vous nous préciser le lieu ?

– Non, je ne peux pas, souffla Garat entre les dents.

Il repensait aux nègres évadés à Saint-Domingue, quand ils se faisaient reprendre. Devant le procureur, ils ne cherchaient même pas à se justifier, ils savaient comment tout ça finirait. Leur silence était leur ultime fierté et il s'agaça du coup de sa propre docilité.

– Voilà qui est bien fâcheux, commenta sobrement d'Ormesson après avoir lancé un regard au policier, derrière lui. Que vous est-il arrivé à la main ?

– Je me suis blessé contre un mur.

Il voulut ajouter quelque chose mais se tut. Le policier examinait ses articulations écorchées, et son pansement de fortune, ouvertement incrédule. Garat s'efforçait de rester impassible, mais son visage et son cou ruisselaient de sueur.

– Rien de grave donc, reprit le juge une fois que le greffier eut fini d'écrire.

L'Américain choisit de ne pas commenter.

– Vous arrive-t-il souvent de ne pas dormir chez vous ?

– C'est rare.

– Parlez plus fort, je vous prie.

Garat répéta d'une voix plus ferme.

– Voilà qui est étrange, car votre concierge, le sieur Briet, nous affirme que depuis votre arrivée dans son immeuble, en février 1787, il y a donc de cela plus de quatre années, vous n'aviez jamais découché. Cet homme semble beaucoup vous estimer, il craignait même qu'il ne vous soit arrivé malheur. Avouez tout de même que tout cela est fâcheux.

– Pourquoi serait-ce fâcheux ? protesta mollement l'ancien planteur.

– Vous le saurez tout à l'heure. Pourquoi ne voulez-vous pas me dire l'endroit où vous avez dormi ? Était-ce chez un particulier ?

– Non.

– Eh bien où, alors ? Pourquoi ne pas nous le dire ?

– Parce que je ne sais pas l'endroit. C'était dans un chantier de construction, vers le quartier de la Chaussée-d'Antin. Mais je ne saurais dire dans quelle rue. Je vous l'ai dit, j'avais bu.

– La Chaussée-d'Antin ? Ce n'est pas la direction de votre domicile.

Garat ne put s'empêcher de grimacer. Que savait précisément le magistrat ?

– Je ne comprends pas ce que vous voulez dire.

– Mais si, Garat, vous m'entendez très bien. Hier soir vous avez banqueté au cirque du Palais-Royal, en belle compagnie si j'en crois ce qu'on m'a dit. Au sortir vous auriez dû prendre la direction de la rue des Fossés-Monsieur-le-Prince, sur la rive gauche. Or vous êtes parti vers les faubourgs, rive droite. Qu'alliez-vous faire là-bas ?

Son ton devenait acide. Le greffier notait à toute vitesse, il reprenait de l'encre à intervalles réguliers, comme un de ces automates, ces oiseaux mécaniques que Garat avait un jour vu exposés dans une boutique du Palais-Royal.

– Je n'avais rien à faire rive droite, reconnut-il à contrecœur. J'ai marché pour prendre l'air, j'avais trop bu et il faisait chaud. À un moment je me suis arrêté et je me suis réveillé là le lendemain.

– À quelle heure ?

– Huit heures sonnaient.

– Quelqu'un peut-il en témoigner ? Je ne vous cache pas que cela pourrait vous être d'un grand secours.

L'ancien planteur secoua la tête.

D'Ormesson le regardait avec patience, ses grosses mains croisées sur le bureau. Il attendit que le greffier finisse sa ligne pour reprendre la parole.

– Connaissez-vous les sieurs Pierre-Joseph Lebel, et Jean-François ?

Garat avait pâli.

– De quoi m'accuse-t-on ?

– Je ne vous accuse point. Je vous demande si vous connaissez ces hommes.

Le prévenu hocha la tête en silence. Il n'avait rien bu depuis des heures et sa gorge lui parut soudain atrocement sèche.

– Leurs cadavres ont été trouvés ce matin, poursuivit le magistrat sans le quitter des yeux. Certains témoignages me laissent à penser que vous n'êtes pas étranger à leur mort. Qu'en dites-vous ?

– Quels témoignages ? Je ne les ai pas tués.

– Vous auriez pu.

– Je ne les ai pas tués !

– Dans ce cas dites-moi où vous avez passé la nuit. Je serais plus enclin à vous croire, certainement.

– Je vous ai déjà dit où j'avais passé la nuit.

– Cela ne me suffira pas, mon cher, laissa tomber le magistrat d'un ton glacial.

Au prix d'un effort presque surhumain, Garat parvint à garder son calme, se contentant de hausser une épaule.

– Il est constant que je n'ai pas dormi chez moi, et que je ne saurais vous dire l'endroit où j'ai dormi. Suis-je le seul dans ce cas ? Des centaines de Parisiens n'ont certainement pas dormi chez eux cette nuit. Des milliers de miséreux dorment dans les caniveaux et sur les quais. Sont-ils tous coupables des meurtres à Paris ? Je ne sais plus où j'ai dormi, est-ce la preuve que je suis coupable ? Sommes-nous revenus au temps de la justice féodale ?

D'Ormesson hocha la tête, l'air perdu dans ses songes. Avec son expérience – huit ans plus tôt, il avait brièvement occupé le poste de contrôleur général des Finances[1] – il n'était pas homme à s'impressionner d'un tel discours. Et cela d'autant que Garat, habituellement plein d'autorité, avait perdu toute sa superbe, s'exprimant avec l'agressivité d'un homme aux abois.

– Nous ne sommes pas à la tribune de votre club, rétorqua-t-il. Je vous demande, Garat, de me dire où vous vous trouviez cette nuit entre une heure et huit heures du matin. Le reste ne m'intéresse pas.

L'Américain prit une large inspiration, mais ne répondit rien.

D'une claque très violente dans le dos, le policier qui se tenait toujours derrière lui, manqua de le faire tomber de sa chaise.

– Réponds, butor. Faut-il qu'on te dise ce que tu faisais pour que tu t'en souviennes !

Garat fit un effort pour ne pas se lever pour étrangler son agresseur. En même temps il sentait bien que ce dernier n'attendait que cela, une colère en forme d'aveu. Il se rétablit sur son siège sans un mot. Sa chemise était inondée de sueur, la transpiration lui coulait dans les sourcils, des

1 Ministre des Finances.

étoiles dansant devant ses yeux. Il s'essuya le front du revers de la manche.

– Tous les habitants de cette ville, et même les gens sans aveu, n'ont pas autant de raisons que vous pour tuer ces deux malheureux, fit doucement d'Ormesson, qui le fixait avec une immobilité hiératique. Raisons que je vais vous détailler, puisque vous semblez les avoir oubliées : dans la nuit du 12 ou 13 février 1784, la demeure de la famille Petit du Vaudreuil à Petite-Rivière sur l'île de Saint-Domingue s'est entièrement consumée dans un incendie. Lors de cet incendie, le maître de maison a péri avec ses trois enfants de trois, sept et neuf ans.

Il reposa le papier dont il s'était emparé sur son bureau.

– Madame Petit du Vaudreuil en a réchappé, mais au prix d'affreuses brûlures qui l'ont défigurée. Vous connaissez cette histoire, je crois. À moins que vous ne préfériez que votre victime ne vienne en personne vous rappeler l'effet de vos bontés ?

– Qu'est-ce que cela veut dire… Que voulez-vous dire ?

La voix de Garat n'était plus qu'un mince filet. D'Ormesson crut qu'il allait tomber en faiblesse tant il était pâle.

– Je veux dire, Garat, que madame Petit du Vaudreuil est arrivée à Paris au début de la semaine. Je puis donc lui demander de venir vous raconter elle-même cette histoire, quoique la simple évocation de votre nom lui soit un supplice. Demain matin elle peut être là si je la fais mander, et vous verrez de vos yeux ce qu'elle vous doit. Les dettes doivent se payer, Garat. Vous n'éviterez pas cela en vous lançant dans la politique ni en mettant Paris et ce royaume à feu et à sang. Vous finirez roué, je vous en fais le serment[1]. Vous payerez pour ce que vous avez fait.

1 Supplice réservé le plus souvent aux assassins, qui consistait à allonger le condamné sur une roue ou une croix de Saint-André, à lui briser les quatre membres à coups de barre de fer, puis à placer le condamné sur une roue en pliant ses jambes sous lui de façon à ce que ses talons touchent au-dessous de sa tête, jusqu'à ce que mort s'ensuive.

– Je n'ai rien fait. Ce sont des mensonges…

– Taisez-vous ! Lebel et Jean-François vous ont vu quitter les lieux de l'incendie…

– J'étais venu aider. Tous les…

– Je vous ordonne de vous taire ! s'exclama d'Ormesson, tandis que le policier derrière Garat le frappait d'une violente calotte.

– Votre fabrique de tafia ne marchait pas, Garat. Plutôt que de la céder à des concurrents plus heureux, qui vous en offraient pourtant un bon prix, vous avez préféré y mettre le feu. Vous avez accusé vos voisins, les frères Guilbert, la famille Petit du Vaudreuil…

– C'est faux… ce sont eux qui…

Un coup de poing dans les côtes l'interrompit pour de bon. Il tenta de se redresser sur son siège, le souffle à demi coupé.

– Mais cela n'a pas suffi. Vous avez ensuite incendié la demeure de la famille Petit. Puis vous avez pris la fuite vers la France. Ne dites plus un mot, sans quoi je ne réponds pas de Jourdain. Vous avez fui Saint-Domingue, mais votre affaire allait être rejugée ici. Lorsque vous avez appris que les sieurs Lebel et Jean-François étaient à Paris, et que leur témoignage allait vous accabler, vous les avez tués !

– Je ne savais pas qu'ils étaient à Paris.

Jourdain le fit taire d'une bourrade.

– Menteur ! Il y a deux jours ils étaient au Palais-Royal. Tu as été vu en train de les observer.

On entendait seulement crisser la plume du greffier. Et lorsque ce dernier eut fini ce fut le silence absolu. Garat sentit un vide. Rotondo lui avait montré les deux hommes au Palais-Royal. Il était le seul à savoir. L'avait-il dénoncé ? Il tentait de se raisonner mais la rage se levait en lui comme un ouragan. Un voile rouge lui obscurcissait presque les yeux.

D'Ormesson s'était levé. Dans un geste théâtral, il lança sur son bureau un morceau de tissu. Un vêtement. Le cœur au bord des lèvres, l'Américain reconnut celui qu'il portait la veille au soir. La manche était déchirée. Une large tache de sang maculait tout le côté gauche, avec la chaleur elle avait noirci, raidissant le coton.

– Voici ce que nous avons trouvé chez vous. D'où vient ce sang, Garat ? Est-ce aussi parce que vous vous seriez *blessé contre le mur* ?

L'Américain prit une large inspiration. Son regard se tournait vers la fenêtre, le long des murs élégants de la Sainte-Chapelle. Et derrière c'était un ciel parfait. D'Ormesson le fixait sans un mot, les mains croisées mais le teint un peu plus rouge qu'au début de leur entretien.

20

Cinq heures et demie de l'après-midi

Après avoir attendu en vain à l'entrée du club, rue des Cordeliers, Rotondo se rendit rue des Fossés-Monsieur-le-Prince, où il apprit de la bouche du concierge que l'Américain n'avait pas reparu depuis la veille au soir. Plus inquiétant, deux hommes étaient à sa recherche.

– Deux hommes ? Quels hommes ? fit Rotondo.

Troublé par sa réaction, le portier décrivit un grand personnage aux joues roses, vêtu d'un bel habit à rayures, d'une perruque et d'un tricorne. Son acolyte, plus petit, en frac et bottes sales, les yeux louches, ressemblait à un intendant.

Le *Professore* grimaça.

– Des policiers ?

– Tout bien pensé c'est possible, répondit son interlocuteur en massant distraitement sa nuque dégoulinante de sueur.

Il n'osa pas ajouter qu'il les avait laissés investiguer dans l'appartement de Garat.

Plus tendu que jamais, l'Italien décida de se rendre malgré tout là à l'endroit convenu avec l'Américain. Il traversa la Seine par le Pont-Neuf, contourna le Vieux-Louvre et entra rue Saint-Honoré. Il n'était pas tranquille et crispait les doigts sur son pistolet, au fond des basques, persuadé qu'ils étaient trahis et qu'il était lui-même sur le point d'être arrêté.

Depuis deux ou trois jours, rien n'allait plus. C'était depuis lundi exactement, le jour où était apparu ce petit gendarme. Et maintenant Garat disparaissait, en tout cas il était recherché par la police. Que lui voulaient-ils ? Le petit escroc marmonnait entre ses dents tout en marchant, la figure tordue par la colère. Oh oui, les choses allaient mal ! Mais il ne se laisserait pas faire, il ne se laisserait pas livrer comme un mouton sans rien tenter. Tout plutôt que la corde !

Le ciel se teintait de rouge sang, annonciateur du crépuscule, il régnait une chaleur épuisante dans la rue Saint-Honoré, encombrée d'élégantes qui prenaient l'air avant le souper. Lui-même se sentait poisseux, ses bottes et sa chemise collant à la peau. Il avait envie de tout jeter, de trouver une rivière et d'y plonger. À Abbiategrasso en Lombardie, où il était né, il ne faisait jamais chaud comme ça. Du moins pas dans ses souvenirs.

Comme il l'avait craint, Garat ne l'attendait pas. Cette fois c'était sûr, il y avait un problème. Jamais l'ancien planteur ne ratait un rendez-vous. Pendant quelques minutes, le *Professore* hésita à prendre la poudre d'escampette. Il passerait à son logis pour prendre son argent, et il quitterait Paris, il était encore temps. Il avait retiré ses lunettes et observait la rue, s'épongeant le front avec un grand mouchoir.

Ne constatant rien d'anormal, il finit par se reprendre et décida de poursuivre ce qu'il était venu faire. Poussant la porte d'une boutique un peu plus loin, il demanda à parler au sieur Epstein. Mais ce dernier n'était pas là.

Une employée s'était approchée de lui, une dame aux hanches larges, boudinée dans sa robe de coton, l'air fatigué. La cordonnerie était pleine comme un œuf, on se marchait presque dessus. À en voir les vitrines, aussi propres que les fenêtres d'un palais, et les chaussures sur les étagères, seule une clientèle très aisée pouvait venir ici.

Rotondo se sentit instantanément mal à l'aise, ce qui chez lui se traduisait par de l'agressivité.

– Monsieur Epstein est dans sa maison à Vaugirard, déclara la grosse employée. À qui ai-je l'honneur ?

– Je suis l'associé de monsieur Belinard, répondit Rotondo avec un sourire appliqué. Je viens pour l'appartement.

– Ah… l'appartement…

– Peut-on le visiter ? On m'a dit que les commis de monsieur Epstein pouvaient nous faire entrer.

Elle soupira en voyant entrer deux nouvelles clientes. Avec le labeur du jour, son chignon avait fini par s'effondrer. Sa robe était fripée, son visage las. Elle dégageait de lourds effluves de sudation et de saleté mêlées. Mais rien n'arrêtait Rotondo quand il voulait arriver à ses fins. Il s'inclina avec un respect admiratif, comme s'il découvrait Vénus sortant des eaux.

– Serez-vous assez bonne pour me montrer cet appartement ? C'est ce qui était convenu…

– Sans doute. Mais voyez-vous monsieur Epstein prend des rendez-vous sans nous en prévenir. Et vous voyez le monde qu'on a…

– Quelques minutes seulement. Ne dites pas non, ne me mettez pas dans le désespoir !

Elle rosit légèrement, surprise. On ne devait pas souvent être si aimable avec elle.

– Vous n'exagérez pas un peu ? sourit-elle, pas si dupe.

– Allons, vous n'allez pas me refuser ça à moi ?

Il la regardait avec intensité, comme s'il parlait de tout autre chose. Elle rougit de plus belle et lança un regard en arrière avant d'appeler une autre employée, à qui elle transmit ses consignes. Puis d'un signe complice elle invita le *Professore* à la suivre. Il ne fallait pas être grand-clerc pour comprendre à quel point cette petite entorse à son devoir lui procurait de plaisir.

Ils accédèrent à l'escalier de l'immeuble par l'arrière-boutique, où s'affairaient cinq ou six ouvriers cordonniers. Mais plus il montait, sans porter le moindre intérêt aux appâts fessus de la vendeuse, plus Rotondo faisait grise mine. Quand la demoiselle l'eut fait entrer dans un appartement assez propret, malgré ses murs écaillés et son parquet blanc de poussière, il eut du mal à cacher sa déception.

– Bien sûr, il y a du ménage à faire, s'excusa-t-elle, tout essoufflée. Mais c'est l'affaire d'une heure ou deux.

Elle s'essuya le front du revers du poignet.

Rotondo s'approcha de la fenêtre. Il avait compté, on était au quatrième étage. Du carreau sale, on voyait la foule s'écouler lentement sur le trottoir. De nombreux carrosses passaient sur la chaussée. Le porche monumental d'un hôtel particulier se dressait en face, avec derrière une grande cour pavée où passaient des laquais.

– C'est trop haut. On a des marchandises très lourdes à porter. Il faudrait quelque chose plus bas. Je suis désolé d'avoir fait monter pour rien.

Elle fit un geste fataliste de la main.

– C'est vous qui décidez. Je croyais que votre associé vous avait dit, pour le quatrième étage.

– Il m'avait surtout parlé d'une pièce, juste au-dessus de la boutique.

– Oh… Notre réserve vous voulez dire. Je lui ai déjà dit qu'elle n'est pas à louer.

– Mais c'est ça qu'il nous faut ! Une pièce c'est assez, juste pour quelques jours. Votre immeuble est exactement là où il nous faut. Et nous payerons le prix qu'il faut…

Il s'arrêta net car le visage de l'employée venait de se fermer.

– Je viens de vous dire qu'il y a là notre réserve. Je doute fort que monsieur Epstein vous y donne accès. Même pour quelques jours. D'ailleurs il n'y a pas de place.

Rotondo préféra ne pas insister. Il s'inclina profondément, sans trop marquer le coup.

– Hélas, tout le monde n'est pas aussi bon que vous. Car vous, je ne doute pas que vous me feriez une petite place, n'est-ce pas ?

– Je ne suis pas monsieur Epstein.

– Certes non ! Quand sera-t-il là ? On peut peut-être s'arranger, non ?

– Il sera là demain matin, répliqua-t-elle d'un ton plus sec. Maintenant je dois y aller.

*

Victor poussa la porte du Soleil d'Or, découvrant une salle assez sombre d'une douzaine de toises de profondeur sur trois de large, au parquet lustré et aux murs noircis. Il y régnait une fraîcheur bienfaisante, gâtée par des relents acides de fumée morte et de vieux vin. Il était trop tôt pour recevoir les pratiques, seuls cinq ou six hommes soupaient joyeusement en chemise, les manches relevées jusqu'aux coudes, leurs violons posés sur une table près d'eux. Ils s'interrompirent fourchette levée, en voyant le gendarme s'approcher d'eux, son pas sonnant sur le parquet.

L'un des dîneurs, un homme assez grand, le regard charbonneux et les sourcils arqués, reposa son gobelet d'étain.

– On n'est pas ouvert, sourit-il, mais on sentait tout de même de l'agacement.

– Dans ce cas vous auriez dû fermer la porte. Je suppose que vous êtes le patron ? déclara Dauterive en ôtant le chapeau à grands bords qu'il venait de s'acheter.

Il semblait chercher un endroit où le poser.

Son interlocuteur s'inclina avec ironie.

– J'admire votre perspicacité, jeune homme. Mais je vous répète que nous ne sommes pas encore ouverts.

– C'est sans importance, je ferai vite. Je suis à la recherche d'une de vos clients, un jeune homme barbu qui exerce le métier de perruquier, un sieur Lalanne. Je cherche également un officier étranger, un certain Vivien du Baly. Est-ce que cela vous dit quelque chose ?

Le patron du Soleil se leva d'un coup. Il faisait bien ses six pieds mais son visiteur ne parut nullement impressionné.

– Je n'ai rien à vous dire sur cet officier que je ne connais pas, ni sur ce Lalanne. Et maintenant laissez-nous souper. Je n'aime guère vos façons, mon ami.

Il voulut faire un pas en avant mais le jeune homme l'agrippa soudain à la gorge, lui faisant perdre l'équilibre. Dans un fracas de tonnerre, une table s'écroula, entraînant deux chaises et nombre de gobelets. Les musiciens s'étaient levés mais n'osaient pas intervenir.

L'homme aux sourcils arqués avait de grands bras musculeux et la peur décuplait ses forces. Ils renversèrent une autre chaise avant que Victor ne parvienne à lui labourer le ventre de coups de genou. Souffle coupé, le cabaretier sentit qu'il lui tordait le poignet. Il poussa un hurlement sauvage. Comme un des musiciens avait enfin bougé, Victor pointa son pistolet sur lui.

– Retourne t'asseoir. Et les autres aussi.

Il haletait, le front luisant. Tout le monde obéit et le gendarme poussa son captif sur une chaise, chemise déchirée et visage trempé de sueur. Lalanne, murmura-t-il, habitait rue du Foin, tout près de la place Royale.

*

Victor n'aimait pas ce qu'il faisait. Il avait l'impression de douter de La Fayette, de se détourner de sa mission. Le général ne lui avait-il pas dit d'oublier ce cadavre à l'escarpin verni, cette histoire d'espion autrichien ?

Son malaise empira lorsqu'il découvrit l'endroit où vivait Lalanne. À moins de cent pas d'une des plus belles places du monde, bordée de somptueux bâtiments, la rue du Foin n'aurait pu juré dans le plus miséreux des faubourgs. Une épaisse couche d'immondices tapissait le sol, s'accumulant au bas des bâtiments en tas puants. Il s'attendait à cette crasse, bien sûr, mais quelque chose dans la tristesse du décor l'oppressait. Il y avait peu de monde, et pas d'enfants.

La concierge avait à peu près son âge, l'œil rond étonné et la robe tachée. Elle portait un nourrisson endormi contre son sein. Son logement, derrière elle, lui parut aussi sombre et encombré que la cabane d'un paysan.

– Le barbu ? Je l'ai pas vu, non, répondit-elle d'une voix traînante.

Un instant, Victor songea à repartir. S'il n'était pas là, pourquoi insister ?

– Il y a du monde à le demander, ajouta la logeuse, l'air de rien.

– C'est-à-dire ?

– Rien, je dis ça comme ça. Hier c'était un bonhomme avec le petit chapeau. Avant lui l'étranger. Et aujourd'hui c'est vous. Il a quoi fait ?

Dauterive sentit son cœur s'accélérer. Il lui fit répéter les informations, dans l'ordre cette fois. Donc, un homme au fort accent étranger était passé la veille en fin d'après-midi. Il portait un frac rayé à grands revers, avec des breloques aux poches. Il avait des airs mielleux, précisa-t-elle et l'avait même beaucoup complimentée. L'autre était passé un peu plus tard. Petit, solide, coiffé d'un chapeau rond et pas tellement causant, voire mal aimable.

Le gendarme n'eut aucune peine à deviner leurs noms.

– Est-ce qu'ils sont revenus depuis ? demanda-t-il en jetant un regard autour de lui.

Elle secoua la tête en remontant son enfant sur la hanche, d'un geste de l'épaule.

– Alors, quoi qu'il a fait ? Il vous doit de l'argent ?

Il demanda à voir le logis du mouchard. D'un pas lourd,

elle le mena sans protester jusqu'au premier étage, avec toujours son enfant dans les bras.

La cage d'escalier était sombre à en tomber, remplie d'odeurs répugnantes, et qui ne dataient pas de la veille. Une longue coursive menait à une sorte d'entresol. D'un coup, la jeune femme s'arrêta, comme si elle réalisait quelque chose.

– Quoi ? fit Dauterive.

– Rien… On devrait peut-être pas…

Elle avait le teint blême d'une personne qui ne voit guère le jour. Dans son œil naïf, un peu stupide aussi, il sentit ce décrochement, la peur qui s'invitait.

Le sous-lieutenant poussa la porte que rien ne retenait close. Son cœur battait plus sourdement, et les choses ne s'arrangèrent pas quand il découvrit le sol. Une longue giclée noire s'étendait sur le parquet, sur presque toute la largeur de la pièce. Et au bout de la trace s'allongeait un corps.

Après un silence, la fille se mit à hurler de tous ses poumons. Réveillé, le bébé se mit à hurler lui aussi.

Lalanne avait lutté jusqu'au bout. Sa chemise était remontée jusqu'à ses pectoraux broussailleux, il ouvrait grand la bouche comme s'il cherchait encore l'air. Le parquet était rayé par endroits, taché de sang coagulé, l'unique chaise gisait sur la paillasse, dossier détruit, les quatre pieds vers le plafond. Un poignard se dressait juste en dessous des côtes de l'ancien perruquier, enfoncé jusqu'à la garde. Il en fallait de la rage pour le planter ainsi. Le sang avait peu coulé et Victor imagina que le foie avait été directement touché. Avec un coup pareil, Lalanne n'avait pas dû mettre longtemps à passer.

La fille, à côté, avait arrêté de hurler. Du monde arrivait.

*

– Ces gens-là sont des chiens. Même pas la reconnaissance du ventre…

D'un signe de la main, Rotondo demanda à la serveuse d'amener un second pichet de vin. Il avait entraîné sa victime dans un cabaret et s'acharnait depuis plus d'une heure. Mais la donzelle résistait. Une vieille fille pétrie de principes, la figure et le cheveu secs, sotte par-dessus le marché. Le pire était sans doute son sourire chevalin, aux gencives envahissantes.

– Vous essayez de me faire boire ? dit-elle avec un rire entendu. Je vous intéresse donc tant que cela ?

Rotondo lui glissa un clin d'œil, refrénant une sourde exaspération.

– Bien plus que vous pensez…

Le nouveau flacon était arrivé. Il se servit à ras bord. Elle ne touchait même pas à son godet.

– Allez donc, vous êtes un coquin.

Il ne répondit rien, la contemplant d'un air à la fois gêné et ravi. Il lui aurait bien allongé une bonne taloche, qu'on en vienne enfin au fait, mais il pensait que la galanterie resterait plus efficace.

– Alors ? insista-t-il.

– Alors quoi ?

Dieu qu'elle était énervante !

– Qu'allez-vous faire maintenant ? Votre patron ne vous reprendra pas ?

Elle haussa une épaule, se gardant de rajuster son châle. Sa chair était pâle, flapie à la naissance des seins, un vrai dégoût.

– Je puis vous aider, reprit le *Professore*. Je connais fort bien l'intendant du duc d'Orléans. Je lui parlerai de vous, il vous trouvera facilement une place. Tout de même, allez, ces gens-là sont quand même des chiens, non ? Vous renvoyer comme ça, sans raison.

– Mon maître a eu un accident. On a essayé de le tuer…

– La belle excuse ! Pourquoi renvoyer une brave servante comme vous au moment précis où on a le plus besoin d'elle, hein ?

L'Italien jubilait intérieurement. On en venait enfin au fait ! Elle trempa les lèvres dans son verre, une fois puis deux. Des larmes perlaient au bord de ses paupières. L'air compatissant, il prit lui aussi son godet pour le vider à petits coups, histoire d'encourager la rouquine.

*

Après avoir appris tout ce qu'il désirait, Rotondo prit subitement congé. Au passage, il s'abstint de régler son écot – madame, sourit-il au patron, ne rêvait que de l'inviter. Puis il grimpa dans un fiacre et lui ordonna de filer au plus vite au Palais-Royal.

La nuit tombait, il faisait une chaleur de tous les diables. Par le carreau baissé, le *Professore* regardait défiler les façades, au pas lent du cheval, jusqu'à ce que la voiture s'arrête sans raison apparente, vers le début de la rue Saint-Honoré. Rotondo passa la tête par la vitre. Un attroupement s'était formé au carrefour, on entendait des cris assez forts.

Il frappa la portière du plat de la main.

– Avancez donc, je suis pressé !

Le cocher ne prit pas la peine de se retourner pour répondre, se contentant de hausser une épaule en montrant du doigt l'attroupement, du haut de sa banquette. Le tumulte augmentait, on entendait des voix de femmes, des cris stridents, des pleurs. Un homme hurlait plus fort que tout le monde mais on devinait dans sa voix plus que de la colère, une espèce de peur étranglée. L'Italien donna ses douze sols au voiturier et continua à pied.

C'était un accident, évidemment. Un fiacre stationnait au beau milieu du carrefour, sans conducteur, renversé sur son essieu brisé. Plus loin le cocher se débattait entre deux passants, un homme solide vêtu d'un long manteau-redingote et d'une toque de fourrure, ce qui était étrange par une telle chaleur. Il essayait de repousser ses assaillants à coups de manche de fouet comme souvent les gens de sa corporation, mais il était serré de trop près. Finalement, on le lui arracha.

Un cabaretier gras comme un moine expliqua à Rotondo que ce brigand venait d'écharper une vieille qui traversait le carrefour. Il avait voulu s'enfuir mais sa roue avait heurté la base de l'ancienne croix du Trahoir, qui se dressait encore ici jusqu'il y a peu. Et l'essieu s'était rompu. Le *Professore* ne chercha pas à voir la pauvre vieille en question. En s'éloignant, il entendit deux ou trois coups sourds, se retournant juste à temps pour voir la toque du cocher sauter en l'air, au milieu des gens. Ce cochon-là allait regretter de s'être levé ce matin, songea Rotondo.

Lorsqu'il passa les grilles du Palais-Royal, il était couvert de sueur. Ordinairement, il aurait pris le temps de passer le mouchoir sur son visage, et de se rafraîchir d'un verre ou deux, mais il préféra gagner directement le café du Caveau. Garat ne s'y trouvait pas, ni aucun des hommes de sa troupe. C'était l'heure où les jardins et les péristyles s'emplissaient de promeneurs. Des dizaines de prostituées cherchaient le client, presque nues sous leurs robes de gaze. Il en éprouva des bouffées de désir, mais n'en tint pas compte et trouva finalement Saint-Huruge, l'un des hommes de Garat, qui se divertissait au café de Chartres en compagnie d'un ami et de deux putains.

– Où est Garat ? fit l'Italien sans reprendre son souffle.

– Qu'est-ce que tu as ? On dirait que tu as vu le diable, rit Saint-Huruge sans se lever.

Il avait défait sa cravate sur son cou de taureau. Sa chemise était mouchetée de gras.

– Je n'ai pas vu le diable. Mais j'ai vu son suppôt.

Son interlocuteur le dévisagea, surpris, avant d'éclater

de rire, puis ce furent les filles. Il allait reprendre son verre mais l'Italien lui fit brusquement reposer, dans une gerbe de vin. À sa mine, Saint-Huruge préféra ne pas protester.

– Qu'est-ce qui te prend ? Une bouteille à douze sous, quand même.

– Je suis sérieux. Où est Garat ?

– Ah. Tu ne sais donc pas…

Il essuyait ses gros doigts avec une serviette.

– Savoir quoi ? Où est-il ?

– À la Conciergerie, figure-toi. Mais ce n'est rien, il…

D'un geste furieux, Rotondo avait balayé tout le contenu de la table. Verres, bouteille, couverts, tout explosa au sol dans un vacarme joyeux. Les conversations s'étaient éteintes. Une femme en grand chapeau qui arrivait avec son cavalier fit prudemment retraite.

– Garat est arrêté et toi tu soupes ici ?

– Calme-toi. J'attends que Choderlos nou…

– Ce n'est plus le moment d'attendre. Dans deux heures nous serons peut-être tous en prison.

Le teint de Saint-Huruge, écarlate d'ordinaire, avait viré au gris. Il laissa quelques pièces et suivit le *Professore* sans un regard pour ses amis.

*

– Pour Garat on ne sait rien. Buirette est parti se renseigner au Châtelet, déclara Choderlos sans même reposer sa plume.

Il avait fait entrer Rotondo et son compagnon, par souci de rigueur plus que par curiosité. Et puis l'Italien avait terriblement insisté. L'écrivain travaillait en bras de chemise dans son cabinet, au premier étage du Palais-Royal, à la lueur de chandelles. Par les croisées ouvertes, on entendait le murmure continuel des jardins, la musique, les rires de femmes et les tintements des couverts. À cette heure et par cette chaleur, les marchands de glace devaient tourner à plein, certainement. On aurait cru que tous ces bruits venaient d'une autre planète, tant le contraste était fort avec ce cabinet vaste et nu, et sans la moindre fantaisie.

Le secrétaire du duc d'Orléans semblait lutter contre une marée de papiers. Ils envahissaient le maroquin de son bureau, en piles débordantes, d'autres étaient jetés sur le parquet, froissés, déchirés. Sur une table basse traînaient des restes de poires, des bouts de pain, une carafe de vin, une tasse à demi-pleine de café froid. Pas rasé, la chemise sale et les traits tirés, il ressemblait à un commandant en chef à la veille d'une bataille, épuisé mais le regard brûlant.

– Je suppose que vous connaissez la nouvelle ? demanda-t-il à Rotondo.

– Garat ?

– Non. Je vous parle de l'Assemblée. Le décret des comités vient d'être voté. Le roi est légalement inviolable, il va remonter sur le trône. Notre heure est venue, mon cher.

Rotondo se tordit les lèvres.

– Et pour Garat ?

– Arrêtez donc avec votre Garat ! Je viens de vous dire que Verrières est au Châtelet et qu'il essaye d'en savoir plus. Il est avocat, non ? Nous aviserons lorsque nous connaîtrons les raisons de son arrestation. Il ne devrait pas tarder maintenant. Attendez-le ici.

Son ton restait froid, d'une netteté chirurgicale.

– On ne sait pas qui l'a arrêté ?

Choderlos poussa un soupir avant de s'emparer d'un papier.

– Verrières nous le dira. Et maintenant laissez-moi, on m'attend aux Jacobins. Le roi vient d'être déclaré inviolable. Notre partie se joue ce soir.

Il recommença à écrire mais son interlocuteur ne semblait pas décidé à partir.

– C'est un coup de Dauterive.

– Quoi ? De quoi parlez-vous ?

– De l'arrestation de l'Américain. C'est Dauterive.

– Sacrebleu Rotondo… Quand allez-vous arrêter avec ce foutu gendarme !

– Il faut m'écouter. C'est un espion.

– Je sais ! Voilà trois jours que vous nous rebattez les oreilles avec ça. Vous me faites regretter de vous avoir laissé entrer. Allez dans mon antichambre et revenez me voir quand l'avocat sera là.

– Alors comment expliquez-vous qu'un homme à moitié mort prépare lui-même ses malles de voyage ?

L'écrivain se raidit, plume levée, un pli profond entre ses deux sourcils.

– De quoi me parlez-vous ?

– Je vous parle que nous avons demandé à Dauterive de s'occuper du commissaire Piedebœuf.

– Je sais bien, sacrebleu ! Eh bien quoi ?

– Et partout on a entendu dire que Piedebœuf était à moitié mort, et qu'il allait mourir en quelques jours. C'est pas vrai ? Eh bien moi je dis qu'il n'est pas plus blessé que vous et moi.

En quelques mots, le *Professore* raconta ce qu'il venait d'apprendre de l'ancienne femme de chambre du couple Piedebœuf. Le prétendu meurtre avait eu lieu mercredi après-midi. Or le jeudi matin, alors qu'elle arrivait comme chaque jour à son office, on l'avait remerciée sans autre forme de procès. Et la rouquine en était sûre : il n'y avait ce matin-là aucun médecin, aucune charpie, pas la moindre odeur de camphre ou d'alcool. Quant au commissaire, prétendument mourant, elle l'avait entraperçu dans son salon, déménageant la lourde malle que la famille utilisait pour ses voyages. Bien debout sur ses deux pieds, et sans bandage.

Toutes ces informations, expliqua Rotondo, un brin vaniteux, lui avaient coûté beaucoup de salive et un demi-louis d'or.

– Dauterive s'est moqué de nous, grinça-t-il en agitant les mains comme pour étrangler quelqu'un. C'est un espion, il travaille pour La Fayette, Blondinet est même venu à Saint-Germain l'Auxerrois pour nous faire accroire que cette fable était vraie. Qu'est-ce qu'il vous faut de plus ? Si l'Américain est en prison, on sait bien d'où ça vient maintenant.

L'écrivain se leva et fit quelques pas.

– Pensez-vous que ce Dauterive ait surpris nos projets ?

– Sinon pourquoi qu'on aurait arrêté Garat ? Il devait être de mèche avec le petit bougre qu'on a dû s'occuper dimanche. Il a dû lui donner ce *que vous savez* avant de mourir. Et maintenant il est sur nos talons. Il faut lui fermer le bec, et vite.

Choderlos s'était posé à la fenêtre, mâchoire contractée, les veines du front saillantes. Les rumeurs montaient du jardin, tous ces gens qui s'amusaient. Il avait travaillé comme un forçat pour parvenir à cette place, et il pouvait bénir la fortune car les événements l'avaient servi au-delà de tous ses espoirs. Mais il en voulait plus. Si tout se déroulait comme il le prévoyait il serait ministre, peut-être plus encore. Il s'élèverait plus haut que tous ces sots titrés, ces imbéciles *bien* nés qui l'avaient toujours méprisé, ces dépravés en bas de soie dont aucun n'aurait pu écrire ne serait-ce qu'une phrase des *Liaisons dangereuses*…

Et voilà qu'un petit espion venu de nulle part prétendait lui barrer la route.

Il se tourna brusquement vers Rotondo et Saint-Huruge qui attendaient sans mot dire, impressionnés par ce long silence.

– Trouvez-moi ce Dauterive, murmura-t-il. Trouvez-le et faites ce qu'il faut. Que personne ne sache ce qu'il est devenu.

*

Jusqu'au dernier instant, Victor avait hésité à venir, mais il avait eu envie de revoir Olympe. Il fut soulagé en apercevant sa silhouette au loin. Elle portait la même tenue extravagante que lors de leur première rencontre, un long corsage jaune bordé de fourrure, une robe de taffetas rose et fichu mauve assortis d'un curieux chapeau à *oreilles de chien* orné de quatre énormes plumes d'autruche.

La moue boudeuse, elle observait la foule, les plumes de son couvre-chef accompagnant gracieusement chacun de ses mouvements, mais le parvis de Notre-Dame était trop encombré pour qu'elle puisse y distinguer qui que ce soit. À chaque instant, des voitures déposaient d'autres spectateurs, dames en longues robes légères, messieurs en frac ou en habit de soie. En fendant la multitude, Dauterive plongeait dans un monde insouciant et frivole, ces laquais avec leurs lampes sourdes, ces cochers en livrées qui se menaçaient pour se garer aux meilleures places, tout cet argent si facilement dépensé. Une autre ville uniquement préoccupée par son plaisir, à mille lieues de celle où il vivait lui-même, avec ses misères et ses incertitudes. Comme toujours une foule de va-nu-pieds observait la scène de loin, faussement indifférente.

– Ça ! Vous me mettez sur les charbons ardents ! s'exclama Olympe en apercevant le jeune homme. J'ai cru que vous n'arriveriez jamais !

Sans attendre sa réponse, elle le prit par le bras et le poussa vers la cathédrale. Ils n'avançaient presque pas. Il sentait contre son flanc sa chaleur, son énergie vive et son parfum fleuri. Son cœur battait un peu plus vite, comme s'il revenait à la vie.

– Ah bien ? M'aviez-vous oubliée ?

Victor ne trouva pas le courage – ou la muflerie – de lui dire qu'il avait en effet failli ne pas venir. Il était passé chez lui en coup de vent, histoire de se rafraîchir un peu tout de même. Il voulait savourer ce moment, avant la tempête qu'il sentait venir.

En habituée de ces spectacles où se pressait le Tout-Paris, l'écrivaine avait envoyé son secrétaire lui garder deux bonnes places. En s'installant, le gendarme eut l'impression d'entrer dans un rêve. L'obscurité avait effacé les hauteurs de l'immense nef, elle masquait les vitraux et les bas-côtés tandis qu'une lueur incandescente illuminait l'autel. Les chandelles par milliers inondaient de lumière deux ou trois cents artistes vêtus de blanc réunis dans un cercle immense, au centre du chœur. Il y avait aussi des musiciens – Victor n'en avait jamais vu autant – des soldats d'opérettes, un véritable canon de quatre devant un décor de plus de cent pieds de haut représentant la façade de la ci-devant Bastille.

– *La prise de la Bastille tirée des livres saints*, chuchota Olympe à l'oreille du gendarme. Il y avait eu une représentation le 14 juillet de l'année dernière et je l'avais ratée. Je vous aurais détesté de me faire manquer celle-ci aussi.

Victor sourit. Dans ces moments elle parlait avec le cœur, comme la petite fille sans doute qu'elle avait été autrefois.

Les murmures de la foule s'éteignirent aux premières notes du *Te Deum* de Gossec[1] et d'un coup il oublia tout le reste. Les notes s'élevaient jusqu'au ciel, légères, enivrantes, les cuivres sonnaient au-dessus des violons et lorsqu'un chœur d'enfants, de femmes et d'hommes entonna l'action de grâce une intense émotion saisit le jeune homme jusqu'aux larmes. Autour de lui c'était la

1 François-Joseph Gossec, né en 1734, est l'un des plus grands musiciens français du XVIIIe siècle, devenu compositeur officiel à la Révolution.

même attention, une espèce de stupeur divine, comme si tous prenaient brusquement conscience de la grandeur de ce qu'ils vivaient, de cette Révolution qui les changerait tous, qui changeait tout et qui changerait le monde.

Ensuite un orateur raconta la fuite du roi et le désarroi du peuple. Les violons reprirent, puis les chœurs. L'orateur exhortait les citoyens à combattre. Une marche militaire prit le relais, puis les faux soldats jouèrent la prise de la Bastille, au son du canon et des clairons. À la fin de ce combat ponctué de citations bibliques, le comédien lança une dernière phrase d'une voix caverneuse, *Inimici eoepulsi sunt, nec potue runt stare. Et erunt opprobrium in gentibus*[1].

Et l'orchestre reprit le Te Deum.

Victor observait sa voisine, les joues rouges et baignées de larmes. Lui-même ne pouvait contenir son émotion, et c'était la même chose dans le public. Après un silence, les acclamations s'élevèrent en tempête. Sur leur gauche, ils perçurent un mouvement de foule. Gossec, le compositeur qui avait assisté à la représentation fut soulevé et porté en triomphe. Le public quitta Notre-Dame, frissonnant de commentaires. Il faisait enfin nuit, et la chaleur s'était un peu calmée. Le ballet des fiacres s'était mis en branle, au milieu de nuées de mendiants. Olympe prit Victor par le bras, les joues roses.

– Alors ? Regrettez-vous d'être venu ?

Il haussa une épaule.

– Bien sûr que non !

Il souriait en se forçant un peu car il repensait au meurtre de Lalanne, le mouchard. Avait-il été tué parce qu'il continuait à chercher Vivien du Baly, l'espion autrichien ? Avait-il appris quelque chose sur le jeune homme à l'escarpin ?

---

1 Nos ennemis sont fugitifs, ils n'ont pu nous résister et ils seront en opprobre parmi les nations. Peuples, louez Dieu.

– Comment vont vos affaires ? demanda Olympe, le regard indulgent.

Il répondit évasivement qu'il était un peu fatigué mais bien occupé, et elle n'insista pas. Ils marchaient vers la Seine en se tenant le bras parmi les passants encore nombreux.

– Je suppose que vous avez appris, pour le vote de l'Assemblée. Cette inviolabilité ne me dit rien qui vaille. Mais sans doute est-ce mieux ainsi. Je ne suis qu'une femme et je sais que mes avis ne comptent guère mais il me semble que ce pays n'est pas prêt pour une République. Je me suis trompée en le pensant, autrefois.

Il ne trouva pas grand-chose à répondre. Seul un homme dans le royaume avait les épaules pour prendre la place du roi. La Fayette. Mais il ne voulait pas du trône. Tous les autres prétendants au pouvoir n'étaient que des intrigants ou des fous, qui mèneraient le pays à la ruine. Ils s'arrêtèrent au bout de la rue Neuve-Notre-Dame, où attendaient quelques fiacres.

– Avez-vous pu voir Choderlos ? demanda-t-elle soudain.

Elle ne paraissait pas vraiment curieuse, plutôt inquiète. Il secoua la tête.

– Et cet homme, ce Garat ?

Il approuva cette fois. Mais elle comprit à son regard qu'il n'en dirait pas plus.

– On m'a dit que les Tuileries étaient fermées au public et que la Garde nationale est sur le pied de guerre. Les choses vont mal, n'est-ce pas ?

– Elles pourraient aller mieux. Mais le calme reviendra maintenant que l'Assemblée a voté.

– Pensez-vous qu'il y aura une insurrection ?

– Je ne sais pas, fit Victor, le regard dur. On peut peut-être l'éviter.

21

Dix heures du soir

Au Châtelet, Verrières, l'avocat bossu, n'avait pas tardé à apprendre ce que l'on reprochait à Garat. Certes les faits étaient d'une extrême gravité, mais il ne s'en inquiétait pas : dans deux ou trois jours leur parti serait au pouvoir et la justice regarderait les partisans d'Orléans d'un œil neuf, quoi qu'ils aient fait.

Revenu au Palais-Royal il se précipita dans le cabinet de Choderlos, dans l'antichambre duquel attendaient déjà Rotondo et Saint-Huruge, et leur exposa ce qu'il savait. Le regard dur derrière ses paupières plissées, le secrétaire du duc réfléchit un long moment ; tout se déroulait déjà dans son esprit, comme pour un plan de bataille.

Il leur expliqua ce qu'il attendait d'eux en quelques phrases nettes.

– Il est dix heures, conclut-il. Terminez-en rapidement et soyez dans une heure aux Jacobins.

– Et si on n'y arrive pas pour Garat ?

Choderlos ouvrit un tiroir et en sortit une bourse, qu'il jeta à Verrières.

– Ça devrait suffire, et ne lésinez pas. Si vous tombez sur un incorruptible, ce dont je doute, eh bien faites ce qu'il faut. Vous êtes assez nombreux pour cela. Nous avons besoin de Garat.

– Et Dauterive ? dit l'Italien d'un ton brutal.

– On verra plus tard. Nous avons la nuit devant nous.

Faites ce que je vous dis de la manière que je vous dis, et vous serez récompensés, bien au-delà de ce que vous espérez.

Ils se séparèrent.

Tandis que Saint-Huruge filait aux Cordeliers, Rotondo et le bossu réunirent des membres des Cordeliers ou des *Vainqueurs de la Bastille* qui traînaient dans les jardins ou les bordels du Palais-Royal. En quittant l'enceinte, ils étaient une vingtaine armés de sabres ou de pistolets, certains en vêtements bourgeois, d'autres qui ressemblaient à des brigands, en chemise ou torses nus sous leurs carmagnoles.

La troupe s'engagea sur le Pont-Neuf et s'arrêta au milieu, au pied de la statue d'Henri IV, comme Choderlos leur en avait donné la consigne. Le tout n'avait pas pris un quart d'heure.

Le ciel turquoise s'obscurcissait au loin vers la Seine, découpant en noir la grosse silhouette du Vieux-Louvre. Les mouettes s'étaient enfin tues, nichées tout au long des quais, ou se laissant flotter sur la rivière.

Dix heures et demie sonnaient aux clochers alentour quand on vit arriver de la rue Dauphine une trentaine d'hommes armés, Saint-Huruge à leur tête. Ils venaient droit des Cordeliers. Les deux troupes réunies s'engagèrent quai des Morfondus jusqu'au guichet de la Conciergerie.

Seuls deux hommes tenaient le poste de garde, entre les tours César et d'Argent, sans doute d'anciens membres du Guet de Paris blanchis sous le harnais. À l'arrivée des Cordeliers, ils se raidirent, sans avoir le temps de se concerter. Déjà Rotondo leur plaçait d'office deux louis d'or au creux de la main.

– Voilà pour vous mes amis, de quoi boire à la santé de la Nation.

– Qui êtes-vous ? bredouilla le plus âgé, la moustache et l'embonpoint avantageux.

Deux louis, c'était beaucoup d'argent, presque deux mois de solde.

– Nous sommes des patriotes comme vous, sourit l'Italien en le prenant par l'épaule. Vous allez nous ouvrir, nous ressortons avec notre homme et tout ira bien.

– À cette heure, on a plus le droit d'entrer, tenta le garde en s'efforçant de rester droit (mais il avait la voix mouillée et ses lèvres tremblaient).

– Les temps changent. Il faut changer vos habitudes.

En un tournemain les deux hommes se retrouvèrent plaqués contre le guichet, débarrassés de leurs fusils. Sur l'ordre de Rotondo, le moustachu appela ses collègues à l'intérieur. À peine la porte entrouverte, la troupe s'engouffra à l'intérieur du vieux bâtiment, traversant une première salle à colonnades en voûte d'ogives. Celui qui marchait en tête les guida sans hésitation jusqu'à une porte épaisse qui donnait sur un préau cerné de hauts murs.

De là, ils passèrent une grille. Deux gardiens assis derrière se redressèrent d'un bond, stupéfaits. L'un était en chemise. L'autre, plus jeune, portait ce qui avait été autrefois un habit militaire. L'irruption de Satan et de ses anges déchus ne leur aurait pas causé plus de surprise.

– Un brave citoyen dénommé Claude Garat se trouve par erreur dans l'une de vos cellules, déclara Verrières, l'avocat bossu, en les saluant aimablement. Nous venons réparer cette injustice.

Dans la foulée, il leur donna à chacun deux autres louis d'or. Le plus gros des deux porte-clefs ne réagit pas. Il échangea un regard méfiant avec son collègue avant d'en revenir au bossu.

– Qui que vous êtes ?

– Mille pardons, je ne me suis pas présenté. Je suis le citoyen Verrières, avocat. Ces patriotes sont membres du club des Cordeliers et me font l'avantage de m'accompagner, dit-il avec un large geste du bras.

Le geôlier se tut, le front perlé de sueur plissé par une réflexion intense.

– Vous n'avez pas le droit d'être ici, murmura-t-il enfin.

– Je comprends bien. Mais mon client est accusé d'un meurtre qu'il n'a pas commis. Je vous le redis : nous venons réparer cette injustice.

– Vous n'avez pas entendu ? C'est interdit d'entrer, répliqua le plus jeune, un garçon à l'air fier, les cheveux noirs réunis en longue queue.

Un des assaillants s'approcha de lui, le visage rude, barbu jusqu'au poitrail. Il brandissait un casse-tête comme il en existait au Moyen Âge. Le jeune homme ne cilla pas.

– Tu n'as pas bien compris, camarade. Prends ton or et signe le registre d'écrou, c'est tout ce que nous te demandons. Où est votre foutu registre ?

– Reculez, ou j'appelle la garde. Il y a des procédures ici.

Lassé par ce dialogue, le *Professore* donna le signal et la troupe le suivit à l'intérieur jusqu'au petit bureau des geôliers, au début d'un couloir. Il s'y trouvait une armoire, un portemanteau, une table, deux chaises et un réchaud à bois où bouillonnait une marmite. D'une fraîcheur humide malgré la canicule, le réduit sentait la poix et la graisse, et à vrai dire ce n'était pas déplaisant.

– J'ai ici, clama Verrières en brandissant un papier qu'il serrait dans sa manche, la liste des témoins qui attestent de l'innocence de mon client. Son Altesse sérénissime le duc d'Orléans se trouve tout en premier, avec son fils monsieur le duc de Chartres. Vous faut-il la lire ? Ou voulez-vous les convoquer vous-même ?

– Il nous faut un papier signé. Un ordre d'élargissement.

Verrières fit briller une nouvelle pièce d'or entre ses doigts.

– Voilà mon ordre d'élargissement. Vous voulez donc me ruiner, mon jeune ami !

Le petit jeune homme s'était redressé, les lèvres pincées.

– N'essayez pas de me corrompre. C'est le juge qui doit signer, vous le savez fort bien. Vous serez poursuivis.

L'avocat poussa un soupir avant de regarder Rotondo.

– Je crois que ce jeune homme est imbécile. Terminons-en.

Après une courte lutte, le jeune homme en habit militaire se retrouva éjecté au fond de son bureau, non sans renverser les chaises au passage. D'un geste vif, l'Italien s'empara du chaudron de soupe et lui jeta à la figure, le faisant hurler de douleur.

On avait rattrapé le plus gros des deux gardiens dans un coin du préau. On le fit asseoir de force devant le registre, une plume placée dans sa main et d'un doigt précis, Verrières lui désigna la ligne où se trouvait le nom de Garat, et la raison de son incarcération.

Les autres étaient partis à la recherche de la cellule de l'Américain. Dans un coin, le jeune geôlier se relevait péniblement, la figure et l'uniforme trempés d'un liquide verdâtre qui ressemblait à du vomi. Son collègue écrivait sous la dictée. Claude Garat l'Héritier, dit Garat l'Américain, emprisonné à la Conciergerie le 15 juillet 1791, en était élargi le jour même *par la volonté d'une délégation populaire*.

22

Onze heures du soir

De Notre-Dame, Dauterive n'avait que la Seine à traverser pour rentrer chez lui. Mais alors qu'il se mettait en route, des cris et des exclamations attirèrent son attention, vers le Pont-Neuf. Plus il s'en approchait, plus le tumulte augmentait. Les passants se pressaient, venus du Quartier latin, des hommes surtout, presque tous armés et certains porteurs de torches. Il reconnut parmi eux des membres des Cordeliers, et non des moindres. Le jeune homme sentit son cœur s'accélérer. Était-ce enfin le début du grand événement promis par Choderlos lors du banquet, deux jours plus tôt, cette *nouvelle Bastille à prendre* ?

Un orateur discourait sur le milieu du pont, la voix rauque, vibrante de colère. Avant même de l'avoir vu, Victor avait reconnu Garat l'Américain, perché sur le muret qui supportait la grille, au pied de la statue d'Henri IV, qui haranguait une foule de trois ou quatre cents personnes. Sa main était toujours bandée comme ce matin, mais le gendarme le voyait soudain d'une tout autre façon.

– Capet nous a trahis ! s'écria-t-il après avoir réclamé le silence. Il a fui aux frontières pour prendre la tête d'une armée, avec l'infâme Bouillé. Et que voulait-il ? Vous égorger ! *Nous* égorger ! Aujourd'hui c'est l'Assemblée qui nous trahit. Elle refuse de juger Louis, elle le déclare *inviolable* ! Nous sommes trahis ! Trahis deux fois !

Un rugissement de colère couvrit la suite de sa phrase. Il arrivait toujours d'autres hommes, certains presque nus, sortis d'on ne sait quels bas-fonds, ou encore des citoyens passifs de la Garde nationale, en sabots et bonnet de laine, armés de piques.

– Je vous le demande : puisqu'on a placé Capet au-dessus des lois, qui l'empêchera maintenant de lever une armée d'aristocrates, et que cette armée vienne nous égorger ? Est-ce pour en arriver là que nous avons pris la Bastille ?

L'attroupement grossissait de minute en minute. De part et d'autre de la statue, les torches jetaient leurs lueurs fauves sur les visages et sur l'acier des piques. Danton venait d'arriver, jouant des épaules, la trogne féroce, on le touchait aux bras et dans le dos, comme une troupe de barbares puisant sa force dans celle du chef. Et tous vibraient de rage, portés par l'émotion collective.

– Mes amis, nous ne pouvons accepter ce vote de l'Assemblée. Le gros Capet n'est pas *inviolable*. Non, il n'est pas inviolable ! Il doit être déchu pour qu'on puisse le juger ! Exigeons la déchéance !

Les cris étaient si forts qu'il eut du mal à reprendre la parole.

– Je vous propose d'aller aux Jacobins ! Exigeons une pétition pour la déchéance du roi. Une pétition nationale ! Déchéance !

Des hurlements sauvages lui répondirent. Victor sentit un goût de sang lui envahir la gorge. Il sursauta presque en sentant une main sur son épaule. C'était Brune l'imprimeur, la face écarlate comme s'il avait bu. Plus que jamais il ressemblait à un lion.

– C'est le grand jour ! s'exclama-t-il d'un air joyeux. L'Assemblée n'en a pas fini avec nous. Nous allons avoir une fameuse danse !

Dauterive esquissa un sourire qui ressemblait à une grimace.

*

Parmi les assemblées politiques ou les sociétés populaires, le club des Jacobins, rue Saint-Honoré, était sans conteste le plus réputé. Organisé sur le modèle des sociétés maçonniques, il correspondait avec pas moins de 500 filiales en province. La Société des Amis de la Constitution – c'était le premier nom du club – avait pris un extraordinaire ascendant et comptait dans ses rangs deux cents députés patriotes, siégeant tous au centre ou à gauche de l'Assemblée. Les plus grands orateurs venaient y prolonger les débats du Parlement. On y admettait pas les femmes, et pour les hommes il fallait non seulement être coopté par cinq membres, mais encore payer un droit d'accès de vingt-quatre livres, soit plus d'un mois de salaire pour un ouvrier qualifié.

Ainsi les Jacobins faisaient-ils figure d'Assemblée nationale *bis*, notamment grâce à la correspondance avec les clubs provinciaux. En deux ou trois jours, les idées débattues à Paris se diffusaient dans tout le pays et même au-delà.

Le duc d'Orléans comptait ici nombre de partisans. D'abord parce qu'il passait pour soutenir les patriotes, et qu'il leur paraissait une alternative à la puissance des Bourbons. Ensuite et surtout parce qu'il répandait l'or par torrents. Le plus visible de ses soutiens, Choderlos de Laclos, était secrétaire du club, ce qui lui permettait de diriger le *Journal des sociétés des amis de la Constitution*, l'organe de la correspondance avec la province.

Depuis la fuite du roi, les Jacobins tenaient séance ouverte depuis le matin jusqu'à tard le soir. La foule partie des Cordeliers n'eut donc aucun mal à s'engouffrer dans l'ancienne église du monastère, où l'on avait aménagé des gradins et une tribune. Leur arrivée brutale, accompagnée de cris et de chants, provoqua l'inquiétude. Ils étaient près de 3 000 hommes en armes, certains l'air de coupe-jarrets tout droit sortis d'une caverne de brigands.

Pourtant il y eut un temps d'arrêt, comme s'ils étaient impressionnés par ce cénacle d'hommes riches, des notables sûrs d'eux, des messieurs qui les commandaient depuis toujours. Seul Garat, qui semblait suivre une conduite toute préparée, monta d'un pas résolu à la chaire que Choderlos venait de quitter. Il étendit les deux bras devant lui.

– Mes amis ! s'écria-t-il d'une voix forte, éteignant les protestations qui montaient déjà des tribunes. Notre délégation vous apporte un message des Cordeliers, mais aussi du club des Minimes, de la Société fraternelle des deux sexes et de sept autres sociétés fraternelles de cette ville. Nous…

– Vous n'avez pas à parler ici ! s'exclama un homme depuis son banc. Nous ne débattrons pas sous la menace des armes !

C'était un prêtre. Tout autour dans l'ancienne nef, des hommes armés se répandaient lentement, arrogants.

– Mon cher abbé, admettez que les circonstances sont exceptionnelles, plaida Choderlos qui restait d'une froideur de marbre. Laissons parler le représentant de cette… délégation. Ces citoyens se retireront ensuite, je n'en doute pas.

– Auriez-vous peur d'écouter des patriotes, Grégoire ? tonna Danton, moqueur.

Il était naturellement membre des Jacobins et venait de prendre sa place habituelle sur les travées.

– Je vous remercie, et tous mes amis patriotes aussi, reprit l'Américain. Certains d'entre vous me connaissent. Je suis Garat l'Américain, capitaine au bataillon des *Vainqueurs de la Bastille*. Avec dix hommes, nous avons pris un canon aux Gardes-Françaises, il y a deux ans de cela, et nous avons fait chuter le despotisme. La liberté que nous avons conquise est aujourd'hui jetée à bas. Tout est remis en question, l'Assemblée nous trahit !

Quelques murmures s'élevèrent dans la salle, où siégeaient nombre de députés.

– Le peuple que je représente ici exige la déchéance du roi ! Nous voulons une pétition ! Une pétition nationale !

Comme reprise par un chœur, dix voix scandèrent l'expression, puis cent.

Des membres du club protestaient, à demi levés.

– La société n'a pas le droit de faire une pétition, ce n'est pas dans nos statuts, elle serait illégale, déclara un homme au visage sévère, porteur d'un sarrau et d'une perruque rousse.

– Et l'inviolabilité d'un traître, c'est légal ça ? hurla un homme en veste courte.

– Ce n'est pas…

– Une pétition ! La déchéance ! braillaient les émeutiers toujours plus fort, étouffant toute contestation.

Robespierre leva la main et réussit à prendre la parole dans un silence relatif.

– Messieurs, Billaud-Varennes a raison : les Jacobins n'ont pas le droit de porter une pétition, c'est inscrit dans nos règles.

– Eh bien que proposes-tu, Robespierre ? répondit l'homme en sarrau.

– Je vais le dire.

Il agitait toujours la main, faisant peu à peu revenir le silence. De tous les députés, il était le plus écouté par les sociétés patriotiques. On commençait à l'appeler l'Incorruptible.

– J'ai demandé ce matin à l'Assemblée qu'elle s'expliquât franchement et ouvertement sur ce décret d'inviolabilité. Je n'ai pas eu de réponse et j'observe que ce décret n'a rien décidé du tout, ni pour ni contre Louis XVI. Il parle seulement de *l'inviolabilité du roi*, sans jamais citer le nom du roi. Il s'ensuit donc, messieurs, qu'avant d'accepter que cet individu remonte sur le trône, nous sommes en droit de demander un décret le citant nommément. Et tant que ce décret n'existe pas, nous sommes en droit de demander sa déchéance.

La majorité des émeutiers, sans bien comprendre le raisonnement, en saisirent uniquement sa conclusion. Et les acclamations reprirent, décuplées.

– Je soutiens cette proposition, cria Choderlos dans un court intervalle. Si l'Assemblée ne s'est pas clairement prononcée sur le sort de Louis XVI, c'est qu'elle n'est pas suffisamment éclairée. Il revient donc aux Jacobins d'apporter la lumière en consultant le peuple souverain.

Dauterive, entré dans la salle après le gros des émeutiers, s'était prudemment glissé dans l'ombre d'une tribune, dans un recoin de l'ancienne nef. Il hésitait sur la conduite à tenir. Il en savait déjà assez pour avertir La Fayette, mais il décida cependant de rester encore. Les événements allaient peut-être encore évoluer. Il sursauta en se sentant tiré par la manche.

C'était le petit Joseph toujours l'air aussi crasseux dans sa chemise bleue. La fatigue et la peur paraissaient tirer ses traits. Il lui sourit largement.

– Comment m'as-tu retrouvé ?

– *J'avons* pensé que vous êtes ici.

Dauterive sourit et le fit taire d'un signe. Choderlos semblait sur le point de conclure.

– Je soutiens une pétition sage, mais ferme, qui éclairera l'Assemblée quant à la volonté du peuple, dit l'écrivain d'une voix forte. Que cette pétition soit envoyée à nos 500 sociétés correspondantes dans le pays, dans tous les bourgs, villes et villages de leurs environs ; que fasse signer tous les citoyens sans distinction, les femmes et les mineurs ; et quand notre pétition comptera vingt-quatre millions neuf cent mille signatures pour demander la déchéance du roi, nous verrons bien ce que nous répondra l'Assemblée !

– L'Assemblée suivra le peuple, tonna Danton d'une voix si forte qu'elle donnait l'impression de repousser les murs. PÉTITION ! DÉCHÉANCE !

D'interminables applaudissements suivirent son intervention. Seul parmi les Jacobins, Robespierre semblait ne pas partager l'enthousiasme collectif, le maintien raide comme s'il redoutait ce qui semblait se dessiner. Danton rejoignit Choderlos à la tribune en décrétant qu'il se chargerait avec lui de la rédaction de la pétition. Brissot, ancien secrétaire de la Chancellerie du duc d'Orléans[1], se joignit à eux sans que nul ne proteste. Demain, tempêta Danton, l'adresse serait envoyée partout dans le royaume, et l'on verrait bien si l'Assemblée osait défier la volonté du peuple !

Dauterive hésitait à partir. Cette pétition n'était certainement pas le fruit du hasard. Lancée au sein du club des Cordeliers par les hommes de Choderlos, elle venait de trouver chez les Jacobins un écho national, comme par miracle. À l'Assemblée, elle serait appuyée par deux cents députés des Jacobins. La déchéance de Louis XVI était-elle le seul objectif, ou cachait-elle autre chose de plus important, une insurrection, une invasion des armées autrichiennes ? On pouvait tout imaginer.

Il prit le petit boiteux par le bras et lui expliqua ce qu'il devait dire à La Fayette.

– Ensuite, reviens vite ici. Les choses risquent de bouger encore.

Joseph hocha gravement la tête et se faufila vers la sortie. D'autres orateurs succédaient maintenant

1 Administration qui gérait les finances et les biens de la maison d'Orléans.

à Choderlos. On discutait des termes de la motion. Certains demandaient aux Cordeliers de sortir. Ils eurent finalement gain de cause et Victor se retrouva lui aussi rue Saint-Honoré, désœuvré. Alors qu'il cherchait son ami Brune, il se heurta presque à Saint-Huruge, l'aristocrate dévoyé.

Il sentait le vin et lui souriait d'une étrange façon, Rotondo à ses côtés. Ce dernier prit Victor par un bras, violemment. Le gendarme sentit le canon d'une arme se planter dans ses reins.

23

Minuit

Le bois était totalement sombre et silencieux, comme si l'on était à cent lieues de Paris, au plus profond de la campagne. Et lorsque le fiacre fut reparti après avoir déposé ses quatre occupants, un silence plus profond encore s'abattit, sans un souffle de vent.

Le groupe attendit un instant avant d'entamer sa marche.

Ils s'étaient rapidement concertés pour choisir un endroit : pas trop loin de la ville pour ne pas avoir à marcher trop longtemps, pas trop près pour éviter d'être surpris par des passants. Ce serait aux Champs-Élysées, presque déserts à cette heure.

Très lointain un oiseau de nuit prenait son envol. Dauterive sentait sur son bras la poigne de fer de Saint-Huruge, sa main comme un battoir. Dans son dos le canon d'un pistolet. Ils ne lui laissaient aucune chance. Le jeune homme était presque au-delà de la peur, hors de lui-même, spectateur de sa propre mort. Il se voyait marcher, les jambes tremblantes, impuissant, il entendait son souffle haché, son pas lourd dans les feuilles mortes.

– Vous allez perdre cent mille livres, s'entendit-il dire.

Il crut qu'on ne l'avait pas compris et répéta sa phrase plus fort, avec cette sensation désagréable de s'entendre parler.

Le canon s'enfonça plus fort dans ses reins.

– Garde ta salive pour prier, répondit Rotondo derrière lui.

Ils s'arrêtèrent deux ou trois minutes plus tard, alors qu'il devenait difficile de voir où l'on posait le pied. Saint-Huruge pesa soudain de tout son poids sur l'épaule de Dauterive. Le jeune homme s'agenouilla, devinant qu'ils se trouvaient au bord d'une déclivité, un genre de fossé. Il se mit à trembler et dut faire un effort pour continuer à respirer.

– La Fayette m'a promis 300 000 livres pour tuer Orléans. J'ai touché le premier tiers. Je vous donne tout si vous me laissez la vie sauve. Prenez tout.

Sa voix s'enraya mais faisait encore bonne figure, dans le noir. Le sol en pente se dérobait sous ses genoux et il devait se tortiller pour ne pas glisser. Une marée de sueur inondait son dos, jusqu'à ses poignets liés et dans ses mains.

Un nouveau silence. À quelques pas, une bête dérangeait les feuilles du sous-bois. Il y eut un battement d'ailes et à nouveau le calme.

– Combien que tu as dit ? demanda Rotondo.

Victor perçut dans sa voix de la peur, mais aussi de l'espoir et une immense hésitation.

– Cent mille livres. C'est une somme en effet, dit Saint-Huruge.

Il arma le chien de son pistolet et le claquement métallique résonna fort sous les arbres.

*

Olympe passait le visage à la fenêtre du fiacre, ses yeux aux reflets mordorés teintés de sombre. Après avoir quitté Victor au pied de Notre-Dame, elle avait croisé un groupe d'amis, des auteurs comme elle qui sortaient de la représentation. Ils avaient soupé légèrement au *Chien-qui-*

Fume, vers le Pont-Neuf. La salle s'emplissait d'histoires, on ne savait pas exactement ce qui se passait. Un voyageur anglais qui disait arriver du Théâtre-Français racontait qu'une immense foule rassemblée aux Cordeliers était partie *prendre d'assaut* les Jacobins. C'était difficile à croire, mais avec tout ce qui se passait depuis deux ans, pas impossible.

L'écrivaine avait avalé un potage et grignoté les plats de poisson ensuite, mais son esprit était ailleurs. En quittant le restaurant, elle surprit d'autres rumeurs. Danton et d'autres grandes figures parcouraient la ville, armés, appelant à l'émeute. Ils obligeaient les théâtres à fermer. Une *journée*[1] se préparait pour le lendemain.

Mais quelle journée ? Qu'espérait-on ? L'Assemblée avait voté à l'unanimité pour déclarer le roi inviolable, par conséquent il allait légalement remonter sur le trône. Que voulaient donc ces gens ? s'inquiétait un personnage en habit noir, raide et triste, le visage tout pâle sous sa perruque poudrée. Il ressemblait à un notaire ou à un fonctionnaire.

– Il y a deux ans, ça a commencé de la même manière, raconta un comédien. Personne n'imaginait ce qui se produirait, j'ai moi-même assisté au pillage d'une armurerie.

– Nous ne sommes pas il y a deux ans, rétorqua le fonctionnaire d'un ton pincé. Aujourd'hui, il y a la Garde nationale.

Interrogée, Olympe répondit qu'elle ne savait rien de ce que tramaient les Cordeliers, ni les Jacobins, pas plus ce que voulaient Danton et les autres. Le plus sage, pensait-elle, serait encore que Louis XVI reprenne ses fonctions, mais elle n'avait pas envie de se lancer dans une telle discussion.

1 Sous-entendu, une journée révolutionnaire.

Elle se hâta de quitter ses amis et de trouver un fiacre. Et tandis que celui-ci roulait vers Auteuil, elle se tordait les doigts avec nervosité. Si elle avait été un homme, elle se serait mise à la recherche de Victor. Elle n'avait pas besoin de ses confidences pour comprendre les dangers qu'il courait. Quelle folie de vouloir espionner le parti d'Orléans ! Elle finissait par en détester La Fayette : se servir des gens ainsi !

Vers les Champs-Élysées, l'obscurité se fit plus profonde autour de la voiture. Seuls résonnaient le fer des roues et le pas des chevaux ; autour, c'était un calme immense sous la voûte étoilée. Çà et là, elle devinait des silhouettes indistinctes, des hommes mystérieusement occupés. Le rythme de son cœur s'accélérait.

*

La Fayette se leva pour aller brusquement ouvrir la porte. C'était son majordome, mal fagoté dans sa livrée, des poches sous les yeux. La flamme de sa chandelle plaquait une lumière vive sur sa face, le masque mouvant d'un démon.

– Je vous avais dit de ne pas nous déranger…

– C'est le petit estropié, monsieur le marquis. Il a insisté.

Le *H*éros des Deux-*Mondes* soupira en frottant son menton mal rasé. Il était en chemise, la veste sans manches ouverte, les joues ternes. Quelques militaires l'attendaient dans son cabinet, la plupart débraillés comme lui, l'air épuisés. Un plan de Paris était posé sur le bureau, lesté de chandeliers dégoulinants de cire et de flacons de vin. La Fayette les pria de l'excuser et rejoignit Joseph dans un petit cabinet attenant.

– Que veux-tu ? lui demanda-t-il une fois le majordome parti.

Ce dernier avait emporté son chandelier, laissant la

petite pièce entièrement plongée dans le noir. C'était une nuit sans lune.

– Je n'ai point de papier, mais voilà ce qu'il faut dire, répondit Joseph.

D'une traite, il débita le rapport que Dauterive lui avait dicté aux Cordeliers. Pour une fois, il n'émaillait pas ses phrases de mots en patois ou de tournures mayennaises. On aurait dit un écolier récitant son compliment, indifférent à tout, à la gravité de ce qu'il disait et même à la puissance de son interlocuteur.

Le marquis lui fit répéter. Il redit son rapport au mot près. C'était d'une clarté parfaite.

Il fit quelques pas, sonné. C'était donc cela. Une pétition nationale pour la déchéance du roi, portée par les Jacobins. Il se tourna vers l'enfant qui attendait la suite, droit comme un I.

– Sais-tu où est Victor ?

– Aux Cordeliers.

– Donc en place. C'est parfait, retourne auprès de lui, ordonna-t-il. Continuez de m'informer de tout ce qui se passe, toi et Victor. Et prends garde à ne pas te faire prendre, sans quoi tu serais tué.

Puis il tourna les talons sans plus s'occuper de lui.

Il lui restait quelques heures avant l'aube. Quelques heures pour anéantir cette pétition, qui ressemblait fort au début d'une insurrection.

24

Septième jour
Samedi 16 juillet 1791
Huit heures du matin

Il regardait par la fenêtre, le rideau à moitié tiré, une nouvelle manie qui l'occupait presque toute la journée. Il voyait toujours passer les mêmes figures aux mêmes heures, les boutiquiers et les ménagères, les artisans, les enfants sur la place. Des étrangers parfois, des mendiants toujours. La ville s'éveillait tôt, surtout en été. Il se sentait détaché de toute cette vie, déjà un peu mort. La douleur née sur le port Saint-Nicolas ne le quittait plus, compagne d'autant plus encombrante qu'il la gardait secrète. Du moins il le croyait. Il dormait mal, se réveillait deux ou trois fois par nuit, inondé de sueur, le thorax cerclé dans un étau. Le sang battait sourdement, distillant la souffrance jusqu'à l'extrémité de ses doigts. Il avait peur, il pensait à ses enfants qu'il ne reverrait pas.

Ses yeux s'embuèrent. Ils l'attendaient tous dans cette maison à cent lieues de là. Mais il ne les reverrait pas et il mourrait ici, sans avoir rien dit du mal qui le rongeait. Même pas à sa femme. Mais lui avait-il vraiment parlé un jour ?

Il se redressa en entendant ses pas sur le parquet.

Elle le dévisagea, inquiète.

– Qu'est-ce que tu as ? Tu ne veux pas ton café ?

Bien sûr elle avait remarqué ses yeux humides mais elle

ne chercha pas à en savoir plus. Piedebœuf haussa une épaule en se détournant vers la fenêtre.

– Tu dors mal ces derniers temps, je t'entends. Tu as maigri. On dirait que tu as *vraiment* été blessé.

Autrefois, jeune inspecteur, il avait reçu une balle dans le gras de la hanche. Les fièvres avaient duré longtemps, puis il s'en était sorti. Il eut l'étrange impression de penser à un autre homme en repensant à cet épisode. Il lui sourit pour essayer de la rassurer, mais cela lui donna l'impression de soulever une enclume.

– Que voulais-tu me dire ?

– Ton adjoint est là. Il veut te voir, il ne m'a pas dit pourquoi…

Il lui fit signe de le laisser entrer. Il n'avait pas besoin d'ajouter quoi que ce soit, sachant qu'elle prendrait toutes les précautions nécessaires. Et lui-même avait toujours une arme à portée de main. Comme à son habitude, Godard était très élégant, en frac de coton bleu ciel à longues basques, bottes souples, et haute cravate de soie blanche malgré la chaleur. Tenue rien moins qu'adaptée pour un policier, songea Piedebœuf. Pourquoi donc ce *galantin* voulait-il être commissaire ? Avait-il la moindre idée de ce que cela voulait dire ?

– Avez-vous entendu pour cette nuit ? demanda-t-il d'un ton angoissé. Il était pâle, mal rasé, les paupières fripées.

Reclus comme il était, Piedebœuf ignorait tout de ce qui s'était passé. Les Cordeliers, raconta son adjoint avec une mine anxieuse, s'agitaient à un point inimaginable. Ils s'étaient ligués avec toutes les sociétés politiques de la capitale, Jacobins y compris et voulaient mettre Paris à feu et à sang. Tout se passait exactement comme deux ans plus tôt, les 12 et 13 juillet. Sauf que cette fois le peuple avait des armes, et qu'il n'y avait pas de Bastille à faire tomber. À qui allaient-ils s'en prendre ?

– Vous auriez pu éviter de venir, grogna le policier.

Il se laissa tomber dans son vieux fauteuil, agacé. En deux jours, voilà deux fois que des visiteurs passaient le voir. Si des mouchards surveillaient son domicile, ils devaient commencer à douter qu'il soit véritablement à l'article de la mort.

– Est-ce tout ce que vous vouliez me dire ?

Godard examina le cabinet sans trouver où s'asseoir.

– C'est au sujet de Dauterive, le gendarme de La Fayette.

Il hésitait, embarrassé. D'un coup de menton, Piedebœuf lui fit signe de continuer.

– Il est passé hier à mon cabinet à Saint-Germain l'Auxerrois, et il m'a montré votre mot.

– Et alors ?

– Il y a deux choses, enfin trois (Godard se mordillait la lèvre sans paraître remarquer l'ironie de son supérieur). Tout d'abord je suis passé le voir ce matin à son logis près de Saint-Séverin. Il a disparu.

– Disparu, c'est-à-dire ?

– Il n'était pas chez lui.

Le policer haussa une épaule.

– Qui vous dit qu'il dorme chez lui chaque soir ?

Godard parut surpris. Visiblement, il n'avait pas envisagé cette possibilité.

– La deuxième chose, reprit-il après un silence, c'est que vous m'aviez demandé de retrouver Lalanne, qu'on sache où en étaient ses recherches.

– C'est juste. Il connaît tous les lieux que fréquentent les sodomites de Paris. Vous saurez où il loge en vous rendant au Soleil d'Or, rue de Lappe.

– Vous me l'aviez dit. J'ai suivi vos bons conseils et je suis donc passé au Soleil d'Or, où l'on m'a indiqué où logeait Lalanne.

Il grimaçait avec dégoût en pensant au taudis où logeait le mouchard, rue du Foin.

– Ce n'était pas évident d'ailleurs. Dauterive était passé

avant moi, le patron a voulu me faire bâtonner et j'ai dû user de la force… Mais c'est sans importance. Donc, je suis passé rue du Foin et je… enfin Lalanne a été tué.

Piedebœuf sentit son cœur s'accélérer.

– Quand ?

– Avant-hier, dans la nuit de jeudi à vendredi. J'ai appris que Dauterive était passé avant moi. C'est lui qui a découvert le corps avec la logeuse, vers les six heures.

Le visage du commissaire s'était durci, ses deux sourcils rapprochés dans une expression violente.

– A-t-on arrêté quelqu'un ?

– Non. Personne n'a rien vu. Quand je suis arrivé le corps était déjà levé. Il paraît que le couteau était resté planté dans le… J'ai vu le commissaire de la section, il m'a dit que c'était une affaire de vagabonds…

– Un vagabond ? Pourquoi un vagabond ?

– C'est ce qu'il m'a dit. J'imagine que cela lui convient assez. C'est tout juste s'il a pris le temps de répondre à mes questions.

Finalement, songea le commissaire en l'observant, Godard n'était pas si sot. Peut-être en ferait-on un jour un véritable policier.

– Je pense, moi, que Lalanne continuait à chercher Vivien du Baly, l'ami de cœur de Bouvard. Et que c'est pour cette raison qu'il est mort.

– C'est possible, dit Piedebœuf en levant le sourcil. Mais nous n'avons aucun moyen de le prouver. Lalanne n'a rien laissé ?

– Je n'ai rien trouvé. Mais… J'ai eu une idée…

Il observait le commissaire sans se presser, un petit sourire aux lèvres.

– Je vous écoute…

– Vous aviez écrit à tous les commissaires et aux brigades de maréchaussée alentour…

Piedebœuf approuva sans réussir à masquer son impatience. Deux ou trois jours plus tôt, il avait envoyé une circulaire à tous ses collègues commissaires de la ville de Paris, ainsi qu'à toutes les brigades de gendarmerie alentour. Ils devaient l'alerter au sujet de tout officier, sous-officier ou soldat d'origine suisse ou allemande qui serait signalé comme sodomite.

– Personne ne vous a répondu. Mais je me suis dit qu'on pouvait aussi poser cette question au sieur Fédérici, je suppose que vous le connaissez.

Piedebœuf acquiesça d'un hochement de menton. C'était un brave sous-officier des Gardes-Suisses, un colosse pétri par le devoir, à qui l'on avait confié la surveillance des Champs-Élysées, troublés par les bagarres et les outrages de toutes sortes.

– Il y a environ huit mois, reprit son adjoint d'un air satisfait en sortant de sa manche une note, Fédérici et ses hommes ont arrêté un jeune homme en compagnie d'un adjudant-major[1] suisse, alors qu'ils se livraient à la débauche dans une allée écartée du bois. Ils ont été conduits au corps de garde. Mais comme l'un des deux était un compatriote, et officier de surcroît, Fédérici n'a pas cru devoir les retenir et les a relâchés tous les deux après les avoir exhortés à ne pas recommencer.

– Avez-vous leurs noms ? fit Piedebœuf, la gorge sèche…

– Il ne les a pas gardés puisqu'il n'y a pas eu de procès-verbal. Mais il se souvenait bien d'eux. Le jeune homme avait entre vingt et vingt-cinq ans, les yeux bleus un peu écartés, environ cinq pieds deux ou trois pouces, assez bien couvert, les cheveux courts sans perruque. L'officier avait trente ans environ, plus grand que l'autre de deux ou trois pouces, les yeux noirs, une grosse moustache, le torse et les membres forts.

---

1 Équivalent du grade de capitaine.

– Bouvard et Vivien du Baly…

– Pour Bouvard c'est presque certain. Ce nom disait quelque chose à Fédérici. Mais l'autre ne s'appelle pas Vivien du Baly, et pas non plus Bally ou Sally comme on nous l'avait dit.

Pour la première fois depuis qu'ils se connaissaient, Piedebœuf sourit à son adjoint.

*

Sans égard pour les passants, le fiacre remonta jusqu'au bout de la rue Richelieu, puis tourna rue Saint-Honoré. Choderlos avait payé ce qu'il faut pour qu'il aille au plus vite. Il serrait le poing, furieux. Comment un tel coup avait-il pu se produire, comme cela, en pleine nuit ?

Le cocher arrêta ses deux bêtes à grands cris devant l'entrée du ci-devant couvent des Jacobins. Passant le portique, Choderlos se retrouva un instant ébloui par le soleil. Il avait passé une partie de la nuit à la rédaction de la pétition, avec Danton et Brissot.

L'individu Louis XVI est coupable de désertion, de rétractation et de collusion avec les ennemis de la Constitution, avaient-ils écrit. *C'était donc une abdication formelle. Considérant qu'il serait contraire aux intérêts de la Nation de confier les rênes de l'empire à un homme parjure, traître et fugitif, les signataires de la pétition demandent donc à l'Assemblée nationale de recevoir l'abdication de Louis XVI, et de pourvoir à son remplacement par tous les moyens constitutionnels.*

Choderlos avait plusieurs idées en tête en signant ces mots. D'abord écarter Louis XVI du trône et le faire remplacer par son fils Louis, dauphin de France. L'enfant n'ayant que six ans, il faudrait alors nommer un régent, qui ne pourrait être que Louis-Philippe d'Orléans, premier prince de sang. Secrètement, l'écrivain rêvait d'aller plus loin, jusqu'au changement de dynastie, les Orléans à la place des Bourbons. Mais ce beau plan venait d'être entièrement remis en cause par les événements de la nuit.

S'il avait encore des doutes sur l'ampleur des dégâts, ceux-ci s'envolèrent vite à son arrivée dans la petite église des Jacobins, entièrement déserte alors qu'une séance extraordinaire devait s'ouvrir une demi-heure plus tard. Il en fut presque choqué. La veille au soir, un mouvement foudroyant se préparait ; ce matin le bâtiment était vide et sans âme. On n'entendait plus que les oiseaux, dans le jardin tout proche. Il avança lentement, ses semelles résonnant sur le dallage, puis s'arrêta le nez levé vers les vitraux. Un rayon de soleil illuminait un éclat rouge, comme une flamme un rubis.

Un bruit de pas interrompit ses songes. C'était Robespierre. Malgré l'heure matinale, le député d'Arras s'était parfaitement apprêté, comme toujours. Il retira les lunettes à verres teintés et salua Choderlos sans ajouter un mot. D'un geste large, un peu ridicule, l'écrivain lui désigna les tribunes et la chaire vides. Il n'y avait pas grand-chose à dire et ils restèrent ainsi quelques minutes. Deux autres membres de la société arrivèrent, la mine effarée, n'osant pas prendre la parole.

– Ils ont tout emporté, déclara finalement Choderlos. Même la correspondance et les archives.

– Allons… tout n'est peut-être pas perdu, fit timidement l'un d'eux. Tout de même… deux ans de travaux !

– Les Jacobins n'existent plus, déclara Robespierre. La quasi-totalité des membres a porté leur démission pendant la nuit. Pétion m'informe par un billet qu'ils vont fonder un nouveau club dans le couvent des Feuillants, à deux pas d'ici…

– À deux pas de l'hôtel de Noailles, le domicile de La Fayette… grinça Choderlos.

– Le fait est que La Fayette se cache certainement derrière cette machination. Mais aussi Barnave et tous les députés du centre et du côté droit. Ils veulent que le roi remonte sur son trône, et que l'on vote la Constitution, quel qu'en soit le prix. Ils préfèrent détruire les Jacobins que de les voir porter une pétition demandant la déchéance du roi. Le coup est fort, reconnaissons-le. Ils nous ont brisé les ailes.

Le secrétaire du duc retint un geste d'énervement. Il avait toujours eu du mal à parer la logique implacable de cet homme.

– Il reste les Cordeliers, et toutes les autres sociétés populaires. Rien ne nous empêche de passer par elles pour faire signer la pétition.

– Sans les Jacobins la pétition n'existe plus, elle n'aurait aucune portée. Et puis elle serait illégale.

– Illégale ? Le serait-elle moins aujourd'hui qu'elle ne l'était hier ?

– Je viens d'apprendre que l'Assemblée s'apprête à se réunir en séance extraordinaire à la demande de Barnave et de ses amis. Ils vont voter un décret pour que Louis XVI reprenne ses fonctions sitôt la Constitution votée. La faille que nous avions découverte est comblée. Louis XVI est nommément désigné comme étant le chef du pouvoir exécutif, nous ne pourrons plus demander sa déposition sans être hors la loi. Je vais monter à la tribune pour tenter d'argumenter mais on ne m'écoutera pas. Barnave et ses amis auront la majorité et dès lors toute pétition portant cette demande deviendra de fait illégale. Nous ne pouvons pas persister, à moins de courir les plus grands dangers. L'Assemblée aura et le droit et la force militaire, elle pourrait interdire nos clubs impunément. Ne courons pas au-devant d'un massacre.

– Robespierre a raison, dit l'un des hommes. Je suis passé par la place Louis-XV tout à l'heure. Les Tuileries sont en état de siège, il y avait encore plus de troupes qu'hier. J'ai même croisé un bataillon de la Garde nationale qui remontait vers l'Assemblée. C'est une folie de maintenir la pétition.

– Sans compter que les Cordeliers ne comptent aucun député dans leurs rangs. Ils n'ont aucun poids politique.

– Ils ont la légitimité du peuple !

– Est-ce que cela compte contre le fer des baïonnettes ? Nous ne ferions que déchaîner la répression contre les patriotes et ruiner tous les efforts à venir. Il faut le reconnaître, nous avons été joués, conclut l'Incorruptible avant de s'éloigner de quelques pas.

– Vous partez ? Où allez-vous ?

– Tenter de reconstruire cette société. Maintenant que les masques sont tombés, nous allons pouvoir créer un véritable club de patriotes.

Choderlos haussa les épaules avec dédain. Les quelques sociétaires repartirent, le laissant à nouveau seul dans la nef. Il tapa du poing contre sa paume ouverte, violemment.

*

– Alors… Que fait-on maintenant ? demanda Garat, froid comme un serpent.

Choderlos avala un peu de café avant de répondre. La tristesse ordinaire de son visage se teintait d'une résolution plus forte. Installé dans le sous-sol du café Procope avec Garat, les deux hommes avaient été rejoints par Rotondo, Saint-Huruge et Verrières.

Tous quatre faisaient grise mine, comme leur chef.

– Nous ne pouvons plus reculer, déclara ce dernier d'un air sombre. Je vais demander aux Cordeliers de réunir le peuple sur le Champ-de-Mars. Nous y ferons signer une nouvelle pétition.

Garat se taisait et les trois autres aussi. Sans les députés Jacobins et leur club, sans ces millions de signatures venues de tous le pays, l'affaire se présentait beaucoup moins bien. Mais aucun d'eux n'en fit la remarque.

– Tout de même, reprit l'ancien artilleur avec hargne, je ne m'y attendais pas. Ces brigands sont bien renseignés. Vous êtes-vous occupés du petit gendarme ?

Garat regarda ses trois comparses qui approuvèrent, les traits pincés comme s'ils repensaient à de douloureux souvenirs.

– À cette heure, dit Rotondo, il doit dormir bien sagement sous un pied de terre, dans un fossé vers les Champs-Élysées. Ma foi, il est pas près de refaire surface.

Pendant un court instant ils se turent, perdus chacun dans leurs pensées. Rotondo échangea un regard bref avec Saint-Huruge avant de s'intéresser de nouveau à son chocolat.

*

Le baron Urs de Salis-Zizert, adjudant-aide-major au régiment des Gardes-Suisses, était un grand et bel homme d'une trentaine d'années, la tête et le menton carrés, de grands yeux noirs scrutateurs et la face ornée d'une magnifique moustache en crosse de pistolet, à l'entretien de laquelle il apportait un soin jaloux. Il commandait à deux compagnies de cent cinquante hommes rangés en ligne, huit pas en arrière des serre-files[1], veillant au bon déroulement de la manœuvre comme il le faisait ponctuellement depuis maintenant seize ans qu'il était soldat.

À son commandement, les militaires se figèrent, puis se formèrent en colonne. Les tambours résonnaient loin sur

1 Officiers placés derrière la troupe pour la surveiller.

la place d'armes, aussi précis et clairs que s'ils s'étaient trouvés sur un champ de bataille, à l'autre bout de l'Europe. Les hommes, tous braves Suisses comme le baron, ressemblaient à des automates avec leurs habits rouges à revers bleus, presque identiques de visage et de taille, soldats éternels venus de Fribourg, des Grisons ou d'Uri, comme leurs pères ou leurs grands-pères autrefois.

Depuis le début de la Révolution, rien n'avait changé ou presque. Indifférents aux déboires de la famille royale, les Suisses étaient restés l'arme au pied aussi bien lors de la prise de la Bastille que pendant les journées d'octobre, lorsque la foule avait envahi Versailles. Ils n'agissaient que sur réquisition du pouvoir et n'en avaient point reçu. Mercenaires ils étaient, mercenaires ils resteraient, fidèles avant tout à leur solde et au gouvernement qui leur octroyait. Leurs unités n'ayant pas été dissoutes, ils continuaient imperturbablement leur service, entre gardes aux Tuileries, manœuvres ou parades.

La troupe se dispersa à la fin de l'exercice. Certains passeraient l'après-midi à la caserne, d'autres s'amuseraient dans les cabarets alentour. Demain, deux compagnies quitteraient Ruel pour Paris afin d'y entamer une semaine de garde. De Zizert, lui, n'avait rien projeté. Une semaine qu'il traînait ici son ennui. Ce Ruel n'était qu'un bourg de vignerons et de blanchisseuses, on y croisait toujours les mêmes têtes et les mêmes divertissements. La plupart s'en satisfaisaient, ils aimaient les cartes, les femmes, et leur colonel. Lui ne leur ressemblait pas. Mais il se serait fait tuer plutôt que de le leur montrer.

Alors qu'il s'apprêtait à prendre un livre dans sa chambre avant d'aller marcher le long de la Seine, un planton l'arrêta dans l'escalier. Le colonel le convoquait.

Deux hommes l'attendaient dans le cabinet de ce dernier, au premier étage de l'imposante caserne, qui lui firent assez mauvaise impression. L'un en vêtements noirs, la mine défaite et le physique d'un lutteur, qui ressemblait à un exempt de justice. L'autre – c'était assez curieux – portait une tenue de bourgeois à son aise, un frac de couleur bleue, des bottes et une superbe cravate en soie blanche, le visage naïf d'un homme sans histoire avec ses cheveux courts à la dernière mode, alors que son acolyte portait une perruque plus traditionnelle à deux canons. Se demandant bien ce que lui voulait cet étrange équipage, il se redressa au garde-à-vous.

– Ces messieurs, lui dit le colonel, nous viennent de Paris. Ils ont des questions à vous poser.

De Zizert inclina la nuque en attendant la suite. L'homme en noir s'appelait Pierre-Joseph Piedebœuf, commissaire de police de la section du Louvre. L'autre était son adjoint. L'impression de l'adjudant-major se confirmait. Ce n'étaient pas des amis.

– Savez-vous pourquoi nous sommes ici ? commença le commissaire.

Il avait un visage de statue, massif, avec des sourcils mobiles exprimant un doute sans fond.

– Non, mais je pense que vous allez me dire, répondit de Zizert, avec son lourd accent des Grisons.

Piedebœuf le considéra par en dessous, comme il l'aurait fait d'un enfant un peu menteur, puis haussa un sourcil.

– Connaissez-vous un sieur Augustin Bouvard ?

À ce nom, la respiration du capitaine s'amplifia, et ses narines frémirent. Il lui fallut quelques secondes pour se reprendre, il ne cessait de regarder le vieux d'Afry, son colonel, assis comme un roc derrière son bureau. Au mur, il y avait une panoplie de sabres et un immense crucifix.

– Que voulez-vous savoir ?

– Vous admettez donc le connaître. Quand l'avez-vous vu pour la dernière fois ?

– Je le voyais peu ces derniers jours.

Il tordait les doigts contre le drap de sa culotte, les joues brûlantes et la gorge serrée à lui faire mal, atrocement embarrassé comme la fois où des paysans l'avaient surpris dans une grange, presque nu avec un garçon de ferme. Il avait à peine vingt ans et s'était juré de ne plus jamais se retrouver dans une telle situation.

– Ce n'est pas exactement ma question, reprit Piedebœuf avec une certaine lassitude. Ma question est : quand avez-vous vu Bouvard pour la dernière fois ?

– Il y a une ou deux semaines.

– Mais encore…

Après une courte réflexion, l'adjudant-major souffla que ce devait être le dernier jeudi du mois de juin, à Paris.

– C'est-à-dire le 29 ou le 30 juin, dit l'adjoint du commissaire d'un ton bien moins las que celui de son supérieur.

– Oui, c'est ça, le 30 juin.

Piedebœuf le dévisageait avec un tel air de doute qu'il se sentit rougir encore.

– À la vérité… c'était il y a moins longtemps je pense… lundi.

– Ce lundi ?

– Non. Celui de la semaine d'avant.

– Le 4 juillet donc, précisa Godard.

– Sans doute.

– Pourquoi mentez-vous ? Êtes-vous sûr de ne pas l'avoir revu depuis ?

De Zizert secoua la tête en avalant sa salive.

– Nous nous sommes disputés… Fort disputés…

Piedebœuf se souvenait de son incursion avec Lalanne au Grand Salon, près de Notre-Dame-de-Lorette. L'homme qu'ils avaient arrêté, le petit gros en frac rouge, leur avait dit que Bouvard et son amant se chamaillaient souvent ; la franchise du militaire jouait donc plutôt en sa faveur.

– Pour quelle raison vous êtes-vous disputés ? demanda-t-il d'un ton soudain plus conciliant.

Dans son regard, de Zizert ne sentait aucun jugement et il lui en fut reconnaissant. Sans trop se faire prier, il lui raconta la fameuse soirée au café Devertu, quai de la Mégisserie. Bouvard lui manquait ces derniers temps, il ne venait pas à certains rendez-vous, comme s'il avait autre chose – ou quelqu'un – en tête. Il passait ses nuits ailleurs. De Zizert le lui avait reproché et ils s'étaient pris le bec, devant tous leurs amis, au point que le Suisse avait manqué de l'étrangler. Il revoyait encore ses grands yeux, ses beaux yeux bleus où il aimait tant se plonger. Ils se disaient que l'un était l'eau, et l'autre la terre, et qu'ils se complétaient.

Dans son fauteuil, le colonel était de plus en plus pâle, comme une statue de marbre. C'était un digne et vieux soldat, pétri de principes et bien en cour. Il avait plusieurs fois eu affaire à ce genre d'amitiés honteuses. Cela le révulsait toujours autant.

– Savez-vous pourquoi Bouvard était moins présent ?

– Non.

– Il voyait quelqu'un ?

– Sans doute. Non, je ne sais pas. Qu'a-t-il fait ?

Dans son regard profond, le policier lut de la tristesse, de l'inquiétude aussi, mais beaucoup de naïveté, réalisant soudain qu'il était à mille lieues d'imaginer la raison de leur présence. Mais il jugea qu'il était encore trop tôt pour le lui dire.

– Nous avons mis du temps à vous retrouver, monsieur de Zizert. Comment vous faisiez-vous appeler lorsque vous vous trouviez en public avec Bouvard ?

– Sous mon deuxième nom, répondit le Suisse, cette fois un peu inquiet.

– Votre deuxième nom ? C'est-à-dire ?

– On m'appelle de Zizert, mais mon nom véritable est

de Salis-Zizert. Donc, je me faisais appeler Salis. Est-ce un crime ?

Piedebœuf accusa le coup, échangeant un regard dépité avec son adjoint. La vérité était donc d'une simplicité biblique : il ne prononçait pas le S final de son nom. Les témoins avaient traduit cela en Sally (ou Bally pour les plus inattentifs). Une semaine pour s'apercevoir que l'histoire de l'espion déserteur au service de l'Autriche était un leurre. L'homme qu'il recherchait depuis lundi, l'amant de Bouvard et peut-être son assassin, était en ce moment même sous ses yeux.

– Pourquoi ne pas utiliser votre nom d'usage ?

L'adjudant-major haussa les épaules.

– Je ne voulais pas qu'on sache mon vrai nom, j'ai donné celui-là. Vous imaginez bien pourquoi.

Il regardait le colonel avec insistance mais ce dernier ne réagissait toujours pas. Piedebœuf résolut de pousser un peu l'entretien.

– N'avez-vous rien à me dire, qui pourrait soulager votre conscience ?

De Zizert se raidit, un peu pâle, examinant tour à tour les trois hommes face à lui.

– Je n'ai rien à vous dire. Je n'y suis pour rien si je suis ainsi, même si la morale le réprouve. Jamais cela n'a changé mon service.

– Gardez vos grandes phrases pour quelqu'un d'autre, rétorqua le commissaire, le sourcil désapprobateur. Je vous redis ma question : avez-vous quelque chose à vous reprocher ? Si vous parlez, songez qu'il en sera tenu compte.

– Je ne comprends pas. Je n'ai rien à me reprocher.

– Que faisiez-vous la nuit du samedi 9 au dimanche 10 juillet ?

L'adjudant-major avait presque sursauté, mais plus de surprise que de peur. Même le vieux colonel avait paru étonné mais Piedebœuf ne lui portait pas la moindre attention.

– Je vous demande pardon ?

– Pourquoi me faire répéter ? Je vous demande où vous vous trouviez dans la nuit du samedi 9 au dimanche 10 juillet, et ce que vous avez fait.

– Nous étions de service aux Tuileries. Je commandais le poste de garde principal.

La bouche de Piedebœuf ne faisait plus qu'un mince pli.

– Avez-vous quitté votre service ?

– Je viens de vous dire que je commandais le poste principal, se raidit l'officier. Votre question est sans objet.

– Ce n'est pas à vous d'en juger. Vous m'affirmez donc que vous n'avez pas quitté les Tuileries cette nuit-là ?

– Je vous l'affirme, monsieur !

– Pourtant, intervint soudain Godard, il paraît que les Tuileries ne sont pas si bien gardées, certaines nuits.

L'attitude du militaire avait radicalement changé. Son regard s'était fait charbonneux, comme s'il allait tirer l'épée du fourreau.

– Je vous prie de mesurer vos propos, déclara le colonel d'un ton courtois, mais crispé. La nuit où sa Majesté a… quitté les Tuileries, nous n'étions pas de service, c'était la Garde nationale. Mes hommes ont peut-être des… défauts… mais pas celui de manquer à leur devoir. Si monsieur de Zizert tenait le poste principal, il ne pouvait quitter son service. Cent personnes pourront vous en attester, n'en doutez pas.

Le commissaire hocha la tête sans dissimuler son scepticisme.

– Le sieur Augustin Bouvard a été retrouvé mort dimanche matin aux alentours de huit heures. Qu'avez-vous à en dire ?

En moins d'une seconde, une vague de sentiments contradictoires traversa le visage du baron Urs de Salis-

Zizert. De la stupeur à la colère en passant par le désarroi, l'incompréhension, puis une peine immense, irrépressible. D'une voix presque inaudible, il demanda à Piedebœuf de répéter ce qu'il venait de dire. Le commissaire s'exécuta. De Zizert restait debout, les jambes écartées, comme assommé par une vague, prêt à prendre son épée sur-le-champ pour se venger, les yeux voilés de sang.

Mais il ne fit rien de tout cela ; son teint avait viré au cramoisi et de grosses larmes se mirent à rouler sur ses joues.

– C'est impossible…

– Allons, nous ne serions pas là, fit Godard, qui de sa vie n'avait ressenti un tel sentiment de gêne.

– C'est impossible, répéta l'officier.

– L'avez-vous tué ? demanda Piedebœuf avec froideur.

De Zizert ne répondit pas. Ses traits se tordaient comme ceux d'un enfant. Puis ses lèvres tremblèrent et il laissa exploser un premier sanglot. Les larmes roulaient sans fin, dans ses grosses moustaches, sur son menton. Et elles tombaient au sol. Il titubait.

– Je n'avais aucune raison de le tuer ! Aucune !

Il étouffait sous les larmes. Dans son fauteuil, le vieux d'Afry s'accrochait à ses accoudoirs, comme pour garder sa dignité. Et cependant il comprenait. Il avait combattu, il avait perdu des amis – oh pas des amis de ce genre – mais il comprenait. Il était à deux doigts de se lever pour chasser ces deux rustres de sa caserne.

Les policiers, justement, échangeaient des regards en coin. Sans Piedebœuf, Godard aurait fait retraite depuis longtemps, mais il comprit, horrifié, que ce dernier n'en avait pas fini.

– Très bien, dit-il lentement, à contrecœur. Je vous crois. Avez-vous une chambre ici, ou logez-vous en ville ?

*

De Zizert occupait une petite pièce au deuxième étage de la caserne, les murs blanchis à la chaux, avec pour seul décor un crucifix et une gravure de la Vierge, près de la fenêtre. L'ameublement était tout aussi spartiate : une cantine, une table et une chaise qui ne devaient guère servir car il n'y avait ni papier ni nécessaire à écriture, la cellule d'un moine-soldat.

Sans plus de façons, Piedebœuf souleva le matelas pour examiner le sommier, puis passa la main sous les draps. L'adjudant-major l'observait depuis l'entrée, les yeux rougis, les mâchoires serrées. Godard avait refermé la porte derrière eux mais des soldats avaient remarqué leur présence, l'information ferait le tour du régiment avant midi.

Le commissaire ouvrit la malle. Les vêtements parfaitement pliés dégageaient une mauvaise odeur d'humidité et de sueur, de poussière aussi dans un grenier. Il y avait des habits bourgeois, un coffret d'ébène marqueté d'ivoire contenant deux pistolets de duel, une boîte à chapeau, des bas et du linge d'hiver, un uniforme de rechange. Piedebœuf dépliait et palpait tout cela sans se gêner, si bien que Godard crut que de Zizert s'insurgerait. Mais non, il se taisait, frottant nerveusement ses doigts contre le retroussis bleu de son habit. À chaque respiration, le fourreau de son sabre heurtait le panneau en bois de la porte.

Finalement, le commissaire découvrit un livre relié de maroquin rouge caché sous une longue écharpe en flanelle.

– C'est ce dont vous parliez ?

De Zizert hocha le menton. Il semblait sur le point de fondre en larmes.

C'était le même genre de littérature que le commissaire avait trouvé chez Bouvard, le livre avec les moines lubriques. Cette fois il s'agissait d'une *Ode à Priape*, illustrée de la manière tout aussi explicite.

Foutre des neuf Garces du Pinde,
Foutre de l'amant de Daphné,
Dont le flasque vit ne se guinde,
Qu'à force d'être patiné...

Un papier plié en quatre venait de tomber sur le parquet. Piedebœuf le déplia pour le lire, le cœur battant.

Même s'il n'y comprenait rien, il savait déjà qu'il n'avait pas quitté son refuge – et risqué sa vie – pour rien.

25

Dix heures du matin

Ne voyant pas revenir Dauterive, Joseph avait vite retrouvé ses habitudes et passé la nuit dans un recoin, entre le port au Vin et le port Saint-Bernard. Mais le sommeil avait tardé à venir. Il avait trop chaud, faim, et surtout très soif, il avait dû se lever deux fois pour boire l'eau de la Seine. Plus tard, ses rêves s'étaient peuplés d'angoisse. Une silhouette noire le poursuivait sans répit en faisant claquer ses bottes sur le sol, un homme grand, voûté, qui portait des éperons et un sabre. Il ne voyait pas son visage mais il savait bien de qui il s'agissait. C'était l'un des visiteurs de son maître, le plus grimaçant des deux, celui qui l'avait forcé à rentrer dans l'église. Il ricanait en le voyant tenter de s'échapper, mais il le rattrapait toujours.

Et Joseph se réveillait alors, les yeux écarquillés dans le noir.

L'aube était venue tôt. Le petit boiteux s'était glissé au pied de l'immeuble, près de Saint-Séverin, parmi les mendiants allongés. Déjà des ouvriers partaient au travail, des porteurs d'eau, des domestiques qui passaient sans un mot, dans les odeurs lourdes de la nuit. La puanteur renaîtrait bientôt, plus vigoureuse encore. On entendait au loin les bateliers sur la Seine, des bougies s'allumaient aux fenêtres. Mais au troisième étage, chez le gendarme, il faisait toujours noir.

Le boulanger du rez-de-chaussée s'était levé lui aussi. Joseph l'avait entendu qui réveillait ses apprentis, puis ils s'étaient tous mis à remuer leurs moules et leurs bassines sans un mot ou presque. Peu après six heures il avait abordé la boulangère.

C'était une dame blonde, l'œil très bleu, très opulente dans son corsage d'un blanc douteux. Elle sourit à Joseph.

– Tu es le petit vas-y-dire du lieutenant, je te reconnais, va. Qu'est-ce tu veux à cette heure ? Dis-lui que la fournée n'est pas cuite encore, il faut attendre. Reviens dans une demi-heure.

Elle le cajolait avec un bon sourire, attendrie, et l'aurait bien volontiers serré contre son sein, n'eussent été sa chemise en lambeaux et son état de crasse. Son boulanger de mari ne lui avait pas donné d'enfants, c'était le grand regret de sa vie. Joseph répondit qu'il n'avait pas faim et lui demanda si elle n'avait pas vu son maître, depuis la veille au soir.

– Monsieur Victor ? Non… fit la bonne femme. Tu ne veux pas un pain de café ? Ou des pains de fantaisie, il m'en reste d'hier.

Il refusa et reprit son guet. Une heure plus tard, alors que le jour s'était presque levé et que la rue s'emplissait de passants, le jeune garçon se décida à entrer dans l'immeuble. À cette heure, tous les locataires étaient partis. Il se faufila sans croiser personne jusqu'au troisième étage. De là, il pouvait accéder à une corniche placée là par Dieu sait quel architecte. C'était par là qu'il avait fui trois jours plus tôt, lors de la visite de Rotondo et de son complice. Les vingt-cinq pieds de vide ne lui faisaient pas peur, il avait passé son enfance à escalader des arbres, sans que son infirmité le gêne le moins du monde. Au contraire, il voulait prouver aux autres ce dont il était capable. Il pouvait prendre autant de risques qu'eux, et même plus. Lorsqu'il était arrivé à Paris, il avait continué, cette fois avec des façades d'immeubles pour y voler de quoi manger. Il ne lui fallut qu'une minute pour arriver jusqu'à la croisée, heureusement entrouverte.

L'appartement lui parut étrangement silencieux au point d'en éprouver de la crainte. Une fine couche de poussière tapissait le sol et les meubles. Un rayon de soleil cru traversait l'air, irradiant le mur en face. Joseph resta un moment indécis. Un bruit de pas à l'étage du dessus le figea, quelqu'un tira une chaise et ce fut à nouveau le silence. Il regardait un dessin de la Seine sur la table à côté des crayons, remarquant pour la première fois une demi-douzaine de livres alignés sur l'étagère. Ce n'étaient pour lui que des objets savants, inutiles, qu'on trouvait à l'église ou chez les gens riches. Chez lui, personne ne savait lire et ça ne lui avait jamais manqué. Bien sûr, il aurait aimé savoir les chiffres et il s'était dit que son nouveau maître pourrait les lui apprendre. Mais à présent il en doutait. Il était bon, certes, mais son existence lui paraissait bien étrange, remplie de peurs et de dangers. Le reverrait-il un jour vivant ?

Apercevant un flacon sur la table, il le renifla puis le vida d'une lampée, un reste de bière tiède et amère qui n'apaisa pas sa soif.

Il n'y avait plus rien à faire ici. Il trouva dans une malle un pistolet assez vieux, mais dont l'acier brillant parut lui indiquer qu'il était en état de marche. Le bois de la crosse pesait lourd dans sa petite main, il pointa le canon vers le mur en essayant d'appuyer sur la détente sans y parvenir. Il passa pourtant l'arme à la ceinture ; et comme elle tirait vers le bas au point de le déculotter, il se noua une ficelle autour de la taille. Cette fois, le pistolet tenait. Il quitta l'appartement par la fenêtre et descendit dans la rue.

Il prit la direction des Cordeliers de sa démarche dansante.

*

Arrivant rue Saint-Honoré, devant la belle boutique du sieur Epstein, Rotondo se sentit soudain affreusement mal à l'aise, plus que jamais prêt à fuir, n'importe où, à l'autre bout de l'Europe ou même en Amérique. Il ne se sentait pas fait pour ces histoires, il n'aimait pas ces foules, ces cris, cette violence, il n'aimait pas non plus le regard de Garat et la partie la plus raisonnable de sa conscience lui disait qu'il était encore temps d'abandonner. L'autre, la plus avide, lui commandait de rester ; au bout de la route il y aurait de l'or et des femmes, plus qu'il n'en avait jamais eus.

Il grimaça plusieurs fois, comme il le faisait toujours avant un entretien important, et poussa la porte de la cordonnerie. Elle était encore presque vide et la vendeuse principale d'Epstein le reconnut aussitôt. Il la sentit plutôt gênée.

– Le bonjour, chère madame, déclara-t-il avec un large sourire, comme s'il s'était spécialement déplacé pour elle.

Elle sursauta légèrement.

– Monsieur Epstein n'est pas encore arrivé, mais j'aime autant vous dire qu'il ne sera pas d'accord.

– Oh, pour l'entrepôt ? fit le *Professore* avec un geste désinvolte. Ne parlons plus de cela, on ne va pas se fâcher pour si peu. Savez-vous que j'ai pensé à vous cette nuit ?

Elle ne put s'empêcher de sourire. Elle portait la même robe que la veille, mais s'était un peu rafraîchie et ne sentait plus aussi mauvais. Rotondo la vit rougir malgré la légère couche de fard.

– Allons… vous dites des bêtises…

– Ne croyez pas ça. Cette boutique est une des plus belles que j'aie vues, à Londres, à Vienne ou à Turin on n'a rien de pareil. Et vous savez pourquoi ? Parce qu'elle est bien tenue. *Vous* la tenez bien, je le vois. Et vous vendez ici les plus belles chaussures de Paris, ne me dites pas le contraire. J'ai réfléchi. Je dois vous acheter quelque chose, et vous allez me conseiller.

Elle parut surprise et Rotondo sentit qu'il devait pousser son avantage. Il s'inventa sur-le-champ un titre et un passé, se prétendant *marquis de Fallavecchia*, veuf et père d'une malheureuse enfant qui avait été séduite et enlevée du couvent. À mesure qu'il parlait, les deux autres vendeuses s'étaient approchées pour l'écouter, l'œil écarquillé et les larmes aux yeux. Le faux marquis leur raconta d'un air mystérieux qu'il était sur le point de trouver un parti à sa fille, peut-être avec la famille des ducs de Penthièvre, les connaissaient-elles ? Bien sûr qu'elles connaissaient cette famille riche et prestigieuse, associée au duc d'Orléans. Les filles buvaient ses paroles, subjuguées, toutes rougissantes quand Rotondo les accablait de compliments sans retenue. Pour achever son numéro, il acheta deux paires d'escarpins et deux paires de chaussons pour dame. Il les enverrait à sa sœur qui vivait à la cour du roi de Sardaigne à Turin. Puis il se fit prendre la mesure de ses pieds, qu'on lui fabrique à lui aussi des souliers de bal. Et il insistait pour que Epstein les façonne en personne, et pas un de ses apprentis ! Les souliers, disait-il, voyageraient dans toutes les cours d'Europe, et même à la Nouvelle-Orléans, car il avait aussi des affaires en Amérique.

Lorsque le maître cordonnier se montra enfin, la mine chafouine, Catherine – elle avait avoué son prénom en rougissant – se précipita vers lui, toute méfiance envolée.

– Monsieur Epstein, je suis bien aise. Voici monsieur le baron…

– Visconti de Fallavecchia, compléta Rotondo avec un gracieux salut.

Il se sentait si parfaitement dans son rôle qu'il se serait probablement indigné que l'on doute de ses faux titres.

Méfiant par nature, mais âpre au gain, l'artisan n'avait pas manqué de voir la demi-douzaine de paires de chaussures que l'Italien s'apprêtait à acheter. Il afficha donc sa mine la plus aimable pour l'écouter parler. Rotondo avait beaucoup à dire, là encore une histoire complexe et intrigante, et dans cet art le petit escroc était passé maître. Il prétendit être en affaires avec la cour des Tuileries, associé avec des marchands de tissus milanais. Ils étaient sur le point d'emporter un formidable marché, le renouvellement de toutes les tentures murales, et peut-être aussi des rideaux du palais. Mais ils devaient se tenir prêts à présenter toutes sortes d'échantillons.

– Vous savez comme les personnes de condition sont capricieuses… impatientes, se désola Rotondo.

Epstein approuva d'une mine importante.

Bien sûr, reprit son interlocuteur, il aurait pu louer un emplacement dans une autre maison pour y déposer ses tissus. Mais si c'était ici, dans la cordonnerie la plus réputée de Paris, et même d'Europe… Epstein se rengorgea. Oui, c'était en effet la cordonnerie la plus réputée de la ville. Même Rose Bertin, la modiste de Marie-Antoinette, le disait.

Ses préventions tombaient une à une, comme les pierres d'une vieille muraille. Finalement, il accepta de louer sa mansarde, tout au moins une partie d'une toise carrée ou deux, pour quelques jours. Il en demandait quatre-vingts livres la semaine. C'était exorbitant mais Rotondo arbora un sourire enchanté. Les deux hommes se touchèrent la main.

À onze heures et demie, le *Professore* quitta enfin la boutique, des chaussures inutiles plein les bras, épuisé, mais profondément soulagé.

Il songea alors qu'il allait devoir affronter une épreuve autrement difficile.

*

Depuis le début du trajet, Piedebœuf fixait le papier comme s'il voulait voir à travers. Il plissait des yeux, le dépliait, le repliait et passait à Godard qui n'y comprenait rien lui non plus. Il n'y avait qu'une page, et voici ce que les deux hommes voyaient :

G.TdL	*rien*	*se méfier, mauvais esprit*
S	*1 200*	*24 000 £ (1 200x30x40) + 1 200 £* d'état-major = 25 200 £
A-A A	*1 000*	*réticent mais accepte pour l'or* 20 000 £ (1 000x30x40) + 1 000 £ em + 12 000 £ = 33000£
A-C G	*550*	*rien pour lui / se méfier de son adjoint* 11 000 £ (550x30x40) + 500 £ em = 11 500 £

Et ainsi de suite, sur vingt-cinq lignes.

De Zizert ignorait absolument ce que cela voulait dire. Il ignorait même que Bouvard avait dissimulé un tel document dans l'ouvrage qu'il lui avait confié, deux ou trois jours avant qu'ils ne cessent de se voir.

– Ne donne ce livre à personne, lui avait-il dit. N'en parle à personne. Je passerai le reprendre bientôt.

Mais il n'était jamais repassé. Une semaine plus tard, il était assassiné.

– C'est insensé, grommela Piedebœuf. On aurait tué Bouvard pour ce papier ? C'est du chinois !

Godard répondit par une mimique d'ignorance. Leur fiacre filait à bon train, sur la route entre Ruel et Paris. Une chaleur mauvaise s'abattait sur les champs. De bleu, le ciel avait viré à un blanc sale, sans nuances.

– Ce sont des noms, répéta le commissaire-adjoint. Des noms et par conséquent, une liste de particuliers à corrompre.

– À corrompre, qu'en savez-vous ?

Il se tut un moment, l'épaule calée contre la portière,

écœuré de fatigue, le dos rompu par les cahots de la voiture.

Puis il reprit le papier, encore une fois.

– Mettons que vous ayez raison. Ce sont des noms, plus exactement des initiales. Mais ensuite ? Passons la première ligne. La personne désignée, ce G TdL, fait *du mauvais esprit*, donc cela ne nous donne aucune information. Je prends au hasard la troisième ligne :

« A-A A 1 000 réticent mais accepte pour l'or 20 000£ (1 000x30x40) + 1 000£ em +12 000 £ = 33 000 £

« La personne ici désignée, A-A A, est *réticente*. Mais réticente à quoi ?

– À un marché, hasarda Godard. Quelque chose qu'il doit fournir, qui se compte en 1 000. C'est indiqué au tout début de la ligne.

– Vous n'en savez rien mon vieux. Il n'est même pas précisé si ce A-A A doit fournir ces 1 000 on-ne-sait-quoi, ou au contraire si on doit lui fournir.

– Et si c'était des armes ?

Le policier fit un geste brusque.

– Cela pourrait être des armes, des chevaux, des hommes ou des gâteaux fourrés au poison… Est-ce écrit ? Non… Avez-vous un moyen pour savoir ce qu'il doit fournir, ou ce qu'on doit lui fournir ? Pas plus. Nom de Dieu, Godard, ces papiers ne nous disent rien. Rien du tout ! Nous faisons de la police, pas de la philosophie.

Il se carra au fond de son siège, l'air d'un chien qui va mordre. Il regrettait presque d'être sorti de son refuge, tout ça ne menait à rien. La voiture abordait le bas des Champs-Élysées, il y avait déjà du monde dans les cabarets.

– Vous m'aviez dit que les assassins de Bouvard cherchaient un papier chez lui, n'est-ce pas ?

– À la façon dont ils ont retourné son logis, ça ne fait aucun doute.

– Et ce papier pourrait être cela, n'est-ce pas ?

– *C'était* ce papier. Sinon Bouvard ne l'aurait pas mis à l'abri chez son amant.

– Alors ?

– Alors quoi ? s'agaça Piedebœuf.

– Alors il possède un sens caché. À nous de le trouver.

– Je ne vous le fais pas dire. Mais sans Bouvard, nous n'avons aucune chance d'y parvenir…

Ils se turent, fâchés l'un et l'autre. Le fiacre traversait une place Louis-XV en état de siège. Jamais Piedebœuf n'avait vu tant de gardes nationaux dans les jardins des Tuileries, ils avaient l'air d'attendre un assaut. La voiture passa la Seine, roulant au pas sur les quais rive gauche jusqu'à la rue Saint-Séverin.

Dauterive n'était pas chez lui.

– Que fait-on ? demanda Godard en remontant dans le fiacre.

Piedebœuf se sentait à bout de force. Il se massa longuement les yeux avant de grogner qu'il n'en avait foutrement aucune idée.

26

Midi

Avec l'arrivée du jour était venue une forme de soulagement. S'il était là, toujours vivant, c'est que sa fable des 100 000 livres tenait encore. Après une longue palabre en pleine nuit, Rotondo et ses deux complices avaient finalement décidé de ne pas le supprimer. Ils l'avaient relevé, étaient sortis du bois et avaient repris la direction des Champs-Élysées. Pendant tout le trajet, Victor avait espéré qu'ils croisent la route d'une patrouille, ou que ses ravisseurs se disputent ; mais rien de tout cela ne s'était produit. Quant au coup de force, mieux valait ne pas y songer : à deux pas derrière lui, Verrières le menaçait de son arme. Au premier geste, il aurait tiré.

Ils avaient fini par trouver un fiacre, au conducteur à demi endormi. Puis après un court trajet, avaient à nouveau marché, Victor bâillonné. Enfin ils étaient montés dans un appartement alors que les premières lueurs de l'aube pointaient.

Le jeune homme avait passé le reste de la nuit ligoté à une chaise, un foulard autour du visage qui l'empêchait presque de respirer. Malgré tout, il essayait d'imaginer l'endroit. Un appartement modeste sans doute, comptant peu de pièces. À mesure que le jour s'éveillait, il entendait les occupants de l'immeuble depuis l'escalier assez proche, des bruits de voix. Il devinait des rideaux tirés devant une fenêtre, qu'il imaginait donnant sur une cour intérieure. Une dispute avait éclaté en bas. Des voitures passaient dans la rue, puis il avait entendu le piétinement d'un troupeau, sans doute des bœufs qu'on menait à l'abattoir, aux premières heures.

Resté seul, le jeune homme avait tenté de desserrer ses liens, de faire tomber son siège ou de faire du bruit, mais ses liens étaient trop solides. Non seulement la chaise restait désespérément immobile, comme taillée dans le marbre, mais en plus chacun de ses mouvements resserrait ses liens. Il ne s'arrêta qu'après de longs efforts, alors que ses chevilles et ses poignets le brûlaient.

Sa chemise, sa culotte et son linge de corps, il baignait dans la transpiration de la tête aux pieds. Les gouttes roulaient jusqu'au bout de ses doigts engourdis. La faim et la soif étaient venues avec le jour, et l'envie de se soulager aussi, au point que la tête lui tournait. Puis ç'avaient été les remords. Il avait été naïf. Naïf, présomptueux, sot. Comment avait-il pu croire un seul instant que la fausse exécution de Piedebœuf tromperait Garat et les autres ? Pire : comment avait-il pu imaginer, croisant Charpier lors du banquet d'Orléans, que les choses en resteraient là ? Charpier *savait* qui il était. Il savait que Victor servait fidèlement La Fayette. Il savait – pour l'avoir éprouvé – de quoi il était capable. Il était le secrétaire du duc de Chartres, fils aîné d'Orléans. Par quel extraordinaire hasard aurait-il caché tout cela à ses amis ?

Le jeune homme sentit les larmes le gagner. Fallait-il qu'il en termine là ? Que vaudrait son sacrifice quand tout autour de lui n'était que corruption et mensonge… Même La Fayette l'avait abandonné. Il l'avait lancé dans cette mission en aveugle, sans même l'avertir qu'il suivait les pas d'un autre espion, un autre petit soldat qui lui aussi s'était fait prendre, et qui y avait laissé la vie comme lui la laisserait. Ne valait-il pas mieux que ça ?

À force de tirer sur ses liens, il ne sentait plus ni ses mains ni ses pieds ; il finit par abandonner ses efforts, trop angoissé et perclus de douleur pour réussir à sommeiller. Il voulait prendre un peu de repos. Au dernier moment, il lancerait toutes ses forces dans la bataille.

Plus tard, alors que lui parvenaient des relents de repas, la porte de l'appartement s'ouvrit. Des bruits de bottes résonnèrent. C'était un homme, seul. Entre chaque pas le silence revenait, à couper au couteau, comme si le temps se suspendait. Victor s'efforçait de respirer, la sueur envahissait ses yeux sous ce tissu. Son ventre se liquéfiait.

L'homme à côté s'affairait sans un mot. Il l'entendit remuer une chaise, poser des affaires, des affaires lourdes, avec de drôles de bruits qui n'avaient aucun sens. Puis il s'arrêta soudain de bouger. Il y eut un son de bouteille prise et reposée. Puis encore des pas, et un nouvel arrêt. Très loin dans la rue, une charrette passait lentement.

Arrivé prêt de la porte, le visiteur s'immobilisa. À présent, Victor distinguait le froissement de ses vêtements. Il le *voyait* presque hésiter, lever vers la poignée puis laisser sa main en suspens, les doigts courbés. Puis renoncer.

Quelques secondes s'écoulèrent encore, et finalement il s'éloigna. Victor l'entendit aller de droite et de gauche, puis partir pour de bon. La porte se referma.

Le jeune homme s'aperçut qu'il avait bloqué son souffle depuis un long moment. Il se remit à respirer, avidement.

*

Rotondo retrouva la touffeur de la rue avec un réel soulagement. Il n'avait pas eu l'audace de protester lorsque la veille au soir, Verrières et Saint-Huruge avaient choisi son appartement pour y enfermer Dauterive. Ils n'avaient pas tort, c'était le moins éloigné des Champs-Élysées et le plus conforme à l'usage qu'ils en attendaient.

– Tu as la place chez toi. Et puis il ne bougera pas si on l'attache bien… avait grogné Saint-Huruge d'un ton qui ne souffrait pas la contestation.

Décidément d'entre eux trois c'était le plus mauvais. Il n'avait pas l'air de considérer le meurtre comme une véritable difficulté, tout au plus comme une formalité peu agréable. Est-ce que 100 000 livres ne valaient pas la peine de se salir les mains ?

Après avoir déposé les chaussures achetées chez Epstein et les quelques fournitures dont il aurait besoin plus tard, Rotondo était bien vite reparti vers les Cordeliers ou Garat les attendait tous.

Il croisait toujours plus de gardes nationaux à mesure qu'il approchait de la rue Saint-Honoré et cela lui donnait le frisson. L'Assemblée elle-même semblait en état de siège. Un bataillon au moins occupait la rue, dont la plupart des hommes étaient des gardes *soldés*, parfaitement calmes et il y avait aussi des canons et des cavaliers. Tous étaient bien alignés sous un soleil brûlant et Rotondo sentit comme un grand coup au cœur. Comment pouvait-on imaginer avoir le dessus sur de tels mercenaires, des soldats de métier ?

Les ponts n'étaient pas gardés, c'était toujours ça. L'autre rive offrait un visage tout différent, comme si Paris s'était coupé en deux. À partir de la rue Mazarine et jusqu'au couvent des Cordeliers la foule se faisait plus dense, parcourue de cris et de chants. Il y avait beaucoup d'ouvriers, mais aussi des artisans, des commis et des apprentis de tous les métiers, les imprimeurs du quartier, des enfants par centaines, tout un peuple désœuvré à la veille du dimanche. Le *Professore* remarqua de nombreux hommes armés, certains de sabres ou de simples bâtons ferrés, d'autres de piques. Ils s'excitaient les uns les autres, s'encourageaient. La grande affaire était lancée !

Il mit de longs instants pour parcourir les dernières pas, avec l'impression de pénétrer le cœur d'un brasier. Les gens ne parlaient que d'une chose, cette pétition qu'on signerait le lendemain au Champ-de-Mars. Les Jacobins avaient trahi, ils les abandonnaient. Tant pis, on se passerait d'eux ! Les Cordeliers, eux iraient jusqu'au bout. Rotondo eut beaucoup de mal à entrer dans l'ancienne bibliothèque où se succédaient les orateurs. De loin, il aperçut Danton et Desmoulins, entourés de leurs partisans. À la tribune, un orateur s'enflammait contre ces traîtres de l'Assemblée nationale qui voulaient rendre sa couronne à Louis Capet. C'était une infamie, une atrocité digne des Phalaris et des Néron ! [1]

– Point de roi ! hurlaient des voix. Point de Louis XVI !

Et ils parlaient de courir au Champ-de-Mars, qu'on y signe tout de suite la pétition, qu'on en finisse une bonne fois.

Danton était monté à la tribune. Il aurait pu parler en hébreu que les émeutiers n'auraient pas été plus enflammés. Ils étaient prêts à tout entendre. Lui était comme une flamme sous un tas de bois sec.

– Citoyens, tonna-t-il, soufflant d'un coup toutes les rumeurs, l'Assemblée vous a menti ! Nos représentants ont décidé de redonner au tyran des Tuileries son trône ! Le Sénat veut vous résister… Le Sénat vous ment et vous trahit !

Des rugissements de colère s'élevaient. Dans la foule, au pied même de la tribune, Rotondo qui avait enfin aperçu Garat l'Américain, puis Verrières et Saint-Huruge, se fraya lentement un chemin vers eux.

– Il est des moments dans l'histoire des hommes où le peuple immense des patriotes doit se lever. Il est des moments où l'insurrection est le plus saint des devoirs !

---

1 Tyran de l'Antiquité, qui sévissait en Sicile, dont la légende dit qu'il faisait brûler ses victimes dans un taureau d'airain.

L'enthousiasme devenait frénétique. Au pied de la tribune, Rotondo était comme secoué par la houle, il n'arrivait plus ni à respirer, ni à avancer.

– Il est des temps, hurla Danton en pointant le doigt vers le ciel, où le peuple doit briser ses chaînes. Et ce temps est venu. Demandons, exigeons l'abolition de la royauté !

Une espèce de délire l'interrompit un long moment.

*

Le fiacre ralentit puis s'immobilisa rue de l'Ancienne-Comédie, à cinq cents pas des Cordeliers.

– Je n'irai pas plus loin, déclara le cocher avant de demander son dû. À ce train, on va rouler sur les gens et c'est pas bien le moment.

Comme Piedebœuf insistait pour qu'il reste un moment stationné là, il s'y refusa catégoriquement. Il ne tenait ni à se faire écharper ni à se retrouver sans chevaux ni voiture. S'il n'avait pas été si fatigué, le commissaire aurait dit deux mots à ce rustre, et l'aurait forcé à entendre raison, mais il ne s'en sentait pas la force. Posant le pied à terre, il manqua de chanceler.

– Ça va ? Vous êtes pâle…

– Ça va aller, fit Piedebœuf en repoussant son adjoint d'un geste brusque.

Une douleur abominable lui cisaillait le dos.

– Vous allez continuer seul. J'aurais préféré rester dans le fiacre mais tant pis, je vous attendrai ici. Faites aussi vite que vous pourrez.

Il regarda autour de lui, mais il n'y avait que l'atelier d'un imprimeur – ils étaient nombreux dans la section du Théâtre-Français – et quelques échoppes d'artisans.

– Voyez si Dauterive est aux Cordeliers. Je vais m'asseoir dans un cabaret. Si dans une heure vous ne l'avez pas trouvé, nous aviserons.

Il dut s'interrompre, hors d'haleine. Malgré la canicule, il sentait un froid glacial envahir son ventre, ses doigts ; son dos le lançait abominablement, comme si le fer d'une hallebarde lui fouillait l'échine. La douleur avait empiré lorsqu'ils avaient visité le Palais-Royal pour y trouver le gendarme, sans succès. S'il n'était pas aux Cordeliers non plus, c'est peut-être qu'il avait été trahi et qu'il était mort. Dans ce cas, avait jugé Piedebœuf, ils iraient voir La Fayette et lui montreraient le papier.

– Êtes-vous sûr que tout ira bien ? insista son adjoint.

Il sentait une peur atroce l'envahir, pas seulement à cause de cette foule armée, autour d'eux. C'était cette violence qui montait, de seconde en seconde, qui bouillait et semblait vouloir déborder, à tout prix, sans que nul n'y puisse faire obstacle. Il se sentait d'autant plus terrifié que Piedebœuf ne paraissait plus en état de l'aider à se défendre. Il était d'une pâleur mortelle, les traits plus creusés qu'au début de leur trajet. Il fut tenté de le prendre par le bras et de faire demi-tour mais n'osa pas.

Lentement, ils remontaient la rue Dauphine à la recherche d'un cabaret.

– Pas le Procope, murmura Piedebœuf, les dents serrées. C'est un repaire d'agitateurs, Garat pourrait s'y trouver. Allons plus loin.

*

– Bon Dieu qu'est-ce que tu dis ? siffla Saint-Huruge.

Il considérait Rotondo, les yeux plissés, sa grosse face rouge remplie de mépris.

– Et si Garat l'apprend ?

– Il n'apprendra pas, sauf si tu lui dis. J'aurais dû l'égorger comme un cochon, chez moi ? *Merda !*

– Il n'y a pas que le couteau. Une cravate autour du cou et son affaire était faite, bon Dieu !

– Parlez un peu moins fort, nous allons nous arranger, fit Verrières en entraînant les deux hommes à l'extérieur.

Un autre orateur avait succédé à Danton à la tribune des Cordeliers. C'étaient toujours les mêmes phrases, avec les mêmes mots, mais la foule ne s'en lassait pas. On entendait ses acclamations à intervalles réguliers, comme pour un spectacle. Un spectacle qui aurait l'odeur du sang.

– La vérité, reprit le bossu une fois dans la rue, c'est que ce petit bougre nous a bien eus avec ces prétendus 100 000 livres. Il n'y a pas plus de louis d'or que de vit entre les jambes d'une nonne. On n'aurait jamais dû l'écouter.

– Le fait est qu'il ment presque aussi bien que Rotondo, grinça Saint-Huruge. Mais maintenant il faut s'en débarrasser, foutre ! Il serait bien capable de filer à l'anglaise.

Rotondo haussa une épaule.

– Comme il est attaché je ne vois pas comment.

– Baste ! Tu parles trop et tu n'agis pas beaucoup. Que fait-on maintenant ! s'exclama Saint-Huruge. Il regardait partout dans la rue, gagné par la nervosité.

Verrières réfléchit rapidement. À chaque instant il arrivait d'autres curieux, on sentait que ce jour et le lendemain ne seraient pas ordinaires.

– Saint-Huruge et moi, nous avons à faire avec Garat. Il n'aimerait pas qu'on le lâche. Toi, Rotondo, prends une douzaine de piques et dis-leur que tu as enfermé chez toi un espion de La Fayette. Et donne-leur dix livres à chacun, qu'ils y mettent du cœur.

Rotonde grimaça de dégoût.

– Chez moi ?

– Ou dans la rue, comme tu veux. Mais le plus simple, ce serait chez toi, il n'aurait pas l'occasion de filer. Dis-leur que ce petit jeune homme est l'ennemi de notre cause, et qu'il serait mieux mort que vivant. Pour ça on peut te faire confiance, non ? Tu trouveras bien un mensonge à leur servir.

Il était impossible de ne pas discerner son mépris mais le *Professore* n'eut pas l'occasion de répondre. Garat arrivait droit sur eux, le visage en sueur, ce qui était chez lui assez inhabituel.

– Sacré nom, qu'est-ce que vous foutez ? Je vous cherche partout !

Les trois hommes s'entre-regardèrent, gênés.

– On causait, fit Saint-Huruge. Tu avais besoin de nous ?

L'ancien planteur se tourna vers Rotondo.

– Où en es-tu, toi ? Pourquoi es-tu encore là ?

Pendant une fraction de seconde, le petit escroc sentit la terreur le submerger. Seule une longue pratique de la dissimulation lui permit de faire bonne figure. Il fit un large sourire.

– *Tutti va bene*[1] ! J'ai pu louer l'endroit que je t'ai dit. Les hommes sont arrivés à Paris, ils seront en place dès ce soir.

Garat hocha la tête sans manifester la moindre émotion.

– Tu es sûr ? Tout va bien ?

– Tu doutes ? sourit Rotondo, avec tout le détachement dont il était capable.

– Tu fais une tête comme si tu allais t'évanouir, rétorqua froidement l'ancien planteur. Alors si tout est prêt, ne perds pas de temps à clabauder ici et va attendre tes hommes. Demain à la même heure tout sera joué. Et vous deux, suivez-moi. L'après-midi sera courte.

Verrières et Saint-Huruge lui emboîtèrent aussitôt le pas.

*

Pendant quelques secondes l'Italien avait effectivement cru perdre les sens. Mais non, Garat ne savait rien. C'était simplement sa façon d'être, abrupte et méfiante, celle d'un

---

1 Tout va bien !

homme qui avait dirigé des esclaves, et qui les avait torturés – c'est du moins ce qui se murmurait. Et ça n'étonnait pas Rotondo.

Alors qu'il quittait la rue des Cordeliers pour celle de l'Ancienne-Comédie, se demandant bien à qui il confierait la sinistre besogne dont Verrières venait de le charger, Rotondo s'immobilisa soudain. Deux hommes se tenaient au croisement de la rue Dauphine et de la rue Mazarine – ça ne pouvait pas être eux. Il se demanda s'il s'agissait d'un piège, ou si sa vue lui faisait défaut. Mais non, c'étaient bien le commissaire de Saint-Germain-l'Auxerrois et son adjoint, qui arrivaient lentement sur le carrefour, l'air d'attendre quelqu'un.

Pendant une fraction de seconde, le *Professore* sentit la panique le submerger, puis il se reprit. Que cherchaient-ils ? Il se glissa à l'abri d'une porte cochère pour mieux les observer. Ils étaient seuls, sans le renfort. Le plus jeune marchait devant, un bourgeois élégant ; l'autre, le commissaire, était blafard, la démarche hésitante. De profonds cernes marquaient ses joues, son pas était lourd, sa face ruisselante.

Un peu plus loin, un groupe d'hommes écoutait un orateur improvisé, qui clamait sa haine des tyrans. Demain, disait-il, la pétition rassemblerait tout le peuple et on verrait ce qu'on verrait ! Foutre ! Fallait-il que Blondinet soit un foutu menteur, un foutu bougre, un despote de la plus belle espèce !

– La Fayette nous espionne ! cria soudain l'Italien en s'approchant d'eux.

Les hommes se retournèrent, intrigués. Rotondo répéta sa phrase, la figure déformée par l'indignation.

– Ces deux-là sont des espions de La Fayette ! Ils viennent nous provoquer là !

Les deux hommes en question, Godard et Piedebœuf, s'étaient figés. Les émeutiers se regardèrent entre eux, d'abord surpris, puis furieux. L'un d'eux portait un sabre passé dans un baudrier. Il le dégaina d'un coup.

L'orateur avait repris l'information à son compte. On les espionnait ! La Fayette avait envoyé deux policiers, ensuite il enverrait la troupe ! Godard leva les deux mains en signe d'apaisement. Piedebœuf aussi leva une main comme pour parler, et sans doute l'aurait-il fait sans la douleur atroce qui lui martelait le torse et tout le dos. Il fit un pas de côté. « Mes amis… mes bons amis… », murmura-t-il sans pouvoir en dire plus. Respirer devenait difficile, presque cruel, une épreuve insurmontable. Le mal explosait dans toute sa puissance, un bourreau qui lui fit plier les jambes. Il tomba à genoux. Et il songeait à sa femme, à leurs premières années, et plus tard à leur premier enfant. Tout passait vite dans un tourbillon affreusement triste, leur premier enfant mort, leur vie d'après, plus fade, et leurs rides qui se formaient autour des yeux. Il eut envie de pleurer mais n'en eut pas la force.

Godard, paniqué, essayait de lui prendre le bras, de le relever, sans comprendre. La foule avait poussé un cri de victoire à la chute de Piedebœuf. Bon Dieu qu'il avait mal, c'était à en hurler. Il bascula sur l'épaule, dans un hurlement de triomphe.

Godard avait une arme, mais son instinct lui dictait de ne pas la sortir. Il aurait tué un homme, peut-être ? Et après ?

– Messieurs, citoyens ! cria-t-il. Ne vous méprenez pas ! Je vous di…

La suite se perdit dans un vacarme sans nom. Les voix résonnaient en écho jusqu'au sommet des immeubles, des déchets volaient vers lui. Il recula de plusieurs pas, cerné par des femmes qui tentaient de le bousculer. Heureusement, il était assez grand et la taille de ses bras suffisait à les tenir à distance. Les hommes n'osaient pas l'approcher car il ne semblait pas prêt à se laisser faire. Arrivé au milieu de la rue Mazarine, il avisa un cavalier qui passait là, l'arrêta en le menaçant de son pistolet et bondit en selle, plus lestement sans doute qu'il ne l'avait jamais fait de sa vie.

Puis il piqua des deux sauvagement, en direction de la Seine, réalisant alors que le papier trouvé dans la malle de l'officier suisse était resté dans l'habit de Piedebœuf, et qu'il ne remettrait sans doute jamais la main dessus.

27

Une heure de l'après-midi

Le bruit de la rue s'était peu à peu calmé et Victor s'était même assoupi. Il aurait payé très cher pour qu'on desserre ses liens. Pendant un long moment, il avait tenté une autre stratégie, qui consistait à se balancer pour essayer de faire tomber sa chaise. Le choc, pensait-il, pourrait modifier l'agencement de ses liens. Mais le siège n'avait pas bougé d'un pouce, comme s'il était rivé au sol. Finalement, tous ses mouvements ne faisaient que l'entraver plus et il avait dû renoncer, les muscles des bras et du dos tétanisés. Il ruisselait, la transpiration coulait jusque sous ses pieds nus. Un cochon promis au boucher ne devait pas être plus fier.

Il sursautait à chaque bruit de pas. Deux ou trois fois quelqu'un était monté, et dans une attente interminable Victor avait compté les marches, réalisant ainsi qu'il était enfermé à un premier étage. Mais ces visiteurs ne venaient pas pour lui.

Puis il entendit un homme monter, le pas lourd mais rapide, et il comprit, de toutes les fibres de sa conscience, que cette fois serait la bonne. L'homme était seul. Il s'arrêta un instant sur le palier – peut-être cherchait-il sa clé. Ou alors il puisait en lui les ressources avant de le tuer.

Un bruissement attira son attention, du côté de la rue. Un bruit infime, léger comme le sautillement d'un oiseau, un moineau picorant des miettes sur le rebord de la fenêtre. Son assassin avait l'âme tendre, il nourrissait les passereaux. Le jeune homme sourit amèrement sous le foulard.

Puis le bruit se fit plus insistant, plus dur. Ce n'était pas un oiseau. Victor retint sa respiration. Quelque chose tapait contre la vitre, un objet dur. Il y eut cette espèce de grincement acide du verre qui se fend puis qui éclate. Les coups reprirent, plus discrets. Quelqu'un enlevait les morceaux un à un. Ce nouveau travail prit quelques minutes puis dans le silence revenu, le gendarme entendit l'espagnolette s'ouvrir, et les deux battants. Quelqu'un sauta dans la pièce. C'était presque inaudible. La poignée de sa porte joua mais elle était fermée à clé. Victor remua au plus fort qu'il pouvait, puis il poussa un cri. Sa voix le surprit presque tant elle lui parut faible sous le bâillon. Il recommença, plus fort, mais le visiteur ne faisait plus aucun bruit. Un voleur qui se serait enfui ?

Une autre porte s'ouvrit. Celle de l'appartement.

Deux pas résonnaient. Celui de l'intrus par la fenêtre, plus léger, et l'autre, celui de l'homme du palier. Le cœur de Victor battait à l'étouffer. Comme dans un rêve, il entendit quelqu'un tenter d'enfoncer la porte de sa geôle.

Le vantail ne résista que quelques secondes. La serrure avait sauté jusqu'au mur. Il retenait sa respiration. L'intrus tranchait ses liens, il frissonna au contact d'une lame. Puis on lui arracha son bâillon.

Il ouvrit la bouche, stupéfait.

Joseph était bien là, comme il l'avait deviné. Comment l'avait-il retrouvé, c'était un mystère, il aurait bien le temps de le savoir.

Mais l'autre…

Il souriait, assez froidement comme toujours. Il fit sauter le reste de ses liens avec des gestes précis.

– Surtout ne me remerciez pas, fit-il en aidant Victor à se relever. Faites vite, nous n'avons pas intérêt à rester trop longtemps ici.

*

Rotondo avait recruté une dizaine d'hommes, ceux qui avaient assailli Piedebœuf. Il n'avait eu aucun mal à leur monter la tête. Non qu'ils soient sots ou naïfs, mais ils étaient en colère, des gens simples aux ventres plats, aux mains calleuses, qui travaillaient dur et ne comptaient jamais pour rien. Leur rage en devenait aveugle, ils auraient volontiers déchiqueté n'importe quel *ennemi de la nation.*

En hommes habitués à se déplacer à pied, ils suivaient Rotondo d'un bon pas, heureux de toute cette force qu'ils représentaient, la plupart pieds nus, armés de piques toutes neuves ou de sabres. L'un d'eux se contentait d'un bâton ferré, un autre d'un hachoir.

Ils traversèrent la Seine par le Pont-Neuf et s'enfoncèrent dans le dédale de rues qui s'étendaient derrière le Palais-Royal, car le *Professore* voulait absolument éviter la rue Saint-Honoré qu'il savait pleine de gardes nationaux soldés. Du coup, ils se perdirent un peu et deux hommes en profitèrent pour abandonner l'équipée. Finalement, ils retrouvèrent la rue des Capucins. Le logis de Rotondo n'était plus qu'à quatre ou cinq cents pas, derrière la nouvelle église de la Madeleine en chantier.

*

Sitôt debout, le sous-lieutenant s'était effondré tandis que de monstrueux élancements remontaient depuis ses jambes et ses poignets. Le sang revenait d'un coup. Charpier le releva difficilement et ils marchèrent vers la porte, Victor boitant bas, chaque pas lui arrachant un cri de douleur.

Comme il l'avait imaginé, l'appartement était assez petit, un peu semblable au sien à Saint-Séverin, mais avec un salon plus grand, bien meublé, les murs tapissés de frais, décorés d'estampes bucoliques, des bergers et des bergères à la façon de Poussin.

Arrivé à l'entrée, il manqua de tomber à nouveau et Charpier dut faire appel à toutes ses forces pour le retenir. Leurs fronts ruisselaient sous l'effort et sous l'effet de la peur.

– Bon Dieu, grommela-t-il entre les dents, reprenez-vous.

– Figurez-vous que j'aimerais bien, grogna Victor en reprenant sa marche, la main appuyée au mur.

Naïvement, il s'était imaginé qu'il pourrait se défendre lorsque ses ravisseurs reviendraient le tuer, mais il en aurait été bien incapable. Ses pieds avaient doublé de volume, il ne sentait plus ni ses genoux ni ses cuisses. Par vagues sourdes, la sensibilité revenait et c'était formidablement douloureux.

Le temps qu'ils s'arrêtent, Victor aperçut sur une desserte un tas d'escarpins neufs, qu'il eut étrangement l'impression d'avoir déjà vus ailleurs. Un ballot de tissu à demi crevé laissait deviner des balles de fusil.

– Où est-on ?

– Chez Rotondo. Allons allons, dit Charpier avec impatience.

Ils finirent par quitter l'appartement, Joseph claqua la porte derrière eux. Redescendre l'escalier s'avéra moins périlleux que le gendarme ne l'avait pressenti. La circulation revenait peu à peu.

– Peut-on savoir pourquoi vous me libérez ? demanda Victor lorsqu'ils eurent parcouru une centaine de pas.

Ils s'étaient arrêtés à l'angle d'un immeuble, où le jeune homme soulageait sa vessie.

– Faites vite, bon Dieu.

Charpier regardait autour de lui, l'œil vif dans son visage de marbre barré par deux grands plis aux joues. Comme d'ordinaire, il était très élégamment vêtu de vêtements sombres.

– Répondez-moi donc, ça ira plus vite.

– Vous n'avez pas besoin d'en savoir plus. Sachez simplement que sans ce jeune homme, (il désignait Joseph du doigt tout en observant la rue), je ne serais pas là. Je crois qu'il vous aime. Tâchez de le garder en vie.

Dauterive dévisageait le garçon sans comprendre.

– Vous connaissiez Joseph ?

Charpier fit une grimace en forme de sourire.

– Quand vous verrez La Fayette, dites-lui que Garat et Choderlos veulent lever une armée de 20 000 piques pour demain. Ils ont prévu un rassemblement soit à la Bastille, soit au Champ-de-Mars. Je ne sais pas d'autres détails. Vingt mille piques, c'est entendu ?

– Des piques ?

– Des citoyens passifs qu'on aura armés de piques. C'est pour cette raison que Choderlos maintient la pétition. Il compte sur la journée de demain pour prendre d'assaut l'Assemblée avec ses troupes. Tous ces imbéciles comptent que d'Orléans va les suivre. Moi je crois que nous aurons la Garde nationale contre nous et que nous serons tous fusillés. Je donnerais ma tête à couper que d'Orléans ne lèvera pas le petit doigt.

Pendant un instant, Dauterive resta silencieux, incapable de raisonner. Plusieurs idées prenaient forme dans son esprit, mais il avait trop peu de temps pour les assembler entre elles. D'un geste rapide, Charpier sortit de l'intérieur de son habit un pistolet et le tendit à Victor.

– Dites à votre maître ce que j'ai fait pour vous. Et pour l'amour du ciel, ne traînez pas ici. Moi je file, si on nous voit ensemble, je suis un homme mort.

Il regarda une dernière fois autour d'eux et s'éloigna à grands pas.

*

Rotondo avait immédiatement compris en voyant sa porte entrouverte et les éclats de bois au sol. Comment c'était arrivé, il n'en avait aucune idée. Mais finalement, il n'était pas si surpris. Ce lieutenant était un vrai diable, comme ces démons dans les histoires qu'on arrive jamais à tuer. La peur revenait à la charge et il repoussa la chaise vide d'un grand coup de bottes. Pendant une ou deux secondes, elle balança comme si elle voulait tomber, puis elle resta sur ses pieds.

Il contemplait le désastre, les liens coupés encore accrochés aux barreaux, comme un défi qu'on lui aurait lancé.

– On fait quoi alors ?

C'était l'un des hommes de son petit groupe, un grand type aux cheveux sales, l'air d'un animal.

Ils ressortirent dans la fournaise.

*

– Je ne comprends pas… Tu connaissais Charpier ? fit Dauterive.

Ils tâchaient de trouver le chemin du centre de la ville, mais Victor connaissait assez mal cette partie de la capitale, nommée la Ville-l'Évêque[1]. Il savait simplement qu'elle était longée par la rue Saint-Honoré, et qu'en la retrouvant ils pourraient alors filer tout droit jusqu'à l'hôtel de Noailles.

– Non je le *connaissans* pas. Mais lui il me *connaissans*…

– Que veux-tu dire ? Tu avais déjà eu affaire à lui ?

Le garçon jeta un regard à Victor sans comprendre.

– Il t'avait déjà arrêté ?

1 Aujourd'hui le quartier de la Madeleine.

– Non ! Mais je *voulans* vous trouver. *J'avons* vu du monde sur le pont, et j'ai suivi les gens.

Dauterive s'arrêta net, agacé. En demandant son chemin à une lingère qui suait sous un énorme panier, il réalisa qu'ils étaient arrivés près d'un hôtel de Beauvau, tout près des faubourgs dont on apercevait plus loin les premières friches et les jardins. Ils rebroussèrent chemin.

– *J'avons* arrivé dans l'église avec plein de monde (Dauterive traduisit intérieurement qu'il parlait du club des Jacobins). Et c'est là que j'ai vu l'autre, celui qui vous a délivré…

– Charpier…

– Celui-là, oui, il m'a tombé dessus. Il m'a dit qu'il savait que je vous *servans*, qu'il *travaillans* au service de La Fayette et qu'il *voulans* vous délivrer. Alors j'y ai dit que *j'étans* presque que sûr que c'est l'étranger qui vous *avans* attrapé et qu'il vous *tenans* chez lui.

– L'étranger… Rotondo tu veux dire ? Tu savais que j'étais chez lui ?

– Non… Mais je m'en doutais bien. *J'avans* bien vu quand il vous a arrêté. Il vous aime pas, c't'homme-là.

Victor ne put s'empêcher de sourire.

– Ce n'est pas faux. Alors ça fait deux fois que tu me sauves la vie. On ne pourra pas dire que tu ne mérites pas ta place.

Le petit boiteux ne répondit pas et ne sourit pas non plus. Mais Victor vit qu'il se redressait et que son visage s'illuminait.

– Alors Charpier t'a dit qu'il servait La Fayette ?

– C'est qu'est-ce qu'il a dit.

– Ah, enfin ! s'exclama le gendarme en apercevant au loin ce qui lui parut être une voix plus large, probablement la rue Saint-Honoré.

Et ils pressèrent le pas, mais pas aussi vite que le sous-lieutenant l'aurait souhaité car il n'avait plus ses bottes et il s'était blessé sur un caillou. Mais à peine avaient-ils repris leur marche que cette fois Victor s'arrêta net. Joseph l'imita.

Le *Professore* et une dizaine d'hommes armés marchaient droit sur eux. Pendant une seconde, ils hésitèrent tous, comme deux armées qui se font face et n'osent pas faire feu. Il y avait assez peu de passants dans cette partie de la ville essentiellement occupée par les hôtels particuliers. Puis Rotondo leva le doigt sur Victor.

– C'est eux. Les espions.

Sans plus réfléchir, Joseph détala à toute vitesse. Il courait un peu en crabe à cause de sa jambe diminuée, très rapidement comme un chat. Victor avait sorti son arme, mais deux ou trois hommes arrivaient déjà sur lui, l'un armé d'un hachoir et les autres de piques, l'air féroce. Il fuit lui aussi. Joseph avait pris de l'avance, une bonne trentaine de pas, léger comme le vent. La rue menait à un étrange monument, un chantier d'une trentaine d'énormes colonnes en pierre de taille dressées vers le ciel, comme une forêt de pierre. Sans doute la future église de la Madeleine, de style antique. D'un bond souple, Joseph franchit la haute palissade autour de la construction. Ce n'était sans doute pas la meilleure idée car ils se retrouveraient enfermés dans un lieu clos, mais le gendarme n'avait pas d'autre choix. Sa détention l'avait affaibli et ses poursuivants le touchaient presque. À son tour, il se hissa sur la barrière et se laissa retomber de l'autre côté dans un nuage de plâtre.

Derrière, les hommes de Rotondo poussaient des cris de colère. Il se releva, couvert de blanc, arma son pistolet et se mit à la recherche de Joseph.

De près, les colonnes étaient plus impressionnantes encore, dressées sans but vers un ciel aveuglant. Trois hommes assemblés en auraient difficilement fait le tour. Victor avançait lentement entre elles, son pas résonnant étrangement. Le centre du bâtiment en forme de croix était parfaitement désert et silencieux ; cela ne durerait pas. Dès l'instant où Rotondo et ses piques trouveraient une entrée, ils ne feraient pas de quartier, bien à l'abri des regards.

Il fallait ressortir au plus tôt.

– Joseph, nom de Dieu ! cria-t-il.

Sa voix résonna entre les colonnes.

*

Il y avait bien un portail provisoire pour passer la palissade, mais il était fermé par de grosses chaînes et un cadenas. Celui qui paraissait diriger le groupe s'acharna un moment sur la ferrure, sans réussite. Finalement, l'un des hommes frappa les panneaux de bois à coups de masse, jusqu'à ce que des éclats gros comme le poing sautent en tous sens. Quelques mégères observaient la scène de loin, se gardant bien d'intervenir. Un garde national qui passait plus loin pressa le pas en détournant la tête.

Le groupe s'engouffra en désordre à l'intérieur du chantier, sans qu'aucun d'eux ne songe à garder la sortie. À cet instant, ils auraient bien assassiné leur propre famille, tant ils étaient hors d'eux.

Le plus grand marchait en tête, la pique en avant, fouillant tout du regard.

À l'extrémité du chœur, un grand fracas les fit se retourner ; ils se ruèrent vers un amas de planches qui venait de s'écrouler, leurs pas et leurs jurons résonnant jusqu'au sommet des colonnes tronquées. Comme ils se regardaient, perplexes, un déclic se fit entendre, puis un coup de feu. Celui qui avait pris le commandement laissa tomber sa pique dans un grand bruit. Il se plia en deux en se tenant le ventre.

Deux hommes battirent prudemment en retraite. Les autres regardaient le futur chœur, sans oser faire un pas.

Derrière eux, le blessé gémissait en se tenant le ventre. Le sang lui faisait presque plus peur que la blessure. Deux hommes se bousculèrent pour le lever et l'emporter.

Rotondo hésitait lui aussi. Ils n'étaient plus que quatre, dont l'homme au hachoir. Une nouvelle détonation éclata, venue de derrière eux. La balle claqua plus loin contre une colonne, projetant une volée d'éclats.

Le silence retomba. Dans une fuite éperdue, l'Italien et ses sbires se ruèrent hors du chantier comme s'ils fuyaient l'enfer.

28

Trois heures de l'après-midi

Garat avait pris les rênes de la première charrette du convoi. Suivi des deux autres voitures, il remonta lentement le boulevard de l'Hôpital, longea l'hôpital général de la Salpêtrière et traversa le marché aux chevaux avant d'arriver rue du Gros-Caillou.

On les attendait. Deux hommes, l'un torse nu, se hâtèrent de refermer derrière les trois chariots l'assemblage de vieilles planches qui tenait lieu d'entrée. Garat s'arrêta devant l'atelier du Borgne et sauta de son siège.

Ce dernier se précipitait déjà sur lui, tout sourires, en tout cas ce devait être son intention. La fatigue et la contrariété avaient creusé de grosses poches sous ses yeux.

– Eh voilà ! Je tiens mes promesses ! s'exclama-t-il d'un air triomphal.

– Moins fort imbécile, répondit Garat. Où sont-elles ?

Toujours enthousiaste, le Borgne le conduisit à l'intérieur de l'atelier où travaillaient une quinzaine d'ouvriers dans un bruit infernal, tous l'air à bout de force. La leçon de l'avant-veille avait porté ses fruits. Une forêt de piques assemblées de frais s'accumulait sur une table et le long du mur. Garat échangea un sourire froid avec Verrières qui venait d'entrer à son tour.

– Il en manque encore 500, dit le Borgne avec force courbettes. Mais d'ici ce soir vous aurez vos 7 000 piques, j'en réponds sur ma vie.

Il tremblait presque, mais il semblait sincère.

– Sur ta vie, n'en fais pas trop tout de même, rétorqua Garat en s'emparant d'une arme, appréciant l'emmanchement, solide, le fer bien rivé, aiguisé, légèrement enduit de graisse.

Il se souvenait du geste de Santerre, une semaine plus tôt, lorsqu'il avait brusquement enfoncé sa pique dans un poteau, et se sentit soudain porté par une étrange allégresse.

*

– Vingt mille piques, dit La Fayette, songeur, un peu sceptique. Et nous n'aurions rien su, ni rien vu ? Et qui dirigerait ces hommes ?

Victor secoua la tête

– Je n'ai aucune certitude…

Le jeune homme, toujours en chemise et pieds nus, presque aussi sale que le petit boiteux qui l'accompagnait, se tenait dans l'un des salons de l'hôtel particulier qu'occupait Sylvain Bailly, le maire de Paris, rue Neuve-des-Capucines. Il y avait retrouvé La Fayette et une partie de son état-major, après l'avoir en vain cherché d'abord à l'hôtel de Noailles, puis à la municipalité.

Une dizaine de personnes assistaient à la réunion, la plupart militaires de la Garde nationale, mais aussi le maire et deux de ses principaux commis.

– Vous dites que vous n'avez pas de certitude, intervint ce dernier d'un ton lugubre. Ne nous alarmons-nous pas inutilement ?

C'était un personnage d'une tristesse redoutable, la figure et le corps tout en longueur, un savant qui semblait perpétuellement en train de démontrer une théorie.[1]

1 Jean-Sylvain Bailly, premier maire de Paris, est mathématicien, astronome, et auteur de théâtre.

– Suis-je homme à m'alarmer pour rien ? s'agaça La Fayette.

– Il me semble simplement que nous manquons de précisions. D'où viennent ces hommes ? Où vont-ils se réunir ? Qui va les commander ?

– Si je le savais, nous les aurions déjà arrêtés, ne put s'empêcher de répliquer Dauterive. Pour les hommes, il n'y a pas à chercher loin. Il y a dans cette ville des milliers de miséreux prêts à tout pour dix sous par jour. Les conspirateurs ont prévu de les enrôler comme citoyens passifs dans la Garde nationale. Ils se réuniront soit au Champ-de-Mars, soit à la Bastille. La signature de la pétition demain sera le prétexte pour le début de l'insurrection. Ils veulent prendre d'assaut l'Assemblée nationale. Quant à leurs chefs, il faudrait les chercher dans la faction d'Orléans. Il y a sans doute un certain Garat l'Américain, Rotondo, un Italien, et quelques autres. Mais ce ne sont que des hommes de main, il y a forcément quelqu'un plus haut. Peut-être Choderlos de Laclos, le secrétaire du duc. Peut-être le duc lui-même ou le duc de Chartres, son fils. Mais je vous l'ai dit, je n'ai pas de preuves.

Le maire de Paris laissa échapper un petit rire, qui était tout sauf l'expression de la joie.

– Vous voudriez faire arrêter le duc d'Orléans et son fils ! Des princes de sang, cousins du roi. Et tout cela sans preuve ?

– Nous pourrions l'assigner à résidence, ou le forcer à s'éloigner quelque temps de Paris, fit Victor en se tournant vers La Fayette. Vous l'avez fait en octobre 1789.

– L'idée n'est pas sotte, approuva le général en relevant le menton avec suffisance. Je puis convaincre le roi de prendre à nouveau une telle mesure. L'intérêt de l'État est en jeu. Mais je crains que cela ne soit pas suffisant. Orléans ne sortira de l'ombre que si la conspiration triomphe. L'assigner à résidence ne changerait rien.

– Frappons d'un grand coup ! s'exclama un officier, le visage sanguin. Il y a dans cette ville trente ou quarante misérables qui agitent la populace, nous les connaissons tous. Les Choderlos, les Danton, les Demoulins et les Marat, tous payés par Orléans. Finissons-en avec cette pourriture !

Comme à son habitude, La Fayette tournait en rond dans le salon.

– C'est sans doute ce qu'il faudrait faire, mais il y a des risques. Si nous allons chercher ces hommes en plein milieu des faubourgs, nous risquons de déclencher l'émeute. Sans être sûr de tenir les véritables meneurs.

– Et votre informateur ? demanda Bailly. Est-il un homme sûr ? Ne peut-il nous en dire plus ?

– Il nous a dit l'essentiel et je crois qu'il n'a pas menti, répondit Victor après avoir échangé un regard avec La Fayette.

– Dans ce cas, nous savons donc ce qu'il reste à faire, conclut le maire avec hauteur. Il faut investir le Champ-de-Mars et l'Assemblée nationale.

La Fayette tournait toujours au milieu de la pièce.

– Le Champ-de-Mars n'a aucune importance stratégique. Pour tenir Paris, il faut tenir cinq endroits : l'Assemblée nationale, les Tuileries, l'Hôtel de ville, le Pont-Royal et le Pont-Neuf. Or, si je compte la garde soldée, les compagnies d'élite, la gendarmerie et l'ancien guet de Paris, nous ne disposons que d'un peu plus de 13 000 hommes.

– Et la Garde non soldée ? fit remarquer l'un des officiers.

– La moitié est travaillée par l'esprit de sédition et ne me suivra pas. Nous pouvons compter au plus sur 22 000 hommes. En face, nous aurons l'autre moitié de la garde à laquelle il faut ajouter 20 000 piques. Ce qui donne plus de 30 000 hommes.

– 22 000 contre 30 000. Le rapport de forces n'est pas si défavorable, déclara le maire de Paris dont le visage était aussi immobile que le reste du corps.

– En théorie oui. Mais je viens de vous le dire, nous devrons diviser nos forces en par cinq pour tenir Paris. Tandis que nos adversaires pourront attaquer en un seul point avec le gros de la troupe. Quoi qu'il arrive nous serons très désavantagés.

Un court silence suivit cette déclaration. Les officiers n'osaient pas se regarder entre eux, ni les commis du maire. Pour la première fois depuis le début de l'échange, ce dernier laissa échapper une mimique de colère.

– Alors que devons-nous faire ! Laisser la ville aux égorgeurs ? Fuir Paris ?

Le général haussa une épaule, toujours planté devant sa fenêtre.

– Et si nous en appelions au roi ? proposa l'un des commis. Il pourrait prendre la tête des troupes !

– Le roi… fit La Fayette avec un rire. Je vous rappelle qu'officiellement il est toujours destitué. Même s'il ne l'était pas, je crois hélas qu'il serait plutôt satisfait que la Garde nationale s'entre-déchire.

Cette fois, Bailly fit un geste de la main.

– Alors on ne peut rien faire ?

– Il faut couper les têtes de l'hydre… déclara Victor.

Un nouveau silence se fit. La dizaine d'hommes présents dans le salon envisagèrent le jeune homme comme s'ils le découvraient d'un coup.

– Couper les têtes de l'hydre, fit Bailly avec un autre geste d'irritation (ce qui chez lui semblait exceptionnel). Mais quelles têtes, et quelle hydre ?

– Il y a peut-être un moyen de les connaître, déclara Dauterive.

À nouveau, tous les regards convergèrent vers lui.

– Lequel ? demanda Bailly, dont la mine s'allongeait à la mesure de son scepticisme. Vous venez de nous dire que vous ne saviez aucun détail.

– Une conférence secrète a eu lieu hier dans le parc de

la folie de Chartres, une propriété du duc d'Orléans… Je suis presque certain qu'elle avait trait à l'insurrection. Elle a duré quatre heures et une dizaine de fiacres au moins se sont présentés. Si nous retrouvons qui est venu, nous saurons peut-être qui dirige la conspiration.

Le maire et tous les militaires suivaient l'échange, ébahis. Le plus étonnant était sans doute l'attitude du commandant-général, dont la foi envers le jeune homme semblait sans limites.

– Ces gens sont probablement retranchés dans leur faubourg ou au cœur du Palais-Royal, déclara le commandant-général. Ils ne manqueront pas de se rebeller et d'en appeler au peuple si nous les arrêtons.

– Attendons la nuit, nous aurons l'avantage de la surprise. Jamais ils ne penseront qu'on ira les chercher chez eux.

La Fayette réfléchit un moment, avant de hocher la tête. Les autres participants à la réunion paraissaient eux aussi séduits par l'idée.

– Cela paraît juste, quoique terriblement risqué, murmura Bailly en saluant le sous-lieutenant. Mais avons-nous un autre choix ?

La Fayette examinait sur la cheminée une pendule en bronze doré, surmontée d'une Diane chasseresse.

– Il est bientôt trois heures et demie de l'après-midi. Vous avez cinq heures devant vous, Victor. Essayez de savoir qui a participé à cette réunion, et nous aviserons. Retrouvons-nous tous à huit heures ce soir, si vous en êtes d'accord monsieur Bailly. D'ici là, je vous en conjure, messieurs, gardez le secret sur tout ceci. Si les conspirateurs savent que nous les soupçonnons, ils hâteront l'insurrection et nous aurons un bain de sang.

*

Après être repassé chez lui, furieux, et tremblant de tous ses membres, Rotondo y avait pris tout ce dont il avait besoin et s'était rapidement rendu rue Saint-Honoré, les bras et les poches lourdement chargés. Il tentait de se rassurer en se disant qu'au fond, le petit gendarme ne savait rien des détails de l'affaire, rien de rien. Comment aurait-il pu imaginer, d'ailleurs ? Il s'était échappé… tant pis ! On réglerait son compte plus tard, quand ils auraient emporté la partie.

Le *Professore* était presque tranquille en arrivant au pied de l'immeuble du sieur Epstein, contre le mur duquel il déposa ses paquets – un grand rouleau de tissu d'une cinquantaine de pouces[1] de longueur et un autre plus petit. La bonne femme accourue presque aussitôt, comme si elle ne faisait que le guetter, s'étonna en le voyant porter ses ballots lui-même. N'était-il pas un riche baron italien ? Elle s'abstint de le froisser en lui faisant la remarque.

– Ah oui… ce sont mes premiers échantillons, sourit aimablement Rotondo. Voyez que nous avions bien besoin de l'entrepôt de votre patron, hein ?

Il sortit un grand mouchoir et épongea la sueur qui lui couvrait le front. Ses paquets pesaient bien leurs trente-cinq livres[2]. Et ce qu'il transportait dans les poches n'arrangeait rien. Il faisait toujours terriblement chaud. On se serait cru au fond d'une marmite.

Il demanda la clé de la pièce qu'il avait louée et, refusant fermement l'aide de la vendeuse, grimpa jusqu'à l'entresol en ahanant comme un bœuf. Arrivé là, il déposa ses paquets au sol comme autant d'explosifs. Et à vrai dire, ricanait-il, on n'en était pas loin et tout cela ferait certainement grand bruit s'ils en faisaient bon usage.

À peine avait-il repris son souffle qu'on toqua à la porte. Encore la vendeuse. Il fit un gros effort pour demeurer

1 1,50 mètre (le pouce fait un peu moins de 3 centimètres).

2 18 kilos environ (la livre fait un peu moins de 500 grammes).

aimable, s'imaginant même un instant qu'elle était une sorte d'espionne, une mouche de la police. Mais il ne s'agissait pas de ça. Elle portait la même robe de coton vert que la veille, le visage tout aussi fatigué mais elle lui souriait, embarrassée.

– Je… à vrai dire monsieur le baron, on ne vous attendait pas si tôt. Monsieur Epstein vous a-t-il bien montré l'endroit où vous pouviez disposer vos tissus ? C'est un homme très exact vous savez, il aime à tout prévoir.

Rotondo, qui avait presque oublié le titre dont il s'était paré, retroussa les lèvres dans un sourire artificiel.

– C'est bien. C'est bien ainsi, madame Catherine. Si vous me permettez de vous appeler comme ça…

– Mais je vous le permets, puisque c'est mon nom ! gloussa la vendeuse.

Ses narines frémissaient, et tous ses traits grossiers, et il la sentait sur le point de dire tout autre chose. Il devinait bien quoi maintenant mais à cet instant précis, il se sentait plutôt l'âme d'un moine.

– Tout ira bien, madame Catherine. Soyez sans crainte, monsieur Epstein m'a bien montré.

– Êtes-vous bien sûr ? C'est qu'il ne faut rien déranger, il s'en prendrait à moi, monsieur le Baron. Et j'en serai bien peinée. Bien peinée…

Elle avança d'un pas, à le coller, sans qu'il ait le temps d'esquiver. Et il sentit l'odeur acide de sa transpiration, aux relents d'oignons. Elle tremblait presque tandis qu'il sentait sa main se poser entre ses cuisses, sans trop de ménagement.

Il avait envie de repousser la fille, ou de la gifler, il ne savait plus trop, et en même temps l'excitation montait d'un coup. Voilà trois jours qu'il n'avait pas baisé. Il la laissa s'affairer jusqu'à ce qu'il soit en état puis la repoussa jusqu'à une petite table, où il lui fit écarter les cuisses. Elle protestait, faussement offusquée. *Monsieur le baron était trop audacieux, pas ici, pas maintenant.* La table grinçait derrière elle, elle respirait fort, tentait de l'embrasser dans le cou, maladroitement, submergée de désir, tout en continuant à lui caresser le vit à travers le tissu.

Il déboutonna rapidement le pan carré de sa culotte puis retroussa sa robe et ses jupons, dans des relents fades de fille sale mais qui ne lui déplaisaient pas. Puis il s'installa entre ses jambes et la prit profondément sans proférer le moindre mot.

*

Un grand vent de liberté soufflait depuis 1790 sur les anciennes corporations, ces privilèges qui selon beaucoup de députés freinaient la liberté économique. Les fiacres et autres voitures de louage n'avaient pas échappé aux réformes, et c'est ainsi que le monopole détenu jusqu'alors par la *Compagnie du sieur Perreau* avait été aboli. En quelques mois, des dizaines d'entreprises étaient nées. N'importe qui pouvait tenter sa chance pourvu qu'il s'acquitte de la taxe de cinq sous par jour, qu'il respecte l'uniforme des cochers, le code de la route, et les règles de fabrication des véhicules. Cependant, la profession restait strictement surveillée par la police. La numérotation des quelque deux mille fiacres demeurait obligatoire. Et les autorités contrôlaient toujours autant l'identité des conducteurs, leur comportement et leur passé judiciaire.

C'était grâce à ce système de numérotation que Dauterive pensait pouvoir retrouver les têtes du complot d'Orléans.

Cependant, le fil était ténu. Les cochers n'étaient réputés ni pour leur amabilité, ni pour leur probité. Indépendants, fantasques et souvent querelleurs, beaucoup avaient un penchant marqué pour la bouteille. Et rien n'assurait qu'ils connaissent le nom de leurs clients, ni qu'ils acceptent de le donner.

Le propriétaire du fiacre numéro 41 – l'un des deux dont Joseph avait relevé le numéro – louait une remise rue de la Corderie, près de l'enclos du Temple. Mais il travaillait que de nuit, expliqua un valet qui y rangeait le foin, et il faudrait l'attendre jusqu'à trois heures du matin s'ils désiraient lui causer. À moins bien sûr qu'ils ne le retrouvent, au hasard de ses courses dans Paris.

Victor échangea un regard perplexe avec le grand moustachu, boucle d'argent à l'oreille, que La Fayette lui avait donné pour second. C'était le même soldat qui l'avait prétendument agressé cinq jours plus tôt près du Procope, et qui gardait la maison abandonnée à Vaugirard lorsque le jeune homme y rencontrait son maître.

Ils décidèrent de revenir plus tard.

L'autre voiture, le fiacre numéro 133, appartenait à une entreprise de voitures sous remise. Ces carrosses, généralement loués à la journée, attendaient le client chez le loueur, contrairement aux voitures *de place* qui elles stationnaient sur la chaussée, dans une trentaine d'emplacements réservés à Paris.

La Compagnie du père Brion tenait enseigne rue Croix-des-Petits-Champs, à deux pas du Palais-Royal, entre un traiteur déserté et une hôtellerie. Les gendarmes ne trouvèrent dans la grange qu'un fiacre défraîchi, qu'un individu au menton prognathe lavait à grande eau. C'était imposé par le règlement de police.

– La 133… du diable si je sais où qu'elle est. C'est Fontaine qui le conduit, un brigand celui-là encore… quand il ne me vole pas l'argent des courses, il passe son temps avec les putains.

Il râlait plus qu'il n'expliquait, sans un égard envers ses visiteurs.

– Et alors qu'est-ce qu'il a fait ? ajouta-t-il brusquement. Il a renversé quelqu'un ? Vous êtes la police ?

– Il a conduit quelqu'un hier à la folie de Chartres. Je

veux savoir le nom du client. J'espère pour vous que vous tenez bien votre registre.

– Bien sûr que je le tiens.

Et il se remit à asperger sa voiture, sans même regarder le jeune homme. Ce dernier recula d'un bon pas, faisant mine de chercher une réponse.

– Permettez, fit-il en lui prenant le seau des mains.

D'un mouvement brusque, il lui vida à la tête. Puis le balança contre les vitres du fiacre.

Saisi par la stupeur, le père Brion n'avait pas réagi. Il regardait les éclats de verre sur les sièges et sur le sol, puis ses visiteurs indifférents. Il ouvrit la bouche mais ne dit rien.

– Je suis assez pressé, dit calmement Victor en lui rendant le seau vide. Auriez-vous l'amabilité de me montrer votre registre ?

*

Vers les quatre heures de l'après-midi, le ciel s'obscurcit soudain, laissant se déverser un déluge de fin du monde. En quelques instants, tout fut noyé sous un épais rideau de pluie ; des fumerolles de vapeur montaient de la chaussée, avec cette odeur délicieuse d'un sol sec qui n'a pas reçu l'eau depuis longtemps. Puis ce furent d'autres relents plus lourds, l'ordure accumulée sur les bas-côtés que charriaient des ruisseaux de fortune.

Dauterive et ses compagnons s'étaient réfugiés sous l'auvent d'une échoppe, rue Croix-des-Petits-Champs, ce qui ne leur évita pas d'être trempés jusqu'aux os en quelques secondes. L'averse s'arrêta aussi brusquement qu'elle avait commencé et ils reprirent leur chemin dans une chaleur moite. Une demi-heure plus tard, ils arrivaient au domicile du sieur Antoine-Christophe Gerdret, marchand de dentelles et négociant de meubles, dans une belle maison de quatre étages, section de l'Oratoire.

Une petite dame en robe en coton imprimé, le visage serré dans un bonnet de piqué, lui ouvrit.

– Monsieur Gerdret ? répéta-t-elle d'une voix intriguée, mais surtout très sèche.

D'âge mûr, la figure aussi lisse qu'une figurine en porcelaine, elle détaillait le gendarme de la tête au pied avec une moue de dégoût. Après son entrevue avec La Fayette et son état-major, Victor s'était bien procuré une courte veste, des bas de laine et des souliers de troupe, mais la pluie et la boue avaient eu raison de son apparence et il ressemblait plus à vagabond qu'à un officier.

– À cette heure, monsieur Gerdret écrit, déclara-t-elle comme s'il s'était agi de quelque Saint-Office.

– Eh bien qu'il s'arrête donc d'écrire, rétorqua son visiteur sur un ton qui la fit sursauter. Dites-lui que je suis le sous-lieutenant Dauterive de la Gendarmerie nationale, et que j'agis sur réquisition de comité de police de l'Assemblée nationale et du commandant-général de la Garde nationale. Ne nous faites pas attendre.

La mine chiffonnée, elle les fit monter jusqu'au premier étage, dans une antichambre assez vaste pour servir de salon de réception. Les murs étaient décorés avec goût, mais de façon désuète et sans ostentation ; le propriétaire des lieux avait abandonné sur une chaise une pile de journaux patriotiques, dont un exemplaire du *Père Duchesne* et un autre de *L'Ami du peuple*, la publication du Marat.

Trois ou quatre minutes passèrent avant que le maître de maison arrive enfin, précédé de sa servante, qu'il congédia d'un ton aimable.

Gerdret était de la taille de Victor mais d'âge mûr, mal rasé, le teint pâle presque livide et les yeux bleus délavés. En chemise et sans cravate, le buste bien droit, il avait l'air très à son aise et ne manifesta qu'une légère surprise en découvrant un enfant parmi ses visiteurs.

– En quoi puis-je vous être utile, messieurs ?

La voix était forte, celle d'un homme sûr de lui. Son regard errait sur Victor et les autres comme si aucun d'entre eux ne comptait vraiment.

– Hier, vers une heure de l'après-midi, un fiacre de remise est venu vous chercher au coin de la rue Tirecheappe et de la rue de la Chaussetterie, déclara le sous-lieutenant. Il vous a déposé à la folie de Chartres une demi-heure plus tard, et vous a attendu dans la rue pendant environ une heure. Vous êtes sorti de la folie vers deux heures, ensuite de quoi le fiacre vous a déposé là où il était venu vous chercher. Admettez-vous ceci ?

Gerdret s'était contenté de croiser les bras sur la poitrine, sans qu'aucun trait de son visage bouge. Victor crut cependant déceler une étincelle plus dure au fond de son regard.

– Il s'agissait du fiacre numéro 133, qui appartient à la Compagnie du père Brion, sise rue Croix-des-Petits-Champs. Le cocher, le sieur Fontaine, nous a confirmé vous avoir vu.

L'affirmation était fausse puisqu'ils n'avaient pas pu interroger le conducteur, mais tous les autres détails – les horaires, le lieu et surtout le nom du client – apparaissaient bien sur le registre de la compagnie. La course avait été payée par avance par un certain Belinard.

– Et alors ? déclara Gerdret, toujours aussi peu impressionné.

– Qui avez-vous rencontré à la folie de Chartres ?

– Pourquoi voudriez-vous savoir cela ?

– C'est une question qui intéresse la sûreté de l'État. Vous feriez mieux de répondre.

– Qui intéresse la sûreté de l'État, ou celle de monsieur de La Fayette ?

Victor sentait la chaleur lui monter aux joues, désarçonné par la tranquille assurance de leur hôte.

– La sûreté de monsieur de La Fayette, répondit-il avec

peine, n'est pas sans lien avec la sûreté de l'État. Nous agissons sur réquisition.

Gerdret sourit finement.

– Votre réponse n'a pas de sens, jeune homme. Les intérêts de La Fayette seraient donc les mêmes que ceux de l'État ? Que voilà une bien curieuse conception des choses !

– Nous discutons pour rien. Pourquoi ne pas répondre ?

– Je ne vous dirai rien. Vous êtes gendarme, m'avez-vous dit. Depuis quand le commandant de la Garde nationale, aussi *prestigieux* soit-il – il ne déguisait pas son mépris – commande-t-il aux gendarmes ? Qui sont ces gens avec vous ?

– On vous demande juste de répondre, dit soudain Lafleur, le grand soldat moustachu, en faisant un pas en avant. Ne nous faites pas perdre notre temps.

– Sinon quoi ? Qu'allez-vous faire ? M'assassiner dans ma propre antichambre ? Est-ce ainsi que se font vos enquêtes de police ?

Il leur faisait face calmement, le souffle sans doute un peu plus rapide, mais sentant bien que l'avantage tournait en sa faveur.

– Auriez-vous quelque chose à cacher ? tenta Victor.

– Je n'ai rien à cacher. Je me suis effectivement rendu dans cet endroit, je ne le nie pas. Mais ce qui s'y est dit et les gens que j'y ai rencontrés ne vous regardent pas. Rien ne m'oblige à vous parler, ni même à vous recevoir.

Il s'interrompit, comme la porte de l'antichambre s'ouvrait. Victor et ses hommes virent apparaître le visage rond d'une femme en robe légère dont le sourire s'effaça aussitôt. Gerdret lui fit un signe rassurant et elle se retira.

Le silence était retombé, brusquement tendu.

– Vous êtes officier de la Garde nationale, déclara soudain Lafleur.

Ce n'était pas une question, mais une affirmation.

– J'ai cet honneur. Et qu'est-ce que cela fait ?

– Et vous refusez de répondre aux questions de votre commandant-général. Pourquoi.

– Ces questions ne regardent pas le service.

– Où servez-vous ? demanda Dauterive.

Gerdret le toisa un bref un instant avant de consentir à répondre qu'il commandait le bataillon de l'Oratoire. Sa voix s'était très légèrement voilée, comme si cette simple affirmation rebattait soudain les cartes.

– Vous êtes en train de trahir votre serment, monsieur Gerdret, fit lentement le sous-lieutenant.

– Quel serment ?

– Celui de servir la loi et le roi. Vous êtes commandant au bataillon de l'Oratoire. Combien le duc d'Orléans vous a-t-il payé pour trahir demain ? Combien deviez-vous recruter de piques ?

Gerdret respirait plus vite, les ailes de son nez palpitantes.

– Demain, reprit Victor, 20 000 hommes armés de piques se lanceront à l'assaut de l'Assemblée nationale. Combien vous a-t-on proposé pour vous battre avec eux ?

– Vous m'insultez.

Sa voix était blanche, presque inaudible.

– Demain, une pétition sera signée au Champ-de-Mars. Vous le savez comme moi, il s'agit de déposer le roi et de réclamer la République. Vingt mille hommes ont été recrutés pour mettre Paris à feu et à sang. Nous nous ferons face, d'un côté la Garde nationale et les gendarmes, et de l'autre, vous et ces gens que vous comptez entraîner. Il y aura des morts, plusieurs centaines sans doute. La Révolution sera anéantie. Est-ce ce que vous voulez ?

– Je ne sais pas de quoi vous parlez…

– Qui avez-vous vu à la folie de Chartres ? Je sais qu'il y avait un homme dénommé Garat l'Américain, qui travaille pour Choderlos de Laclos, le secrétaire du duc d'Orléans. Qui d'autre était là ? Choderlos ? Le duc d'Orléans lui-même ? Ou peut-être son fils, Chartres ? Y avait-il d'autres chefs de bataillon ?

Gerdret était d'une lividité cadavérique, les yeux mouillés comme s'il réalisait brusquement l'abîme qui s'ouvrait sous ses pieds.

– Il y avait Santerre, souffla-t-il comme à regret.

– Et les autres ? Qui était présent ?

– Je ne sais pas… Je ne me souviens pas…

– Y avait-il des politiques ? Des députés ?

Gerdret inspira longuement mais ne dit rien.

– Y avait-il des Cordeliers ? Danton ? Marat ?

Comme il se taisait toujours, le grand Lafleur fit mine de lui prendre le bras mais Victor le retint d'un regard. Gerdret gardait les yeux baissés, avalant péniblement sa salive. Les veines de ses tempes saillaient.

– J'accepte de parler au marquis de la Fayette, souffla-t-il. Attendez-moi. Je vais m'habiller…

Il fila vers son appartement sans ajouter un mot. Par la porte entrouverte, Victor le vit échanger quelques mots avec sa femme. Elle regardait dans leur direction, toute pâle elle aussi. Trois enfants en chemise attendaient derrière elle, insouciants. Puis il disparut.

Quelques instants passèrent encore. Une détonation éclata.

Dauterive avait été plus vif que tous les autres. Il traversa le vaste appartement, Lafleur sur ses talons, et découvrit le corps de Gerdret dans son cabinet, posé de travers sur le bureau. Sa main pendait, elle paraissait encore bouger. Une large giclée avait rougi le rideau tout proche. Le sang poissait en grosses gouttes lentes depuis sa tempe fracassée.

29

Huit heures du soir

« Mort ? Gerdret est mort ?

Rarement Victor avait vu La Fayette dans une telle stupéfaction.

– Aussi mort qu'on peut l'être quand une balle vous brûle la cervelle, ajouta Lafleur, dont le sens diplomatique n'était assurément pas le fort.

– Épargnez-nous vos expressions soldatesques, riposta Bailly d'un ton acide. Nous ne sommes pas à la caserne.

Le gendarme baissa les yeux en se grattant la tempe.

Avec Victor, il assistait à la réunion prévue quelques heures plus tôt par La Fayette dans l'hôtel particulier de Bailly. Seuls le marquis et son état-major, le maire et deux envoyés de l'Assemblée y assistaient. Joseph, épuisé, soupait avec les domestiques, avec l'ordre exprès de ne pas leur dire un mot de ce qu'il savait.

La figure de Bailly s'allongea encore plus que d'ordinaire.

– Santerre… ce serait donc le chef militaire…

– Ce qui n'est guère étonnant, commenta La Fayette qui arpentait la pièce, infatigable. Il se prend pour un grand soldat et c'est un intime du duc d'Orléans. Êtes-vous certain de ne connaître aucun autre nom, Victor ?

Le jeune homme secoua la tête

– Navré, monsieur, mais non. Nous avons tout retourné chez Gerdret et nous n'avons rien trouvé. Je ne pense pas que ces gens aient consigné par écrit leurs intentions.

– Il faut arrêter Santerre, répondit le commandant-général en opinant du chef. Il nous livrera peut-être le nom de ses complices. Je retiens votre proposition. Nous attendrons la nuit et nous nous saisirons de lui par surprise.

– Et les autres ? s'agaça Bailly. Garat l'Américain, Laclos, Danton, les chefs cordeliers, Robespierre ? Allons-nous attendre que ces canailles nous fassent égorger ?

– Le sous-lieutenant Dauterive vient de nous dire que des centaines d'hommes sont armés de piques dans la section du Théâtre-Français. Gerdret s'apprêtait à soulever son bataillon contre l'Assemblée, il n'est sûrement pas le seul. Les faubourgs et la moitié de la ville sont peut-être sous les armes à cette heure, nous ne pourrons pas y mener des expéditions policières sans risques. C'est un nid d'agitateurs ! Nous en avons discuté au début de l'après-midi, monsieur Bailly. Nous avons juste assez de troupes pour tenir l'Assemblée, les Tuileries et deux ponts de cette ville ! Me prenez-vous pour un Néron ? Pensez-vous que je dispose d'une police secrète, avec des centaines d'hommes ? Ne perdez pas de vue que le rapport des forces n'est pas en notre faveur. Nous devons garder l'essentiel des troupes pour défendre l'Assemblée nationale et les Tuileries. Quant au reste, nous ne devons agir qu'à coup sûr et sans arbitraire. Toute autre manière de faire serait pure folie. Nos ennemis n'y trouveraient qu'un prétexte de plus à lever le peuple contre nous.

Il s'arrêta net, essoufflé, alors qu'un commis poussait prudemment la porte.

– Un homme pour vous, monsieur le marquis. Il dit que c'est d'une importance extrême.

– Qui est-ce ?

– Un sieur Charpier. Il me dit qu'il est commissaire de police et qu'il a des informations au sujet des *vingt mille piques*. Je n'y entends rien mais c'est ce qu'il dit. Il veut vous parler à vous et un certain lieutenant Hauterive.

Bailly dévisagea le sous-lieutenant avec un regard d'entomologiste.

– Je suppose qu'il s'agit de vous ? Mes commis et moi-même sommes-nous admis à cet entretien privé ?

– Ce ne serait pas inutile, répondit Dauterive avec une courbette.

*

Après avoir rudement renvoyé la vendeuse à ses affaires, Rotondo était resté un long moment seul, sans oser déballer les paquets dont il s'était chargé. Quelle mouche l'avait donc piqué ? Il avait dû fermer les yeux pour aller jusqu'au bout, la donzelle l'encourageait à grands coups de reins, la face rouge, plus laide encore que d'ordinaire.

Elle avait paru déçue lorsqu'il s'était retiré, mais il s'en fichait bien. Au moins c'était fini.

Il guettait les bruits dans la cordonnerie, attentif. La serrure se referma alors que huit heures et demie sonnaient. Un instant, il s'émut en songeant que Catherine pourrait remonter mais non, elle avait eu son compte. Il devinait son visage fermé, son humiliation, peut-être ses yeux rougis. Ces bonnes femmes étaient décidément toutes les mêmes, à rêver d'un marquis et d'une bague au doigt.

Il ouvrit la fenêtre mais cela ne fit pas de frais. Dehors l'air était toujours aussi chaud. De nombreux passants se dirigeaient vers le Palais-Royal, comme n'importe quel samedi soir, il y avait aussi des familles. Il aurait été bien difficile d'imaginer ce qui se préparait dans Paris. En face, l'hôtel particulier était lui aussi d'une tranquillité absolue. Les chandeliers étaient encore éteints, deux domestiques bavardaient sur le perron. Il n'y avait même pas de gardes devant la porte cochère.

Un peu plus tard, au signal convenu, Rotondo vit apparaître les hommes qu'il attendait. Il les fit monter un par un, refermant prudemment la porte de l'entrepôt derrière eux. Ils étaient trois et échangeaient en italien. Leurs tenues étaient assez diverses, ils avaient respecté la consigne, la discrétion absolue.

– *Dove sono le armi ?*[1] demanda le plus petit des trois. Il était mal rasé, l'air d'un contremaître avec son habit marron et son petit tricorne avachi.

Sans un mot, Rotondo déballa l'un des deux paquets qu'il avait apportés, en sortant six carabines de chasse, des balles et de la poudre.

– Ce sont des fusils anglais. Des canons rayés comme vous vouliez.

Puis il ouvrit l'autre paquet où se trouvaient une dizaine de pistolets.

L'un des trois hommes, un vieux aux cheveux blancs réunis en queue, le visage étrangement fardé qui lui donnait un teint maladif, émit un rire sec.

– Avec ça on ne le ratera pas. Il sera plombé comme un faisan.

Personne ne répondit.

– *Da que parte si esce* ?[2] demanda le mal-rasé.

– Il y a une sortie derrière… *Un'uscita dietro.* C'est une cour intérieure derrière chez le cordonnier, elle arrive place Louis-le-Grand. *Vi ci porto io*[3], assura Rotondo d'un air convaincu qui ne lui était pas habituel.

Il eut le pressentiment très désagréable qu'il ne sortirait jamais vivant de cet endroit.

*

1 Où sont les armes ?

2 Par où sortirons-nous ?

3 Je vous y emmènerai.

L'étrange décès du commissaire Piedebœuf avait causé un grand émoi dans la section du Théâtre-Français. Que faisait là le policier – un agent de La Fayette selon les mieux informés – à deux pas des Cordeliers ? Pour quelle raison était-il tombé foudroyé sans que nul ne le touche ? Qui était l'homme élégant qui l'accompagnait et qui s'était enfui sur un cheval volé ? Autant de questions que Charpier avait balayées d'un revers de la main, arrivant sur les lieux au milieu d'une foule électrisée. Étant le commissaire de police élu de la section, un homme froid et respecté, il avait été appelé en priorité, comme à chaque meurtre ou découverte de cadavre. Nul ne se serait risqué à ne pas l'avertir pour une affaire aussi retentissante.

Bien sûr, il avait immédiatement reconnu le défunt. Ses traits étaient encore tendus, surpris même, le poing droit refermé comme face à un invisible adversaire. Il le fit allonger sur la table d'un menuisier de la rue de Buci, chassant de l'établi ses occupants. Les hommes de la Garde nationale défendaient la boutique, avec ordre exprès d'éloigner les curieux.

Charpier tâchait de rassembler ses pensées. Il savait tout du prétendu assassinat de Piedebœuf, cette manigance imaginée par Dauterive. Sur l'ordre de La Fayette, et moyennant finances bien sûr, il avait même pris le risque de dédouaner le jeune homme auprès du clan d'Orléans, devant son altesse elle-même. Et la fable avait pris.

Pourquoi diable Piedebœuf n'avait-il pas quitté Paris ? Que venait-il faire, si près des Cordeliers ? Avait-il découvert quelque chose ? Voulait-il arrêter quelqu'un, quitte à prendre tous les risques ?

Fouillant méthodiquement les poches de son habit, Charpier y trouva une tabatière, un mouchoir et quelques pièces. Rien de bien intéressant. Le policier, un collègue donc (et l'idée fit sourire Charpier), portait un pistolet au fond de la basque, à droite. Il l'empocha, le visage dur. À gauche, il découvrit une bourse garnie d'une dizaine de pièces, un vieux ruban et une miniature sur ivoire, le portrait d'une femme aux yeux bleus mélancoliques. Il empochait le tout au fur et à mesure, ces débris de vie, pauvres objets d'un homme qui avait aimé, qui avait travaillé et espéré ; et voilà comme tout finissait.

Il allait écarter l'habit pour soulever la chemise lorsqu'il sentit sous ses doigts un papier. Il tourna le regard vers l'entrée de la boutique avant de l'examiner. C'était sur une page, une liste d'initiales et de chiffres.

Le sang-froid ne lui avait jamais fait défaut et pourtant il se sentit pâlir.

*

Aussi curieux qu'il pouvait paraître froid, Bailly s'était emparé de la feuille de papier que lui tendait Charpier, une fois ses explications terminées. Il l'examina un long moment.

G.TdL	*rien*	*se méfier, mauvais esprit*
S	*1 200*	*24 000 £ (1 200x30x40)*
		+ 1 200 £ d'état-major = 25 200 £
A-A A	*1 000*	*réticent mais accepte pour l'or*
		20 000 £ (1 000x30x40) + 1 000 £ em
		+ 12 000 £ = 33 000 £
A-C G	*550*	*rien pour lui / se méfier de son adjoint*
		11000 £ (550x30x40) + 500 £ em = 11500 £

– Des noms et des chiffres, déclara-t-il d'un ton qu'il voulait neutre, mais l'émotion y perçait tout de même. Quel rapport ont ces papiers avec l'affaire qui nous occupe ? Ces chiffres, 1 200, 1 000, 550, sont-ils en lien avec les vingt mille piques ?

La Fayette lui prit le document pour le lire à son tour, les traits fermés. En quelques instants il parut s'être forgé une opinion.

– Voici la preuve formelle, messieurs, qu'il existe une conspiration, et nous en connaissons désormais les auteurs, du moins certains d'entre eux. D'où votre commissaire du Louvre tenait-il cette liste ? demanda-t-il à Charpier.

– Je n'en sais rien. Je sais juste que je l'ai trouvée sur son corps.

Le général laissa échapper un geste d'humeur.

– Je dois vous en remercier. Même si je ne m'explique pas ce que faisait ce malheureux dans la section du Théâtre-Français. Pourquoi n'est-il pas venu me porter cela lui-même ?

– Peut-être venait-il seulement de mettre la main dessus, intervint Victor.

La Fayette relisait le papier encore et encore, comme pour en percer le mystère.

– Et si c'était un piège ? Rien ne nous dit que ce document soit véridique.

– Je ne crois pas qu'il s'agisse d'un piège, monsieur le marquis. Vendredi après-midi je suis passé voir Piedebœuf – Victor ne s'arrêta pas à l'expression exaspérée de son mentor – et je lui ai dit ce que je pensais, à savoir que Bouvard avait sans doute été tué pour avoir découvert quelque chose de compromettant pour le parti d'Orléans. Je lui ai demandé de m'aider à retrouver l'ami intime de Bouvard, chez qui ces documents pouvaient se trouver…

– Bouvard ? Qui est ce Bouvard ? De quoi parlez-vous, s'exclama le maire de Paris, mais personne ne prit la peine d'éclairer sa lanterne.

– Piedebœuf a dû retrouver ces documents, peut-être voulait-il me les remettre.

– Au risque d'être lui-même surpris, compléta Charpier. Cela me paraît tenir. Je ne pense pas non plus qu'il s'agisse d'un piège.

Bailly et les autres se regardaient sans un mot, comme des voyageurs assistant à une conversation entre sauvages dans un langage inintelligible.

– Dans ce cas, déclara le général en s'inclinant légèrement vers Dauterive, je vous dois mes excuses. Vous aviez raison : Bouvard était sur la bonne piste, il avait rempli sa mission et c'était de ce côté-là qu'il fallait chercher. Pourquoi ne m'a-t-il rien dit… Je suppose qu'il a été surpris avant que de pouvoir le faire…

– C'est à craindre, conclut sèchement Charpier.

– Je suis au regret de vous dire que je n'entends pas un mot de tout ce que vous racontez, déclara alors Bailly dans le silence revenu. Quelqu'un parmi vous aurait-il la bonté de nous expliquer qui est ce Boudard, et de quoi il retourne ?

– Nous verrons cela plus tard, répondit La Fayette qui brandit sa feuille d'un air de victoire. Mon cher Bailly, voici de quoi arrêter Santerre et ses principaux complices. La Révolution est sauvée !

30

Minuit

La nuit et les averses n'y avaient rien fait : la tension ne faisait que grandir. Des hommes en armes parcouraient la ville, forçant les théâtres à fermer, racontant partout que la Garde nationale était en état d'alerte, que Bailly, le maire, avait décrété la loi martiale. Le drapeau rouge serait déployé et La Fayette, ce tyran, ferait tirer au canon sur le peuple, la chose était paraît-il prévue depuis au moins cinq jours.

Des orateurs en appelaient au meurtre. Qu'on se munisse de couteaux, qu'on crève les tambours et les jarrets de chevaux de la cavalerie. Au milieu de la nuit, on apprit que les patriotes se rassembleraient le lendemain à la Bastille. De là ils marcheraient vers le Champ-de-Mars, où l'on exigerait la démission du roi.

Dans l'autre camp, celui des *massacreurs*, personne ne semblait s'inquiéter. Les séances étaient closes à l'Assemblée et à la municipalité. Le maire avait tranquillement soupé en son hôtel particulier. La Fayette avait regagné l'hôtel de Noailles. Aux Tuileries, le roi et Marie-Antoinette avaient paru à leur petit couvert, impassibles et muets.

Paris se divisait en deux. D'un côté le peuple, fiévreux, inquiet, agité. De l'autre les autorités tranquillement à l'abri derrière les baïonnettes et les canons de la Garde nationale.

La nuit tombait lentement, chaude et lourde. Partout aux Porcherons, aux Champs-Élysées, vers la Chaussée-d'Antin et au Palais-Royal, les cabarets et les traiteurs étaient pleins, le vin et la bière coulaient à flots dans le tourbillon des violons. La capitale s'enivrait avant de s'enflammer.

*

Une mince silhouette s'approcha sans un bruit d'un groupe de cavaliers qui attendait dans une cour, non loin de l'angle de la rue Saint-Antoine avec celle de Charonne.

– Nous avons de la chance, déclara l'homme en approchant le plus grand d'entre eux (tous étaient bottés, vêtus de sombre, leurs cols relevés haut malgré la chaleur oppressante). D'habitude à cette saison ils brassent la bière pendant la nuit à cause de la chaleur. Mais c'est dimanche, il n'y a personne à part un gardien. La voie est libre.

Le marquis de La Fayette hocha la tête et à son signal les hommes s'engagèrent rue Saint-Antoine. La traversée de la ville s'était bien mieux passée qu'il ne l'imaginait. Certes, les Parisiens, et surtout ceux des faubourgs, étaient nerveux, prêts à s'enflammer à la moindre alerte, mais paradoxalement leur petite troupe était passée inaperçue dans toute cette agitation. Arrivés devant une assez belle fabrique que dominaient deux grosses cheminées, ils y entrèrent sans difficultés. L'un d'eux, en avant-garde, avait escaladé puis forcé le portail, qu'il leur avait ensuite ouvert. Il tenait en respect le gardien, un pistolet pointé sous le nez. Ce dernier, terrorisé, leur indiqua le bâtiment où se trouvait la chambre de son maître.

Antoine-Joseph Santerre, qui rentrait à peine d'une dernière réunion chez Danton, cour du Commerce, fut tiré hors du lit et mené dans le salon. Cependant, sa femme était gardée à vue dans leur propre chambre, avec l'ordre absolu de ne réveiller aucun de leurs gens.

Pendant quelques instants, le brasseur eut du mal à rassembler ses idées, persuadé qu'on allait l'égorger sur place. Sa bouche était desséchée, ses jambes peinaient à le porter, il respirait par saccades, l'esprit embrouillé, reconnaissant à peine La Fayette lorsque ce dernier ôta son chapeau rond à larges bords pour le poser sur une chaise.

– Il n'est pas utile que je me présente, lui dit ce dernier.

Il le considérait d'un air détaché comme s'ils se croisaient au hasard d'une conversation, dans un salon.

– Je suis venu vous apporter le conseil de l'Assemblée nationale et de la municipalité de Paris.

Santerre roula un œil bleu effaré sans trouver quoi répondre.

– Vous avez là un bel uniforme de commandant de bataillon de la Garde nationale, reprit La Fayette, d'un ton plus sec. Voici donc le conseil que je vous porte. Demain renoncez à le porter et quittez Paris. Ce sera une belle journée pour vous promener en famille. À moins bien sûr que vous ne souhaitiez être arrêté et pendu pour haute trahison.

*

D'un violent coup de botte, Lafleur poussa le battant de la porte qui s'entrouvrait devant lui. Le domestique derrière, surpris, tenta bravement de résister mais c'était peine perdue. En un instant, il fut pris par les bras et poussé de côté, tandis qu'un tout jeune homme haussait une lanterne sourde à hauteur de son visage.

– Nous n'avons rien ici, balbutia le valet. Prenez l'argenterie et laissez-nous la vie sauve.

– Mène-nous à la chambre de ton maître, rétorqua Dauterive.

Le domestique esquissa un geste de défense mais deux autres hommes venaient de s'engouffrer dans l'entrée, un assez beau vestibule d'une maison bourgeoise du faubourg Saint-Marcel. Ils coururent à l'escalier, comme s'ils connaissaient déjà les lieux.

Aux étages, leur intrusion n'était pas passée inaperçue. On entendait des chuchotements et des bruits de pas. Un homme attendait Victor sur le palier, armé d'un sabre, un petit personnage en chemise de nuit, le ventre avantageux. Il était chauve, la tête épaisse, une couronne de longs cheveux bouclés autour du crâne. Ses mollets d'un blanc triste étaient ceux d'un marcheur, cependant assez ridicules. Mais il ne tremblait pas et se tenait devant son épouse, prêt à prendre des coups à sa place.

– Sortez d'ici, dit-il d'une voix relativement ferme. Je n'hésiterai pas à vous sabrer.

– Nous n'aurons pas ce plaisir, répondit le jeune homme alors que Lafleur le rejoignait. Êtes-vous André-Arnoult Acloque, commandant du bataillon de Saint-Marcel ?

– Qui êtes-vous ?

– Je suis le sous-lieutenant Victor Dauterive, de la Gendarmerie nationale. Je vous arrête mon prisonnier pour conspiration contre l'Assemblée nationale. Et posez ce sabre, vous pourriez vous blesser.

L'homme dévisagea son étrange visiteur, baissant doucement la lame mais sans se risquer à la relâcher tout à fait.

*

– Pourquoi devrais-je vous obéir ? fit Santerre d'une voix un peu tremblante.

– Je viens de vous le dire : pour ne pas être pendu, répondit calmement La Fayette. Vous n'avez qu'à vous habiller en bourgeois et à quitter Paris. Il fera beau certainement, les occasions de se promener loin de la Bastille et du Champ-de-Mars sont nombreuses.

Santerre se redressa, bravache.

– Et si je refusais ?

– Libre à vous. Mais songez aux conséquences. Vous serez jugé pour avoir voulu entraîner le royaume dans une guerre civile. Vous devrez abandonner vos affaires et votre famille pour de longs mois et certainement vous serez fusillé ou pendu, car les charges sont accablantes. Vous sentez-vous la vocation pour mourir en martyr, monsieur Santerre ?

Le brasseur peinait à donner le change. Des larmes d'émotion perlaient à ses longs cils, et ses lèvres tremblaient.

– De quoi m'accuse-t-on ?

La Fayette sourit aimablement.

– De crime de lèse-nation et de haute trahison. Passible donc de la peine de mort.

Santerre haussa une de ses solides épaules, l'œil brillant comme un enfant pris en faute.

– Qui dit cela ? Comment l'avez-vous su ? murmura-t-il, et il sursauta car les douze coups de minuit sonnaient à un clocher tout proche.

*

– Hier en début d'après-midi vous avez pris un fiacre et vous avez assisté à une réunion à la folie de Chartres, déclara Victor. Il y avait Santerre, le commandant du bataillon des Enfants-Trouvés, Garat l'Américain, Choderlos de Laclos, et peut-être le duc d'Orléans lui-même ou son fils.

– Vous dites *peut-être*. Êtes-vous vraiment sûr de ce que vous dites ? sourit André-Arnoult Acloque.

On sentait un homme habitué aux discours, au commandement, dont la voix portait loin. Toujours en chemise, il se tenait dans son salon et répondait aux questions du sous-lieutenant. La lanterne sourde posée sur une table éclairait à peine les contours de leurs silhouettes.

Victor sortit un papier de sa poche pour le lui lire.

– Santerre devait recruter 1 200 piques. C'est écrit sur la deuxième ligne, le S étant celui de Santerre, il nous l'a avoué.

« S   1 200   24 000 £ (1 200x30x40) + 1 200 £ d'état-major = <u>25 200 £</u>

« 1 200 cents hommes payés 30 sous par jour pendant quarante jours. Cela donne 24 000 livres, auxquelles sont ajoutés les frais d'état-major, 1 200 livres. Nous avons tous les autres noms. G.TdL, dont *il faut se méfier*, c'est Georges Tassin de l'Étang, commandant du bataillon des Filles Saint-Thomas. A-C G, il s'agit de Antoine-Christophe Gerdret, commandant du bataillon de l'Oratoire, il ne veut *rien pour lui*, mais il faut *se méfier de son adjoint*. Je vous passe les autres. Vous-même apparaissez sur la troisième ligne. A-A A, c'est bien vous, n'est-ce pas ?

« A-A A   1 000   réticent mais accepte pour l'or 20 000 £ (1 000x30x40) + 1 000 £ em +12 000 £ = 33 000 £

« Il est écrit que vous êtes *réticent*, mais qu'un peu d'or pourrait vous faire changer d'avis. Douze mille livres, est-ce le prix de votre loyauté ? Vous vous engagez à recruter mille hommes. Ces mille hommes sont-ils déjà recrutés ? Où se trouvent-ils ? »

L'attitude de Acloque avait changé du tout au tout. D'un coup, il semblait submergé par le doute et par la peur.

– D'où vient ce papier ? fit-il d'une voix sourde.

Le jeune homme releva la tête avec un léger sourire.

– Ce papier est la copie d'un document dérobé il y a une dizaine de jours à monsieur Choderlos de Laclos, son écriture y a été reconnue.

Son regard azur restait assez neutre mais il brillait de colère.

– C'était une erreur.

– Il est bien tard pour vous en rendre compte. Avez-vous touché ces 12 000 livres ?

– Une moitié seulement. L'autre part devait m'être versée demain soir.

– Par qui ?

– Par Choderlos.

– Où sont les mille hommes que vous deviez recruter ?

– La plupart ne le sont pas encore. J'en ai une centaine, cent trente environ sous les armes. Les autres devaient m'être fournis demain.

– Lors de votre réunion à la Bastille ?

Acloque hocha la tête en avalant la salive. Il paraissait soudain plus vieux de dix ans, les lèvres tremblotantes, les yeux battus.

– Continuez. Quelles étaient vos consignes ?

– Je devais m'y rendre avec mon bataillon. C'est là que tout nous aurait été donné, les armes, les vêtements d'uniforme et l'argent. Le prétexte devait être que Lafayette conspirait avec le roi pour devenir lieutenant-général du royaume, ou quelque chose d'approchant. Nous devions avoir un nouveau commandant-général de la Garde nationale.

– En remplacement de La Fayette ?

Il baissa le regard en signe d'assentiment.

*

Santerre avait fini par s'asseoir. Ses jambes ne le portaient plus.

– Les 20 000 piques devaient se joindre aux bataillons de la Garde que vous auriez détournés de leur devoir, reprit La Fayette. Une fois vos forces réunies vous comptiez prendre d'assaut l'Assemblée nationale, pour déposer le roi, sans doute au profit d'une régence du duc d'Orléans.

– Qui vous a dit cela ?

– Est-ce important ? Avouez-vous ?

Le brasseur ne répondit pas. Il tenait son menton au creux de sa main, une grosse main d'artisan plus habituée aux écritures et à l'industrie qu'à la guerre. La Fayette frissonnait, pris par le dégoût. Comment en était-on arrivé là, à ce bal d'ambitieux sans morale, prêts à tout pour s'emparer du pouvoir ? Plus que jamais il doutait de la marche de la Révolution. Le roi était si faible, si mal entouré. Cette tentative d'Orléans échouerait, il n'en doutait pas. Mais d'autres essayeraient ensuite, il ne fallait pas en douter. N'y avait-il donc personne à part lui, pour agir sincèrement ?

– Votre affaire ne se fera pas, murmura-t-il. Demain à quatre heures, cinq mille hommes de la Garde soldée investiront la Bastille, ils auront des canons et de la cavalerie. Mais vous, vous ne serez plus à Paris. Vous allez passer votre habit de bourgeois et vous la ville pour la journée – et si vous aviez l'audace de venir à la Bastille sachez que vous y serez seul. À cette heure, les traîtres qui voulaient vous suivre sont morts ou arrêtés.

*

Charpier avait passé un habit sombre un peu usagé, celui qu'il portait toujours pour ses expéditions policières. Il se couvrit d'une *secrète* – une calotte en fer percée de petites ouvertures – d'un chapeau tricorne, puis rejoignit deux agents qui l'attendaient à la porte de son cabinet.

Les trois hommes quittèrent silencieusement le Palais-Royal pour gagner la cour des Fontaines, à une centaine de pas de là. C'était une voie étroite, profonde d'à peine dix toises, dépendance du palais du duc.

Après avoir parlé au concierge, ils frappèrent à une porte au premier étage, celui des bourgeois. Quelques instants plus tard, une voix féminine leur demanda qui ils étaient et ce qu'ils voulaient. On devinait sa fatigue à travers la porte, mais surtout son inquiétude. À la réponse de Charpier, elle finit par ouvrir.

– Monsieur de Choderlos n'est pas là, expliqua-t-elle. Est-ce si important ?

De vingt ans presque la cadette de son mari, c'était une personne aux traits ronds et doux empreints de mélancolie. Elle avait pris le soin de couvrir ses cheveux et ses épaules d'un long châle en soie.

– C'est plus qu'important, répondit Charpier tandis qu'elle les faisait entrer dans un salon où trônait un poêle en faïence.

D'un geste, elle renvoya une domestique qui entrouvrait la porte, l'air inquiet.

– Savez-vous où est votre mari ?

– Je le vois très peu ces jours-ci. Avez-vous essayé de le trouver à son cabinet, auprès de son altesse ?

– Il n'y était pas. Où pourrait-on le trouver ? C'est important.

Elle fit une moue d'ignorance. Son visage n'exprimait pas grand-chose, sinon la lassitude.

– Votre mari a-t-il une maîtresse ?

Elle se redressa, piquée au vif.

– Vos questions sont offensantes, monsieur. Que lui voulez-vous ?

– Le supplier de m'écouter et de fuir Paris. Dites-lui que tout est découvert et qu'il ne se passera rien demain.

Leur hôtesse battit rapidement des cils. Ses mains s'étaient crispées sur son châle, à s'en faire blanchir les articulations.

– Je ne comprends pas ce que vous me dites, mais je lui dirai si je le vois.

– Êtes-vous bien certaine qu'il ne se cache pas ici ?

– Pour qui me prenez-vous ? Je viens de vous dire que j'ignore où il se trouve. De quelle affaire parlez-vous ? Pourquoi devrait-il fuir ?

Elle avait pâli. Sa lèvre inférieure commençait à palpiter. Charpier la dévisagea froidement, comme un objet, jusqu'à ce qu'elle frissonne en ajustant son étole.

– Ce n'est pas à moi de vous le dire. Il comprendra. Si vous le voyez ou si vous avez un quelconque moyen de lui parler, faites-lui savoir que Santerre est aux arrêts avec tous les chefs. Demain, la Bastille sera investie par la Garde nationale soldée. Que votre mari ne se montre sous aucun prétexte s'il veut sauver sa tête.

– Qui êtes-vous ? murmura-t-elle d'une voix presque inaudible.

– Je vous l'ai dit. Charpier, secrétaire du duc de Chartres et commissaire de police de la section du Théâtre-Français. Ne doutez point de moi si vous tenez à votre mari.

Il salua gravement son hôtesse et tourna les talons, très satisfait de la tournure que prenaient les choses. N'ayant pas mis la main sur Choderlos, il n'avait pas eu à l'arrêter, ce qui lui permettait de continuer à passer pour fidèle au clan d'Orléans : il était un bon camarade avertissant les siens du danger qui les guettait. D'un autre côté, il obéissait fidèlement à La Fayette, à qui il avait promis de tout faire pour arrêter Choderlos. Quel que soit le vainqueur du lendemain, sa place restait donc assurée.

31

Minuit et demie

Le portail s'effondra dans un grand fracas. Puis cinq ou six hommes poussèrent la porte de l'habitation attenante à l'atelier, armés, portant des lanternes sourdes. Le Borgne bondit hors de sa couche, s'emmêla les jambes dans celles de sa femme puis buta sur l'un de ses enfants sans réussir à trouver le pistolet qu'il déposait ces derniers temps sur la commode.

Déjà un homme le prenait par l'épaule et le plaquait sans ménagement contre le mur. Il en eut le souffle coupé. Sa femme hurlait, les enfants aussi. Un commis qui dormait sur une paillasse au coin du foyer éteint en profita pour sauter à travers la fenêtre, arrachant au passage la moitié du papier huilé du battant.

– Je suppose que tu es Mathieu Croissy, dit le Borgne ?

– Que voulez-vous ? Qui êtes-vous ?

– Mène-nous à ton atelier. Tu es arrêté sur ordre de l'Assemblée nationale.

– J'ai rien fait !

On ne l'écoutait absolument pas.

Les piques étaient soigneusement alignées sur des tables, liées par paquets de cinquante, leurs fers enroulés dans des chiffons gras. Il n'y avait plus qu'à les coucher sur les charrettes. La nuit serait courte mais demain il serait riche. C'est du moins ce qu'il pensait encore, cinq minutes encore plus tôt.

Deux charrettes venaient d'arriver, bien plus tôt que prévu. Une dizaine d'hommes – ils avaient l'air d'exempts de justice ou d'assassins – avaient investi son domaine. Ils chargèrent les armes, houspillant Croissy, sa femme et ses enfants, afin qu'ils leur viennent en aide.

On le pressait et il courait, l'esprit en ébullition. En un quart d'heure, presque toutes les piques étaient chargées. Il y avait mis tout son cœur, il se croyait prêt à recommencer une nouvelle vie avec tout cet argent, et voilà comment tout finissait. C'était à n'y rien comprendre.

– Qui êtes-vous ? demanda-t-il, voyant que les charrettes étaient sur le point de partir. On va me payer, non ?

Pour toute réponse il reçut une insulte bien sentie, assortie d'une bourrade assez violente pour le jeter au sol. Sa femme avait poussé un cri, elle voulut l'aider à se relever mais on la pria de ne pas s'en mêler.

La première voiture remplie à ras-bord, une autre s'avança et l'on recommença. De grands bruits résonnaient dans son atelier. Le Borgne se releva et arriva juste à temps pour voir l'une de ces brutes briser un étau à coups de masse. Il se jeta sur lui mais on le repoussa.

– Prenez tout. Tant pis pour l'argent.

Étaient-ce des voleurs ? Un règlement de comptes ? Et si c'était la police, pourquoi qu'on ne l'arrêtait pas ?

Il vit qu'on emportait ses outils, des marteaux, des scies, des seaux et tout son charbon de terre.

– C'est pas à vous. Qui va me payer ?

Il haletait, l'œil exorbité.

– Personne ne te payera, mange-merde.

Les deux voitures étaient pleines. Au commandement de leur chef, un grand moustachu, elles s'ébranlèrent lentement vers la rue.

– Qui va payer les fournisseurs ? gémit le Borgne.

Il connaissait la réponse, bien sûr, il voyait exactement ce qui allait lui arriver, il n'aurait plus ni logis, ni outils ni travail. Comment nourrirait-il ses enfants maintenant ? L'émotion le submergeait. Pour la première fois depuis des décennies il sentit ses larmes couler.

Le grand personnage, le chef, était resté avec lui dans la cour. Il distinguait à peine son visage, dans l'obscurité et à travers les pleurs.

– Je te conseille de filer d'ici quelque temps. Estime-toi heureux que je ne te fasse pas pendre sur-le-champ.

Il le dévisagea avec pitié et gagna la sortie à grandes enjambées. Pour sûr, il avait le pas d'un soldat.

*

Quelqu'un avait apporté des braseros mais avec cette chaleur ils ne servaient à rien. Deux hommes montaient la garde à côté, armés de piques. Un troisième portait un sabre, il allait et venait nerveusement, le torse bombé sous sa carmagnole. Au début, ils s'étaient sentis fiers, heureux comme des enfants avec ces armes toute neuves, puis leur ardeur s'était émoussée. Tout était noir et silencieux. De grandes ombres se dessinaient vers les ruines de la Bastille toute proche. On devinait des silhouettes furtives, des hommes, peut-être armés, on ne savait pas. Les trois sentinelles évitaient de se regarder.

Minuit avait sonné, puis une heure. C'est alors que le jeune homme était arrivé. Il portait une veste courte, des culottes, des bas de laine et de gros souliers de troupe assortis d'un petit tricorne posé de travers. L'air à la fois très jeune et très naïf, il avait une expression boudeuse, un peu distante.

– C'est donc ici, déclara-t-il d'un ton neutre.

– Ici ? Ici quoi ? fit le plus audacieux.

C'était aussi le plus solide, la chemise ouverte sur un torse noir de poils, une barbe de huit jours, le regard farouche.

– Ici que se trouve le dépôt, compléta Victor en désignant la porte du bâtiment que les trois hommes surveillaient.

– Ça vous regarde pas. Passez donc votre chemin.

Le sous-lieutenant l'observait sans impatience. Puis, lentement, il sortit de dessous sa veste un pistolet, dont il leva le chien avant de le pointer sur son interlocuteur.

– Ma foi, citoyen, c'est à vous de partir, vous et vos maîtres piquiers. Je ne vous retiens pas.

L'homme en chemise avait presque sursauté. Il échangea un regard avec ses compagnons mais aucun d'eux n'osa bouger, d'autant que leur étrange visiteur siffla, provoquant l'arrivée d'une dizaine d'hommes armés, vêtus de sombre et bottés. D'un geste Dauterive leur désigna une haute porte fermée par une forte chaîne et un cadenas. Le premier des trois gardiens jeta sa pique au sol et partit en courant, aussitôt imité par le deuxième. Leur chef fit un pas en arrière, la main sur la poignée du sabre.

– J'ai pas la clé, fit-il.

Plus personne ne prenait garde à lui. Un géant de six pieds six pouces attaquait les ferrures à coups de masse. Les coups résonnaient fort sur la place, jusqu'aux ruines de la citadelle. Bientôt le bois se fendit puis deux anneaux cédèrent. Au fond de la grange, un entrepôt de meubles et de planches de menuiserie, ils trouvèrent des piques par milliers. Il y avait aussi des sabres, bien enveloppés dans de la charpie, des baudriers, mais aucune arme à feu. Tout au fond se trouvaient deux tonneaux de poudre, un autre rempli de vieux clous et de morceaux de fer tordus, enfin quelques caisses remplies de cartouches en papier, qui semblaient réglementaires. Victor et les autres examinaient leur prise, silencieux. Les lances brillaient faiblement dans le noir. C'étaient de belles armes, bien fabriquées par milliers, prêtes à l'emploi.

32

Une heure

« Les piques étaient par lots de cinquante, nous avons compté deux cents paquets, expliqua Dauterive. Ce qui donne 10 000, plus environ 250 sabres d'infanterie, deux tonneaux de poudre, un de mitraille et un millier de cartouches de fusil. Nous avons tout jeté à la Seine.

– Lafleur a trouvé sept mille autres piques chez cet artisan, près du marché aux chevaux, ajouta La Fayette en bâillant. Tout va bien.

La nuit était fort avancée, Paris parfaitement calme. Le marquis avait réuni une quarantaine d'hommes dans le grand salon au rez-de-chaussée de l'hôtel de Noailles. Parmi eux, Victor avait reconnu deux ou trois gendarmes de la garde de l'Hôtel de Ville. D'autres avaient des figures de policiers, certains d'artisans ou de bourgeois, peut-être officiers de la Garde nationale, ou encore des agents secrets sortis de l'ombre pour ce coup de main. Même Charpier était présent.

Les laquais du général avaient allumé des chandeliers et apporté de quoi manger, du vin et du café en quantité. À la lueur des flammes, ils ressemblaient à une troupe de soldats revenant de campagne, fatigués, mais le regard brillant, encore sous le coup de l'excitation et soulagés d'en être sortis vivants.

Dauterive s'était assis sur l'un des fauteuils, surpris de se retrouver ici : c'était dans ce salon que le marquis recevait ses amis certains dimanches. Ils évoquaient la guerre d'Amérique, parfois les expéditions du marquis au côté des Indiens contre des forts anglais. Le jeune homme avait posé son pistolet sur un guéridon en acajou, aux pieds en bronze doré.

– Mes amis, déclara La Fayette d'un ton las, les factieux[1] sont brisés. Maintenant, ils n'ont plus d'armes à distribuer. Dans quelques heures, je ferai investir la Bastille, que tout attroupement y soit interdit. Les audacieux qui s'y présenteront seront refoulés ou arrêtés. Comme je vous l'ai dit, Santerre et dix-huit officiers félons qui s'apprêtaient à le suivre resteront chez eux. Certains d'entre vous seront attachés à leurs pas de façon à ce qu'ils ne changent plus d'avis. La sédition n'a donc plus de capitaines. Tout à l'heure, je ferai prévenir un certain nombre de politiques, des chefs cordeliers notamment, Danton et quelques autres, qu'ils renoncent à venir au Champ-de-Mars.

Il souriait à demi. Son esprit se portait loin dans le passé, lorsqu'il n'avait pas vingt ans et qu'il combattait pour la naissance d'une Nation. Ses yeux brillaient d'une émotion profonde.

– Mes amis, reprit-il, la victoire n'est pas complète, mais c'est tout de même une grande et belle victoire.

Seuls dans la pièce, Dauterive et Charpier gardaient un air plus sombre.

– Pour la pétition demain, fit ce dernier. Comptez-vous l'interdire officiellement ?

– Elle est interdite de fait. Mais je crois inutile d'en faire plus. Les Cordeliers en profiteraient pour agiter la populace. Laissons les choses se faire. Ces papiers signés ne valent rien face à la puissance de la loi. Il y aura des discours, peut-être et même sûrement des désordres au Champ-de-Mars. Mais ceux qui auraient pu transformer

---

1 Membre de faction au sens péjoratif, c'est-à-dire qui cherche à s'emparer du pouvoir illégalement.

ces désordres en soulèvement, les Danton, les Desmoulins ou les Santerre, seront absents. Sans chefs et sans armes la foule sera nue. Le danger est écarté pour l'essentiel.

– Certes. Mais le duc d'Orléans n'a pas été inquiété. Choderlos, Garat et Rotondo nous échappent. Vous savez qu'ils sont capables de tout.

– Pour le duc, je ne partage pas votre avis, je suis presque sûr qu'il ne bougera pas l'oreille. Quant aux autres, j'aurais préféré les tenir, mais ils sont isolés maintenant. Nous verrons demain, fit La Fayette avec un profond soupir.

Il s'arrêta devant la fenêtre qui donnait sur le jardin à l'arrière. On devinait à droite la masse sombre de la salle du Manège. Devant, c'était le jardin des Tuileries qui allait jusqu'à la Seine, emplie d'obscurité. Par le battant entrouvert passait une fraîcheur agréable, l'odeur reposante des allées. Dans le ciel, très loin vers l'est, les premières lueurs de l'aube se devinaient déjà dans des trouées diffuses.

33

Septième jour
Samedi 17 juillet 1791
Six heures du matin

Une mouche s'était glissée dans l'entrepôt. Et comme ils avaient fermé l'étroite fenêtre et tiré les rideaux, elle s'était réveillée avec le jour et tapait contre le carreau dans un vrombissement horripilant, reprenant à peine posée sa ronde folle. Rotondo restait allongé sur le tas de pièces de peaux amassées dans un coin de la pièce. Il n'avait pas fermé l'œil de la nuit. L'atelier sentait le cuir frais, l'odeur aigre du tanin, celle de la graisse aussi. C'était à vomir.

Deux des tueurs avaient profondément dormi. Le troisième s'était assis sur une chaise, le dos au mur, un fusil à portée de main. Parfois ses yeux se fermaient. Il avait des lèvres grasses, presque rouges, un filet de salive se formait au coin des lèvres. Sa tête partait alors sur le côté et il se redressait brusquement, par réflexe, sans se réveiller tout à fait.

Aux premières lueurs de l'aube, ils sortirent tous du sommeil sauf le vieux qui continuait à ronfler, ses longs cheveux blancs dénoués. Au bout d'un moment, il papillota des yeux, regarda autour de lui et se passa les deux mains sur le visage, soigneusement. L'Italien le vit sortir de sa besace un torchon, où étaient serrés du pain et du fromage. Il se mit à mastiquer, le regard placide perdu dans le vide, en buvant à une gourde en terre cuite semblable à celle d'un paysan, un paysan qui prendrait des forces avant de commencer l'ouvrage.

Le *Professore* frissonna de dégoût en s'arrachant à sa couche improvisée. Il s'étira. En face, tout était encore éteint. Il vit passer un laquais dans la cour, avec deux grands seaux remplis à ras bord, et cela lui fit penser qu'il avait eu soif toute la nuit. Il aurait bien plongé la tête dans toute cette eau qui se balançait, bien fraîche.

Il laissa retomber le rideau. Ça n'allait plus tarder…

À ses côtés, le plus petit des trois tueurs, celui qui ressemblait à un contremaître, vérifiait la batterie de ses carabines. Chaque homme en aurait deux prêtes à l'usage. Cela donnait six coups, avec des armes de précision. C'étaient des hommes de métier, ils avaient assuré qu'ils ne rateraient pas leur cible.

*

Situé à la périphérie de la ville, au-delà du village de Gros-Caillou, le Champ-de-Mars avait été aménagé une vingtaine d'années plus tôt, lorsque l'École militaire voulue par Louis XV avait été achevée. Comme son nom l'indiquait, l'esplanade était à l'origine destinée aux manœuvres militaires[1], mais il n'y en avait plus depuis que l'école avait été abandonnée. Aussi l'Assemblée nationale avait-elle choisi ce vaste terrain de mille pas de côté sur cinq cents de large lorsqu'il avait été question de célébrer l'unité de la nation, un an après la prise de la Bastille.

Pendant des semaines, le peuple de Paris avait aplani le sol et dressé des gradins. Au centre du terrain, des maçons avaient élevé un immense autel de la patrie en forme de pyramide, auquel on accédait par quatre volées de marches. Vers la Seine se dressait désormais un arc de

1 Mars est le dieu de la guerre.

triomphe à trois énormes voûtes, où s'affichait entre autres cette maxime :

NOUS NE VOUS CRAINDRONS PLUS SUBALTERNES TYRANS
VOUS QUI NOUS OPPRIMEZ SOUS CENT NOMS DIFFÉRENTS

Quinze fantassins de rang pouvaient passer sous chaque arche, ou six cavaliers. Cent mille gardes nationaux avaient défilé là le 14 juillet 1790 avant de prêter serment *au roi et la loi*, tandis que le monarque jurait de maintenir la Constitution. Victor avait assisté à l'événement, non loin de La Fayette. Personne n'imaginait alors que les choses prendraient cette tournure.

Les premiers curieux étaient venus très tôt, dès quatre heures du matin, pour la plupart des pauvres gens venus des bas-fonds de la ville, à la recherche de divertissement. D'autres arrivaient par groupes de deux ou trois, munis de planches et de tréteaux, de voitures à bras, ou de toutes sortes de paniers, des marchands de coco ou de friandises qui se disputaient les meilleures places près des entrées. La journée commençait comme une fête.

Dauterive avait à peine dormi. Lafleur à ses côtés, il se tenait dans l'une des deux allées d'ormes qui longeait l'esplanade du côté de la plaine de Grenelle. Depuis les premières lueurs du jour, les oiseaux chantaient à tue-tête en se poursuivant dans les branches. L'air était encore doux, mais on sentait que la chaleur reviendrait bientôt. Les deux hommes échangèrent un regard perplexe. Tout était parfaitement tranquille. La Fayette leur avait donné pour consigne de surveiller le Champ-de-Mars et d'arrêter quiconque viendrait y apporter le désordre. Dauterive à leur tête, ils étaient une dizaine habillés en bourgeois, artisans ou gagne-deniers, discrètement postés. Mais pour l'instant, rien ne laissait présager que la journée tournerait mal. Ils distinguèrent au loin une musique. C'était un violoneux, un vieux barbu installé au centre de l'esplanade qui jouait un air à la fois triste et joyeux. Victor reconnut une mélodie de Gluck à la mode.

J'ai perdu mon Eurydice, rien n'égale mon malheur...[1]
Sort cruel, quelle rigueur !
Eurydice, Eurydice !
Réponds ! Quel supplice !

Inexplicablement, le jeune homme se mit à penser à Olympe. Il bâilla jusqu'aux larmes.

*

Joseph aussi avait entendu l'air de violon. Il était caché depuis bientôt trois heures sous l'autel de la patrie, au centre de l'esplanade, un gros édifice carré de trente pas de côté aux coins desquels s'élevaient quatre escaliers monumentaux, jusqu'à une plateforme de la hauteur d'un étage. D'autres marches partaient de là jusqu'à l'autel, qui culminait à trente pieds du sol[2].

Le petit boiteux n'était pas seul. Deux hommes s'y étaient glissés avec lui en soulevant des planches, alors que l'obscurité régnait encore, deux mouchards dénichés Dieu sait où par Lafleur. Le premier était un invalide à la jambe de bois, un vieillard à l'air sournois, édenté, son gros habit usé jusqu'à la corde. L'autre était un jeune homme en veste sans manches qui ressemblait à un apprenti, frêle et pâle.

– Écoutez bien tout ce qui se passe et ne sortez qu'à coup sûr, leur avait ordonné Lafleur. C'est entendu ?

Ils devaient espionner ce qui se disait sur l'autel, surtout s'il s'y fomentait une insurrection. Victor avait accepté

---

1 Extrait le plus connu de l'opéra Orphée et Eurydice, de Christoph Willibald Gluck, l'un des compositeurs les plus importants du siècle, mort en 1787.

2 9 mètres.

sans enthousiasme : comment sortiraient-ils de là, une fois entourés par la foule ?

– S'il y a du grabuge, personne ne les verra sortir, avait répondu Lafleur d'un air blasé.

Joseph n'avait pas réussi à sommeiller, ni aucun de ses deux compagnons. La lumière passait par les jours entre les planches. Lorsque le violoneux s'arrêta, ils entendirent des voix et des rires. La foule arrivait peu à peu. Il commençait à faire aussi chaud que dans un four.

34

Six heures trente du matin

Rotondo sortit un grand mouchoir pour s'éponger le front. Ce n'était pas seulement à cause de la chaleur, c'était aussi cette attente interminable, comme si les horloges ralentissaient leur course dans une sorte de supplice inédit. Les condamnés à mort, se disait l'Italien, ne devaient pas souffrir plus pendant leur dernière nuit.

Depuis l'aube, lui et les trois tueurs n'avaient pas échangé un mot. Ils se tenaient prêts, armes chargées, murés dans leurs pensées. Seul le vieux paraissait vraiment serein. Il avait tranquillement fini de manger puis avait vérifié ses carabines à plusieurs reprises. Assis contre le mur, le plus petit mâchouillait quelque chose entre ses dents, le regard vide. La veille au soir, le *Professore* était trop troublé pour remarquer à quel point son visage était défiguré par la petite vérole. Le troisième était le plus grand, plus jeune aussi, les traits épais, une grosse tête ; comme Rotondo, il dégoulinait de sueur.

L'Italien s'était approché de la fenêtre, seul pour ne rien compromettre, on ne savait jamais. On était dimanche, les voisins du sieur Epstein auraient pu les remarquer et croire à la présence de voleurs à l'entresol.

L'hôtel en face s'était éveillé, comme un géant qui sort peu à peu du sommeil. Il y avait eu de vagues lueurs dans les cuisines, au rez-de-chaussée, très tôt. Un commis avait apporté un énorme panier de pain, un autre des baquets de poissons. Puis des garçons d'écuries avaient commencé leur tâche, armés de fourches ou de brosses. Ils avaient laissé la porte entrouverte et ne paraissaient pas avancer bien vite. Aux étages, tout était encore éteint.

Le regard du *Professore* tomba sur le plus vieux des tueurs. Il voulut lui parler mais l'autre l'ignora. Il s'épongea encore le front sans grand succès. Son mouchoir était trempé depuis longtemps.

*

Le ciel était chargé d'orage, de ces ciels aveuglants qui forcent à plisser les yeux. Cela n'empêchait pas l'affluence. D'autres marchands arrivaient avec leurs fournées d'oublies[1], des vendeurs de coco ou de rubans, des musiciens. Puis ç'avaient été des Parisiens ordinaires, des promeneurs du dimanche en quête de distractions. Ils se dispersaient sur le Champ-de-Mars, s'arrêtaient pour écouter les joueurs de violons ou les orateurs, mais pas de ces tribuns de clubs, non, plutôt ce genre de colporteurs qui donnaient les dernières nouvelles des gazettes. Des enfants couraient sur l'esplanade, heureux de quitter pour quelques heures leurs logements étroits en ville.

Dauterive et Lafleur échangeaient parfois des regards étonnés. C'était à se demander si la pétition n'avait pas été tout bonnement annulée. Toujours pas de gardes nationaux, pas de piques, pas de discours politiques. Assis autour de l'autel de la patrie, des curieux causaient en regardant l'esplanade se remplir. Un groupe d'enfants s'amusait à monter et redescendre les marches, ils se firent disputer par deux lavandières et recommencèrent un peu plus loin.

Une bonne heure passa sans que rien ne change. Puis vers onze heures apparut vers l'entrée côté Gros-Caillou

---

1 Gâteaux secs ronds et plats qui ressemblent à des sablés.

une silhouette différente de ce qu'ils avaient vu jusqu'alors. C'était un gros personnage en chemise déchirée et en culotte, les pieds nus, qui avançait silencieux comme un loup, une figure de misère comme il y en avait des milliers à Paris. Mais il était armé d'un gros bâton ferré. Il disparut de la vision des gendarmes, mais ces derniers l'avaient tous remarqué.

Un quart d'heure s'écoula à nouveau, jusqu'à ce que d'autres particuliers se présentent, seuls ou par deux ou trois. Victor remarqua un individu assez petit, rond comme un tonneau, le cheveu et l'œil noir, qui balançait une masse au bout du bras. Un autre marchait torse nu, vêtu seulement d'un pantalon en lambeaux. Combien étaient-ils comme lui ? Une dizaine, une vingtaine peut-être parmi des centaines de chalands. Pendant un instant, Victor hésita. Tout de même, on était loin de l'agitation qu'ils craignaient. Les arrestations de la nuit avaient-elles définitivement éteint la révolte ?

Peu avant midi, ils virent un attroupement se former autour de l'autel de la patrie. Même à trois cents pas de distance, on entendait les éclats de voix. Victor mourait de faim et de soif. Il reconnut avec un coup au cœur la silhouette carrée et le visage rouge de Saint-Huruge. Perché au pied d'un des quatre plateaux qui entouraient l'autel, il semblait haranguer la foule.

– On dirait que la danse commence, commenta Lafleur sans un regard pour Victor.

Le sous-lieutenant ne répondit pas. En fait, il comprenait mal ce qui se passait.

Une lavandière interrompit Saint-Huruge en criant. Elle lui désignait les marches. Comme il n'avait pas l'air de vouloir lui répondre, elle s'adressa à un groupe d'ouvriers assis sur le sol, à une cinquantaine de pas. Elle leur montrait toujours l'autel de la patrie mais cela ne parut guère les émouvoir, l'un d'eux laissa même échapper un gros rire. Elle revint à grands pas vers Saint-Huruge, qui parlait toujours au centre d'un attroupement.

– Tu ferais mieux d'envoyer quelqu'un voir, dit Victor à Lafleur.

Il sentit soudain sa respiration s'accélérer. Un cavalier venait de faire son arrivée, poussant sa bête au pas. Un homme mince aux jambes grêles. Verrières, l'avocat bossu. Il était botté, un baudrier et un sabre au côté. Prêt pour la guerre.

Garat et Rotondo ne devaient pas être bien loin.

*

D'abord, ça avait été des murmures, puis des bruits de pas. On montait et on descendait les gradins, au-dessus de leurs têtes. Une femme protestait en criant. Tout était de la faute de ce vieil édenté avec sa jambe de bois. Il n'avait pas seulement l'air sournois, c'était vraiment un imbécile, un de ces hommes qu'on regrette toujours d'accompagner. Joseph le regardait avec dégoût. Même l'apprenti, le garçon perruquier, avait l'air de lui en vouloir.

Le vieux avait vidé toute une bouteille de vin, avant même que le jour soit levé. Parfois il parlait et rigolait à voix basse en parlant du cul des femmes, qu'il verrait peut-être par les jours entre les planches. Les deux garçons lui disaient de se taire mais il s'en fichait. Même les insultes du garçon perruquier ne l'avaient pas arrêté. À quoi bon tenter le diable comme ça ? Ne pouvait-il pas être un peu raisonnable ? Mais le vieux était ivre, il n'écoutait rien.

C'est ainsi que tout était arrivé. L'œil collé dans une fente entre les marches, pour essayer de voir sous les robes de femmes, l'invalide avait fini par faire tomber sa bouteille. Pleine on ne l'aurait peut-être pas entendue, mais elle était vide. Le choc avait bien résonné, puis le flacon avait roulé sur le gravier avec un tintement joyeux.

Avant de se cogner contre le bois dans un autre bruit bien reconnaissable.

Pendant un instant, Joseph avait arrêté de respirer. Les deux autres ne bougeaient pas non plus. Par la fente même où le vieux tentait de voir l'instant d'avant, il vit une pupille, le battement d'une paupière.

Il se sentit soudain paralysé, la gorge serrée, avec une panique si forte qu'elle lui donnait envie de pisser. Du décor, il ne voyait plus rien d'autre que cette pupille. Elle finit par disparaître et pendant quelques instants, les trois mouchards crurent que la femme était partie, mais elle revint bientôt en criant encore plus fort.

– Ils sont là-dessous, que je vous dis. J'en ai vu au moins deux !

Joseph s'arracha péniblement à son immobilité, cherchant du regard une issue. Mais tout lui semblait très obscur, et puis la sueur coulait dans ses yeux, elle l'empêchait de voir. Il fureta sans trop y croire. Il aurait fallu démonter les planches par lesquelles ils étaient entrés, c'était impossible.

Une voix masculine avait pris le relais, une grosse voix qui portait loin.

– La Fayette nous envoie ses espions ! criait-il. Ils veulent empêcher la pétition !

Des hommes arrachèrent les planches, inondant de lumière le dessous de l'estrade. Le petit perruquier fut pris le premier, puis l'invalide. On les sortit sur l'esplanade en les bourrant de coups.

Pendant de longues minutes, Joseph, qui avait tenté de s'allonger dans un recoin, crut qu'il s'en était tiré mais on l'aperçut à son tour. Sa tentative avortée lui donna le droit à quelques gifles. On le sortit quelques instants après les autres en le traitant d'estropiat, de petit suppôt du diable. Les boiteux, ça portait malheur !

– Ces coquins-là voulaient nous voir le cul ! braillait une lavandière.

Son mouchoir à demi écarté laissait voir une poitrine flasque, énorme. On ne l'écoutait pas. Saint-Huruge avait trouvé un bon prétexte pour échauffer la foule, et il s'en donnait à cœur joie. Ce bougre de La Fayette avait des espions partout ! C'était un tyran, un Cromwell qui voulait le pouvoir pour lui seul !

L'homme qui avait déniché Joseph trouva aussi un tonneau sous l'autel, un petit tonneau d'eau que l'unijambiste avait amené avec lui le matin. Il ressortit, surexcité. Les espions avaient amené de la poudre, ils voulaient faire sauter l'autel de la patrie ! Le vieil invalide tenta de parler, mais il prit une volée de coups. Son arcade saignait abondamment, dans l'aventure, ses dernières dents avaient sauté. Un tonneau de poudre ! hurlaient les hommes, ils voulaient assassiner les patriotes, faire du Champ-de-Mars un tombeau pour les pétitionnaires !

Le vieil invalide et le perruquier avaient été emmenés on ne sait où. À son tour, Joseph se sentit soulevé, emporté, ses pieds ne touchant plus terre. Il quitta lui aussi le Champ-de-Mars.

*

Depuis sa mésaventure avec le juge du tribunal criminel, Garat avait jugé plus sûr de passer la nuit chez une de ses connaissances, un brave artisan bourrelier qui vivait avec sa femme et ses nombreux enfants dans un atelier de la rue de la Harpe. C'est ainsi qu'il avait échappé aux arrestations de la nuit. Après avoir tranquillement pris son café au Procope, sans que rien ne lui permette de penser que leurs plans étaient bouleversés, il avait pris la direction du Champ-de-Mars, persuadé d'y trouver une partie de la Garde nationale, qui aurait passé de leur côté.

Après trois quarts d'heure de marche – il n'avait pas voulu prendre de fiacre – alors qu'il arrivait à Gros-Caillou, il entendit une rumeur qui laissait peu de place au doute : c'était une émotion populaire. Rue Saint-Dominique, l'une des deux voies du village, il apprit que deux espions, peut-être trois, venaient d'être arrêtés sur le Champ-de-Mars. On les menait au comité de la section du village.

– Ces gueux avaient apporté un baril de poudre. Ils voulaient faire exploser l'autel de la patrie !

Garat, un peu surpris, ne répondit pas au vieillard en guenilles qui s'adressait à lui. Verrières et Saint-Huruge venaient à sa rencontre. Les trois hommes se saluèrent avec chaleur.

– Avec sa manie de vouloir tout espionner, cet imbécile de Mottié travaille pour nous, s'exclama Verrières. Si ça continue, on aura même pas besoin d'or pour enflammer la foule !

Ils s'interrompirent en voyant les espions ressortir de la maison commune, roués de coups par la multitude. Le perruquier criait d'une voix aiguë, comme un enfant. Pendant que hommes lui attachaient les mains dans le dos, d'autres lui passaient une corde au cou, jetant l'extrémité au-dessus d'un lampadaire et il quitta le sol, se débattant avec de grands coups de pied. Son visage devint cramoisi, puis bleu, ses yeux semblaient vouloir sortir de leurs orbites. Il éructait, ses phrases s'écrasaient dans sa gorge et beaucoup s'en amusaient.

Fasciné, Garat observait le spectacle. À côté de lui des femmes riaient, féroces. Les gardes nationaux de Gros-Caillou restaient l'arme au pied, tétanisés.

Le vieillard ne se défendit pas, en homme qui se fiche bien de mourir. Mais lorsqu'il sentit que ses pieds quittaient le sol il se débattit avec fureur. Sa langue grossissait entre ses lèvres, il jetait les deux pieds en avant comme pour s'accrocher quelque part, se tordait comme un ver au bout de l'hameçon.

La foule riait fort. Certains le poussaient pour qu'il se balance un peu, pour entendre ses borborygmes. Et comme lui et le garçon perruquier ne mouraient toujours pas, ça pourrait prendre des heures, on les fit descendre. D'abord le garçon. Il s'était fait dessus, le visage cramoisi, presque inconscient mais il respirait toujours. Un garçon boucher le coucha sur le sol, le prit par les cheveux et l'égorgea d'un coup net, avant de lui scier la tête à grands gestes habiles, évitant soigneusement le sang qui sortait à gros bouillons. Une minute plus tard, il brandissait la tête décollée qu'on lui arracha des mains. Ce fut ensuite le tour de son compagnon qui se mit à brailler en sentant la lame contre sa gorge. Les femmes s'amusaient de ce vieux salaud qui avait voulu voir leur cul, il n'avait pas ce qu'il méritait ? Sa voix résonnait atrocement dans la rue tandis que le sang jaillissait sous le fer comme une fontaine. Puis ses cris devinrent des râles, jusqu'à ce qu'on entende plus rien.

Des hommes plantèrent leurs trophées sur des piques et un cortège joyeux se forma derrière.

Garat pressa l'épaule de ses compagnons. Ils partirent sans un mot vers le Champ-de-Mars tout proche.

*

Depuis le talus qui bordait l'esplanade, Victor avait assisté à l'arrestation de Joseph impuissant, des larmes de rage dans les yeux. À dix gendarmes contre une foule déchaînée, il était impossible d'intervenir. Pendant de longs moments, alors que les émeutiers avaient disparu vers Gros-Caillou avec leurs captifs, il se sentit rongé par le remords. Il songeait à ce pauvre vieux fou lanterné place de Grève. C'était une semaine plus tôt exactement, presque heure pour heure.

De quel droit avait-il entraîné ce garçon dans l'aventure ? Pourquoi avait-il accepté qu'il se cache avec ces deux mouchards sous l'autel de la patrie, au milieu de la foule, au risque d'être découvert ? Le sous-lieutenant ne pouvait retenir des larmes, elles avaient le goût de la honte et du remords. Il sentait que des forces immenses montaient du pays, une rage trop longtemps comprimée qui emporterait les innocents et les purs, et des enfants comme Joseph.

Le grand Lafleur, à ses côtés, gardait un visage sombre, se sentant sans doute un peu fautif.

Vingt minutes passèrent avant que l'un des gendarmes en civil, qui avait suivi les émeutiers jusqu'à Gros-Caillou, ne revienne. Dauterive n'eut pas la force de lui poser des questions.

Le ciel se noircissait peu à peu à mesure que la chaleur augmentait. Cependant, les promeneurs continuaient d'arriver, toujours plus nombreux. Des groupes se formaient, le plus souvent autour des musiciens ou de marchands de coco. Beaucoup chantaient, pas forcément des airs patriotiques, d'autres dansaient la ronde au son du violon.

Peu avant midi, quelques hommes vêtus de noir arrivèrent, membres des Cordeliers ou des Jacobins. L'un d'eux grimpa sur l'autel où il se mit à discourir. Un autre le rejoignit, muni de grands cahiers et de quoi écrire. Il pouvait y avoir près d'un millier de personnes à présent, leur piétinement soulevait une poussière fine qui noyait le sol dans une nappe de brouillard.

L'afflux était tel que Victor n'avait pas vu arriver Garat. Il le découvrit d'un coup au pied la scène centrale. Pour autant, on ne sentait pas vraiment de tension, comme si l'affreuse histoire survenue quelques minutes plus tôt était déjà très ancienne.

Verrières et Saint-Huruge allaient et venaient dans la foule. Distinctement, le jeune homme les vit parler longuement à des hommes armés.

– Je ne vois pas Rotondo…, murmura-t-il après une longue observation.

Lafleur, à qui s'adressait la remarque, se mit lui aussi à scruter la foule. Mais avec la distance, ce n'était pas aisé. Victor envoya l'un de ses hommes en reconnaissance.

– Saint Huruge et le bossu distribuent de l'argent pour recruter des gens, lui expliqua ce dernier à son retour. Vingt sous tout de suite et autant ce soir.

C'était à peu près l'équivalent d'une journée de travail pour un bon ouvrier.

– Que doivent-ils faire ?

– Rien. Rester sur place et obéir aux ordres.

Lafleur fit une moue sceptique.

– Ils sont fous ! Que valent ces gueux-là face à la Garde nationale ? Au premier coup de fusil ils se disperseront comme des perdreaux. À la bataille de…

– Avez-vous vu Rotondo ? demanda brusquement Dauterive.

– Non. Et je vous assure que j'ai bien cherché. Il aura filé à l'anglaise.

– Je crois bien qu'il n'est même pas venu. Il ne doit pas aimer la danse qui se prépare, ricana Lafleur.

Sur l'autel, un orateur lisait un papier au public. La pétition. On entendait par instants des bribes de mots. *Tout nous a fait la loi de vous demander, au nom de la France entière... de prendre en considération que le délit de Louis XVI est prouvé, que ce roi a abdiqué...*

Victor ne chercha pas à en savoir plus.

– Je crois que vous avez raison, dit-il doucement. Ils recrutent du monde, mais ce n'est pas pour affronter la Garde nationale.

Lafleur eut un petit rire suffisant.

– Pour quoi faire alors ?

– Pour avoir du renfort. Choderlos ne veut pas un combat entre différents partis de la Garde nationale. Ce qu'il veut, c'est *prendre sa tête,* la commander tout entière. D'un coup.

Les gendarmes le regardaient sans comprendre. Lentement le jeune homme s'éloigna du rebord du talus d'où ils observaient toujours l'autel de la patrie. Des images lui revenaient, très nettes. Ces chaussures sur la commode chez Rotondo. Ces munitions. Et l'Italien qui n'était pas présent sur l'esplanade, lui qui n'avait jamais manqué une affaire.

Cela ne pouvait pas être un hasard.

L'essentiel ne se passait pas ici. Le jeune homme sentit que son cœur battait, lourdement. Il s'éloigna à grands pas, puis il se mit à courir.

35

Onze heures et quarante-cinq minutes

Un rayon de soleil traversait la chambre, venant frapper les mains du valet qui se tenait devant Gilbert de La Fayette. Comme chaque matin à son lever, le marquis faisait ses ablutions avant de se faire raser de près. Puis il prenait un déjeuner dans le petit salon, saluait Adrienne, son épouse, ses trois enfants et se faisait poudrer les cheveux avant de passer le reste de ses vêtements. Peu à peu, ces rites de grand seigneur avaient remplacé ses habitudes de jeunesse, l'austérité de son enfance, puis celle de ses campagnes militaires, en Pennsylvanie ou en Virginie. À son arrivée en Amérique, il avait séduit Washington par la simplicité de ses mœurs. Mais c'était quatorze ans plus tôt et depuis bien des choses avaient changé. Il était maintenant le *Héros des Deux-Mondes*, le grand homme de la Révolution. On lui devait bien quelques égards.

Une belle journée s'annonçait, orageuse peut-être. Le marquis avait peu dormi mais il était satisfait : le parti d'Orléans était pour ainsi dire décapité. Choderlos ne bougerait pas une oreille, ni Santerre et Danton, ni leurs partisans. Quelques comparses avaient échappé à leur rigueur, mais seuls, ils ne pourraient rien. Quant à la quinzaine d'officiers de la Garde nationale qui devaient encadrer la tête de la révolte, ils étaient chez eux, gardés à vue. Le sang ne coulerait pas.

Une fois remonté dans sa chambre, il appela son valet pour apprêter sa coiffure. Et tandis qu'il plissait les yeux sous le nuage de poudre d'amidon, il ne pouvait s'empêcher de grimacer. Il venait de sauver encore une fois le trône, mais il savait déjà que le couple royal ne lui saurait gré de rien, la reine surtout qui le battait froid, méprisante comme elle savait si bien l'être. Elle avait préféré cette fuite insensée vers les terres autrichiennes, s'imaginant qu'une fois hors de la capitale le peuple les soutiendrait. Et maintenant qu'elle avait échoué et qu'elle était de retour à Paris, elle recommençait ses manigances avec les émigrés, ou avec Léopold son frère, le nouvel empereur. Pourquoi ne l'écoutait-elle jamais, lui, le plus désintéressé de tous les soutiens de la couronne, et certainement pas le plus malhabile ?

Adrienne était montée pour le rejoindre. Elle l'observait en silence, en attendant que le valet en eût fini avec sa poudre. Elle s'inquiétait mais nul autre que lui n'aurait pu le deviner tant son visage paraissait éternellement lisse et doux.

– Vous n'avez pas beaucoup dormi, sourit-elle. Tout ira comme vous voulez ?

– Certes oui. Nos troupes sont à la Bastille et devant la municipalité. Les Tuileries sont hérissées de canons et j'ai plus de troupes en réserve que je n'en ai jamais eu.

Il se leva, épousseta une trainée blanche sur l'or de son épaulette.

– Avant la fin de l'été, la Constitution sera signée. Je me retirerai à Chavagnac.

C'était, en Auvergne, la vieille et grosse bâtisse cernée de tours où il était né.

– Ne songiez-vous pas à vous présenter à l'élection du maire de Paris ?

– Bah… Cela n'est plus pour moi, fit-il en écartant l'idée d'un geste un peu théâtral.

Cette modestie soudaine ne lui correspondait guère, mais la marquise ne releva pas. Elle sentait bien qu'il n'était pas tout à fait heureux, que l'inquiétude le travaillait.

Ayant passé son épée au côté puis ajusté sa médaille des Vainqueurs de la Bastille au plastron, il se coiffa d'un chapeau bicorne à plumet tricolore et dévala le grand escalier quatre à quatre. Dehors, son cheval blanc était sellé. C'était le même exactement qu'il avait monté un an plus tôt, lors de la fête de la Fédération. Quatre aides de camp de son état-major l'attendaient. Il les salua militairement.

– Nous aurons sans doute de la pluie, fit remarquer l'un d'eux.

La Fayette sourit.

– Ce ne sera jamais pire que lorsque les Anglais nous avaient repris Philadelphie, en 1777[1]…

Il saisit son cheval par la bride et posa le pied à l'étrier.

*

Rotondo avait l'impression que le temps s'était suspendu, au point de ne plus savoir où il se trouvait, ni ce qu'il attendait. Le vieux aux cheveux blanc avait fini par se rendormir, le nez sur les genoux, indifférent à tout. Il était de ce genre d'hommes capables de somnoler sur un champ de bataille. Même le plus petit des trois spadassins, celui qui ressemblait à un contremaître, paraissait terriblement nerveux.

En face, quatre militaires étaient d'abord arrivés, à cheval. Ils attendaient dans la cour de l'hôtel de Noailles en discutant entre eux. Des jeunes gens bien mis, des petits messieurs qui jouaient aux soldats. Rotondo se disait qu'il aurait bien aimé qu'on les tue eux aussi, avec l'autre,

---

1 Un des premiers engagements de la guerre d'indépendance. La Fayette est blessé à la bataille de Brandywine.

qu'on leur rabatte le caquet. Pendant qu'ils discutaient entre eux, un laquais avait sorti le cheval blanc, sellé, prêt à être monté.

L'Italien sentait les battements de son cœur monter à sa gorge, ils tambourinaient si fort qu'ils lui donnaient presque envie de rendre.

Et il sortit.

On ne pouvait le manquer avec son habit de colonel de la Garde nationale, ses cheveux bien poudrés et son air sûr de lui. Une médaille brillait à son plastron. Une belle cible.

La Fayette échangea quelques mots avec ses officiers et enfourcha sa monture.

Au signal du *Professore*, les tueurs ouvrirent avec précaution les petites croisées au-dessus de la boutique. Deux fenêtres pour trois tireurs, c'était parfait. L'Italien leur ordonna de ne pointer leurs fusils qu'au dernier moment.

La Fayette quittait la cour.

– À mon signal, dit Rotondo, front ruisselant de sueur, les dents dévoilées. À mon signal et pas avant. Vous ne pouvez pas le rater.

– *Chiudi la bocca*[1], répondit le plus petit des tueurs.

Le vieux aux cheveux blancs observait sa cible, à cinquante pas de lui. Il caressait la crosse de son arme du bout des doigts, machinalement, comme il l'aurait fait avec la tête d'un enfant.

Dans la cour, La Fayette piqua doucement des éperons, sa bête prit le pas. Une dizaine de toises à peine et ce serait le moment.

Le *Professore* allait donner son ordre quand une cavalcade dans la rue Saint-Honoré l'interrompit. Un officier de la Garde nationale arrivait au galop, l'air affolé. Il fran-

---

1 Ferme ta gueule.

chit le porche et vint se coller au botte à botte auprès du commandant-général.

*

Dans un premier temps, le marquis ne comprit pas un traître mot.

– Calmez-vous Romeuf. Respirez et dites-nous ce que vous avez à dire, fit-il d'une voix claire.

Le jeune homme – il avait à peine vingt ans – prit son inspiration pour faire à nouveau son rapport. Malgré les affiches placardées partout, malgré les annonces faites aux carrefours, le rassemblement avait lieu sur le Champ-de-Mars. À cette heure, il devait y avoir des milliers de personnes, peut-être cinq mille. Certains Jacobins avaient annoncé que la pétition était illégale, mais des Cordeliers étaient venus malgré tout en faire lecture. De graves désordres s'étaient produits, trois hommes avaient été pris par la foule, qui les avaient menés au comité de section[1] de Gros-Caillou, avant de s'emparer d'eux, de les pendre et de les décapiter. La Garde nationale n'était pas intervenue. Les unités restaient cantonnées assez loin, sur l'esplanade des Invalides.

– Qui sont ces hommes ? demanda La Fayette, qui hésitait à mettre pied à terre, ne voyant rien dans ce récit de nature à changer son emploi du temps.

– Je ne sais. Les gens disent que ce sont vos espions, qu'ils avaient amené un tonneau de poudre, et qu'ils voulaient faire sauter l'autel de la patrie.

Le marquis échangea un regard perplexe avec ses aides de camp.

– C'est ce qui a été dit. Monsieur Bailly m'envoie vous dire qu'il va proclamer la loi martiale et qu'il faudra

1 L'équivalent du conseil municipal de quartier.

marcher sur le Champ-de-Mars pour disperser les factieux, reprit l'estafette.

C'était un tout jeune officier que La Fayette connaissait bien, natif d'une bonne famille en Auvergne, d'où il l'avait fait venir.

– Il me semble que monsieur le maire va un peu vite en besogne… Y a-t-il des troubles sur le Champ-de-Mars ?

Romeuf rougit.

– Je ne sais pas… Je viens de la municipalité, moi.

Que Bailly demande l'instauration de la loi martiale ne surprenait pas le marquis. C'était un scientifique et un homme d'écriture, pas un soldat. La situation l'effrayait et voilà qu'il perdait son calme, donnant bien plus d'importance aux événements qu'il ne l'aurait fallu. Votée par une Assemblée effrayée au lendemain des événements d'octobre 89, lorsque la foule avait envahi Versailles, la loi permettait aux autorités civiles d'user de la force militaire pour disperser certains attroupements *criminels*. Les citoyens en étaient avertis par un drapeau rouge, que la municipalité devait déployer une fois le décret signé. Mais elle ne s'appliquait qu'en cas d'extrême urgence.

– L'Assemblée aussi veut la loi martiale, ajouta Romeuf. Elle délibère en ce moment-même.

Pendant un moment qui lui parut très long, La Fayette hésita. Des gouttes de sueur perlaient à ses tempes.

– Ils sont devenus fous. Je vais écrire au président de l'Assemblée et vous lui porterez mon billet. Moi, j'irai à la municipalité. Nous n'avons pas besoin de cette loi martiale.

Il sauta de cheval et gagna son cabinet à grandes enjambées, si rapidement que même Romeuf avait du mal à le suivre.

*

Trouver un cheval avait été plus difficile que Victor ne l'imaginait. Il avait d'abord tenté de négocier avec un cocher dans Gros-Caillou, qu'il lui prête son cheval pour un louis. Mais l'autre, circonspect, s'était empressé de filer. Le jeune homme marcha un long moment à contresens parmi des milliers de pétitionnaires qui affluaient vers le Champ-de-Mars, sans croiser ni fiacres ni cavaliers. Arrivé en vue des Invalides, à la sortie du village, il avisa une charrette délabrée dont le conducteur somnolait sur le siège.

– Louer mon cheval ? lui avait lancé ce dernier d'un ton méfiant.

C'était un petit homme malingre affligé de vilaines croutes sur le visage. Il le menaça de son fouet en lui intimant l'ordre de passer son chemin.

L'instant d'après, il se retrouvait au sol. Victor lui avait pris une cheville et l'avait fait basculer. Puis il le releva par le col et lui glissa deux pièces en argent dans la main.

– Je suis le sous-lieutenant Dauterive, de la gendarmerie. Présente-toi demain matin à l'Hôtel de Ville et demande un dédommagement.

Tranquillement, il déharnacha la piteuse monture du paysan tout en se demandant si une telle bête était capable de dépasser la vitesse du pas. Puis il l'enfourcha d'un bond et lui talonna les flancs.

Voilà des années qu'il n'avait pas monté à cru mais il se réhabitua en quelques minutes. Un quart d'heure plus tard, il arrivait en vue du Pont-Royal. Une demi-compagnie au moins de gardes nationaux en barrait l'accès. Derrière eux, les abords des Tuileries se hérissaient d'une forêt de baïonnettes. Deux pièces de canons étaient placées au bout du pont, le prenant en enfilade.

– Et où va ce noble cavalier ? lança le sous-officier qui commandait l'entrée du pont, le torse bombé sous son habit d'uniforme.

Il toisait Victor avec méfiance, et particulièrement sa monture.

– C'est une bête volée ?

Dauterive donna sèchement son nom et son grade.

– Je dois voir monsieur le marquis de La Fayette au plus tôt. C'est une urgence absolue.

– Vraiment ? Tu tombes mal, mon garçon. Personne ne doit passer les ponts.

Victor regarda autour de lui, le visage fermé. Il y avait plus de soixante hommes derrière son interlocuteur, nerveux et prêts à tirer.

– Je vous ai dit mon nom. Je suis en mission aux ordres du commandant-général. Accompagnez-moi auprès de lui si vous voulez.

– Vous êtes officier ?

– Sous-lieutenant de gendarmerie, je viens de vous le dire.

– De gendarmerie, répéta lentement le sous-officier tout en détaillant Dauterive de la tête aux pieds.

Avant même qu'il n'ouvre la bouche, le jeune homme savait ce qu'il dirait.

– Je regrette, mais nos ordres sont clairs. Essayez au Pont-Neuf. Moi je ne marche pas.

– Ne soyez pas stupide, le Pont-Neuf doit être fermé lui aussi. Laissez-moi passer, c'est une question de vie ou de mort.

– Sans laissez-passer exprès, c'est non.

– Je sais bien, foutredieu ! mais je vous dis que…

Il s'interrompit net. Son interlocuteur le dévisageait d'un air mauvais, presque impatient comme s'il n'attendait qu'un incident pour lui donner une bonne leçon.

– Quel est votre nom ? tenta Dauterive. Monsieur de La Fayette sera intéressé de le connaître.

Le garde parut désarçonné, mais cela ne dura pas. Il lui désigna du menton la rive gauche.

– Je ne suis qu'un brigadier stupide, mon nom ne vous donnera rien. Foutez le camp, et plus vite que ça, grogna-t-il entre les poils de sa moustache.

*

La Fayette n'avait toujours pas reparu.

Rotondo dévoilait ses dents jaunes dans un sourire douloureux, même le vieux semblait sur des charbons ardents. Il crispait les mains sur la poignée de sa carabine, les articulations blanchies, les traits parcourus de tics.

– Bougre de bougre, siffla le *Professore* entre ses dents. Quand vas-tu sortir de là ?

Dans la cour de l'hôtel de Noailles un mouvement se fit, mais ce n'était que la maîtresse de maison en longue robe rose et chapeau de paille à large bord, suivie par deux domestiques. Elle prit tout son temps pour monter dans une calèche noire attelée de quatre chevaux, en relevant soigneusement le bas de sa robe. Rotondo lui lança une bordée d'insultes si grossières que même les tueurs en furent choqués.

La calèche démarra lentement et passa le porche, tournant à gauche vers Paris. Au moment précis où elle disparaissait du champ de vision des tueurs, un petit bruit retentit dans la pièce. Un cliquètement métallique.

La serrure.

Les quatre hommes échangèrent des regards stupéfaits.

– *Aspetti qualcuno*[1] ? eut le temps de demander à Rotondo celui qui ressemblait à un ouvrier.

Le *professore* ne parvint pas à articuler le moindre son. Le pêne joua dans la serrure et la porte s'ouvrit d'un coup. Catherine, la vendeuse, avait passé ce qui devait être sa plus belle robe, le mouchoir un peu levé sur ses seins opulents, le sourire glorieux. Elle pâlit, la bouche grande

---

1 Tu attends quelqu'un ?

ouverte, son regard flottant de Rotondo à ses trois compagnons, puis à leurs armes.

– Que se passe-t-il ici… murmura-t-elle d'une voix enrouée.

Rotondo fit un geste d'apaisement. Le vieux à ses côtés, plus vif, se leva d'un bond et marcha droit sur elle, un couteau en main. Elle eut l'air de se réveiller et fit demi-tour, le vieux sur ses talons, puis le plus petit des tireurs. Saisis, Rotondo et le troisième, étaient restés à leur place. Ils entendirent une cavalcade dans l'escalier, qui résonna jusqu'au sommet de l'immeuble. Puis il y eut un piétinement, des cris étouffés, les échos d'une lutte violente.

– *Tieni la stretta. Tieni la stretta* [1], grognait le vieux entre les dents.

Ils se cognaient aux murs, leurs pieds raclaient les marches. Catherine geignait de terreur, elle essayait de crier mais une main l'en empêchait.

– Non… non… l'entendit supplier Rotondo.

Au fond de sa conscience, une petite voix lui commandait d'aller l'aider, d'empêcher cette horreur. Il était incapable de la moindre décision.

Le troisième tueur était parti les aider.

– *Tieni la stretta*, répétait le vieux. *Aspetta* [2]…

Il y eut un coup sourd et un cri. Pétrifié, Rotondo vit la fille réapparaître à l'entrée de la pièce. Elle cherchait sa respiration, l'air ivre, le teint exsangue. Le vieil Italien surgit derrière elle, lui attrapa le bras et planta un couteau dans ses reins jusqu'à la garde. Le bruit était affreux, comme chez le boucher. Elle eut un soubresaut, se retourna vers son assassin pour essayer de le repousser, puis ses jambes plièrent sous son poids. Elle s'écroula en entraînant dans sa chute une étagère avec tout son

---

1 Tiens-la bien.

2 Attends.

contenu, fil, tissus, registres. Une bobine finit lentement sa course jusqu'au mur.

Pendant un instant, les quatre hommes se figèrent, mais rien ne semblait indiquer qu'ils aient été entendus dans l'immeuble, c'en était presque surprenant.

L'un des tueurs avait couru vers l'escalier. Rotondo crut qu'il voulait s'enfuir mais il refit bientôt son apparition, un chiffon rouge de sang à la main, qu'il jeta dans un coin. Le vieux ferma la porte d'un coup de botte. Il était hors d'haleine, le visage et le torse trempés de sueur, et d'un peu de sang aussi, comme les deux autres d'ailleurs. Il récupéra son couteau toujours planté dans le dos de la fille, non sans mal, et en essuya la lame sur ses vêtements. Puis il se laissa tomber auprès de la fenêtre, l'air soudain vidé.

– Je ne savais pas qu'elle avait la clé, fit Rotondo, qui ne reconnut pas sa propre voix.

Il ne pouvait détacher son regard du corps de Catherine, jeté sur le dos. Elle avait reçu un premier coup de lame dans le ventre, sans doute dans l'escalier. Maintenant elle était vraiment morte mais la tache continuait à s'élargir, le tissu dégorgeait au goutte à goutte sur le plancher. En se débattant, elle s'était lourdement cognée au front. Ses traits ingrats étaient encore contractés dans une sorte d'étonnement douloureux.

Dans la cour, rien n'avait bougé. Les assassins reprirent leur veille.

36

Midi

Les signatures allaient bon train. En quelques minutes, la pétition avait été couverte de paraphes, en commençant par ceux des chefs cordeliers. Pour l'instant, l'absence des plus importants d'entre eux, Danton, Desmoulins ou Santerre, passait inaperçue. On se disait qu'ils seraient là dans l'après-midi, cela ne faisait aucun doute. De longues files de citoyens partaient depuis l'autel de la patrie, vers les profondeurs du Champ-de-Mars. Combien étaient-ils ? Huit mille, dix mille ? Plus encore ?

Après avoir patienté sur les marches, les pétitionnaires inscrivaient leurs noms sur des cahiers puis signaient. Pour beaucoup, c'était le seul mot qu'ils sachent écrire. On ne se pressait pas, c'était dimanche. Des rondes se formaient çà et là, on chantait le *Ça ira* et l'ambiance restait légère malgré les morts du matin.

Curieuse comme elle l'était, Olympe n'aurait manqué l'événement pour rien au monde. Elle avait passé la nuit dans le petit appartement qu'elle louait à Paris, non loin de la Chaussée-d'Antin, d'où elle avait pris un fiacre. Les ponts étaient gardés, mais ce n'était qu'une femme : on l'avait laissée passer et elle avait terminé le chemin à pied, traversant Gros-Caillou dans la cohue par une chaleur désagréable, avec des coups de vent imprévus qui soulevaient la poussière.

L'écrivaine avait convenu avec son vieil ami Mercier – écrivain et journaliste connu pour ses chroniques de la vie parisienne[1] – qu'ils se retrouvent vers les grilles, côté Gros-Caillou. Mais c'était sans compter cette multitude. Les visages défilaient dans un tourbillon lent, de tous âges et de toutes conditions, et beaucoup de familles aussi.

Finalement, elle le trouva perché sur une grosse pierre, non loin d'une des entrées, son visage aux traits mobiles rempli d'inquiétude. Il sourit en la voyant. « Cette foule ne me dit rien qui vaille ! » s'exclama-t-il, et ce fut le prélude d'une longue tirade sur les dangers des attroupements. Mercier était doté d'une capacité de babillage impressionnante, capable de décrire par le menu un de ses trajets dans Paris – toujours à pied – et le visage de chaque particulier croisé. Cette curiosité insatiable et ce sens aigu de la description étaient hélas gâtés par un esprit chagrin, toujours prompt à regretter le passé. Il était de ces hommes qui croient que le monde va toujours plus mal, alors que ce sont eux qui dépérissent.

Ils passèrent les grilles sans que Mercier ne cesse un instant de causer. La pétition était interdite, disait-il, mais quelle idée ! Il n'y avait là que des gens pacifiques, de braves citoyens. Il ne faisait aucun doute que cette adresse populaire connaîtrait un grand succès, mais que l'Assemblée ne céderait point et que le roi retrouverait son trône. Et c'était parfaitement bien ainsi. « Une République ! s'esclaffait-il. Comme si ce peuple était assez sage pour une République ! »

Olympe, qui professait un avis absolument contraire, ne répliqua pas, cela l'aurait exposée à d'interminables théories et elle n'en avait pas envie.

Son regard allait de droite et de gauche, mais elle ne vit pas Dauterive. Leur dernière entrevue lui avait laissé une

1 En 1781, son célèbre Tableau de Paris décrit les multiples aspects de la vie à Paris.

fâcheuse impression. Le jeune homme n'avait pas voulu s'expliquer mais il était évident qu'il s'était encore lancé dans quelque périlleuse entreprise. Était-ce en lien avec cette pétition ?

– Vous ne me répondez pas ? fit Mercier.

– Répondre à quoi ? dit Olympe qui n'écoutait plus son compagnon depuis un moment.

– Me voilà bien ! s'exclama-t-il avec un rire de dépit. Nous nous voyons de moins en moins et voilà comme vous me traitez... Je vous demandais si vous tenez vraiment à signer... Quant à moi je ne signerai pas. Nous avons assez de désordres comme cela.

Elle sourit en posant son bras sur le sien, il en sursauta presque.

– Je vous ai dit ce que je pensais. Je signerai. Sinon pourquoi venir ?

Le visage de Mercier se plissa d'un large sourire. Elle songea qu'elle avait autrefois beaucoup aimé ces yeux vifs, avec leurs rides aux coins. Mais c'était du passé, un souvenir heureux parmi quelques autres, il devait bien le sentir lui aussi.

– Je suis venu vous voir, chère amie, les occasions sont devenues rares. Et puis mon art est d'observer la vie et d'en rendre compte. Je consens donc à vous suivre sur l'autel, nous y aurons une belle vue sur le terrain. L'attente risque d'être longue, je vous tiendrai compagnie.

Le ciel se couvrait de minute en minute. À peine avaient-ils pris place dans l'une des quatre files qui menaient vers la pyramide qu'une grosse averse creva le ciel. Il n'y avait aucun abri à cinq cents pas à la ronde mais la foule s'égaya tout de même, les responsables de la pétition cachant leurs cahiers sous leurs vestes ou leurs habits. On se bousculait un peu, en riant. Puis l'averse s'arrêta et le soleil réapparut.

– Regardez comme je suis mis ! s'exclama Mercier, le chapeau et le nez constellés de gouttes d'eau.

Il avait dû marcher dans une flaque, il était couvert de boue jusqu'aux genoux. Il prit son chapeau tricorne et entreprit d'en ôter l'eau du revers de la manche.

Olympe éclata d'un rire joyeux. Les plumes de son chapeau s'étaient affaissées, chargées d'eau. Elle s'efforça de redonner à sa crinière noire un semblant de tenue, les bras levés derrière la nuque. Mercier l'observait, le regard en coin pétillant.

Enfin ils approchaient de l'autel, où les signatures reprenaient.

Certains s'asseyaient sur les marches, d'autres utilisaient le dos de leurs voisins comme écritoire. Après avoir signé, beaucoup criaient en levant leur chapeau : « Vive la Nation ! À bas la royauté ! » Puis ils repartaient en plaisantant, émus par ce qu'ils venaient de faire. Un peuple tout entier se dressant pour demander que son souverain soit déposé, ce n'était pas rien. Jamais l'humanité n'avait vu pareille chose.

Comme on l'interpellait, Olympe se retourna. C'était Louise de Kéralio, en robe redingote rouge à pans bleus assortie d'un haut chapeau blanc orné de rubans tricolores. Elle lui parut plus belle encore que d'ordinaire, avec son visage parfait aux sourcils un peu secs, et cette perfection attirait tous les regards.

– Les femmes montent au-devant de la scène politique, déclara-t-elle à l'attention d'Olympe, les yeux brillants. N'est-ce pas une belle journée ?

Elles regardèrent autour d'elles. À cent pieds de hauteur, elles dominaient la foule, comme si elles en étaient les maîtresses. On entendait toujours plus de cris, « Point de roi ! Point de tyran, une République ! Vive la Nation ! » Olympe ne put s'empêcher de frissonner d'émotion.

– Les Jacobins ont voulu empêcher notre pétition et regardez. Mon mari me dit que nous sommes au moins 20 000. Et ce n'est que Paris.

– Ce n'est *que* Paris, en effet, objecta Mercier qui voyait toujours tout en noir.

La journaliste ne prit pas la peine de répondre.

– Vous n'êtes donc pas venue avec *votre ami* le gendarme, dit-elle soudain, l'air détaché.

Olympe sentit la chaleur brûler ses joues.

– Un gendarme ? Quel gendarme ? intervint Mercier.

– Je n'ai plus souvenir de son nom, mais je doute que madame de Gouges l'ait oublié (Kéralio souriait avec insolence). Comment s'appelle-t-il donc ? Hauterive ? Borderive ? Je ne sais plus…

– Dauterive.

– C'est bien cela ; un intéressant jeune homme, quoiqu'assez peu doué pour la conversation. Mais peut-être lui connaissez-vous d'autres vertus ?

Olympe, furieuse, sentit qu'elle rougissait.

– Je n'ai pas de nouvelles de lui.

– Oh… Mais ça ne m'étonne pas. Ce garçon ne m'a pas paru d'une franchise parfaite…

Elle parut vouloir ajouter quelque chose, mais n'en fit rien.

– Sans doute se méfie-t-il des faux patriotes, rétorqua Olympe. On en voit tant en ce moment !

Les yeux de Kéralio s'étrécirent. Son regard allait d'Olympe à l'esplanade. Mercier, qui devait trouver le temps long, se mit à pérorer au sujet de la mer de visages, au pied de la pyramide. Il leur montrait une ronde, qui chantait le Ça ira. Il n'y avait toujours aucun garde national à l'horizon, à croire que le Champ-de-Mars était coupé du reste du monde.

La foule continuait à arriver. Par endroits, elle s'amassait tant que les nouveaux arrivants ne parvenaient plus à avancer.

*

Au Pont-Neuf, l'officier de garde s'était montré moins obtus que son collègue du Pont-Royal. C'était un tout jeune grenadier de l'âge de Dauterive, qui avec son haut couvre-chef en poil d'ourson le dépassait presque de deux têtes. Le jeune homme avait-il pu atteindre la rive droite, mais avec les marcheurs qui encombraient les quais il n'avançait pas bien vite. Impossible de passer au trot dans cette marée humaine, d'autant que sa haridelle n'avait plus que la peau sur les os. Elle n'aurait pas tenu plus d'un quart de lieue.

Il avançait donc au pas, le cœur oppressé. Dans ses pensées, il revoyait sans cesse les chaussures neuves aperçues chez Rotondo. Sur le coup, il n'y avait pas pris garde. Et puis tout lui était revenu. Ces escarpins étaient parmi les modèles les plus réputés que fabriquait Epstein, le cordonnier de la rue Saint-Honoré, juste en face de l'hôtel de Noailles. Rotondo n'avait aucune raison d'en acheter autant d'un coup, c'étaient des escarpins de femme. Aucune raison, si ce n'est de vouloir entrer dans les bonnes grâces du cordonnier. Les munitions entraperçues sur la desserte, l'absence de l'Italien sur le Champ-de-Mars, tout cela avait fini d'emporter sa conviction : le *Professore* préparait un attentat contre La Fayette. Et cela partirait depuis la boutique, en face de son domicile.

À l'entrée de la rue Saint-Honoré, Victor put enfin accélérer l'allure. Mais la pauvre bête était au maximum de ses capacités. De loin, il voyait le porche d'entrée de l'hôtel de Noailles avec en face, suspendue à la façade, la grosse botte rouge qui indiquait la boutique de maître Epstein. À cet endroit la rue était calme, la plupart des boutiques fermées.

À deux cents pas il vit le porche s'ouvrir. La Fayette sortait avec son escorte. Très lentement.

*

Epstein marchait le plus vite qu'il pouvait.

Rarement matinée lui avait paru aussi longue que celle-ci. Pendant une heure, juste après le réveil, sa femme lui avait reproché sa lenteur à marier leur cadette ; ensuite, sans qu'il ait seulement le loisir de répondre, madame Epstein lui avait longuement reproché sa façon de se vêtir, de se coiffer ou de parler, la tenue de leur maison, ses intentions et ses pensées. Jamais elle ne se satisfaisait de rien, accumulait chaque jour plus d'aigreur. Vingt-sept ans de mariage – presque un tiers de siècle de calvaire. Ni leurs cinq enfants, ni leurs beaux mariages, ni la maison à Vaugirard, ni le succès du cordonnier n'avaient changé quoi que ce soit.

Sans doute eût-elle été plus désagréable encore si elle avait su ce que son mari s'apprêtait à faire, comme chaque dimanche depuis quelque temps. Prétextant des inventaires et les tracasseries de l'administration, il quittait Vaugirard pour sa boutique, rue Saint-Honoré, où il retrouvait sa bonne Catherine. Son *premier commis* comme il disait, avec un frisson de lubricité. Non qu'elle soit particulièrement plaisante, elle n'était pas des plus propres mais au moins sa grotte était accueillante et elle aimait la chose, elle était même insatiable. Rarement le cordonnier avait connu de telles ivresses. Il n'avait même pas honte.

Aussi se hâtait-il d'arriver, une boule d'émotion au ventre, le sang battant déjà fort. Il paya le cocher et bondit au sol. Malgré ses soixante-trois ans il se sentait plein d'ardeur pour son *premier commis*.

La boutique était vide.

Il soupira de dépit. Jamais Catherine ne lui avait fait défaut. Était-ce à cause de son retard ? Il regarda sa montre-gousset. Une heure, c'était beaucoup certes. Ou alors elle en avait eu assez et elle s'était trouvé un amant.

Il fit quelques pas dans le magasin vide. Ses pas résonnaient dans un silence presque absolu. La chaleur promettait d'être lourde, plus lourde encore que ce matin. En posant ses fesses contre le rebord en bois du comptoir, il aperçut le clou où ils suspendaient la clé du dépôt, à l'entresol. Et il n'y avait pas de clé.

Il fronça les sourcils et fureta dans les tiroirs avant de réaliser que Catherine était peut-être montée. Il sortit jusqu'au bas de la cage d'escalier et l'appela. Sa voix résonnait jusqu'au-dessous des toits, un peu grinçante. Comme elle ne répondait toujours pas, il décida de monter. S'il était bête ! Elle l'attendait à l'entresol, tout simplement ! Peut-être déjà nue…

Il frémissait de désir en montant les degrés.

*

À côté de Rotondo, le petit tueur écarta le battant de la fenêtre. Ses gestes étaient délicats, précis. Une fois la croisée bien ouverte, il prit sa carabine, vérifia du pouce que le chien était armé, le silex dans sa pince et l'ouverture garnie de poudre. Il ne tremblait pas, ses lèvres étaient serrées, le regard tragique.

Plus loin, le vieux aussi épaulait, et le troisième aussi. Trois coups de feu, à trente pas à peine et trois autres aussitôt après grâce aux fusils de rechange, prêts à l'emploi. Ce bougre de Mottié ne s'en sortirait pas.

Déjà Rotondo se relevait à demi. Dans ses pensées il était presque en fuite, dans la petite cour derrière. Avec la confusion qui suivrait immanquablement l'attentat il était presque sûr de s'en sortir, si du moins il ne perdait pas de temps.

À la Bastille, Santerre prendrait le commandement des troupes sitôt la nouvelle de la mort de La Fayette connue.

Il retenait son souffle en regardant le général passer le porche. Les hommes de la Bastille rejoindraient ceux du Champ-de-Mars. Ils prendraient l'Assemblée nationale. Orléans serait régent.

L'Italien avait totalement oublié la grosse Catherine, son cadavre ventru, et la grande flaque rouge au milieu de l'entrepôt.

*

– Faites demi-tour !

Victor poussait sa bête à grands coups de talons, agitant les bras et hurlant.

– Faites demi-tour ! Reculez ! Ils vont vous tirer dessus !

À deux cents pas, La Fayette arrêta son cheval, le sourcil froncé. Il avait reconnu Dauterive, bien sûr, mais il ne comprenait pas bien ce que ce dernier lui disait.

– On va vous tirer dessus !

Le général fit cabrer sa monture. Cette fois il avait entendu. Mais qui aurait pu lui tirer dessus, dans cette rue quasi déserte ? Ses aides de camp s'inquiétaient. L'un d'eux dégaina son sabre. Un autre vint se placer devant lui, en protection.

*

Le vieux allait presser la détente. Il hésita, un quart de seconde peut-être, ce qui fut assez pour perdre sa visée. Les deux autres aussi avaient suspendu leurs gestes. Celui qui ressemblait à un contremaître jura. Il reprit son arme et visa La Fayette. À cent pieds il ne pouvait pas le rater. Le vieux aussi s'était repris. Le troisième s'affolait et regardait Rotondo.

Mais alors qu'une poignée de secondes plus tôt le général constituait une cible facile, presque évidente sur son cheval au pas, il était désormais en mouvement, avec du monde devant lui.

Comme pour rendre les choses plus difficiles encore, des coups sourds se mirent à résonner à la porte de l'entresol.

– Catherine ! Ouvrez, c'est moi !

Ils avaient pris le soin de bloquer le battant en glissant devant une grosse commode. Derrière, quelqu'un faisait jouer la poignée avec insistance. En montant l'étage, Epstein le cordonnier avait vu les traces de sang dans l'escalier. La serrure de son entrepôt était déverrouillée mais il ne parvenait pas pour autant à l'ouvrir. Il se passait quelque chose, et quelque chose de grave. Paniqué, il se mit à pousser la porte du plus fort qu'il pouvait.

*

Dauterive sauta au sol à une dizaine de pas du porche. Il s'approcha en courant mais n'eut pas le temps de parler.

Un coup de feu avait retenti, puis un deuxième. Cela venait de chez le cordonnier en face, comme il l'avait imaginé.

– Reculez ! hurla-t-il. Mais reculez donc !

Une passante se mit à crier. L'un des aides de camp du général se pencha sur sa cuisse, tout surpris d'y découvrir l'impact d'une balle. Il tenta de manœuvrer son cheval mais sa jambe était brisée et il vida les étriers.

Victor vit le cheval blanc du marquis se dresser lentement en jouant des jambes avant. Le général était tout pâle, les mâchoires serrées, peinant à tenir en selle. L'une des plumes de son chapeau tricolore volait en l'air, fraîchement coupée. Elle retomba au sol avec d'élégantes arabesques.

Deux autres coups de feu.

La Fayette tomba lourdement au sol.

37

Une heure

Après avoir signé la pétition, Olympe était redescendue parmi la foule. Elle avançait pas à pas, heurtant partout des dos, des bras, des enfants. Toute la population parisienne semblait s'être donné rendez-vous là et même quelques aristocrates. Mais l'air était empli d'électricité. Depuis trois semaines, les gazettes, les cafés et les clubs ne faisaient que le répéter : la fuite du roi, cette gifle lancée à la face des patriotes, cette monstruosité, n'avait pas été vengée.

L'Assemblée, qui se glorifiait de représenter le peuple, fermait les yeux sur une gigantesque trahison. Elle trahissait à son tour. Les masques étaient tombés.

Tout cela, Olympe le ressentait au plus profond de son être. Elle s'en inquiétait aussi. Elle avait entendu une jeune fille parler des individus pendus le matin, et de la loi martiale. Bailly avait envoyé des délégués pour savoir ce qui se passait ici. Ils étaient vite repartis, sans rien dire de ce qui se passait ailleurs en ville.

– C'est-y vrai que Bailly a fait voter la loi martiale ? demanda une bonne femme aux côtés d'Olympe.

– Vous dites des bêtises, la mère ! Comment que vous savez ça ? C'est pas vrai, l'assemblée a refusé le drapeau rouge.

– Évidemment que ce sont des bêtises, déclara un personnage tout de noir vêtu, l'air d'un prêtre défroqué.

Pour quelle raison y aurait-il la loi martiale ? Regardez par vos yeux. Voyez-vous quelque part ici un motif à lever le drapeau rouge ?

– Il a raison, c'est impossible, s'écria un autre. Ils ne lanceront pas la Garde contre des citoyens inoffensifs. Nous sommes sur le sol sacré de la Fédération !

L'homme en noir approuvait du menton.

– Et même s'ils arrivaient, que risquons-nous ? La loi précise qu'il doit y avoir trois sommations avant les tirs. S'ils viennent, nous nous retirerons, voilà tout.

En fait, personne ne savait rien. La Garde tenait les ponts, empêchant l'information de circuler. Olympe qui s'était approchée d'un peintre qui dessinait la scène, debout derrière son chevalet, surprit une autre conversation.

Cette fois c'était vrai : la Garde nationale arrivait, drapeau rouge en tête.

Un témoin l'avait aperçue rive droite, sur le Cours-la-Reine. Il y avait des dragons et de nombreux canons. Un deuxième avait vu d'autres gardes nationaux sur l'esplanade des Invalides. Ils n'attendaient qu'un signe pour venir égorger les patriotes.

Puis une autre rumeur courut, plus folle encore que les précédentes. La Fayette, le Héros des Deux-Mondes, était mort. Il avait succombé à une fusillade devant son propre domicile, rue Saint-Honoré.

Dans le lointain, alors que la stupéfiante nouvelle passait de bouche en bouche, on entendit soudain le rythme régulier du tambour militaire.

*

Après avoir passé la Seine par le Pont-Royal, la colonne de la Garde nationale était entrée sur l'esplanade des Invalides où les attendaient plusieurs bataillons. Puis, gonflée de ces effectifs, elle avait traversé Gros-Caillou. Bailly chevauchait en tête, livide, la figure allongée comme s'il allait pleurer. Quelques officiers municipaux le suivaient, affreusement mal à l'aise. Comment auraient-ils pu imaginer une telle situation, un mois plus tôt seulement ?

La veille au soir, tout le monde avait cru la conspiration d'Orléans définitivement jugulée. Et voilà qu'à peine éveillés, ils apprenaient les horreurs du Champ-de-Mars. Le maire sentait la colère l'envahir, la saine colère d'un homme éclairé, d'un homme *raisonnable*. Que voulaient donc ces gens ? Le roi avait été déclaré inviolable par l'Assemblée, c'était parfaitement *légal*, et cela avait été dit et redit, dans les gazettes ou ailleurs. Voulaient-ils donc l'anarchie ? N'avaient-ils pas un foyer, un travail, des enfants et des femmes à nourrir ? D'où venaient-ils, pour passer tout leur temps dans les clubs ou les cafés, à tout remettre en cause, à vouloir *plus de droits*. Mais quels droits leur manquaient donc, eux à qui l'on avait donné la Liberté et l'Égalité ? Eux pour qui l'on avait écrit les *Droits de l'Homme et du Citoyen*, eux pour qui l'on avait fait cette Révolution ? Au matin, Bailly avait pris la précaution de publier un arrêté municipal interdisant formellement tout attroupement *avec ou sans armes*. Mais cela n'avait pas eu d'effet.

Alors il fallait agir.

En homme d'ordre, il avait fait hisser le drapeau rouge à la fenêtre de la maison commune. L'Assemblée nationale le soutenait, le président Treilhard lui avait écrit que *les mesures les plus sûres et les plus vigoureuses devaient être mises en œuvre pour arrêter les désordres et en connaître les auteurs*. Il ne reculerait plus.

Le vieux colonel Hay, qui commandait les gendarmes de l'Hôtel de Ville, marchait en tête, portant le drapeau rouge. Les tambours avançaient derrière lui en marquant la cadence, suivis par plusieurs compagnies de gendarmes, de grenadiers, puis des fusiliers et des dragons. Deux canons fermaient cette colonne de plus de trois mille hommes.

Aux côtés du maire, La Fayette ne disait mot, encore surpris d'avoir échappé à la mort d'aussi près. Une balle avait coupé le plumeau tricolore de son chapeau, puis son cheval s'était cabré violemment, ce qui lui avait définitivement sauvé la vie. Son épaule était encore douloureuse. Sans rien lui expliquer, Dauterive s'était engouffré en face, chez Epstein. On avait vu l'un des tireurs sauter par la fenêtre mais il s'était brisé la jambe. Un autre avait été abattu alors qu'il tentait de se défendre, et deux autres arrêtés dans une cour intérieure, à l'arrière du bâtiment. Un vieux au visage lisse, les cheveux réunis en queue, qui paraissait bizarrement fardé, et un certain Rotondo que le sous-lieutenant semblait connaître. Dans l'entresol où les assassins s'étaient dissimulés, un parfait poste de tir, on avait retrouvé le corps d'une des employées du cordonnier. Le vieux avait accusé Rotondo, qui avait accusé le vieux et on avait envoyé les deux misérables au secret, au Châtelet.

Accourant à la municipalité qui délibérait dans la plus grande panique, La Fayette avait trouvé un Bailly plus obtus que jamais. Il voulait, l'Assemblée voulait la loi martiale. Dans son regard, La Fayette voyait briller des flammes inquiètes. Les nouvelles rassurantes rapportées par ses propres émissaires sur le Champ-de-Mars ne l'avaient pas fait changer d'avis : si l'on ne réprimait tout cela, ce serait l'anarchie.

– Prenez garde, avait objecté l'un des officiers municipaux, qui n'avait ôté ni son chapeau ni son ruban en sautoir tricolore, les meurtres du matin n'ont rien à voir avec le rassemblement et tout est tranquille sur le Champ-de-Mars. Nous n'avons rien à gagner à envoyer la troupe au-devant du peuple.

– Je vous remercie de vos sollicitations, lui avait sèchement répondu Bailly. Il me semble que je suis plus attaché au peuple que quiconque ici.

Il avait fait déployer le drapeau rouge.

La colonne entrait maintenant dans Gros-Caillou par la rue Saint Dominique. De part et d'autre des cris hostiles commençaient à fuser. « À bas les baïonnettes, à bas les habits bleus ![1] » « À bas le drapeau rouge, point de roi ! ». Les hommes continuaient d'avancer au pas, indifférents en apparence.

– Êtes-vous sûr de vouloir pousser jusqu'au Champ-de-Mars ? fit La Fayette en rapprochant son cheval de celui du maire.

– Je sais mon devoir, répondit ce dernier d'une voix sourde.

De profil, avec cette lumière presque aveuglante, il lui paraissait plus sec et triste que jamais, ses lèvres gourmandes contractées dans un pli d'amertume. Le regard était fixe sous ses épais sourcils. Il avait peur. Comme tant d'autres à l'Assemblée, il devait penser, sans oser le dire, que la Révolution était allée trop loin.

– Nous ne laisserons pas les factieux troubler l'ordre public.

C'était une sorte de conclusion en forme d'incantation. La Fayette n'insista pas.

Lui aussi était un homme d'ordre, et son opinion guère éloignée de celle du maire. Mais plus habitué aux dangers de la guerre, il conservait un sang-froid que Bailly avait perdu. À cette heure, le pire avait été évité grâce à Victor. Imaginée par Choderlos comme un prétexte au soulèvement des piques, la pétition n'avait plus d'utilité. Quelle importance pouvaient avoir les signatures de cinq, dix ou même cent mille pétitionnaires abusés par les agitateurs

1 Couleur de l'uniforme de la Garde nationale.

d'Orléans ? Un officier revenait vers eux au petit trot. On entendait des cris que couvrait à demi le rythme obsédant des tambours.

– Le commandant Charton vous fait dire que l'on nous empêche d'entrer sur le Champ-de-Mars, fit le cavalier. Il va falloir passer en force.

– À bas le drapeau rouge ! entendait-on loin devant. À bas les baïonnettes ! Reculez !

Des voix huaient les gardes, leur demandaient s'ils n'avaient pas honte de venir égorger le peuple.

Bailly se tourna vers La Fayette avec une mimique pincée, l'air de lui dire : « alors, je ne l'avait pas dit ? » Au moment où le marquis allait prendre la parole, Victor, qui chevauchait un pas en arrière, s'approcha d'eux.

– Ce doit être Garat et ses hommes. Je les ai vus ce matin au Champ-de-Mars. Ils recrutent des hommes de main.

Le maire lui lança un regard assassin.

– Encore vous ? Qui est ce Garat ? Pour qui vous prenez-vous ! Il me semb…

– Sont-ils nombreux ? demanda La Fayette.

Victor fit une moue d'ignorance.

– Ce matin, ils devaient être plusieurs dizaines. À cette heure, je ne sais pas. Je suppose qu'ils n'ont pas de mal à recruter. Ils leur donnent quarante sous pour la journée. Je crois qu'ils n'attendent que nous pour donner de la voix. Je serais vous, je n'avancerais pas…

Bailly en avait presque sursauté, d'autant plus indigné en constatant que La Fayette approuvait d'un hochement de tête.

– Je suis de l'avis du sous-lieutenant. Ce ne sont qu'une poignée d'agents provocateurs. Arrêtons-nous là.

– Le 6 octobre aussi, vous aviez laissé la foule tranquille, et vous avez vu ce qu'ils ont fait. Ce sont des bêtes féroces !

La Fayette blêmit. Les 5 et 6 octobre, une émeute avait conduit la foule de Paris à Versailles. Il avait refusé de les disperser par la force et la nuit, les assassins avaient forcé les grilles du château et égorgé deux Gardes-du-Corps. La reine elle-même n'avait dû son salut qu'à la fuite. Et finalement la famille royale avait été reconduite de force à Paris.

– Les choses ont changé depuis, murmura-t-il, sans grande conviction.

– Je ne vois pas en quoi. Une centaine de brigands vous arrêterait ?

– Ils n'ont aucun soutien, la Garde nationale ne les suivra pas avec les mesures que j'ai prises cette nuit. Surveillons les abords, nous les disperserons ce soir lorsque la foule sera partie.

– Je n'attendrai pas ce soir ! s'exclama Bailly. Qui vous dit que la foule ne s'armera pas, comme au 14 juillet ? Attendez-vous que ces hommes pendent d'autres innocents ? Qu'ils prennent d'assaut l'Assemblée sans que nous fassions un geste ? Nous allons les disperser, messieurs, reprit-il d'une voix plus forte. Nous allons faire les sommations d'usage et nous disperserons ces brigands. La loi ne se fait pas dans la rue, elle se fait au Sénat. Et le Sénat nous a donné l'ordre de prendre les mesures les plus sûres et les plus vigoureuses pour arrêter les désordres. Prenez vos responsabilités, monsieur !

À la fin de sa phrase, ils entendirent redoubler les huées.

– Monsieur Bailly, je prendrai mes responsabilités. Mais je ne vous laisserai pas commander la troupe à ma place. Monsieur Romeuf, partez en avant avec le sous-lieutenant Dauterive et revenez me dire ce qui se passe exactement. D'ici là, j'interdis à la troupe de répliquer à ces provocations.

*

Depuis midi, Garat commençait à se douter de quelque chose. On n'avait pas de nouvelles de la Bastille et aucune troupe de la Garde ne se présentait sur le Champ-de-Mars. Personne n'avait vu Santerre, Danton et ses amis, et encore moins Choderlos.

Il s'en était ouvert auprès de ses complices.

– À cette heure on aurait dû apprendre quelque chose. Il ne se passe rien. Nous sommes trahis.

– Attendons un peu, objecta Verrières. Les ponts sont coupés, ils ont peut-être eu du mal à quitter le terrain de la Bastille. Ou alors ils sont retenus par des combats. À cette distance, on n'entend pas.

– Ne dis pas n'importe quoi. S'il y avait eu des combats, il y aurait eu du canon. On l'aurait forcément entendu.

– Rien ne dit qu'il y ait eu le canon.

L'échange n'avait pas convaincu Garat. Il promenait ses yeux froids sur la foule, et sur les hommes qu'ils avaient recrutés. Finalement, rien ne changeait. Ils n'étaient que des gueux, de la piétaille tout juste bonne à mourir pour leurs maîtres. Rien n'avait changé. Les riches payaient pour que d'autres fassent les choses à leur place, qu'on crève pour eux s'il le fallait. En attendant, ils se cachaient dans leurs belles maisons, avec leurs domestiques et leurs femmes. Et une fois l'affaire faite – si elle marchait – on les verrait surgir et réclamer leurs parts, les plus grosses évidemment.

Les tambours avaient cessé de battre et sur l'esplanade la foule, un moment inquiète, s'en était désintéressée. Que pouvaient-ils bien risquer ? Un petit marchand, un gosse de dix ans à peine, proposa à l'ancien planteur des *darioles* de Nanterre, petits gâteaux à la crème garnis d'amandes et parfumés à la cerise amère qu'il aimait bien, mais il refusa d'un sourire triste. Il se voyait au même âge, quand il avait dû travailler pour se nourrir. Puis il porta le regard vers la rue Saint-Dominique, où venait de s'arrêter la colonne de la Garde nationale.

À cet endroit – l'entrée la plus utilisée puisqu'elle venait directement de Gros-Caillou et donc de Paris – l'esplanade était longée d'une large avenue bordée d'ormes, qui formait un genre de glacis[1]. Garat avait placé là, de manière informelle, sa centaine de mercenaires d'un jour. Quelques autres s'étaient dispersés sous les arbres alentour. On les voyait aller et venir autour des premiers militaires, provocants, certains brandissaient des bâtons et menaçant de les rosser. D'autres montraient leurs culs avec de gros rires, invectivant le vieil officier en tête de colonne, celui qui portait le drapeau rouge, le traitant *d'eunuque*, *d'esclave de Mottié* ou de *vieux bougre*. Pour l'instant, les gardes ne bougeaient pas, l'arme au pied, décomposés par la peur.

– Que fait-on ? demanda Verrières en s'approchant de Garat. Ils ne vont pas tarder à marcher.

– Attendons-les, répondit celui-ci. Il plongea la main dans sa poche et en sortit un pistolet à canon court.

De l'autre main, il se tenait à la grille qui entourait le Champ-de-Mars. Celle-ci se dressait au sommet d'un remblai d'une toise à peu près, ce qui leur donnait l'avantage de la hauteur.

Sur le glacis, les va-nu-pieds s'en donnaient à cœur joie. Armé d'un sabre, l'un d'eux s'approchait des gardes à les toucher, faisant mine de les frapper dans une sorte de danse. Un homme torse nu l'encourageait, une bouteille à la main, titubant à moitié. « Venez, approchez, mes foutus bougres, qu'on vous donne le fouet. Venez donc, petits enfants de putain ! » Et il répétait toujours les deux mêmes phrases, la voix grasse.

1 Terme militaire qui désigne un espace vide au pied de fortifications, destiné à faciliter les tirs.

Il s'arrêta de virevolter, se racla sa gorge et leur cracha dessus.

Une bouteille vide vola vers les grenadiers. Elle rebondit en tintant contre une baïonnette et se brisa au sol. Des rires avaient salué ce fait d'armes.

Garat observait toujours, le cœur battant. Il sentait sous son index le métal froid de la détente.

*

Sur l'esplanade, on ne savait rien de tout cela. La rumeur de la mort de La Fayette s'était vite envolée, aussi vite qu'elle était née. Une fausse nouvelle de plus, pourquoi s'y attarder ?

L'arrivée des gardes nationaux, elle, avait bien été confirmée. De nombreux témoins avaient aperçu une forte colonne. Certains la disaient arrêtée sur l'esplanade des Invalides, mais d'autres prétendaient l'avoir vue beaucoup plus près, sur le glacis aux abords du Champ-de-Mars, drapeau rouge déployé en tête. Ceux-là, on ne les écoutait pas, sans doute parce que personne ne voulait croire à cette histoire de loi martiale. Par quelle énorme traîtrise l'aurait-on utilisée contre ce paisible rassemblement ?

Ce qui était certain, c'est qu'un bataillon entier avait pris place à une autre extrémité du champ, vers l'école militaire. À mille pas, on distinguait très bien l'alignement bleu des hommes, le scintillement de leurs baïonnettes. Mais ils n'avaient pas l'air de vouloir faire mouvement. Ce qui était heureux car sinon la foule aurait été prise en tenaille.

Olympe était bien l'une des seules à s'inquiéter, par sensibilité certainement, mais aussi par expérience. L'une des seules dans ce pays à connaître les dessous de la fuite du roi, elle savait à quel point les comptes de cette affaire n'avaient pas été soldés[1]. Elle devinait la peur des députés,

1 Voir « L'affaire des corps sans tête ».

la rage des royalistes, l'opportunisme cynique de certains prétendus patriotes. Et bien sûr la frustration du peuple, sa peur panique de manquer de pain. Le pouvoir chancelant ouvrait des appétits immenses, des places et des fortunes étaient en jeu, et les partis en présence ne se contenteraient pas d'une demi-victoire.

Mercier lui aussi était nerveux. Mais il ne pouvait refréner sa curiosité habituelle et pressait Olympe d'aller jusqu'aux grilles, pour voir *de leurs yeux* ce qui s'y passait.

L'écrivaine haussa le regard au ciel.

– Et pour quoi faire ? répondit-elle sans bouger d'un pouce. N'avez-vous jamais vu de garde national ?

– Allez ! insista Mercier – on aurait dit un enfant capricieux. Je suis journaliste, je suis écrivain, je suis un observateur de mon siècle, et pas des moindres. N'est-il pas de mon devoir de témoigner de ce que je vois ?

Olympe soupira.

– Mon ami, nous pourrions déjà écrire deux volumes entiers avec ce que nous avons vu. Quant à moi, je ne suis pas bégueule, mais je n'aime pas me promener avec de tels cheveux. Regardez-moi ça !

C'était un prétexte, évidemment. À dire vrai, l'écrivaine commençait à se sentir lasse. Depuis qu'ils étaient là, ils avaient croisé une bonne partie de ce que Paris comptait de têtes politiques, de célébrités et de penseurs, du moins ceux qui avaient l'esprit patriote. Condorcet avec son épouse et leur jeune enfant, Governeur Morris, et tant d'autres qu'elle aurait eu peine à se les remémorer tous. N'avaient-ils pas fait le tour de la question ?

– Allons voir de quoi nourrir un *dernier chapitre*, proposa son vieil ami avec une grimace comique.

Elle abdiqua d'un sourire las et le suivit vers les grilles. Mais alors qu'ils n'en étaient plus qu'à une centaine de pas, un coup de feu éclata.

Tous les soldats regardaient en direction des grilles, au travers desquelles s'effilochait une traînée de poudre noire. Mais on ne voyait personne derrière les barreaux. Sans qu'on sache qui en avait donné l'ordre, le tambour se mit soudain à battre la charge. Mercier et Olympe virent déboucher les premiers gardes nationaux depuis les grilles, bien serrés les uns contre les autres, baïonnettes croisées, drapeau rouge en tête. Ils avaient l'air surpris de ne pas rencontrer la moindre résistance. Dès qu'ils avaient commencé à marcher, les hommes de Garat s'étaient égayés comme une volée de moineaux.

À un commandement, la colonne se forma en ligne, sur trois rangées. Pour l'instant, ils n'étaient qu'une soixantaine mais d'autres continuaient à arriver.

Olympe tira son compagnon par la manche.

– Vous avez vu vos gardes, maintenant venez donc. Vous ne comprenez donc pas qu'ils risquent de tirer ?

– S'ils tirent, ce sera à blanc ! protesta l'écrivain en se dégageant d'un mouvement du bras. Encore un instant, qu'on voie un peu.

Son regard suivait celui des gardes nationaux, tout étonnés de découvrir une foule aussi paisible. Devant eux, ce n'étaient que des promeneurs, des curieux et leurs familles. Les files d'attente s'allongeaient toujours autour de l'autel de la patrie. Les quatre escaliers et le plateau étaient couverts de monde, plusieurs centaines de citoyens s'étaient assis sur les marches ou attendaient de signer. Au sommet, Olympe aperçut la silhouette tricolore de Louise de Kéralio, qui distribuait les feuilles de la pétition aux côtés de son mari.

Il faisait presque beau maintenant. Le bleu apparaissait par larges pans, dans un ciel éclatant.

Il y eut une deuxième détonation. Suivie aussitôt d'un léger panache de fumée grise.

Tout le monde autour d'Olympe avait sursauté.

Les troupes se déployaient toujours, s'alignaient face aux bords de l'esplanade au son des tambours. Deux ou trois autres coups de feu éclatèrent, et l'on vit des gens commencer à trottiner, certains très pâles, d'autres à demi rigolards, comme s'il ne s'agissait que de fuir une nouvelle averse. Quelques-uns, immobiles, regardaient sans comprendre, cherchant à voir ce qui pouvait motiver ces tirs. Mais la plupart avaient le dos tourné, occupés par leur promenade ou par leur attente au pied de l'autel de la patrie. Olympe vit un jeune garde épauler brusquement son fusil et viser la foule. Il découvrait les dents, sa bouche était vermeille, un tout jeune homme bien nourri. Il appuya sur la détente, crispé pour contenir le recul. Il avait l'air terrorisé.

Le coup lâché, il posa la crosse au sol, sortit une cartouche, la déchira avec ses dents et la poussa dans le canon du fusil dressé.

– Ils tirent à blanc, ne craignez rien ! entendit crier Olympe.

Elle voyait bien que ce n'était pas vrai. Elle entraîna Mercier de force en arrière, dans un mouvement qui se généralisait peu à peu. Une étrange tension s'étendait sur le tout le Champ-de-Mars, l'impression diffuse que la fête tournait mal sans qu'on sache bien pourquoi.

Dauterive venait d'arriver sur l'esplanade où s'alignaient, sur un côté, deux ou trois cents gardes nationaux. Du côté de la Seine des cavaliers apparaissaient, des dragons qui se rangeaient tranquillement, comme sur un terrain d'exercice. Le jeune homme ne vit ni Garat, ni Verrières ou Saint-Huruge. Une puissante décharge, inattendue, lui fit courber les épaules et tout le monde autour de lui l'avait imité, d'instinct. Dans un ensemble presque parfait le premier rang des gardes venait de tirer en direction de l'autel. Il n'y avait eu ni ordres, ni sommations. Lorsque l'épais nuage de poudre noire se dissipa, dans une odeur de soufre, le gendarme constata qu'une dizaine de corps restaient allongés sur les marches de la pyramide. Certains bougeaient encore. Lui restait paralysé, incapable de réagir. Cela ressemblait à un cauchemar.

Olympe avait perdu Mercier de vue. Tant pis pour lui. Elle courait à longues enjambées, jupes relevées. À côté d'elle, une balle frappa un homme au dos dans un son mat, elle crut même voir une gerbe de sang. Le fuyard jura, se cassa en deux et finit sa course tête en avant dans un flot de poussière. Sur sa droite, une fillette pleurait. Olympe l'enleva au passage dans ses bras. D'autres cris, partout. Les gardes nationaux finissaient de recharger leurs armes. Ils allaient tirer de nouveau.

Garat l'Américain s'était arrêté au pied de la pyramide, hors d'haleine et trempé de sueur. Une grêle de balles venait de frapper les escaliers, il se demandait encore par quel miracle il était encore en vie. Il rechargea son pistolet et cela lui prit du temps – il tremblait de tous ses membres. Un jeune homme était étendu sur les marches, inerte, une cascade écarlate coulant sous lui. Plus haut, il compta sept ou huit autres corps. Une femme couchée sur le dos l'appelait à l'aide d'un ton geignard, incapable de bouger, surprise de voir autant de sang sur elle.

À ses côtés, l'un de ses hommes de main l'interrogeait du regard, la prunelle vide. Il partit aider la femme, avant de rapidement renoncer et de prendre la fuite à son tour.

Il ne comprenait pas. En principe, une partie de la Garde nationale aurait dû se joindre à eux, sitôt les provocations faites. Et là, personne. Partout où son regard portait, il ne voyait que des gens en fuite. De grands mouvements se produisaient vers les sorties, vers l'école militaire et vers la Seine où les dragons avaient commencé à sabrer.

La deuxième décharge couvrit le terrain de fumée noire. On entendait des officiers commander le *halte au feu*, sans être obéis. Distinctement, l'Américain vit un vieillard tournoyer et s'effondrer. Les coureurs faisaient de grands détours pour l'éviter.

Ils avaient été trahis.

Victor avançait lentement, le cœur au bord des lèvres. L'esplanade s'était presque entièrement vidée. Une dizaine d'hommes et de femmes restaient couchés sur l'autel, morts, leur sang commençait à maculer les marches, par endroits jusqu'au sol. D'autres cadavres gisaient sur le champ, des blessés qui gémissaient dans un concert atroce et dissonant.

Le jeune homme ferma les yeux, les rouvrit. Tout était bien réel. Il avait assisté au massacre de Nancy, l'année passée. Il avait déjà vu le sang couler, mais c'était entre soldats. Cette fois, c'était différent. La Garde nationale tirait sur des hommes sans défense, des femmes et des enfants. Les larmes coulaient sur ses joues sales. Il sentit que la Révolution – cette grande et belle Révolution qu'il avait souhaitée avec tant d'autres – venait d'être fusillée sous ses yeux. Ils plongeaient dans l'inconnu.

Au loin, vers le fleuve, les dragons passaient comme l'éclair, fauchant leurs victimes le geste net. Vers Gros-Caillou, des canonniers s'apprêtaient à viser la foule. Il vit La Fayette surgir d'un océan de fumée et se jeter devant leur bouche à feu. Il était sabre au clair, d'une pâleur cadavérique.

38

Sept heures

Comme si elles n'attendaient que cela, la Garde nationale et la police se répandirent dans Paris à la recherche des responsables du désastre. Le club des Cordeliers fut fermé le tout premier, et deux canons placés devant ses portes ; la plupart des autres sociétés patriotiques connurent le même sort. Marat, rédacteur en chef de *L'Ami du peuple*, dut encore une fois se cacher dans des caves, d'où il continuait à fustiger Capet, l'infâme Mottié et les traîtres de l'Assemblée. Comme lui, la plupart des journalistes patriotes – Fréron, Camille Desmoulins, Hébert et son *Père Duchesne* – furent pourchassés et leurs publications suspendues.

Une centaine d'hommes avaient été arrêtés. Verrières, alors qu'il tentait de monter dans une barque pour passer sur l'autre rive. Saint-Huruge aussi, dans les environs du château de Grenelle, le visage et les mains noirs de poudre. Des gardes soldés avaient failli le tailler en pièces. Guillaume Brune, l'imprimeur, avait pu se réfugier auprès des gardes nationaux restés l'arme au pied, devant l'école militaire, qui n'avaient pas voulu tirer sur la foule. Ils sanglotaient comme des enfants, certains jetaient leurs cocardes ou leurs armes pour les piétiner, d'autres menaçaient de faire feu sur ceux qui avaient tiré et leurs chefs les suppliaient de n'en rien faire. Louise de Kéralio et son mari étaient saufs, par miracle, car nombre de citoyens autour d'eux avaient été mortellement atteints.

Olympe s'était sauvée par les grilles vers Grenelle. Elle avait retrouvé la mère de la fillette, la lui avait rendue et les deux femmes s'étaient étreintes en pleurant toutes les larmes de leurs corps.

On avait ramassé plus de cinquante morts sur le Champ-de-Mars. L'hôpital de Gros-Caillou était empli de blessés, des gens erraient dans les rues du village, choqués. Paris s'était tu d'un coup, cafés et restaurants fermés, théâtres déserts, putains disparues.

À l'heure du souper, une forte patrouille de la Garde nationale s'arrêta cour des Fontaines, au pied de l'immeuble de Choderlos de Laclos. L'écrivain venait de passer l'une des journées les plus affreuses de toute son existence. Sans nouvelle du duc d'Orléans ni de ses amis Cordeliers, il était resté prostré devant sa table, le regard abîmé dans les livres qu'il avait tant parcourus. Il songeait à son épouse, à leur enfant, à ses années de garnisons et à ses longues journées d'écriture. Le formidable succès des *Liaisons dangereuses* ne l'avait pas comblé. Il voulait s'élever plus haut, jusqu'au sommet de l'État.

Son rêve l'avait transformé en assassin. Il avait été plus cynique que ces cyniques qu'il haïssait tant.

Ces pensées sombres se succédaient dans son esprit, alors qu'on le conduisait dans un fiacre vers la municipalité, rue Saint-Honoré. Un gendarme le fit entrer dans un vaste cabinet où l'attendait La Fayette.

– Je suppose, lui dit ce dernier, que vous savez ce qui s'est produit sur le Champ-de-Mars.

Le visage de Choderlos restait de marbre.

La Fayette avait ôté son habit d'uniforme. Il tordait un peu la bouche en le regardant, le visage empreint d'une amertume indicible.

Il s'empara d'un papier sur son bureau.

– Galdi Mario natif de Bologne. Cela vous dit-il quelque chose ? Rossetti, dit Roussi. Matteo Compagnoni non plus je suppose… ces tueurs italiens, c'était votre idée ?

Choderlos avala sa salive en fixant le marquis. Un goût de bile remontait du fond de son ventre. Comment avaient-ils pu tout rater à ce point-là ?

– Vous avez raison, cela importe peu. Ils sont arrêtés ou morts. Ils ont assassiné une malheureuse qui les avait surpris. Une vendeuse du sieur Epstein, mais je suppose que cela ne vous fait ni chaud ni froid. Roussi et Rotondo s'accusent l'un l'autre, nous aurons de quoi les envoyer tous les deux à l'échafaud.

Il posa son papier et s'en empara d'un autre, sur lequel s'alignaient des initiales, des chiffres et des annotations. Le reconnaissant, l'écrivain sentit l'émotion le submerger. Il se mit à chercher une chaise du regard.

– Il s'agit de votre écriture n'est-ce pas ?

– Si vous le dites.

– Cela ne fait aucun doute. Qui vouliez-vous placer sur le trône ? Orléans ? Chartres ?

– Rien de tout cela. Il se posait la question de l'inviolabilité du roi. Nous avons voulu porter cette question devant le peuple, et je vois qu'à cette heure elle n'est toujours pas réglée.

La Fayette jeta le papier loin de lui comme s'il lui brûlait les mains.

– Arrêtez donc avec ça. La question de l'inviolabilité a été réglée par la représentation nationale. La Nation ne se dirige pas par des pétitions ou des discours, Choderlos.

Après un long silence, l'ancien capitaine d'artillerie posa la question qui lui brûlait les lèvres.

– Vais-je être jugé ?

– Ne soyez pas stupide. Vous juger, ce serait juger le duc, premier prince du sang. Vous savez fort bien que c'est impossible, surtout dans l'état de faiblesse où se trouve

Sa Majesté. Nous pendrons peut-être quelques-uns des fripons qui travaillaient pour vous. Quant à vous, retirez-vous de l'esprit que votre maître puisse un jour gouverner ce royaume. Orléans ne montera jamais sur le trône, Choderlos. Jamais. Vos rêves sont trop grands pour cet homme. Comment ne l'avez-vous pas compris ?

Ils se turent. Puis d'un geste La Fayette lui fit signe qu'il pouvait se retirer. Choderlos s'inclina, décomposé, mais s'arrêta alors qu'il touchait la sortie.

– Un dernier mot.

– Je vous écoute.

– Comment avez-vous eu ce papier ? Qui nous a trahis ? Santerre ?

– Personne ne vous a trahi… fit une voix derrière eux.

Un jeune homme qui se tenait en retrait avait fait un pas en avant. Dauterive, le petit gendarme. Choderlos ne réussit pas à contenir un sursaut de surprise.

– Vous teniez certaines de vos réunions chez Robert et sa femme, Louise de Kéralio, la directrice du *Mercure national*. J'ai eu le plaisir d'assister à l'une d'entre elles, vous vous souvenez ? Or un de nos agents travaillait pour madame de Kéralio, un jeune homme dénommé Bouvard. Ça vous rappelle quelque chose ?

L'écrivain haussa une épaule.

– J'y voyais beaucoup de monde.

– Bouvard travaillait comme secrétaire pour madame de Kéralio, enfin comme une sorte de commis. Un jeune homme d'une vingtaine d'années, les yeux un peu écartés, les traits réguliers, toujours bien habillé.

À nouveau, Choderlos haussa les épaules.

– Il a dû s'emparer de ce document pendant un réunion chez le couple Kéralio. Il n'a pas eu le temps de le décrypter ni de le transmettre, mais il avait compris son importance. Il l'avait donc caché chez… un proche. Avez-vous quelque chose à nous dire à ce sujet ?

– Est-ce un interrogatoire de police ?

– Pas vraiment. C'est vous qui demandez comment ce papier nous est parvenu.

– Est-ce bien important maintenant ? déclara Choderlos d'une voix si basse qu'on l'entendait à peine.

– Trois hommes sont morts avant qu'il ne nous parvienne.

– J'ignore de quoi vous parlez.

– Je n'en suis pas si sûr ! intervint brusquement La Fayette. Vous ne pouviez pas ignorer la disparition de ce document. Qu'avez-vous à dire ?

– Rien. Je ne m'en suis pas occupé.

– Qui alors ? Qui a tué Bouvard ? Qui a tué Lalanne, l'indicateur ?

L'écrivain gardait le regard au sol, l'air de mâcher sa rancœur.

– Je ne connais pas ces gens. Garat m'a dit qu'il se chargeait de retrouver le papier, c'est tout ce que je sais. À vrai dire, je ne pensais pas…

– Quoi ? Que nous finirions par le retrouver ? enchaîna Dauterive. Savez-vous ce que signifient vos déclarations pour Garat ?

– Je ne l'accuse de rien. Et puis il ne travaillait pas seul…

Victor échangea un regard écœuré avec le marquis.

*

L'Américain avait réussi à fuir le Champ-de-Mars parmi les derniers, alors que les dragons parcouraient l'esplanade au grand trot, sabrant à cœur joie ceux qui s'y étaient attardés. Il ne ressentait pas la peur, ni même la fureur, il était au-delà dans une sorte d'état second, comme si tout cela ne le concernait pas.

Après avoir porté un blessé jusqu'à une maison, il s'était débarrassé de son habit taché de sang jusqu'au bas de la manche. Puis il avait fait un grand détour par le sud de la ville avant de regagner la rue des Fossés-Monsieur-le-Prince.

Par endroits, les rues étaient étrangement vides. Ailleurs elles s'emplissaient d'attroupements. Des citoyens inquiets essayaient d'en savoir plus, enflant et déformant les bribes d'informations saisies au vol, on parlait de massacre, de centaines de gens jetés à la Seine. Garat croisa des hommes qui se hâtaient comme lui, le regard mobile, rasant les murs. Il avait jeté ses armes, le pistolet et le poignard et commençait à le regretter un peu. Pour le moment, la Garde nationale ne se montrait pas mais cela ne tarderait pas, pour sûr. Parvenu à l'angle de la rue de Vaugirard, il s'arrêta un bon moment pour observer son immeuble. Ne constatant aucune présence anormale, il traversa la chaussée. Trois ou quatre minutes, c'est tout ce qu'il lui fallait pour changer de vêtements, et surtout prendre le pistolet et la bourse remplie d'or qu'il cachait sous une lame du parquet.

Contrairement à son habitude, Briet, le concierge, était invisible. Tant mieux, il n'aurait pas à lui causer. Il grimpa légèrement les quatre étages, clé à la main, déverrouilla la serrure.

Depuis longtemps, il se préparait à ce moment. Il dormirait quelque part, peu importe où. Demain il aurait loué un cheval et serait loin de Paris, il pouvait tenir quelques mois avec ce qu'il avait amassé. Mais quelle dérision ! Pendant plusieurs jours il avait cru à son étoile, vraiment il pensait que leur affaire réussirait. Il secouait la tête en jetant sa chemise pleine de poudre et de sang, en prenant une autre au fond de sa grosse malle cloutée, celle qu'il avait ramenée de Saint-Domingue.

Ses gestes étaient précis, rapides comme sa pensée. Que ferait-il ensuite ? Il pensait s'établir en province, sous un faux nom, ou alors à l'étranger pourquoi pas en Louisiane ou en Floride, en Amérique. Il y trouverait bien de quoi vivre.

Soudain un souffle presque indistinct lui fit suspendre son geste. Il se redressa doucement, se retourna. Puis hurla de terreur.

*

Dauterive franchit le bras de Seine par le Petit-Pont. Il n'avait que quelques centaines de pas à faire pour arriver à Saint-Séverin, mais il avait encore à faire. Le cœur serré, il songeait à Joseph, égorgé ce matin. Était-ce la fatigue, l'épuisement nerveux de ces dernières vingt-quatre heures, il se mordait les lèvres en retournant toujours les mêmes pensées. Comment avait-il pu l'entraîner dans cette affaire, accepter cet absurde poste de surveillance, sous l'autel de la patrie ? Il se sentait un criminel doublé d'un sot, un sot arrogant qui avait disposé de cette vie d'enfant, qui en avait joué et qui l'avait détruite. Il revoyait ses yeux clairs, naïfs et pleins de rires, il le revoyait lui tirer la manche rue Saint-Honoré, brandissant sa pièce sur le Pont-Neuf comme un trophée, puis s'enfuyant de sa démarche dansante. Il revoyait son sourire lorsqu'il lui avait annoncé qu'il le prenait à son service. Et à ce souvenir des larmes brûlantes jaillirent de ses yeux.

Il ne chercha pas à les essuyer. Il marchait d'un pas mécanique en tête d'une patrouille de gendarmes, vers la rue de la Harpe. Plus haut à gauche, ils tournèrent dans la rue des Cordeliers. Leurs pas lourds résonnèrent devant la Société des Amis des Droits de l'Homme, désormais close, que gardait une forte troupe de la Garde soldée. Deux canons prenaient la voie vide en enfilade.

Dauterive s'engagea dans la rue des Fossés-Monsieur-le-Prince.

*

Au premier regard, Garat l'avait reconnue.

Impossible de ne pas savoir qui elle était. Ses deux yeux atroces brillaient dans cette peau, ce parchemin, cette espèce de lambeau desséché qui lui faisait office de visage. Comment pouvait-elle vivre dans ces conditions ? Par quels enfers était-elle passée ?

Il frissonna. Il était torse nu, encore penché au-dessus de sa malle et prenait garde à ne pas bouger.

– Relevez-vous, lui ordonna Irène Petit du Vaudreuil.

Sa voix n'avait pas changé. Elle semblait jaillir intacte du passé, nette et arrogante, tellement habituée à commander sans que personne ne s'oppose.

Il se releva lentement.

– Que faites-vous là ? souffla-t-il.

Dans un effort immense il détourna le regard vers l'entrée de la pièce. Comme il l'imaginait, deux hommes avaient refermé la porte derrière lui, deux laquais aux épaules carrées.

– Votre concierge nous a donné la clé.

Cet imbécile de Briet. Il n'eut pas la force de la regarder à nouveau. Un torrent de souvenirs passait en lui, irrépressible.

– Recommandez votre âme à Dieu, fit la dame.

Ses traits de cauchemars, sans paupières ni bouche, ni nez, ne reflétaient rien. Seul le regard brillait avec ces pupilles trop grandes, aux paupières écartelées.

Elle leva le pistolet qu'elle tenait à la main.

*

La détonation retentit au moment où Dauterive arrivait devant la loge du concierge.

Il fronça les sourcils et grimpa quatre à quatre, après avoir laissé deux hommes dans la rue et deux autres dans la cour intérieure.

Des habitants de l'immeuble sortaient de chez eux, dans une cage d'escalier incroyablement sale et sombre. Comment Garat, qui disposait pourtant de revenus, pouvait-il vivre dans un tel cloaque ? Les curieux étaient toujours plus nombreux à mesure qu'il s'approchait du quatrième étage. Écartant l'attroupement, Victor parvint sur le palier que semblaient garder deux valets taillés en Hercule. Plus vif qu'eux, il sortit son arme et les en menaça. Puis il demanda à ses gendarmes de les tenir en respect et entra dans l'appartement vers lequel convergeaient tous les regards.

La première chose qu'il vit fut Garat, couché torse nu sur le flanc, yeux révulsés, souffle haché. Entendant entrer les gendarmes, il tourna doucement la tête mais n'eut pas la force de parler. Ses yeux semblaient déjà morts.

Une femme se tenait debout devant lui. Elle portait une robe en panier aux manches longues et malgré la chaleur ses mains étaient gantées. Il lui arracha son pistolet et la fit se retourner.

Il eut un sursaut d'écœurement.

Son visage n'était qu'une plaie, une monstruosité parcourue de grossières nervures, masque rendu plus grotesque encore par la haute perruque en rouleaux qu'elle portait, ornée d'une guirlande de roses.

Il vit une espèce de sourire marquer ce qui lui tenait lieu de lèvres.

– Qui êtes-vous ? articula-t-il, la gorge serrée.

– Je m'appelle Irène Petit du Vaudreuil. Qui êtes-vous ?

Le sous-lieutenant préféra ne pas répondre, stupéfait par autant d'arrogance.

– Est-ce vous qui avez tiré sur cet homme ?

Elle se redressa avec orgueil.

– Le 12 février 1784, ce monstre a fait périr ma famille dans les flammes à Petite-Rivière, à Saint-Domingue. J'avais un mari aimant et trois enfants de trois, sept et neuf ans. J'étais une femme en pleine jeunesse et voyez ce que je suis aujourd'hui. Les médecins m'ont dit que je n'aurais pas dû survivre, et pourtant je suis là, Dieu l'a voulu ainsi. Jeudi dernier ce misérable a torturé à mort Lebel et Jean-François, mes deux serviteurs. Ses amis l'ont fait sortir de la Conciergerie où il attendait son jugement. Il n'aura plus à l'attendre, justice est faite.

Elle reprit son souffle, passant un bout de langue rose sur sa bouche racornie.

Pendant un long moment, Dauterive fut incapable d'articuler un mot. Il s'était reculé d'un pas, comme pour ne pas trop subir l'affreuse impression que lui causait ce visage. Au sol, Garat soupirait. Le sang commençait à couler de sa plaie, en abondance, mais il n'avait pas la force de se tenir le ventre, le souffle déjà court.

La meurtrière quitta la pièce sans un mot, en passant devant Victor. Les gendarmes interrogeaient le jeune homme du regard. Il baissa les yeux.

Sur le palier il y avait eu un souffle d'horreur, des murmures. Victor entendit les pas d'Irène Petit du Vaudreuil et de ses laquais s'enfoncer jusqu'au rez-de-chaussée, quatre étages plus bas. Puis tout fut à nouveau tranquille.

L'Américain haletait toujours plus faiblement, les yeux éteints. Une flaque de sang s'étendait maintenant jusqu'au milieu de la pièce. Victor chercha du regard un tissu, mais il savait déjà que ce serait inutile.

*

L'officier revint chez lui à la nuit noire. Garat n'avait pas repris connaissance avant d'expirer. Il s'était vidé de son sang et il était mort dans un souffle bref, avec un sourire mauvais.

Maintenant que tout était fini, le jeune homme ne ressentait plus rien qu'une immense tristesse, ce sentiment amer qui vient après un accident, quand on réalise soudain par un détail que rien ne sera plus jamais comme avant. Quelque chose était brisé, cette innocence, cette joie qui avait levé tout un peuple, et qu'il avait ressentie lui-même si fort. Il avait alors dix-sept ans et rêvait de liberté. Son rêve venait de tomber au Champ-de-Mars, sous le feu de ceux qui se disaient les soldats de la Liberté.

Non, plus rien ne serait comme avant.

Ses pas résonnaient dans la ville endormie. Elle lui parut plus calme que jamais, comme épuisée par ce qu'elle avait vécu. Tout était éteint chez le père François. Dans trois heures, au cœur de l'aube, le boulanger réveillerait ses apprentis, puis il chaufferait son four et pétrirait son pain, comme chaque matin. Ce serait un nouveau lundi, une nouvelle semaine. On enterrerait les morts et tout recommencerait comme avant.

Dauterive s'immobilisa en percevant un bruit. Mais la rue Saint-Séverin était calme, toujours les mêmes mendiants sous le porche de l'église, aux pas des portes.

Rotondo avait été arrêté, les autres aussi. Que pouvait-il bien risquer maintenant ? Il glissa doucement la main dans ses basques, au contact de son arme.

Une silhouette se profilait dans le noir, silencieuse et fine, elle lui faisait penser à un chat.

Il sentit son cœur vibrer.

Joseph.

Il fit deux pas en avant. Le petit boiteux lui souriait dans le noir, avec ses fossettes aux joues, sa chemise informe et son pantalon qui ne tenait que par une ficelle.

– Sacré nom de Dieu, grommela Victor, la voix nouée, les yeux brillants comme ceux du petit garçon. Tu ne crois pas qu'il est un peu tard pour rentrer ?

ÉPILOGUE

Septembre 1791

Les grandes chaleurs de l'été étaient passées comme une mauvaise fièvre, laissant place à une arrière-saison plus douce. C'était dimanche. Posté avec ses hommes à l'entrée principale de l'Hôtel de Ville, le sous-lieutenant Dauterive observait la place de Grève, les yeux rêveurs, cette mine élégante, un peu boudeuse, et cette indifférence feinte qu'ont souvent ceux qui veillent à l'ordre public.

Ses pensées se reportaient deux mois plus tôt, lorsque la foule avait pris ce malheureux vieillard, et qu'elle l'avait égorgé et pendu. Il repensait à cette affiche, ce petit comédien loqueteux qui l'avait lue, et puis à tous les événements qui avaient suivi. Tout ce sang versé ! Une cinquantaine de morts avaient été relevés sur le Champ-de-Mars, et deux ou trois fois plus de blessés. La Révolution était touchée de plein fouet. Depuis Victor avait été officiellement réintégré, sur le front des troupes. Et le colonel Hay lui avait même promis qu'il passerait lieutenant avant la Noël. Ce qui provoquait en lui deux sentiments contradictoires, une indifférence absolue mêlée de fierté enfantine.

Il n'était gendarme que depuis un an, mais il avait parfois l'impression de n'avoir jamais rien connu d'autre. La vie avait repris rue Saint-Séverin, où le petit Joseph lui servait tour à tour d'ordonnance, de laquais, de vas-y-dire et de garçon d'écurie. Victor avait jeté au feu ses guenilles, lui procurant – de seconde main – une veste courte, un petit chapeau tricorne, deux chemises et des pantalons. Il l'avait mené aux bains, l'avait débarrassé de sa gale et il lui avait même trouvé des chaussures mais l'enfant ne s'y habituait pas et refusait de les porter. Il est vrai que son pied difforme flottait dans l'une des chaussures et qu'il n'avait pas trouvé de solution pour l'y maintenir.

Le jeune homme se disait qu'il lui apprendrait un jour les chiffres, à lire et à écrire. Mais les jours passaient et il ne s'en préoccupait pas. Son temps libre, il le passait à dessiner au bord de la Seine ou vers le bois de Boulogne, songeant souvent à revenir voir Fragonard, mais remettant toujours au lendemain.

Plusieurs fois, alors qu'ils regardaient passer les gabarres et les barques de pêcheurs, Joseph lui avait conté son aventure, à Gros-Caillou : arrêté quelques minutes après l'invalide et le perruquier, il avait été emmené comme eux jusqu'au comité de section du village. Mais le désordre était tel que les officiers municipaux n'avaient pas compris que lui aussi avait été pris sous l'autel de la patrie. Bien sûr Joseph s'était gardé de lever le doute, prenant un air si bête qu'on avait renoncé à le faire parler. Lorsque la foule était entrée dans le bâtiment pour faire un sort à l'invalide et à son compagnon, les fonctionnaires, pris de doutes, l'avaient fait sortir par l'arrière du bâtiment. Dans l'aveuglement meurtrier qui avait suivi, personne n'avait rien remarqué.

Le service à l'Hôtel de Ville se finissait. Sans repasser chez lui, Dauterive salua ses camarades et prit la direction des quais. Depuis sa dégradation publique puis sa réintégration, le jeune homme était considéré tout autrement parmi les gendarmes. Beaucoup l'avaient vu aux côtés de La Fayette et de Bailly, le jour de la fusillade, comme une sorte d'aide de camp. Certains pensaient qu'il était lié à la famille du marquis, d'autres qu'il était son conseiller secret. Ni les uns ni les autres n'étaient bien éloignés de la réalité. Même le colonel Hay avait changé d'attitude. Il lui était même arrivé de demander son avis au jeune homme ou de lui faire porter le drapeau, les jours de revue. Victor faisait mine de ne rien voir et n'en conservait pas moins son flegme habituel.

Le jeune homme avançait lentement quai de Gesvres au milieu d'une foule compacte. Il lui fallut un bon quart d'heure pour atteindre le Pont-Neuf, puis enfin la rue Saint-Honoré. Depuis les événements de juillet, il n'avait pas remis les pieds au Palais-Royal mais il était certain que l'agitation y renaîtrait bientôt.

Quelques jours plus tôt, l'Assemblée avait voté une grande loi d'amnistie sur proposition du roi, enfin rétabli dans ses fonctions. Tous les meneurs Cordeliers, les journalistes et les hommes arrêtés chez eux ou sur le Champ-de-Mars avaient été relâchés. La Conciergerie s'était vidée. Danton, Brissot, Saint-Huruge ou Verrières, Desmoulins, Marat ou Hébert, étaient tous reparus, osant à peine croire en leur bonne fortune. Seul Rotondo restait encore discret, sous le coup d'une inculpation de meurtre, même s'il prétendait que c'était Rossetti dit Roussi, le tueur italien, qui avait poignardé Catherine. Une chance pour lui, les juges semblaient le croire. Enfin Choderlos ne paraissait plus ni chez le duc, ni aux Cordeliers. Il avait enfin compris qu'il n'y aurait pas de régence, pas de changement de dynastie. Mirabeau avait eu raison : le duc *ne voulait ni ne pouvait*. C'était *un eunuque pour le crime*, un *couillon* – titré et riche à milliards, mais rien d'autre qu'un couillon.

Jamais l'ancien capitaine d'artillerie ne s'essaya plus à la politique. Son Altesse, superbement indifférente, lui laissa cependant le bénéfice de sa pension et de son logement cour des Fontaines.

Vers une heure de l'après-midi, Victor arriva à l'hôtel de Noailles où l'attendait le majordome. Ce dernier lui demanda poliment de ses nouvelles comme à chaque fois, tout en le menant au petit salon du premier étage, où le marquis l'attendait pour le repas.

Toute la famille était là, les enfants le saluèrent. On déjeunait simplement d'un carré de veau à la broche, d'entremets, puis de fromages et de fruits. Adrienne, l'épouse du commandant-général, semblait elle aussi considérer Victor comme faisant partie de leur famille. N'avaient-ils pas un autre fils adoptif du même âge, l'Indien Kalenhala ? Elle lui fit toutes sortes de questions, se montrant très curieuse à propos de Joseph, son petit laquais. C'était très méritoire d'avoir engagé un estropié, mais remplirait-il bien son office ? En tout cas il était bien temps qu'il cesse de vivre comme un sauvage et qu'il s'occupe un peu de son intérieur.

– Et j'ajoute, fit-elle avec un fin sourire, que vous seriez en âge de vous établir pour de bon, ne croyez-vous pas ?

Le jeune homme grommela une vague réponse en sentant son front s'empourprer.

– Ma chère Adrienne, intervint La Fayette, nous reparlerons de cela une autre fois.

Il envisageait Victor comme s'il voulait dire autre chose, mais se contenta d'enfourner une large bouchée de fromage.

Dauterive eut soudain l'intuition que lui et Adrienne lui cherchaient un parti. Mais qu'il soit mineur et en rupture avec son père devait compliquer les choses. Ses pensées dérivaient vers un jardin baigné de lumière. Il y voyait une promise imaginaire, les bras frais, la bouche rose, vêtue d'une longue robe blanche, souriante et naïve. Puis l'image se confondit curieusement avec celle d'Olympe.

Pour une fois, il n'y avait pas d'invités et La Fayette semblait s'en accommoder fort bien. Le repas fini, ils descendirent sur la longue terrasse qui dominait le parc. Des domestiques apportèrent des liqueurs et le marquis s'alluma une pipe à long col en faïence. Les enfants jouaient entre les allées de buis. On avait amené un cheval des écuries et ils se disputaient pour savoir qui le monterait. Adrienne causait au loin avec sa dame de compagnie. Celle-ci tenait un livre à la main, elle se mit à lui faire la lecture.

La Fayette ne disait rien, Victor le regardait de profil, ses traits empreints de tristesse.

– Je vais me retirer en Auvergne, annonça-t-il soudain.

Victor ne répondit rien. Il n'était pas surpris et pourtant il sentit l'émotion l'étreindre, une forme d'appréhension. Que ferait-il, sans appui à Paris ?

– La Constitution est votée, le roi est remonté sur son trône, reprit le marquis comme s'il voulait se justifier. Je n'ai plus rien à faire ici.

Il parlait avec un détachement un peu artificiel, qui ressemblait à du dépit. Ce départ pouvait paraître noble, comme celui de Cincinnatus se retirant dans sa ferme après avoir sauvé la République[1]. Il était surtout devenu inévitable. Depuis la folle équipée de Varennes, et plus encore depuis le massacre du Champ-de-Mars, La Fayette avait perdu une grande partie de sa popularité. Ses anciens amis de l'Assemblée le fuyaient, le peuple se défiait de lui et ses opposants l'accablaient chaque jour davantage. Seule la partie la plus conservatrice de la Garde nationale lui faisait encore confiance.

– Prenez garde à vous, Victor. D'autres que moi pourraient vouloir vous confier des missions. Mais n'oubliez pas que je ne serai plus là pour veiller sur vous.

Cette remarque inattendue irrita profondément le jeune homme. Certes, La Fayette l'avait protégé. Il lui avait longuement raconté, non sans condescendance, comment il avait eu l'idée de soudoyer Charpier, qu'il savait malhonnête

1 Général romain du ve siècle avant J.-C. qui, après avoir exercé la dictature à la demande du Sénat, était revenu cultiver ses terres.

et cupide ; l'affaire lui avait coûté vingt mille livres. Par la suite, il n'avait eu qu'à s'en féliciter puisque l'intervention du commissaire félon s'était révélée décisive. Mais à qui la faute si Victor s'était retrouvé dans un tel danger ? La Fayette avait préféré lui cacher l'existence de Bouvard. Une idée bien maladroite qui avait peut-être coûté la vie au jeune homme à l'escarpin. Lui et Bouvard n'auraient-ils pas été plus efficaces en s'épaulant l'un l'autre, plutôt qu'en s'ignorant ?

Victor réalisa qu'il supportait de moins en moins le caractère de son maître : grand seigneur il était, grand seigneur il resterait, certes pétri de grands sentiments, mais engoncé dans ses préjugés. La populace restait la populace, et chacun devait rester à son rang même dans une France *régénérée*. Victor avait beau être son protégé, un quasi-fils adoptif, cette distance existerait toujours. Il resterait toujours comme une sorte de lointain cousin au destin malheureux. Un mariage pour lui, pourquoi pas, mais pas un de ceux qu'il réservait à ses propres enfants : ce serait avec une promise bien née mais sans fortune. Le jeune homme finit par sourire assez froidement.

– Vous étiez le seul à me confier ce genre de tâche. Je crois que je serai bien tranquille maintenant.

La Fayette ne parut pas percevoir l'ambiguïté de sa remarque.

– Avez-vous su pour Choderlos ? demanda-t-il au bout d'un moment.

– Il se retire de la politique ?

– Mieux que cela. Il cherche une place au ministère de la Guerre.

Tout Paris ne parlait plus que de cela, de cette guerre qui menaçait, devenant chaque jour moins irréelle. Les émigrés se regroupaient aux frontières, à Turin ou à Coblence. Ils aiguisaient leurs sabres en promettant de venir égorger les patriotes. Et à Paris ces derniers répliquaient en insultant le roi, ce traître qui attendait que les

Autrichiens viennent le délivrer, lui et sa putain. Cent mille hommes de la Garde nationale étaient désormais en activité. Trois bataillons parisiens s'étaient formés dans le camp de Grenelle, dans le désordre le plus complet. Début août, ils avaient quitté la ville pour les frontières, mais en fait ils s'étaient arrêtés à vingt lieues de Paris, à côté de Compiègne.

– Pensez-vous que nous aurons la guerre ? demanda le jeune homme.

La Fayette regardait ses enfants dans le jardin, le regard assombri. Le plus jeune venait de tomber de cheval. Les autres hurlaient de rire en voyant un domestique tenter de rattraper leur monture.

– Peut-être que nous y échapperons. Mais rien n'est moins sûr. Nous nous retrouverons vite, mon cher Victor, je le crains.

*

Dauterive regagna le quartier Saint-Séverin, le ventre bien rempli et l'esprit occupé de sentiments divers. L'idée de se retrouver seul à Paris le rendait triste et lui faisait un peu peur. En même temps, il y trouvait une forme de vertige qui ne lui déplaisait pas, l'appétit d'une liberté retrouvée.

Il parvint à esquiver le bavardage de la mère François, qui tenait conférence avec des voisines au pied de Saint-Séverin, mais n'évita pas celui de la marieuse du premier étage. Elle avait mis sa plus belle robe et semblait l'attendre sur le palier, de retour de sa promenade dominicale. Elle lui exposa longuement ses pensées sur le temps, idéal à son goût pour la saison, mais tout était gâté par le nombre élevé d'importuns que l'on croisait dans les rues de la capitale ces derniers temps.

Le jeune homme répondit par quelques grognements et reprit le chemin de son troisième étage, sans réussir à lui en vouloir tout à fait. Si triste et renfrognée qu'elle soit, elle était bonne personne et semblait beaucoup l'apprécier. Il la soupçonnait de songer à lui pour Dieu sait quel alliance, avec l'une de ses familles clientes, mais elle n'avait jamais abordé le sujet et c'était parfait ainsi. À moins que toutes ces caresses, ces mines et ces conversations futiles n'aient un but bien plus intéressé… ce que Victor préférait ne pas imaginer vu son âge avancé.

La porte de son appartement était ouverte, et il découvrit, fort surpris Joseph en grande conversation avec un inconnu, un grand personnage de six pieds trois pouces, le visage couperosé sous la perruque à trois canons, les mains et les pieds immenses. Il se leva d'un bond et salua le gendarme avec une infinie courtoisie. Il portait un frac bleu de nuit, des bas en soie assortis d'escarpins impeccablement cirés, et semblait beaucoup s'amuser de ce que lui racontait le petit garçon.

– Je m'appelle Henri-François Lefèvre d'Ormesson, juge au premier tribunal criminel d'arrondissement.

– Dauterive, sous-lieutenant de gendarmerie.

– Vous m'excuserez, fit le magistrat, de venir vous déranger chez vous un dimanche. Mais, je passais par ici et j'ai pensé ne pas vous importuner.

Victor déboucla son ceinturon et confia son sabre à Joseph.

– Vous m'excuserez à votre tour, je n'ai rien à vous offrir.

Il fit signe à son visiteur de s'asseoir et prit une chaise pour lui-même.

– Je ne serai pas long, fit d'Ormesson après l'avoir remercié en inclinant la tête. Connaissez-vous le sieur Claude Garat l'Héritier, dit Garat l'Américain ?

– Je le connaissais. Il est mort le 17 juillet dernier.

Il n'avait pu retenir une grimace de surprise.

– En effet. C'est vous qui avez découvert son corps.

– C'est exact. J'ai fait un procès-verbal.

– Je l'ai lu, et c'est pourquoi je me suis transporté chez vous. Je vous sais gré de me recevoir si simplement. J'ai donc lu votre rapport. Avant toute chose, je dois préciser que je suis chargé de l'instruction criminelle du meurtre du sieur Garat.

– Oh…

D'Ormesson attendit en vain que Victor en dise plus avant de reprendre la parole.

– Vous écrivez dans votre déposition que vous supposez que Garat s'est lui-même tiré une balle dans le ventre.

– C'est bien ce que j'ai écrit.

– En effet, le sieur Garat est décédé des suites de cette blessure.

– Ma supposition était donc la bonne.

Le magistrat sourit aimablement, l'air embarrassé, paraissant rassembler ses idées.

– Avez-vous vu Garat se tirer cette balle dans le ventre ?

– Non. J'ai dit que je le supposais.

– C'est vrai. Mais voyez-vous monsieur, un certain nombre de témoins font état de la présence dans l'appartement de Garat d'une dame accompagnée de deux domestiques. Je vous passe le nom de ces témoins, ce sont pour la plupart des habitants de l'immeuble. Pour la dame nous connaissons son nom, il leur a été impossible de ne pas la signaler.

– Tout ceci est dans mon rapport.

– D'après ce qu'on m'a dit, cette femme avait… enfin son visage ne passait pas inaperçu.

– C'est le moins qu'on puisse dire, répondit le jeune homme d'un ton sec.

L'entretien prenait un tour très déplaisant à son goût. Fallait-il vraiment enquêter sur le meurtre d'une telle ordure ?

– Il se pourrait donc, reprit d'Ormesson, que cette personne – Irène Petit du Vaudreuil – ait tiré sur Garat.

– Je n'en sais rien. Mais je ne pense pas.

– Qu'est-ce qui vous fait dire cela ? Êtes-vous sûr de ne l'avoir pas vue tirer sur la victime ?

– Où voulez-vous en venir ?

D'Ormesson sourit vaguement. Son regard errait quelque part sur le plancher, comme pour y trouver son inspiration.

– Garat n'était pas un individu très recommandable, n'est-ce pas ?

– Pas vraiment. J'avoue que je comprends mal votre démarche.

D'Ormesson croisa les doigts. Il avait véritablement des mains de géant.

– Vous êtes un serviteur de la loi. Je le suis aussi. De nouveaux principes nous guident, n'est-ce pas ? Le rang et la naissance ne doivent plus présider à la recherche de la vérité.

– Je suis bien d'accord, mais je ne vois pas où vous voulez en venir, murmura Victor qui se retenait de se lever pour chasser son interlocuteur.

– Je ne suis pas très clair, vous avez raison. Je vais donc l'être plus : je pense que vous savez que madame Irène Petit du Vaudreuil a assassiné, ou fait assassiner le sieur Garat, de sang-froid. Et je pense que vous cherchez à la protéger. Je pense par conséquent que votre déposition est fausse – en tout cas orientée – et vise à tromper la justice. Voilà où je veux en venir monsieur le sous-lieutenant.

Dans le silence, Victor sentait son cœur battre sourdement. La colère montait en lui, irrépressible.

*

Pour avoir lui-même connu les geôles du Châtelet quelques mois auparavant, Dauterive sut immédiatement que l'homme qui venait d'entrer dans l'ancienne chambre des auditeurs[1], aujourd'hui abandonnée, n'était pas emprisonné dans une *chambre à la pistole*, ces cellules réservées aux prisonniers les plus aisés, mais dans les grandes salles voûtées du premier étage où s'entassaient des centaines de détenus, des pires assassins aux joueurs surendettés. La paille n'y était pour ainsi dire jamais renouvelée. Il y régnait une odeur pestilentielle et les rats et les poux prospéraient.

Rien de tout cela ne semblait pourtant affecter ce prisonnier, un nègre grand et fier, le menton massif, le front très dégarni et les cheveux encore liés en queue par un ruban noir. Derrière ses lourdes paupières, on devinait un regard vif, brillant d'intelligence. Ses traits étaient réguliers et élégants comme ceux d'un masque en bois d'ébène.

Il dévisagea Dauterive des pieds à la tête sans montrer de surprise. Le sous-lieutenant soutint son regard, ce qui n'était pas rien tant celui-ci dégageait une autorité naturelle.

D'un signe, d'Ormesson ordonna aux geôliers de quitter la pièce. Depuis leur départ en fiacre de Saint-Séverin, lui et Dauterive n'avaient pas échangé deux mots.

– Auriez-vous l'obligeance de me dire combien de temps votre comédie va durer ? lança ce dernier d'un ton hautain.

– Elle se finit à l'instant. Je vous présente le sieur Hyacinthe. Il est inculpé du meurtre des sieurs Pierre-Joseph Lebel et Jean-François. Il a reconnu avoir enlevé ces deux hommes, les avoir séquestrés, suspendus à des crochets, puis fouettés jusqu'à ce que mort s'ensuive.

– Ce que je ne regrette pas, ajouta le dénommé Hyacinthe d'une voix ferme, étonnamment grave.

On aurait dit qu'il parlait d'un excès culinaire ou d'une phrase maladroite. Victor écarquillait les yeux, saisi par l'horreur.

---

1 L'une des quatre chambres civiles (non pénales) du Châtelet.

– Monsieur Hyacinthe sera jugé et probablement condamné à mort mais ce n'est pas la question, reprit d'Ormesson. Voulez-vous répéter au sous-lieutenant ce que vous m'avez dit à propos de Garat ?

Le prisonnier sourit à demi, découvrant ses dents blanches et très régulières.

– C'est vous le gendarme ? demanda-t-il, narquois.

Dauterive se raidit sans répondre.

– Je vois à votre réaction que le nom de Garat éveille en vous la colère. Bien que je ne lui doive rien, je vais tout de même obéir aux vœux de monsieur d'Ormesson, qui avec moi n'a fait que son devoir. Je vais vous dire ce que je sais de lui.

– S'il s'agit de le rendre aimable à mes yeux, vous perdez votre temps.

– Il ne s'agit de rien de tout cela. Il ne s'agit que de justice, répondit Hyacinthe en inclinant légèrement la tête en direction de d'Ormesson.

Il semblait exister entre les deux hommes une étonnante complicité, peut-être même plus. Il est vrai que tout dans la façon d'être du nègre forçait au respect, le maintien, la corpulence ou l'expression. Il avait tout d'un roi.

– Ne préjugez pas de ce que l'on veut vous dire, affirma le magistrat. Allez, Hyacinthe.

– Lorsque j'ai connu Garat, fit ce dernier après un petit temps de réflexion, pendant lequel il garda les yeux clos, j'étais un autre homme. Du moins je n'étais pas un homme, mais un esclave. Savez-vous ce que c'est qu'être esclave ? Certainement que non, même si vous étiez né dans les îles. Être esclave, c'est ne pas avoir de nom, ne pas avoir de famille et ne pas avoir de sentiments. C'est être réveillé à coups de fouet, à l'heure où le soleil se lève. C'est avoir faim et peur dès cet instant, jusqu'à ce que les derniers rayons du soleil touchent la mer. C'est ne connaître de la vie que ses peines, un labeur qui n'en finit jamais, c'est voir nos filles et nos femmes prises par les maîtres, nos enfants mourir de fatigue. C'est être une bête, moins qu'une bête même. On m'a dit que j'étais né le fils d'un prince africain, mais je ne l'ai jamais cru. Moi, je sais que je suis né d'une esclave au Cap-Français et que mon père était un Blanc.

– Venez-en au fait, s'impatienta d'Ormesson.

– Je suis dans le fait. Si vous vouliez que cet homme sache. J'étais donc né Créole, et par conséquent moins animal que les autres et c'est ainsi que lorsque j'ai connu Garat, j'étais cocher à l'habitation Bréda. C'était un jour de l'année 1765, au marché de la Petite-Anse, je me souviens de tout. J'ai tout de suite aimé cet homme, parce qu'il n'était pas comme nos maîtres. Il y avait dans ses yeux quelque chose d'autre, ne souriez pas monsieur Dauterive, ce que je vous dis est l'exacte vérité. C'était l'un des seuls Blancs à vouloir parler avec des nègres, croyez-moi ce n'est pas rien. Nous nous sommes croisés plusieurs fois, il a tout su de mon histoire et moi de la sienne. Lorsque je l'ai connu, il faisait partie d'un régiment de dragons en garnison sur l'île. Je ne dis pas que leur comportement était sans reproche, non. Au contact des planteurs, certains devenaient comme eux, ils nous traitaient comme du bétail, et même pire, et les plus riches engageaient des esclaves à leur service. Garat n'était pas comme cela. Il avait commencé sa carrière comme domestique dans son pays, puis comme matelot avant d'être soldat. Il était révolté par la brutalité des riches, par les injustices. Lorsqu'il a fini son temps, il n'a pas voulu rentrer en France, il s'est établi comme fabricant de tafia. Le tafia est une sorte de rhum qui va plus vite à distiller parce qu'on le vieillit moins. Garat était travailleur, habile de ses mains et raisonneur. J'ai vu sa fabrique. J'ai vu comme il traitait ses esclaves.

Dauterive et d'Ormesson écoutaient le nègre, fascinés. Ils se croyaient presque transportés à deux mille lieues de là, au-delà des mers, dans ces îles chaudes et violentes.

– Il les traitait *humainement*. Ils n'étaient pas libres, mais ils ne vivaient pas dans la peur. Même s'ils dormaient dans des cases, sans lit, ils avaient de quoi manger. Et l'homme, mieux traité et mieux nourri, travaille mieux. Le tafia de Garat était bon. Il se vendait, se vendait même très bien. J'ai su qu'on ne l'admettait pas.

– Qui ?

– Les planteurs, les familles établies, celles qui possèdent presque tout à Saint-Domingue, les champs de canne à sucre, les distilleries, les champs de café. Figurez-vous que cela ne leur suffit point. Ils ne veulent point de concurrence. Je venais d'être affranchi, j'ai entendu les rumeurs aller bon train contre Garat. Je l'ai prévenu. Je lui ai dit qu'on l'accusait de détourner l'eau d'une source pour sa production. L'eau est indispensable pour fabriquer l'alcool. C'était faux bien sûr, mais il ne s'en inquiétait pas. Il a ri et il m'a offert à boire. Mais un matin, j'ai su qu'il avait été jeté en prison par le gouverneur, à Port-au-Prince. Vous savez comme vont les choses. Il n'y est resté que deux mois, deux mois de trop puisque cette histoire de source était inventée de toutes pièces. Mais quand il est enfin ressorti, il était à demi ruiné. Il a pourtant repris son affaire, et comme il avait toujours autant de succès, ses ennemis ont redoublé d'ardeur. Une nuit de 1784, nous avons su que la maison de la famille Petit du Vaudreuil, l'un des plus riches de Saint-Domingue, avait brûlé entièrement. Tous les enfants étaient morts, le père aussi. La maîtresse seule s'en était sortie, mais on disait qu'elle mourrait de ses blessures. Aussitôt le gouverneur a affirmé que l'incendie était criminel, et que le responsable en était Garat. Mais l'accusation ne tenait guère. Garat avait passé la soirée avec des amis, et ils étaient plus de vingt à pouvoir en attester. Lorsqu'il s'est rendu sur le lieu de l'incendie, c'était avec d'autres, comme ça se fait toujours aux îles, pour aider. Mais la police, le gouverneur et le juge n'en démordaient pas. Ils répétaient l'accusation de la famille du Vaudreuil, enfin de sa survivante. Le gouverneur a fait fermer sa plantation ; Garat n'avait plus de ressources. C'est à ce moment-là qu'il a quitté Saint-Domingue pour la France, pour faire valoir ses droits. C'était trop d'injustice.

Dauterive hocha le menton un petit instant, ému mais pas tout à fait convaincu.

– Vous semblez bien aimer cet homme. Il était votre ami n'est-ce pas ?

– Oui. Voyez-vous, monsieur le sous-lieutenant, tout le monde sur l'île sait très bien les noms de ceux qui ont provoqué l'incendie à Petite-Rivière.

– Je suppose que vous me le direz.

– Lebel et Jean-François, les deux hommes que *j'ai* tués.

– Vous ? Et pourquoi les auriez-vous tués ?

– Savez-vous comment on les appelait, à Petite-Rivière ? Les frères *Lanmò*… Les frères *la mort*. À eux deux, ils ont plus de sang sur les mains que tous les bourreaux de Paris. Ils travaillaient pour la famille du Vaudreuil, ils étaient les pires de leurs commandeurs, leurs chasseurs d'esclaves, des monstres sanguinaires. J'ai vu de mes yeux Lebel fouetter une femme à mort, et savez-vous qui était cette femme ?

Dauterive secoua lentement la tête car il se doutait de la réponse.

– *Ma* femme. Sous mes propres yeux, monsieur, et croyez-moi il se réjouissait de me voir anéanti de douleur. Il m'aurait tué avec plaisir si je lui avais donné l'occasion de le faire. J'étais à genoux, avec l'ordre exprès de regarder. De regarder monsieur. Imaginez-vous ce que cela fait ? Non, jamais vous ne pourrez. Ce sont eux, trois témoignages l'attestent, qui ont incendié la maison des Petit du Vaudreuil, eux et non pas Garat. Garat était innocent de ce crime, tout comme il est innocent de la mort de ces deux misérables.

Hyacinthe se tut brusquement. Il avait compris, au regard de Victor, que ce dernier ne doutait plus.

– Garat est venu à Paris pour faire valoir ses droits, reprit d'Ormesson d'une voix triste. Mais les Petit du Vaudreuil avaient de puissants alliés dans la place, y compris paraît-il La Luzerne, l'ancien gouverneur des îles sous le vent, et ministre de la Marine. Sa procédure s'est perdue dans les chicanes et il n'avait pas les moyens pour payer les juges et les avocats. À la Révolution, les choses ont changé enfin. Il allait être entendu et la justice s'apprêtait à l'indemniser pour tous les préjudices qu'il avait subis. Il était reconnu innocent pour l'affaire de la prétendue source détournée, innocent de l'incendie criminel de Petite-Rivière, et pouvait justifier d'un préjudice de quatre cent mille livres.

– C'est énorme !

– Il avait une fabrique qui marchait, une maison, une femme, il avait tout perdu. La somme n'était pas exagérée, à ce que j'ai vu du dossier. Mais lorsque madame Petit du Vaudreuil l'a appris, elle a jugé cette décision irrecevable. Elle a donc quitté Saint-Domingue avec ses deux tueurs pour tenter une dernière manœuvre…

– De quel ordre, cette manœuvre ?

– Je vous laisse l'imaginer. Judiciaire peut-être. Peut-être moins légale. Un jour, Hyacinthe ici présent a surpris Lebel et Jean-François, au Palais-Royal. Il s'est aperçu qu'ils suivaient Garat. Pour lui faire un mauvais sort, peut-être, mais nous ne le saurons jamais.

Le nègre ouvrit les yeux qu'il avait gardés clos pendant presque toute sa confession. Il fixa Dauterive, sans haine.

– J'avais juré de me venger de ces deux monstres. Ils n'ont reçu que ce qu'ils avaient donné.

– Garat n'était pas au courant de votre projet ?

Hyacinthe secoua lentement le menton.

– Je l'ai croisé un jour. Ou plutôt il m'a surpris en train de les suivre. Il m'a conseillé d'oublier le passé et de vite retourner à Saint-Domingue. Mais voyez-vous, je ne l'ai pas écouté.

– Je crois Hyacinthe, compléta d'Ormesson, même si je ne l'excuse pas. La justice aurait pu lui donner raison s'il l'avait saisie. Je le crois moins lorsqu'il prétend avoir agi seul. Je pense qu'il a été aidé par ses amis nègres à Paris. Mais il prétend que c'est faux et rien ne lui fera changer d'avis. Eh bien, monsieur le sous-lieutenant, êtes-vous toujours aussi assuré de votre témoignage ? Maintenez-vous que Garat se soit tiré une balle dans le ventre ? Êtes-vous certain de ne pas avoir vu autre chose ce soir-là ?

« Entrant dans l'appartement du sieur Garat, j'ai vu que ce dernier venait d'être blessé d'une balle dans le ventre. Il était couché sur le côté, mais ne parlait plus de sorte qu'il lui était impossible de répondre à mes questions. À cet instant, j'ai vu qu'une femme tenait un pistolet à la main, et je m'en suis emparé. Interrogée, elle m'a dit se nommer Irène Petit du Vaudreuil. Je l'ai autorisée à rejoindre le logis qu'elle occupait à Paris, qu'elle m'a indiqué être rue de la Chaussée-d'Antin. Puis j'ai prévenu le comité de section afin qu'un médecin se déplace, ce qui n'a pas été utile car le sieur Garat n'a pas repris connaissance, et est mort dans la demi-heure qui a suivi. Je précise que l'arme saisie sur madame Petit du Vaudreuil était déchargée et qu'elle sentait la poudre. Dans la position où elle se trouvait et de la façon dont elle tenait

cette arme, j'indique également qu'il est très possible que madame Petit du Vaudreuil soit l'auteur du coup de feu mortel sur la personne du sieur Garat. Le sieur Armand Guesbois, médecin, a reconnu que la cause de son décès provenait d'une balle qui a sans doute perforé le foie, ce qui a provoqué une hémorragie mortelle.

Fait à Paris le dimanche 4 septembre 1791 au Châtelet devant nous, Henri-François Lefèvre d'Ormesson, juge criminel au premier tribunal criminel d'arrondissement.

Victor Dauterive, sous-lieutenant de la Gendarmerie nationale. »

Après avoir signé cette déposition, Victor avait quitté le Châtelet le cœur rempli d'amertume.

Depuis la fusillade du Champ-de-Mars, il n'avait guère repensé à l'Américain mais soudain tout lui revenait. Il revoyait sa figure sévère, ses yeux sombres, son menton mal rasé un peu bleui mais surtout, l'impression de violence qu'il dégageait. Du plus loin que remontaient ses souvenirs, il repensait à cette peur que Garat inspirait, à cette voix rauque aux expressions simples qui faisait vibrer ceux qui l'écoutaient. Cette violence n'était pas feinte, elle était profonde et sincère, un simple reflet de toutes celles qu'il avait subies lui-même. Ancien domestique à dix ans, sorti du ruisseau pour établir son affaire, il avait enduré d'affreuses injustices, il avait été méprisé, brisé par une caste impitoyable. Et lorsque la justice lui rendait enfin ses droits, ses ennemis continuaient à le persécuter – le mot n'était pas exagéré – ils essayaient de l'assassiner. Les intentions de la dame Petit du Vaudreuil faisaient peu de doute.

Lors d'un procès public, Garat n'aurait sans doute pas manqué de dévoiler ces manœuvres, l'incendie criminel dont on l'avait accusé à tort, la complicité et l'acharnement du gouverneur. La dame du Vaudreuil ne le voulait à aucun prix.

Pour l'instant, la criminelle était hors d'atteinte. Elle avait quitté Paris le 19 juillet vers Le Havre, d'où elle s'était embarquée trois jours plus tard vers Saint-Domingue. La justice aurait du mal à l'y rattraper : quelques semaines plus tard, une insurrection avait éclaté. Le feu qui couvait depuis la Révolution avait embrasé l'île en quelques heures. Des centaines de colons et de propriétaires avaient été massacrés avec leurs enfants, une armée de révoltés brûlait tout sur son passage. Victor ne s'inquiétait pas pour cette femme. Il la savait assez forte et cruelle pour affronter la tempête. Mais elle n'échapperait pas au châtiment. Qu'elle échoue, déchirée par ses anciens esclaves, elle n'aurait que ce qu'elle méritait – Dieu n'avait donné à personne le droit de traiter des hommes comme des bêtes. Qu'elle survive au contraire, elle continuerait à souffrir de ses blessures jusqu'à sa mort en ressassant ses péchés, le meurtre par incendie de sa propre famille.

Le jeune homme ignorait alors que l'insurrection de Saint-Domingue serait la seule révolte d'esclaves dans l'histoire de l'humanité à jamais réussir, et à donner naissance à une nation libre.

La mort de Garat ne serait pas punie, sans doute. Il serait l'un de ces morts anonymes dans la guerre secrète qui accompagne parfois les complots, comme Bouvard ou Lalanne, ces deux derniers probablement assassinés par l'Américain avec Saint-Huruge et Verrières. Mais La Fayette l'avait exigé, il n'y aurait pas de procédures. L'amnistie devait être complète. C'était le prix à payer pour espérer une concorde entre Français. Même si celle-ci s'annonçait bien fragile.

POSTAMBULE[1]

Olympe

– Décidément, vous aimez grogner monsieur l'artiste. Vous venez de passer la matinée à me dire que vos cours de dessin ne servent à rien. Ma foi, je me découvre bien plus patiente que je ne le pensais.

– Si je vous dis qu'ils ne servent à rien, c'est parce qu'ils ne servent à rien, grommela Victor sans lever le nez de sa feuille à dessin.

– Allons donc. Vous dites cela pour que je vous détrompe. Vous n'êtes qu'un faux modeste.

Olympe posait face au jeune homme, assise sur une chaise cannelée devant sa maison à Auteuil, le menton et le regard levés vers un point imaginaire, dans le jardin. Il faisait un temps resplendissant, c'était l'un de ces après-midi parfaits de l'arrière-saison si plaisants à l'automne. Un vent léger poussait de minuscules nuages au-dessus des arbres.

– Je vous affirme, moi, reprit l'écrivaine, que vous dessinez bien mieux depuis que vous fréquentez l'atelier de David. Il faudrait être aveugle pour ne pas le voir.

– Ce qui signifie donc, sourit Victor en levant le fusain, que mes dessins ne valaient rien avant ? Ne bougez pas tant, s'il vous plaît.

Olympe laissa échapper un rire cristallin. Il crut y déceler l'accent chantant de son pays natal.

1 Note qui termine un texte.

– Ce n'est pas moi, ce sont mes cheveux, fit-elle en tentant d'arranger une mèche brune échappée du savant édifice qui lui tenait lieu de coiffure. Ne vous faites pas plus sot que vous ne l'êtes, vous savez très bien ce que je veux dire. Montrez-moi un peu ça au lieu de le cacher.

Elle prit le dessin qu'il lui tendait de mauvaise grâce. D'un trait élégant il l'avait représentée jusqu'à la taille, un léger sourire aux lèvres, le regard cependant moins vivant que ce qu'il était en réalité. Derrière, on voyait un pan de la maison et les premiers arbres de la forêt.

– Le trait est plus assuré. Vous maîtrisez mieux la perspective.

Elle se retournait vers la maison comme pour s'assurer de ce qu'il avait voulu représenter. Joseph se tenait sur le perron, complètement perdu dans ses pensées, un petit bâton à la main, l'air de se raconter une histoire.

– J'ai raté les yeux.

– Vous avez fait des progrès, que vous le vouliez ou non. David a raison.

– Il dit ça pour me flatter et parce qu'il en veut à mon argent, voilà tout.

– Taisez-vous et finissez donc ! Vous m'agacez à la fin.

Victor haussa les yeux au ciel et reprit son dessin. Il avait enfin cédé aux injonctions du vieux Fragonard et s'était présenté, avec ses recommandations, chez Jacques-Louis David. Ce dernier, homme d'un abord froid, peu bavard, l'avait admis à son atelier avec autant d'enthousiasme que s'il commandait une soupe de fèves à l'auberge. Deux ou trois fois, Victor s'était donc rendu au Louvre où le célèbre peintre dispensait son enseignement. Une trentaine d'apprentis artistes – parmi eux des étrangers et même quelques jeunes filles – apprenaient l'art de la couleur, des drapés et de la perspective dans une ambiance parfois potache. Sous l'immense *Serment des Horaces*, son chef-d'œuvre[1], le maître s'était un jour approché de Victor et lui avait dit d'un ton maussade qu'il pourrait peut-être *faire quelque chose* un jour, à condition de se montrer plus assidu. Dans sa bouche, cette courte phrase valait un long discours d'éloge. Apprenant l'anecdote, Olympe s'était enthousiasmée. Elle l'avait toujours dit : Victor était un artiste ! Et c'est ainsi qu'elle avait exigé du jeune homme qu'il dresse son portrait. C'était, disait-elle, la récompense qu'il lui devait.

– De quoi diable parlez-vous ?

Elle lui avait rappelé le mystérieux dédommagement dont elle avait parlé, un soir de juillet, lorsqu'elle l'avait mené chez Kéralio. Victor avait préféré ne pas discuter. Il avait pris son nécessaire à dessin. Jamais ils n'avaient reparlé de cette soirée chez l'écrivaine, de la rencontre avec Choderlos ni des événements qui avaient suivi. Olympe se doutait bien que le jeune homme avait joué un rôle dans l'affaire du Champ-de-Mars, mais elle préférait de ne pas lui en parler, simplement heureuse qu'il s'en soit tiré vivant.

Une fois ce fameux dessin fini, du moins c'est ce que prétendait Victor, Olympe demanda à sa domestique de leur amener des rafraîchissements. Joseph avait disparu dans le bois depuis belle lurette. Puis l'écrivaine partit vers la maison et en revint avec une brochure imprimée de neuf, qu'elle tendit à Victor avec un sourire léger. Elle se remit à boire à petites gorgées son sirop de violette, l'air indifférent.

– *Déclaration des droits de la femme et de la citoyenne*, lut le jeune homme à voix haute.

– Vous en êtes le premier lecteur. Je compte la présenter à la reine et à l'Assemblée.

---

1 Tableau de 1783 de David de style néoclassique qui exalte les vertus patriotiques.

Elle souriait avec une fierté. Sa mèche rebelle était retombée et jouait avec l'arrondi de sa joue, sans qu'elle semble s'en apercevoir. Il se plongea dans la lecture, découvrant au mot près une réécriture tout *olympienne* de la déclaration de 1789.

Article premier

La femme naît libre et demeure égale à l'homme en droits. Les distinctions sociales ne peuvent être fondées que sur l'utilité commune.

II

Le but de toute association politique est la conservation des droits naturels et imprescriptibles de la femme et de l'homme : ces droits sont la liberté, la propriété, la sûreté, et surtout la résistance à l'oppression.

… et ainsi de suite jusqu'à l'article XVI, suivie d'un *postambule* qui commençait par ces mots : *femme réveille-toi !*

– C'est une belle chose, dit Dauterive ému jusqu'aux larmes après avoir refermé la brochure. Mais pensez-vous vraiment que la reine va vous écouter ?

Olympe répondit d'un sourire énigmatique à la fois triste et résigné, mais aussi plein d'espoir, envers et contre tout. Il se souviendrait toujours de ce regard, du velours de ses yeux, de la tendresse sans fond qu'il y trouvait. Joseph venait de ressurgir dans le jardin. Il s'adressa à la cuisinière, sans doute pour lui demander de quoi manger. Elle ne savait pas résister au petit boiteux. À vingt pas de là, on entendait leurs rires.

Olympe sourit un peu plus tristement.

– Je n'attends pas grand-chose de la reine. Mais n'est-il pas temps d'écouter les femmes ? Vous les hommes, vous aimez trop la force et la violence. Ce que j'ai vu me fait peur, Victor. Je n'ai pas eu d'éducation et je n'ai pas lu les grands auteurs. Je ne connais pas l'histoire de Rome ni celle des rois. Mais je sais que la Garde nationale a tiré sur le peuple, et je crois aussi que chaque goutte de sang versé en fera couler des torrents. Qui va arrêter cela sinon nous, vos mères, vos sœurs ou vos épouses ?

Victor ne trouva rien à répondre. Oui, le fleuve de la Révolution roulait toujours plus fort, plus furieux, et maintenant il ne demandait plus qu'à sortir de son lit. Et le regard du jeune homme partit vers le ciel, comme s'il voulait échapper aux paroles de son amie.

FIN

NOTE AU LECTEUR

Un mot tout d'abord pour vous remercier de m'avoir fait confiance et d'avoir suivi cette nouvelle enquête de Victor Dauterive, j'espère avec plaisir. Peut-être quelques questions vous sont venues en cours de lecture, sur ce qui est inventé ou ne l'est pas.

À propos des personnages, d'abord.

Dauterive, Piedebœuf, Bouvard, Duperrier, Lalanne et Joseph sont nés de mon imagination. Même si je me plais à penser que des personnages réels leur ressemblant ont sans doute existé en 1791. Il est tout à fait juste que l'ancienne lieutenance de police ait été démantelée à la Révolution. De nouveaux commissaires ont donc été élus, à l'instar de Piedebœuf. Les patrouilles consacrées aux pédérastes tournaient dans le Paris de l'Ancien Régime, on cherchait à piéger les adeptes du *vice honteux* au moyen d'indicateurs comme Lalanne. Abolies officiellement, elles n'ont en réalité jamais cessé. Concernant Joseph, les mendiants et les enfants abandonnés étaient très nombreux dans la capitale. Il n'est donc pas difficile d'imaginer un garçon tel que lui errant dans les rues de la capitale, certainement promis à un triste sort. On réservait bien peu de place à ceux qui comme lui souffraient de blessures ou d'infirmités. Bossus, boiteux, infirmes, ils étaient moqués et souvent maltraités.

Garat l'Américain m'a été inspiré par un personnage réel, Fournier l'Américain. Ce dernier n'a pas été tué en 1791 mais son parcours ressemble fort à celui de Garat.

Aventurier auvergnat, Claude Fournier s'était établi dans les années 1780 à Saint-Domingue, où les cabales d'une puissante famille l'avaient ruiné. Alors qu'il demandait justice en France, la Révolution interrompt ses démarches. Il se lance dans la politique, prenant une part active à la prise de la Bastille, aux événements du 5 et 6 octobre 1789, puis à la fusillade du Champ-de-Mars. Il participera plus tard à l'attaque des Tuileries le 10 août 1792, qui entraîne la chute de la royauté. Ses détracteurs l'ont accusé d'avoir participé aux massacres de septembre 1792 mais rien n'est moins certain. Révolté et républicain dans l'âme, il sera déporté en Guyane par Napoléon qui se méfiait des républicains sincères. Il meurt à Paris en 1825 dans la plus grande indigence, ce qui semble montrer la réalité de ses convictions, puisqu'il n'a pas cherché à s'enrichir.

Louise de Keralio a réellement existé, mais j'ai totalement modifié son caractère, ce qui est d'autant plus impardonnable car il s'agit d'une éminente personnalité de la Révolution : aristocrate bretonne, elle fut féministe au même titre qu'Olympe de Gouges. Écrivaine comme elle, elle fut aussi poétesse, rédactrice en chef de plusieurs journaux patriotes, membre importante de la *Société fraternelle des patriotes de l'un et l'autre sexe*, qui prônait des idées très avancées sur le mariage, le divorce, l'éducation des femmes. Proche des Jacobins, Keralio fut mariée à Pierre-François Robert, né à Liège, Cordelier et secrétaire de Danton (et qui s'intéressa par la suite beaucoup plus à l'argent qu'à la politique). Le couple prônait l'établissement d'une République, idée très largement minoritaire à l'époque, et qui a mis pratiquement un siècle à s'imposer dans notre pays, mais ceci est une autre histoire.

*

Rotondo, Saint-Huruge, Verrières, ont existé. J'ai noirci leur caractère mais il est vrai que tous les trois fréquentaient les Cordeliers, partisans (salariés pour cela sans doute) de la faction d'Orléans. Leurs destins ont été obscurs. Rotondo meurt en prison à Turin avant la fin du siècle. Verrières, devenu haut gradé de la Gendarmerie, devient gouverneur militaire d'Anvers en 1793, où il décède, sans doute empoisonné. Enfin Saint-Huruge, surnommé *le généralissime des sans-culottes*, meurt dans l'oubli en 1801, sans avoir profité semble-t-il de la révolution pour s'enrichir.

La conspiration que je décris dans ce livre est imaginaire. Les trois tueurs italiens n'ont donc pas existé. Pourtant, le dimanche 17 juillet 1791, quelqu'un a effectivement tiré sur La Fayette… sans doute Fournier l'Américain. Alors que s'est-il passé ?

La fusillade du 17 juillet 1791 est fondamentale et marque, quelques semaines après Varennes, un tournant capital dans la Révolution. C'est une rupture franche et définitive entre les grands bourgeois qui dirigeaient jusqu'alors la Révolution et le peuple. Les autorités refusent toute dérive sociale ou populaire. Barnave, le grand leader de l'Assemblée, l'exprime clairement : *si la Révolution fait un pas de plus, elle ne peut le faire sans danger ; dans la ligne de la liberté, le premier acte qui pourrait suivre serait l'anéantissement de la royauté ; dans la ligne de l'égalité, le premier acte qui pourrait suivre serait l'attentat à la propriété.* Autrement dit, il faut arrêter la Révolution avant qu'elle ne devienne trop sociale.

Face aux leaders jacobins et cordeliers qui s'indignent qu'on replace Louis XVI sur son trône, et qui veulent une pétition nationale pour décider du sort du souverain, ils vont opposer la force.

Dans les faits, la pétition a été initiée par trois hommes appartenant au parti d'Orléans : Choderlos de Laclos, son secrétaire et membre important des Jacobins, et

Brissot, ancien obligé du duc, et Danton qui a longtemps œuvré pour ce parti, moyennant finances. S'agissait-il d'une manœuvre visant à porter le duc d'Orléans à la régence ? L'idée a peut-être germé dans l'esprit de Choderlos, comme je me suis permis de le raconter. Mais il semble que la personnalité de celui-ci éveillait beaucoup de défiance. Ainsi, Choderlos, éminence grise du duc, a rapidement renoncé à cet objectif. Il est possible qu'il ait songé à porter au pouvoir le fils du duc d'Orléans, duc de Chartres (pour cela il était en avance : le duc de Chartres est effectivement monté sur le trône, mais beaucoup plus tard, en 1830, sous le nom de… Louis-Philippe).

Comment en est-on arrivé à ce drame ? Après la fuite du roi et son arrestation à Varennes, la France est en état de choc. Certains patriotes enragent et rapidement, l'idée d'une pétition circule : le peuple doit décider du sort du roi. Mais l'Assemblée effrayée s'empresse de voter *l'inviolabilité* du roi : il n'est pas question de le juger, il doit remonter sur son trône. Dès lors, toute pétition devient illégale. À l'instigation de Robespierre, fin politique, les Jacobins se retirent de la course le matin du 17 juillet pour ne pas donner prise à la répression conservatrice. Les Cordeliers seuls continuent donc. Les chefs de ces derniers, notamment Santerre et Danton renoncent de venir au dernier moment, sans doute refroidis dans leur ardeur en apprenant la probable instauration de la loi martiale. L'épisode des hommes surpris sous l'autel de la patrie et leur fin tragique est réel. En fait il s'agissait de deux malheureux qui voulaient semble-t-il regarder sous les jupes des femmes. La vérité n'a pas été établie car ils ont été surpris, pendus et décapités à peu près comme je le raconte. Cela n'a pas empêché la pétition d'être un grand succès populaire, recueillant plusieurs milliers de signatures. Elle se termine en fin d'après-midi par une fusillade sans doute née de la panique des gardes nationaux face à quelques agitateurs. C'est à cette occasion que Fournier l'Américain aurait selon certains témoins tiré sur La Fayette sans le toucher. Arrêté, il aurait été aussitôt relâché.

La fusillade que je situe en début d'après-midi a eu lieu vers dix-huit heures. Pour la décrire, je me suis fondé sur les journaux de l'époque et sur de nombreux témoignages repris notamment par l'historien Albert Mathiez dans *Le club des Cordeliers pendant la crise de Varennes et le massacre du Champ-de-Mars*. La Fayette renâclait fortement à l'idée d'une intervention militaire. L'Assemblée et le maire de Paris, Bailly, l'y ont poussé. Ce dernier se retirera de la politique peu après. Il sera guillotiné le 12 novembre 1793 dans les fossés qui bordent le Champ-de-Mars. Son sang ne devant pas être mélangé à celui de patriotes, versé sur l'esplanade.

*

Enfin un mot sur Irène Petit du Vaudreuil et le volet de cette histoire se rapportant à Saint-Domingue. Ce personnage est imaginaire, ainsi que le drame qu'elle a traversé. Mais il est je crois symbolique de ces grandes familles qui se partageaient l'île, avec la bienveillance de l'autorité royale. Des hommes comme Lebel ou Jean-François, contremaîtres, chasseurs d'esclaves ou leurs bourreaux, sont nés de mon imagination, inspirés par de nombreux personnages ayant existé. L'esclavagisme français a été l'un des plus cruels de l'histoire de l'humanité. Après la révolte de Saint-Domingue, nombre de planteurs français se sont exilés dans le sud des États-Unis, où ils ont implanté leurs méthodes. Hasard de l'Histoire, les Américains nous doivent donc à la fois la liberté avec La Fayette, et l'esclavage avec nos colons des Antilles ! Je me suis inspiré du parcours de Toussaint-Louverture (1743-1803), héros de l'indépendance de Haïti, pour façonner le personnage de Hyacinthe.

Pour documenter ce roman, j'ai lu le *Philippe Égalité* de Évelyne Lever et l'ouvrage de Alain Queruel, *Philippe-Égalité, franc-maçon, mécène et régicide* ; *Choderlos de Laclos* de Jean-Paul Bertrand, *Laclos par lui-même* de Roger Vaillard ; le parcours de Santerre est retracé dans *Un bourgeois sans-culotte, le général Santerre* ; il existe deux biographies de Olympe de Gouges, celle de l'historien Olivier Blanc, *Olympe de Gouges, des droits de la femme à la guillotine*, et *Ainsi soit Olympe de Gouges* de Benoîte Groult dont je salue modestement la mémoire. Enfin l'essai de Thierry Pastorello, *Sodome à Paris*.

Je signale en passant les références à Alexandre Dumas, qui a énormément écrit sur la période. Même s'il ne s'agit pas d'ouvrages d'histoire, Dumas n'hésitant jamais à tordre les faits à sa convenance, il ne s'en cachait pas. Je cite donc *Le Volontaire de 92 ou René d'Argonne* et la série de *La Comtesse de Charny*.

La somme des autres références serait trop longue à détailler. Pour les ouvrages de fond, j'ai lu François Furet, Denis Richet, Mona Ozouf, Albert Mathiez, Albert Soboul, Adolphe Thiers, Alfonse de Lamartine, Jean Jaurès, Alfonse de Lamartine, Pierre Gaxotte, Jean Massin, Olivier Blanc, Arlette Farge, Jean-Christian Petitfils, Max Gallo ; les contemporains Louis-Sébastien Mercier et Restif de La Bretonne. Les romanciers et écrivains Stefan Zweig (*Marie-Antoinette*) et Gonzague Saint-Bris (*La Fayette*).

Internet est une source extraordinaire de documentation, que ce soit pour l'iconographie ou les archives. Presque tout existe, les détails d'uniforme, les gravures sur les métiers, les paysages, l'intégrale de *L'Ami du peuple*, de Marat, du *Père Duchesne*, des *Révolutions de France et de Brabant* de Camille Desmoulins, les poids et mesures avec leur logiciel de conversion, les rapports de l'Assemblée nationale, les lois… Sans oublier le fameux

L'affaire des Corps sans Tête

Jean-Christophe Portes

1791. On découvre des cadavres dans la Seine, nus et la tête coupée. Malgré l'émoi populaire, Victor Dauterive, jeune officier de la nouvelle Gendarmerie n'a guère le temps de s'en préoccuper : Lafayette, son mentor, l'a chargé d'arrêter Marat, ce dangereux agitateur qui appelle au meurtre des aristocrates. Mais la mission tourne vite au cauchemar. Les vainqueurs de la Bastille sont-ils de vrais patriotes ou des activistes corrompus ? Existe-t-il vraiment un Comité secret agissant en sous-main pour le roi ? Et n'y aurait-il pas un lien avec ces corps flottant dans la Seine ? Peu à peu, Victor Dauterive lève le voile sur un effrayant complot, une conspiration qui pourrait changer le cours de la Révolution...

Une enquête de Victor Dauterive dans la France révolutionnaire.

LA DISPARUE DE SAINT-MAUR

JEAN-CHRISTOPHE PORTES

En cet hiver 1791, la France est au bord du chaos. Depuis sa fuite à Varennes, Louis XVI est totalement discrédité. Royalistes et nouveaux députés se menacent, armes à la main et la tension est extrême. C'est dans ce contexte explosif qu'Anne-Louise Ferrières disparaît. La belle et mystérieuse fille d'aristocrates désargentés, encore célibataire à trente ans, n'a pas été vue depuis une semaine. Et une semaine, avec ce froid polaire... Plus personne ne s'attend à la retrouver en vie. Enlèvement ? Suicide ? Fuite ? Étrangement, la question semble laisser sa famille de glace. Loin de dissuader le gendarme Victore Dauterive, cette indifférence hostile excite sa curiosité. Et il flaire chez les Ferrières des manigances qui débordent largement le cadre familial…

« Un nouveau grand du polar h istorique est né ! » (Gérard Collard)

plan de Turgot, qui détaille les rues de Paris en 1734-1736 (même si de nombreux quartiers ont évolué entre cette période et 1791).

Pour le vocabulaire, j'ai pillé l'extraordinaire dictionnaire en ligne de l'université de Caen (Crisco). Également, l'université de Chicago donne accès en ligne au dictionnaire de l'Académie française de 1798 (The ARTFL Project).

Pour plus de détails, vous pouvez vous rendre sur le site dédié aux enquêtes de Victor Dauterive, ou sur la page Facebook. Vous pourrez m'y faire part de vos remarques et avis, que je lirai avec intérêt.

Retrouvez l'actualité de l'auteur sur :
www.jcportes.com

Remerciements

Mes remerciements vont à mon épouse, sa présence, sa foi, sa patience et son attention, qui me tirent toujours vers le haut.

À Alex et Vicky.

À Gilles Legardinier, aux encouragements toujours justes.

À Laura, Marlou, Véro et Régis, premiers relecteurs sans qui ce livre ne serait pas ce qu'il est.

Et enfin à Frédéric Thibaud et aux équipes de City Éditions.

Une mention spéciale à Fred, son amitié et son soutien. Je tiens à saluer tous les libraires qui m'ont fait confiance pour le premier tome de cette série, en particulier Linda de la libraire *Antipodes* à Enghien-les-Bains, Gilles et l'équipe du *Presse-Papier* à Argenteuil, et l'équipe du magasin Cultura de Franconville, la librairie Le Grand Cercle à Eragny et bien sûr Gérard Collard et toute l'équipe de La Griffe Noire à Saint-Maur.

Ma gratitude va également aux blogs qui ont contribué à faire connaître les enquêtes de Victor Dauterive : *Action suspense, Auprès des livres, Démosthène et les Pétroleuses, Hervé Lionel-La feuille volante, Il est bien ce livre, Kabaret Kulturel, K-Libre, La Couverture noire, Lady's blog, La plume Lucille, Le blog de Yv, Le club du roman historique, Le Collectif Polar, Les lectures de l'oncle Paul, Les lectures de Maryline, Les lectures de Riz-Deux-ZzZ, Les perles de Kerry, Lire ou mourir, Mamantitou, Ma petite bibliothèque.*

Je n'oublie pas l'association *Sous les couvertures* à Argenteuil, ni les groupes sur Facebook : Lilie BookAddict et *L'antre du mal (Thrillèr, Horreur et Fantastique),* Sébastien Houyoux et *Le Coin des bibliophiles*, Nathalie Friquet et *Lecture passion,* Cécile Quidé et les *Mordus de thrillers, Fans de polars, Fans de thrillers, Passionnés de la lecture, Policiers et romans noirs c'est par ici ! Thrillers serial lecteurs…* En m'excusant par avance si j'en oublie.

Enfin, je remercie du fond du cœur toutes les médiathèques et bibliothèques qui m'ont ouvert leurs rayons, y compris celles de Laval, Québec…

Pour terminer, je dédie ce livre à toutes les lectrices et lecteurs qui ont aimé Victor Dauterive comme je l'aime, et qui j'espère continueront à l'accompagner.

GW01607194

WE RODE TO THE SEA

OTHER BOOKS IN THE PONY LIBRARY INCLUDE

WISH FOR A PONY
CARGO OF HORSES
NO ENTRY
STOLEN PONIES
WE HUNTED HOUNDS
RIDERS FROM AFAR
HORSES AT HOME
I WANTED A PONY
RIDING WITH THE LYNTONS
PONY CLUB CAMP
PONY CLUB TEAM
ONE DAY EVENT
STABLE TO LET
FIRST PONY
JACKY JUMPS TO THE TOP
PONIES ON THE HEATHER
THE SURPRISE RIDING CLUB
A PONY FOR TWO
CLEAR ROUND
AFRAID TO RIDE
REBEL PONY
THE TRICK JUMPERS
A PONY FOR SALE

WE RODE TO THE SEA

Christine Pullein-Thompson

Text Illustrations by
Mil Brown

COLLINS
LONDON & GLASGOW

First printed in this new edition 1973

ISBN 0 00 164323 1

PRINTED AND MADE IN GREAT BRITAIN BY
WILLIAM COLLINS SONS AND CO. LTD.
LONDON AND GLASGOW

INTRODUCTION

"Come on," I cried with mad impatience. "What did you see?"

"I saw," said Duncan slowly, "two Germans riding two horses—our horses—Harvester and Landslide. Now can you understand my rage?"

The Macgregors were on a riding tour in the highlands. The war was just over; but food was rationed and escaped German prisoners lurked in the hills. Seven pounds was enough for a holiday for four people, a dog and five horses in those far-off years when a loaf of bread could be bought for twopence three farthings. But Alister's wallet vanished and the map was lost and all their watches stopped, while the Macgregors pursued the Germans from glen to glen until they met at last, face to face on the cliffs above the sea.

This was my first book. Life was different when I wrote it. Horses still travelled on trains in special trucks, and the carriages were full of soldiers and sailors and nearly everything was rationed. It is the book which made my name. I hope you enjoy it.

Christine Pullein-Thompson

Chapter One

Slowly, slowly the train puffed out of the station, leaving behind an army of handkerchief-wavers, who were still waving madly as we gathered speed and dashed through the first tunnel between us and our destination—the Highlands.

It was difficult to believe that we had started at last; that one of our most treasured dreams had come true and that now, with light hearts, full wallets, five horses, camping equipment and, of course, Cluny, we were on the train bound for Fort Frederick; there to disembark and travel through Glen Allan to Kirkness and then, on and on, from one village to another for eight whole days.

Eight days before we would see the dust on Glasgow's streets again! It seemed fantastic to me as I watched the changing landscape; green fields giving place to heathered hills; the sluggish waters of the Clyde to clean, brown, tinkling burns singing of warm valleys, and sharp clear waterfalls.

I wanted to shout for joy; to rush down the corridor telling all the passengers that our dream had come true, of the eight glorious days which lay ahead. But I didn't, because I knew Alister wouldn't like it, and because the passengers might think I was a maniac and want me locked up; which wouldn't be a very good beginning to our holiday. Alister is my elder brother; he is seventeen, with sandy hair and grey-green eyes, an agreeable smile and a tendency to save money. Unlike most elder brothers, he does not try to organise the rest of us and is by far the least egoistic. I am the second eldest. Then comes Christina, who is thirteen, with dark hair, which always evades her slide and is generally hanging over her forehead in an unruly mop. She is good-looking in a dashing, picturesque way and is nearly always in a hurry. Duncan is twelve and also has dark hair. He is determined to be a poet when he is grown up, and is an ardent admirer of William Aytoun's works. Cluny is a sheep-dog, half Shetland, half collie; used to living in Glasgow; the holiday would be eight days of paradise to him—or so we thought.

After standing in the corridor for half an hour or more, our legs began to ache and Duncan declared that he was beginning to feel sick. So we picked up our bulging knapsacks, called Cluny, who was trying to cadge some sweets from a small girl clutching a toy pail and spade, and searched for a reasonably empty carriage.

We were not very lucky; nearly all the carriages were cram full, and finally we had to be content with one right at the end of the corridor and inhabited by two elderly ladies. We had the greatest difficulty in getting the knapsacks through the door and when at last they were inside, we couldn't make them stay in the luggage rack. One was too round and the other too large and, as fast as we put them up, they fell down again. I could see that the elderly ladies were becoming exasperated by our difficulties; one shrugged her shoulders and clucked like a hen every time we climbed over her feet, and the other seemed to drop a dozen stitches off the seaman's jersey, which she was knitting, every time a knapsack fell down.

Meanwhile, Cluny had spied a ball of wool—belonging to the knitter—on the seat, and, while we were laboriously repacking the knapsacks in the hope that they would stay up if better packed, Cluny sprang and, seizing the ball of wool, jerked the seaman's jersey out of the knitter's hands and, dropping stitches and needles as he ran, disappeared down the corridor. There was a horrified silence and then, like a flood, expostulations, reproaches, insults and angry words, descended upon us. The elderly ladies were up in arms.

"Fetch him, fetch him," screamed the knitter. "He's ruining my knitting. Move, child" (that was to me—I was still speechless with horror), "or let me pass."

"Oh, the naughty, naughty dog," cried the other. "How dare he take Miss Andrew's knitting?"

"I knew it, I knew it. Good for nothings, I knew it as soon as they entered," I heard the knitter say, as I plunged out into the corridor.

The first person I saw was a bearded professor, at least I don't know about the professor, that was only my guess.

"Oh, please, have you seen a dog?" I cried. "A sheep-dog with a ball of wool and a seaman's jersey."

"God and the atom, God and the atom," said the professor, and then, "What did you say, young lady? Did you speak?"

"Yes," I answered, wishing I hadn't and longing to be searching farther down the corridor. "Have you seen a dog, please, with a ball of wool and a seaman's jersey?"

"If you would repeat that rather more slowly," said the professor, "I might understand and be able to assist you. Did you say you had lost a seaman's jersey?"

"No," I cried, "a *dog*," and I'm afraid I shouted.

"Ah, a dog," said the professor. "And what kind would he be?"

"A sheep-dog," I answered, "and his name's Cluny, and if you happen to see a ball of wool, needles or a seaman's jersey, I've lost them too." And with that I dashed on down the corridor.

I couldn't see Cluny, and my kinsmen and the elderly ladies seemed to have vanished mysteriously, so, after a moment's thought, I decided to search the carriages and, pushing my hair back into place, I plunged into the nearest. It was chock-a-block with people, mostly elderly men with fishing-rods, who were in the throes of a lively discussion on the advantages of using live bait. However, there was a young man sitting in a corner with a gun across his knees, and I decided to question him rather than disturb the fishing crowd.

"Oh, please, have you seen a dog, or a ball of wool, or a seaman's jersey, or any needles?" I asked. The young man was very polite.

"So sorry, 'fraid I haven't," he said; "but, by jove, I'll help you to look. What kind's the little beggar?" he asked, rising and placing his gun lovingly on the seat.

"Oh, it's all right," I cried, "I only just thought he might have charged in here and be hiding under the seat. Please don't bother to look; he can't be far off."

"Never know how far the beggars will run," he said, obviously determined to join in the search. "He may be at the other end of the train by now. By jove, yes. Do me good to stretch my legs," he added, seeing my protesting expression.

"Well, I'll search the next carriage," I said, and, longing to be rid of my helper, I plunged out into the corridor and practically into the arms of the knitter.

"Well, have you found him yet?" she demanded, seizing me by the arm.

"No, no, I'm afraid I haven't," I cried, trying to wrest myself free.

"And it'll be ruined by now, absolutely ruined; a week's work ruined. And I want my needles too. Where are my needles? I particularly want my needles; they're pre-war needles and you can't get anything like them now."

"I'm terribly sorry," I answered, and with a wrench I was free at last. "I can't say how sorry I am." And I did feel sorry. It is not very nice to have a week's work ruined in a few minutes; especially knitting, which I know from experience is terribly tedious and fiddling to do. I called and whistled for a moment and then, noticing that the knitter was about to burst forth again, I plunged into another carriage; this time a non-smoker, full of sailors smoking cigarettes by the dozen.

"Hallo, lost something?" said one.

"Yes, actually, I have," I answered with a rush. "A dog, a ball of wool, some knitting-needles and—and, oh, I know, a seaman's jersey."

"A seaman's jersey, I say, I say," laughed one.

"Might it be mine?" laughed another.

"Sounds as though she's been at the stores," said a third.

I began to feel flustered. "Obviously you haven't," I said, beginning to retreat.

"Haven't seen what? Haven't seen a seaman's jersey; that's a nice one, cor——"

I heard no more. I was rushing down the corridor towards our carriage, outside which I could see my kinsmen and with them the cause of all the trouble—Cluny. I felt like shouting with relief and nearly fell over my friend, the bearded professor, in my efforts to reach my kinsmen.

"Thank goodness," cried Alister, as I halted panting. "We need you badly. Look at the state it's in," he said, holding out a wet, slobbery, crumpled mass, which had once been the beginnings of a jersey. "We can't return it like this. Now, you've knitted, so you must be able to pick up the stitches. Can you put it to rights, while we wash the ball and search for the needles?"

"Put it to rights?" I cried. "I'm not a genius. Besides, I can't really knit; you know Nanny finished the jersey I started. I only did the front and that was four years ago. I don't suppose I could do a stitch now."

"But you must be able to," cried Christina. "Surely knitting is like swimming; one of those things you never forget how to do."

"Well, I'm sorry," I said; "but I have forgotten how to pick up stitches and, anyway, I don't believe the best knitter in the world could put that jersey to rights now."

"Mind out, they're coming," hissed Duncan, pointing up

the corridor. "Let's see if we can wash it, anyway. It can hardly look worse than it does now."

Dragging Cluny, we rushed to the wash-basin and, turning the tap on full speed, we frantically washed the wool. It wasn't easy; for one thing, the wool would wrap itself round the taps and then it was a terrible squash fitting four people in the tiny compartment, and yet none of us would stand outside for fear of meeting the knitter. It was all very difficult and, as Duncan said, if we didn't hurry we would still be washing when we reached Fort Frederick.

"And we've still got the two needles to find," exclaimed Christina.

"Are you sure it was two and not four?" asked Duncan. "I'm sure most people knit with four, don't they, Hugheena?"

"No, they don't," I said. "You only knit things like socks and gloves with four."

"Oh, how muddling," said Duncan. "Still, it's a good thing it's that way round, it's much easier to find two than four."

"Well, it'll jolly well have to do now," exclaimed Alister, who had been doing the washing, "and I think it looks even worse for my efforts."

"It doesn't look too good," I said, watching him wring out the terrible tangle of broken wool. "How on earth are we to pacify them?"

"By the blighted hopes of Scotland, I don't know!" replied Duncan.

Before I go any further, I think I had better tell you that Dundee exclaimed, "by the blighted hopes of Scotland," in William Aytoun's ballad, "The Burial March of Dundee." We use his words when we think we've come to a crisis in our lives, when other people might use "cripes" or "crickey" or, when others would swear on their honour, we swear by the blighted hopes of Scotland.

"Well, let's find the needles before we start pacifying them," said Christina.

"That's going to be easier said than done," I exclaimed. "I've asked several people already."

"I should think we had better search the corridor first," said Alister, sounding business-like and stuffing the remains of the jersey into his pocket. "Here, I can't carry it all," he said, chucking the tangled mass, which was once a ball of wool, across to me. I managed to stuff it all into my pockets with difficulty, and then we started the search.

It was some time before we found anything; then Christina gave a view-halloa, and shouted: "Here's one, anyway."

At that moment the jovial young man appeared, and said: "Found the little beggar yet?"

"Yes, thank you very much," I answered; "and we've found the wool and jersey and one knitting-needle, so we've got nearly everything now. Thank you so much for helping."

"Not at all, not at all; most amusin' incident," he replied, and then, I'm glad to say, he vanished in the direction of his carriage.

"I say, we're nearly there," shouted Alister. "Come on, we can't go on looking. They'll have to be content with one."

"But they'll be simply furious," I cried. "What are we to say?"

"That we were only able to find one, of course," replied Alister. "Come on, we've got to get the knapsacks out, and we're passing Fort Frederick's outlying signal-box now."

The elderly ladies met us on the threshold of our carriage.

"Well?" said the knitter, who, I decided, was by nature a bully.

"We have recovered everything but one needle," gabbled Christina, her words stumbling out on top of one another.

"We're terribly sorry about the other one, honestly we are."

"Well, may I have my knitting?" she asked, holding out her hand.

There was an awful silence, as Alister plunged his hand into his pocket and slowly pulled out the tangled, sodden mass, which now looked more like seaweed than a seaman's jersey. I bit my nails and looked out of the window and waited for the outburst. It wasn't long in coming.

"This is it, is it?" she cried. "A week's work and look at it now, look at it!"

"We're most terribly sorry. Anything we can do to——" said Alister.

"And how has it got so wet? And where is the ball and the needles?" she interrupted.

Duncan prodded me and I pulled the remains of the ball out of my pockets; and Christina said, "Here is the one we found," and handed the needle to the knitter. Duncan prodded me again, and I hissed, "Shut up." And looking the knitter full in the eye, said, "Here is the wool" (I couldn't possibly have called it a ball). "I'm sorry it's in such a mess."

The knitter opened her mouth to speak, but if she did say anything Duncan's voice drowned it.

"We've arrived," he screamed.

"Fort Frederick, Fort Frederick," shouted a porter. "Change here for Kirkness and . . ." I didn't hear the rest. Falling over the knitter's feet, I seized a knapsack and, with a tremendous effort, wrenched it through the doorway, heaved it over my shoulders and struggled into the straps. A moment later we were all standing on Platform One watching the train pull out.

"Now, our tour really has begun," said Duncan.

"Wasn't it an awful journey?" said Christina.

"Excuse me, but did you say you had lost a knitting-needle?" I turned round to see the professor clutching the missing needle in one hand and an elegant valise in the other.

"I found it under my case," he said, holding it out to me. "It is fortunate that it is made of steel, otherwise I'm afraid the weight of the case would have broken it."

"Thank you very much, it's awfully kind of you to have bothered," I said, taking the ill-fated needle.

"A pleasure, a pleasure," he muttered.

He rushed down the ramp

"And now," said Duncan, when he was well out of ear-shot, "I hope we have finished with everyone we met on the train, and can really start on our tour."

"We ought to try to give the needle back to its irate owner," said Christina. "After all, it's highly valuable to her."

"Oh, no, we can't possibly," exclaimed Duncan. "By the

blighted hopes of Scotland, let's get on; the poor horses must be sick of waiting."

As we walked down the platform, we saw barbed wire stretching away behind the station, strand upon strand and, beyond the wire, huts and people, who at first we thought were British soldiers, but who we soon realised must be German prisoners. But beyond the camp and the suburbs of Fort Frederick, we could see hills and the misty outline of mountains.

The horses had gone ahead by goods train and were waiting in their trucks down a siding.

"Wouldn't it be awful if they had bust themselves up on the journey?" said Christina. No one answered, because the sound of Christina's voice sent the horses into a frenzy; they started to kick the sides of their trucks and whinny, and we dashed madly to release them from their imprisonment.

We led Harvester, Alister's horse, out first. He rushed down the ramp, nearly knocked Alister over, and then, throwing up his head, stood staring at the unfamiliar surroundings. I led Chevalier out next; he is my pony and he was rather scared and pranced about the unloading platform, knocking over crates of fish and snorting at a few unfortunate blackfaced sheep which were awaiting collection in a pen.

While I calmed him, Duncan and an obliging porter led the other three out—Rowan, our very first pony, now pack-pony; Avalanche, Christina's pony; and, last of all, Duncan's brown, sensible Landslide. They were all rather excited and danced about and fidgeted while we put their tack on, adjusted saddle-bags and struggled into the two ill-fated knapsacks—I had taken mine off before unloading. At last we were ready and, after Alister had tipped the porter, we filed out of the station to begin the first lap of our adventure.

The horses were fresh and we made a fine clatter as we

rode through the suburbs of Fort Frederick. I wanted to sing for joy as I saw the hills growing larger and more real every moment.

I looked at the horses and wondered whether we had got them fit enough for the endless hill climbing which lay in front. It would be terrible if one of them broke down halfway. But, looking at them, I was reassured. Harvester, three-quarter Fell pony, looked tough enough, with his hard, round feet and his cast-iron legs; Avalanche, with her small intelligent head, looked very lightweight beside him, exotic and absurdly gay. She looked fit too, as fit as a fiddle, and I thought of all the long rides and the hours of wisping we had spent to prepare them for this moment.

Then I looked at Landslide, almost a cob with tremendous hocks and knees. I felt he would outlast them all—no, perhaps not Rowan, I thought, glancing at her short, fine legs, her truly Welsh head, as she cheerfully jogged alongside Harvester, a "keep smiling" expression shining from her large brown eyes. Lastly, there was Chevalier and I knew he would survive all with credit. He is as nimble as Avalanche, as sensible as Landslide, as tough as Harvester and as hard as little Welsh Rowan.

The suburbs seemed endless and then, quite suddenly, there was heather at the roadside and bracken growing between the houses, and then less and less houses, and then no houses at all; just a winding road stretching away in front of us and on each side heathered hills, wired still, but harbouring small, tough, blackfaced sheep and whaups and smelling of peat and rock and sun.

"Oh, isn't it lovely to have started at last?" exclaimed Duncan, breaking the silence which had reigned since we left the station. "Do you remember when we first thought of it? It seemed wonderful, fantastic, but impossible to us then, do you remember? And the weeks it took us to persuade Mummy and Daddy that we were really quite

Landslide, almost a cob with tremendous hocks and knees

capable of looking after ourselves, that we wouldn't fall down precipices, be drowned in lochs, or get hopelessly lost?"

"Do I?" I answered. "But I must say one thing about our parents is that once they've made up their minds they don't go back; it must be awful to have the sort of parents who chop and change their minds as often as they do their clothes."

Then we rounded a bend in the road and before us lay Loch Neil and on its brink were dark trees, pines and firs; and, across the other side, white cottages and a long, low white farm nestled in the shelter of the hills, which rose higher and higher, growing sharper and more remote until they reached, joined and were lost among the rugged mountains, whose peaks and ridges were still concealed in grey cloud and transparent mist.

"Oh, I'm so glad we've come," murmured Duncan. "It's frightful to think we might have missed all this. We might at this moment be walking into Woolworths, or taking Cluny for a run in the park."

"We ought to push on," said Christina—we had halted automatically, overpowered by the beauty of Loch Neil. "Does any one know how much farther is it to Glen Allan?"

"No, but Alister's got the map," answered Duncan.

"I jolly well haven't," exclaimed Alister; "I haven't had it for ages."

"But you did have it," I said, "because I noticed it sticking out of your pocket when we were wrestling with the knapsacks."

"Oh, losh, don't say we've lost it," exclaimed Christina. "It would be too awful, after all we told Daddy about being practically grown up and quite capable of looking after ourselves."

"I believe you're right, Hugheena," said Alister. "I did have it in the train. Now what, could I have done with it?"

"Could you have put it down when we were unloading the horses?" suggested Christina.

"Or given it to the knitter as well as the jersey?" suggested Duncan.

"No, I know where it is," exclaimed Alister, and then noticing Duncan's delighted expression; "but it's no good looking cheerful, it's quite out of reach."

"Well, come on, where is it?" asked Christina.

"On the wash-basin in the train," said Alister. "I took it out of my pocket when I put the jersey in. I distinctly remember perching it on the edge."

"Well, that's torn it," I exclaimed, "we'll be lost before dark, that's definite."

"And then starve to death or die of exposure," added Duncan, sounding positive of our fate, but incredibly cheerful.

"Don't be silly," said Christina; "we're sure to meet people, and even if we don't, we can follow the stars and, as for exposure, we'll have to be jolly feeble to die of that in the middle of the summer."

"You are depressing," exclaimed Duncan. "I want to get lost."

"Well, let's heighten our morale by having lunch. It's half-past one and I'm jolly hungry," said Alister.

Everyone else agreed it was a good idea; so we took the horses' tack off, watered them and tied them to some silver birches, where they could reach plenty of grass. Then we settled down to enjoy our own lunch of scones and meat pasties. Althought we hardly spoke at all, time seemed to fly, and we had barely packed up the remains of our lunch, when Alister announced that it was a quarter-past two and time to be on the move again. I couldn't believe my ears, but, glancing at my watch, realised that we had been staring into space for quite a quarter of an hour.

We hastily resaddled and bridled the horses and were on the move again before half-past two. The road became more and more exciting as we neared Glen Allan. Rocks began to appear on the surface and fences became few and far between. The sheep seemed wilder too, and here and there brown burns splashed across the road, before disappearing for ever in the dark waters of Loch Neil.

And then, at last, we reached Glen Allan. We have a water-colour painting of it hanging in the nursery at home; so we were able to recognise it quite easily. But one glance at the Glen and I realised how little of its wild tangled beauty the artist has caught. He has missed the rugged lines of the hills, where they rise up from their bed of bracken, their humps, their dips, their furrows. He has forgotten the reflection of the trees in the little loch, which dreams amid a crowd of rocks and guards the entrance to the Glen.

"Didn't we decide to camp here to-night?" asked Christina.

"Yes, here to-night and the outskirts of Kirkness to-morrow," answered Alister.

Avalanche

"Well, we had better start looking out for a suitable place hadn't we?" I said. "It may take hours to find."

We rode on a little way and then we came to an ideal piece of ground—flat with luscious grass, it was bordered by a tinkling burn and sheltered rocks and the surrounding hills.

"Losh, this is marvellous!" exclaimed Christina, as we unsaddled the horses. "We couldn't have hoped for anything better."

The horses settled, we started the great task of putting up the tents, which took hours and hours. But at last they were up and, as it was half-past seven, we decided to cook the supper. After we had eaten our fill and washed up, we watched the dusk descending across the hills and made our plans for the next day. We decided to start at an early hour; so that we might see the sun rising above the mountains; but unfortunately, having no map, we couldn't discuss our actual route very fully and, in the end, agreed to leave it to the light of nature and inspiration. Before we turned in for bed we watered the horses again, and took a last look at fast-disappearing mountains and hills.

It was some time before I fell asleep. I lay thinking of the next day and the seven days yet to come. The seven days yet to be enjoyed. It was rather like having a cake, I thought, now half-asleep, and watching it grow smaller and smaller. We've eaten the first slice and it tasted jolly good, I decided, and fell asleep.

Chapter Two

THE TRAIN seemed to grow longer and longer and still Cluny ran on, a mere speck disappearing down the endless corridors, and, behind me, gaining every moment, ran the English lady and her companion, armed with thick sticks. And then, suddenly, there seemed hundreds of people all speaking at once, and then I heard Alister's voice above the babble.

"I tell you we're on holiday and we haven't seen a soul, not for the last twelve hours, anyway." I didn't hear the multitude's reply; perhaps they didn't answer; for suddenly I realised that Alister's voice was real and all the rest a dream. I opened my eyes and saw, through the cracks in the canvas, the first grey light of dawn breaking across the hills. Who could Alister be talking to then? I wondered uneasily, and to whom did the other voices belong? Then I heard Duncan speak, his voice sounding alarmingly real.

"Yes, they're ours. We're on a riding tour. Do you . . ." but his voice trailed, drowned by the babble which had started again.

"Christina, Christina," I cried, scrambling out of bed and shaking her frantically by the arm. "There are hundreds of people outside. Wake up, quick!"

"What? Who are you? Losh, you gave me a fright," said Christina, suddenly fully awake.

"There are lots of people outside," I replied, trying to sound calm. "They're questioning Alister and Duncan; goodness knows what they want, but they don't sound exactly pleasant. Oh, do come on; anything may be happening," I cried, and seizing my dressing-gown, I stepped out of our tent into the damp morning air. For a moment I saw nothing and then, down by the horses, I saw a crowd of people, among them Alister and Duncan, looking very conspicuous in their gay, striped pyjamas.

"Whatever are they doing?" asked Christina, who, I discovered, was just behind me.

"I can't imagine," I said; "but whatever's going on I don't like the look of it."

"I believe I can see some policemen," said Christina; "look, over there. They must be going to arrest us. This is exciting. I've always wanted to see the inside of a prison. Come on, let's run."

We were quite out of breath when we reached the little knot of people, most of whom were soldiers, though there were a couple of policemen and two or three people carrying shotguns, who looked like landowners.

"Well, we'll do what we can to help," Alister was saying; "but I'm afraid the idea of abandoning our holiday is quite out of the question. Oh, hallo," he said, seeing Christina and myself. "These are my sisters," he added.

"What's up?" asked Christina.

"Two German prisoners have escaped," explained Duncan. "They're supposed to be round here. Don't you think it's jolly exciting? I think it's going to be such fun trying to catch them."

"Now, look here, sonny," said one of the soldiers, "I've told you once already, you're to keep clear of those two scoundrels, that is unless you want a bullet in your stomach."

"All right, all right," said Duncan. "We'll keep clear, and, at the same time, keep our eyes open."

"Now, mind," said one of the policemen, "you keep together, and, remember, get on the road as soon as you can and stay there. Come on," he said, turning to the rest of the party, "there's still work to be done."

We watched them trudging away up the Glen in silence; then, when the last splash of khaki, deer-stalker hat and helmet had vanished from sight, Alister said: "What, by the blighted hopes of Scotland, are we going to do?"

"Catch the Germans, of course," answered Christina and Duncan simultaneously.

"A bit optimistic, aren't you?" asked Alister. "If lots of soldiers and fully-trained policemen, not to mention landowners, can't, why should we succeed?"

"We're mounted," replied Christina, "that's a tremendous advantage."

"But I'm not so sure that it is," I said. "This isn't a horseman's country. I can just see them disappearing up mountains or crossing rocky gorges, while we sit helpless on our horses."

"And then shooting at us with their revolvers," added Alister.

"If they've got any," said Christina.

"Yes, all that is possible," answered Duncan. "But we are of the Clan Macgregor and Macgregors are not accustomed to count the cost and, if we perish, we do so honourably."

"That all sounds fine," said Alister; "but what about our parents?"

"What the eye doesn't see the heart doesn't grieve over! " exclaimed Christina. "They needn't know; but let's abandon this earnest discussion for the breakfast table. I'm sure our friends didn't mean us to start on empty stomachs. That would have been asking too much." We dressed and then Christina and Duncan cooked a simply delicious breakfast, while Alister and I watered the horses, and by the time we had eaten everything down to the last crumb and had drunk our coffee, we had decided to continue our tour as originally planned; ignoring the policeman's instructions, and only altering our plans if we were lucky enough to see the Germans when, naturally, we would give chase.

I think we all felt excited when we mounted our horses.

"Of course there's no reason to suppose that the Germans will be vicious. They may give themselves up without a fight," I said.

"Oh, I hope they don't," exclaimed Duncan. "It would make things horribly dull."

"I quite agree," said Christina. "I want an exciting chase, for miles and miles, right down to the sea."

"Yes, and we would catch them just as a mysterious U-boat was coming inshore to pick them up. Wouldn't it be fun?" cried Duncan, beginning to laugh. "Oh, I do hope we see them."

"You just want to be in the headlines," said Alister, laughing. "You know, Children Catch Dangerous Germans, and then a photograph of four scowling Macgregors."

"Oh, no, I should hate that," said Duncan thoughtfully. "I just want the fun of the chase and, perhaps, add a fresh laurel to the glorious record of the achievements of our clan. And, anyway, who doesn't like success?"

The rough track we were following had been growing fainter every moment and now, suddenly, it petered out altogether and we found ourselves riding through high bracken and seemingly endless ling heather. I must have raised my eyebrows, for Alister, reading my thoughts, said: "Perhaps it's overgrown. After all, not many people can come this way."

But I think we all knew that he was wrong; that we were already lost. It was an eerie feeling. At last the heather came to an end and we were riding over peaty turf, intersected by hundreds of tiny burns. It needed all our concentration to guide our horses and Chevalier was nearly down more than once. Dotted around us were rowan trees and, on an occasional dry piece of ground, pines stood aloof, their outlines silhouetted against the rose-tinted sky.

"Kirkness should be in sight by now; as it is, I can't see anything but the same hills as we were looking at last night. Do you think we've been riding in a circle?" asked Alister.

"Say not so," said Christina.

I looked at the landscape and I, too, recognised the hills. Then I saw something, which increased the eerie feeling a hundredfold; there on our left, barely a mile from where we stood, the scene of our last camp.

"It seems you're right," I said, pointing. The others looked and were silent.

"*Why* didn't we bring a compass?" asked Alister after a moment. "We've been such idiots that honestly I don't think we deserved our tour to be a success. Certainly, at the moment, it looks as though it's going to be a flop."

"What now?" asked Christina, paying no attention to Alister's remarks.

"Let's go in the opposite direction," suggested Duncan. "Over there," he said, pointing to a dip in the hills, "we haven't tried that way yet."

"I don't see that'll help much, if we're going to ride in a circle again," said Alister.

"Shall we wait till dark and then follow the stars?" I suggested.

"I'd just thought of that," said Alister. "But don't you think it's going to be terribly difficult guiding our horses?"

"It depends on the moon," I answered.

"Well, there wasn't one at all last night," said Duncan.

"Oh, let's go on," exclaimed Christina. "We may hit on a track; there must be sheep tracks or some kind of path round here."

"Yes, do let's," said Duncan.

"I think it's the best idea, we're only wasting time at the moment. Don't you agree?" I said, looking at Alister.

"All right," he answered; "let's go on."

Christina's theory was proved right, for after a little way we struck a winding path, which, though narrow and unpleasantly stony at intervals, seemed a luxury after wading through bracken and bogs.

"Perhaps," said Alister, "we may meet a shepherd or shooting party, and we can ask them the way to Kirkness. You don't seem to realise that unless we reach Kirkness to-night, we'll have no rations for to-morrow." No one spoke again for some time. I was thinking of all the things that had gone wrong since the train had pulled out of Glasgow. It would be terrible if our tour continued to be a chapter of accidents, I thought, and I began to wish we had followed the policeman's advice and stuck to the roads.

Soon we left the shelter of the Glen, and followed our winding path up a steep hillside. Here it seemed to twist and turn for miles without making much real progress and, as it became steeper, we dismounted and led our puffing horses. Soon we were puffing too; but as, at last, we neared the top, excitement gave us strength.

Secretly, we all hoped that when we gained the summit, we would see Kirkness in the valley below. But once again disappointment awaited us. All we saw was more hills, hills and hills, and beyond them mountains stretching in a jagged line towards the now blue-grey sky. Our disappointment was too bitter for words; with one accord, we flung ourselves on the ground and lay watching the horses eat the wiry grass which flourished among the rocks littering the hill-top.

"Let's have lunch," suggested Alister, after some moments had passed. "My watch says twenty past one." And everyone, being hungry, agreed, and because there were no trees to tie the horses to, we took off their bridles and held them by the reins round their necks, while we ate the last of the meat pasties and half our tin of biscuits. The horses were rather naughty. Avalanche banged Christina on her nose, which immediately started to bleed and, while Christina was busy with her handkerchief, grabbed her meat pasty and, before any one could do anything, swallowed it whole. Chevalier then wriggled out of his reins and trotted gaily down the hill. By the time we had caught him, each given Christina a quarter of a meat pasty and collected our scattered wits, Cluny had eaten the rest of the biscuits. We felt too disheartened to scold Cluny and, after packing the empty tin into a knapsack, we bridled our horses and started once more. However, it is always darkest before dawn, and, as we neared the bottom of the hill, our eyes lighted on a shepherd's hut, standing by itself, sheltered by the surrounding hills. We greeted it with delight and were still more pleased to see, on drawing close, smoke issuing from a hole in the roof.

"It looks as though our troubles are over," exclaimed Alister.

"It seems almost too good to be true," said Christina. When we neared the hut, Alister dismounted, and, giving me Harvester to hold, knocked on its rough wooden door. Nothing happened, and for a moment I had awful visions of an empty hut and of us never reaching Kirkness: then, after Alister had knocked again, a head appeared. I could see little from where I stood; but I did notice that it was a man, who peered out cautiously, and that he obviously hadn't shaved for some time.

"I'm so sorry to bother you," said Alister; "but do you know whether we are anywhere near Kirkness, please?"

"I couldna' say exactly how far it is," the man replied, and I couldn't place his accent. He seemed to clip his words too finely for a Scotsman. "But if you follow the path over the hill yonder," he continued, pointing, "and then turn left, you'll be well on your way to Kirkness." Alister thanked him several times before remounting.

"We seem to have been going in quite the wrong direction," he told us. "Apparently we'll have to ride back over that beastly hill and then turn left. Goodness knows when we shall reach Kirkness."

"Does *that* hill mean the one we've just come down?" asked Duncan.

"Yes, it does," answered Alister. "Come on, we'll have to make the best of a bad job."

As we rode over the hill once more, I puzzled over the stranger's accent. I was sure he was no Scotsman. But it was not until we had reached the bottom of the hill on the other side that the truth dawned on me. Then I was struck dumb by our stupidity. No wonder I couldn't place his accent. Oh, we were fools; if he was a shepherd, why had he no dog? And if he was no shepherd, why was he living in the hut? The answer was simple, so simple that none of us had stumbled on it.

"We've been fools, unutterable fools," I cried. "That man was not our countryman."

"What are you talking about?" asked Alister, his voice sounding annoyingly calm.

"The man who told us the way," I almost screamed. "He was one of the escaped Germans."

It was their turn to be struck dumb then. Duncan was the first to recover. "Oh, what we've missed!" he cried. "Was ever man given such an opportunity? We would have caught them like rats in a trap. We'd be marching them across the hills by now and we were too stupid to——"

"Oh, don't go on," interrupted Christina.

"I bet he no more knew the way to Kirkness than we do," said Alister bitterly. "He's probably sent us miles out of our way."

"We may not be too late yet," I cried. "We may still catch them like rats in a trap. The day is still young, and, though our horses are tired, it matters little which way we go since we are unquestionably lost."

"Yes, by the blighted hopes of Scotland, let us go back, and, should they not be in the hut, let us hunt them until the hills are once more concealed in darkness," exclaimed Duncan.

So we turned our horses round and climbed the hill again, and I think we knew every inch of the winding track by the time we gained the summit. Going down the other side was almost worse and, though we led our horses, they stumbled and slid and seemed to grow wearier every moment. As we neared the hut we drew rein, and, hidden by some friendly rowans, held a short council of war. After some argument, we decided that Alister, being the largest, should knock at the door, shouting at the same time, "Surrender, you are surrounded; soldiers guard your hideout. Surrender or we shoot." If this failed to bring them out, Alister was to fling open the door and, plunging his hand in his pocket as though to pull out a revolver, say, calmly but resolutely, "Hands up, or I fire." Christina, Duncan and myself were to make a great deal of noise and be ready to attack if necessary. We tied our horses to the rowan trees, and then, after collecting a large quantity of thick sticks and dangerous-looking flints, we advanced upon the hut. It was terrible watching Alister approach the door and worse still waiting while he knocked. But there was no answer to his knock and no reply to his cry of "Surrender or we shoot." It was with fast-beating hearts that we watched him throw himself against the door, and we all had our primitive weapons ready as he plunged into the hut. But once again disappointment awaited us, and it was with a vague feeling of relief that we heard Alister's cry, "It's empty, the birds have flown."

The hut was certainly deserted, but the warm peat in the fireplace bore witness to its recent occupiers: cigarette ends littered the floor and there were a couple of beer bottles lying beneath the rough wooden frame, which evidently served as a bed.

"Too late," said Christina.

"Never too late!" exclaimed Duncan. "Let's to horse. We may catch them yet."

So, we mounted our weary horses again; and I cursed because it was my turn to lead Rowan; and Alister cursed because he was hungry and there was nothing left to eat; and Christina and Duncan cursed because we had missed the Germans. Altogether we were very unpleasant and I began to think that a seaside holiday would have been much more comfortable. Why hadn't we gone to Blackpool or Eastbourne, I wondered; we might then have been returning from the beach to our sumptuous hotel, where a colossal dinner would await us, instead of wandering miserable, hungry and completely lost among the unsympathetic hills and uncommunicative glens and valleys.

"Let's see whether Cluny will track them," suggested Duncan, breaking my thoughts.

"Oh, that's a marvellous idea," said Christina. "Why didn't we think of it before? Come here, Cluny, good dog."

We couldn't make Cluny understand what we wanted for ages; then, quite suddenly, he seemed to realise. He dashed into the bracken, sniffing wildly, and we could hardly believe our ears when he started to give tongue. Visions of Eastbourne and Blackpool faded and our morale went up in leaps and bounds.

"Good dog, seek 'em out," said Alister encouragingly.

"They needn't think they're going to have it all their own way," said Duncan.

"No, not by a long chalk," agreed Christina. Cluny became more and more excited and the hills echoed with his voice.

"I can't imagine why they ran round and round," exclaimed Alister, watching Cluny racing round in circles.

"No, it seems rather mad," I agreed. At that moment Cluny gave a final triumphant yap and plunging his head into the heather, pulled out a—what we thought for a moment live—rabbit. Duncan said a word we're not allowed to use and we all stared stupidly for a moment. Then Alister dismounted and picked up the rabbit. It was a full-grown one, without a mark on it except at the throat, and after some discussion we agreed it must have been a stoat or weasel's victim.

"It'll save us from starving, anyway," exclaimed Duncan cheerfully. "Let's bung it in the saddle-bags."

"Ugh, you are horrid," I said. "It's probably been dead for days, and I'm sure stoats and weasels make things poisonous."

"You are squeamish," said Duncan. "And even if stoats and weasels are supposed to be poisonous, there's no reason to suppose we'll die. Anyway, I'm willing to take the risk if the alternative's starving."

"So am I," said Christina; "but for goodness' sake, let's get on; we've wasted enough time already."

Rowan didn't like the rabbit being put in her saddle-bag, and made a terrible fuss and then, when at last we had quieted her, Chevalier smelt the blood and wouldn't go

We agreed it must have been a stoat or weasel's victim

near Rowan. But at last we were ready and, calling Cluny, we started the search once more. Unfortunately, fate was still against us, and though we looked until our eyes ached, we saw no one, and when dusk was once again blotting out the hills we miserably agreed to abandon the search till the next day.

As we pitched our tents, it began to rain in a slow, relentless drizzle and it was four very disconsolate people who sat cooking the few mangey potatoes which we had discovered at the bottom of one of the saddle-bags. I don't think any of us wanted to go to bed; it was horrid to realise that the Germans might be quite close; might even be waiting until we were asleep, before—before . . . We could get no further. However, we decided to court disaster—to leave Cluny as our only guard and trust to providence—and though I was prepared to spend a sleepless night, fate was kind and I was tired, and I fell asleep ten seconds after my head touched the pillow.

Chapter Three

I WAKENED to hear rain drip-dripping outside and to find the tent invaded by fog, damp and clammy. The air felt heavy and, rubbing my eyes and turning over, I decided that the day was already doomed to be one of those days when everything goes wrong. The outlook was so black that it was not worth bothering about, I thought; and when you have no food and no map and there's a fog the only thing is to treat life as a joke if you want to stay sane. Anyway, there's no point in getting up, I told myself; because there's nothing to do, no breakfast to cook, no landscape to admire and no point in going on until the fog has lifted. Having reached this conclusion, I gave a deep sigh of relief and prepared to go to sleep again.

Unfortunately, Christina was in the midst of a most realistic dream; she muttered and murmured for ages and then, suddenly, cried, "Get out, get out. I tell you we're on holiday," and then, her voice changing: "Oh, now we've missed them. Why didn't we look? Oh, why are we such fools? Oh, why——?" Her voice grew fainter and fainter and finally faded out altogether.

I gave another sigh of relief and, creeping farther down my bed, once again tried to go to sleep. This time I was more fortunate and I had just reached the stage between dreams and reality, when I heard Duncan's voice.

"Hallo, are you awake over there?" he shouted.

"Yes, anything the matter?" I yelled back.

"No, nothing," Alister answered. "Only it's nine o'clock and we can't find Cluny."

For a moment I didn't believe Alister—nine o'clock, it couldn't be so late; and Cluny lost, when he practically never goes off on his own and, when he does, always comes back when we call. I glanced at my watch, but discovered it had stopped; its hands were clasped together at twelve and, though I tried shaking and winding, they wouldn't move.

"Are you coming?" yelled Duncan.

"Yes, in a sec," I cried, scrambling out of bed and struggling into my clothes, which all seemed inside out and mixed up in the blankets. I wakened Christina and told her the news and then, dressed at last, I plunged out into the fog. I could see very little. Visibility was about three or four yards, and it was some little time before I found either of my brothers. It was Alister I bumped into first.

"Hallo; isn't this hopeless?" he said. "Never, by the blighted hopes of Scotland, have I seen such a fog. I've shouted until I'm hoarse, but I might just as well have saved my breath. The fog seems to obliterate everything."

"Yes, it's pretty ghastly," I said. "I suppose it's no good me calling. I mean you've already tried."

"Well, you can if you like. But I warn you, one's voice doesn't carry at all," answered Alister.

"Well, I'll try," I said. "Cluny, Cluny, Cluny, good dog, come here," I called, and my voice sounded thin and croaky, not like my own voice at all. It gave me a horrid helpless feeling, and I imagined the hills were laughing at us from behind the obscurity of their grey robe of fog. I shuddered.

"Have you looked at the horses yet?" I asked.

"Yes, and they're still there," answered Alister. "They

seem perfectly happy. Oh, I do wish we could find Cluny."

"So do I," I said, and in my imagination I saw him hanging by a leg halfway down a precipice; trapped in a cave, or lying stiff and cold, with a bullet in his handsome head—an innocent victim to the Germans' lust for butchery.

"Oh, why must everything go wrong?" I cried. "I thought we were going to have such fun."

"Well, we've only just begun," pointed out Alister.

"Too true," I replied. "We may survive to see blacker days yet."

"Who talks of blacker days?" exclaimed Christina, a ghostly figure suddenly appearing out of the fog. "Have you had any luck?"

"No, not a sign," answered Alister.

"I am a bearer of bad tidings," said Duncan, making us all jump.

"Bad tidings?" exclaimed Christina, sounding alarmed.

"Come on, what gone wrong now?" I said, prepared for the worst.

"Well, it's the rabbit," said Duncan. "It's gone."

"Is that all?" I exclaimed, feeling incredibly relieved. "I thought it was a real calamity. I had forgotten all about the rabbit, anyway."

"Well, it means we've got absolutely nothing left to eat," said Alister.

"And I was just going to suggest breakfast," said Christina, beginning to laugh.

"It's all very well, but things are beginning to get rather grim," said Alister, sounding grim. "We really will starve soon."

"Surely not," replied Christina. "Fate could not be so cruel. By the way, we've still got a few grains of coffee left; supposing we go back and each have a mug. It would sustain us for a bit, anyway."

"Yes, let's," said Alister, turning round. "It'll be good for our nerves too."

We had only walked a couple of yards before we discovered that we didn't know the way back. We were horrified. There was no sign of the fog lifting and, as Alister remarked, we could easily walk for miles and miles without finding the camp."

"Except that one nearly always walks in a circle," said Duncan, determined to be cheerful.

We were all feeling rather sick at heart, when Alister stopped in his stride, and whispered, "Listen," and pointed to some bushes, barely a yard away. "There's something in there," he said. "Ssh, can you hear?"

"Probably partridges," remarked Duncan in a loud voice.

"For goodness' sake, don't make such a row," said Alister in a whisper. "If there's any one there, they'll hear; and I don't want to get murdered. Ssh, there it is again. Can you hear it?"

I strained my ears and, for a moment, I couldn't hear anything but my own heart beating; then I heard a faint rustling noise, which certainly came from the bushes. It's probably nothing, I told myself; anyway, there's no reason to suppose it's the Germans, but all the same I felt myself go cold.

"I can't hear anything," said Duncan, still talking in an annoyingly loud voice.

And then we heard a noise, which made us all rush to the bushes with one accord—a low, miserable whine. And there we found our dear lost Cluny. He was lying with his head on the ground, a shivering, rain-sodden object, and biting into one of his front paws was a thin strand of wire. We all knew it for a snare, and we all guessed it was the Germans' property; and, as we struggled trying to loosen the noose, we swore to do vengeance. Poor Cluny; every time we pulled the snare, he cried, and his paw was horribly swollen on each side of the wire. He had obviously been struggling and, as Christina remarked, it was lucky he hadn't bitten off his leg in desperation. But at last he was free, and he stood up, valiantly wagging his tail, only to collapse a moment later. However, after Alister had massaged his legs for a short time, he was able to stand and walk a few steps; but we could see that he was terribly lame.

"We'll have to carry him," said Christina.

"And we don't know the way yet," Alister reminded us.

"Oh, well, it's always darkest before dawn," exclaimed Christina. "And we have found what we were looking for."

"Yes, it's no good being despondent," I said, picking up Cluny. "After all, we've got the whole day in front of us."

He stood up valiantly wagging his tail

"Come on, let's have some coffee," said Christina. "We've wasted enough time already."

We had no difficulty in finding our way back to the tents. While I made the coffee and dried Cluny, Christina, Duncan and Alister watered the horses. I think we all felt despondent as we sat drinking black coffee. I know none of us spoke, and I was wishing we had some morsel of food to give poor shivering Cluny. I must admit I felt hungry myself, the first gnawing pangs had hold of me and I couldn't help seeing the breakfast table at home, laden with scones and butter, marmalade and honey; the sideboard with smoked haddock, or, best of all, fried bacon and eggs lounging on warm plates. Or perhaps there would be porridge, I thought, and I saw the family standing each with a bowl in their hand in the traditional Scottish manner.

"I say, I do believe the fog's lifting," exclaimed Duncan, interrupting my thoughts.

"Don't be so optimistic," said Alister.

"It is! it is," shouted Duncan, jumping up and down. "Look! I can see a range of hills now. It must be lifting."

"I believe you're right," said Christina. I looked and saw the range of hills becoming more real every moment, until suddenly they were before us, clear and sombre beneath the shifting clouds.

"At last!" exclaimed Christina. "Now, perhaps we'll find Kirkness."

"If we're lucky," I said.

"Let's to horse," said Duncan.

"What about Cluny?" asked Alister. "He can't walk."

"We'll have to take it in turns to carry him," I said. "I don't suppose the horses will mind."

"Thank goodness, we haven't got nervous thoroughbreds," said Christina.

"We'd better pack all this up," said Alister, pointing to the tents and the mess which lay inside and out. By the time we had packed everything into Rowan's saddle-bags and got the horses ready, all traces of the fog had vanished; and we left the site of our second camp basking in real—if watery—sunshine.

The horses were fresh; they had obviously recovered completely from their ordeals of the day before. And as we jogged along I began to feel more optimistic. Perhaps, after all, our tour is going to be a success, I thought, and except for thinking about Cluny and the first gnawing pangs of hunger, I felt really happy.

"I say," said Alister suddenly, "I've no idea which direction we're going. I'm just leaving it to Harvester."

"Oh, well, we're sure to get to something sometime," said Christina cheerfully. "And we haven't been this way before. At least, I can't recognise the landscape." We rode on in silence for about twenty minutes and then our path joined a rough, stony track, which led along the bottom of a huge, round-topped mountain.

"This looks hopeful," exclaimed Alister.

"It looks as though it's used pretty regularly too," said Duncan.

After some time the track left the bottom of the round-topped mountain and started to wind towards the crest of a heathery hill. Gradually it became steeper and we dismounted and led the horses. I was carrying Cluny, and to me the hill seemed endless, and then, at last, we reached the top. And far below we saw what none of us had dared to hope for—a village. And it looked like a dream village, with the sun gleaming on the roof-tops and shining on the waters of a loch, which splashed, with crinkly waves, on a sandy beach to the north of the village. There were trees and bracken and then innumerable crofts, each with their few acres of land, their hayricks and their cowsheds, between us and the village.

"Can you believe it?" asked Christina, breaking the silence.

"It's too fantastic," I said, "one moment you're alone with nothing but hills and glens and mountains, stretching before you for miles and miles, and the moment you see before you crofts and habitation and, best of all, a village."

"I just can't believe it," said Duncan, rubbing his eyes. "And in a way I'm sorry we've found civilisation at last. I've enjoyed being lost and I wanted to see how long we could last without food."

"What a nice idea!" I said.

"Let's ride on and see what they call their village;

perhaps, after all, it is only a village of our imagination," said Alister.

I gave Cluny to Alister again, and we mounted and rode on. It was marvellous to see the village growing larger and more real every moment, to ride past crofts and to see kine in the fields, and blackface sheep on the hillsides. Never have I been so pleased to see habitations. Soon we could see people moving about the narrow main street and little fishing smacks lying in the tiny harbour on the far side of the village.

"What a heavenly place," said Christina.

"Perfect for a holiday," said Duncan. "Think what fun you could have fishing at dawn in one of those lovely little boats."

"There don't seem many shops," exclaimed Christina as we drew nearer. "It certainly can't be Kirkness because that's supposed to be quite big."

"Well, we must get to Kirkness some time," said Alister, "or we won't have any of our letters.

"I say, I can see a shop," said Duncan, as we entered the village. "It says T. Macgregor on the door. What cheek."

"It's not cheek," exclaimed Alister. "It's an example of a kinsman's enterprise. I bet it's a jolly good shop."

"It looks as though it's a kind of Angus store," said Christina. "It seems to sell everything, anyway."

"I'm going to try it for chocolate," said Duncan, dismounting.

"Well, ask T. Macgregor where we are, while you're about it," said Alister.

Duncan handed Landslide to Christina to hold and darted into the shop; a second later he reappeared and, asking for one of the knapsacks, said he had found masses to buy.

"I hope he's not going mad and buying everything he can see," said Alister, as Duncan vanished into T. Macgregor's again.

"He's certainly being long enough," exclaimed Christina, after nearly a quarter of an hour had passed. But at that moment Duncan stumbled out of the shop, his hands full of parcels, his back bent under the weight of the bursting knapsack.

"Oh, I've bought tons and tons of things to eat," he cried. "Three pounds of eating apples; four pounds of potatoes; two cabbages; twelve huge, but not very appetising-looking, pies, meat ones; two loaves. Kirkness, by the way, is three miles from here. And I've bought two tins of green pea soup and one of potato and some more matches and a small bottle of methylated spirits and a quart of paraffin. I've been discussing our position with our kinsman, and he thinks we ought to spend the night in a very sheltered wee field belonging to a crofter answering to the name of Hamish Macnab. He says it's blowing up awful from the west and that means we're in for a storm. And the road to Kirkness is something terrible and the wind blows round the corners something awful. He says Hamish Macnab is a kindly sort of man and would let us turn the ponies out in his wee field and pitch our tents where we wish, and he's the generous sort and wouldn't want a lot of money, and his wife's a really wonderful cook and cooks the best scones this side of the Tweed, and his eldest son, Ewen, won a scholarship to Cambridge and is going to be a doctor, and his——"

"Oh, don't go on," interrupted Christina.

"It sounds as though our kinsman is a Lowlander," said Alister. "From your imitation, anyway."

"Well, I think, Lowlander or Highlander, his suggestions are jolly good," I said. "I vote we camp in the wee field. It'll do the horses a lot of good to be loose for a change."

"I quite agree," said Christina. "Which way do we go, Duncan?"

As we rode in the direction of the wee field, we discussed

our position, and munched apples and chocolate until we felt quite sick.

"Losh, we'll have a dinner to-night," said Duncan. "I mean to make a real pig of myself. Shall we have green pea or potato soup?"

"Let's have green pea soup, then the meat pies, potatoes and cabbage, and, if any one's still hungry, they can eat bread," Alister answered.

"Unless it's all gone by then," said Duncan, pulling a loaf out of his knapsack, tearing it into four portions and handing everyone a portion. "I'm jolly hungry."

"I've got an idea," said Christina. "Since the horses are all tired, supposing we let them rest to-morrow and walk into Kirkness and do the shopping."

"Yes, that's a jolly good idea," spluttered Duncan through a mouth full of bread.

"If Hamish Macnab doesn't mind keeping them an extra night and a day," said Alister.

"Oh, he's a kindly man," said Christina. "I don't suppose he'll mind."

"That must be his place," said Duncan, pointing. "T. Macgregor said it lay between two hills and stood back from the road."

"It's certainly wee enough," remarked Christina, looking at the one-storied grey cottage, standing beside a stone cowshed and a small, half-wood, half-stone, open shed, which housed a cart and various agricultural implements, all far smaller than you see in the lowlands or England.

"It looks like a toy farm," I said. "What a marvellously peaceful existence Hamish Macnab must have."

"It would drive me potty," exclaimed Duncan. "Think of never seeing life."

"I never understand what this marvellous life you're always talking about is exactly," said Christina.

"I imagine that's the wee field," said Alister, pointing

at a small field behind the buildings, in a sort of hollow where the hills met. "It looks sheltered all right, anyway."

"And well fenced," added Christina, looking at the stone wall which stood between it and the hills.

"Well, who's going to see our friend?" asked Duncan as we reached the gate.

"If no one else wants to, I will, if you like," answered Alister.

And no one else did want to, so Alister dismounted and giving Harvester's reins to me, crossed the threshold of Hamish Macnab's croft. A woman we guessed to be Mrs. Macnab opened the door and, after a long conversation and a great many gestures, Alister left her to make the scones of our imagination, and strolled across to the cow-shed, where, judging from the time he spent in it, he found Hamish Macnab. When he eventually reappeared he had a broad grin on his face, so we knew the lengthy conversation had proved successful. "It's all settled," he told us. "We can turn our horses out in the wee field and pitch our tents by the hayrick."

"Can we stay over to-morrow?" asked Duncan.

"Yes, and to-morrow night," answered Alister. "Come on, let's turn the horses out. They look jolly tired." The horses were delighted with the wee field and, as we watched them rolling contentedly, Alister said, "By the way, Hamish Macnab said if we liked to go and see his wife when we were settled in, she would give us some hot water to wash in. He must have thought I looked pretty dirty."

"Yes, you do," I said. "It's funny, you don't seem to notice things like people's dirty faces when you're among the mountains and the hills, but as soon as you come back to civilisation you notice the state of your brothers' faces and your sister's and your own, for that matter."

By the rick was a perfect place for the tents; at our back we had the shelter of the cow-shed and in front the stone wall. As we struggled with the ropes the storm came nearer and nearer, soon the sky was dark and angry, and I must say I felt very pleased that we were not still wandering among the pitiless hills. Providence is kind sometimes, I thought.

Mrs. Macnab was very nice. She was small and wrinkled and looked as though she had weathered many storms. She spoke the perfect English of a Highlander. She was most upset over Cluny's paw, and while we washed in the marvellously soft water, which came from a nearby burn, she bathed it in warm water and antiseptic. Then she suggested we should sample her scones and gave us each one filled with butter. Mine was delicious, in fact I don't think I've tasted anything quite so good. Maybe it was because I was hungry or maybe the atmosphere of the cottage gave it an added flavour, or should I say the smell, for the cottage had that lovely smell of smouldering peat, of warmth and new-made scones. And whenever I look back on our tour I see that humble grey cottage, with the hills behind; I see the little kitchen and I smell that wonderful smell of smouldering peat and new-made scones.

"Come on, we really must go," said Alister after we had been talking to Mrs. Macnab for what seemed an age.

"I hope the rain doesn't come in on you," said Mrs. Macnab, "and remember, if you want anything, come and ask." We all thanked her several times for her kindnesses, and then, Duncan carrying Cluny, we made our way back to our tents. They seemed very primitive after the Macnab's kitchen, and smelled horribly of paraffin when our primus was in action. While we ate our substantial supper the storm burst: the rain came down in bucketfuls and once again I was pleased we were not still wandering lost among the hills. We all ate—including Cluny—until we could eat no more, and then, after washing up, we sat and talked until the storm had passed and the sun was to be seen dying in the west. "Let's take a look at the harbour before it's time for bed," suggested Duncan.

"O.K.," I said; "but we'd better leave Cluny behind."

The harbour was lovely; the loch, a salt water one, was full of waves and there were lots of little boats wending their way home, looking very picturesque with a background of sunset and hills. When we returned to the croft we were met by Mrs. Macnab, who said that her brother had given her two lobsters and, as she and Hamish couldn't eat both, she wondered whether we would like one. We said we would love one, and how much would it be? But she said, "Aweel, aweel, it is nothing." So we thanked her once again and she told us it was still alive, but she would boil it with hers if we liked, an offer which we gratefully accepted, having no idea what to do with a live lobster.

"It looks as though we had better have it for breakfast," said Christina as we walked across to our tents. "We haven't got anything else." We didn't take long to get to bed, and as I lay watching the stars appear and then, slowly, magically, the moon, I realised that we hadn't mentioned the word German for the best part of five hours.

Chapter Four

THE SUN was streaming across the hills when I wakened and the sky was blue, but for a few clouds idly chasing each other. For a moment I couldn't think why I felt so happy. Then I remembered; remembered the evening before and how we had found a village and, suddenly, I wondered whether everything was real or just a dream.

I looked out and saw Hamish Macnab's neat hayrick, the stone wall, and, beyond, the wee field and the hills, and they looked far too real to be just part of a dream.

It is going to be a perfect day, I thought; the exact opposite of yesterday, and not wishing to miss a minute of it, I dragged on my clothes, shouting remarks to Christina, who eventually got up in despair.

We found Alister and Duncan already awake and seriously contemplating getting up. We talked for a bit and then Duncan suggested a swim before breakfast, which everyone thought a marvellous idea. Christina and I wandered singing back to our tent and collected our bathing things, and then sat on the stone wall, idly swinging our legs, until Alister and Duncan were ready.

It was a lovely walk down to the loch. Everything seemed at peace. No one was in a hurry. Cows wandered at a leisurely pace back to their pastures, snatching mouthfuls of grass and stray thistles on their way. On the sandy beach, fish were being unloaded, slowly, without haste, and in the trees and on the house tops birds were singing.

The swim was glorious and we wandered back to the croft tingling all over and singing "The Skye Boat Song." We were met at the gate by Mrs. Macnab who, after wishing us a very good morning, told us that the lobster was ready if we wanted it for breakfast. We thanked her very much for cooking it, and while Alister went in to collect it, Christina, Duncan and I wandered down to the wee field. There the horses were all lying down, looking the picture of happiness.

As we passed the cowshed on our way back to the tents, Hamish Macnab came to the doorway, a milkpail in his hand. After saying good morning and discussing the weather, he asked us whether we would like some milk. We said we would love some, and while Duncan dashed off to fetch a saucepan to put it in, he and I had an amiable chat about his forefathers, his many relations who had been forcibly removed to Canada and how little money matters if you have a couple of cows, some chickens and a wife who can make the best scones for miles around. Then Duncan, having returned, he filled the saucepan with milk and, at my request, told us the shortest way to Kirkness.

When we returned to our rickyard, we found Alister vainly trying to divide the lobster into four with his pocketknife. Eventually he succeeded, and while we each ate our share and Cluny drank some milk, we made a list of all the things we meant to buy in Kirkness. There really seemed an immense amount to get, and by the time the list was finished it covered two pages, though I must admit it was written by my hand, which always uses considerable space.

The sun was still shining as we left the Macnabs behind us and struck the track to Kirkness. At first it was stony, but as we left all sign of our little village behind, it became soft and peaty and we took our shoes off and walked barefoot.

Kirkness was rather as we had expected—a small fishing town, it smelt of fish and the sea. There were few shops, and we had no trouble in finding the Angus Stores. The man behind the counter looked rather surprised when he saw four dusty people march in, clutching two pages of shopping list. I suppose we did look slightly odd, with our hair all on end and our disreputable clothes.

"Good morning," said Alister politely, removing his knapsack as he spoke. "We are the Macgregors from Glasgow. I believe our mother wrote you a letter. We've come to collect our provisions. Rather later than arranged, I fear."

"I don't recollect having heard anything about you," said the shopkeeper, eyeing us distrustfully—I had a sudden horrible suspicion that he was English. "But I'll just make inquiries if you will be good enough to wait."

"Yes, we'll wait," I said.

"What's the trouble, Alister?" asked Duncan, who had been looking at some fishing tackle, in a loud voice. "Mummy didn't pay in advance, did she?"

"No, of course she didn't," replied Alister. "But she made all sorts of arrangements about milk and meat and things."

The shopkeeper returned looking considerably more

pleasant, and I noticed he was a short man with an almost hook nose.

"I'm sorry to have kept you waiting," he said. "It is quite all right. What can I do for you?"

It took hours to collect all our provisions, vegetables and other necessities of life, including some more antiseptic for Cluny—who we had left tied up in one of the tents. We seemed to have spent pounds by the end; the tea alone came to four and twopence halfpenny, and it was only afterwards we discovered we had bought the most expensive brand in the shop. All our goods being at last packed securely into knapsacks, we wandered down the sunlit street to the small post office which stood at the corner and faced the sea.

A bespectacled woman was serving behind the counter, and when we asked for our letters, she handed us five without any fuss; three from Mummy and two from Daddy. We opened two of Mummy's first. Everything seemed all right at home, and in one letter she suggested we should look up an old friend of hers called Miss Helen Macrae, who, she wrote, lived about five minutes' walk from Kirkness.

Daddy's letters had nothing special in them; but Mummy's third, which was barely a day old, was very anxious. She wanted to know why we hadn't written and we all agreed, after reading it, that we had better send a telegram without delay to let her know that we were still alive. Christina wanted to send: Lost till to-day. Sorry. Which I said was far too abrupt. I suggested: Sorry, have not written. Lost for two days. Safe now. Thanks for letters. Which Alister said would cost too much money. This infuriated me, for, as I pointed out, it was far more important to stop Mummy worrying than to save a few measely pennies. Alister said it was not a case of saving, but of not wasting.

"Besides, I think we should say that we are enjoying

ourselves; after all, we are, aren't we?" he asked, and then without waiting for an answer: "I suggest: Enjoying ourselves, though lost two days. Thanks for letters. Love——"

"I don't think that's any better than mine," exclaimed Christina. "Only longer." I counted up the words on my fingers and pointed out that it was only two words shorter than mine.

"I don't think it's nearly definite enough," exclaimed Duncan. "Don't you think: Thanks for letters. Having glorious time. Reason for not writing—lost two days. Love, is better?"

But, of course, the rest of us didn't agree, and each called his own the best. So in the end we made up a mixture of them all.

"Thank goodness, that's done," exclaimed Duncan.

"Don't you think we ought to send Mummy and Daddy some nice picture postcards?" said Christina. "They always send us some when they're on holiday."

"Yes, you're quite right," said Alister. "What a good thing you thought of it."

"I hate choosing postcards," said Duncan, laying emphasis on the hate. "I can never decide which to buy, and they're generally all perfectly foul and frightfully ornamental, or else, if by some unforeseen circumstance I find some I like, I buy them, only to discover afterwards that one of you has bought millions exactly the same."

"Oh, you're just contrary," said Christina.

"Look, there's a shop absolutely cram full of them," exclaimed Alister, pointing to a draper's shop on the other side of the road. "Do let's go in and get some." The people in the shop were most agreeable and let us spend hours choosing our postcards. Duncan seemed to have found a hidden collection, and I could see him smiling to himself every now and then, but after his remarks none of us liked to go and look. I chose a coloured one of fishing boats in Kirkness Bay for Mummy and a photographic one of

Loch Neil for Daddy, and a very ornamental one of heather and rowan interwined and surrounded by Stuart tartan for our charlady, Mrs. Materson. Then I read a most interesting book called *The History of Kirkness*, until the others were ready. It was only as I left the shop and heard somebody shout, "Hie!" that I realised I had forgotten to pay. I saw Alister and Christina scowl and I longed to say, "There's no need to look so cross, you often make mistakes." But dignity left my thoughts unspoken.

When we were finally in the street once more, Christina, Alister and I all asked if we might see Duncan's cards. His ill humour seemed to have completely vanished, for he answered, "Yes, certainly," and produced them from his pocket. They were certainly very nice ones—much nicer than mine—and I was feeling quite jealous, when suddenly I noticed something, which made me exclaim, "That's torn it," again.

"What's up?" asked Christina.

"Don't you like them?" asked Duncan, sounding hurt.

"I like them well enough," I answered. "But, by the blighted hopes of Scotland, I think you're all blind."

"What on earth do you mean?" asked Duncan.

"Don't talk in circles," exclaimed Alister impatiently.

"Keep calm," I answered. "If you look in the top right-hand corner of the postcards, you'll see soon enough what's torn it." They looked and they saw what I had seen: Happy Birthday, written in what I call ye olde writing, and Duncan ye olde ornamentalye writing. Alister said a word we're not allowed to use, and Christina said, "You are an ass Duncan. Why didn't you look?" Which I considered was a tactless remark; the answer being more than obvious.

"I told you it would happen, something always goes wrong when I buy postcards," said Duncan.

"I should go back and see if they'll change them," advised Alister.

"I'm sure they wouldn't," said Duncan, obviously already in the depths of despair. "Besides, I put them in my pocket and they're all crumpled."

"I should try," I said. "They were awfully agreeable people."

"Couldn't you ink out happy birthday or cut the corner off?" suggested Christina.

"No, I couldn't," said Duncan; "it would be much too obvious."

"Would that matter?" asked Christina. "Most people care more for the news on the back than the picture."

Duncan didn't answer, and I realised that he was in one of his comparatively rare silly moods. I can see us standing and arguing all night, I thought. Then I had an idea. "Look! " I cried, "what's coming up the street."

And as Duncan turned, I snatched the wretched birthday cards from his hand and dashed into the draper's shop. The people were most agreeable and, with true Scottish politeness, said it would be a pleasure to change them. It took me hours to choose ones I thought Duncan could call neither perfectly foul nor ornamental. Every moment I expected him to come striding into the shop and demand to have the wretched birthday cards back; but fortunately he had more sense; and when I eventually left the shop, I saw that my kinsmen were standing farther down the street talking to an ancient fisherman.

Duncan was quite pleased with the cards I had chosen and thanked me about six times for my trouble. I said not at all, it was a pleasure, and for a moment we stood in agreeable silence admiring the landscape. Then Alister said: "I think home and lunch is the order of the day, isn't it?"

"What about seeing Helen Macrae?" asked Christina. "We won't have another chance."

"Too true," I answered, and I felt as though a cloud had passed over the sun, for I realised how soon we were to leave our little rickyard and the wee field and everything I already loved.

"Well, personally, I don't want to see her now when I'm dusty and dirty. Besides, it must be almost one o'clock and we certainly don't want to disturb her in the middle of lunch," said Alister.

"I quite agree," said Christina. "Let's go back to the MacNabs, have our lunch and then any one who wants to can walk in again and visit Miss Macrae."

"An excellent suggestion," remarked Duncan, "for any one who hasn't already got blisters."

"Well, you needn't see her," said Christina. "Come on, do let's go home; I'm jolly hungry."

The discussion finished, we walked back over the hills, munching biscuits and discussing our plans for the following day. When we arrived at the rickyard once more we found Cluny actually standing up and wagging his tail to greet us. We gave him a double handful of dog biscuits, and I bathed his injured leg, which was already partly healed, while the others cooked a delicious lunch of fried steak, potatoes and cabbage to be followed by a ready-made pudding out of a tin. We had agreed earlier that we must eat all the heavier food first, so we wouldn't have much to carry when we started on our travels once again. After lunch, we washed up, and then Duncan said: "Who's going to see Miss MacCrae?"

"I'm afraid it's too late for any one to go," answered Alister, looking at his watch as he spoke. "It's past three now, so however fast any one walks, they won't be there before four, and we really can't arrive at that time, it would be practically tea-crashing."

"Really, you are a slave to convention," exclaimed Christina. "Please remember Miss Macrae is a Scotswoman and hardly likely to bother over such trivial details."

"Personally," exclaimed Duncan, "I think it's silly for

any one to go. As likely as not, she's a proper old lady with an ebony cane, lace cap, masses of valuable china and a long-haired cat, which smells."

"What nonsense you talk," said Christina. "I'm going, anyway. Are you coming, Hugheena?"

"Yes," I answered, and to Duncan: "At least we'll be seeing life."

"Well, mind you eat a good tea," said Alister.

Christina and I washed and dragged a comb through our windswept hair and then started for Kirkness once more. The walk seemed much longer than in the morning, and my legs were aching by the time we reached Kirkness. We asked a woman pushing a pram the way to The Rowans, the name of Miss Macrae's house. She told us to walk down the main street, turn left at the bottom and then keep straight on. "It stands back from the road," she said, "and you had best go in at the iron gates."

"It sounds quite big," exclaimed Christina, after we had thanked the woman with the pram.

"Well, it can't be really large," I said, "or it would be called something house or Kirkness Castle." We speculated on the size of the house and Miss Macrae's appearance, until we came to the iron gates, which were quite ordinary and might well have been seen in Glasgow or the other side of the Border. The stone pillars which supported the gates were nothing out of the ordinary either and the dark, twisty drive was far too long for my liking. But at last the house stood before us; grey and not at all imposing, I decided that it must have been built in Queen Victoria's reign at the time when houses in Scotland were fashionable. At each corner there was a turret, and beneath the turrets grew laurels and nameless shrubs and, of course, rowans.

"I do hope she's nice," said Christina for the third time. "It would be awful to have walked so far and then hate Miss Macrae at the end."

"Yes, awful," I agreed.

"Really, I think we've been rather silly bothering to come," said Christina, obviously already regretting the action.

"Well, since we've come so far, we might as well go on with it. I don't intend to go back to Alister and Duncan without having seen her, anyway," I exclaimed.

"No, nor I," said Christina.

To approach the front door we had to pass a turret and then a long row of windows and I'm afraid I was very bad mannered, and as I passed the windows I looked in, and then gave a scream of horror.

"Oh, stop! " I cried.

"Ssh, what is the matter?" asked Christina.

"It's Miss Macrae," I cried, and then revealed what I had seen. "It's Miss Macrae," I said again, "she's one of the knitters, not Miss Andrews the other, and there's two people in there. I believe they're both there."

"Oh, losh! " exclaimed Christina, and then looking in. "I say, they must have heard us. Quick, they're coming to the door." And I expect you'll think we were cowards, but we ran as fast as we could down the horrid twisty drive, through the ordinary gates and down into Kirkness. Then we stopped and stood panting.

"We couldn't have faced them," gasped Christina. "There would only have been a row."

"No, we couldn't have," I agreed, though in my heart I thought we had behaved in a most cowardly fashion.

"And now we go home?" inquired Christina.

"Yes, now we go home," I agreed, not thinking it in the least peculiar to call the Macnabs' croft home. And so we walked home through the lovely scenery, trying not to notice our blisters and to convince ourselves that we had behaved honourably and in a way befitting to a Macgregor.

Duncan and Alister had a delicious supper waiting for us when we eventually reached the little rickyard again. And while we ate we told them our adventures. They were most sympathetic and neither of them said, I told you so, though it must have been lying on the tips of their tongues. Then, everything told, we lay and watched the dying sun and discussed what we would do when we left school, and the thought of school made us sad, for we realised that this was the third day of our tour and that there were only five more, and at the end of the five—Glasgow and school.

Chapter Five

I WAKENED to see a landscape clothed in the light mist which generally proclaims the birth of a fine day. I looked at my watch. The time was half-past six and, remembering we had agreed to start early, I said: "Christina, are you awake? It must be easily half-past six and we're leaving here to-day." Christina grunted in reply and turned over. I crawled out of bed and, ignoring her feeble protests, shook her until she opened her eyes.

"You are a pig! " she exclaimed. "I was in the midst of some perfectly wonderful dreams. Anyway, half-past six is far too early to get up."

"I don't agree," I said, looking at the landscape now breaking through, veiled still, blue and transparent, but beautiful in its mistiness, promising a new day and a thousand opportunities. "Come on," I cried. "Don't waste the day in idle slumber."

When we were all up and dressed we cooked ourselves a delicious breakfast, and then, having eaten it and washed up, started the terrible business of packing. We seemed to have collected a great deal of extra luggage during our short stay at the Macnabs' and, in spite of our having eaten all the heavier food, the knapsacks were a staggering weight when full.

As we packed the tent into the saddlebags, I wondered

whether we had really only inhabited the rickyard for two nights and a day, it seemed much longer, more like weeks than days. Leaving Glasgow; the first glimpse of Loch Neil; the search party; the Germans and the hut on the hillside. They seemed to belong to a very distant past; to have very little to do with the Hugheena Macgregor who was now so industriously occupied rolling up tents and blankets.

When no sign of our camp remained in the rickyard, we wandered down to the house to say goodbye. I felt a lump in my throat as we knocked on the back door, and then, at Mrs. Macnab's invitation, all entered the kitchen and, once again, sampled one of the famous scones. Alister had stayed behind to settle up with Hamish Macnab and now they both came in, and, while Alister ate his scone, Hamish Macnab with true Scottish politeness shook us each by the hand and wished us a pleasant journey.

Just as we were leaving, Mrs. Macnab darted into the dairy and returned with a large bottle of milk, which she handed to me, saying that it might stand 'twixt us and starvation should we get lost again. We thanked her profusely and at the same moment it dawned on me that we had completely forgotten to buy a map in Kirkness. I wondered how we could be so foolish as to forget the most important purchase of all; but I didn't tell the others of our idiocy until we were mounting the horses.

"By the blighted hopes of Scotland, we're fools!" exclaimed Christina. "We probably won't get another chance for days."

"But I think that's a good thing," said Duncan. "It's much more fun being lost."

"I can't see that it matters in the least," said Alister in reassuring tones. "We should be in Benhuish by lunch-time and Hamish Macnab said it was much larger than Kirkness, so it should have plenty of maps."

"That's all right then," I said rather absentmindedly, for

Avalanche started bucking and soon had Christina helpless

I was taking a last look at the croft; clothed in sun and mist, each seeming to battle for supremacy, it looked in perfect keeping with the hills, almost part of them. As I watched it grow smaller and smaller until it looked like a toy farm once again, I realised that this last look was one of those moments in my life which I should never forget.

We left the road after a couple of miles and followed a grassy track, which led along the bottom of tall hills and which, Alister told us, should lead to Benhuish and the Sound of Conhar, that was if Hamish Macnab's directions were right. But we were doomed to see no village that day nor the next; and though we were to see Conhar and actually cross its water, we were not to know that it was the Sound we sought.

We had been riding for a little over four hours and had just reached the conclusion that we were lost, when we saw evidence that the Germans were near—possibly very near. It was Duncan who noticed the camp fire, which, well concealed by a small colony of boulders, smouldered inconspicuously. Above it, dangling from a tripod arrangement, was a medium-sized tin, which smelt deliciously of rabbit.

Duncan said, "Look!" when he saw it and pointed. Nobody spoke for a moment; then Alister said: "Perhaps it's a shepherd's lunch. After all, they must eat sometimes, you know."

"I don't think so," answered Christina. "Shepherds have huts to cook in and, anyway, we haven't seen any sheep for hours."

"I can't see what we're bothering about," exclaimed Duncan. "It must be lunch-time by now, so why can't we get on and eat it? It smells jolly good."

"But it's the Germans'," I said.

"Who cares?" exclaimed Christina. "I think it's a jolly good idea. Besides, we need all the food we can get, now we are lost again."

"We're not lost yet," said Alister in dignified tones. "At least we're not certain we are."

"Supposing the Germans arrive and find us devouring their lunch?" I asked.

"They won't," answered Duncan. "And if they do, we'll hurl the stew at them. They'll soon run then."

"You have a very low opinion of their powers of endurance," said Alister, laughing.

"Well, let's eat it, but not here," suggested Christina. "To stay would be to throw ourselves to the mercy of fate, who has already proved our enemy."

"An excellent idea!" exclaimed Duncan. "Let us put it into action." And dismounting he rushed to the fire and seized the tin and then let out a yell. "Oh! Oh!" he cried, "I've burnt myself. It's simply boiling hot."

"You are an ass," said Christina, dismounting. "Let me do it."

She managed to unfix the tin quite easily with the help of a large pocket handkerchief, and we all felt vaguely triumphant as she remounted with our lunch-to-be under her arm. However, we had only ridden a little way when things began to happen. First we saw a couple of tell-tale snares and then something which made our hearts stand still—a khaki ground-sheet and beside it a man's overcoat. Then, more terrifying still, we heard voices and, as we stood listening, our hearts thumping like steam engines, we realised that they were conversing in German. We looked at each other and then Alister said in a whisper, "Can't you listen, Christina? You're our linguist." Christina, I should explain, wishes to be a spy when she grows up, or, if that proves impossible, an interpreter.

"Ssh a moment," whispered Christina. "I'm listening."

The voices became louder for a moment and then suddenly all was silent.

"They've seen us," whispered Christina in an excited voice; "but they don't know who we are. One of them said he could see people moving about and the other gabbled something I couldn't understand."

"Not very helpful," murmured Alister.

"What, by the blighted hopes of Scotland, are we going to do?" asked Duncan.

"Ssh," whispered Christina, "any one could hear you from a mile away."

"Attack is the best defence," said Alister.

"Well, it's no good dithering," I said. "If attack is really the best defence, let's attack."

"Well, I'm going to investigate," said Alister, urging Harvester forward. "You wait here."

"Wait?" exclaimed Christina hotly, throwing down the tin of stew. "Stay while you go on, perhaps to your death? We're not Macgregors for nothing; besides, why should you have all the fun?"

"I quite agree," exclaimed Duncan; "why should you?"

"Be sensible," said Alister quietly. "How can four hope to go unseen? After all, I am, in a sense, responsible for you and, if one must go, it is much easier that I should be the one. I'm not trying to be a hero nor do I want more than my share of the fun; but if you go and get hurt I shall be haunted by remorse for ever; I shall be the elder brother who let his little brother walk into the noose rather than risk his own neck. And I should never be able to look Mummy and Daddy in the face again."

"Oh, all right," answered Christina. "But we won't wait long. If you're not back in ten minutes, we'll start looking for you."

"O.K.," answered Alister. "I won't be long." I watched Alister go with a sense of approaching disaster, and I wished we could ride up and down or go for a run; anything to break the monotony of waiting. Following Christina's suggestion, we recited William Aytoun's "Burial March of Dundee," from beginning to end. We thought it might fill us with courage and perhaps it did. I know it added to the tension and that we were all feeling pretty frantic when we reached the end and still Alister hadn't returned. I can see us now, a worried trio, each trying to hide his feelings behind a courageous effusage, but each with a quaking heart and a mind sick with anxiety.

"I think we should search for him," said Duncan, after what seemed an age had passed. "Supposing he's lying fatally wounded, staining the bracken scarlet with his blood?"

"If he is, I think Harvester would have returned by now," said Christina quietly.

"Too true," I said. "Let's wait a little longer." We waited in silence until Duncan could control himself no longer. "Let's go on," he cried. "By the blighted hopes of Scotland, let's go on."

> "If German steel be sharp and keen,
> Is ours not strong and true?
> There may be danger in the deed,
> But there is honour too,"

he cried, quoting from "The Island of the Scots," also by William Aytoun.

"Yes, forward," cried Christina.

> "Strike! and drive the trembling rebels
> Backwards o'er the stormy Forth;
> Let them tell their pale Convention
> How they fared within the North,"

once again quoting Aytoun. We all felt wildly courageous and filled with a reckless "do-or-die" kind of bravery, as we followed the path down which Alister had disappeared. Every cluster of bracken, every tree, even the heather might hide the enemy. So it seemed to our taut nerves. Soon we came to a turn in the track and with one accord we hesitated before going on. The horses were infected by our feelings; they snorted and with pricked ears and distended nostrils prepared for flight as we rode round the corner. To be truthful, I must admit we rode round it fully expecting death and to discover nothing gave the whole proceeding a kind of flatness.

"Well, he's not here, that's obvious," I said rather crossly. "I should think he's searching for us by now. We really are a lot of panic-stricken idiots; we should——" I never finished the sentence.

"There we found him, gashed and gory,
Stretch'd upon the cumbered plain,
As he told us where to seek him
In the thickest of the slain
And a smile . . ."

My mind was with the poem still, but with my eyes I had seen Alister—Alister lying beside a clumsy grey boulder; his hair soaked in blood.

"Look! " I cried. "Look! " And urging Chevalier forward, I covered the rough ground which lay between us.

"Alister! " I cried. "Alister, it is Hugheena. Can you hear? Please answer. Please, please say something."

"It's no good talking to him," said Christina in a business-like voice, having arrived on the scene. "We must bathe his head in cold water. That'll bring him round."

"Is he dead?" asked Duncan in a whisper. I looked round at the question and saw Duncan standing a yard or two away sniffing loudly into a large spotted handkerchief.

"No, of course not," I answered, and I'm ashamed to say I snapped. "Can you see a burn anywhere near?" I asked. "We want some water for his head."

"No, no, I can't see one," Duncan replied. "But I'll go and look if you like." It was only after Duncan had vanished that Christina and I realised our utter stupidity. Then we gave way to despair and stood, sunk in indescribable gloom, waiting to see whether he would return.

I was thinking how small our troubles must seem to the mountains and hills, which had lived such countless years and watched man's destiny for nameless centuries, when Christina said, in a voice filled with misery: "They won't let Duncan off so lightly. They're sure to do him in."

I, guessing *they* must mean the Germans and that Alister must have been let off lightly, dismally agreed. "But perhaps he won't meet them," I added with forced optimism.

"Oh, why *did* we let him go?" asked Christina for the sixth time.

"Just because we've got no sense at all," I answered despondently. "Oh, I do wish Alister would come to."

"Cluny's followed Duncan," remarked Christina, after another agonising five minutes had slowly ticked away. "I hope they don't kill him too."

"Oh, do stop," I cried, feeling thoroughly exasperated. "Any one would think Duncan was already dead from the way you talk."

"Well, he may be," Christina answered, "for all we know."

"Well, I'm going to see," I cried, unable to bear the suspense a moment longer. "You can stay with Alister, and I'll go on foot; it will be easier to skulk if I see the Germans then."

Christina made no objection, and after trying Chevalier to a tree I left her. The land seemed strangely quiet as I walked on down the path alone. To be honest, I must admit I was scared. I would have given anything at that moment to be safe on the beach at Eastbourne or playing with the children next door at home.

I began to wish I had never left Christina. I have always hated facing anything alone. Then, quite suddenly, I came to a clearing and it was like coming from darkness into light. A hundred paths met in a wild maze, behind me, and on both sides large hills reached upwards to the sky, and in front, far below, lay the sea—the sea, what a thrill it would have given me but an hour ago and now it left me unmoved.

At any other time I should have stood and admired the landscape, perhaps for hours, but now it was only the mad maze of paths which interested me. Which had Duncan taken? Oh, which? Oh, which? How could I ever tell? I felt the day's events were overwhelming me and I was just going to sink to the ground in an agony of despair, when I heard the tinkling sound of rushing, splashing water. For a moment I couldn't connect the sound with anything; then suddenly I knew, and I knew that Duncan must have known, and in a moment everything seemed much easier.

Pulling my scattered wits together, I ran, stumbling and falling, tearing my hands on rocks, slashing my knees on boulders, until at last I reached my ally, a tinkling, rushing burn. Cluny was beside Duncan, who lay, tied hand and foot, with his own handkerchief in his mouth held there by his own tie. I'm afraid that for a moment I just stood and stared. I had expected to find him "gashed and gory," instead I found him unhurt except possibly for his pride, and I must admit it was a surprise. But the sight of Duncan wriggling and kicking soon spurred me to action, and it wasn't long before I had Duncan standing beside me looking quite his normal self. I felt like laughing with relief, but realising that Duncan could hardly be expected to understand such eccentric behaviour, I suppressed the impulse and asked what had happened.

"It was the Germans of course," he answered. "Thank goodness you found me. I couldn't have borne it a moment longer; it was terrible to think I might lie beside the burn for days trussed like a chicken; perhaps until I died from slow starvation. Oh, it was awful!"

"You've got too much imagination," I told him. "Besides, you insult your kinsmen. Did you think we would rest until we found you?"

"You might well have been in the same state," he answered.

"Not likely," I answered. "Still, that is neither here nor there. You haven't told me how it happened yet."

"It was the Germans of course," he said again. "They did a deed no Scotsman would ever sink so low to do. While I was stooping by the burn, they slunk up from behind and, before I had time to think or raise a hand in my defence, they had me tied and trussed. Then they laughed, oh, such horrid laughter, and chattered gaily in German. Then finally, before leaving, they seized the knapsack I had filled with such ill consequences and poured the contents over my face. Over my face when I lay helpless; it was far from funny, I can tell you. And when I had emptied my eyes of water, I saw a sight which made me sick at heart, made me bite my gag and wrench at the cords which held me until I was panting with rage and exhaustion." Here Duncan stopped for breath.

"Come on," I cried, mad with impatience, "what did you see?"

"I saw," said Duncan slowly, "two Germans riding two horses—our horses, Harvester and Landslide. Now can you understand my rage? And as they left me and saw my eyes upon them, they laughed and, waving, shouted: 'We ride now! Ha, ha! the tables are turned.' Oh, it was horrid," finished Duncan, shuddering.

The news filled me with intense hatred of our enemies.

"Come on," I cried, and then, realising I was being unsympathetic, "that is, if you're all right after what you've been through."

"I'm all right except for being stiff. I never knew being tied up was such agony. I got terrible pins and needles and cramp in one of my big toes, not to mention itches in all the places I couldn't reach," said Duncan; "but we mustn't waste time."

"One thing is, you will walk it off," I said as we left the burn. "You can hardly do otherwise now we've only three horses. I really don't know how we'll ever catch up with them," I continued dismally. "They've got a flying start and no luggage, nor a kinsman who may need nursing."

Duncan said nothing. I think he was lost in his own thoughts. We were walking back through the high bracken and boulders, through which I had plunged but a few moments ago, sick with despair and anxiety.

"How long ago did they leave you?" I asked, meaning the Germans.

"I should think they'd been gone about a quarter of an hour before you came," he answered. That gives them a good half-hour's start, I thought. Still, it didn't seem such a lot, really; we might yet overtake them if we rode recklessly, I realised, beginning to feel more optimistic. Then I remembered that we were two horses short, and that we had yet to know the state of our wounded kinsman.

"They've gone! " cried Duncan, making me jump. I looked round and discovered it was true—that there was no sign of Alister and Christina, nor Avalanche, Chevalier and Rowan.

"What do we do now?" said Duncan.

"Let's both shout at once," I suggested.

"O.K.," said Duncan.

But though we yelled in perfect unison, our hands cupped to our mouths, no answering shouts gladdened our hearts. Only the hills echoed.

"Let's go in search," I said. "I saw hoof-marks the way we came just now."

"Well, they could easily be Landslide's," Duncan pointed out. "But anything to do something, I agree; let's go back."

We walked in silence until we came to the clearing; here, once again, we halted and for the second time shouted, "Alister, Christina; Alister, Christina." Then, "Where are you? Alister, Christina; where are you?" We were both so near despair that we could hardly believe our ears when we heard answering cries of "Here! "

"Where?" yelled Duncan.

"Follow the track to the right," came back, and it sounded nearer.

"All right," I shouted, starting to run. The track to the

right was rather overgrown and winding, but eventually we met them, and I was relieved to see that except for being unusually pale, Alister looked quite all right.

"What *have* you been doing?" he asked. "We waited for ages and then we could bear it no longer, and came in search."

Duncan and I took a long time telling our story, but at last all was told. "Losh!" exclaimed Alister when we had finished. "This is grim news; they certainly have scored to-day. Three horses is not many when one has to take the luggage. I wonder if we'll catch them and, if we don't, what they'll do with Landslide and Harvester."

"Don't talk about that," said Duncan.

"What happened to you?" I asked. "We haven't heard yet."

"It's a short story," replied Alister. "I rode round the corner and before I even saw my opponents something hard and sharp hit me on the side of my head: I should think they had been listening to our conversation. The next thing I knew was Christina staring into my face and saying 'Alister.' "

"I guessed as much," said Duncan. "They haven't the smallest idea of decency. Think of a Scotsman doing that."

"Decency doesn't come into war," said Alister.

"Well, in my opinion, I think we've well deserved all we've got," I said. "We've been absolute fools from beginning to end. Why did we ride unarmed? It's all very well to say we haven't any weapons, but the Germans have just proved that stones and boulders do admirably. We've been too stupid for words."

"Well, I'm afraid we won't get any further by discussing it," said Alister. "The point is, what *are* we going to do?"

No one spoke for a moment. Then I said: "I think we should put ourselves in the Germans' position; they are, I should imagine, hoping ultimately to reach the sea; possibly they've made arrangements to be picked up when

Harvester

they do; or perhaps they're going to steal a fishing boat, or hope to get over as stowaways."

"In fact," said Alister interrupting, "you think we should make our way to the sea, hoping to intercept them on the way or at least get a glimpse of them before they leave this country for ever."

"Yes," I answered, "it seems the only thing to do, and if they have gone by the time we reach the sea, we may still recover our horses."

"Yes, I agree, it's much the best idea," said Christina. "But before we go let's have lunch. No expedition has been accomplished successfully on an empty stomach."

The rest of us told Christina she was greedy and thought

of nothing but food. But after she had pointed out that if we ate something it would lighten Rowan's load, we agreed and ate a frugal meal, which I don't think any one but Cluny enjoyed at all. Althought Alister insisted that he felt quite all right, I was sure he had a splitting headache, because every few moments he passed his hand across his forehead.

"If everyone's had enough," said Christina when we had all stopped eating, "I think we might pack up."

"I don't know why we called it lunch," remarked Alister, as we crammed the remains into the dry knapsack. "It's nearer four o'clock than three."

"Losh—is it?" exclaimed Duncan. "We'd better hurry or we'll certainly never reach the sea to-day."

"I don't see why you said eating lunch would ease Rowan's load, Christina," I remarked, "since the food's all in the knapsack."

Christina said nothing and nobody spoke again until the unfortunate question of who should ride first cropped up.

"Let's toss to decide," said Duncan.

"All right," agreed Christina and I together.

"Bags toss," exclaimed Alister. Little did he know the nasty surprise which awaited him.

"One thing about deciding this way," said Alister, plunging his hand into his pocket, "is that——" But he never finished; with a cry of horror he said: "My wallet's gone . . . oh, and my purse. I haven't got a penny on me, not a penny; we're done for, absolutely done for."

"What a nuisance," Christina answered, sounding peeved but by no means upset—rather as though the dustman hadn't called or she had lost a handkerchief or broken some trivial object. "Still, money isn't everything," she added. She has reached the same stage as me, I thought; so many things have happened, nothing can surprise her now.

"It's no joke, though," exclaimed Alister, sounding serious. "We've already eaten most of the provisions we bought in Kirkness and how are we to buy any more, when I had practically all our money in my wallet?"

"Well, I've got one and nine," said Christina, feeling in her pocket. "Think how much oatmeal or loaves of bread that will buy."

"And I've got tuppence halfpenny," said Duncan, as though acclaiming a jewel beyond price.

"I've got a shilling," I said, looking in my purse.

"That all sounds fine enough," exclaimed Alister; "but I had seven pounds in my wallet, not to mention some half-crowns in my purse, and you can't convince me that losing seven pounds isn't serious."

"Yes, I agree with you; it *is* serious," replied Christina; "and now for goodness' sake let's get on. I'll toss."

Tossing took a long time, but at last it was settled—fate decided we should follow a path which, if I hadn't already described them as all equally narrow, I should have called narrowest. It was one which led over the sharpest ridge in the hills before disappearing in the unknown beyond.

Although the Germans had last been seen vanishing into the distance, quite half an hour ago, we all felt very much in the danger line and armed ourselves with sticks and small boulders before starting. Even thus armed, we were still cautious; at regular intervals we stopped to listen and, though the landscape must have been very lovely, we did not see it; to us the boulders beside our path, the little clumps of bracken which grew at random and the rowans which stood in groups like friends were more important; for they might harbour our enemies, and prove accomplices in our defeat.

As you can probably imagine, these precautions made our progress very slow and, secretly, I doubted that we would race the Germans to the sea. The perfect day was fast fading, the sun vanished and, after we had travelled for an hour, a raw, damp mist made its appearance. With the mist came a change in riders: Alister and Duncan dismounted and Christina and I rode. I rode Chevalier and I must say it felt marvellous to be on him again. It seemed paradise to be able to rest my aching legs, but, as always, paradise was short-lived. At last the path changed; it became a mass of stones, boulders and small rocks, which slid from beneath the horses' hoofs, causing little avalanches and making our hearts stand still more than once. After a few moments Christina and I agreed that it would be easier for our trusty steeds if we walked and so gave up our little piece of paradise.

Soon, however, we all felt spurred to greater efforts, for now at last we were nearing those hills which had stood so long between us and the sea.

I don't know what we expected to see before us: whether a path winding down to a sandy beach, or a green stretch of grass between us and a deep blue sea, or perhaps, and I think most likely, to find ourselves on the edge of a precipice with the sea beating against the rocks below. In one respect our hopes were realised. When we reached the top and looked down, we did see the sea—a wild tempestuous sea whose huge breakers were charging the beaches in frenzied anger all along the coast. But except for this we found no satisfaction in what we saw; we might see the sea but with small consolation when a hundred hills and valleys lay between us.

"Do you think we'll ever reach it?" asked Alister, passing a hand in front of his eyes.

"I doubt it," I said, "for soon the mist will thicken and dusk will come, and then we'll be able to see nothing at all."

"To be quite honest," said Christina, "I think we have followed the wrong path, in fact I don't believe we're much nearer the sea than when we last saw it."

"I agree," said Alister, "I doubt that we'll reach the sea at all to-day; it's seven o'clock and that doesn't give us much time before dark. I suggest we go on for an hour or two, anyway, meanwhile keeping our eyes open for a nice sheltered place where we can camp for the night."

"No," cried Duncan, "I cannot agree. Are we Macgregors to be defeated by two paltry Germans and unfavourable weather?"

"But we are going on for a bit," I said, and feeling the wind in my face. "It's much too cold up here and, anyway, there's nothing for the horses to eat."

The hill was steep and very slippery for the horses, and I couldn't help wishing that we might have some respite from the continual up and down hill-climbing. I tried to work out how many miles we would have saved had the ground been flat all along, but it was quite beyond me and, anyway, when the ground became rougher, I had to watch my feet, which drove calculations right out of my mind. At last we reached the bottom and it was marvellous to feel flat ground under our feet again. I looked round and saw that we were surrounded by hills once more.

"Let's stop here," I said, noticing grass and trees and, down the hills, burns like silver streaks.

"Yes, I think that's rather a good idea," answered Christina. "It's certainly beautifully sheltered."

"I suppose we might as well," said Duncan; "but I still think it's feeble."

Duncan having agreed, we all gave a sigh of relief and began to take the tack off the horses. This done, we watered and tethered them, then put up the tents and started to cook the supper. Starting to cook the supper began one of our all too frequent arguments—this time, I am ashamed to say, about what we should eat. Alister said we must go on iron rations as the food situation was exceedingly poor and there seemed little hope of it improving, since we had no money. I said he sounded exactly like a government spokeman, and:

> "Gather ye rosebuds while ye may,
> Old time is still a-flying
> And this same rose that blooms to-day
> To-morrow may be dying."

However, after a short discussion, Christina and Duncan sided with Alister, so I gave up the battle, and we ate a meagre supper of boiled potatoes and bacon in gloomy silence. We were feeling too despondent to discuss our plans for the next day and we even sank so low as to leave the washing-up for the morning—an exceedingly bad sign, I thought.

For the first time since the beginning of our tour I was unable to sleep and yet I felt more tired than ever before. I suppose my nerves were on edge. I know the hills seemed like huge monsters slowly closing in and, though I told myself they were my friends, I couldn't help feeling that they were encircling us and would soon form the walls of a gigantic prison.

When at last I fell asleep, somewhere in the very early hours of the morning, it was to dream that I went to a dinner-party, and there I met the Germans looking very smart in evening dress. I had forgotten to change and still had the mud of the hills clinging to my disreputable jodhpurs. The Germans seemed to be acting as waiters, at least they handed me the dish filled with the most delicious pastry which was still uncut. I gingerly cut a slice and then, plunging the spoon in, struck something hard, which gave a neigh, and springing out, revealed itself to be Chevalier. I wakened about four, shaking and shivering, and crying "Chevalier, Chevalier!" and it was ages before I went to sleep again.

Chapter Six

I WAKENED with a splitting headache and a mind on the brink of despair. The mist had vanished and the hills stood clear in the morning sunlight. They looked far more inviting now beneath the sun than they had in the dusk of the evening before; much smaller too, now that you could see taller brethren peering over their shoulders.

I turned over and looking at Christina discovered she was awake.

"What's the time?" she asked, catching my eye. I looked at my watch only to remember that it wasn't going; its hands were still firmly clasped at twelve, a fact which added to my despondency.

"It's stopped," I told her. "Or, to be more accurate, it never started."

"Oh, how wretched," exclaimed Christina. "Why must everything always go wrong at once?" And then, after a pause: "Let's get up, it can't be very early."

When Christina and I were up and dressed and had wakened Alister and Duncan and watered the horses we lit the primus. We still had a little oatmeal left so we made some porridge which we ate—when Alister and Duncan were dressed—with the last of Mrs. Macnab's milk, some salt and a silence nothing could break. Then we started the depressing business of washing up—depressing because we had the supper things of the day before as well as the bowls and spoons we had dirtied at breakfast. Duncan washed and managed to break two cups and a bowl in the process, which didn't heighten any one's morale. When the dreary job was finished, Christina and Alister started to take the tents down, and Duncan and I decided we would get the horses ready. We felt rather mean waking Avalanche and Chevalier who, lying on their sides, were

We watered the horses

far away in the land of dreams. However, they didn't seem to mind.

And ten minutes later we were on the move again. Christina and I were riding first and before starting we all armed ourselves with sticks and stones, Duncan maliciously chanting, "Sticks and stones can break your bones."

Nothing unusual happened until we had our first glimpse of the sea since the evening before. It was after lunch, I remember, and I was leading Rowan and Alister and Duncan were riding. We had just climbed an exceedingly steep hill and were resting on our laurels. Below us lay the sea, wild and tempestuous; awe-inspiring, yet beautiful with a wild stirring beauty. There were no farms that we could see, nor houses, nor any sign of life until we heard the echo of a neigh borne back to us on the breeze and then, far below us, we saw a pair of ears—equine ears. Alister and Duncan gasped simultaneously and Christina said: "By the blighted hopes of Scotland, I believe there's still hope." I stood and stared, lost in amazement at our good fortune.

"Let's go on," cried Duncan after a moment.

"Yes, forward. We may catch them yet ere they reach the sea," cried Christina.

> "Strike! and drive the trembling rebels
> Backwards o'er the stormy Forth;
> Let them tell their pale Convention
> How they fared within the North.
> Let them tell that Highland honour . . ."

yelled Christina, quoting Aytoun as she started to run madly down the hill.

> "On we poured until we met them,
> Foot to foot and hand to hand,"

I cried, tearing down hill after the fast-retreating figure.

Christina and I easily outpaced the horses, but once at the bottom they soon caught up again.

"Kinsmen," exclaimed Alister, when we stopped for breath, "this time, let us be prepared! We must not walk into ambushes or do anything foolish, which might befit an Englishman, but speaks ill of the prowess of a Scot."

"You speak well, kinsman," answered Christina. "Let us think carefully how we can capture our enemies and recover our horses which, personally, I think is going to be a difficult feat to accomplish."

"Your thoughts do the Macgregors small credit," exclaimed Duncan. "Surely we, two to one, can defeat two paltry Germans."

"It's not a case of whether we can or can't," said Christina, not without a little impatience in her voice. "The question is how we can best do it, and at the moment we don't seem to be getting anywhere."

"Let us have no thought for to-morrow," I said. "We may find the horses picketed without a German in sight."

"But we may not," said Christina; "we have been caught unprepared too often."

"I quite agree," said Alister.

"Well, you're not going off on your own again, Alister," I said. "We nearly died of anxiety last time, and I absolutely refuse to go through the ordeal again."

"You're too nervy," he answered.

"Let's try and think. What do people do in books?" asked Duncan. "What did David and Alan Breck do in *Kidnapped*?"

"Didn't they skulk in the bracken?" I said.

"Well, why can't we?" asked Christina. "Let's leave the horses when we're within a mile or so and creep through the bracken; then lie and watch until they're not on the lookout, and then strike. We might capture them quite easily."

"If they stay long enough," I said.

"I think it's the best idea," said Alister thoughtfully.

"It seems the only thing to do," said Duncan.

"Forward, then," cried Christina, who is inclined to be dramatic at times. "The day is yet young."

"Not young," I answered; "surely middle-aged."

"How do you know?" asked Christina. "Your watch is wrong. What is the time, Alister?"

Alister looked at his watch and gave a cry of dismay. "One of the hands has fallen off," he said.

"That's torn it," I said. "Can't you tell the time with the all-right hand?"

"No, I'm afraid I can't," replied Alister. "The trouble is the fallen-off hand has got stuck on the still-on hand."

"Does time really matter?" asked Duncan, walking on towards the hill which stood before us waiting to be climbed. "Why should we be slaves to time? I think it's going to be rather fun! We'll be able to write a book called *Living Without Time*."

"Hardly," said Alister, "when time still passes. But enough, we need our breath for yonder hill, for I have a feeling that beyond it lies the sea, not miles away this time, but just a mile or so below."

"Don't we always have that feeling?" I asked. The climb was stiff, and we were breathless when at last we reached the top, But we were well rewarded; Alister was right. Below us lay the sea and though it was not very close, it seemed far nearer than before. We could see it was a sound, spotted with small islands of all shapes and sizes. We stood and stared for a moment, and then Christina said: "I don't see any horses." And then suddenly we heard a neigh, not the echo of a neigh, but a real one and it sounded quite close. My heart stood still, and I felt Chevalier, whom I was riding, quiver all over. He pricked his ears and, for an awful moment, I thought he was going to answer. But fate was kind for neither he nor Avalanche —whom Christina was riding again—made a sound.

"Quick! Over here," hissed Alister from behind a clump of rowans, only just in time. Christina and I had barely reached them, when we heard a snort and a clatter of hoofs, and two horses flashed past—Landslide and Harvester—ridden by our enemies.

"I'm going after them," cried Christina, and before any one could cry stop, she was plunging down the hillside in hot pursuit.

"I'm going too," I cried, urging Cavalier forward. Ground which a few moments earlier would have caused us to dismount and lead our horses, we now crossed at a gallop, and it was not long before we saw our enemies again, this time in full view. They were still galloping, and I could see Landslide's coat was dark with sweat. I looked at Christina and she looked grim. "Come on, Chevalier," I whispered. "Faster, faster, we must catch them; we must, we must." I felt him surge forward and I'm sure we gained a yard, but at that moment our foe turned right and disappeared round a bend in the hills.

"Avalanche is lame," said Christina suddenly, with a catch in her voice. "I shall have to stop. I can't go on."

For a moment I was speechless. I would be alone. But already Christina was dropping behind. "Oh, I'm so sorry," I cried, and then, thinking frantically: "I'll light a fire when I've caught up. Do you hear? A fire, that'll be my signal."

"All right," came back Christina's answer, so faint that I could hardly catch it.

I think I must have been mad that afternoon: what I should do when I caught up with the Germans I had no idea. I felt Chevalier tiring, and at the same time saw Landslide and Harvester again, still galloping. "Come on," I said, patting Chevalier's lathered neck. "We've got to catch them, we're the only ones left." Chevalier understood: he tossed his intelligent bay head and seemed to go still faster, not heeding the many rocks and boulders

We'll catch them yet, I thought

strewn across his path. I could see that I was gaining every moment and I realised that if I could only keep it up, I should be alongside my enemies before long.

"Come on," I urged again: "Faster, faster." I could see my enemies clearly now.

They rode well, I realised, watching Harvester stumble and recover himself. Now I was galloping through slushy peat, now through clammy marshland, now, once more, on heather and rock. I had no time to think, we were travelling too fast for thought.

I saw Landslide slip and fall to his knees, but he was up and away again before I had gained a yard. Then we turned right again and in a moment we were walking down a slope so rocky that any other pace would have spelt certain disaster. And for a hundred yards it was a gigantic walking race. I saw my enemies turn and look at me; I saw their lips twitch, whether through nerves or amusement I could not tell. I suspected the latter, and I wondered why they didn't turn and treat me as they had Alister and Duncan. But I pushed the thought from my mind; I should know soon enough.

At last we were free of the rocks and galloping again. The ground was flat now and the only danger was from the occasional boulder lying here and there, a death-trap to a galloping horse. I breathed a sigh of relief and, giving Chevalier his head, once more urged him faster. Faster, faster, the words lay on the air.

I must catch them before they reached the sea, I thought; I must, I must. "Come on, Chevalier," I cried once more. I was gaining again; I could see the Germans' drawn faces, their heels drumming into their horses' sides. We'll catch them yet, I thought. The ground changed again: we were galloping through bracken now, which twisted and writhed round Chevalier's legs and soon turned our gallop to a canter, and then our canter to a trot. I was relieved to see that my enemies were in the same state. "You're a wonderful, wonderful pony," I told Chevalier, patting his lathered neck.

I looked around me and saw the sky was dark and stormy and then, in front, I saw the sea, still below us, but far, far nearer. In my imagination I saw a mysterious boat, lurking among the rocks, waiting for a signal; praying it wouldn't be long in coming.

I felt Chevalier's trot become a canter again, and I realised that we had left the bracken and were galloping over short, ling heather. I saw a rushing burn on my left and a thousand little burns all tearing to join their larger brethren, and the wild race to the sea. They made galloping almost impossible, and once again I was forced to slow down, even then we moved in a series of nerve-racking jumps and scrambles.

But I felt heartened, because now I could see the lather on Landslide's neck again and that meant that I must have gained in the last few minutes. Heartened, I became reckless and I'm afraid behaved very foolishly. Prudence has always been scoffed at in our family, called an Englishman's virtue and placed on a level with that humiliating adjective "cautious." Suddenly it dawned on me that I was being prudent, could be described as cautious, and the realisation filled me with horror. Alister, Duncan and Christina, they would have thrown caution to the winds long ago, they would be alongside the Germans by now, making an effective capture, if they were in my place.

With these thoughts uppermost in my mind, I cried: "Come on, Chevalier, it's now or never; faster, faster." And, drumming my heels against his lathered sides, I gave him his head. Now, had I heeded Prudence or been guided by Caution, I might have captured the Germans and this book would be nearly finished.

As it is, however, I'm afraid you must be patient and plough through several more chapters before you reach the end. For hardly had I cried faster, faster before we fell—fell victims to one of the little burns and my own recklessness. I felt clammy ground beneath and all round, and Chevalier's weight lay like a clamp across my right leg. It was torture to lie thus imprisoned by my dearest friend, and watch my enemies vanishing, perhaps for ever.

Poor Chevalier, he seemed finished—it was only afterwards I realised he must have been winded—and lay for fully a minute puffing and groaning, his nostrils distended, his eyes dark and troubled.

Then suddenly he moved, and with a plunge he was up

I could have howled with despair

and, before I could move or raise a hand, was galloping away in hot pursuit of my fast-disappearing enemies. I could have howled with despair. Fate seemed too cruel. But after a moment's hesitation I too was in pursuit, running for all I was worth in the vain hope that I might yet catch up.

It was very disheartening work, for before I had covered thirty yards Chevalier and my enemies were out of sight. But I reminded myself that "it is always darkest before dawn," and the thought heartened me and gave me enough strength of mind to continue the chase for another half-mile; then I stopped. Should I go on or should I light a fire and wait for the others? I could not make up my mind; the second certainly seemed the more attractive, if I did, by some unforeseen chance, catch up with the Germans I couldn't see how I should make them prisoners; on the other hand, I might reach a town and enlist the help of the police. Somehow it seemed rather feeble to stop and wait for help, and I decided I would go on for at least a few minutes and see whether there was any sign of a village or of crofts farther on.

But though I walked for much longer than a few minutes, and until I could see the first shadows of twilight stretching across the land, I saw no sign of civilisation and, at last, footsore and weary, I halted by the side of the large, rushing burn, which I had been following for the last half-hour, knowing that eventually it would lead me to the sea . . . I had decided that the moment had come to light my beacon.

There was little wood about, but after a quarter of an hour I had collected quite a pile of dry heather and bracken, green rowan and a few dry twigs. I laid my beacon with care and by the time it was ready to light I was feeling quite excited. I remember my hand shook as I struck the match, and as I watched the bracken flare and heard the dry twigs crackle, I felt highly elated, sure that no one could have made a better beacon and that my kinsmen could hardly fail to see its glow on the horizon. I collected some more bracken and twigs and heaped them on, before settling down by the burn, with my back to the fire and my own thoughts to while away the time. I must admit I felt rather worried about Chevalier; he could so easily catch a hoof in the reins, or, with no hand to stay his reckless course, go too fast over rocky ground and come to grief.

Dismally I wondered what our horses would be like when we recovered them; they might be permanently lame or have their knees torn to ribbons on the rocks.

It was agony to dwell on such possible calamities and to put such dreadful speculations from my mind I started to whistle "The Skye Boat Song." I had just reached the last verse, when I saw something which made me leap to my feet with a cry of horror and stand tearing my hair, vainly trying to think how to stem this new catastrophe. Tearing towards me in a wild ecstasy of fury was my little beacon, now no longer little, but a huge mass of flames eating everything in its path. I thought of forest fires, of all the notices I had seen about them on National Trust property and wondered how I could have been so foolish. But there was no time to waste on post-mortems. What was I to do? How was I, single-handed, without jug or bowl or bucket, to put out the now immense blaze? I rushed to the burn, only to stand helpless on the brink.

Then, suddenly, I had an idea: pulling my shoes off, I filled them with water and rushed, spilling it as I ran, and poured it on the fast-increasing flames. It had very little effect, but I tried again and again. I felt I must do something and, though I knew my efforts were useless, I told myself that I was getting the fire under control, that it was not spreading, that soon everything would be all right.

Unfortunately I was unable to convince myself, and it was not long before I began to imagine things: Harvester and Landslide tied to trees unable to escape as the flames reached them; Duncan, Christina and Alister settling down for the night, having given up the search, Avalanche and Rowan tethered, they themselves trapped in their tents. There was no telling how far the fire would spread, and soon it would be dark. I redoubled my shoe-carrying efforts and then, when I was about to give way to a new fit of despair, as if in answer to a prayer, there was a crash of thunder and the long approaching storm broke in all its fury.

Rain came down in torrents, sheet upon sheet. I was

almost stunned by the force of it. Flinging myself on the ground, I buried my face in the unscorched heather. I felt the rain soaking through my coat and then my shirt until my clothes stuck to my body like limp rags, but I didn't care, the storm was my friend. Crash of thunder followed crash, until I thought the very heavens must break; the flashes of lightning flitting across the hills for brief seconds made the landscape seem almost unearthly.

At last the storm slackened: the rain grew less in intensity, the thunder fainter and fainter, until the sky was streaked with light and the hill-tops touched by the sun. The fire had vanished as if by magic; only the blackened heather gave evidence of its recent existence.

I rose to my feet and felt water trickle down my back and discovered I was stiff from lying so long on my stomach. I was rather at a loss as to what to do and then I heard the call of a lone curlew and, as I listened, I knew what to do—I too began to call: "Alister, Christina; Alister, Duncan, Christina," I called, until it was just a mad jumble of the names all joined together.

For a long time I only heard the hills answer, and then, at last, I heard a cry of "Where are you?" And for a moment I couldn't believe my ears, and then I answered. "Here," I shouted. And then stood listening to the same cry of "Where are you?" come back. "Here by the burn," I yelled. "Follow the burn." And I felt as though I was already rescued, as though the fire and the storm were just a dream; as though I could sing for joy. Then I heard a voice call, "Hugheena." And I yelled, "I'm here, by the burn." Then I heard Alister talking. "She can't be far away," he said; "she sounded quite close just now."

"Oh, Alister!" I cried. "I'm here." And the next moment I saw them, Christina, Alister, Duncan, Avalanche, Rowan and Cluny.

"Hurray!" I shouted. "Hurray!" And then: "Thank goodness you've come."

"We saw your fire," said Alister. "It was certainly large enough; for a moment we thought the whole of Scotland was alight."

"Where's Chevalier?" asked Duncan.

"Yes, what happened?" inquired Christina. It didn't take me long to tell my sad story and, when I had finished, Alister said, looking very serious:

"We seem to be in a worse mess than ever, don't we?"

"Well, it's all my fault," exclaimed Christina; "don't blame Hugheena—I started the chase."

"Nonsense," I said. "It's my fault for being such a fool; if I had been keeping my eyes open, I should have seen the burn."

"Rubbish!" answered Christina. "I——"

"Stop!" cried Alister. "It doesn't matter whose fault it is. What matters is that it has happened."

"But what are we going to do?" asked Christina.

"Struggle on until we reach the sea, of course," cried Duncan. "Are we Macgregors for nothing?"

"Macgregors we are, I know," said Alister, his voice sounding quiet and calm in contrast to Duncan's excited exclamation, "and, by the blighted hopes of Scotland, I hope we won't forget it," he continued; "but do you honestly think we'll gain much going on to-night? I don't want to be the person who always cried stop! or wait or be careful! The last thing I want is to be a prig and I agree with the 'nothing venture, nothing win' spirit as much as any one. But even supposing we did reach the sea—which is most unlikely—we would see nothing, because in ten minutes it'll be pitch-dark."

"I must say I agree," said Christina.

"Besides," continued Alister, "this is a perfect camping ground; there's a burn for water, we've just passed lots of grass and Hugheena's nicely aired a pitch for the tents."

"I agree," I said, "if we do go on we'll only wear ourselves out and get nowhere in the end." And I'm ashamed to admit that I was thinking of my aching legs and the gnawing pangs of hunger when I spoke.

"That settles it, then," cried Christina, sounding pleased.

We all worked at express speed, and it didn't take us long to get the tents up and the horses settled. Next came the question of what we were to eat, and I must say the knapsacks looked depressingly empty.

"Really, I never knew people ate so much," sighed Christina. "Personally, I think it's perfectly disgusting; can't we start slimming or something?"

"Don't worry," said Alister. "I should think we've all lost a stone already; I know my breeches won't stay up much longer. Let's see what we've got left, anyway."

So we took stock of our provisions and this is what we had: One tin of corned beef, twelve potatoes, fifteen digestive biscuits, one pot of jam, one pound of sugar, one slab of butter (rather small), two slabs of margarine (also small), one piece of cheese (middling size), twenty-two dog biscuits and a lump of lard (very small).

"There seems plenty there," exclaimed Duncan, glancing at the pile.

"But there isn't really," said Christina; "not when you start thinking about it. After all, one can't exactly eat lard, butter or marg by the spoonful, and a pot of jam doesn't go far when you eat it neat."

"Don't forget we've got fifteen biscuits," said Alister.

"I think we can cook ourselves a jolly good meal," I said. "We can fry the potatoes and corned beef in the lard; have a mixed grill. What more could you want?"

"If we're not careful, we won't have anything left for to-morrow," said Alister. "Personally, I think it would be best to boil the potatoes, we'll then have their skins as well and still have the lard in case we catch a fish or anything we can fry."

"An excellent suggestion," agreed Christina. "We can

eat the marg with them, and then have biscuits and butter."

I couldn't see that eating margarine with them was any better than frying them in the lard, but I didn't say anything. We all enjoyed the meal, but I think all felt empty afterwards. I know I did. Cluny had ten of his biscuits and then, after washing up and taking a last look at our only two remaining horses, we went to bed. I soon fell asleep to dream of fires and burns and haggard faces.

Chapter Seven

I WAS AWAKENED by Christina shaking me by the shoulder. "We've overslept," she said. "I'm sure we have. Look where the sun is."

I scrambled out of bed and I must say it looked as though Christina was right. Far below I could see the sea, calm and blue, the islands clear and golden in the sunshine, and sandy beaches stretching in a ragged line along the coast. It all looked tranquil and very lovely, and not a bit like the early morning.

"Have you wakened the others?" I asked, turning to Christina. She had not, so I took on the task, and I must say it took some accomplishing.

When we were all dressed, we ate the tin of corned beef and then prepared to continue the chase. We all felt encouraged and very much heartened because the sea seemed so much nearer than it had in the dusk the day before. Now it seemed that it would be but a matter of an hour before we would be standing on rock and sand, perhaps having already recovered our horses.

Hope gave us strength, and hills, which would have daunted us the day before, now seemed nothing to us in our mood of optimism—not that there were many, our path was mostly down hills, perilous hills it's true, but a change from the continual uphill climbing of the day before.

After what we estimated must be nearly an hour had passed, we felt the salty tang of the sea in our faces, which added fresh fuel to our mood of optimism. Somehow we felt that our troubles were to end when we reached the sea. I don't know why we got that idea, but I know we all felt the same. Soon we began to sing: first, "Will ye no' come back again," then "Willie's gane to Melville Castle" and "The road to the Isles," followed by "The Skye Boat Song" and "Keep right on to the end of the road." We sang them each about six times, and I wondered why we hadn't thought of singing before, it made the miles seem much shorter and the sun seem brighter.

When we stopped for lunch, although we had walked for much longer than the expected hour, we still felt madly cheerful. We giggled and sang as we ate the pot of jam and the slab of butter, and made jokes about our empty knapsacks, and tried to decide whether we would eat scones and honey, buttered toast or iced cake for tea; in the end we decided we would have all three.

Then we got sillier still and began to pass imaginary plates round, saying have a slice of nice sugary nothing. We were feeling too weak with laughing to sing when we started again, so we hummed instead and recited poetry, until we had covered another half-mile, when we felt strength creeping back into our tired throats and began singing again. The sea grew nearer and nearer, and our voices louder and louder until once more we were too much out of breath to continue singing; then Duncan had a brainwave and suggested we should invent a song of our own, which everyone thought a simply marvellous idea. The result will show you the degree of foolishness we had reached:

"We'll catch 'em, we'll catch 'em,
Never let 'em fear,
We'll catch 'em, we'll catch 'em,
We're getting very near.

"We'll truss 'em and we'll tie 'em,
And march them slowly down,
We'll truss 'em and we'll tie 'em
And march 'em back to town."

We were very proud of our song and sang it about fifty times to a mixture of the tunes of "Here's to the Drunken Sailor" and "John Brown's Body." Then we began to giggle again and then suddenly we realised the sea was only just below us. We let out a yell of triumph and, dragging Avalanche and Rowan in a most unhorseman-like manner, we dashed down one of the twisty paths, which seemed to lead straight to the sea and the sandy beaches, which now looked much smaller and rockier than they had in the morning. We were quite out of breath when at last our feet touched sand.

"I don't see any horses," exclaimed Alister after a moment.

"Oh, well, I expect we'll soon come across them," said Duncan; "after all, they'd hardly take them to Germany."

"They might have taken them salted and cut up," I said.

"Don't be so dismal," said Christina. "You shouldn't think of such things until they happen. Let's sing."

We sang and we searched, and for ages we saw nothing, then, worn out by our exertions, we sat on a rock, and gazed out to sea. I looked across to the islands and, counting, found there were nine. They were all of different shapes and sizes. One shaped like a walnut I automatically christened Walnut Island; another resembling a pair of trousers, Trouser Island; a third, after some thought, Milk Loaf Island.

It was an idle occupation and then I noticed something

which made me sit up and look again and gasp. It was an island I hadn't noticed, shaped like an L, it stood some distance from the rest; but it was not for that, nor its shape, that I gasped. It was for the grey smoke emerging from amid the few scattered pines which raised their heads above the rocks and seaweed, undergrowth and smaller trees, and all the other beauties of nature, which clustered round or grew on the island.

For a moment I could not believe my eyes, then I turned to the others and said, "Look!" and pointed. They were disappointingly sceptical, but after a moment agreed that it was smoke.

"Still," said Alister, "I don't see that smoke has any significance; it can so easily be campers or tourists boiling a kettle for their tea. It must be about tea-time."

"Easily," I agreed; "but it could also be the Germans cooking a rabbit stew or preparing a special signal for the mysterious boat which is waiting to take them back to Germany."

"I must say I agree with Hugheena," said Duncan. "But do let's be quick: it would be too bitter if a boat arrived and took them off right under our very noses."

"Well, the point is, how're we to get to the island?" I said.

"It's too far to swim," remarked Alister.

"Well, they must have got there somehow," Duncan pointed out; "and what they can do, we can."

"You sound like a school motto," I said.

We walked on again in silence, until Duncan broke it with the now frequent cry of "Look!"

"Where?" I cried, looking at the island expecting to see the Germans embarking.

"Not there," Duncan cried excitedly, following my eyes. "Look, there, just in front of you!" he cried, wildly gesticulating.

In front of us was a boat, which, anchored securely,

gently bobbed up and down on the waves but a few yards from the shore.

"But it's too good to be true," gasped Christina incredulously.

"Well, let's tie up the horses and then put out to sea," said Duncan, in businesslike tones.

"O.K.," I said. "Come on, Christina, we'll do the horses," I added, knowing how much my brothers like playing with boats.

After a short discussion, Christina and I decided that we had best tether Avalanche and Rowan so that they could easily get loose if we should be drowned, or fell victim to some unprepared-for catastrophe and never return. When they were tethered to our satisfaction, we hurried back to the beach, where we found Duncan and Alister waiting for us in the boat but a few yards out to sea.

"The boat's marvellous," shouted Duncan; "it's absolutely seaworthy and not very heavy. Do buck up, I'm simply longing to get across."

"All right, we're coming," answered Christina, bravely walking into the sea. I followed her example, and it wasn't long before we were all on our way to the island.

"This is marvellous," I exclaimed, sighing with contentment.

"Don't speak too soon," warned Alister.

"Well, whatever happens afterwards our legs are having a rest now," I said.

"Isn't it lovely to hear the creak of oars again?" said Christina, after a moment.

"Better still, to be using them," remarked Duncan, who was rowing, having bagged first.

"That reminds me, it must be someone else's turn by now," exclaimed Alister. Christina rowed next, then I and lastly Alister. The order was very carefully arranged, because Alister is far the best oarsman—and the last few yards needed immense skill, skill in sliding silently between rocks and shipping oars without a sound.

"What are we going to do, when we have landed?" whispered Christina.

"Skulk until we find exactly where the Germans are," answered Alister, "and then lie in hiding until dusk."

No one spoke again until we were gliding in between rocks. Then Duncan whispered:

"Isn't this marvellous? It's like living in a film."

"Ssh," said Alister; "we're getting awfully close." I felt cold with excitement and filled with a longing to feel land under my feet once more. I was Alan Breck, Flora MacDonald and a modern spy rolled into one, as we slid noiselessly between seaweed-clad rocks and heard the sifting sound of wood on sand as our bows grated on a sheltered beach.

"Nicely done," murmured Christina.

We moored the boat, because of the tide altering and then we looked at our immediate surroundings. The cove was like one of those marvellous advertisements you see in railway stations. Around us were rocks and between them clusters of sea pinks; above us was a sky blue, but for an occasional cloud and a few streaks of pink where the sun was sinking in the west.

"Oh, isn't it lovely?" exclaimed Christina, bringing us back to life.

"Almost too lovely to be real," I said.

The soil became less and less sandy as we penetrated farther into the island and it wasn't long before we were silently wading through bracken and could see scattered rowan trees here and there.

"I wonder whether there are any caves," whispered Duncan; "because, if there are, they would be perfect to hide in until dusk."

"Yes, perfect," agreed Alister.

"Well, let's find where our enemies are first," I said.

"I agree," said Christina. "And I don't think we're getting anywhere at the moment wading through this wretched bracken. Why don't we explore the beaches?"

"All right," answered Alister; "we'll explore the beaches, but let's arm ourselves first."

Except for the cove where we landed, there were not any patches of sand large enough to be described as beaches; it was mainly a succession of rocks that we explored, rocks divided by sandy pools filled with clear water and tiny fish and crabs; sometimes we would cross rocks slimy with damp seaweed and limpets, or others dry and scratchy with mussels. Once I slipped into a dark pool and nearly screamed when I felt the clammy touch of an anemone. We took off our shoes after that and climbed barefoot, which was very successful except when crossing the scratchy rocks.

We had been climbing for what seemed ages when we discovered a dark cave hidden behind a screen of rocks.

"It's rather gloomy!" exclaimed Duncan.

"Ssh," said Alister, as we listened to Duncan's voice echoing down the cave.

"Let's go in and look, anyway," whispered Christina.

The cave became more and more eerie; the sandy floor changed to rock; the depressing sound of dripping walls increased until the very drips echoed; the dark pools were replaced by still darker pools, black and stagnant topped by green slime, which smelt of rotting fish and decaying seaweed.

The cave became darker too, the farther we penetrated, until only occasional streaks of light appeared through cracks in the walls, throwing hideous shadows across our path, making us stop and hold our breath and clutch our weapons. Oh, it was far from pleasant and the worst dream I ever have is when I revisit that terrible cave. But it is always darkest before dawn, and suddenly, when I felt my hands could grow no clammier, and if my heart stopped beating again I should have heart failure, the cave broadened and we were standing in what could be almost described as a room. The floor was a mixture of sand and earth, the sides were of dry, inland rocks, through which an occasional sprig of bracken forced its face; above was earth and rock and roots, and straight in front of us was an opening, which, though partly concealed by rocks and bracken, gave the room—if I may so call it—a light and airy appearance and an atmosphere of space and freedom.

I sighed with relief; it was lovely to have light again and to feel the little breeze, which drifted through the opening, blowing against my face and smelling of seapinks and filled with the sun and the salt tang of the sea.

"Isn't this perfect?" murmured Alister.

"Absolutely," I agreed.

"Let's see where the opening lies," suggested Duncan, already creeping up the sloping passage, which led to bracken and rocks and the smell of sea-pinks. The rest of us followed and, on looking out, at first saw nothing, and then something which made us duck back into the passage and then lie trying to hold our breath and listen. It was our two enemies whom we had seen, bending over their fire and stirring something in a pot. It was a nasty moment. Exploring the cave, I had forgotten their existence; it had seemed like a particularly exciting and, in a way, delightful holiday adventure. And now I was back to stern reality. I shivered and felt myself go cold.

"I don't think they saw us," whispered Christina. "Let's go back to our room."

I followed the others mechanically, and when we had recovered from our first feelings of surprise, Alister suggested a council of war, for, as he said, our plans could wait no longer; we must make them and at the same time be ready for any emergency.

"Then we bounded from our covert—
Judge how looked the Saxons then,
When they saw the rugged mountain
Start to life with armèd men!

Isn't that the idea?" asked Duncan, quoting from "The Burial March of Dundee" once again.

"Well, we're not 'The Brood of False Argyll,' so we can't attack them in their beds," I said.

"But I don't see why we shouldn't when they're eating their meal or gazing out to sea," said Alister.

"Yes, then we could have their meal," said Christina. "I'm getting hungry again; I can't think why we didn't have enough sense to bring the last of the provisions."

"Is there any last?" I asked. "I don't think so, except perhaps a piece of lard."

"I suggest we wait till semi-darkness and then attack," said Alister. And that is what in the end we decided to do.

It was agony waiting and we found it increasingly difficult to keep ourselves away from the opening.

"I say, I'll tell you what I'm going to do," exclaimed Alister, taking off his coat. "I'm going to dash through the opening and before they have to time to move, wrap this" (giving his coat a slap) "round one of their heads."

"That's a marvellous idea!" exclaimed Duncan, sounding enthusiastic. "I'll do the same to the other one."

"I like that. What about us?" asked Christina in an aggrieved voice, waving a hand in my direction. "We want some fun."

"You can tie them up; that'll be fun," replied Alister. "Here's my tie for one of their ankles."

"And mine," added Duncan, handing his Macgregor one to me. "It'll pay them back if we gag them with their own ties and stuff their own filthy handkerchiefs in their mouths."

"An excellent idea," said Alister. "I only hope we

manage to put it into operation. Let's move now or it will be too dark to see our enemies."

Very stealthily we crept up the narrow passage: Duncan and Alister first because of flinging the coats, then Christina and I. No one spoke, and then came the great moment; Duncan and Alister looked out, and instantly there was a cry of dismay.

"They're not there! " cried Duncan, his voice filled with dismay.

"Gone! " exclaimed Christina.

"Yes, gone," answered Alister in a dull voice. "Once again we're too late."

"Well, don't make too much row," I advised; "they may be just round the corner."

"But the fire and stew have gone as well," said Duncan in a miserable voice. "Oh, why *did* we wait?"

"Well, it may not be such a terrible catastrophe after all," said Alister in his "look-on-the-bright-side" voice. "We may find them hiding in a cave and catch them like rats in a trap."

"And it was going to be such a marvellous surprise attack," moaned Duncan.

"Let's go on, anyway," suggested Christina; "we're only wasting time here."

"We'd better creep," I said.

"I quite agree," said Alister. "It's essential that we should have the element of surprise on our side."

It was lovely to be in the open air again, but agonising creeping, which, it being still dark, we soon abandoned. Everything was deep in slumber and, but for the gentle moan of the sea, all was silent.

"I do wish Cluny wouldn't rustle so," said Alister.

"Never mind," whispered Duncan; "he doesn't understand, poor fellow. Losh, this is fun. I feel just like Alan Breck or David in *Kidnapped*, don't you?"

"Yes, but I do wish we could see a bit more," I answered, barking my shins on a boulder for the third time. Soon we reached the pines and enjoyed ourselves skulking from tree to tree, and then, once more, we were wading through bracken.

"We should be back where we landed soon! " exclaimed Alister. "At least, I think this is the same bracken as we waded through earlier."

"Yes, I'm sure it is," answered Christina. "But what's that?" she said, with a tremble in her voice, stopping dead in her tracks.

I strained my eyes to see what loomed ahead, expecting to see a haggard face or a pistol's nose.

"It's only a rock," said Duncan, laughing. "You're getting nervy."

"Well, I should think it means we're getting near the sea again," said Alister. "About time too. I'm sick of groping in the darkness." Alister was right. The moan of the sea grew louder and soon we were climbing over a succession of rocks, many of which we recognised. And then, suddenly, the moon came out, and we were amazed to find that we were but a yard from the sea. The rocks and the sea looked fantastically beautiful by moonlight; long shadows lay across the beach where we had landed earlier, and the pools seemed touched with silver. We all looked around to see whether the Germans were lurking anywhere near, and then, all at the same moment, we looked down to where we had moored our boat, and there we saw nothing but sea—our boat had gone. . . .

"By the blighted . . .! " exclaimed Duncan, and got no further, for once again, all at the same moment, we gazed across to the sacred soil of Scotland and saw a small boat heading for her shores—our boat—there could be no mistake.

"Losh! " exclaimed Christina. "Of all the cheek."

I didn't say anything; I was watching the two figures in the boat getting smaller and smaller every minute, and once again wondering how we could be so foolish.

"We're marooned," exclaimed Duncan, sounding amazingly cheerful. "We're certainly seeing life. One thing is, we can talk as loudly as we like now."

"Oh, haven't we been idiots?" cried Christina. "Why didn't we hide it?"

"Why, yes, why?" I answered.

"Well, it really does look as though we'll starve to death this time," remarked Alister dismally.

"Well, at least we've got somewhere to sleep," I said.

"I think it's going to be jolly good fun!" exclaimed Duncan. "I've always wanted to be marooned on a desert island. I wish there were some coconuts, though, or trees laden with bread-fruit."

"No, it doesn't give you much scope for ingenuity, does it?" said Alister.

"Well, there's fish to catch," I said.

"Yes, we can make lobster pots," said Duncan cheerfully. "I've always loved lobster. It is luck, really, the way we all like fish."

"Cooked fish," exclaimed Alister. "And I'd like to know how many boxes of matches we've got between us. I've got one. How about anyone else?"

Christina, Duncan and I looked at each other, and then all dismally shook our heads.

"One box, then, with . . . " said Alister, counting furiously, "with twenty-seven matches in it."

"Well, that's heaps," said Duncan, sounding relieved. "I thought you were going to say two or three."

"It's not plenty if we're to be marooned for weeks," said Alister.

"Weeks?" exclaimed Duncan. "Why, we'll have made a

Rowan

raft in a couple of days, we're not as feeble as all that. Besides, the search parties will find us before——"

"What search parties?" interrupted Christina.

"The ones Mummy and Daddy send out, of course," he answered.

"But what about Rowan and Avalanche," I cried, suddenly seeing them still tethered, patiently waiting for us to come, slowly dying of thirst and starvation.

"I thought we settled that when we tied them up," said Christina.

"But supposing they don't get loose?" I asked.

"If once we start supposing, we're done for," said Alister. "Let's try to think how we can get back to the mainland."

"By raft seems the obvious way," I said.

"I think it's going to be difficult," said Alister; "because, honestly, I don't think there's enough decent wood. You can see it's mostly rotten," he continued, picking up a piece and breaking it across his knee. "It's not as though we've any nails or wire, either."

"I think supper's more important," remarked Christina. "After all, we can always leave the problem of getting back until the morning, but if we don't eat soon, we'll be too weak to think about it."

"Well, let's search the island from end to end while the moon's still up," I suggested. "After all, you never know what we may find."

The others thought it a good idea, so we started a great search and literally combed the island from end to end. It wasn't until we reached the opening to our cave and the remains of our enemies' fire that we found anything. It was Duncan who first saw Alister's wallet lying with an old cigarette packet beside the ashes of the fire. He gave a cry of delight and handed it to Alister, who, with trembling fingers, opened it to discover all seven pounds intact.

"Losh! " exclaimed Christina. "What a piece of luck."

"Think, seven pounds! " exclaimed Alister. "Think of all the food we can buy with it."

"Rather ironic that we should find it now when we can't spend it," I remarked.

"Yes, rather like a story with a moral in it," said Christina.

"Let's see whether we can find anything else," I said, kicking the ashes with my foot. But the ashes gave up no treasures, nor did the bracken, nor the sea pinks, and it was with sinking hearts that we decided to hold another council of war.

After a very long sitting, we eventually decided to collect

some mussels off the rocks and cook them for our supper. By the time we reached this conclusion the moon was fast vanishing, and though we hurried it was pitch-dark when we reached the rocks. I shall never forget the hours we spent on those rocks and whenever I see mussels now, I hear the gentle moan of the sea and feel the same over-powering feeling of helplessness as I endured that night. I shall never know how many times I stubbed my toes, nor how many times we crossed the same rocks over and over again. It was rather like some fantastic nightmare and every moment I hoped to waken and find myself in bed at home. And then, suddenly, the moon reappeared from her hide-out in the clouds and we were able to find our way back to the shelter of our cave at last, and set about cooking our very belated supper.

There was plenty of firewood lying about, and it wasn't long before we had a cheerful, though smoky, fire burning, and it wasn't until we had counted the mussels—finding we had collected thirty-three—that we realised we had nothing to cook them in.

We were already too disheartened by the string of accidents and calamities which had followed us throughout the day to say much. We looked at each other and saw in each other's faces the same despair as we were feeling in our own hearts. Once again all was silent, except for the voice of the sea and the mournful cry of the seagulls.

"Let's sit down and think," suggested Duncan suddenly.

We had laid our fire on the ashes of the Germans' fire and, as we sat down, Christina let out a yell of pain.

"Owh! Owh!" she cried. "Oh! I have sat on something sharp." And, jumping to her feet, she pulled out from underneath her a tin—a type of tin we all recognised.

"What a marvellous stroke of luck!" cried Duncan.

"Luck?" cried Christina. "Why luck? You wouldn't call it luck if you'd sat on it."

"But it solves our problem," cried Duncan, sounding immensely happy. "Now we can cook our supper. Don't you see?"

And so we had our supper after all, and a very good meal it was too. When we had finished, we all felt madly cheerful and sang and danced beneath the moon until we were all in a state of collapse, including Cluny, who had enjoyed the singing and the dancing and the mussels as much as any of us. Then we returned to our cave, and lying down on the sandy floor tried to sleep. We were silent for a long time, all pretending to be in the deepest slumbers; in fact, I thought I was the only one not asleep, when Alister broke the silence.

"Is any one awake?" he asked. And everyone said yes in very-much-awake voices.

"How many Jacobites do you think perished here waiting for boats which never came?" asked Alister.

"Thousands," answered Duncan. "Probably our great-grandfather and numerous great-uncles. I have a theory that we are fated to walk in the footsteps of our ancestors—that a mysterious hand is guiding us—that our doom has long been settled."

"Don't be so morbid," I cried. "Surely to be in an eerie dripping cave is enough without your gruesome theories."

"I agree," said Christina. Unfortunately, our remarks made little difference and for hours we discussed the fates of our ancestors and the tragedy of the Forty Five.

At last I fell asleep and, strangely enough, I dreamed not of my ancestors, nor the Germans, nor fires, nor slime, nor nameless creatures; but of school, the English school where we are sent to dwell in exile for more than half of each year.

Chapter Eight

I FELT very stiff when I awakened, and for a moment couldn't remember where I was; but the sight of grey walls, the sandy floor and my kinsmen brought the happenings of the evening before clearly before my mind.

After lying in bed for some time watching my sleeping kinsmen and wondering why it must be always me who wakes first, I struggled to my feet and stumbled to the opening and looked out. For a moment I couldn't believe my eyes. Everything was changed. The island seemed surrounded by vast stretches of rocks and sand and, across the other side, Scotland looked equally sandy, and then, suddenly I realised what had happened—the tide was out. Immediately everything became easy; it was rather like a crossword when one word gives you the clue to all the others.

Now I knew how the Germans had got across and, equally well, how we would get back. My whole outlook altered in one brief moment. The sun was shining and the world was warm and friendly; across the small expanse of sea Scotland waited to receive me.

"Wake up! Wake up!" I yelled back down the opening. "The tide's out; everything's lovely and we can easily swim to the shore. Wake up!"

"All right, give us time!" exclaimed Duncan, leaping to his feet.

"Are you sure you're not seeing things or dreaming?" asked Alister.

"Losh!" exclaimed Duncan, as he looked out, and then stood dazzled by the change.

"It's almost too good to be true," murmured Christina.

"Yes, it's stupendous, isn't it?" said Alister.

"Well, we're certainly no longer marooned," said Duncan, and I noticed a hint of disappointment in his voice. "But I must say I enjoyed it while it lasted."

"Well, at least we can say we've been marooned now," said Christina. "Think what fun we'll have telling our grandchildren all about it."

"If we have any," answered Alister, laughing. A doctor once told me that laughing is an infectious complaint and I believe he was right. I know Alister's laughter set us all off and we stood and shook for about three minutes and then began to sing. I am ashamed to say we even sang our own idiotic song, not having learned even then that pride comes before a fall. At last, for want of breath we stopped.

"Let's swim across," exclaimed Duncan, when we had all ceased to puff. "It looks easy enough."

"Yes, we've wasted quite enough time," said Christina, taking off her shoes with frantic haste. "We'll never catch the Germans at this rate," she continued. "I bet they've travelled miles by now."

"All ready?" asked Alister.

"Yes, all ready," I answered, taking a last look at the island. It didn't take us long to plunge through the bracken, and dash across the land between the pines and down the rocks to the golden sand and then, with a jump, into the sea.

We all felt cheerful but rather cold, when we reached the shore and started to search for the horses in rather a half-hearted manner. However, we soon came across our luggage, which was still intact and which—after a short discussion—we divided into four equal portions and each carried one. We decided to follow the coast for a bit, for, as Alister remarked, there must be a village on one side of a sound.

It was a perfect morning for walking. We all felt amazingly carefree and lighthearted, and it was not until we began to experience that curious empty feeling, which attacks the pit of your stomach when you haven't eaten for a long time, that we stopped singing and laughing. Then, just as we were becoming definitely gloomy, we saw something which made us sing twice as loudly and shower praises on the hand of Providence. There, grazing barely fifty yards away were our horses—all five, united at last.

"Losh!" exclaimed Duncan. "I can hardly believe our good fortune."

"Perhaps to-day is destined to be a perfect day," I said. "It's certainly had a perfect beginning." The horses looked at us rather suspiciously as we approached and, for one terrible moment, I thought they were going to gallop away. But Providence was kind and, when they saw who we were, they stood still with ears pricked, waiting for the piece of carrot or handful of oats which they usually have when we catch them.

Poor Chevalier; he looked very different from the prancing bay which had pranced through Fort Frederick but eight days ago; his sides were caked with mud and sweat, his saddle had slipped right over one side, and his white socks were completely invisible. His whole appearance lay on the verge of dejection.

But Harvester was in a worse state; his saddle had vanished altogether and his bridle was a mass of broken straps, held together only by the brow-band and headpiece. He looked terribly tired, too, and his sides, like Chevalier's, were caked with mud and sweat.

"Poor horses!" exclaimed Duncan, after we had gazed at them for some time. "I feel kind of guilty, don't you?"

"Yes, terribly," I agreed, and I felt as though all the fun and warmth and sunshine had gone from the day.

"The brutes didn't spare them, did they?" exclaimed

Christina angrily. "But we'll teach them to meddle with our horses; they'll rue the day they attacked Alister; you wait and see if they don't." I was surprised at Christina's vehemence, she sounded incredibly vicious.

"No, they won't go unrevenged," I cried, noticing Landslide's dejected appearance, which seemed magnified by Avalanche, looking fresh and clean and sparkling, and Rowan, fat and round and happy, each standing on one side of him.

"Poor Landslide," I said. And then: "By the way, how soon did Avalanche recover from her lameness after I left you?"

"About ten minutes," answered Christina. "She stumbled on a boulder, you know, and I think it just wrenched her fetlock a bit."

"I've been meaning to ask for ages," I said; "but so much has been happening that I kept forgetting."

"Well, forward, kinsmen! " exclaimed Christina. "We've wasted time enough." Alister vaulted on to Harvester, and I pulled up Chevalier's girths, after putting his saddle straight, and then mounted. He felt very narrow, and I realised he must have lost a lot of condition in the last day or two, and once again I was filled with hatred for our enemies.

We rode in silence for the first mile or two, and I must say it felt marvellous to be riding again.

"Isn't it lovely to have them all back?" exclaimed Alister suddenly. "Almost like a dream come true."

"Yes, marvellous," said Duncan, patting Landslide.

"What about stopping for lunch?" suggested Christina.

"Don't be funny," exclaimed Alister. "That kind of humour only makes one feel worse."

"What are you talking about?" asked Christina. "I'm afraid I don't quite get there."

"Lunch," exclaimed Alister.

"We haven't any," explained Duncan, "and as the horses have been eating up to an hour ago, there doesn't seem much point in stopping. Actually, I've been trying to stop myself suggesting the same thing for the last half-hour."

"Well, come on, what shall we have, roast turkey, grilled chicken or some real Highland mutton?" said Alister.

"Why must you talk about food?" I asked. "I've been trying to forget it for the last two hours and, when at last I've succeeded, you open the sluices and let the water in. Why must you be so tactless?"

"Sorry," said Alister, sounding apologetic. "But the conversation has brought the situation to a head. What are we going to do? We can't last indefinitely without food."

"Well, if we were ingenious, we'd make a fishing-line and hook or a fleet of lobster pots," said Duncan. "After all, there must be fish in the sea."

"That would mean stopping," exclaimed Christina, "and we can't afford to waste any time in a chase like this. Anyway, I'm sick of the sea; let's try the hills again."

"We'll probably walk in a circle if we do," replied Alister.

"Not if we follow a stream," answered Christina. I looked at the hills and the mountains and they seemed to call, inviting us to test our strength on their sheer sides, telling us of warm valleys and sheltered glens. Then I looked at the sea and realised that a breeze was blowing, for there were little angry waves quarrelling among themselves, venting their anger on the rocks and the gay, innocent sand. And, I remembered, that the sea accounts for hundreds of lives each year, and I knew I was with Christina.

"I agree," I said. "I'm sick to death of the sea."

"Well, that settles it, then," said Alister, sounding

We took it in turn to hold the ponies

disappointed. "We'll climb the hills of Scotland once again, but let me warn you it probably means good-bye to all hope of civilisation or food or friendly faces until to-morrow or, possibly, even the day after."

But Alister was proved to be wrong, for though you could hardly call what we saw civilisation, it was at least food and a face.

We had been climbing up a particularly stubborn hill shaped like a horse and had reached the withers, when Duncan, who was peering down the other side, made a choking noise, followed by a gasp, and then cried: "There's a hut below us, a real hut; quick, come and look, I can't believe it's true."

"It doesn't mean to say there's any one in there," said Alister.

"But there is, there is," shouted Duncan excitedly, "because there's smoke coming through a hole in the roof."

We took it in turn to hold the ponies while the others looked. The hut being screened by dips in the hill and bracken, so that you could only see it properly if you lay on your stomach.

"Well, it looks as though we may yet catch them like rats in a trap," remarked Christina.

"Oh, I'd forgotten all about *them*," said Duncan. "What a nuisance they are, I was thinking we might find someone friendly—someone like the Macnabs, who would give us something to eat. I'm starving, I don't know about you."

"I think we all are," I answered. "I'm feeling weaker every minute."

"Same here," said Christina. "But remember, we're fully entitled to eat the Germans' provisions once we've made them prisoners."

"Quite true," I exclaimed, feeling more cheerful. "I hadn't thought of that. But don't let's be foolish this time.

In the last seven and a half days I should think we've made enough mistakes to last a lifetime."

"No, we must leave no loophole for them this time," said Duncan. "It would be too bitter if they slipped through our fingers again."

"Do you think they're definitely in there, then?" asked Christina.

"Well, I think it's a ninety-nine out of a hundred chance that they are," answered Duncan; "don't you?"

"Yes, I suppose so," answered Christina slowly.

"I've got a suggestion to make," said Alister. "It seems obvious to me that the best idea is to trap them in the hut; we can then blackmail them into being prisoners rather than use force, and I suggest that we roll a boulder down the hill, get it somehow up against the door and then claim them as prisoners, and call upon them to surrender."

"Losh, that's a marvellous idea," exclaimed Duncan, sounding enthusiastic.

"Grand," I agreed.

"Well, let's put it into action," said Christina. "The windows look too small to be any good as means of escape, so we needn't worry about them."

"Finding the rock or rocks seems the first item in the programme," I said.

"Yes, let's tie up the horses and get on," said Christina.

"And we must be careful not to let the rock roll on Cluny," said Duncan. "We don't want to take a mangled dog home."

"If we ever get home," I said; "and that reminds me, surely this is the last day of our tour? Shouldn't we be loading the horses on a train now? School starts the day after to-morrow."

"Losh!" gasped Christina. "Our parents will be in a

frenzy when we don't turn up; they'll have the whole of Scotland looking for us to-morrow."

"This is indeed bad news," exclaimed Alister. "I had quite forgotten there was any limit to our holiday."

"So had I," said Duncan.

"Yes, it's an awful nuisance, and I hate to think of Mummy and Daddy worrying. But let's get on, or we'll never have the Germans for our prisoners," said Christina.

It didn't take us very long to find a suitable boulder, but moving it proved to be one of those things which are easier said than done. We pulled and pushed, and panted and grew hotter every moment and still we couldn't move it.

Then Alister had a brainwave. "Let's harness Rowan to it," he said. And we all wondered why we hadn't thought of it before. We managed to make some harness out of tethering ropes and a girth, which we used as a breast collar, and then harnessed her to the boulder. Rowan had been driven a lot before Daddy bought her, and she threw herself into the collar like an old hand. We couldn't help giving a cheer as the boulder rolled along the hill-top and we felt very triumphant when, at last, we had our missile at the appointed place ready to roll down the hill.

"Don't you think someone should be at the bottom ready to catch it?" said Alister.

"Catch it?" said Duncan, laughing. "I'm sorry for the person who tries to do that."

"Well, you know what I mean," answered Alister. "We don't want to smash the hut up if we can help it. After all, it doesn't belong to the Germans."

"I quite agree," said Christina.

"Bags go down," said Duncan.

"Bags too," I said.

"Well, you're only to stop it," said Alister. "Christina and I want to have some of the fun."

"We'll tie up the horses, while you're on your downward trek," Christina said.

"I think we had better take the tethering ropes to help stop the boulder," said Duncan. "I can't see us stopping it with our hands."

When we got near the hut, I saw that it was built of boulders roughly thrown together and topped by thatch, of what variety I could not see.

"It's more a hovel than a hut!" exclaimed Duncan, as our feet touched flat ground again. "I hope they're not looking out, because they're bound to see us."

"It would be awful if they realise what we're up to before we're ready. Hadn't we better signal?" I said.

"Yes. O.K.," answered Duncan. I hadn't felt in the least excited so far, but as I watched the boulder start on its crazy course, jumping and plunging like a jack-in-the-box, I began to bite my nails and feel a cold shiver down the back of my spine.

"We'd better get the rope ready, hadn't we?" asked Duncan.

"Yes. O.K.," I answered. The last few moments took ages to pass. It was agony to watch the boulder getting nearer and nearer and not to know whether we would succeed in stopping it at the right place. Then, at last, it seemed to head straight for us and the hovel's door, and, with our hearts in our mouths, we clasped the rope and stood ready. Fortunately, the boulder's progress became slower and slower as it touched flat ground and eventually stopped altogether when it was a yard from the door.

Duncan and I grinned at each other and coiled up the rope. Then we waved to the others and watched them tear down the hill.

"Couldn't have gone off better," whispered Alister when he reached us.

"Now for the great moment," said Christina.

"Do you think we'll ever move it?" I whispered, pointing to the boulder.

"I jolly well hope so," answered Duncan. "Come on, let's try."

"We can't fail now," exclaimed Christina in a hoarse whisper, as we threw ourselves against the boulder. For a moment nothing happened and then, very slowly, it began to move.

"Gently," hissed Alister, as it rolled half over.

"Mind out, it's going," cried Duncan, as the boulder stood right up on end before crashing with a tremendous bang against the door.

"That's torn it," I whispered.

"Losh! They must have heard that," said Duncan. We stood for a long time waiting for something to happen; but no one stirred within the hovel and no excited voices discussed the noise. It was all very disconcerting.

"It's all very odd," remarked Alister. "Do you think it's empty?"

"No, they must be in there. Look at the smoke," answered Duncan.

"Well, let's try shouting," suggested Christina.

"What shall we shout?" I asked.

"Well, anything," answered Alister.

"That's not very helpful," I said. In the end, after some discussion, we decided to shout, "Macgregors for ever," which we hoped would intimidate them into immediate surrender.

We might just as well have saved our breath, for no voice answered. It was very eerie standing outside and wondering what to do.

"If someone will give me a leg up I'll look through the windows," said Duncan.

"And get your teeth smashed in," exclaimed Alister.

"They're probably just waiting for one of us to try that game."

"Well, I shall have to put up with it, then," replied Duncan. "We can't spend all day here."

"Why don't we poke sticks through the windows?" I asked. "There's nothing like being first, and if they're really waiting to slash us in the face we'll get them first."

"That's a marvellous idea," exclaimed Christina, already starting to search for a suitable stick.

She soon found one and after shoving it through the windows once or twice, insisted upon being legged up. She didn't look for long. "There's an awful old man in there," she gasped. "He's lying on a heap of rags and he's got a beard."

"Oh, let me look," cried Duncan. "Quick, give me a leg up, Hugheena." Duncan looked for ages without speaking and then suddenly said: "He's seen me; he's moving. Ugh, he's rather mad; his hair's all matted."

"Perhaps he's a fellow traveller," I suggested. "Perhaps he's lost too, and dying of starvation."

"Oh, no, I'm sure he isn't! " exclaimed Duncan. "I think he's mad. I say, he does look cross. Oh, help, he's coming towards me, he's shaking his fist. I'm coming down. He's absolutely shaking with rage," he said, jumping to the ground.

"Oh, losh! " I cried. "What will he do when he finds the door wedged?"

"Losh! I'd forgotten all about that," cried Christina. "We must do something or he'll kill us out of sheer rage."

"Well, let's move it," I cried. "If we hurry we might manage to shift it before he realises it's there."

"But what if he's one of the Germans?" asked Alister.

"But he's not," exclaimed Duncan. "He's quite different, isn't he, Christina?"

"Absolutely," she agreed. "Even his hands are different. Come on, Alister, lend a hand," she said, pulling at the boulder.

We had found it difficult to wedge the boulder against the door, but we found moving it away ten times more difficult. We heaved and panted, and told each other to pull by the blighted hopes of Scotland, but without avail. At last, we stopped and stood too exhausted to speak.

"We've simply got to move it!" exclaimed Alister, after a couple of minutes had passed. "Even if only in the interests of humanity. Why, that man really will starve to death if we don't, and we will have murdered him in a sense." This awful truth spurred us to still greater efforts.

"We've moved it once, so we must be able to move it again," said Christina.

"Let's all heave together," said Duncan. "One, two, three—heave."

I don't know whether you have ever tried to move something and failed. But if you have not, I hope you never will; for it gives you the most hopeless feeling you may ever be called upon to endure. When we stopped again utterly exhausted, our aching arms dangling at our sides, Duncan said: "It looks as though we had better fetch Rowan to help us out. She——"

"Ssh," whispered Alister. "Listen." At first I could only hear the breeze stirring the bracken and far away a bird calling. I was just going to tell Alister that he was imagining things, when I heard a thud and then another thud, and suddenly I realised it must be the inmate of the hovel trying to batter his way out. The others had obviously heard it too, and reached the same conclusion.

"Come on," cried Christina. "His weight may make all the difference. Quick, before he despairs."

We threw ourselves against the boulder and very slowly, inch by inch, it began to move, and then, suddenly, it moved a foot and then another foot, and before we had time to think, the door was open and the old man was falling into our arms.

"Hurray, hurray!" shouted Duncan.

"By the blighted hopes of Scotland, we've done it," cried Christina.

"Are you hurt?" asked Alister, helping the old man to his feet. The old man didn't seem to hear. He shook his matted hair and then stared at us all, his face livid with rage. Suddenly his eyes lighted on Christina and his lips curled in an ugly smile.

"I'm so sorry about the door," I said hurriedly, hoping to distract his attention; "and for spoiling your sleep."

"Yes, we all are!" exclaimed Duncan.

"He must be deaf," said Alister. "Let's try shouting." The old man was still staring at Christina, who looked petrified. We must do something, I thought.

"We're all terribly sorry," bawled Alister. Nothing happened; the old man continued his fixed stare and, if anything, his expression became even angrier.

"Perhaps he's an idiot," suggested Duncan. "He must be queer to live here all on his own."

"I think he's stone deaf," I said. "I'm going to try writing a note. Has any one got a pencil?"

No one answered, for at that moment the old man's expression changed. Before it had been filled with anger, but a kind of mocking passive anger, now it changed—his whole face seemed filled with almost indescribable fury, active fury, and I knew in an instant that he was going to attack somebody. He swung round as though to choose a victim and looked at us each in turn. His eyes stayed fixed when he reached Duncan and once more his lips curled into an ugly smile. I felt as though I was turned to stone, as though I should never be alive again. With a rush, the old man charged, and in a moment was shaking Duncan like a dog might shake a rat.

"Stop it!" cried Christina, her voice sounding shrill.

"You leave him alone," yelled Alister, rushing forward and seizing the old man by the wrist. But the old man threw Alister off as though he was a child and then, releasing Duncan, stood back and laughed.

We were left speechless by the sudden change. Duncan rubbed his wrists, which were bright red where the old man had gripped them, and Christina picked up a stone, to be used in self-defence, I guessed. I fell back on biting my nails. And still the old man laughed. It was horrid and as I looked at his twisted countenance, I felt a cold shiver down my back. At last he stopped laughing and looked at us each in turn, as though searching for any sign of amusement on our faces. I went rigid all over, and my face turned as expressionless as a mask. When he had finished his scrutiny, Christina said, "I don't know about you, but I'm terribly hungry. Do you think, now he seems in a better humour, that we might manage to explain our plight to him?"

"I doubt it," answered Alister.

"I'm going to try writing a note," I said, and again I asked for a pencil. Alister passed me the tartan one he always carried.

"I should write some of it in Gaelic," advised Christina. "He may not understand any English." We all know a little Gaelic, and in the end I wrote the note in both tongues. This is how it read:

"So sorry for noise, etc.
We are hungry and lost
Please give us food."

I showed it to the others before handing it to the old man. We waited in agonising suspense while he read it, Christina with her stone tightly clasped in her right hand ready to defend herself at any cost. But the note had no startling effect except that the old man seemed to become more human and less wild beast. He read the note several times and then shoving it into his trouser pocket, he signalled to us to follow him. We looked at each other and Alister said: "I think we might as well." And Duncan said: "Nothing venture, nothing win." And Christina said: "It is all which stands between us and starvation." And I whistled to Cluny whom we had all forgotten was with us.

The old man led the way into the hovel and I felt as though I was the fly walking into the spider's parlour or that I was about to enter Bluebeard's house never to reappear. The hovel was very primitive inside; no pictures adorned the walls, nor carpet the mud floor; the table was a plank supported by two boulders and a heap of rotting sacks served for a bed.

"How are we to know whether the food's poisoned?" I asked.

"We won't know," answered Alister; "but don't worry, I don't for a moment suppose he's got any to put in. After all, he's hardly likely to keep a store of it." Meanwhile, the old man had been busy routing about in some dilapidated tins, which stood beside the peat fire, which had evidently been responsible for the smoke we had seen earlier. Every few moments he stopped routing to stir the blackened pot, which simmered gently on the fire.

"I wish he would hurry up," exclaimed Duncan. "I'm practically dying of hunger."

"I don't suppose he'll be much longer," I said, watching the old man get out five earthenware bowls and four wooden spoons.

"Well, I think he's jolly good feeding us at all considering how we've treated him," exclaimed Alister. "I'm sure an Englishman wouldn't."

"I quite agree," I said, and at that moment the old man thrust a bowl of steaming porridge into each of our hands. Wooden spoons and a bowl of salt followed. I nodded my thanks and at the same time noticed that Cluny was enjoying identical fare. Evidently the old man liked animals, I decided.

For some time, nothing could be heard except the disgusting sound of eating and then, all bowls empty, we prepared to express our thanks and take our leave. But the old man signalled to us to stay, and, opening a tin, took out a large slab of oat cake, which he divided into four, giving us each a portion. Rarely have I tasted such delicious oat cake and though my piece was large enough, I felt as though I could go on eating it all day. Life took on a rosier tint as once again we prepared to leave.

"I think we had better shake hands," said Alister. "That at least will show we're parting as friends." So, very solemnly, we shook hands each in turn and shouted, "Thank you," in Gaelic. The old man's face was completely without expression except for the hint of a smile which hovered round his mouth. He was still standing like that when we took a last look through the open door before starting to climb the hill. The air felt marvellously clean after the filthy atmosphere of the hovel.

"Well, all's well that ends well," exclaimed Duncan cheerfully, breaking the silence which had reigned since we left the hovel.

"I feel much better now, don't you?" said Christina. "I was feeling so hungry."

"Yes, much better," replied Duncan. "But, ugh, wasn't his bed disgusting?"

"Perfectly repulsive," I agreed. "But the porridge was good. I feel fifty times better after the porridge and oat-cake." The horses were still tied up when we reached them and seemed impatient to be on the move again.

"I suppose we just go on and on," said Alister, as we mounted; "hoping that one day we'll come to something, or somebody *compos mentis*."

"I can't think why we didn't try to get some directions out of the old man," said Christina.

"I don't think we would ever have got him to understand," I said.

"Well, let's ride down past the hovel," suggested Alister. "There must be a village somewhere near it or how does the old man get his oatmeal?"

"I hadn't thought of that," said Christina. "Down the hill then, and it's my turn to lead Rowan."

The hovel door was firmly shut again, and we saw no sign of the old man as we passed. Then an awful thought struck me. "Losh! " I exclaimed. "Don't you think we should have tried to pay for the meal? He probably expected a handsome reward for his trouble." An argument followed. Duncan said that the old man would think it was a tip and be insulted, and Alister said that he was probably poverty-stricken and would be for ever grateful. They stood and argued for ages, and in the end Alister rode back and left a pound note under a stone outside the door, and we all continued on our search with clearer consciences.

We climbed hill after hill, and each time when we reached the top we hoped to see a village below. But, like most of our hopes, it was born never to be realised. Soon the porridge ceased to sustain us and we began to feel hungry again and with hunger came depression. However, after we had climbed up and down five hills, we saw a glen stretching away to the left, which we all thought it would be sensible to follow.

It was lovely to be riding on flat ground again and soon our spirits began to revive, and it was not long before we were singing "The Skye Boat Song," at the tops of our

Cluny sprang with a snarl through the opening

voices. But as we watched dusk descending once more on the land and we realised that another day was nearly over our gay spirits began to dwindle.

The horses began to grow peevish and they snapped at each other whenever an opportunity occurred. They were tired too, and their walk became slower and slower, until we agreed that we must stop for the night, if only for their sake.

We chose a nice flat piece of ground well sheltered by the surrounding hills and not far from one of the tinkling burns. It took us ages to settle the horses and get the tents up, but at last we were able to crawl to bed, all too exhausted to speak, much less make plans for the next day.

I fell asleep two seconds after I was in bed, and the last thing I did was to tell Cluny not to scratch. My dreams were very muddled—I arrived home to find Mummy and Daddy had been transported to Germany; all the furniture had been taken and Mrs. Matterson was crying in the kitchen. I tried to cheer her up, but all the time there were two insistent voices talking in German outside the back door. They seemed to get nearer, and then suddenly one of them touched me and I woke up with a scream—a scream which rang far into the night.

I saw two shadows flit past outside and at the same time Cluny sprang—sprang with a snarl through the opening, and then seized one of the shadows by a leg. I leapt to my feet and at the same time another scream rang through the night. Christina was on her feet too, and together we charged for the opening, we bumped heads and then both crashed through out into the turmoil. We almost ran into Alister and Duncan, who were still dazed with sleep, and in the distance a horse neighed.

"What's happened?" asked Duncan.

"There they are," I screamed, seeing two figures fast vanishing with Cluny at their heels. "Come on," I cried, tearing down the moonlit glen in pursuit.

"Better to ride," cried Alister, rushing after me.

The moon was shining on the hills as we galloped up the glen, making them appear almost unreal, like fairy hills or grey clouds in a summer sky.

"Isn't this fun?" exclaimed Duncan. "Perhaps we'll catch them this time."

Chapter Nine

LIFE SEEMED too fantastic to be real as we galloped through the silent glen beneath the romantic, magic light of the moon. I wondered what the horses thought; if they considered us mad. But whether they thought us mad or sane, I'm sure they knew it was a matter of life and death. Certainly, Chevalier felt as though he was prepared to give his all and, as I patted his bay neck, I wished I had half his courage.

"Thank goodness it's a clear night," exclaimed Alister, his voice cutting the still air like a knife.

"Yes, Fate is kind to-night," I answered, seeing in my mind's eye the same expedition on a night foul with rain or blanketed with fog. We had not viewed the Germans again after we saw them fleeing with Cluny hard on their heels. Then suddenly Christina cried: "They they are. I can see them. Look, over there between those trees. Look, straight in front."

"By Scotland, you're right," exclaimed Alister, abbreviating where we had never abbreviated before.

"Look, now they're running," I cried, seeing two bent figures struggling up the hill in front of us. "With any luck, we'll have them in a minute."

Only a matter of moments before we accomplished what we had been struggling to achieve ever since that night—how long ago it seemed—when we were awakened by the search party. I looked at my kinsmen's grim countenances and I remembered the hand in the night with a shudder. I felt no compassion for the Germans; I didn't think of their aching legs and dwindling hopes—I saw us marching them across the hills, through the silent glens and hidden valleys, on and one until we reached that town which had succeeded in evading us for so long.

"We're gaining," cried Christina. "Faster, faster, by the blighted hopes of Scotland, faster."

The hill was steep, but our horses were game and we were gaining yards at a time when our enemies reached the summit and disappeared over the top.

"We mustn't lose sight of them," cried Alister. "Faster, before all is lost."

I pressed Chevalier with my legs and I felt him surge forward. I swept past Harvester and Landslide, who were galloping side by side, and suddenly I was leading. The top was but twenty yards away, now but a yard—would they be but a yard away on the other side? Or would bracken or rocks hide them? Never for one brief moment did I guess I should see what actually greeted my eyes. There below me, swathed by the gentle light of the moon, was a castle, with gaping spaces in its walls but still a castle, with parapets and lookout turrets, and battlemented walls, and all the architecture which goes to make a castle. Surrounding it was the remains of a moat and inside the moat the remains of a wall.

"Is it real?" asked Christina, now at my side.

"What are we standing for?" cried Duncan. "They must be in there." And urging Landslide forward, he plunged down the hill. It seemed fantastic to be approaching a ruined castle, beneath the mysterious light of a summer moon and a sky bright with stars. To see the hills standing sentries, remote and forbidding and then to smell the sea—yes, the salty twang of the sea. For a moment we stood lost in wonder, and then, with one accord, we surged across the moat, through a gap in the walls and so into the fort. We could see no sign of our foe; all was amazingly quiet within the walls and I think we all felt as though we had gate-crashed into a private world, so intimidating was

He plunged down the hill and the rest followed

the complete absence of sound. We rode round the castle twice and then decided to tie up the horses and search the ruins.

"Don't you think some of us should stay and guard the horses?" said Duncan. "It would be too sickening if the Germans gave us the slip and rode away while we were searching."

"Losh, yes! " exclaimed Alister. "What a good thing you thought of it. They could also go to the others' rescue if they manage to get shut in the dungeons or imprisoned in the turrets."

"An excellent idea," remarked Christina. "I certainly don't relish the thought of a night in a dungeon."

"Who wants to go and who wants to stay? That is the question," asked Alister.

"Go, of course," I answered at exactly the same moment as Christina and Duncan replied to the same effect.

"We'd better toss up," said Alister; "and be quick over it. We've wasted enough time already."

"I bet I lose," exclaimed Duncan, calling tails. But Duncan was wrong, for he won, and I won and, feeling over-burdened with responsibility and dismally sure that we would let the others down, we approached the ruins.

We decided to enter through a gap between crumbling pillars, which in years gone by, when the castle was still a chieftain's home, was once the main entrance—or so we guessed—with heavy studded door, which swung-to on many an unsuspecting person, who was doomed never to see the light of day again. I think it must have been the hall we entered first, I know it was a long room with many windows set high in the walls and admitting little light.

The floor must have been of stone once, but now it was mainly moss and in the corners enterprising bracken flourished. From the hall we wandered into a smaller room and from there down two stone steps into a darker, damper room, where the walls were still complete and where only one window let in the light of day or, for us, the moon.

"It's horribly eerie," I remarked to Duncan. "Hope we'll soon come to some more ruinous bits. This is too closed in for my fancy."

"Ssh," said Duncan. "Remember our voices echo and, mind out, there's a frog."

"Careful, there're a couple of more steps," I said a moment later, as I blundered through a doorway into another room. The next moment there was a crunching noise, and I realised that I had trodden on a collection of snails and at the same time there was a whirr, and a couple of bats flew within an inch of my face. I stepped back and slipping, nearly fell. I clutched the wall to save my balance and discovered it was coated with slime, and felt the tickle of a cockroach as it ran across my hand.

I couldn't see anything; either the room was without a window or the moon had vanished. I felt a spider drop from somewhere into my hair and another bat flitted past, and across the floor something with four legs scurried to and fro.

"Ugh, this is awful," I said, trying to get the spider out of my hair without breaking any of his legs. "If only everything didn't lurk in such terrible obscurity."

"Ssh," hissed Duncan, stopping in his stride. "Listen."

At first, I only heard my own heart beating and then something which made me go cold all over and, forgetting the spider, spring back and flatten myself against the wall. It was footsteps that we heard—footsteps which were coming across the hall, coming nearer and nearer every second. Duncan crept across and stood beside me, and I don't think I shall ever forget the agony of the next few minutes, which passed so slowly and yet, when past, seemed to have come and gone in a twinkling.

I remember biting my nails frantically and listening to

the ring of studded boots on stone as the Germans—we had no doubt but that it was they—stumbled down the steps into the room in which we stood.

I shut my eyes; and tried to stop breathing, for all was so quiet I felt they would hear the smallest sound. One muttered something in German and, for a moment, I thought all was up. And then, as we listened to their footsteps growing fainter and fainter, I breathed again, and absentmindedly removed the spider from my face. Then I turned to Duncan, and said: "What shall we do?" And Duncan said: "We're cowards. Why didn't we attack?"

"But we would have done no good if we had attacked," I answered, and I looked at Duncan as I spoke and tried to visualise him wrestling with a German twice his size—wrestling and defeating him. The idea was of course ridiculous. "We would only have suffered defeat," I said.

"You speak like an Englishman," replied Duncan.

"Look, we're only wasting time arguing," I pointed out. "Let's find some weapons and then follow them and spring a surprise attack."

"All right," Duncan replied.

We walked through the doorway and, relying on our memory of the Germans' echoing footsteps, down five or six steps into what must have once been the cellars. Here the moon shone through a partly closed-in grating, giving enough light for us to see a number of bottles lying scattered on the damp stone floor. We fell upon them greedily and, each armed with one, felt intensely self-confident as, swinging our arms, we descended still more steps into the very bowels of the castle.

If the rooms above had been damp, these were fifty times worse. We passed through three, all damp, dank and gloomy with floors coated with slime and dripping walls. Then we crawled through a small opening into a passage with a floor pitted with holes, filled with foul-smelling water, and at times so low that we were forced to advance on our hands and knees. And all the time, hanging over us was the possibility of meeting the enemy. And then, at last, we smelt the salty smell of the sea, and we saw a disk of light shining down the passage which sent a ray of hope through our tired minds and made us want to cheer or sing.

And suddenly I slipped and, crashing headlong, fell against a huge bell concealed in a crevice in the wall. The result was tremendous. Boom upon boom rang through the castle, echoing down endless passages and rooms, from the very bowels to the topmost parapet.

We were stupefied and partly deafened by the noise. We stood silently waiting for something to happen—for an ancient warder to count the inmates of the dungeons, for smugglers to appear with hands full of gold and whisky bottles, or for the sound of fifty horsemen riding forth to protect their country or raid some distant clan. But no ancient adventure was relived; nor did our enemies hasten to claim us prisoners. The ringing of the bell, which in a bygone age must have meant so much, now only spurred the bats to faster flight.

I felt stiff all over. Duncan had pulled me to my feet, and I now stood dripping green slime with grazed hands and bruised knees.

"Losh, you look awful! " exclaimed Duncan, as the last echoes of the bell faded. "Green in both senses of the word. Please don't ring any more bells."

"I don't care if I do," I answered. "I don't suppose there are two bells." The passage became lighter and lighter and steadily higher, until it was more like a cave than the inside of a castle. The salty tang became stronger too, and I think we both guessed that we would soon be staring out to sea. I know neither of us were surprised when we emerged into the open once more, to see the sea stretching away in front of us and to find ourselves standing in a little cove. We stood and stared for a moment in silence. Then Duncan asked:

"Which way do we go now? We mustn't forget that the others are waiting for us."

I had forgotten Christina's and Alister's existence, and Duncan's reminder filled me with a sense of guilt, for there was no doubt that we had bungled our responsibilities.

"I should think the way we came would be the shortest," remarked Duncan.

"No, not that way," I cried, coming back to life. "I couldn't stand those awful passages again, honestly, I couldn't."

"All right, we'll see if we can find another way back, but do let's be quick; the others must be absolutely sick of waiting," said Duncan, obviously filled with the same feeling of guilt as myself.

"They're probably already searching the dungeons," I exclaimed, beginning to run.

"If so, we had better go back through the castle," said Duncan, stopping in his stride.

"I don't agree," I answered, continuing to run. "Once we start searching for them we're lost."

"But where do you think you're going?" shouted Duncan. "Do let's stop and try to find our bearings. We don't want to run in a circle." Duncan's argument seemed logical, so I stopped and waited for him to catch up. The moon was still out and when we looked to the left of us we were surprised to see the castle quite close. It gave an impression of aloofness as it stared dispassionately out to sea. Once again the moat and wall stood between us, not so dilapidated from this side, though, but still very overgrown and with gaps to mark the passing years.

"It doesn't look as though we'll walk in a circle this time," I said, laughing, and suddenly feeling quite gay.

"No, I don't think we will," answered Duncan, beginning to laugh too. "Come on, let's run." We soon reached the wall and, climbing through a gap, found ourselves in what once must have been a courtyard.

After looking round, we ran through the remains of an archway and found ourselves once more on familiar ground. We could see the horses still standing where we left them and, we dashed across to where they stood, only to realise that Alister, Christina and Cluny had all vanished. We were horrified. Had the Germans attacked and made them prisoners or were they searching for us among the countless dungeons? Or, worse still, could they be lying bedraggled corpses at the bottom of the sea? Duncan broke the silence.

"Well, they're not here," he said. "Let's try shouting."

"But the Germans will hear," I pointed out.

"I don't care if they do," answered Duncan, starting to shout. "Alister, Christina; Alister, Christina," he called. I joined in, and for a time the ruins echoed with our voices.

"I'm going to search for them," cried Duncan, when at last we stopped for breath.

"Well, I'm coming too," I answered. The moon vanished as we entered the hall, and we had to feel our way into the next room, which made our progress very slow. We called every few moments, but no answering shouts gladdened our hearts. And so down and down we felt our way until we were once again in the very bowels of the castle. Then suddenly we heard an answering cry, very faint it sounded, but there was no doubt it was an answer. We couldn't distinguish any words, but it heightened our morale enormously. "Let's shout again," I suggested. And once again we called, "Alister, Christina." And then, "Where are you?"

"They sounded quite close just now when we heard them," said Duncan, after we had stood listening for several minutes, but heard no answering shouts.

"Yes," I agreed. "If anything, I should say they're a bit farther on."

"Well, let's make haste," urged Duncan. "They may be in the agonising clutches of the thumbscrew or hanging from the ceiling by their toes."

"Hardly," I answered. "Because we have no vital secrets to give up, so the Germans would be merely wasting time if they bothered to hang them by their toes or screw on the thumb-screws."

"Wasting time, but amusing themselves," answered Duncan. "But let's run on." We found it impossible to run, but we managed to make slow progress mostly on our hands and knees, until we were standing in the cave again. Here we stopped, because, to be honest, we were flummoxed. We stood and looked at each other for a few moments, and then, I said, "Let's go back." To which Duncan agreed. Then, as we retraced our footsteps, we heard another cry and this time we could distinguish the words.

"We are here," is what we heard. "On your right. Look to your right."

"Look to your right," repeated Duncan. "It sounded like Christina." I looked at the wall which stood on our right, until my eyes were aching and still I couldn't see anything.

"Let's try shouting again," suggested Duncan, unable to see anything either.

"I'm going to try running my hand along the wall," I said. "I might easily find something."

"I don't suppose you will, "replied Duncan. "Personally, I'm going to try shouting . . . Alister, Christina; Alister, Christina," he called again and again, and if there were any answering shouts his voice drowned them.

Meanwhile, I ran my hand along the slimy stone wall and for ages felt only crawling animals, cracks and crevices and, of course, slime. And then I felt something different—something cold and hard and round, like the knob on a door handle.

"Duncan," I cried; "Duncan, come, quickly! I've found something." And then after feeling again and finding hinges: "It's a door; quick, a door." And then I heard voices calling me by name—voices from the far side of the door.

"All right, I'm coming," I cried, and then: "For goodness' sake, hurry, Duncan; come on and help push." I threw myself against the door and beat a tattoo with my fists, but without any apparent result.

"Let's try turning the knob," said Duncan calmly, now standing beside me.

"Yes. O.K.," I answered, and putting my words into action, turned the knob. However, no startling effect greeted my eager hand.

"Let's try lifting, turning and pushing altogether," suggested Duncan, coming to my aid. And once again I answered, "O.K." This time the effect was startling; for the door, with a creak and a groan, swung slowly inwards revealing a small chamber filled with chains and ropes, and, I'm glad to say, Christina, Alister and Cluny.

"Oh, thank gcoodness you've found us! " gasped Alister, as we entered.

"Oh, it's been terrible," cried Christina. "When the door's shut, it's absolutely stifling in here."

"How did you get——?" I asked, but never finished. For suddenly the atmosphere was stifling—the door had shut. "Oh, losh! " I cried.

"Oh, help; oh, help," cried Christina. "What shall we do? We're all prisoners now." And leaping to her feet—she was sitting when we entered—she rushed to the door and throwing herself against it, beat upon it in a wild frenzy with her fists. "We must get out! We must get out! " she shouted, almost sobbing. "We can't stay here, we can't. We'll starve, we'll die."

"I suppose you've been trying to get out for hours," I said.

"Yes, for hours," answered Alister wearily. "Do stop her, somebody. She's only wearing herself out."

Duncan walked across and talked to Christina, and after a few minutes the thumping ceased and she came back and sat down with the rest of us.

For ages we sat in silence; none of us caring to ask the

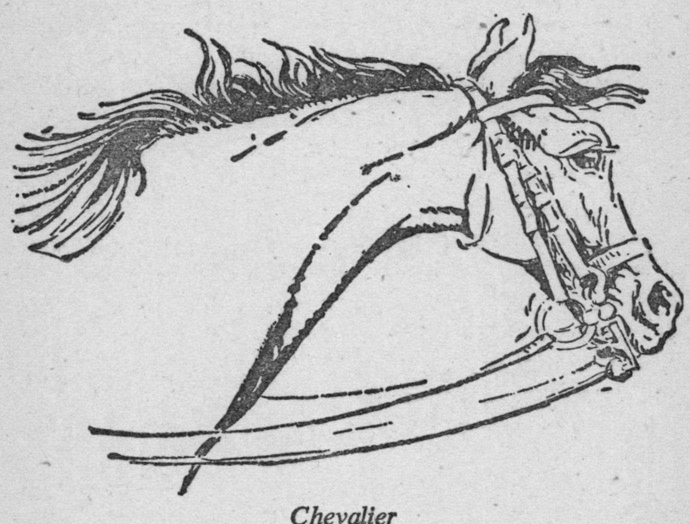

Chevalier

question which lay uppermost in our minds—what were we to do? Looking round our prison, I saw fetters and chains decorating the lower portion of the walls, a heap of bones neatly stacked in a corner, they looked like human bones—or so I thought, prepared to be gloomy—and were green with age. I saw a heap of rope and a couple of old sacks, and high in the wall a little window, large enough for a mouse, or perhaps a rabbit to clamber through, but quite hopeless for anything bigger.

Certainly our surroundings were far from encouraging, and it was awful to think that we might see nothing else for days, perhaps never—never see the sun again, Mummy and Daddy, Glasgow, Chevalier, not even the classroom at school—a terrifying thought. How well I understood Christina's frenzy.

"There must be some way out!" exclaimed Christina, staring at the door again. "There simply must."

"Yes, of course, there must," agreed Alister, without the least conviction in his voice. "But it's no good getting fussed; these things always turn out O.K. in the end."

None of us had any confidence in Alister's remark about everything being O.K. in the end; for one thing we knew he didn't believe in it himself and, anyway, anyone could tell he was already on the brink of despair.

"Oh, that this could happen to us," moaned Christina. "How will any one find us here? We'll die of starvation, I know we will."

"I venture to disagree," exclaimed Duncan. "I'm betting on slow suffocation. After all we can hardly stand this lack of air for two or three days, which is what we'll need before we can die of starvation."

"Oh, for goodness' sake let's do something," cried Christina, jumping to her feet again.

"What about looking out through the window?" I suggested. "Or have you already done that?"

"No, we haven't," answered Alister. "I don't know why. Come on, I'll give you a leg up."

I looked out and I saw the moon, and she seemed to taunt us in our agony; and the sea, which said we were but one of many; and the stars, crystal-clear, happy in their own inheritance, frivolous, carefree, gay, but completely devoid of pity. And though I looked lovingly and long, I saw no means of escape, no hope of rescue—nothing in all the space of freedom to heal our despair.

"I'm afraid it's no good," I said, jumping to the ground. "The moon's out again, but there's nothing to see, that is except for the moon and stars and sea."

"I shall go mad," said Christina, and she started to shake the door again.

"Let's all try throwing ourselves against it at the same time," suggested Duncan.

"But it opens inwards," I pointed out.

"Oh, pull then," exclaimed Duncan, and I realised he was becoming irritable. What will we be like at the end of a couple of days? I thought.

Our combined efforts were as fruitless as Christina's single attempts had been, and I couldn't help wondering how many other such onslaughts the door had resisted since it left its welder. The failure filled us with a new kind of despondency an aimless dangerous "sit still and do nothing" despondency. I sat on a sack clasping my knees. Christina sprawled on the floor, her head in her hands. Alister stood as still as a statue, his face blank to the world, and Duncan leaned against the door, twisting his handkerchief between his hands, and there was a trace of a smile still left on his face.

We stayed thus for what seemed hours, and every moment the deadly despondency seemed to seep further into us. Then Christina, unable to bear another moment of inactivity, leapt to her feet. "I'm going to try the door again," she said.

"What's the good?" asked Alister. "It has absolutely no effect."

"I don't care what effect it has," cried Christina, already starting to beat on the door. "Anything better than sitting still like a lot of half-baked dummies." I don't think Alister, Duncan or I expected anything to happen as we stood—I had been forced by cramp and pins and needles to give up my earlier position—listening to Christina racking her fists on our prison door. I know we were all amazed when—Christina having ceased her thumping—we heard voices talking on the far side of the door.

"Losh, can it be true?" exclaimed Duncan.

"Who can they be?" asked Alister.

"Perhaps they'll do the same as Duncan and me," I said, with an attempt at a laugh. "The trouble is we'd suffocate with any more in here."

"And perhaps they'll pass by," said Alister gloomily. "Leaving us to perish by the slowest of all deaths."

"Come on," exclaimed Christina. "Why don't we shout or something, or have we all become stuffed or lost the use of our voices?"

No one answered Christina's scornful remarks, for at that moment we heard a hand on the door handle and, fascinated, we heard the creak of the hinges as very, very slowly the door swung inwards. I saw Alister stiffen, and Duncan tear his handkerchief in two and Christina go a shade whiter, and I bit my tongue and wrung my hands and then I saw two pairs of eyes looking cautiously in. I saw them grow round with fear and then, with a choking noise like a fish gasping, they vanished.

"Hold the door, by the blighted hopes of Scotland, hold the door!" screamed Alister. There was the sound of footsteps retreating up the passage and a dull thud as Christina threw herself against the door.

"We're free," cried Duncan, dashing out into the passage and drinking in air like a thirsty horse drinks water. Free! How good it sounded. Perhaps we might see Glasgow and home after all.

"Come on," cried Christina. "What are we waiting for?"

"Which way did they go?" asked Alister, looking up and down the passage. "Remember, we still have a lot to accomplish."

"They must have thought we were ghosts, judging from how they ran," said Duncan, laughing.

"They were heading for the sea, I think," Christina told Alister. "At least, it sounded as though they were going that way."

"Forward to the sea, then," cried Duncan, already running on down the passage.

Very little time seemed to pass, before we were once again standing in the cave and staring at the sea, which, now that the moon was waning, had lost much of its earlier wild, inspiring beauty.

We gazed for a long time; hoping to see a boat tossing on the waves, a distant signal, anything which would be a clue to our enemies' whereabouts. And, as we gazed, the moon slid behind grey clouds leaving us in almost total darkness—not total, because far away in the east dawn was breaking, spreading her rosy light slowly, inch by inch, across the grey sky. We turned and with the sea at our backs, walked on over the hills, on and on, until the beauty of the dawn had been replaced by the reassuring light of common day. Then we stopped, and Duncan said:

"They seem to have vanished with the dawn. Let's to horse. We may catch them yet."

"To horse, to horse," laughed Christina, with sarcasm in her laugh. "What fools we are; what mad, conceited fools. Of course our enemies have vanished and with them, I suspect, our horses."

"You mean they've taken them?" cried Duncan. "Oh, why are we such fools?"

"Yes, I think Christina's right," remarked Alister, after a moment. "It accounts for the enemy disappearing so soon and so completely."

"Of course it does," exclaimed Christina. "And now, by the blighted hopes of Scotland, how are we ever to catch up with them again?"

Jumping a low wall we rode back to the sea

"Not so fast," I said. "We must not be too quick. For all we know the horses may still be where we left them. In fact, I think it would be a great mistake to go on when we have no proof that they are not. If the Germans were rushing towards the sea when we last heard them, they're hardly likely to have seen the horses; and if they were really terrified and under the impression we were ghosts, I should think they ran straight along the shore not bothering to look to left or right."

"Yes, I believe you're right," said Alister. "Obviously, we made our mistake when we turned our backs to the sea."

"Well, let's go back and learn the worst," said Duncan, already turning round and moving on down the hill we had just so laboriously climbed. Though it seemed a waste of time and energy to retrace our footsteps, we couldn't help feeling happy. The hills were so beautiful and the sun was shining and there was a little breeze smelling of the sea and rocks and heather, which fanned our faces, blowing away our worries, making life seem warm and friendly.

We sang as we followed the narrow paths; not with the wild exultation of the days when we were heading for the sea, but with far more resemblance to tune. We were singing "Maid of the Mountains" when we reached the castle wall again and, climbing over it, we ran past the ruins and then, with one accord, stopped and looked across to where we had left the horses.

Then we gave way to a cheer—for they were still there—and, waving our arms and singing madly, we dashed through the courtyard and down to where they stood. Rowan was loose, but all the rest was exactly as we had left them and, after patting them, we mounted and, jumping a low piece of the wall, rode back towards the sea.

So gradually, as the castle grew smaller and smaller until at last it was only a small speck, our earlier high spirits began to fade; we became quieter and quieter until eventually we were riding in gloomy silence.

Chapter Ten

"I SUGGEST we ride along the top of the cliffs," I heard Alister say, and I looked round to see that we were looking into the clear grey of the sea.

"Right you are," answered Duncan, sounding miraculously cheerful.

We must have been riding for nearly an hour when we saw a man some way ahead, apparently lying on his stomach staring over the edge of the cliff.

"What on earth is he trying to do?" said Alister.

"Perhaps he's trying to paint a picture of rocks from above or is being sick over the edge," suggested Duncan.

"Trust you to think of some disgusting reason," said Christina, laughing.

"Disgusting, but perhaps the most likely," remarked Alister.

"He can't be much worse than that awful mad hermit," said Christina.

"We'll know soon enough," I said, for we were getting close. "I do wish he'd sit up, though, it's awfully difficult to tell what anybody's like in that position."

"Well, whoever he turns out to be, I should think he's certain to know the way to the nearest village," said Duncan, and in that respect he was right.

"I wish he'd move or something," said Alister. "I feel we are approaching with an unfair advantage."

"I——" I was going to say "I quite agree," but I never

finished, for at that moment the man rolled over, sat up and faced us. I shall never forget that moment. We were speechless. We stopped dead and then just gaped. If the man had wished, he could have shot us one by one as easily as if we were dummies, or clay pigeons at a fair. Fortunately he didn't, he just sat and looked.

"If German steel be sharp and keen,
Is ours not strong and true?"

exclaimed Christina.

"There may be danger in the deed,
But there is honour too,"

answered Alister, finishing the quotation from "The Island of the Scots." For the man before us was a German—one of our enemies.

"Do you think it's a hoax?" asked Duncan. "I mean his friend could be easily lying in ambush ready to finish us off with a revolver."

"No, I don't think it's a trick," answered Alister. "When he looked round just now, I thought he looked genuinely surprised; besides, the cliff is too sheer for an ambush; at least that's my opinion."

"I agree," I said. "And for goodness' sake, don't let's be so jolly cautious. Dash it all, we're two to one. Can't we just ride up and look?"

"I don't see why not," said Duncan. "Personally, I'm always willing to try anything once."

"Well, you'll have to do the talking, Christina," said Alister.

"I don't like this a bit," exclaimed Duncan, as we got nearer and nearer and still the German didn't move.

"Perhaps he's wounded," said Alister, getting nearer the

mark than he guessed. It was certainly very eerie approaching the motionless figure, especially when you felt he might spring to life any moment with the most heartrending results.

I looked at the sky and the hills and the sea, and I wondered if this was really to be the end of the chase, and then I heard Christina say: "Well, what shall I ask?" And I realised only a few yards lay between us and our arch enemy. It seemed fantastic to be so close at last. I looked at his rough, unshaven face, his army boots, and noticed their broken soles, his tired, bloodshot eyes, his ragged coat. He certainly looks on his last legs, I thought, and I estimated the miles he must have covered since leaving the dismal camp at Fort Frederick. Then Christina—her voice shaking a little—spoke to him in German. He continued to gaze at us for a moment and then he answered, speaking rather quickly.

"Translate, translate, Christina," cried Duncan when he had finished. But Christina did not speak for a moment. Dismounting, she ran to the cliff's edge and looked over. Then she shouted:

"He's speaking the truth, there is a man down there. Quick, come and look."

Rushing to her side, we looked down and saw, twenty feet below, a man clinging to a ledge.

"What does he want us to do?" interrupted Alister, turning to Christina.

"I don't know," she answered. "I can't understand him very well."

"Well, we've got to come to some sort of terms," said Alister. "Have you discovered why he doesn't get up? I mean the one you've been talking to."

"Well, he keeps on saying something about his ankle," replied Christina. "He can't get his boot off or something. But I'll try again."

"By the blighted hopes of Scotland, this is a stroke of luck," exclaimed Duncan. "Do you know, I really believe we've got them at last."

Duncan's enthusiasm irritated me. Perhaps because I couldn't feel the same, somewhere deep down inside me I felt that we were mean, that we were profiting from our enemies' misfortune rather than by our own skill, that in an intricate way we were cheating, like hunting a bagged fox, or reading an exam paper before the exam. It was silly of me, I know, and yet I could not get rid of the feeling.

"You don't seem very pleased about it," said Duncan, after a pause.

"Oh, I'm as pleased as Punch," I lied. "How's Christina getting on?"

"She talking enough," answered Duncan.

"Yes, she seems to be making some headway at last," said Alister. "It was a bit sticky at first."

"What do you mean about being a bit sticky at first," I asked.

"Well, she's trying to come to terms, if you get me," answered Alister. "You see, the one she's talking to has broken his ankle, the other, as you know, is stuck on the ledge. In fact, they're in rather a hopeless state, being quite unable to help one another. Well, what Christina is trying to explain is that we will help—i.e. rescue the man from the ledge and get the other one's ankle set, etc., if they will surrender without at fight."

"Losh, then they really will be our prisoners at last, you mean?" asked Duncan.

"Yes, that's right. For better or worse," replied Alister.

"It means two more mouths to feed," I pointed out. "I suppose the one with the bust-up ankle will have to ride."

"Oh, yes, definitely, but that's part of the bargain," said Alister.

"Well, what does he say?" asked Alister, as Christina walked across to where we stood.

"He agrees," she answered. "Honestly, I think his ankle's hurting so much that he would agree to anything. He had to ask his friend before he could say. That's why we were so long; also my German's so jolly bad, which doesn't help matters."

"Well, what do we do now?" asked Duncan.

"Think of a way to get the man off the ledge," replied Christina.

"Well, there's only one way as far as I know," said Alister. "That is, knot all our reins together and throw the end down to him."

"Supposing they break?" I said.

"They just won't have to," said Duncan.

"It seems rather risky," I said.

"It's the only way," answered Alister.

"Well, let's get a move on," said Christina. "And by the way, they've got a map and the nearest town is five miles away, so it looks as though we might get home after all."

"And we'll only be a day late," I said.

"If we succeed in getting this man off the ledge. Remember we've promised to, and a Macgregor can't break his word," said Christina.

Fortunately, all but Rowan's reins are stud-billeted, so we were able to make quite a long leather rescue-line, which, after tying the horses to trees with stirrup leathers, we threw down to the German. Christina shouted, "Tie it round your waist," in German, and I—remembering one of them had spoken in English to Alister when he had inquired the way at the hut—shouted: "Or under your armpits." The other German shouted a few encouraging words in his own tongue.

"What do we do now?" I asked.

"Well, the point is that he climbed down there, because

he thought he saw some birds' eggs," answered Christina. "And then, not only were there no birds' eggs, but he lost his nerve, felt dizzy and seemed unable to climb back. The idea is that the feel of something round his waist, ready to save him from falling if necessary, will give him confidence and he will then be able to climb back to safety."

"Oh, I get there," said Duncan; "and we've got to hang on and be ready to pull if anything goes wrong."

"Yes, more or less," answered Christina. We all took hold of the end of the reins and the German started to climb, slowly at first and then gradually faster and faster as he neared the top.

"Shows how little they know about Scotland," said Duncan, "expecting to find birds' eggs in September."

"Yes, it was rather a mad idea," said Alister; "and he's certainly paid for it."

"You know, it's funny," exclaimed Duncan, "we ought to be feeling filled with triumph, and yet, do you know, I don't feel a bit excited or anything. It all seems rather flat somehow."

"Ssh," I said. "You know he can understand quite a lot of English." The German rushed the last few feet and then suddenly was standing beside us, sullenly looking us up and down, each in turn. I looked him full in the face; determined that no Macgregor should fear to look a German in the eye. He was not so ragged as his friend and his eyes were defiant and his mouth sullen. I got the impression that he would like to stick a bayonet into us, each in turn, and that only his word held him back. The thought sent a shiver down my spine.

"We had better move on, hadn't we?" said Christina.

"We'll have to put the reins back first," said Alister.

"Well, I'll borrow the map," said Christina. "Then I can find out the way to the town." And she walked across, and, after speaking for a few moments and gesticulating, returned with the map, I noticed how unconcerned she was, she might have been borrowing it from a friend, and I couldn't help thinking that she would do very well as a spy. While she and Alister pored over the map, Duncan and I got the horses together. The Germans watched the preparations, their expressions a mixture of boredom and contempt, their eyes still sullenly defiant. Occasionally they exchanged a few words; once one nodded in our direction and they both laughed scornfully.

"Well, Harvester's the biggest."

"But I tell you he isn't large. He'll find Avalanche or Chevalier much easier to mount."

"Well, he's definitely too large for Landslide," exclaimed Duncan, turning to join Christina and Alister in their argument.

"Let him ride Chevalier," I said, more to end the argument than anything.

"Well, how're we to get him on?" asked Alister.

"Shall I go and see whether I can get any sense out of him," said Christina after a pause.

"Yes, all right," said Alister. "I wish to goodness I knew a bit of German."

"Well, what about speaking to the one that knows English," I suggested.

"That's an idea," he answered. "I'll go and have a shot." So Duncan and I were left to hold the horses again, and in a way I was glad. For one thing, looking at the Germans gave me the jitters and also I felt I wanted a few moments to collect my thoughts, gather my scattered wits together.

"He says he can vault on," said Christina, coming back to where we stood.

"And the other one's sulking," exclaimed Alister. "I can't get a word out of him. He's as stubborn as a mule."

"Have you discovered how the more agreeable one broke his ankle?" I asked Christina.

"Apparently he tried to climb down the cliff in an effort to rescue his friend and slipped or something. I couldn't understand much of the story. Let's see if we can get him on Chevalier."

"I don't see how you can vault with a smashed-up ankle," muttered Duncan, as we strolled across.

"He can spring off his good leg," said Alister. "Besides, Germans are supermen and like suffering agonies." And Alister was right. Not only did the German vault on, but he wore the expression of a martyr as he adjusted himself in the saddle and picked up the reins. Then he turned to us with a smile, which seemed to say I have achieved it as I knew I would. Achieved it by will power, by grit, because I am one of the greatest race on earth. Because I am a German. We turned away in disgust.

"I'll walk first," said Alister, and because the German's eyes were on us, none of us argued. I mounted Harvester, and Christina said:

"What about the luggage we left behind in the early hours of the morning? Shouldn't somebody go back for it?"

And because we were tired, no one answered for a moment, and then Alister spoke. "No, let it stop," he said shortly. And once again no one argued.

"Alister and I have worked out the route, and we know it by heart," Christina told me. She was riding by my side.

"Good," I said, and no more; for suddenly a great weariness seemed to come over me. I felt tired right down inside and even to speak was an effort. I looked at my kinsmen and saw in them the same weariness.

"I say, it's my turn to walk now," I said, dismounting. For a terrible moment I thought my legs were not going to hold me, they felt stiff and awkward as though they didn't fit, or belonged to someone else. But gradually they came back to life and settled down to a steady four miles an hour walk.

I looked around me and saw that we were climbing up a glen between hills, and I wondered whether it would be the last glen before we saw the town. It will be funny to see a town again, I thought, to see crowds of people and shops and cars, and walk on tarmac and look both ways before crossing a road.

Will we have forgotten how to behave in a civilised community, I wondered, to be able to talk nicely at a tea party or give up our seats to old ladies in buses? And tea parties made me think of food, of a big plate stacked with beef and Yorkshire pudding, or a bowl of porridge or a plum cake luscious with fruit.

"My turn to walk," said Duncan, giving me Landslide's reins.

"What, already?" I said. "Surely not. I can't have been walking for more than ten minutes."

"You have," said Duncan, "and, anyway, we are nearly there." And he pointed to a chimney showing over the top of a hill. "Civilisation at last," he said.

"You are sorry, aren't you?" I asked, looking into his downcast face.

"Yes, I am," he admitted after a moment. "But we had to find it in the end."

"Yes, if only for Mummy and Daddy's peace of mind," I said.

"And I shall be glad to be able to eat again; this continual hunger gets one down."

"Yes," I agreed.

"Look, it's getting larger," said Duncan, pointing to the chimney.

"The Germans have been trying to bully me into giving them something to eat," said Christina, riding up alongside. "They're as cross as two sticks. I suppose it's the thought of being behind barbed wire again."

"Defeat is always bitter," I said. "And to be defeated

by—to their mind—four children, must make it doubly bitter."

"Look, you can see the roof now! " exclaimed Duncan.

"It looks like a croft," said Duncan; "or 'the lone sheiling on the misty island.' "

"I wish you'd speak to them, Christina," said Alister, riding up. "They keep on talking, and I can't understand what they say."

"Oh, all right," said Christina, sounding reluctant, but pulling up and waiting for the Germans who were dawdling along behind.

"Look, can you see the croft ahead?" Duncan asked Alister. It can't be far now, I thought, noting how the glen widened farther on.

"They want to know where we are going to take them when we reach the town. I said the police station; that's right, isn't it?" asked Christina, once more beside us.

"Yes, that's right," answered Alister. "At least there's nowhere else."

"Did they seem angry with your answer?" asked Duncan.

"No, they remained quite unmoved," said Christina. "And, by the way, it's your turn to ride and mine to walk." Gradually, as the glen widened we saw more houses, until suddenly a town lay before us. A small town with a harbour full of fishing smacks and a mass of grey two-storied houses, which were scattered here and there at random like mushrooms in a field, except in the centre where they clustered close together, almost on top of each other, as though for greater warmth.

"Can you see the police station, any one?" asked Duncan, with a laugh, stopping to look. The Germans stopped too, and talked rapidly in German to one another. I saw Alister glance at them suspiciously, as though suspecting them of planning flight, then he seemed to think better of it.

"Do you remember our idiotic song?" he asked. "You know:

> "We'll truss 'em and we'll tie 'em,
> And we'll march 'em slowly down;
> We'll truss e'm and we'll tie 'em,
> And march 'em back to town."

"Feeble, wasn't it?" I said.

"Yes, but true in the end," said Alister.

"Only by sheer good luck," I said. We were getting very close to the town now. We could see people moving about the streets, and shop windows. Gradually the ground beneath our feet became less and less heather and grass, and more and more gravel and stone. The hills on each side and the trees and bracken began to fade too, until fields and grey houses were on each side of us and we were walking along an unmade road. . . .

"Losh, I'm hungry," I exclaimed, suddenly feeling quite faint. "I hope the police are prepared to give us a good meal."

"By the blighted hopes of Scotland, who are all these people?" said Duncan, pointing farther down the track.

"Perhaps they're going deer-stalking," I suggested, looking at the crowd of people advancing. "They look dressed for it, anyway," I added, noticing sticks and guns, and satchels and field-glasses among the party. Then I noticed that they were waving and shouting.

"Who do you think they think we are?" asked Duncan.

"I can't imagine," answered Alister, and he sounded a long way off. Everything sounds a long way off, I thought. Like a dream.

"Are you the Macgregors?" someone shouted. I didn't answer. It can't be true. No one knows who we are, I thought. But I heard Alister answer. I couldn't understand what he said, for suddenly the great weariness was upon me again, and I felt faint and there was a mist in front of my eyes and a hand which touched me in the dark.

Then I heard a stranger speak again and I heard the words "search party" and "lost," and then Duncan spoke and, when he had finished, the strangers shouted, and I heard "guid laddie" and "good show" and someone slapped me on the shoulder. And then the German spoke—the one who was stuck on the ledge—in his halting English, and everyone else was very silent. And when he had finished, everyone else was speaking at once again, and then suddenly we were in the town and riding down the main street. And for a moment the mist vanished and I saw the Germans' sullen faces and that Duncan was smiling and Christina looking very white and strained. Then I felt a helpless hollow feeling come over me. I felt as though I was hollow inside like a hollow tree. Then everything seemed to be disappearing and I had to seize the front of Landslide's saddle to stop myself falling.

"We're nearly there," said Duncan in my ear. Losh, I'm being feeble, I thought. Like a puny English child.

"Aweel, aweel, that's not the way," said a kindly voice, and suddenly I realised that I was falling—falling . . . falling into space.

"It's all right," said Duncan. "We've arrived." And then all was black.

When I came to, I was sprawling in a comfortable armchair with a rug over me, in what looked like an office, but was actually the inspector's room in the police station.

"Thank goodness, you've come to at last," said Alister. "We were getting quite worried."

"I'm so sorry," I murmured vaguely, glancing round the room. "What's the time? Have I been ages?"

"It's nearly four o'clock," answered Duncan, who was

in the room too. "Mummy and Daddy should be here in about half an hour."

"Mummy and Daddy?" I cried, leaping to my feet. "Oh, why did I have to flop like that? Losh, I'm feeble! Come on, what happened? I want to know everything."

"I should sit down or you'll be fainting again," said Duncan.

"Nonsense," I answered. "I'm not an invalid, even though I was silly enough to faint.

"Where's Cluny?" I asked. "And where are the horses?"

"Here's Cluny," said Christina, pointing to him as he sat on her knee asleep. "And here's your tea," she added, as a policeman entered with a tray laden with scones and cake, and honey and butter and a huge tankard almost overflowing with milk, all of which he placed carefully on a little table in front of me.

"You will feel better after a guid meal," he said.

"We've had ours," Christina explained. We all thanked the policeman profusely, and then I started to eat and while I ate the others told me what had happened after I fainted. It took a long time, and though I can't remember their words, here is a brief account:

After I had been carried into the police station and left to recover in the chair, in which I later came to, the Germans had been handed over to the gentle care of the police, and subsequently locked up to await a lorry and armed escort from the camp at Kirkness. As I had realised earlier, the party, which had met us as we emerged from the glen, was in fact a search party searching for us. Apparently we were being searched for over a wide area, and on the next day there were to have been posters plastered up outside many a Highland police station giving a description of us, and offering a reward for anyone who should dicover us. When all had been explained, apparently the police got in touch with the police station at Kirkness,

They were peacefully grazing in a grassy field

which got in touch with Mummy and Daddy, whom Alister later managed to ring up, and who were at this moment driving from Kirkness to fetch us. The police found a crofter willing to put up the horses until transport could be arranged to take them back to Glasgow. And they were peacefully grazing in a grassy field and looking forward to a well-earned rest.

And now I think my story is told. Mummy and Daddy arrived shortly after Alister finished his explanation; and by nightfall we were, once again, safe little Glasgow children. We have suffered no ill effects from the calamities and hardships of those nine days and, contrary to my earlier expectations, my memories are as happy as a summer's dream. Life seems very dull and commonplace to us now, and school almost intolerable, except when Christina and I are together planning our next year's riding tour.

THE END